Eva Maaser
Die Fehde der Königinnen

Zu diesem Buch

Frühes Mittelalter in Europa: Brunichild wird Königin im Reich der Ostgoten, doch ihre Herrschaft ist nicht ungetrübt. Sie führt eine erbitterte Fehde mit ihrer Schwägerin Fredegunde. Seit Jahren tobt nun schon der Kampf zwischen den beiden Königinnen um Gebietsansprüche, Macht und Ansehen. An der Seite Brunichilds steht Wittiges, ein junger Landadeliger. Er hat sein Herz an die Königin in der Sekunde verloren, als er sie das erste Mal sah. Doch die Liebenden müssen ihre nicht standesgemäße Beziehung am Hof verbergen. Nun ist er ihr Verbündeter und treuer Vasall im Machtkampf gegen die Schwägerin … Doch wie weit wird er in seiner Liebe für sie gehen? Wird Brunichild sich durchsetzen können? Ein farbenprächtiger historischer Roman, der Licht in eine der dunkelsten Epochen Europas bringt und später im Nibelungenlied literarisch als der Königinnenstreit verarbeitet wird.

Eva Maaser, geboren 1948 in Reken (Westfalen), studierte Germanistik, Pädagogik, Theologie und Kunstgeschichte in Münster. Bisher veröffentlichte sie die erfolgreichen historischen Romane »Der Moorkönig«, »Die Astronomin« und »Der Paradiesgarten« sowie mehrere Krimis und Kinderbücher.

Eva Maaser

Die Fehde der Königinnen

Historischer Roman

Piper München Zürich

Mehr über unsere Autoren und Bücher:
www.piper.de

Originalausgabe
Juli 2009

Umschlag: Büro Hamburg. Anja Grimm, Stefanie Levers
Bildredaktion: Büro Hamburg. Alke Bücking, Sandra Schmidtke
Umschlagabbildung: The Gallery Collection / Corbis und plainpicture (Banderole)
Satz: Filmsatz Schröter, München
Druck und Bindung: CPI – Clausen & Bosse, Leck
Printed in Germany ISBN 978-3-492-25344-4

Inhalt

Kapitel 1

Der Aufbruch, Toledo, Januar 566 n. Chr.

1 Wittiges lehnte an einem steinernen Pfosten und beobachtete die Stute. Sie lag auf der Seite, ihr gewölbter Leib wurde von Krämpfen geschüttelt. Der Kopf zuckte immer wieder hoch, die Augen traten vor Angst und Qual weit aus den Höhlen. Nicht mehr lange, und das Tier würde verenden. Die beiden jungen Stallburschen waren mit ihrem Latein anscheinend längst am Ende. Hilflos wischten sie mit Stroh über den zuckenden Leib, und einer versuchte, der Stute etwas Wasser einzuflößen. Das sollte er besser bleiben lassen. Kein Wasser!, befahl Wittiges in Gedanken. Das bringt sie erst recht um, das löst nur neue Krämpfe aus.

Merkwürdig, dass man die beiden Stümper mit dem Tier allein gelassen hatte, denn die Stute war durchaus jede Mühe wert. Ihr Fell schimmerte selbst nach diesem langen Kampf – Wittiges hatte sofort gesehen, dass sie sich seit Stunden quälte – wie rauchgraue Seide, und ihr schmaler Kopf zeigte alle Merkmale edler Abstammung.

Ihre verzweifelten Schreie hatten Wittiges in den Stall gelockt. Er hatte hier nichts zu suchen, allerdings auch nirgendwo sonst am Hof. Vor vier Wochen hatte ihn sein älterer Bruder nach dem plötzlichen Tod ihres Vaters aus dem Haus geworfen. Immerhin hatte er ihm etwas Geld und einen ganzen Sack von Ermahnungen samt einem Empfehlungsschreiben mit auf den Weg gegeben. Die Ermahnungen hatte Wittiges schon während der fünftägigen Reise an den königlichen Hof von Toledo in den Wind geschrieben, vom Geld waren nach den vier Wochen in der Residenz nur noch wenige Silbermünzen übrig. Am Hof hatte sich niemand um ihn gekümmert, auch das Empfehlungsschreiben hatte keinerlei Wirkung gezeigt. Es war mehr als zwanzig Jahre her, dass sein Vater, ein Landadliger aus dem Süden, am Hof eine eher bescheidene Stellung bekleidet hatte, die ihm am Ende seines Dienstes das Gut eingetragen hatte, auf dem die Familie seither lebte. Nun gehörte es dem Bruder, der Vater hatte ein klares Testament hinterlassen. Das war in Ordnung, das Gut warf nicht sonderlich viel ab.

Abermals schrie die Stute qualvoll auf.

»Sie schafft's nicht«, murmelte einer der Stallburschen ratlos, »besser wir machen ein Ende mit ihr …«

»Nein!«

Der Widerspruch kam von einer Person, die Wittiges bisher nicht beachtet hatte. Ja, richtig, da kauerte hinter der Stute in einem Winkel des Verschlags eine kleine Gestalt, die sich nun reckte.

Eine Frau!, stellte Wittiges erstaunt fest. Ein Mädchen, verbesserte er sich, als er das Gesicht sah. Was suchte die Magd hier? Sie trug einen hässlichen braunen Kittel, der sie ganz einhüllte, und ein großes braunes Tuch um Kopf und Schultern. Vom Gesicht waren beinahe nur die Augen zu sehen, große blaue Augen, die sich voller Entsetzen auf den Stallburschen richteten.

»Ihr werdet Bella nicht töten, das lasse ich nicht zu!«, sagte das Mädchen scharf.

Der Knecht hob unbehaglich die Schultern.

»Wir können nichts mehr für sie tun. Beim ersten Mal ist es immer am schwersten, aber sie schafft es nicht«, erklärte er unglücklich.

Die Stute fohlte, und es überraschte Wittiges nicht, dass es ihr erstes Fohlen war. Sie erschien ihm viel zu jung – da hatte es jemand eilig gehabt, von dem schönen Tier Nachwuchs zu bekommen. Verdammt!

»Wo ist der zuständige Stallmeister?«, knurrte er. »Ich glaube nicht, dass ihr ohne Erlaubnis der Stute die Kehle durchschneiden dürft.« Für die Abwesenheit des Stallmeisters gab es gute Gründe, wie er sehr wohl wusste. Seit fast drei Wochen befand sich der Hof in heller Aufregung. Eine große Gesandtschaft mit etwa hundert vornehmen Reitern und mehr als doppelt so vielen Knechten war eingetroffen, und seitdem herrschte in den Ställen drangvolle Enge. Ständig kam es zu Reibereien zwischen den Knechten, den fremden und den einheimischen. Die Stallmeister wussten kaum, wo sie zuerst eingreifen sollten.

»Das werdet ihr nicht tun. Niemand rührt das Pferd an!«,

schrie das Mädchen. Es hatte sich halb aufgerichtet, und dabei war das braune Tuch ein Stück nach hinten gerutscht. Schimmernde blonde Locken ringelten sich in die Stirn.

Wo hatte er das Mädchen schon einmal gesehen?, fragte sich Wittiges verwirrt. Die Anwesenheit der seltsamen Magd störte ihn, denn er kämpfte schon seit einer Weile mit einem Entschluss. Als er vor vier Wochen bei einem der Untergebenen des Haushofmeisters vorgesprochen hatte, war ihm eine bescheidene Unterkunft zugewiesen worden, aber dann hatte man ihn vollkommen sich selbst überlassen. Vielleicht hatte man ihn wegen der vielen Fremden am Hof vergessen, vielleicht hoffte man, dass er von selbst verschwand. Und wenn er versuchte, irgendwo Fuß zu fassen, war er noch überall beiseitegeschoben oder gar weggescheucht worden. Es gab keine Aufgabe für ihn.

Bis jetzt.

»Niemand schneidet ihr die Kehle durch«, sagte das Mädchen mit bebender Stimme. Hinter ihr erschien ein magerer Arm und zupfte sie am Kittel.

»Wir müssen gehen«, flüsterte ein ängstliches Stimmchen.

Da war noch ein Mädchen! Ungläubig schüttelte Wittiges den Kopf.

»Lass mich!« Die ältere Magd rutschte weiter nach vorn und bettete den Kopf der Stute in ihren Schoß. Kurz blitzte wie ein Irrlicht etwas leuchtend Farbiges durch einen Seitenschlitz ihres Kittels. Das Mädchen hob den Kopf und schien Wittiges jetzt erst wahrzunehmen.

»Du da! Was starrst du so? Warum tust *du* nichts? Stehst nur herum und glotzt. Hol *du* den Stallmeister, der hier die Aufsicht hat!«

»Er wird nicht kommen«, wandte der andere Stallbursche ein. »Wie die anderen auch ist er mit den fremden Pferden beschäftigt.«

Wut brannte in den Augen des Mädchens. »Sie haben euch zwei Hohlköpfe mit der Stute allein gelassen? Wer hat das angeordnet?«

Betreten sahen die Burschen beiseite.

Wittiges hielt den Blick auf den Leib der Stute gerichtet. Schon vorher hatte er einen Verdacht gehegt, und jetzt war er sich seiner Sache sicher. Ohne Rücksicht auf die feine Tunika aus dunkelblauer Wolle kniete er sich vor das Tier. Das Fruchtwasser war längst abgegangen und das Stroh durchweicht. Es stank betäubend. Aber durch den Gestank erreichte ihn der zarte Duft eines Parfüms. Wieder fragte er sich, wer das ältere Mädchen sei, schob aber den Gedanken beiseite und richtete seine ganze Aufmerksamkeit auf das leidende Tier. Behutsam glitten seine Hände über den Leib, bis sie schließlich an einer Stelle innehielten. In der Stille, die ihn umfing, war es ihm, als würde die Stute ihm über die Berührung seiner Hände den Grund für ihr Leiden mitteilen. Ja, einen Moment ging er in ihrem Bewusstsein auf, und eine heiße Welle des Mitleidens schwappte in ihm hoch. Er liebte Pferde. Dann wurde er sich der Augenpaare bewusst, die ihn teils misstrauisch, teils beklommen beobachteten. Er erhob sich, klopfte nachlässig das Stroh vom Gewand ab, stellte sich wieder an den Pfeiler und verschränkte die Arme.

»Und?«, schrie das Mädchen.

Unter dem schäbigen Kittel trug die angebliche Magd ein Gewand aus roter Seide. Jetzt hätte er fragen können, wer sie war. Stattdessen zuckte er die Schultern wie der Stallknecht. Gerade noch hatte ihn Erregung erfasst, jetzt fiel sie von ihm ab. Die Stute ging ihn nichts an, das Mädchen ging ihn nichts an.

»Das Fohlen liegt falsch. Da kann man nichts machen«, erklärte er kühl.

»Wir müssten längst ...«, wimmerte die andere helle Stimme.

»Das glaube ich nicht«, widersprach das Mädchen herrisch, ohne sich um das Flehen der Kleinen zu scheren. »Es muss eine Möglichkeit geben. Du weißt etwas, nicht wahr?« Brennend bohrte sich ihr Blick in seine Augen.

Die Gleichgültigkeit, auf die er sich gerade noch versteift hatte, bröckelte. »Unser Stallmeister daheim hat ...«, er brach ab.

»Was?«

»Nun gut«, antwortete Wittiges seufzend und krempelte die Ärmel auf. »Holt Wasser – viel Wasser. Und Salbe, Butter, Öl, irgendetwas, womit ich mir die Arme einreiben kann«, befahl er den Knechten. Geradezu erleichtert stoben sie davon.

»Was hast du vor, und kann ich selbst etwas tun?«, flüsterte das Mädchen.

Wittiges wusste immer noch nicht, wen er vor sich hatte. Keine Magd, so viel war längst klar. Eine Magd war höchstens die Kleine, die sich immer noch im Schatten befand und wieder am Gewand ihrer Herrin zupfte. »Sie werden mich schlagen, wenn wir …«, schluchzte sie.

»Halt den Mund!«, fuhr sie das ältere Mädchen an. »Also noch einmal: Was hast du vor, und was kann ich tun?«

Die Bewegungen der Stute wurden schwächer, ihre Augen verschleierten sich. Vielleicht kam wirklich jede Hilfe zu spät. Als der erste Stallbursche mit einem Krüglein erschien, riss Wittiges es ihm aus der Hand und goss sich eilig das Öl über die entblößten Arme, verteilte es, rieb sich die Hände ein und kniete sich hinter die Stute.

»Halt ihren Kopf fest, rede mit ihr, lenk sie ab! Wenn sie dir gehört, hilft es ihr, wenn sie deine Stimme hört«, wies er das Mädchen an und wandte sich an die kleine Magd: »Du da! Komm hervor und halt mir den Schweif aus dem Gesicht.« Er wartete nicht ab, bis die Magd seinem Befehl nachkam, sondern wies die Stallburschen an – der zweite hatte inzwischen einen Eimer Wasser gebracht –, die Hinterbeine der Stute zu spreizen. Eigentlich wäre es besser gewesen, das Tier auf die Hufe zu stellen, aber dafür war keine Zeit mehr.

Vor dem nächsten Augenblick hatte er sich gefürchtet, seit ihm das ungeheure Vorhaben eingefallen war. Er versuchte, ruhig zu bleiben und sich ins Gedächtnis zu rufen, was der alte Stallmeister seines Vaters in solch einem Fall getan hatte. Als er den Arm in den Leib der Stute schob, wurde ihm ein wenig übel, trotzdem gelang es ihm, alles rings um ihn herum und vor allem alle eigenen Empfindungen zu verdrängen. Wie sah es im Innern einer fohlenden Stute aus? Er hatte keine Ahnung, und doch glitten seine Hand und der Arm immer tiefer hinein. Er spürte ein Pulsieren, glitschige Nässe und … etwas Hartes. Etwas Zuckendes. Etwas, das schwach um sich trat. Er packte zu und schloss die Finger um eine zarte Fessel des Fohlens. Ohne sich lange zu besinnen, zwängte er auch den anderen Arm hinein. Wo war die andere Fessel?

Etwas lenkte ihn ab, eine Stimme, die sich laut und herrisch in sein Gehör bohrte.

Unwillig schaute er auf. Unverkennbar war der Mann einer der Bevollmächtigten des königlichen Haushalts.

»Prinzessin Brunichild! Du kommst mit mir! Auf der Stelle. Der König wartet!«

Wittiges stöhnte auf. Er hatte ja gewusst, dass es falsch war, sich einzumischen. Der Mann war der Hofmeister des Frauenhauses, er kannte ihn zumindest vom Sehen. Ein Eunuch. Trotz seines schwabbeligen, unförmigen Körpers wirkte der Mann durchaus nicht weibisch. Sondern befehlsgewohnt. Er ließ keinen Zweifel daran, wie ungehörig die Anwesenheit der Prinzessin im Stall war. Bei einer fohlenden Stute. Jeder, der Zeuge war, hatte sich damit Strafe verdient. Wahrscheinlich würden sie ihn, Wittiges, endlich wegjagen, sobald ...

Ausgerechnet jetzt ergoss sich ein Blutschwall aus dem Leib des Pferdes, und es wieherte in Todesangst.

»Sie stirbt!«, schrie Brunichild. »Du hast versagt!« Sie meinte Wittiges, den Hofmeister beachtete sie überhaupt nicht. Diesmal funkelten ihre blauen Augen wie Eis.

In höchster Anspannung schüttelte Wittiges den Kopf. Die Schultern schmerzten ihn vor Anstrengung, Schweiß lief ihm in die Brauen. Auf einmal tupfte ihm jemand mit einem Stück Stoff die Stirn ab. Brauner Stoff von einem braunen Kittel. Nur einen Augenblick starrte er in die blauen Augen Brunichilds. Unverhofft spürte er neuen Antrieb, er gab die Stute noch nicht auf. Vorsichtig zog er an den winzigen Hufen. Plötzlich schlangen sich von hinten Arme um ihn.

»Ich helfe dir, lass nicht los, zieh weiter!« Brunichild stützte ihn, er hatte gar nicht gemerkt, dass er zitterte.

Hinter ihnen richtete der Hofmeister abermals laut und deutlich seine Aufforderung an die Prinzessin, dass sie ihm unverzüglich folgen solle, aber wieder achtete sie nicht darauf. Tief beleidigt stapfte er hinaus. Vielleicht um Hilfe zu holen, Bewaffnete, denen sich die Prinzessin nicht widersetzen konnte.

Die Hufe erschienen, und danach dauerte es nur noch einen Augenblick, bis das Fohlen als blutiges Bündel ins Stroh fiel. Jetzt mischten sich die Stallburschen ein. Sie schoben Wittiges beiseite, rieben das Fohlen mit angefeuchtetem Stroh sauber und kümmerten sich auch um die Stute. Es war, als sei ein Bann gebrochen worden. Das Fohlen lebte, es war schwach, aber es lebte. Wittiges sah es mit unverhohlener Freude. Selbst die Stute Bella gab Zeichen von sich, die hoffen ließen, dass auch sie die Strapazen der Geburt überstehen würde. Sie schnaubte und wandte den Kopf nach ihrem strampelnden Fohlen.

»Ich glaube, es ist wirklich geschafft«, murmelte Wittiges und merkte verblüfft, dass er ins Leere sprach. Die Stallburschen waren viel zu beschäftigt, um ihm zuzuhören, und Prinzessin Brunichild war mit ihrer Magd verschwunden. Enttäuscht und erschöpft, hockte sich Wittiges auf die Fersen. Seine Tunika würde sich vermutlich kaum noch reinigen lassen. Sein einziges wirklich gutes Gewand.

Als er die Stimme des Hofmeisters hörte, der sich mit Bewaffneten oder vielleicht auch nur Knechten erneut näherte, erhob sich Wittiges und verließ rasch den Stall. Von einer weiteren Begegnung erwartete er nichts Gutes. Prinzessin Brunichild hatte es nicht einmal für nötig befunden, auch nur den leisesten Dank zu äußern oder sich höflicherweise nach seinem Namen zu erkundigen.

2 Mit äußerster Anstrengung unterdrückte *Dux* Gogo seine Ungeduld. Wenn er erst einmal die Haltung verlor, würden es ihm die anderen sofort nachmachen. Vor allem die Jungen. Schon jetzt hielten sie sich kaum noch im Zaum. Dass niemand seinem Ärger lauthals Luft machte, lag wohl daran, dass gerade die Höflinge König Athanagilds leise plaudernd in den Thronsaal schlenderten. Im Nachhinein erschien es Gogo beleidigend, dass er und sein Gefolge als Erste hier gewesen waren. Schon viel zu lange warteten sie darauf, dass ihnen die königliche Braut vorgestellt und offiziell übergeben wurde: König Athanagilds sechzehnjährige Tochter Brunichild.

Gogo hatte sich zunächst weigern wollen, die Mission zu übernehmen, die ihn an den Hof von Toledo führen sollte. Er war der Hausmeier König Sigiberts von Austrasien, des westfränkischen Königs, und solche diplomatischen Reisen gehörten eigentlich nicht zu seinen Aufgaben, die hauptsächlich darin bestanden, für den reibungslosen Ablauf des königlichen Haushalts zu sorgen und die Aufsicht über ein zahlreiches Gesinde auszuüben. Aber dann hatte er erkannt, dass die Reise eine Möglichkeit bot, seine Machtbefugnisse auszudehnen. Nun war er also hier und hatte sich der Laune einer sechzehnjährigen Göre zu beugen. Denn er wusste, dass die ganze Gesellschaft ringsum nur auf das Mädchen wartete. Ebenso wie ihr Vater Athanagild, die Mutter Goiswintha und die älteren Brüder. Gogo hatte umsichtigerweise zwei seiner Männer als Späher postiert. Sie hatten ihn davon unterrichtet, dass sich die königliche Familie schon eine ganze Weile in einem angrenzenden Raum aufhielt. Nur Brunichild fehlte.

Allmählich machte sich Gogo Gedanken über das Mädchen, das seine zukünftige Königin werden sollte – nein, rechtlich gesehen, bereits war. Einen Tag zuvor hatte man in einem feierlichen Akt die Verträge unterzeichnet, die das Bündnis zwischen den Westgoten und den Franken Sigiberts besiegelten. Die Heirat galt als Garantie dafür.

War sie vielleicht hässlich? Einer der Gründe, warum Sigibert ausgerechnet ihn geschickt hatte, war das Vertrauen in seine, Gogos, Urteilskraft, ein unschätzbarer Vorteil, den er nicht gefährden wollte. Sigibert hatte ihm Anweisungen gegeben, die er niemals schriftlich hätte niederlegen lassen.

»Wenn sie hässlich ist oder strohdumm, finde einen Ausweg, um sie bei ihrer Familie zu lassen. Und schau dich um, ob es nicht eine geeignetere ältere oder jüngere Schwester, Nichte oder Cousine gibt«, hatte Sigibert eindringlich geäußert. Gogo wusste, worauf sich die geheime Furcht seines Herrn bezog, und dieser erklärte es ihm sogar ausführlich, auch das war ein Vertrauensbeweis. Sigibert wollte eine Königin wie Audovera, die Frau seines Bruders Chilperich. Audovera hatte prächtige Söhne geboren und war schon deshalb eine Königin, wie man sie sich nur wünschen konnte. Außerdem war sie so eindrucksvoll in ihrer vornehmen Haltung, dass sich jeder ganz selbstverständlich ehrfürchtig vor ihr verneigte. Sie verlieh dem Haus ihres Gemahls Glanz, und das seit beinahe zwanzig Jahren. Dagegen hatte es Sigibert bisher nicht geschafft, sich eine Gattin zu suchen, die dem Vergleich mit Audovera standhielt. Mit über dreißig war er noch immer Junggeselle und hatte keinen Erben vorzuweisen, zumindest keinen offiziellen. Würde er plötzlich sterben, würde sein Land zerrissen und unter seine drei Brüder aufgeteilt.

Die westgotischen Höflinge beäugten die Franken mit unverhohlener Neugier. Selbstverständlich trugen alle Franken ihre heimische Tracht, und das hieß: enge Hosen und Tuniken, die nur bis zu den Oberschenkel reichten. Die fränkischen Wollweberinnen waren berühmt für ihr Können und ihren Einfallsreichtum, und das Ergebnis ihrer Kunst war anscheinend zu viel für die Westgoten. Ihre Blicke grenzten an Unverschämtheit. Hundert Männer in bunt gemusterten Hosen und ebenso farbenfreudigen Tuniken waren sie nicht gewohnt. Zwei fränkische Krieger neben Gogo machten sich einen Spaß daraus, ihre Hosen regelrecht zur Schau zu stellen, indem sie eine Hand in die Hüfte stemmten und ein Bein vorstreckten.

Wo blieb dieses Mädchen? Um einen Rest von Selbstbeherrschung ringend, starrte Gogo zur gewölbten Decke des Thronsaals hinauf. Auf Prunk verstanden sich die Westgoten. Die gesamte Decke war mit schimmerndem Goldmosaik ausgekleidet. Schwungvolle Ranken begrenzten Szenen, in denen anscheinend Heilige dargestellt waren oder Vorfahren des Königs, und wechselten ab mit schmalen Bildfeldern, in denen exotisches Getier durch blumige Auen sprang. Die Kreatur über ihm war eindeutig ein Löwe. Der ganze Saal wirkte wie der Innenraum einer Basilika. Weihrauchduft, der aus silbernen Räuchergefäßen aufstieg, verbreitete sakrale Weihe. Die Seitenwände waren mit farbigem Marmor verkleidet, und durch die Rundbogenfenster hoch oben fiel mildes, goldfarbenes Licht. So ähnlich wie dieser mussten die Säle in den Palästen des oströmischen Kaisers in Byzanz aussehen. Der Kaiser von Ostrom gab noch immer das Maß aller Dinge vor, ihm eiferte Athanagild eindeutig nach.

Am Räuspern und Füßescharren merkte Gogo, dass sich etwas tat. Eine Seitentür neben der erhöhten Thronempore hatte sich geöffnet, und die königliche Familie hielt endlich Einzug. Gogos Aufmerksamkeit konzentrierte sich auf eine einzige Person.

Da war sie! Athanagild und Goiswintha hatten ihre Tochter in die Mitte genommen und hielten sie an der Hand. Eine Goldjungfrau, war Gogos erster Gedanke. Es bestand kein Zweifel daran, dass Athanagild seinen neuen Verbündeten etwas sehr Kostbares, sehr Erlesenes überantwortete.

Das Mädchen trug ein weißes Unterkleid mit besticktem Saum und darüber ein goldenes Gewand, das unterhalb der hoch angesetzten Taille raffiniert in schrägen Bahnen angeordnet war. Es funkelte und glitzerte nur so vor aufgenähten Juwelen und Perlen. Ein breites Collier bedeckte den Ausschnitt, lange Ohrgehänge aus Perlen und Edelsteinen bildeten einen weiteren Blickfang. Das lockige blonde Haar war hoch aufgetürmt und wurde oben von einem Krönchen zusammengehalten. Das Mädchen war ein einziges Schmuckstück. Eine Ikone. Gogo hatte erhebliche Mühe, hinter dem aufgebotenen Prunk einen Menschen zu erkennen. War die Kleine hübsch? Während er auf ein Knie sank, fragte er sich, ob die überladene Aufmachung von einem Gebrechen ablenken sollte. Unauffällig hielt er nach einem Klumpfuß oder einem Buckel Ausschau. Aber vielleicht schielte sie ja nur.

Als das Begrüßungszeremoniell mit den vorgeschriebenen Verneigungen und kurzen Ansprachen überstanden war, durfte Gogo die Stufe zur Empore hinaufsteigen. Athanagild hatte sich auf seinem Thron niedergelassen, seine Königin und die Söhne hatten auf bereitgestellten Stühlen Platz genommen, nur das Mädchen stand noch. Ein näselnder Höfling betete die Vorzüge und Tugenden der Prinzessin herunter. Von Schönheit war in dem Gefasel nicht die Rede, aber vielleicht war ein Hinweis auf Schönheit für das überaus vornehme westgotische Herrscherhaus vulgär.

Nach der Lobrede durfte sich Gogo endlich Brunichild nähern. Er hielt den Blick noch gesenkt, denn er war damit beschäftigt, ein Emaillekästchen aufzuklappen und ihm einen Siegelring zu entnehmen, der ihm auf einmal geradezu schäbig vorkam. Ein roter Stein mit einem eingeschnittenen Stierkopf, dem symbolträchtigen Emblem der Ahnen Sigiberts, in einer groben Fassung. Dem Protokoll entsprechend, über das ihn ein Zeremonienmeister unterrichtet hatte, durfte er der Prinzessin ohnehin nicht direkt ins Gesicht sehen.

Als Sperre gegen frevelhafte Blicke bedeckte ein hauchfeiner, beinahe durchsichtiger Schleier Brunichilds Haupt. Auf einmal reizte Gogo das Getue, das den hohen Rang dieser Sechzehnjährigen auch dem Begriffsstutzigsten demonstrieren sollte, zu offenem Widerstand. Alle Vorschriften in den Wind schlagend, starrte er Brunichild an, während er seine Ansprache hielt und sie im Namen Sigiberts als Königin anerkannte.

Er stockte kurz.

Das Mädchen sagte kein Wort.

Stattdessen schnarrte der Höfling eine Antwort.

Dann versicherte Gogo die Prinzessin beinahe schon grimmig seiner Ergebenheit und seines Schutzes. In diesem Augenblick meinte er trotz des Schleiers in den blauen Augen einen flüchtigen Ausdruck von Erschrecken wahrzunehmen. Und ein eigenartiger Geruch streifte ihn. Wahrscheinlich eine Sinnestäuschung. Es konnte doch nicht sein, dass dieses goldene Mädchen nach Stall roch. Wortreicher als notwendig versprach er

Brunichild, dass er während der baldigen Reise in ihr neues Heimatland persönlich über sie wachen werde. Jetzt kam Panik im Blick des Mädchens auf. Was hatte er denn bloß gesagt, das sie derart erschreckte? Als er ihr schließlich zur Besiegelung ihrer Verbindung mit ihrem zukünftigen Gemahl den Ring an den Finger steckte, unterdrückte sie nur mühsam ein Zittern.

Was würde Sigibert sagen, wenn er entdeckte, dass er eine ängstliche Gans eingekauft hatte?

Brunichild sagte auch jetzt nichts.

Eine Stumme!

Die Audienz war beendet, gemessenen Schrittes verließ die königliche Familie den Saal.

Als Gogo zu seinem Gefolge zurückkehrte, hörte er, wie einer der beiden, die ihre Hosen so auffällig zur Schau gestellt hatten, zum anderen sagte: »Wie soll man denn so was besteigen? Das ist eine bemalte Statue.«

»Aber sie hat richtig gute Dinger vorn«, brummte der andere.

»Das weißt du erst, wenn du sie in der Hand hältst«, zischte sein Freund.

Falco und Ingomer – gerade waren Gogo die Namen der beiden eingefallen. Zwei notorische Unruhestifter. Aber er konnte ihnen ihr Gerede nach der zermürbenden Warterei nicht einmal übel nehmen.

»Auf alle Fälle ist sie hübsch«, stellte Falco abschließend fest und pfiff leise.

Dass Brunichild hübsch war, konnte Gogo beim besten Willen nicht bestätigen, darauf hatte er nicht geachtet, als er vor ihr gestanden hatte. Und eigentlich kümmerte ihn das auch nicht mehr. Das Mädchen, das war ihm nun klargeworden, passte nicht ins fränkische Königreich. Nur fiel ihm nicht ein, wie er die getroffenen Vereinbarungen rückgängig machen sollte. Wohl oder übel musste sich Sigibert mit der bemalten Statue abfinden. Sorgenvoll verließ Gogo als einer der Letzten der fränkischen Gesandtschaft den Saal. Sein Gefolge hatte sich längst zerstreut.

Athanagild hatte es eilig, seine Gemächer aufzusuchen. Die von den Franken eingeforderte Zeremonie im Thronsaal hatte ihn verdrossen, und die Art, wie Herzog Gogo Brunichild angestarrt hatte, empörte ihn noch im Nachhinein. Es war nur allzu deutlich, dass die Franken die Katze nicht im Sack kaufen wollten.

Noch zwei Wochen, und die Gesandtschaft würde abreisen. Diese Gäste belasteten das Hofleben. In der kurzen Zeit war es zwischen den ungehobelten fränkischen Gefolgsleuten und seinen jungen Kriegern wiederholt zu Händeln gekommen, wie ihm sein Hausmeier berichtet hatte. Am Ende überschatteten womöglich noch ein Totschlag und die unausweichlichen Wergeldverhandlungen das fragile Einvernehmen zwischen Westgoten und Franken. Er brauchte dieses Bündnis als Vorsichtsmaßnahme gegen Guntram, Sigiberts älteren Bruder, den König von Frankoburgund, dessen Reich an das seine grenzte. Es war noch nicht so lange her, dass die Franken unter Chlodwig das westgotische Königreich von Toulouse erobert und die Westgoten zum Rückzug nach Spanien gezwungen hatten. Diese verlustreiche Vergangenheit haftete als ewige Schande im Gedächtnis der westgotischen Könige und mahnte, dass die Gier der Franken auf weitere Eroberungen nicht gestillt war. Sie ruhte nur gerade.

Mit einer höflichen Verneigung wollte sich Athanagild von Goiswintha verabschieden, als jemand hinter ihnen herrief. Unwillig wandte er sich um. Brunichild hatte sich den Schleier heruntergerissen und hetzte ihnen nach.

»Vater, Vater! Kann ich mit dir reden?«

Athanagild sah seine Tochter nicht oft. Leider hatte ihm seine zweite Gemahlin Goiswintha nur Töchter geboren. Aber da er von seiner ersten, längst verstorbenen Ehefrau zwei Söhne hatte, spielte das keine große Rolle. Und auch Töchter hatten einen gewissen Wert. Dennoch durften sie ihm nicht lästig fallen. Er wartete, bis Brunichild ihn erreicht hatte, und entließ mit einer Handbewegung das kleine Gefolge, das ihn und Goiswintha noch begleitete.

»Du willst dich entschuldigen?«, begann er, sobald sich die Leute zurückgezogen hatten. »Du wirst trotzdem für deine Verspätung vorhin Prügel erhalten, das lasse ich deinen Erziehern ausrichten. Du hast es uns und unseren Gäste gegenüber an Achtung fehlen lassen. Ich bin zornig auf dich.«

Unmerklich zuckte Brunichild zusammen. »Das tut mir leid.« Ihre Stimme schwankte. »Aber deswegen wollte ich dich nicht sprechen. Stimmt es, dass die Franken schon so bald aufbrechen? In zwei Wochen?«

»Warum fragst du? Ist es von Belang, wann du abreist? Seit

einem Jahr verhandeln wir mit den Franken. Es wird Zeit, dass die Sache zu einem Ende kommt. Ich denke, man hat dir alles für dich Wichtige mitgeteilt.« Ganz selbstverständlich hatte Athanagild angenommen, dass Goiswintha mit ihrer Tochter geredet hatte oder zumindest Hofmeister Cniva. Er wandte sich an seine Gattin. »Hast du es ihr nicht gesagt?«

»Sie ist seit Monaten vorbereitet. Auch ihre Ausstattung und die Dienerschaft, die sie begleiten wird, sind reisefertig. Seit Wochen warten wir nur noch«, antwortete Goiswintha würdevoll und leicht gekränkt. »Ich bin mir keiner Versäumnisse bewusst.«

Brunichild wischte sich verstohlen über die Augen und straffte sich. »Das ist richtig. Es ist nur einfach so: Gerade hat meine Stute Bella ihr erstes Fohlen bekommen, und ich will die beiden mitnehmen. Aber das Fohlen wird in zwei Wochen …«

Ungehalten fiel ihr Athanagild ins Wort: »Du glaubst doch nicht etwa, dass die Abreise wegen einer Stute und ihres Fohlens verschoben wird? Um die Sache gleich zu klären: Die Pferde bleiben hier.« Er schnupperte. »Du riechst nach Stall. Du hast uns also warten lassen, weil deine Stute fohlte? Geh, bevor ich die Beherrschung verliere und selbst die Hand gegen dich erhebe!« Als ob er sich nur noch mühsam beherrschen könne, ließ er seine Tochter stehen und entfernte sich mit raschen Schritten. Goiswintha folgte ihm.

»Was kommt jetzt?«, wandte er sich müde an sie, nachdem er auf sie gewartet hatte. »Willst du mir Vorwürfe machen?«

Sein Blick fiel durch eines der kleinen Fenster, die den langen Flur säumten. Unten im Hof spielten Kinder. Wahrscheinlich waren ein oder zwei seiner Bastarde darunter. Sie flitzten um ein junges Mädchen herum, eine kleine Magd.

»Aber nein«, entgegnete Goiswintha ruhig. »Ich habe mich genau wie du über sie geärgert. Aber …«, sie zögerte einen Augenblick. »Brunichild hängt an der Stute. Übrigens hast du sie ihr vor zwei Jahren geschenkt und sie damit sehr glücklich gemacht. Versteh sie doch.« Goiswinthas Stimme war weicher und leiser geworden.

Athanagild verstand durchaus. Er war keineswegs ein Unmensch, wenn auch kein besonders aufmerksamer Vater. Natürlich litt seine Tochter darunter, Familie und Heimat verlassen zu müssen, in der sicheren Gewissheit, niemals zurückzukehren.

Das war das vorbestimmte Schicksal von Königstöchtern, das auch ihr nicht erspart blieb. Dafür hatte sie eine sorglose und unbeschwerte Kindheit erlebt, die nun endgültig zu Ende ging. Aber das schien sie nicht zu begreifen. Er hatte sie für klüger und reifer gehalten. Sie hatte nicht begriffen, dass sie das Unterpfand für den Frieden zwischen den Franken Sigiberts und den Westgoten ihres Vaters war. Mehr und mehr zweifelte er daran, dass sie die ihr zugedachte Aufgabe als Königin der Franken meistern würde.

Sie war ungeeignet.

»Ein zwei Wochen altes Füllen kann die Reise nicht überstehen, und dass die Abreise wegen der Pferde verschoben wird, wäre unseren Gästen kaum begreiflich zu machen«, erklärte er frostig. »Im Übrigen werde ich froh sein, wenn die fränkischen Raufbolde verschwunden sind, ohne dass sich ein ernster Zwischenfall ereignet hat.«

»Ich rede mit Brunichild«, versprach Goiswintha bedrückt.

»Ja, bitte. Vielleicht findet sich ein anderes Spielzeug, das sie mitnehmen kann«, spöttelte Athanagild und sah seiner Gattin hinterher, als sie ihren Weg zu den Frauengemächern fortsetzte.

Die Kinder spielten immer noch im Hof. Das junge Mädchen war ein nettes Ding. Die Bewegungen waren anmutig und leicht, und langsam keimte ein verlockender Gedanke in Athanagild. Er winkte einen Diener herbei und trug ihm auf, Cniva zu holen. Es dauerte nicht lange, bis der beleibte Eunuch herankeuchte.

Athanagild deutete in den Hof hinunter.

»Wer ist das Mädchen? Kennst du es?«

»Selbstverständlich«, antwortete Cniva kurz angebunden. »Ich habe die Kleine erst kürzlich deinen Töchtern zugeteilt. Sie ist recht anstellig, aber noch ein bisschen scheu. Sie hat sich heute …«

Scheu, stellte Athanagild fest, gefiel ihm. Er schmunzelte und strich sich in leichter Vorfreude über die Oberlippe. »Wie alt?«, unterbrach er Cniva.

»Gerade vierzehn.« Cniva schwante nichts Gutes. Er warf seinem König einen forschenden Seitenblick zu, während er überlegte, wie er Athanagild von der Kleinen ablenken könnte.

»Alt genug. Eine Sklavin?« In Athanagilds Augen trat ein begehrliches Funkeln.

Widerwillig nickte Cniva. Eine der Palasthuren musste her,

er wusste auch schon, welche, aber nicht, wie er sie dem König schmackhaft machen sollte, ohne dass er den Braten roch. Leider kam Athanagild seinem Vorschlag zuvor.

»Bring sie mir. Sofort!«

Jetzt noch einen Einwand oder gar Widerrede zu wagen, wusste Cniva, war völlig zwecklos und außerdem gefährlich.

3

Wittiges hatte sein Pferd aus dem schäbigen Stallgebäude geholt, in dem außer Esel und Maultieren nur Klepper für die niedrigste Dienerschaft untergebracht waren. Seine winzige Kammer befand sich oberhalb des Stalles, er hatte also nur die Leiter hinabzusteigen brauchen, nachdem er sich umgezogen hatte.

Er hatte einige Mühe darauf verwandt, wenigstens etwas frischeres Stroh für sein Pferd zu ergattern. Bauto war ein stämmiger Hengst mit falbem Fell, ausdauernd und gutartig, wenn auch etwas klein geraten. Wittiges lange Beine reichten fast bis zum Boden, sobald er aufgesessen war. Das Missverhältnis hatte ihm schon zu Hause Spott eingetragen. Bauto schnaubte freudig, als er ihn sattelte, und folgte ihm willig aus dem düsteren, streng nach Pferdeurin stinkenden Stall. Wittiges wollte sich und dem Pferd Bewegung verschaffen und dabei die Erinnerung an Brunichild loswerden. Er mochte sich nicht eingestehen, dass ihm das Bild der Prinzessin weiterhin durch den Kopf geisterte. Und dann dachte er auch gleich wieder an ihre kränkende Undankbarkeit. Selbst wenn sie ihn für einen Knecht gehalten hatte, was er eigentlich ausschloss, hätte sie wenigstens ein anerkennendes Wort über seine geglückte Geburtshilfe äußern können. Auf dem Weg durch die Stallhöfe schaute er noch einmal nach der Stute Bella und stellte erleichtert fest, dass das Fohlen auf die Beine gekommen war und kräftig bei ihr trank. Ein Fohlen mit rabenschwarzem Fell, ein bildschöner kleiner Hengst.

Der Anblick der beiden machte ihn glücklich. Es war sein Werk, dass der Kleine lebend auf die Welt gekommen war, diese Freude konnte ihm niemand nehmen. So durchquerte er in guter Stimmung mit seinem Bauto die ausgedehnte Palastanlage mit den vielen Höfen und Einzelgebäuden, ritt an dem prunkvollen Bau mit dem Thronsaal und den Privatgemächern der königlichen Familie vorbei und passierte schließlich eines der Tore, die aus dem Palastbezirk hinausführten. Toledo lag auf einer Hochebene über dem Tajo, der die Stadt an drei Seiten umfloss. Die steilen Abhänge zum Flussufer bildeten einen natürlichen Schutz für die Königsstadt.

Wittiges ließ sich wie so oft schon treiben. In Ermangelung einer sinnvolleren Beschäftigung hatte er Toledo in den vergangenen vier Wochen immer wieder erkundet. Er erwog, der Pferderennbahn, die noch aus der Zeit der Römer stammte, einen Besuch abzustatten, in der Hoffnung, Bauto dort ordentlich traben lassen zu können. Aber da die Tore zur Rennbahn verschlossen waren und laute Stimmen herausdrangen, lenkte Wittiges Bauto weiter. Vielleicht wurde ein Rennen für die fränkischen Gäste vorbereitet.

Wittiges wollte jetzt raus aus der Stadt, um sich ein ruhiges Fleckchen zu suchen, wo er ungestört über sein Schicksal nachdenken konnte. So wie bisher durfte sein Leben nicht weitergehen. In Kürze würde er Schulden machen müssen, ohne zu wissen, wie er sie jemals begleichen sollte. Zwar brauchte er weder für seine Unterkunft noch für das Essen aus der Palastküche zu zahlen, aber für Bautos Futter musste er aufkommen. Und jedermann erwartete ein Geschenk von ihm: Der Küchenbengel, der ihm das Essen herausbrachte, der Pferdeknecht, der Bauto ungebeten mit Wasser versorgte, und die Magd, die er überredet hatte, seine gute Tunika so weit wie möglich zu reinigen. Ein Herr, und das war er für die Bediensteten, hatte sich stets großzügig zu zeigen, oder er hörte auf, ein Herr zu sein.

Unausweichlich würde er auf die Stufe der Knechte hinabsinken. Wie konnte er das verhindern?

Auf dem kurvigen Weg hinunter zum Fluss ließ er Bauto im Schritt gehen. Unten saß er ab, damit das Pferd grasen konnte. Allerdings wuchs das Gras nur äußerst spärlich. Es war Ende Januar und von Frühling keine Spur. Aber die Sonne wärmte sogar jetzt, am Spätnachmittag, noch ein wenig. Ein schöner, friedlicher Tag alles in allem. Weitab vom quirligen Getriebe des Hofes atmete Wittiges auf. Eine Weile folgte er dem Fluss, der Hochwasser führte und mächtig rauschend durch das steinige Bett floss. Hoch oben leuchtete die Stadtmauer in der Sonne, und irgendwann tauchte der Königspalast auf, der mit seinen höchsten Gebäuden von sechs oder sieben Stockwerken die Mauer überragte. Hier wurde die Uferzone besonders schmal.

Büsche und krüppelige Eichen krallten sich in den felsigen Untergrund.

Die Königsburg im Rücken, hockte sich Wittiges hin und ließ Steinchen über das Wasser schnellen, bis sie in den Springwellen verschwanden. Wie viel Zeit er mit dem kindischen Spiel verbrachte hatte, konnte er nicht sagen, als er Stimmen vernahm. Jemand schrie.

Wittiges lauschte. War ein Kind in den Fluss gefallen? Ohne sich umzusehen, pfiff er nach Bauto. Der Hengst würde ihm folgen, während er sich auf den Weg über die schlüpfrigen Steine machte. Reiten empfahl sich hier nicht. Noch versperrte ihm das Gebüsch die Sicht. Wieder war ein Schrei zu hören, eindeutig ein Schmerzensschrei. Noch ehe Wittiges jemanden sehen konnte, bückte er sich und hob einen Stock auf. Einen langen Stock aus festem Holz.

Bauto hatte ihn eingeholt, und Wittiges warf seine Zügel über einen Ast. Das Tier würde zurückbleiben, denn es verstand immer, was sein Herr von ihm wollte. Wittiges ließ den Mantel von den Schultern gleiten und trat, den Stock in der Hand, hinter dem Gebüsch hervor.

Zwei junge Männer in bunten Hosen – eindeutig Franken – hatten einen Halbwüchsigen am Wickel. Einer der Franken hielt ihn fest, das hieß, er kniete fast auf ihm. Wittiges schätzte den Jungen auf etwa fünfzehn, drei Jahre jünger als er selbst, während seine beiden Peiniger bestimmt schon die zwanzig überschritten hatten. Der Junge war ihnen hoffnungslos unterlegen. Er hatte sich gewehrt, dafür sprachen das zerrissene Gewand und die tiefe Schramme im Gesicht.

»Zeig uns deine Eier!«, forderte der zweite Franke, hob mit dem Schwert die Tunika des Jungen an und lachte gehässig. »Wusste ich's doch: Er hat keine mehr!«

Schlagartig wurde Wittiges einiges klar. Der Junge trug eine lange Tunika aus ungefärbtem Stoff wie viele der Bediensteten des königlichen Haushalts. Wahrscheinlich war er ein Sklave, der ein wenig Erholung am Fluss gesucht hatte und dabei den Franken in die Hände gefallen war.

»Lasst ihn in Ruhe!«, rief Wittiges in umgangssprachlichem Latein, das außer Gotisch recht verbreitet war und von vielen Franken verstanden wurde.

»Was?«, fragte der Mann mit dem Schwert in der Hand auf

Fränkisch. »Hast du ihn verstanden, Falco?«, fügte er für seinen Kumpanen hinzu.

Wittiges blieb beim Latein. »Verschwindet!«, schrie er und fasste den Stock quer.

»Bürschchen«, knurrte Falco und grinste Wittiges frech an, »*du* verschwindest!« Er hatte mühelos ins Lateinische gewechselt, das hieß, zumindest einer der beiden beherrschte diese Sprache. Wer am Hof etwas werden wollte, gleichgültig, ob am fränkischen oder westgotischen, musste Latein sprechen können.

Falco versetzte dem Sklaven einen Stoß ins Kreuz, sodass dieser nach vorn fiel, stieg über ihn hinweg und zog sein Schwert. Mit einer Hand winkte er Wittiges heran.

»Komm nur, komm Bürschchen, zeig auch du uns deine Eier. Hast du sie noch? Dann bist du sie gleich los.«

Dann setzte er leise auf Fränkisch an seinen Gefährten gewandt hinzu: »Ich lenke ihn ab, erledige du ihn von der Seite.«

Zwei gegen einen nur mit einem Stock bewaffneten Mann. Wittiges besaß gar kein Schwert. Aber die Schaf- und Rinderhirten seines Vaters hatten ihn so allerlei gelehrt. Diese beiden da, dachte er kühl, sind einfach zwei wild gewordene Kühe mit spitzen Hörnern.

Der Sklavenjunge winselte. Er kauerte am Boden, genau zwischen Wittiges und seinen Gegnern. Er war im Weg. Einer der Franken hob sein Schwert, um es auf den gebeugten Nacken des Jungen herabsausen zu lassen. Wittiges parierte den Schlag mit dem Stock, merkte aber zu spät, dass er dabei den anderen Franken aus den Augen verloren hatte. Genau wie seine Gegner es wollten. Er fuhr auf einer Ferse herum, wehrte gerade noch das Schwert ab, das ihn von der Seite treffen sollte, und sprang zurück. Der Stock hatte eine größere Reichweite als die Kurzschwerter der Franken, und diesen Vorteil galt es auszunutzen.

»Verschwinde!«, zischte er den Sklaven an. Zum Glück verstand ihn das Häuflein Elend und kroch zum Flussufer. Jetzt war das Feld frei. Im Stillen segnete Wittiges jeden blauen Fleck, den er sich bei den Kampfübungen mit den Hirten eingehandelt hatte. Wenn allerdings dieser Kampf nur mit blauen Flecken für ihn endete, konnte er heilfroh sein.

»Was ist?«, rief er seinen Gegnern höhnisch zu. »Habt ihr Angst vor mir und meinem Stock? Solltet ihr auch! Ich haue euch nämlich grün und blau.«

Aufgestachelt umkreisten ihn die Franken und versuchten mehrfach, seine Deckung zu unterlaufen. Von den Hirten hatte Wittiges gelernt, an einem Aufblitzen der Augen, einem Seitwärtsblick und anderen kleinen Zeichen den nächsten Zug des Gegners zu erraten, aber die Bärte und das lange, wallende Haar der Franken verwehrte ihm größtenteils die Sicht auf ihr Mienenspiel.

So dauerte es nicht lange, bis ein besonders harter Schwerthieb den Stock glatt durchschlug. Mit der verkürzten Waffe wurde das Scharmützel für Wittiges um einiges gefährlicher. Zum Glück begriffen die Franken nicht, dass er verstand, was sie sich gelegentlich zuriefen. Sie verabredeten ihre Angriffe. Vorgewarnt, konnte er ihnen zuvorkommen und Treffer landen, mit denen sie nicht gerechnet hatten. Immer wieder schlug er nach ihren Beinen, um sie zu Fall zu bringen. Leider erwiesen sich die Franken als überaus standfeste, erprobte Krieger. Und dann war Wittiges einmal nicht schnell genug, und ein siedender Schmerz durchzuckte sein Bein. Er merkte, wie er in die Knie ging, schaffte es aber doch, auf den Füßen zu bleiben und Ingomer den Stock so in die Seite zu rammen, dass der Mann zurücktaumelte.

Blut lief Wittiges die Wade hinunter. Den Schmerz spürte er kaum noch, aber er wusste, dass die Verletzung mehr und mehr eine Behinderung darstellte. Es wurde Zeit, dass er angriff statt sich nur zu verteidigen! Todesmutig sprang er auf Falco zu und schlug ihm mit einem gewaltigen Hieb auf den Arm. Klirrend fiel das Schwert auf die Steine. Wittiges wich zur Seite und schlug noch einmal zu, diesmal auf die Schulter, während er selbst spürte, wie Ingomers Klinge seine Rippen streifte. Der andere Franke war zu nahe. Der nächste Schwerthieb musste …

Der nächste Hieb kam nicht.

Wittiges drehte sich halb um. Ingomer hielt das Schwert angriffsbereit, war aber in der Bewegung erstarrt.

»Was geht hier vor?« Eine tiefe, grollende Stimme drang in Wittiges Bewusstsein, während er sich hastig von seinen Gegnern zurückzog. Erst dann schaute er sich nach dem Sprecher um.

Der Mann saß auf einem riesigen schwarzen Ross. Er hatte die üblichen langen Zottelhaare, dazu buschige Augenbrauen und einen gewaltigen Bart, sodass vom Gesicht noch weniger zu sehen war als bei den anderen Franken. Der Grimm des Mannes war trotzdem unverkennbar und richtete sich gegen seine Landsleute.

»Wird's bald?«, schnauzte der Reiter.

Falco hob sein Schwert auf, steckte es zurück in die Scheide und umklammerte, die Schultern auffällig gekrümmt, den geprellten Arm, um zu zeigen, dass er Schmerzen litt.

»Dieser Bengel und ein anderer Diener aus dem Palast wollten sich über unsere Sachen hermachen, als wir friedlich badeten. Wir haben uns nur verteidigt.«

»Stimmt«, fiel Ingomer ein und deutete mit dem blanken Schwert auf Wittiges. »Teufelsbrut, diese Westgoten. Klauen wie die Raben. Von wegen Gastfreundschaft! Kaum kehrt man ihnen den Rücken zu, ist man seines Lebens nicht mehr sicher.«

Wittiges schätzte den Mann auf dem Pferd auf Ende dreißig. Offensichtlich übte er eine gewisse Autorität über die beiden Raufbolde aus, dafür war Wittiges dankbar.

»Sie lügen«, erklärte er ruhig auf Latein. »Sie sind zu zweit über den Sklavenjungen hergefallen und haben ihn gequält. Ich hab's gehört und gesehen. Und nie im Leben haben sie im Fluss gebadet«, setzte er spöttisch hinzu. »Dafür stinken sie viel zu sehr.«

Das war eine weitere Unart der Franken. Sie stanken alle, denn sie schmierten sich doch tatsächlich ranzige Butter in die Haare! Seit sie am Hof weilten, wusste Wittiges, wie Barbaren aussahen. Außerdem teilte er seine Kammer mit drei fränkischen Knechten und lauschte ihren Unterhaltungen, ohne verraten zu haben, dass er ihre Sprache verstand. So hatte er allerhand über sie und ihre merkwürdigen Gewohnheiten erfahren. Ganz gewiss badete keiner von ihnen im Januar freiwillig im eiskalten Fluss.

So schien auch der Mann auf dem Pferd zu denken. Inzwischen hatte Wittiges eine Ahnung, wer er sein mochte: *Dux* Gogo, der Anführer der Gesandtschaft. Es gab ein untrügliches Erkennungszeichen, und als der Mann mit einer Kopfbewegung die Haare zurückwarf, die ihm in die Stirn hingen, sah er es: das blinde rechte Auge.

Unvermittelt ging Ingomer mit dem blanken Schwert auf Wittiges los, aber *Dux* Gogo hob sofort die Hand. »Steck das Schwert weg!«

Der Franke gehorchte augenblicklich.

Dann wandte sich Gogo auf Fränkisch an Wittiges und musterte ihn abschätzend. »Du kannst gut mit dem Stock fechten. Von wem hast du das gelernt?«

»Von den Hirten meines Vaters«, antwortete Wittiges in derselben Sprache. Ingomer fluchte.

»Er ist ein westgotischer Bauer«, giftete Falco. »Ein Bauernbengel, der einen Edlen anzugreifen wagt. Er hat mir den Arm gebrochen.«

»Sieht mir nicht so aus – und wenn, dann bist du selbst schuld«, beschied ihn Gogo ungerührt. »Wenn sich zwei erfahrene Krieger nicht einmal gegen einen Jungen mit einem Stock wehren können, haben sie jeden Hieb verdient, den sie einstecken mussten. Verschwindet! Auf der Stelle!«

Falco drehte sich noch einmal um, als er und sein Kumpan am Fluss entlang auf ihre Pferde zugingen, und drohte unmissverständlich mit der Faust. Wittiges wusste, was die Geste bedeutete: Er hatte nun zwei Feinde unter den Franken. Alle Kränkungen und Blessuren, die sie ihm verdankten, würden sie ihm heimzahlen, wenn er nicht aufpasste.

»Und nun zu dir«, blaffte Gogo. »Wie heißt du? Wer bist du?«

Wittiges war versucht, ihn zu fragen, was ihn das angehe, entschied aber anders. Hier ist doch endlich einmal jemand von Rang, dachte er sarkastisch, der mir seine Aufmerksamkeit schenkt.

»Ich heiße Wittiges. Mein Vater hat lange im Palast gedient, bevor er sich auf sein Landgut zurückzog.« Noch während er sprach, nahm Gogo die Zügel straffer, wendete wortlos das Pferd und ritt am Fluss entlang hinter den anderen her. Unversehens war Wittiges allein. Plötzlich kam ihm der Kampf wie ein Spuk vor, und die Wunde am Bein schmerzte wieder heftig. Das Blut lief ihm immer noch am Schenkel hinab, und eine gewisse Schwäche gewann die Oberhand. Was hatte er sich da bloß eingehandelt? Wofür und vor allem für wen? Der Sklave war wie die anderen verschwunden. Wütend auf sich selbst humpelte Wittiges auf das Gebüsch zu, wo er Bauto gelassen hatte, und las unterwegs seinen Mantel auf.

Der Sklavenjunge hockte vor dem Hengst im Gras, wimmerte und wiegte sich wie unter Qualen hin und her. Memme, dachte Wittiges angewidert und pfiff leise nach Bauto. Aber der Hengst, sonst überaus gehorsam, trat nur unruhig von einem Fuß auf den anderen und schnaubte leise. Der Zügel hing lose im Geäst, er hätte ihn mitschleifen können, aber Bauto mochte nicht über den Jungen hinwegsteigen.

Wittiges hatte nicht die Absicht, sich noch länger mit diesem Weichling zu beschäftigen, dem er letztlich die Beinwunde und zwei klaffende Risse in seiner zweiten Tunika verdankte. Nun besaß er kein einziges anständiges Gewand mehr. Wahrscheinlich hätten die beiden Franken an dem Jungen nur ihren Mut gekühlt und ihn dann in Ruhe gelassen. Es wäre sicher nichts Ernsthaftes geschehen, wenn er, Wittiges, sich nicht eingemischt hätte. Verdrossen starrte er auf die Jammergestalt hinab.

»An deiner Stelle würde ich mich auf die Strümpfe machen. Geh nach Hause.«

Der Junge hob den Kopf. Seine Wangen waren nass von Tränen, und auf einer Seite lief Blut aus einem hässlichen Schnitt und mischte sich mit den Tränen. Wittiges wehrte sich gegen das aufkommende Mitleid.

»Hast du gehört? Du kannst dich verdrücken. Ich glaub nicht, dass dir die Franken irgendwo auflauern. Du bist ein Palastsklave, oder nicht?«

Der Junge nickte. »Du bist verletzt«, sagte er mit seltsam hoher Stimme und wies auf Wittiges Bein. Blut quoll unter dem Saum der Tunika hervor.

»Nur ein Kratzer«, wehrte Wittiges brüsk ab und fragte sich, wann sich dieser Wicht endlich trollte. »Nicht der Rede wert.« Hatte der Junge vor Angst geschissen und sich das Gewand befleckt und blieb deshalb hocken? »Kannst du nicht aufstehen?«

»Doch.« Jetzt erhob sich der Sklave ungelenk. Zu Wittiges Überraschung war dieser nur wenig kleiner als er selbst, aber außerordentlich schmächtig. Der hohen Stimme nach ein Eunuch. Die Franken hatten das gewusst. Woher? Kannten sie ihn? Kastration hatte die Kirche seit Langem verboten, sie kam nur noch als Strafe vor. Eine der gemeinsten, die sich Wittiges vorstellen konnte. Was hatte der Junge verbrochen? Noch immer liefen ihm die Tränen die Wangen hinab. Wittiges konnte dieses Elend kaum noch mit ansehen.

»Komm schon, ich bringe dich zurück.« Er streifte seinen Mantel ab und hängte ihn dem Sklaven um die Schultern.

Den ganzen Weg den Fluss entlang hörte das leise Gewimmer nicht auf. Hatte man dem Jungen mit den Eiern auch jeglichen

Schneid genommen? Verachtung regte sich in Wittiges. Er ließ den anderen vorangehen, um ihn im Auge zu behalten. Der Junge torkelte vorwärts und stieß immer wieder mit dem Fuß gegen Steine, während er eine Hand mit der anderen umklammerte. Nun lag der Teil des Wegs vor ihnen, der in weiten Kehren auf die Hochebene und zur Stadt hinaufführte. Nachdem der Junge zweimal in die Knie gegangen war und sich nur mühsam wieder aufgerichtet hatte, packte Wittiges ihn von hinten an der Schulter.

»Warte!«

Erschrocken blieb der Junge stehen. Wittiges zog Bauto am Zügel heran, drehte den Sklaven zu sich herum, fasste ihn mit beiden Händen um die Taille und hob ihn in den Sattel.

»Hab keine Angst«, knurrte er. »Du fällst nicht herunter.« Er gab eine Folge von Schnalzlauten von sich, die Bauto in Bewegung setzten. Jetzt ging es zügiger voran. Das Wimmern hörte auf, und eine Weile blieb es still. Aber als Wittiges einen vorsichtigen Blick ins Gesicht seines Begleiters warf, sah er, dass dieser immer noch weinte.

»Wie heißt du?«, fragte Wittiges. In Wahrheit war ihm der Name nicht wichtig, aber er wollte den anderen von seinem Kummer ablenken. Auf keinen Fall gedachte er mit einem weinenden Jungen die Stadt zu durchqueren.

»Aletheus.« Wenigstens kam der Name ohne Schluchzer heraus.

»Merkwürdiger Name. Hab ich noch nie gehört. A-le-the-us. Ist das richtig?«

»Ja, aber so nennt mich längst niemand mehr.«

»Wie dann?«

»Alexander.«

Wittiges schaute auf.

Immer noch Tränen.

»Wie der sagenhafte Griechenkönig? Der Name ist viel zu bedeutend für eine halbe Portion wie dich«, meinte er mit leichtem Spott.

Aletheus grinste schief, aber der gequälte Ausdruck wollte nicht wirklich weichen. Dazu trug auch die Wunde auf der Wange bei, die sicher eine hässliche Narbe hinterlassen würde. Inzwischen hatte Wittiges entdeckt, dass die Tunika des Jungen aus feinster Wolle bestand. Am Saum war sie kunstvoll bestickt, und auch die kurzen Stiefel aus weichem, rot eingefärbtem Leder sahen teuer aus. Alexander oder Aletheus konnte kein einfacher Palastsklave sein. Und noch etwas fiel ihm auf. Der Junge hielt immer noch die Hand umklammert.

»Was ist mit deiner Hand?«

»Gebrochen. Dieser Falco hat so lange daraufgetreten, bis das Handgelenk brach«, antwortete Alexander mit erstickter Stimme und wimmerte wieder.

Wittiges hatte sich einmal einige Rippen gebrochen, als er von einem Baum gefallen war, und konnte sich gut an den höllischen Schmerz erinnern. Aber der ging vorbei und war längst kein Grund, in unmännliche Tränen zu zerfließen.

»Er hat es mit voller Absicht getan«, fuhr Alexander wehleidig fort. »Er wusste, was das für mich bedeutet.«

»Und das heißt?«, fragte Wittiges voller Unbehagen. Eigentlich wollte er nichts Näheres wissen. Er würde Alexander zu seinem Quartier bringen und anschließend vergessen.

»Ich bin erledigt, ich werde …«

»Unfug!«, unterbrach ihn Wittiges nachdrücklich. »Du bist jung, deine Knochen heilen wieder. Wie alt bist du?«

»Neunzehn.«

Ein Jahr älter als er selbst, stellte Wittiges erstaunt fest. Und dennoch war Alexander ein hasenfüßiger, selbstmitleidiger Kindskopf. Vielleicht lag das daran, dass er Eunuch war. Aber der Eunuch, der in den Stall gekommen war, hatte keineswegs einen kindischen oder irgendwie unreifen Eindruck gemacht. Langsam packte Wittiges eine stille Wut.

»Wieso solltest du wegen eines gebrochenen Handgelenks erledigt sein? Es gibt hervorragende Ärzte am Hof. Was tust du überhaupt? Bist du Türsteher oder königlicher Sandalenbewahrer? Oder hast du einen richtigen Beruf?«, fragte er.

»Ich bin Musiker.«

Sie hatten die Stadtmauer erreicht. Der Torwächter winkte sie durch und schloss die schweren, eichenen Torflügel hinter ihnen. Wittiges hatte nicht einmal bemerkt, dass es Abend geworden war. Lange Schatten fielen in die Gassen, nur hier und da wurde ein besonders hoher Giebel noch vom Licht vergoldet. Schweigend setzten sie ihren Weg fort. Eine Glocke läutete. Der schwingende, hallende Ton brach sich an den Mauern der Häuser. Wittiges liebte den Glockenklang.

»Erzähl mir mehr«, bat er schließlich in versöhnlicherem Ton. »Spielst du ein Instrument?«

»Ich spiele sie alle: Flöte, Leier, Zither, und ich brauche dazu die volle Beweglichkeit der Hände. Ich bin nicht der Erste, den eine solch ernste Verletzung zugrunde gerichtet hat. Vielleicht tauge ich noch für Jahrmärkte, aber dem Anspruch des Königs werde ich nicht mehr genügen.«

Allmächtiger! Einer von Athanagilds Hofmusikern hockte auf Bautos Rücken! Nun endlich ahnte Wittiges, was für eine Katastrophe das gebrochene Handgelenk für Alexander bedeutete.

»Dein Pferd ...«, murmelte Alexander, das Thema wechselnd. Jetzt, da er seine Befürchtungen ausgesprochen hatte, versiegte der Tränenstrom, und auch die Stimme nahm an Festigkeit zu. Eine hohe, seltsam flache Stimme. »Auf einem solchen Pferd hab ich noch nie gesessen. Es ist ...«

»Du brauchst mir über Bauto nichts zu erzählen, was ich nicht schon weiß«, winkte Wittiges ab. Allmählich überkam ihn wieder Schwäche, daher wollte er Alexander jetzt schleunigst loswerden und sich in sein Quartier zurückziehen. Es wurde Zeit, dass er sich um seine eigenen Blessuren kümmerte. »Wir sind da.«

Wie sich herausstellte, bewohnte Alexander im dritten Stock eines der Hauptgebäude ein geräumiges Zimmer, von dem eine offen stehende Tür in einen mit Marmor ausgekleideten Baderaum führte.

Eine wahrhaft noble Unterkunft. Außerdem verfügte der Musiker über einen eigenen Diener. Philipp. Er schickte den etwa zehn Jahre alten Jungen sofort los, einen Arzt herbeizuholen. Mit einer einladenden Geste deutete Alexander auf das breite, mit Kissen und weichen bunten Wolldecken bedeckte Bett.

»Leg dich hin«, bat er. »Du musst völlig erschöpft sein. Du heißt Wittiges, nicht wahr? Ich hab zumindest einen Teil deiner Unterhaltung mit den Franken mitbekommen und deinen Namen gehört. Möchtest du etwas essen?«

Wittiges schüttelte den Kopf. »Ich denke, du kommst jetzt ohne mich zurecht. Ich muss mich um Bauto kümmern, er steht noch unten im Hof, wie du weißt.« Auf einmal schwankte er und fiel in tiefe Bewusstlosigkeit.

4 Das Mädchen blieb an der Tür stehen. Sie war doch kleiner und schmächtiger, als Athanagild vermutet hatte. Und überdies enttäuschend unscheinbar. Die schöne Erregung, die ihn beim Anblick des im Hof herumtollenden Mädchens befallen hatte, drohte sich zu verflüchtigen. Über die Schulter der Kleinen lugte Cniva ins Zimmer.

»Soll sie hierbleiben?«, fragte der Eunuch in säuerlichem Ton. Athanagild las ihm vom Gesicht ab, was er dachte. Cniva hoffte, dass der König es sich anders überlegte. Der Mann ließ es am nötigen Respekt und der geforderten Demut fehlen. Das wurmte Athanagild. Vielleicht sollte er den Hofmeister seines Amtes entheben und durch einen jüngeren Mann ersetzen, der weder unangemessene Fragen stellte noch mit seiner Miene Kritik ausdrückte. Lässig winkte er, die Tür zu schließen und ihn mit dem Mädchen allein zu lassen.

Die Kleine zögerte, näher zu treten.

»Komm nur«, sagte er freundlich, »komm her und hab keine Angst.« Er lächelte, und dann geschah ein kleines Wunder.

Mit den ersten Schritten ins Zimmer hinein entfaltete die junge Sklavin alle Anmut, die ihn vorher bezaubert hatte. Ja, jede Bewegung hatte etwas betörend Sinnliches, dass dem Mädchen nicht bewusst sein konnte, dafür war es zu jung. Ein ungeschliffener Edelstein, eine Kostbarkeit. Und so unscheinbar war die Kleine gar nicht. Die großen, dunklen Augen in dem herzförmigen Gesichtchen wurden von langen, gebogenen Wimpern beschattet, und das braune Haar fiel in dichten Locken über die Schultern. Der Mund war klein, aber die vollen, roten Lippen hatten einen wunderbaren Schwung. In zwei, drei Jahren würde dieses Kind zu einer Schönheit herangereift sein. Noch war es ein unschuldiges Versprechen auf köstliche Wonnen. Bei diesem Gedanken stellte sich die Erregung wieder ein. Er würde sich Zeit lassen, ein wenig zumindest.

Mit elegantem Schwung erhob er sich und bot der Kleinen seinen Sessel an. Sie schüttelte verschüchtert den Kopf. Ja, natürlich, sie war zu gut erzogen, um sich zu setzen, solange er selbst noch stand.

»Wir sind ganz unter uns«, sagte er mit einem Augenzwinkern und schob sie auf den Sitz. »Ich hab dich unten im Hof gesehen. Macht es dir Spaß, dich um die Kinder zu kümmern? Ist das deine Aufgabe?« Cniva hatte ihm etwas über die Sklavin erzählt, aber das hatte er schon vergessen. Mit dem freundlichen Geplauder wollte er nur ihre Ängste dämpfen. Sicher hatte sie Angst, eine grundlose Angst, nur konnte sie das nicht wissen. Er war schließlich kein Menschenfresser. Und sicherlich empfand sie Ehrfurcht vor ihm, dem gesalbten König. Eigenhändig füllte er einen Silberpokal mit Wein und reichte ihn ihr.

Sie nippte nur. »Nein«, antwortete sie schließlich mit dünner Stimme, »es ist nicht meine Aufgabe, mich um die Kinder zu kümmern, es war Zufall. Ich kam vorbei und …« Sanft hob er ihre Hand mit dem Kelch und zwang sie zu trinken.

»Schmeckt dir der Wein?«, erkundigte er sich leutselig.

Sie runzelte die Stirn und nickte ernst. »Ja, er ist gut. Sehr weich, sehr fruchtig.«

Athanagild amüsierte sich. Eine Weinkennerin – das hatte er wirklich nicht erwartet. »So, dann arbeitest du also in der Küche. Vielleicht solltest du demnächst den Wein für meine Tafel aussuchen.« Wie absichtslos streifte er mit den Fingern zart über ihren nackten Unterarm. Was für eine schöne, seidenglatte Haut.

Sie machte eine kleine abwehrende Geste.

Na, na, dachte er, zier dich nicht so.

»Ich glaube nicht, dass du das ernst meinst«, sagte sie mit entwaffnender Offenheit.

»Du misstraust dem Wort deines Königs?«, fragte er mit gespielter Entrüstung.

Erschrocken legte sie die Hand auf den Mund. Er ergriff sie, beugte sich darüber und küsste sie zärtlich.

»Du bist ein närrisches Kind«, sagte er leise. Er ließ ihre Hand nicht los, sondern zog sie auf die Füße. »Komm mit.« Es wurde Zeit, die Sache zu beschleunigen. Wieder spürte er, wie seine Männlichkeit schwächelte, dem Zustand musste er schleunigst abhelfen. Noch einmal drückte er der Kleinen den Kelch an die Lippen, bis sie seiner Ansicht nach genug getrunken hatte. Wein löste bekanntlich Hemmungen, und er wollte, dass sie sich entspannte. »Du liebst doch sicher Süßigkeiten? Du bist selbst etwas sehr Süßes, weißt du das?«, murmelte er und drückte die Lippen an die Stelle des Kelchrands, wo sie getrunken hatte. Mit einem beredten Blick in ihre Augen trank er den Rest des Weins.

Ihre Lider flatterten.

Es lag eine unbewusste Koketterie in diesem Lidschlag. Bezaubernd. Betörend. Einladend. Die Zurückhaltung, die er sich bisher auferlegt hatte, wurde zu einer erregenden Pein. Eine Hand am schmalen Rücken der Sklavin, schob er sie durch die Tür, die ins Schlafzimmer führte. Er spürte ihre Angst und ihren Widerstand, gab aber nichts darauf, solange sie dem Druck seiner Hand nachgab.

»Kann ich noch etwas Wein haben?«, fragte sie zitternd.

»Später, mein liebes Kind.« Er ließ sie erst los, als sie auf der Bettkante saß. Blanke Furcht stand in ihren Augen.

Er beugte sich zu ihr hinab und lächelte sie begütigend an. »Kannst du dir vorstellen, was es bedeutet, König zu sein? Jeden Tag die Verantwortung für ein ganzes Volk zu tragen, sich mit Feinden herumzuschlagen, ihnen Verträge abzuringen, ihnen sogar die eigene Tochter zu überlassen, damit es allen anderen, dir, deiner Familie, jedem hier in Toledo und diesem Land gut geht? Es macht mich manchmal müde, manchmal traurig, oft bin ich enttäuscht. Denn ich muss für alle da sein, während es kaum jemand für nötig hält, einen Gedanken an den König zu verschwenden, dem er Sicherheit und Wohlergehen verdankt. Ja, ich bin der König, aber auch nur ein Mensch, der sich nach etwas Freude und Glück sehnt.«

Sie starrte ihn mit großen Augen an, während er ihr Gewand hochstreifte, ihre Schenkel entblößte und behutsam über die Innenseite einer Wade strich, über das erstaunlich runde, entzückende Knie und weiter und weiter … Sicher hatte noch niemand diese seidenweiche, empfindliche Haut so berührt wie er. So voller Kennerschaft und Zärtlichkeit. Ja, er wusste ihre Makellosigkeit zu würdigen.

Ungeduldig zerrte er seine Tunika hoch und enthüllte den Unterleib. Wie selten war es in den letzten Monaten vorgekommen, dass sich seine Männlichkeit so stark gezeigt hatte? Ein Stehvermögen wie ein junger Mann. Er war schon über fünfzig, da häuften sich die beschämenden kleinen Niederlagen. Um sie zu vermeiden, brauchte es stetig neue, ungewohnte Reize. Doch heute fühlte er sich kraftvoll und fähig. Dazu hatte es nur dieses unschuldigen zarten Mädchens bedurft.

Mit einer Hand drückte er sie aufs Bett, strich ihr beruhigend über die Lockenpracht und zwängte sich zwischen ihre Beine.

»Du brauchst keine Angst zu haben, ich bin vorsichtig.«

Ein süßes Gefühl von Macht und Triumph überkam ihn. Dann drang er genussvoll in sie ein, vergaß, was er gerade noch gesagt hatte, und ließ seiner Leidenschaft freien Lauf.

5 Wittiges blinzelte. Was ihn geweckt hatte, wusste er nicht. Im ersten Augenblick hatte er keine Ahnung, wo er sich befand. Jedenfalls lag er nicht auf seinem Strohsack, neben sich drei schnarchende Knechte. Aber hier schnarchte auch jemand. Als er sich aufsetzte und umwandte, kehrte langsam die Erinnerung zurück.

Er war gerade so lange ohnmächtig geblieben, wie Philipp gebraucht hatte, um Hilfe zu holen. Der Arzt, ein älterer Mann mit grau meliertem Haar und verschlossener Miene, brachte zwei Helfer mit, die Verbandszeug und allerhand Tiegel und Fläschchen bei sich trugen. Alexander bestand darauf, dass erst Wittiges Beinwunde versorgt wurde. Überhaupt verhielt er sich völlig anders als zuvor. Seine Weinerlichkeit war verschwunden, er tröstete sogar Philipp, der in Tränen ausbrach, sobald er begriffen hatte, was seinem Herrn widerfahren war. Liebevoll fuhr Alexander durch den dunklen Lockenschopf des Kleinen und redete ruhig auf ihn ein. Nein, er habe keine Schmerzen und es komme alles wieder in Ordnung, erklärte er und schickte das Kind fort, als sich der Arzt ihm zuwandte. Der Diener sollte Wein und ein Gefäß zum Erwärmen des Weins holen, denn Alexander zitterte nicht nur vor Erschöpfung, sondern auch vor Kälte.

Mit Wittiges hatte sich der Arzt nicht lange aufgehalten und überließ nach dem Reinigen und Nähen der Wunde das Verbinden seinen Helfern. Während sie die Verletzung mit geübten Griffen versorgten, nahm sich der Arzt das gebrochene Handgelenk des Musikers vor. Nicht nur Alexander selbst, sondern auch Wittiges las aus der Miene des Arztes, wie schlimm es darum stand, und empfand uneingeschränktes Mitgefühl.

Verstohlen sah er sich um und entdeckte die verschiedensten Instrumente an der Wand: mehrere Flöten, mit Goldornamenten geschmückte Leiern und zwei Zithern. Wittiges hatte noch nie so viele und so kostbare Instrumente auf einmal gesehen. Alles in diesem Gemach überwältigte ihn. Trotz der Januarkälte draußen herrschte eine wohlige Wärme. Sie strömte aus Schlitzen am Fuß der Wand, und auch der Boden fühlte sich warm an. Wittiges kannte sich durchaus mit dieser Art von Heizung aus. Zu Hause hatten sie eine ähnliche gehabt, nur hatte sie nicht alle Räume des Hauses erreicht. Die Hypokaustanlagen des Palastes, das in den Fußböden und den Wänden angelegte Warmluftsystem, musste gigantische Ausmaße haben. Er stellte sich ein Heer von Sklaven vor, das in den Kellern schuftete, um die Öfen zu befeuern.

In den Fensteröffnungen saßen mit Pergament bespannte Gitter, und davor hingen Vorhänge aus sattrotem Stoff. Wittiges hinkte zu einem der Fenster und öffnete es vorsichtig.

Sein Blick schweifte über den Tajo hinweg in die abendliche Landschaft. Um das Stockwerk herum zog sich eine steinerne Galerie, auf der man im Sommer bestimmt angenehm sitzen konnte. Ja, es bestand kein Zweifel: All diesen Luxus würde Alexander mit seinem Posten verlieren.

Sobald der Arzt gegangen war, lud Alexander Wittiges zu einem Becher gewärmten und gewürzten Weins ein, den der Junge zubereitet hatte. Eine Ablehnung wäre grobe Unhöflichkeit gewesen. Außerdem stieg Wittiges der Duft des Gebräus verlockend in die Nase. Der kleine Diener flitzte davon und brachte kurz darauf eine große Schale mit gebratenen Fleischscheiben, getrockneten Feigen und lockerem Weißbrot. Wittiges brauchte keine Aufforderung mehr, er langte zu und seufzte nach den ersten Bissen vor Behagen. Dies war die erfreulichste Mahlzeit seit seiner Ankunft in Toledo. In Ruhe und mit Genuss durfte er sich satt essen und hatte zudem das Gefühl, kein unerwünschter Bittsteller zu sein. Irgendwann, nach dem dritten oder vierten Becher Wein, musste er auf dem Bett eingeschlafen sein.

Wittiges betrachtete die beiden Schlummernden. Es war der Diener, der schnarchte. Er hatte sich dicht an den Rücken seines Herrn geschmiegt, und Alexander hatte den Arm mit der unverletzten Hand um den Kleinen gelegt. Die zwei boten ein rührendes Bild, aber irgendetwas störte Wittiges daran.

Bevor Alexander eingeschlafen war, hatte er offenbar gebadet und sich umgezogen. Denn er war nun mit einem hauchfeinen langen Gewand bekleidet und duftete nach aromatischen Ölen. Alles an ihm wirkte ein wenig feminin. Sein Gesicht, das Wittiges nun mit Muße betrachten konnte, zeigte eine Schönheit, die eigentlich nur Frauen zustand, und auch der kleine Junge, der sich so innig an seinen Herrn drückte, war ausnehmend hübsch. Beide hatten schimmerndes rabenschwarzes Haar. Je länger er sie betrachtete, desto schmutziger und ungepflegter kam er sich vor. Es wurde Zeit, dass er verschwand. So angenehm es hier war, fühlte er sich dennoch auf unerklärliche Weise unwohl. Und mit Schrecken erinnerte er sich daran, dass Bauto noch immer unversorgt in einem der Höfe stand.

Draußen musste es inzwischen dunkel geworden sein, denn kein Lichtschimmer fiel durch die Fenster. Das Zimmer wurde nur schwach durch eine Öllampe auf einem zierlichen, hohen Bronzekandelaber erhellt.

Als Wittiges vom Bett rutschte und aufstand, zuckte ihm ein scharfer Schmerz durch das verletzte Bein. Außerdem taten ihm eine Schulter, die unteren Rippen und einige andere Stellen am Körper weh. Er war wohl öfter getroffen worden, als er in Erinnerung hatte. Nur die Beinwunde hatte geblutet, das andere waren Prellungen, die aber dafür sorgten, dass er sich beim Gehen steif wie ein alter Mann fühlte.

In den Fluren und im Treppenhaus brannten Öllampen. Das erleichterte es ihm zwar, den Rückweg zu finden, da aber die Wirkung des Weins sich noch nicht gänzlich verflüchtigt hatte, kämpfte Wittiges auf der Suche nach dem Hof, wo er Bauto zurückgelassen hatte, mit einer lästigen Benommenheit.

Auch in den Höfen herrschte nahezu völlige Stille. Nur gelegentlich drangen Gesprächsfetzen aus angelehnten Türen. Überall brannten Kohlebecken, die ein schwaches Licht abgaben. Manche sorgten eher für gespenstische Schatten als für Beleuchtung. Bald hatte Wittiges den Eindruck, sich verlaufen zu haben.

War er durch diesen Hof gekommen? Unruhig spähte er um sich. Gab es hier jemanden, den er fragen konnte, wo er sich befand? Aber ja doch! Da lehnten zwei Männer an der Wand. Erleichtert ging er auf sie zu.

»Könnt ihr mir sagen …«

»Natürlich können wir das«, kam ihm Falco mit einer Antwort zuvor. Ehe Wittiges zurückweichen konnte, sprang der Franke vor und rammte ihm mit voller Wucht die Faust in den Magen. Wittiges krümmte sich.

»Und ob wir das können.« Das war die Stimme seines Spießgesellen.

Ingomer trat Wittiges die Beine weg, und kurz bevor dieser stürzte, schlug er ihm ins Gesicht. Die Lippe platzte auf. Während Wittiges am Boden lag und die beiden abwechselnd oder auch gemeinsam nach ihm traten, versuchte Wittiges, wenigstens den Kopf zu schützen. Er schaffte es nicht, auf die Füße zu kommen, so dicht erfolgten die Treffer. In die Nieren, in den Bauch – sobald er sich drehte, fanden sie nur neue Ziele.

»Geben wir ihm gleich hier den Rest?«, grunzte Falco.

Wittiges hörte, wie eine Klinge aus der Scheide fuhr. Sie würden ihn töten. Hier. Jetzt!

»Lass mich«, knurrte Ingomer und drängte seinen Kumpan beiseite. Wittiges spürte mehr, als er es sah, wie der Mann beidhändig das Schwert hob.

Es war seltsam, den eigenen Tod vorwegzunehmen. Noch ein oder zwei Atemzüge, und er würde einen letzten, schneidenden Schmerz spüren. Nur einen Moment noch.

Wittiges wusste es selbst nicht, aber er pfiff.

»Der pfeift noch lustig!«, rief Ingomer fassungslos und ließ das Schwert ein wenig sinken. Dann holte er wieder zu dem einen gewaltigen Schlag aus.

Keiner der Mordgesellen hatte auf den Hufschlag geachtet, aber plötzlich wurde Ingomer von hinten gerammt, und ein grauenhaftes Geschrei erhob sich. Klirrend fiel das Schwert auf die Pflastersteine.

Bauto, dachte Wittiges erstaunt. Es war Bauto, der Ingomer angegriffen hatte und nun markerschütternd schrie. Kein Pferd schrie wie Bauto, wenn ihn etwas erregte oder in Furcht versetzte. Und schon öffneten sich Türen zum Hof, Stimmen wurden laut.

Eine Hand im Kreuz, hob Ingomer stöhnend und fluchend sein Schwert auf, und bevor er damit zustechen konnte, zog ihn Falco mit sich. Die beiden verschwanden, ohne dass jemand Anstalten machte, sie aufzuhalten.

Wittiges taten alle Knochen weh, mühsam kam er auf die Knie. Ihm schwindelte, und er erbrach sich.

»He, schlaf deinen Rausch woanders aus!« Ein Tritt brachte Wittiges auf die Füße, das hieß, er zog sich an Bautos Zügel in die Höhe. Er wollte etwas sagen, aber die Stimme versagte ihm.

Bauto setzte sich in Bewegung, er brauchte sich nur mitschleifen zu lassen.

»Der sieht aber gar nicht gut aus«, sagte noch jemand besorgt, aber einmal in Bewegung, wollte Wittiges nicht mehr innehalten. Er musste einen Winkel finden, um sich darin zu verkriechen. Seine Kammer über dem Pferdestall! Jetzt war sie auf einmal der einzige sichere Platz. Bauto führte ihn zum Stall, er gab ihm noch Wasser und Heu und danach erklomm er mit letzter Kraft die Stiege, die hinauf zu seinem Strohsack führte.

Als er auf allen vieren kriechend seinen Schlafplatz erreichte, rekelte sich dort ein vierschrötiger Kerl – ein fränkischer Knecht.

»Das ist mein Sack«, röchelte Wittiges.

Der Kerl grunzte und stierte ihn aus blutunterlaufenen Augen an.

»Verpiss dich oder …«

Wittiges kroch zurück, taumelte die Stiege hinunter, robbte in den Verschlag zu Bauto und fiel dort mit dem Gesicht ins Stroh.

6 »Ich hasse sie, ich hasse sie alle!«, stieß Gailswintha schluchzend hervor. Brunichilds zwei Jahre jüngere Schwester lag auf dem Bett und presste ein Kissen an die Brust. Brunichild wusste, wer gemeint war. Die Franken.

Seit der Vorstellung im Thronsaal waren einige Stunden vergangen, aber die Panik, die sie dort überfallen hatte, wirkte noch nach. Ohne die Vorbereitung durch den Zeremonienmeister wäre sie vielleicht vor dem Wilden, der ihr einen Ring an den Finger gesteckt hatte, für alle sichtbar zurückgeschreckt. Wie der Mann gestunken hatte! Wenn bei den Franken schon die Herzöge so barbarisch und ohne jede Eleganz daherkamen, wie verhielt es sich dann erst mit dem König? Brunichild schauderte in Gedanken an den unbekannten, alten Mann, dem sie als Ehefrau ausgeliefert werden sollte. Die Ehe wurde zu einer unfassbaren Bedrohung. Sie war mehr als nur eine Abmachung auf dem Papier.

»Sie dürfen dich nicht mitnehmen! Ich bleibe nicht allein zurück«, jammerte Gailswintha.

Mit ihren vierzehn Jahren war sie noch ein richtiges Kind, aber das lieblichste Geschöpf, das Brunichild kannte. Ihr Haar war von einem leuchtenden Braungold, wie von der Sonne durchglüht, und ihr Körper wirkte so zierlich und reizvoll wie der einer antiken Elfenbeinfigur der Göttin Venus. Die Begegnung mit ihr brachte jeden zum Lächeln und löste unfehlbar Beschützerinstinkte aus.

Brunichild hatte ihr nicht viel von der Zeremonie erzählt, und nichts über ihren Schrecken beim Anblick einer Horde von hundert fränkischen Wilden. Erstaunlich, dass sie ihre Pferde vor der Tür gelassen hatten. Sie hatten sie angegafft wie ein Schaustück, wie eine Beute. Selbst Herzog Gogo. Widerlicher Kerl mit dem blinden Auge, das wie ein zerlaufenes Hühnerei aussah.

Nach der Rückkehr aus dem Thronsaal hatte sie sich mit einigen Sklavinnen ins Bad zurückgezogen. Es war ihr weniger darum gegangen, den Stallgeruch loszuwerden als vielmehr die unangenehmen Gefühle, die die Nähe des Franken Gogo ausgelöst hatte. Die Angst, das Erschrecken – mit denen sich dieser penetrante Gestank nach ranzigem Fett nachhaltig verbunden hatte. Wie eine tiefe Erinnerung hatte sie ihn in der Nase behalten und daher verlangt, das Badewasser verschwenderisch mit duftenden Essenzen zu versetzen. Sie musste sich gegen ihre Ängste zur Wehr setzen, um ihnen nicht länger ausgeliefert zu sein.

»Was findest du an den Franken?«, fragte Gailswintha mit zitternder Stimme, da Brunichild schwieg. »Wieso macht es dir nichts aus, ihnen in ihr Land zu folgen?«

»Sollte es mir etwas ausmachen?«, fragte Brunichild mit einem Stirnrunzeln.

»Ich habe Angst um dich«, flüsterte Gailswintha.

Brunichild zuckte die Schultern. »Die Franken werden mir nichts tun, im Gegenteil: Ich werde ihre Königin sein, und sie werden den Boden unter meinen Füßen küssen.«

Gailswintha kicherte, wurde aber gleich darauf wieder ernst. »Es gehört wohl zu unserem Schicksal, in ein fremdes Land verheiratet zu werden. Vielleicht sollte ich glücklich sein, dass du immerhin einen König zum Ehemann bekommst.« Sie seufzte.

Und keinen unbedeutenden Provinzfürsten wie unsere beiden älteren Schwestern, ergänzte Brunichild in Gedanken. Seit diese Toledo verlassen hatten, um an kleinen Höfen in Italien zu leben, hatten Brunichild und Gailswintha die Zimmerflucht, zu der mehrere Räume und ein luxuriöses Bad gehörten, für sich allein. Aber immer noch teilten sie sich das Schlafzimmer und schliefen zusammen in dem einen breiten Bett. Das Bett war seit jeher ihre Zuflucht. Hier vertrauten sie sich ihre Geheimnisse an und spendeten sich gegenseitig Trost bei allen Kümmernissen. Aber nun war alles anders. Zu viel musste Brunichild jetzt für sich behalten, um die jüngere und schwächere Schwester nicht über Gebühr mit ihren Ängsten zu belasten.

Im Schlafgemach herrschte noch eine gewisse Ordnung. Alle anderen Räume sahen wie Rumpelkammern aus. Geöffnete Truhen standen herum, Sklavinnen begutachteten kostbare Gewänder und falteten sie zusammen. Auf einem Tisch häufte sich Schmuck, auf einem anderen goldenes Geschirr. Schreiber mit Wachstafeln vermerkten jedes Stück, das in die Truhen gepackt werden sollte. An der Größe und dem Wert von Brunichilds Mitgift bemaß sich ihr Rang, und daher konnte sich Athanagild keine Knauserigkeit leisten. Goiswintha selbst, die Mutter der Schwestern, wachte persönlich darüber, dass jeder Ring, jeder Vorhang, jedes Tuch von allererster Güte waren. Sie schritt von Raum zu Raum.

»Mutter, darf ich Brunichild begleiten?«, rief Gailswintha ihr zu, sobald sie das Schlafzimmer betrat.

»Hier finde ich euch«, murmelte die Königin. »Ich wollte nur nach euch schauen, bevor das Gastmahl für die Franken beginnt.«

»Nimmst du daran teil?«, fragte Brunichild überrascht.

»Nein.« Goiswintha schauderte unmerklich. »Ihr wisst doch, sie haben keine Frauen mitgebracht – keine Edelfrauen. Also werde ich auch nicht teilnehmen. Aber ich wollte vorher noch kurz mit eurem Vater reden.«

»Fragst du ihn wegen Bella und dem Fohlen?«, warf Brunichild hoffnungsvoll ein.

»Närrchen!« Liebevoll strich Goiswintha ihrer Tochter über das vom Bad noch feuchte Haar. »Dein Vater hat dir eine Antwort gegeben, und du weißt, er ändert seine Meinung nie.«

Eine junge Dienerin huschte herein. Als sie die Königin sah, blieb sie erschrocken stehen.

»Aletha!«, rief Brunichild. »Woher kommst du und wo bist du bloß gewesen?«

Das Mädchen drückte eine Hand auf den Leib, als ob es

Schmerzen hätte. »Entschuldige, Herrin, ich hab mit den Kindern im Hof gespielt und die Zeit vergessen.«

Brunichild mochte das Mädchen, das erst vor drei Wochen von einem der königlichen Landgüter in die Stadt geholt worden war. Eine Sklavin, die stets gut gelaunt war und willig alle Aufträge erledigte. Sie hatte ein erstaunlich gutes Auge, wenn es um Mode ging, und war auch für ungewöhnliche Einfälle wie zum Beispiel einen Ausflug in die Ställe zu einer fohlenden Stute zu haben.

Jetzt aber wirkte sie völlig verängstigt. Dabei wollte Brunichild sie gar nicht ausschelten. Sie betrachtete das Mädchen genauer und entdeckte Flecken auf dessen leichtem Gewand. Brunichild erriet, was dies zu bedeuten hatten. »Aletha, deine Monatsblutung hat eingesetzt. Hast du das nicht gemerkt? Geh dich waschen und umziehen.« Und an die Mutter gewandt, fügte sie hinzu: »Sie ist noch so unerfahren.«

»Ja, geh, Mädchen, mach dich sauber«, sagte Goiswintha zerstreut und beachtete die Kleine nicht weiter. Schon seit Monaten war die Königin von Schwermut befallen. Sie hatte nur noch diese zwei Töchter, an denen ihr Herz hing. Vor allem an Gailswintha, aber es konnte nicht ausbleiben, dass sie auch diese hergeben musste. Schon bald. Ihre Jüngste, ihr letztes Pfand. Oft, wenn sie sie sah, war ihr zum Weinen zumute, so auch jetzt. Sie zog sie an sich.

»Ich möchte Brunichild begleiten«, wimmerte Gailswintha. »Bitte, Mutter, sag Vater, dass ich mit Brunichild zu den Franken will.«

»Unfug«, wies Goiswintha sie zurecht. »Sag nicht so etwas Dummes.«

Durch die angelehnte Tür trat Cniva herein und verbeugte sich.

Die Königin stand von der Bettkante auf und strich sich das Gewand glatt.

»Was gibt es?«

Der Blick des Eunuchen schweifte umher und blieb an Aletha hängen. »Etwas Unangenehmes.«

Die junge Sklavin erstarrte, ihre Hand, mit der sie das Gewand hielt, verkrampfte sich so, dass die Knöchel weiß hervortraten.

Beunruhigt trat die Königin an den Eunuchen heran. Er flüsterte ihr etwas zu, bevor er sich verneigte und mit grimmiger Miene den Raum verließ. Sein letzter Blick galt Aletha.

»Was hat er gesagt?«, fragte Brunichild geradeheraus.

Die Königin ließ sich auf einen Schemel sinken. »Eine dumme Geschichte, die aber nicht euch betrifft.«

Aletha wimmerte, und ihr Gesicht war kalkweiß geworden.

»Nun geh schon!«, herrschte die Königin sie auf einmal an. »Ich muss dringend mit dem König reden«, setzte sie wie nur zu sich selbst leiser hinzu.

Aletha rührte sich nicht, sondern presste sich mit dem Rücken an die Wand neben der Tür, die in den Baderaum führte.

»Mutter, bitte!«, sagte jetzt auch Gailswintha, als sich die Königin erhob. »Du kannst uns doch nicht im Ungewissen lassen.«

Nach wenigen Schritten drehte sich Goiswintha zu ihren Töchtern um. »Wie ihr wollt. Ihr kennt den Musiker Alexander? Er kann heute beim Nachtmahl nicht auftreten. Welch ein Unglück! Er hat sich die Hand gebrochen, der arme Kerl.«

»Und das ist alles?«, staunte Brunichild.

»Deine Antwort zeigt, dass du nichts verstehst«, sagte Goiswintha belehrend. »Die Franken sind von ihm bezaubert. Sie lieben seine Musik und seinen Gesang, es stimmt sie heiter und friedlich. Und wir brauchen nichts dringender als heitere, friedvolle Gäste, die nicht daran denken, Unruhe zu stiften und Schandtaten zu begehen«, fügte sie verzweifelt hinzu. »Alexander war so wichtig, um diese ungebärdigen Fremden bei Laune zu halten. Jetzt weiß ich nicht, wen wir als Ersatz …« Als käme ihr auf einmal zu Bewusstsein, in welch ungünstigem Licht sie die Franken schilderte, stockte sie. »Ach, es ist nicht eure Sorge«, schloss sie und rauschte hinaus.

Aletha war an der Wand zu Boden geglitten und hatte die Hände vor das Gesicht geschlagen. Brunichild hockte sich vor sie hin und zog die Hände weg.

»Bitte, nimm mich mit zu den Franken«, flehte Aletha schluchzend.

»Nicht du auch noch! Seid ihr denn alle verrückt geworden?«, stieß Brunichild entgeistert hervor.

7 Bauto schnaubte ihm ins Gesicht. Wittiges fragte sich verblüfft, wie der Hengst in seine Dachkammer hinaufgekommen war, und tastete mit einer Hand nach dem Maul, um es wegzudrücken. Sein Kopf schmerzte unsäglich. Wieso eigentlich? Unter ihm knisterte Stroh, als er sich mühsam auf die Seite drehte, aber das war gar kein guter Einfall. Übelkeit schwappte in ihm hoch, und gleichzeitig spürte er überall Schmerzen. Blinzelnd öffnete er ein Auge und schloss es sofort wieder. Es war zu hell. Das Licht stach wie mit Messern. Er stöhnte qualvoll auf, und jemand räusperte sich.

»Bist du endlich wach?«, knurrte eine Stimme und fügte hinzu: »Ich glaub, er braucht einen Eimer Wasser über den Kopf.«

Ein Mann lachte. Die Laute zerbarsten in Wittiges' Kopf, Tränen schossen ihm in die Augen. Warum konnten sie ihn nicht in Ruhe lassen? Ihm war zum Sterben zumute. Bauto stupste ihn mit dem Maul an. Und während Wittiges mit einer Hand in raschelndes Stroh fuhr, meldeten sich langsam die Erinnerungen an seine Heimkehr. Er befand sich im Stall und lag unter seinem Pferd, das sich über ihn gestellt haben musste, als drohe ihm Gefahr. Diesmal öffnete Wittiges beide Augen. Alles, was er erspähte, war ein Paar Füße in Lederstiefeln. Hatten ihn die Franken wieder aufgespürt, um zu beenden, wobei sie gestern Nacht unterbrochen worden waren?

In Wittiges regten sich Wut und Widerstand.

»Was ist? Stehst du heute noch auf?«, fragte die Stimme gelangweilt.

Sie gehörte weder zu Ingomer noch zu Falco.

Wittiges schob den Kopf so weit vor, dass er sehen konnte, wer mit ihm sprach. Es war der Stallmeister Rado. Derselbe, der ihm vor vier Wochen nicht gerade freundlich die Kammer über dem Stall zugewiesen und bei dem er das Geld für Bautos Futter entrichtet hatte, das sich Rado vermutlich in die eigene Tasche gesteckt hatte.

»Ich dachte, ich hätte für die ganze Woche bezahlt«, nuschelte Wittiges verstört. Erst hatten sie ihm die Kammer genommen, jetzt kamen sie mit ungerechten Forderungen. Sie wollten ihn zermürben, ihm den Aufenthalt am Hof endgültig vergällen. Sobald er wieder auf den Füßen stehen konnte, würde er Toledo für immer verlassen. Hier brauchte ihn niemand, stattdessen wurde nur auf ihm herumgetrampelt. Wittiges kroch ächzend unter seinem Pferd hervor und stützte sich an der Stallwand ab. Ihm schwindelte gewaltig. Zu viel Wein, dachte er. Verdammter Alexander, der ihm immer wieder nachgeschenkt hatte.

Wer war Alexander?

Rado fuhr Bauto über den dunklen Aalstrich auf der Kruppe.

»Bemerkenswertes Pferd. Scheint von einer der alten iberischen Rassen abzustammen. Sieht man selten.«

Was schert er sich plötzlich um mein Pferd?, fragte sich Wittiges und wünschte den Stallmeister recht herzlich zum Teufel. Trotz der Übelkeit meldete sich Hunger. Dem Licht nach, das bis in diesen letzten Winkel des Stalles fiel, musste es schon beinahe Mittag sein. Höchste Zeit, zu einer der Küchen zu schleichen und um einen Teller Suppe und etwas Brot zu bitten.

»Bring das Pferd hinaus und lass mich sehen, wie es läuft«, fuhr Rado fort.

Stöhnend fasste sich Wittiges an den Kopf. »Muss das sein?«

»Was ist jetzt mit dem Wasser?«, fragte ein Stallknecht, der einen Eimer herbeigeschleppt hatte. »Soll ich's ihm über den Kopf gießen?«

Wittiges nahm dem Burschen den Eimer ab und tauchte den Kopf hinein. Das kalte Wasser tat gut. Rado und der Knecht grinsten anzüglich, als er sich aufrichtete und das tropfende Haar aus der Stirn strich.

»Dass ihr jungen Kerle das Saufen und die Raufhändel nicht lassen könnt! Na, was ist jetzt?«, erkundigte sich der Stallmeister jovial. »Wie lange willst du mich noch warten lassen?«

Rados allzu intensiver Blick bewog Wittiges, seinen Mund zu betasten. Er war auf einer Seite stark geschwollen und brannte höllisch. Und nun erinnerte sich Wittiges an den Schlag, den er ins Gesicht erhalten hatte. Vorsichtig prüfte er mit der Zunge, ob die Zähne noch alle vorhanden waren. Zumindest einer war locker.

»Warum willst du sehen, wie das Pferd läuft? Du hast dich doch bisher nicht dafür interessiert«, murmelte er gepeinigt.

»Heute Morgen hat jemand nach dir gesucht und irgendwelche Wunderdinge über den Gaul berichtet. Also kommst du mit ihm hinaus?« Der Stallmeister streckte die Hand aus, um Bautos Maul zu tätscheln, doch der schnappte danach. »Auch noch bissig, das Biest.«

»Er hat's nicht gern, wenn ihn Fremde anfassen«, sagte Wittiges mit einem Anflug von Hochmut. Alexander war also da gewesen und hatte nach ihm gefragt. Mittlerweile waren auch die letzten Lücken in seinem Gedächtnis hinsichtlich der üblen Vorkommnisse des letzten Tages geschlossen. Die an den Eunuchen hatten ihm noch gefehlt. Dieser Alexander ist an meinem Elend mitschuld, dachte er ungerecht. Und überhaupt fiel ihm das Denken schwer. Um den Stallmeister und den grinsenden Knecht loszuwerden, warf er Bauto das Halfter um und führte ihn am Zügel stolpernd und hinkend aus dem Stall.

Im Hof kämpfte er erst recht gegen die Schwäche und die Blendung durch das gleißende Licht an. Der Sonnenstand bestätigte seine Vermutung: Es war Mittag.

Zögernd, mit einer langen Leine sowie einer über die Schulter gehängten Peitsche näherte sich der Knecht dem kleinen Hengst. Bauto drehte den Kopf zu Wittiges, als wollte er fragen: Darf der das?

»Halt still«, sagte Wittiges, trat beiseite und sah zu, wie der Knecht vorsichtig mit der Leine den Zügel verlängerte und dem Hengst einen leichten Schlag aufs Hinterteil gab, damit er sich in Bewegung setzte. Tatsächlich drehte er an der Leine gemächlich eine Runde in dem nicht sehr großen und etwas schmuddeligen Stallhof.

»Lass ihn traben«, verlangte Rado, und Wittiges schnalzte mit der Zunge. Danach musste Bauto auch noch eine Runde im Galopp zurücklegen, was ihm sichtlich Spaß machte. Er preschte so, dass der Dreck flog.

Kopfschüttelnd beobachtete der Stallmeister den Hengst. »Ist das alles, was er kann?«

»Was hast du erwartet? Dass er die Hufe hebt und fliegt?«, entgegnete Wittiges verärgert. Jedes Wort dröhnte und schmerzte in seinem Schädel. »War's das? Oder erwartest du allen Ernstes irgendein Kunststück? Bauto ist ein ganz gewöhnliches Pferd. Vielleicht etwas klein geraten und ein bisschen auffällig mit dem dunklen Strich über der Kruppe und der zweifarbigen Mähne, aber das macht ihn zu nichts Besonderem.«

»Ich verstehe nicht, was mir dieser Bursche erzählt hat. Nichts als Gewäsch, hätte ich mir denken können«, murmelte Rado, blieb aber lässig an die Stallwand gelehnt stehen. »Tja, was ich noch …« Er stockte. Stieß sich von der Wand ab und starrte Bauto an.

Der Hengst war, als er merkte, dass die Aufmerksamkeit des Knechts nachließ, erst in Trab gefallen und dann in Schritt. Aber dieser Schritt …

»Was macht er da?«, fragte der Stallmeister ungläubig.

»Er läuft im Kreis«, nuschelte Wittiges, während er auf Bauto zuging, »aber nicht mehr lange.«

»Nein, warte! Lass ihn, halt ihn nicht auf!«, rief der Stallmeister aufgeregt. »Woher hat er das nur?«, raunte er halblaut.

»Das ist angeboren«, brummte Wittiges abwehrend.

»Eine neue Gangart bei einem Pferd! Hab ich noch nie gesehen. Wie nennst du sie, oder hat sie keinen Namen?«

Passgang, hätte Wittiges antworten können, ließ es aber sein. Tölt hatte sein Vater es genannt, Bauto konnte tölten. Er tat es ganz von selbst, aber auch auf Kommando. Wenn Wittiges Angst hatte, vor Müdigkeit von Bautos Rücken zu rutschen, oder wenn ihm das Kreuz nach einem Tag harter Arbeit wehtat, hatte er Bauto mit einem Zungenschnalzen ins Tölten fallen lassen. Dabei hob und senkte sich der Pferderücken nur noch unmerklich, es war fast, als schwebte Wittiges sanft nach Hause. Dieses Geheimnis also hatte Alexander dem Stallmeister verraten. Wittiges war nicht glücklich darüber. Würde Rado ihm das Pferd nun wegnehmen? Und warum? Weil er das Futter nicht mehr bezahlen konnte? Er würde kein Futter mehr brauchen. Nicht hier.

»Diese Gangart hat überhaupt keinen Nutzen. Und nun entschuldige mich bitte. Ich verlasse Toledo und hab vorher noch einiges zu erledigen«, erklärte er hochmütig. Nur dumm, dass er beim ersten Schritt auf Bauto zustolperte und gefallen wäre, wenn ihn der Stallmeister nicht mit einem raschen Griff daran gehindert hätte.

»Nicht so hastig. Das würde ich mir an deiner Stelle noch überlegen«, sagte er.

»Da gibt's nichts zu überlegen«, entgegnete Wittiges störrisch und schüttelte die Hand ab, die ihn hielt.

»Verschieb deine Abreise wenigstens um zwei Wochen«, bat der Stallmeister.

»Warum?«, fragte Wittiges argwöhnisch.

»Ich hab zwei rossige Stuten, die ich gern von deinem Hengst decken lassen würde.«

Den Tölt hatte Wittiges, so angenehm er für einen Reiter

gelegentlich sein mochte, bisher tatsächlich für nichts Besonderes gehalten. Eine Spielart der Natur, nichts weiter. Dass er es wert war, vererbt zu werden, wäre ihm nie im Leben eingefallen. Sein Vater, der das eine oder andere über die alten Rassen gewusst hatte und auch, dass einigen dieser seltsame Gang eigen war, hatte den Hengst nur zufällig gekauft. Die Arme über der Brust verschränkt, schwieg Wittiges und setzte eine abweisende Miene auf. Er war Rado keinen Gefallen schuldig.

»Tja, und was ich noch sagen wollte: Es wäre schön, wenn du mir bei den Pferden der Franken zur Hand gehen könntest«, hob der Stallmeister wieder an.

Wittiges zog nur die Augenbrauen hoch.

»Nein, nein«, erklärte Rado hastig, »nicht als Knecht, beileibe nicht! Du hättest die Aufsicht über die Pferdeknechte, die fränkischen und unsere eigenen. Du kannst doch Fränkisch? Hat man mir wenigstens berichtet.«

Selbst das knappe, vorsichtige Nicken, zu dem sich Wittiges durchrang, schmerzte, als wollte ihm jemand den Schädel spalten.

»Du bekämst auch eine neue Unterkunft. Du *hast* bereits eine neue Kammer, aber da wir dich gestern Abend nicht fanden, musstest du die Nacht … Hast du bei deinem Pferd übernachtet, um es zu bewachen?« Unverhohlen klang Neugier aus der Stimme des Stallmeisters. Bauto musste in seinen Augen entschieden im Wert gestiegen sein.

»Ich hab im Stall genächtigt, weil mein Strohsack von einem fremden Kerl in Beschlag genommen worden war«, erklärte Wittiges würdevoll. »Und jetzt lass mich in Ruhe.« Er unternahm einen neuen Versuch, sich Bauto zu nähern, und zu seinem Glück kam er ihm entgegen und rieb den Kopf an seiner Schulter. Er strich ihm über die Stirn. »Wir lassen uns doch nicht für dumm verkaufen«, murmelte er.

»Schaust du dir die Unterkunft nicht wenigstens an?«, rief der Stallmeister flehend. »Ich bitte dich.«

Verblüfft hob Wittiges den Kopf. Tatsächlich, Rado *bat* ihn. »Ich hab genug von Strohsäcken voller Flöhe und Wanzen. Bei mir zu Hause leben selbst die Sklaven besser.«

»Deine Hilfe würde selbstverständlich angemessen vergütet, ebenso die Dienste deines Hengstes«, sagte der Stallmeister mit einem Anflug von Verzweiflung.

Am Ende ließ sich Wittiges überreden, einen Blick in die neue Unterkunft zu werfen. Sie lag an einem anderen Hof über einem der repräsentativen Ställe aus Backstein, die an der Vorderfront sogar Stuckverzierungen aufwiesen. Über diesen Stall, in dem nicht nur die Rosse des Königs, sondern auch die der fränkischen Edlen untergebracht waren, sollte Wittiges die Aufsicht übernehmen. Er hätte trotzdem abgelehnt, wären nicht die Stute der Prinzessin und ihr Fohlen hier eingestellt gewesen. Dieser Umstand gab den Ausschlag für seine Zusage, ohne dass er sich Rechenschaft über diesen seltsamen Beweggrund geben mochte. Die Aussicht, mit Franken zu reden, ihnen gar Anweisungen zu erteilen, flößte ihm dagegen Furcht ein. Daher vereinbarte er mit Rado am Ende doch noch einen Tag Bedenkzeit. Erleichtert gestand ihm dieser den Aufschub zu und führte ihn in seine neue Kammer. Ein Raum nur für ihn mit einem bequemen Bett, einem Tisch und zwei Stühlen. Gegenüber seiner alten Unterkunft kam Wittiges das Zimmer wie der Himmel auf Erden vor. Erleichtert ließ er sich auf die Bettkante sinken. Aber erst, als er allein war, sah er sich gründlicher um. Neben einer Waschschüssel, einem Krug mit lauwarmem Wasser, Seife und Handtuch entdeckte er ein Tablett mit allerhand Köstlichkeiten, die er gierig verschlang. Auf der Bettdecke lag zusammengefaltet eine neue Tunika aus schöner, dicht gewebter Wolle. Und endlich leistete er Alexander in Gedanken Abbitte für seine schlechte Meinung über ihn, und ein warmes Gefühl von Dankbarkeit stieg in ihm auf.

Zwei Wochen lang würde es sich unter diesen neuen Bedingungen am Hof von Toledo aushalten lassen. Blieb nur der Konflikt mit Falco und Ingomer. Welchen Rang nahmen die beiden bei den Franken ein? Würde er ihnen zwangsläufig wieder begegnen? Und sollte er die zwei Wochen ohne Überfall aus dem Hinterhalt überstehen – was dann? Der Stallmeister hatte nur von diesen zwei Wochen gesprochen.

8 Nach dem Mittagsmahl hatte sich die Königin unaufgefordert dem König angeschlossen, der seine Privatgemächer für eine kurze Rast aufsuchte. Das Essen hatte nur im kleinen Kreis stattgefunden, ohne Gäste. Wie jeden Tag hatte ein untergeordneter Beamter der Kanzlei über die Franken Bericht erstattet. Es gab keine besonderen Vorkommnisse. Das hieß, nicht mehr

Unannehmlichkeiten als üblich. Unter anderem wurde der Vorfall mit dem Musiker Alexander kurz erörtert, die Einzelheiten waren inzwischen bekannt. Mit einem Schulterzucken tat Athanagild die Sache ab. Es gab Angelegenheiten, die ihm mehr Sorgen bereiteten.

»Hast du einen Augenblick Zeit für mich?«, fragte Goiswintha und trat neben ihrem Gatten durch die Tür, die zu seiner Zimmerflucht führte.

»Ich wüsste nicht, was es noch zu besprechen gäbe«, wehrte Athanagild, der unverhoffte Störungen nicht leiden konnte, unbehaglich ab. »Aber bitte!«, fügte er mit einem Anflug schwerfälliger Galanterie hinzu und ließ Goiswintha den Vortritt.

»Ich könnte auch später wiederkommen«, bot sie höflich an und nahm wie selbstverständlich auf einer Liege Platz.

Athanagild befiel Unruhe. Goiswintha hatte es doch nicht etwa auf ein zärtliches Beisammensein abgesehen? Allein schon der Gedanke verursachte ihm Abscheu. Ein Stück von ihr entfernt ließ er sich auf einem Scherenstuhl nieder.

»Oder hattest du vor, die kleine Aletha wieder kommen zu lassen?«, fuhr Goiswintha im Plauderton fort. »Du hast sie doch gestern gehabt, nicht wahr? Jedenfalls deutete Cniva so etwas an.«

»Was fällt dieser alten Unke ein!«, polterte Athanagild.

»Nun, es war auch nicht schwer zu erraten. Die Kleine war völlig verstört. Wenn du dir schon diese jungen Dinger aussuchst, könntest du nicht einfach vorsichtiger mit ihnen umgehen? So erkennt jeder mit ein *wenig* Erfahrung sofort, was geschehen ist. Es wäre dem Respekt deiner Töchter dir gegenüber entschieden abträglich, wenn sie wüssten, was du mit ihrer kleinen Dienerin treibst.«

Betroffen zuckte Athanagild zusammen. Eine zauberhafte Erinnerung wurde von Goiswintha erbarmungslos in den Schmutz getreten. »Würdest du dich bitte aus meinen Privatangelegenheiten heraushalten?«, fragte er erbittert.

»So, wie du es anstellst, bleibt es nicht lange deine Privatangelegenheit. Und falls du daran denken solltest, Cniva für deine eigene Indiskretion büßen zu lassen, lass dir gesagt sein, dass er eigentlich gekommen war, um mir über Alexander Bericht zu erstatten. Die Kleine kam gerade herein. Ich vermute, geradewegs aus deinem Bett. Da bedurfte es kaum noch einer

Andeutung. Aber wie gesagt, ich bin nicht deswegen hier. Sondern wegen Alexander.«

»Das Thema haben wir bereits erörtert«, entgegnete Athanagild verstimmt. Er würde Cniva, diesen Intriganten, zur Rede stellen und am besten entlassen.

»Nicht ausreichend. Ich habe heute Morgen erst mit den Ärzten, dann mit ihm selbst gesprochen. Die Ärzte äußerten größte Bedenken.«

Ungeduldig winkte Athanagild ab. »Sei unbesorgt, meine Liebe. Er ist jung, eine solche Verletzung heilt rascher und besser, als Ärzte oft für möglich halten.«

»Vielleicht«, Goiswintha strich sich nachdenklich über die Oberlippe. »Weißt du, woran ich mich erinnert habe? An seinen Namen – er heißt doch gar nicht Alexander, sondern Aletheus. Und jetzt haben wir diese Franken hier, und es waren doch zwei von ihnen, die ihm das Handgelenk gebrochen haben. Du willst doch um jeden Preis den Frieden wahren. Was aber geschieht, wenn einer von unseren Gästen herausfindet, wer Alexander wirklich ist? Ich kann nur hoffen, dass er es selbst nicht mehr weiß. Wir sollten ihn zur Vorsicht wegschicken. Franken und er – das gefällt mir nicht, und das sollte dir auch nicht gefallen.«

Athanagild entspannte sich ein wenig. »Ich sehe da keine Schwierigkeiten. An Aletheus erinnert sich niemand mehr. Er ist jetzt Alexander, der Musiker. Es war damals ein guter Gedanke von dir, ihn kastrieren zu lassen und ihm einen anderen Namen zu geben. Du hast ihn rechtzeitig in die richtigen Bahnen gelenkt. Er ist ein hervorragender Musiker geworden. Sei so gut: Vergiss die Vergangenheit.«

Es gab Wichtigeres zu bedenken. Vor Jahren hatte ihm ein Heer des oströmischen Kaisers geholfen, seinen Vorgänger zu entmachten und von einem Provinzfürsten zum Herrscher aller Westgoten aufzusteigen. Seitdem war er ein Verbündeter des Kaisers, der in ihm aber eher einen Vasallen sah. Und damit er dies nie vergaß, blieb ein Teil Südspaniens von Ostrom besetzt. Immer wieder hatte es Grenzstreitigkeiten gegeben, und nun drohten neue. Er würde mit seinen Streitkräften nach Süden ziehen und Ordnung schaffen müssen.

»Wie du meinst.« Zu Athanagilds Erleichterung erhob sich Goiswintha. »Und falls du dich noch über Cniva ärgerst, bedenke bitte: Er ist dir so treu ergeben wie kaum ein anderer bei

Hof. Lass dich nicht davon täuschen, dass er dir zuweilen unbequem ist.«

»Also gut«, räumte der König mit einem entwaffnenden Lächeln ein, »ich verzeihe Cniva – für diesmal jedenfalls.«

»Und was ich noch sagen wollte«, fuhr Goiswintha auf dem Weg zur Tür fort, »erlaube Brunichild, die Pferde mitzunehmen. Das gäbe ihr Kraft, ihre Aufgabe bei den Franken zu meistern.«

»Welche Pferde?«

»Ihre Stute und das Füllen.«

Athanagilds Miene verschloss sich. »Ich werde unserer Tochter noch klarmachen, wo ihre Pflichten liegen. Die Zeit der Albernheiten und der kindischen Einfälle ist vorbei«, beschied er seine Gattin ungnädig.

Für einen winzigen Augenblick glitt ein Anflug von Hass über Goiswinthas alternde Züge. Sie war sich nur allzu bewusst, dass sie Athanagild körperlich schon lange nicht mehr reizte, aber bisher hatte sie immer noch einen gewissen Einfluss auf ihn gehabt. Nun schien auch der zu schwinden.

Als sich die Tür hinter ihr geschlossen hatte, setzte sich Athanagild auf die Liege und klatschte in die Hände. Ein Sklave trat ein, den er mit einem eiligen Auftrag fortschickte. Dann lehnte er sich mit einem tiefen Atemzug zurück. Auch einem König sollten kleine Freuden erlaubt sein. Wie sonst sollte er die Kraft finden, seinem Land Frieden und Wohlstand zu erhalten und seine Grenzen zu schützen? Der Gedanke belustigte ihn und verlieh seiner Affäre mit der kleinen Aletha eine gewisse Würde. Das Mädchen hatte noch viel zu lernen, um das Vergnügen seines Herrn und Meisters zu steigern, und er würde sich dieser Aufgabe mit Hingabe widmen.

9 Innerhalb eines Tages erfuhr Wittiges' Leben eine grundlegende Wende, und er erkannte, wie sehr ihm eine sinnvolle und befriedigende Tätigkeit gefehlt hatte. Alles ließ sich gut an. Mit Pferden war er schon immer zurechtgekommen, und die edlen Rosse der Franken waren eine Freude und eine Augenweide.

Den Respekt der Knechte errang er damit, dass er sich jedes Pferd gründlich ansah, und das hieß, er schaute ihnen ins Maul, prüfte die Beschaffenheit des Fells, tastete ihre Bäuche auf Verhärtungen ab, fuhr über jedes Bein und untersuchte die Hufe – langsam und methodisch. Auf Herzog Gogos Rappen, ein durch Temperament und Größe Furcht einflößendes Biest, musste Wittiges lange einreden, bis er sich behutsam nähern konnte. Der Hengst litt an Hufrehe. Noch im Anfangsstadium, aber unverkennbar. Ein zweites Pferd war ebenfalls betroffen. Um der Ursache auf den Grund zu gehen, erkundigte sich Wittiges über die Fütterung und überhaupt die Haltung der Rosse in den königlichen Ställen und ergriff entsprechende Maßnahmen.

Als Herzog Gogo einen Tag später den Stall betrat, um sein Pferd für einen Ausritt satteln zu lassen, fand er den Hengst mit eingegipstem Huf vor, die Raufe voll altem Stroh.

Wütend packte Gogo einen der Knechte am Hals und schleuderte ihn quer durch den Stallgang. »Was geht hier vor? Wer ist für diesen Schabernack verantwortlich?«

»Ich«, rief Wittiges und eilte heran, bevor der Herzog den Stallburschen noch einmal angreifen konnte. »Dein Pferd ist krank.«

»Unfug«, schnauzte Gogo und betrachtete ihn argwöhnisch. »Wer bist du?« Offenbar erkannte er Wittiges nicht wieder.

Dieser dachte an die blauen Flecke, die sein Gesicht noch immer entstellten. »Ich bin der neue Stallmeister und verantwortlich für die Tiere, die in diesem Stall stehen, also auch für deinen Rappen. Er hat die Rehe. Zum Glück ist nur ein Huf befallen. Bis du die Heimreise antrittst, ist das Tier genesen«, erklärte er gelassen.

»Woher willst du Grünschnabel wissen, ob mein Pferd krank ist?«, fragte der Herzog lauernd.

Wittiges verstand die Frage als Prüfung. »Der Rappe hat erhöhten Pulsschlag, aber noch kein Fieber, und der eine Huf ist wärmer als der andere, das heißt, er war es, bevor wir ihn gestern in einen Eimer mit kaltem Wasser gestellt haben. Der Kronrand ist leicht geschwollen. Wie gesagt, die Krankheit ist im Anfangsstadium und noch gut heilbar.«

Der Herzog lachte rau. »Und als Gegenmaßnahme schmierst du ihm weißes Zeug auf den Huf. Was ist das?«

»Nur Gips. Der Huf ist durch die Rehe überaus empfindlich, daher der Gips. In zwei Tagen nehmen wir ihn ab. Und wie du siehst, haben wir als weitere Maßnahme den Rappen auf einen weicheren Untergrund aus dicker Streu gestellt.«

»Und dieses Stroh ist wohl übrig geblieben?« Der Herzog deutete auf die Raufe. »Das stinkt ja schon!«

»Raufutter. Und es ist trocken.«

»Es ist alt!«

»Stimmt. Altes, trockenes Raufutter riecht muffig. In seinem gegenwärtigen Zustand ist es das Beste für den Hengst. Ich nehme an, die Rehe wurde durch zu gutes und reichliches Futter und zu wenig Bewegung ausgelöst«, erklärte Wittiges mit fester Stimme. Er ließ sich nicht anmerken, wie sehr seine Gelassenheit nur gespielt war.

Herzog Gogos einziges Auge blieb unverwandt auf ihn gerichtet. Sicher wusste der Mann, wie einschüchternd er wirkte. Er schwieg, und die Stille dehnte sich ungemütlich aus, aber Wittiges schaffte es, weder seine entspannte Haltung aufzugeben noch den Blick zu senken. Möglicherweise gab es nicht allzu viele, die der durchdringenden Musterung des Herzogs lange standhielten.

Der Hengst, um den es ging, tappte hinkend an Wittiges heran und schob ihm von hinten schnobernd das Maul ans Ohr.

Auf einmal drückte Gogos Miene weniger Misstrauen und Zorn aus. »Er muss krank sein, wenn er dich nicht beißt. Heißt das, ich kann ihn nicht reiten?«

»Er braucht völlige Ruhe«, erklärte Wittiges bestimmt und presste eine Hand gegen das Maul, das ihm an den Haaren knabberte.

»Lass mir ein anderes Pferd satteln, aber keine Schindmähre!«, polterte Gogo und wandte sich ab.

Wittiges stieß einen Seufzer der Erleichterung aus.

Der Besitzer des zweiten kranken Pferdes war ein freundlicher Mann von Anfang dreißig, der Wittiges' Befund nicht in Zweifel zog. Im Gegenteil, er war dem neuen Stallmeister äußerst dankbar, dass er das Übel so früh erkannt hatte und wusste, wie es wirksam bekämpft werden konnte. Unumwunden sprach er Wittiges sein Vertrauen aus. Am dritten Tag, als es dem Tier bereits besser ging, brachte er einen kleinen Geldbeutel mit, den er beiläufig in Wittiges Hand gleiten ließ. Der wollte das Geschenk erst gar nicht annehmen, aber der Franke zeigte sich sofort beleidigt, sodass Wittiges klein beigab. Grundsätzlich hatte er nichts dagegen, endlich Geld für seine Arbeit zu bekommen. Obwohl Bauto die zwei rossigen Stuten beglückt hatte, dachte Rado nicht daran, die versprochene Vergütung zu entrichten, und Wittiges traute sich nicht, sie einzufordern. Der Beutel des Franken enthielt zwei Solidi in Silbermünzen, für den mittellosen jungen Mann ein kleiner Schatz und ein weiterer Beweis für die glückliche Wende seines Schicksals. So ging er auch gern auf das Bedürfnis des Franken ein, mit ihm zu plaudern. Nicht nur über Pferde. Der Mann kam täglich und stellte kuriose Fragen, von denen Wittiges nicht einmal die Hälfte beantworten konnte. Auf einige hätte er selbst gern eine Antwort gewusst.

Las Prinzessin Brunichild viel? Woher sollte er das wissen? Desgleichen konnte er nicht sagen, ob sie besonders fromm war. Diese Fragen tauchten nur am Rand ihrer sprunghaften Unterhaltung auf, lenkten aber Wittiges Gedanken immer wieder auf die Prinzessin. So oft wie möglich stattete er ihrer Stute und dem Hengstfohlen einen Besuch ab. Vorgeblich, um sich zu vergewissern, dass es den beiden gut ging, in Wahrheit aber in der Hoffnung, Brunichild wiederzusehen.

Als die Prinzessin dann tatsächlich in den Stall kam, war er von ihrem Besuch nicht nur enttäuscht, sondern zutiefst verletzt. Wie Herzog Gogo schien sie ihn nicht zu kennen. Zwei junge Dienerinnen und ein älterer Stallmeister begleiteten sie. Zwar stellte sie Fragen zu den Pferden, sah aber Wittiges niemals an und nickte nur kühl, wenn er antwortete. Und dann rauschte sie mit ihrer Begleitung hinaus. Ihre anmaßende Haltung hatte ihn im Handumdrehen wieder zu dem Wurm gemacht, der er vorher gewesen war. Und als ob sie ihn quälen wollte, kam sie zwei Tage später noch einmal, musterte ihn kühl und abschätzend und sprach so herablassend mit ihm, dass es schmerzte.

Mit Alexander verhielt es sich anders. Der Eunuch lud ihn schon bald zum Abendessen in seine Wohnung ein. Der Einladung folgte Wittiges gern, denn er wollte sich für alles bedanken, was der Musiker für ihn getan hatte, beschloss aber, seinen Weinkonsum diesmal stark einzuschränken.

Von Dank wollte Alexander nichts wissen. »Das war nicht der Rede wert«, erklärte er liebenswürdig, »das langweilt doch nur. Setz dich und erzähl mir lieber etwas über dein Leben hier.«

»Erzähl du mir lieber, wie es deiner Hand geht.« Hätte er doch nur nicht gefragt! Alexander brach in eine Jammertirade aus, klagte über schier unerträgliche Schmerzen und wie furchtbar ihm die Ungewissheit zu schaffen machte, das Gelenk je wieder bewegen zu können. Auch Wittiges geschundener Körper hatte sich längst noch nicht vom Überfall der beiden Franken erholt, aber Wittiges hielt das nicht für sonderlich erwähnenswert. Alexander dagegen verstummte erst, als sein kleiner Diener Philipp das Abendessen für seinen Herrn und dessen Gast brachte. Während sie sich über Austern in einer würzigen Tunke, gebratene Taubenbrüstchen, etwas Wildbret und frisches Brot hermachten, wiederholte Alexander seine Frage nach Wittiges Aufgaben am Hof.

Von Pferden hatte der Eunuch keine Ahnung, lauschte aber dennoch interessiert. »Woher weißt du das alles?«, fragte er, nachdem sich Wittiges ausführlich über die zwei Fälle von Hufrehe verbreitet hatte.

»Von meinem Vater.«

»Züchtet er Pferde?«

»Er hat Schafe und Rinder gezüchtet. Aber auf einem Hof werden natürlich auch Pferde gebraucht, da ergab es sich von selbst, dass er auch mit ihnen eine Zucht angefangen hat. Jedenfalls hatten wir jedes Jahr Fohlen, die sich gut verkaufen ließen.«

Sie bedienten sich selbst. Philipp hatte sich mit einem Stück Brot und etwas Fleisch an ein Pult zurückgezogen und kritzelte, während er aß, beim Schein einer Öllampe auf einer Wachstafel.

»Was tut er da?«, erkundigte sich Wittiges und leerte den zweiten Becher Wein.

»Würdest du dich um ihn kümmern, wenn ich aufs Land muss?«, fragte Alexander.

»Was? Wieso?«, erkundigte sich Wittiges verblüfft.

»Die Königin will, dass ich mich für einige Zeit zur Erholung auf eins ihrer Landgüter zurückziehe«, erklärte Alexander seufzend, anscheinend machte ihn die Aussicht auf einige Wochen Landleben nicht gerade glücklich. Warum dieses Vorhaben Wittiges ebenfalls missfiel, hätte er nicht sagen können. Vielleicht weil Alexander der einzige Mensch bei Hof war, der Anteil an seinem Schicksal nahm. Dass sein einziger Vertrauter ein Sklave, ein Eunuch war, hatte etwas Beschämendes. Wieder meldete sich das sachte Unbehagen, das er schon vorher in Alexanders Gesellschaft verspürt hatte.

»Was hat die Königin sonst noch gesagt? Werden die Franken für den Überfall auf dich zur Rechenschaft gezogen?«

Alexander lächelte schmerzlich. »Wo denkst du hin? Ich bin doch nur ein Sklave. Sicher könnte der König Wiedergutmachung für die Beschädigung seines Eigentums fordern, aber das wäre unklug. Es kommt ihm darauf an, das gute Einvernehmen mit den Franken nicht zu trüben. Was zählt schon der dumme Streich zweier junger fränkischer Krieger gegenüber den Erfordernissen von Politik und Diplomatie?«

»Das hat die Königin gesagt?«, fragte Wittiges staunend.

Errötend wandte sich Alexander ab. »Nicht wörtlich. Aber ich weiß genau, dass ich aufs Land soll, damit ich aus dem Weg bin«, wiederholte er bitter. »Nicht einmal meine Anwesenheit hier soll an die Tat der Franken erinnern.«

»Aufs Land klingt doch gut«, sagte Wittiges munter und merkte selbst, wie hohl sich diese Beschwichtigung anhörte. »Und was hindert dich daran, deinen Diener mitzunehmen?« Der Kleine war bestimmt nicht nur Diener, sondern auch Buhlknabe, soweit ein kastrierter Mann dafür Verwendung hatte. Vor seinem inneren Auge sah Wittiges die beiden wieder eng umschlungen auf dem Bett.

»Er würde seinen Unterricht versäumen«, antwortete Alexander ernst. »Er besucht die Palastschule.«

Es war sicher keine Kleinigkeit, in die Palastschule aufgenommen zu werden. Philipp machte Schreibübungen, und zwar mit aller Hingabe und Konzentration, erkannte Wittiges und bewunderte den Eifer des Kerlchens. »Wozu?«, fragte er und goss sich Wein nach.

»Um so viel wie möglich zu lernen«, stieß Alexander hervor. »Meinst du, ich will« – er senkte die Stimme –, »dass aus ihm das Gleiche wird wie aus mir?«

Wittiges Unbehagen verstärkte sich. Eine Wendung des Gespräches in diese Richtung hatte er nicht gewollt. »Was lernt er denn?«

»Alles, was unterrichtet wird.«

»Und wie lange ist er schon bei dir?« Vergeblich suchte Wittiges nach einem Themenwechsel.

»Seit seine Mutter ihn mir anvertraut hat. Sie war zwar nur

eine Palasthure, aber dennoch meine Freundin – eine sehr liebe Freundin. Als sie an einem Fieber erkrankte und wusste, dass sie den Tod vor Augen hatte, musste ich ihr schwören, dass ich über ihrem Sohn wache und ihn großziehe. Er darf sich nicht allein auf den Höfen herumtreiben und nachts überhaupt nicht hinaus. Es ist nicht einfach, aber bisher …« Alexander warf Wittiges einen scharfen Blick zu. »Ja, der Junge schläft in meinem Bett. Aber ich missbrauche ihn nicht und tue alles, damit er niemandem in die Hände fällt, der meine Skrupel nicht teilt.«

Wittiges sah sich durchschaut. Einige Becher Wein später, als Philipp längst schlief, musste er wohl Brunichild erwähnt haben. Wie er darauf gekommen war, konnte er später nicht mehr nachvollziehen, vielleicht hatte er sich über ihre Unnahbarkeit und Undankbarkeit beklagt. Ohnehin musste er unverständlich häufig an sie denken.

Alexander lachte ihn rundweg aus. »Vergiss sie! Du wärst nicht der Erste, der ihrer Schönheit verfällt. Denk daran, dass sie bald abreist und du sie nie wieder siehst. Und was ihre Undankbarkeit betrifft, merk dir eins: Je höher jemand steht, desto schlechter seine Manieren.«

Auf Gogo traf das voll und ganz zu. Obwohl der Herzog inzwischen nicht mehr daran zweifelte, dass Wittiges dabei war, seinen Hengst von einer tödlichen Krankheit zu kurieren, hatte er noch kein Wort der Anerkennung oder des Dankes geäußert. Aber Wittiges dachte ungern an den Herzog, denn jedes Mal beschwor er damit auch die Erinnerung an Ingomer und Falco herauf. Er hatte, um ihnen nicht unverhofft zu begegnen, ein Warnsystem eingerichtet. Einer der Stallburschen hatte nichts anderes zu tun, als nach den Franken Ausschau zu halten und ihn sofort zu unterrichten, sobald sie sich blicken ließen. Bisher allerdings waren die beiden noch gar nicht aufgetaucht. Plötzlich aber fürchtete er sich vor dem Heimweg von Alexanders Unterkunft. Schließlich hatten ihm die Kerle bei dieser Gelegenheit schon einmal aufgelauert. Der Wein schmeckte ihm nicht mehr, und er schob den halb vollen Becher von sich.

10

Die Zeit verging nur langsam, während Brunichild einem alten Ratsherrn ihres Vaters lauschte, der mit ausdrucksloser Stimme Vorträge über die Verhältnisse im Frankenreich hielt oder ihr jene Verhaltensweisen erläuterte, die für eine zukünftige Königin unabdingbar waren. Außerdem wurde sie täglich bis zur Ermüdung in Fränkisch unterrichtet. Es verstrich kaum eine Stunde, in der sie sich nicht mit ihrem zukünftigen Leben befassen musste. Fand sie doch einmal eine Gelegenheit, sich zurückzuziehen, folgte ihr zuverlässig wie ein Schatten Gailswintha und jammerte ihr die Ohren voll. Ihre kleine Schwester ertrank in ihrem Kummer über den bevorstehenden Abschied, der unerbittlich näher rückte. Und damit wurde die verbleibende Zeit zu etwas Kostbarem, das Brunichild zwischen den Händen zerrann. Mit jedem Tag wuchs die Angst. Der Unterricht verstörte sie und stieß sie immer tiefer in Verwirrung und Hoffnungslosigkeit. Eigentlich deutete alles auf eine prächtige, mit Sorgfalt vorbereitete Opferung hin, der sich sämtliche Beteiligte mit freudiger Erwartung widmeten. Nur sie nicht. Sie war ja auch das Opfer.

Doch auch Aletha wirkte von Tag zu Tag verhärmter. Sie wurde still und bedrückt, während Gailswintha nur selbstsüchtig klagte. Aletha ging die Trennung ans Herz, dabei stand sie doch erst so kurz in ihren Diensten. Brunichild erwärmte sich allmählich für den Einfall, das Mädchen in die Fremde mitzunehmen. Als sie das Vorhaben einmal erwähnte, bat Gailswintha sie inständig, ihr das Mädchen als Vertraute dazulassen. Schon um die Schwester zu beschwichtigen, ließ Brunichild den Gedanken fallen. Am Ende konnte ja auch niemand den Schrecken lindern, der ihr bevorstand.

Immer, wenn sie sich besonders mutlos fühlte, kreisten ihre Gedanken um den Mann, an den sie verheiratet werden sollte. Wer war dieser Sigibert? Ihre Ängste wurden noch von den Mägden geschürt. Sobald die Frauen sich unbelauscht wähnten, wurden ihre Bemerkungen schlüpfriger, ohne zu verraten, was Brunichild so gern erfahren hätte. Niemand weihte sie in das Geheimnis ein, das diese Hochzeit barg. Eigentlich jede Hochzeit.

In ihrer Not wandte sie sich schließlich an die Amme ihrer Mutter. Die Alte war eine iberische Hexe, die Brunichild von Kindesbeinen an kannte. Die übrige Dienerschaft hatte Angst vor ihr, auch Gailswintha mied sie, nur Brunichild nicht. Im

Gegenteil, sie hatte ihr eine ganze Menge ihres seltsamen Wissens entlockt, das ihr um einiges reizvoller erschien als alles, was ihre Lehrer ihr beibrachten. Die Frau hatte für ihr Alter noch erstaunlich gute Zähne und volles schwarzes Haar, als ob sie das Geheimnis der ewigen Jugend kannte. Nur die Haut war von unzähligen hauchfeinen Runzeln durchzogen. In diesen letzten beiden Wochen in Toledo war es nicht einfach für Brunichild, mit der Amme allein zu sein. Es gelang ihr nach einem Bad, als sich die Dienerinnen noch um Gailswintha kümmerten. Sie huschte hinaus und fand die Alte auf der Dachterrasse vor den Räumen der Prinzessinnen. Hastig trug sie ihr Anliegen vor.

Die Hexe lachte. Es war ein beunruhigendes, kehliges Lachen. »Das hab ich alles längst vergessen, Schätzchen. Das ist hundert Jahre her. Frag deine Mutter. Es ist ihre Aufgabe, dir Auskunft zu erteilen.«

»Sie sagt, es ergibt sich alles von selbst. Ich brauche nur stillzuhalten. Aber das will ich nicht!«, stieß sie zornig hervor.

»Du hast Angst, nicht wahr?« Lauernd musterte die Alte sie und kicherte vor sich hin. »Du hasst es, in eine Lage zu geraten, die du nicht beherrschen kannst.«

Auf einmal brach die stoische Haltung zusammen, die Brunichild allen gegenüber so krampfhaft an den Tag gelegt hatte. Sie schlug die Hände vors Gesicht und schluchzte. Eine Welle der Verzweiflung wogte über sie hinweg, schüttelte sie erbärmlich, ließ nichts mehr übrig von ihrem Stolz, dem aufgesetzten Hochmut und der vorgeschobenen Kaltblütigkeit. Sie war ein Kind, das sich mit unsagbaren Ängsten und furchtbaren Ahnungen alleingelassen fühlte.

Eine Weile reagierte die Amme nicht, dann aber legte sie die Kunkel beiseite, auf die sie einen dünnen Wollfaden spann, strich Brunichild über das Haar und redete in einem alten, vertrauten Singsang leise und beruhigend auf sie ein.

Endlich hob Brunichild den Kopf. »Verstehst du? Ich muss über die Ehe Bescheid wissen. Ich muss alles wissen, um nicht zwischen diesen Franken unterzugehen. Wie gehe ich mit meinem Gatten um, wenn wir allein sind? Das Zeug, das die Ratgeber meines Vaters mir in den Kopf stopfen, hilft mir nicht. Am Ende habe ich nur mich selbst.«

»Das ist mehr, als du glaubst.« Die Hexe wiegte sich auf ihrem Schemel hin und her, murmelte in einer fremden Sprache vor sich hin und fuhr schließlich verständlicher fort: »Wenn du dich kundig machen willst, brauchst du eine Frau, die sich wirklich auskennt.« Sie betrachtet die Prinzessin abwägend von der Seite. »Aber du begibst dich in große Gefahr, wenn du sie aufsuchst.«

Brunichild zuckte die Schultern. »Vor Gefahren fürchte ich mich nicht.« Eine Spur ihrer alten Kühnheit kehrte zurück. »Also sag schon, wer ist diese Frau?«

Die Amme zögerte, und Brunichild wurde allmählich ungeduldig. »Bitte, Amme, was …«

Die Frau hob ruckhaft den Kopf. »Sei still! Komm heute Abend nach Sonnenuntergang zu mir. Dann gebe ich dir etwas, das die Gefahr ein wenig mildert.«

Brunichild stand auf. »Ich warte, bis Gailswintha schläft. Ich will sie nämlich nicht mitnehmen.«

»Sie darf nicht einmal ahnen, was du vorhast«, entgegnete die Hexe scharf. »Es muss ein Geheimnis zwischen uns bleiben.« Sie lachte, und Brunichild überlief es kalt.

»Hast du es dem Sänger mitgeteilt?«, fragte Athanagild. Goiswintha und er hatten sich nach dem Abendmahl, das er wieder einmal mit den Franken eingenommen hatte, zu einer kurzen Aussprache im Gemach der Königin getroffen. Der König wollte sich vergewissern, dass die letzten Vorbereitungen zu Brunichilds Abreise nicht ins Stocken gerieten und keine Schwierigkeiten auftraten, die der Erfüllung der ausgehandelten Verträge im Weg standen. Die Alamannen in Rätien, hatte er erfahren, wurden unruhig. Sie gehörten zu den Völkern, die noch immer kein dauerhaftes Siedlungsgebiet gefunden hatten und die zerbrechliche Ordnung zwischen den bestehenden Reichen leicht zerstören konnten. Dringend musste er mit ihren Herzögen ein Bündnis eingehen, das die Absprachen mit König Sigibert, dem eigentlichen Oberherrn der Alamannen, nicht berührte.

Goiswintha hatte Wein und Süßigkeiten bereitstellen lassen. Sie goss selbst ein, denn sie hatte die Diener fortgeschickt.

»Alexander wird aufs Land reisen und dort bleiben, sodass wir ihn vergessen können. Ich habe gestern noch einmal mit den Ärzten gesprochen. Von der Verletzung wird ihrer Ansicht nach etwas zurückbleiben. Er wird nie wieder so spielen können wie zuvor. Welch ein Verlust«, endete sie mit ehrlichem Bedauern.

»Vielleicht sollte er Brunichild begleiten. Für die Franken mag sein Können allemal genügen«, überlegte Athanagild laut.

»Und brächte ein wenig Kultur an ihren Hof«, stimmte ihm die Königin liebenswürdig zu. »Aber er könnte auch eine Gefahr darstellen, du weißt, warum.«

»Keine Gefahr.« Der König schmunzelte. »Ihm sind die Flügel für immer gestutzt, glaub mir. Er stellt keine Bedrohung dar. Außerdem wird er im Norden leben, weit weg von Burgund.«

»Dann werde ich mit Cniva sprechen. Er verwaltet die Listen über alles, was wir unserer Tochter ins Frankenreich mitgeben.« Goiswintha tupfte sich die Augen. »Die Trennung wird mir schwerfallen. Und Gailswintha ist untröstlich. Sie nimmt den Abschied von ihrer Schwester mit jedem Tag tausendmal vorweg. Am liebsten würde sie Brunichild begleiten.«

»Als was?«, fragte der König. »Als Nebenfrau für Sigibert? Er hat nicht darum gebeten, also kommt das nicht infrage. Für sie müssen wir etwas anderes finden. Ein anderes Bündnis, das dem Land nutzt. Schade, dass sie so dumm ist.«

»Sie ist nicht dumm!«, fuhr Goiswintha auf.

»Nicht nur das, sondern außerdem faul. Sie nimmt auf ihren eigenen Wunsch am Unterricht in Fränkisch teil und hat nicht halb so viel gelernt wie ihre Schwester. Ein törichtes, weinerliches Huhn«, erklärte Athanagild hart.

Damit will er mich treffen, erkannte Goiswintha. Er will mich dafür bestrafen, dass ich ihm keine Söhne geboren habe. Wie niederträchtig.

»Sie hat es nicht verdient, dass du so schlecht über sie sprichst. Sie ist empfindsam, musikalisch, feinfühlig und hat einen ausgeprägten Sinn für alles Schöne und Wertvolle. Und sie benimmt sich immer vorbildlich, was ich von ihrer Schwester nicht behaupten kann.« Mühsam verbarg sie, wie sehr sie sich durch die Herabsetzung ihrer Lieblingstochter gedemütigt fühlte.

Athanagilds Gedanken schweiften längst ab. In seinem Urteil über seine Töchter war er sich sicher. Er kannte beide nicht näher, holte aber öfter Berichte über sie ein, als ihre Mutter ahnte. Gailswinthas Zukunft würde noch Schwierigkeiten bereiten, aber mit denen würde er sich später befassen. Jetzt wollte er sich eine längst fällige Belohnung gönnen. Wenigstens einmal täglich ließ er Aletha kommen, um für eine halbe Stunde zu vergessen, dass er König war. Das Liebesspiel mit ihr bedeutete ihm viel, es verlieh ihm Kraft und forderte seine Phantasie heraus. Es erheiterte ihn, Alethas geheimen Widerstand zu erkunden und ihr seinen Willen nicht grob, aber nachhaltig aufzuzwingen. Ihm war, als erneuerte sich täglich ihre Jungfräulichkeit für ihn. Ein Wunder, ein paradiesischer Zustand ewiger Freuden.

»Mag sein. Aber Brunichilds großer Vorzug ist ihre Härte, sie wird nicht so leicht zerbrechen.« Er stand auf, küsste seine Frau auf die Wange und wandte sich zum Gehen.

»Wenn sie so sehr deinen Wünschen entspricht, dann lass sie doch ihre Pferde mitnehmen!«, rief ihm Goiswintha nach.

»Natürlich. Warum auch nicht?«, antwortete er zerstreut und verabschiedete sich.

Die Hexe hielt Wort. Als Brunichild das Bett mit der schlafenden Gailswintha verlassen und an zwei ebenfalls schlummernden Dienerinnen vorbei in den Vorraum geeilt war, erwartete die alte Frau sie, hüllte sie in einen weiten, dunklen Kapuzenumhang und beschrieb ihr den Weg zu einem am Rand des Palastgeländes liegenden Hof. Sie gab ihr noch einige Anweisungen und drückte ihr schließlich einen Krug mit Wein in die Hand. Brunichild eilte davon. Sie war noch nicht weit gekommen, als sie Schritte hinter sich hörte. Beunruhigt wandte sie sich um.

»Warte, ich begleite dich!«, rief die Amme mit gedämpfter Stimme. Ihre Augen glitzerten, als sie Brunichild kurz über die Wange strich. »Du sollst nicht allein gehen.«

»Warum tust du das? Warum hilfst du mir?«, fragte Brunichild und versuchte, ihrer Angst und Aufregung Herr zu werden.

»Weil du Mut hast, Kleine, und ich der Meinung bin, dass man Frauen nicht wie Vieh behandeln darf. Du nimmst dein Schicksal in die eigene Hand, du erträgst es nicht nur. Das gefällt mir. Jetzt komm.«

Stumm hasteten sie weiter, während Brunichild flüchtig an die vielen Male dachte, als die Alte ihr den Hintern versohlt hatte, weil sie ungehorsam gewesen war und auf die eine oder andere Weise »ihr Schicksal in die Hand genommen hatte«. Sie lächelte, obwohl es eigentlich nichts zu lächeln gab. Ihr Abenteuer konnte lebensgefährlich werden. Einige bewaffnete Wächter begegneten ihnen, ließen sie aber passieren, sobald die alte Frau erklärt hatte, wer sie war. Sie verriet nicht, wer sie begleitete. Spätestens jetzt fragte sich Brunichild, wie sie es überhaupt ohne die Amme geschafft hätte, das Palastareal bei Nacht unbehelligt zu durchqueren. Und ob sie sich nicht in dem Gewirr der Höfe hoffnungslos verirrt hätte. In manche Bereiche – wie den der Küchen und den der Wäscherei – hatte sie noch nie einen Fuß gesetzt. Und in diesen letzten verschwiegenen schon gar nicht. Den Vogelhof. Er gehörte zu den ältesten Teilen der gesamten Anlage, das war selbst im schwachen Licht der allgegenwärtigen Öllampen zu erkennen. Vor Jahrhunderten hatten im Palast die Statthalter der Römer residiert. Aus ihrer Zeit stammten die luxuriösen Bäder, einige phantastische Bodenmosaiken voller Fabelwesen und die Fresken an den Wänden, die blühende Landschaften oder ländliche Feste zeigten. Die Dekorationen aus neuerer Zeit wirkten dagegen gröber und einfallsloser.

Die Amme ließ Brunichild das letzte Stück allein gehen und wollte in einem kleinen Garten vor dem Hof auf sie warten. Brunichild war nun auf sich gestellt. Ohne einen Blick zurück teilte sie den Vorhang, der in der nächtlichen Brise wehte, und drang in den Bereich ein, der nach Aussage der Priester Gott den Allmächtigen beleidigte – und den ihre Mutter nicht zur Kenntnis nahm. Einmal hatte sie Brunichild geschlagen, als sie in aller Unschuld danach gefragt hatte. Nach dem Vogelhof.

Goiswintha hatte sie für zwei Tage einem strengen Fasten unterworfen und jedem untersagt, in dieser Zeit mit ihr zu reden.

Der winzige Innenhof war mit antikem Marmormosaik ausgelegt, und in der Mitte erhob sich ein kleiner Brunnen, bekrönt mit einer steinernen Taube. Ein Säulengang lief rundum, von dem sich Türen in dahinterliegende Räume öffneten. Während Brunichild vorbeihuschte, schallte Gelächter, Stöhnen oder Gemurmel heraus. An einer Schmalseite führte eine Treppe ins Obergeschoss. Am Fuß der Treppe saß ein Mann mit einer Waffe halb schlafend in einem Lehnstuhl. Dank der Amme wusste Brunichild von ihm und wie sie sich zu verhalten hatte. Sie legte ein Geldstück in die Schale vor dem Stuhl und hastete die Treppe hinauf. Hier oben gab es nur eine Wohnung. Brunichild war am Ziel, aber ihr Unterfangen kam ihr auf einmal wahnwitzig vor. Sie spähte die Treppe hinab. Der Wächter beugte sich vor, um das Geldstück aus der Schale zu fischen. Bevor er sich nach ihr umsehen konnte, stieß sie die schwere Eichentür auf, die fast geräuschlos aufschwang. Die Wohnung schien auf heimliche Besucher eingerichtet.

Brunichild betrat einen schmalen Vorraum. Aus einem Durchgang wehte ihr ein schwerer Duft entgegen, der sich beklemmend auf die Sinne legte. Vorsichtig tappte sie vorwärts.

Die Frau schlief nicht. Sie saß auf einem Schemel und beugte sich über eine Schriftrolle. Neben ihr auf einem Tischchen lag Schreibzeug bereit. Überrascht blieb Brunichild stehen.

»Was willst du?«, fragte die Frau, ohne aufzuschauen. »Sag's mir oder verschwinde.« Sie hatte Haare von einem derartig tiefen Schwarz, dass die Farbe unmöglich natürlich sein konnte. Wegen der Kopfneigung war vom Gesicht nicht viel zu erkennen, aber dennoch erschien es Brunichild schön – von einer eigenartigen, unwirklichen Schönheit. Bekleidet war die Frau mit einem Unterkleid aus hauchdünnem Leinen, und darüber trug sie ein offenes, ärmelloses Übergewand. Alles wirkte schlicht, aber vornehm.

Über Frauen wie diese wusste Brunichild nur das, was sie von den Mägden aufgeschnappt hatte. Und das, was ihr die Amme erst vor Kurzem mit leisem Abscheu und einem hämischen Unterton in der Stimme erzählt hatte.

Die Frau war eine Verworfene, eine Unreine.

»Nun? Du bist ja immer noch da!« Endlich hob die Frau den Kopf und sog heftig den Atem ein. »Wer bist du? Ich kenne dich nicht.«

Brunichild hatte die Kapuze tief in die Stirn gezogen und gedachte nicht, sie zurückzuschlagen.

»Ich möchte bloß einige Auskünfte von dir …« Sie stockte und versuchte aufgeregt, sich an den Namen zu erinnern, den ihr die Amme eingeschärft hatte. »Eu… Eu… Euphemia.« Sie trat näher, aber nicht so nah, dass der Schein der Lampe auf sie fiel.

Die Frau lehnte sich zurück und lächelte flüchtig. Dabei zersprang die Oberfläche ihres Gesichts in tausend kleine Splitter und glättete sich wieder. Brunichild wusste Bescheid. Was sie sah, war eine kunstvolle Maske aus Schminke. Jetzt lächelte auch sie. Mit Schminke kannte sie sich aus. Diese Frau schminkte sich also, und zwar etwas zu reichlich, und sie färbte sich das Haar. Trotzdem war das Alter schwer zu schätzen, denn nun stand sie mit einer geschmeidigen Bewegung auf, wie sie nur jungen

Frauen eigen war. Oder Artisten. Brunichild wich zurück und hielt der Frau den Krug mit Wein entgegen.

»Ich habe dir Wein mitgebracht.«

»Hoffentlich taugt er etwas«, sagte Euphemia geringschätzig. »Worüber willst du Auskünfte?«

Ein Dutzend Mal und öfter hatte Brunichild geprobt, was sie sagen wollte. Aber vor dem forschen Blick der Frau vergaß sie alles und stotterte unverblümt: »Wie ... wie verführt man einen Mann?«

Euphemia stemmte die Fäuste in die Hüften und lachte. Sie lachte so sehr, dass sie das Gleichgewicht verlor, zurücktaumelte und sich keuchend auf den Schemel fallen ließ.

»Was gibt es da zu lachen?«, fauchte Brunichild. »Ich dachte, du bist eine Expertin auf diesem Gebiet.«

Unvermittelt verstummte das Lachen. »Welches Vögelchen hat dir das denn zugezwitschert?«

Brunichild drückte den Krug wieder an sich und antwortete nicht.

»Willst du hier arbeiten?«, fuhr Euphemia fort. »Dann hast du dich umsonst herbemüht. Nicht ich habe darüber zu bestimmen, wer aufgenommen wird, sondern einer der Hofmeister. Also scher dich hinaus.«

Brunichild wartete, bis sich Euphemia erneut in die Schriftrolle versenkte, und trat leise wieder näher. Die Rolle enthielt Zahlen, anscheinend eine Abrechnung.

»Ich möchte nur die Auskunft, um die ich dich bat. Nicht um hier zu arbeiten, sondern für mich. Ich heirate demnächst«, erklärte sie mit einem Anflug von Hochmut.

»Was du nicht sagst.« Euphemia ließ die Rolle sinken. »Und das bringt dich auf den Gedanken, mich zu fragen? Wenn du ein anständiges Mädchen bist, solltest du dich schämen, nach Hurenkünsten zu fragen. Sie taugen nicht für eine Ehefrau.«

»Warum nicht? Sind nicht alle Männer gleich? Und wie sollen wir Frauen sonst Macht über sie ausüben, wenn nicht über unsere Körper? Ich hab mir sagen lassen, dass Männer über ihre Begierden am leichtesten zu lenken sind.«

Diesmal brach Euphemia nicht in Gelächter aus. Sie blieb nachdenklich sitzen, den Kopf zur Seite geneigt. »Und für all das, was du von mir zu erfahren wünschst, bringst du nur einen Krug Wein mit? Dafür sind meine Kenntnisse nicht zu haben.

Das ist höchstens die Dreingabe. Sozusagen das Antrittsgeschenk.«

Die Frau machte sich über sie lustig, erkannte Brunichild. Trotzig hob sie den Kopf. Allmählich ekelte sie der aufdringliche Duft, der in dem Raum hing. »Ich habe kein Geld bei mir. Nur dies.« Sie ergriff den Krug am Henkel und streckte den Arm vor. Gold blitzte auf.

»Gib mir den Armreif!«, verlangte Euphemia.

Brunichild stellte den Krug auf den Boden, streifte das Schmuckstück ab und warf es der Frau zu. Euphemia fing es auf und betrachtete es lange, während Brunichild sie beobachtete. Sie hing an diesem Armreif, einem hübschen Stück aus ziselierten achtförmigen Ornamenten, besetzt mit kleinen Perlen und Rubinen. Nichts überaus Kostbares, aber etwas, das sich schon lange in ihrem Besitz befand. Jetzt, da sie das Wichtigste, ihr Zuhause, verlieren sollte, waren alle vertrauten Dinge, die sie mitnehmen konnte, besonders viel wert.

»In Ordnung, streck dich auf dem Bett aus!«, befahl Euphemia, sobald sie mit der Prüfung des Schmuckstücks fertig war.

Das Bett war einladend mit schwellenden Kissen und weichen Decken überhäuft und das Kopfstück mit Goldornamenten verziert. Euphemia ließ den Armreif auf dem Tischchen liegen, trat zum Bett, riss die Decken und Kissen herunter und winkte ihre Besucherin mit einer Hand näher. »Aber leg erst den Umhang ab, Prinzessin.«

Starr vor Schreck blieb Brunichild stehen. »Du weißt, wer ich bin?«

»Ehrlich gesagt, hab ich's nur vermutet, aber jetzt ist klar, wer du bist. Also, wünschst du immer noch eine Unterweisung von mir?«

Brunichild hätte den Armreif mit zwei Schritten erreichen, an sich reißen und hinausstürzen können. Aber sie war bereits zu weit gegangen. Sie ließ den Umhang von den Schultern gleiten, hob den Krug auf, nahm einen Becher von einem Wandbord und stellte ihn zusammen mit dem Krug neben das Bett.

»Wie aufmerksam!«, spottete Euphemia. »Ungewöhnlich für jemanden von deinem Rang. Und nun leg dich hin. Ich sag's nicht noch einmal.«

Mit äußerster Anspannung kam Brunichild der Aufforderung nach. Steif wie ein Brett lag sie auf dem Laken.

»Was weißt du eigentlich über Männer? Ich meine über ihre körperliche Beschaffenheit?«, forschte Euphemia. Dieses Mädchen, stellte sie fest, war so verkrampft, wie es von einer königlichen Jungfrau zu erwarten war. Der zukünftige Gatte war nicht zu beneiden.

»Ich fürchte, ich verstehe die Frage nicht. Worauf willst du hinaus?«, entgegnete Brunichild ratlos. Was kam jetzt?

Euphemia betrachtete die junge Frau eingehend. »Du hast die Rundungen und die langen Beine, die Männer lieben, und dazu ein außergewöhnlich hübsches Gesicht. Aber glaub mir, deine Schönheit nutzt dir im Ehebett nicht viel. Dort kommt es auf etwas anderes an.« Mit größter Selbstverständlichkeit streifte sie Brunichilds Gewand hoch.

»Lass das!«, stieß Brunichild erschrocken hervor.

»Hör zu, Schätzchen: Es gibt nur zwei Möglichkeiten. Entweder du vertraust mir oder nicht. Und als Erstes musst du lernen, deinen eigenen Körper zu erkunden, um zu wissen, wie und wann du Lust empfindest. Das ist der Anfang von allem.« Mit einer begütigenden Geste strich Euphemia Brunichild über die Hände. Die Finger der Frau fühlten sich warm und trocken an, und langsam beruhigte sich Brunichilds Herzschlag.

Berührungen war sie durchaus gewohnt. Die Sklavinnen im Bad wuschen sie, trockneten sie ab und massierten ihr Öl in die Haut. Das war angenehm. Nur manchmal überkam sie ein sonderbares Gefühl, ein unbestimmtes Verlangen, aber es konnte sich nicht entfalten. Auch wenn es im Bad oft scherzhaft und lustig zuging, war immer eine gewisse Zurückhaltung bei den Sklavinnen zu spüren. Nie vergaßen sie, mit wem sie es zu tun hatten.

Als Euphemia mit ihrer Unterweisung begann, die aus allerlei Berührungen bestand, konnte sich Brunichild erst gar nicht entspannen. Noch nie hatte sie Finger zwischen ihren Schenkeln gespürt, die ihre Schamlippen öffneten. Beinahe hätte sie aufgeschrien und sich gewehrt. Aber sie hielt still und schloss die Augen. Und allmählich entwickelte sich dieses Gefühl, das sie schon kannte. Es fing mit einem Ziehen im Bauch an, überschwemmte die Haut auch an Stellen mit Hitze, die gar nicht berührt wurden ... und dann schrie sie auf. Sie wand sich, verlor die Beherrschung und stöhnte schließlich so laut, dass sich auf einmal eine Hand auf ihren Mund legte. Da klang die ungeheure Erregung bereits wieder ab. Als sie die Augen öffnete, war sie in Schweiß gebadet. Euphemia hockte neben ihr auf dem Bett und musterte sie kritisch.

»Und ich dachte schon, du bist einer dieser Stockfische im Bett, die jeder Mann verflucht.«

»Was hast du mit mir angestellt?«, murmelte Brunichild benommen. Sie fühlte sich völlig erschöpft. Seltsam schwach – ein beunruhigender Zustand.

»Ich habe dir Lust bereitet«, erklärte Euphemia nüchtern. »Jetzt erkläre ich dir, wie du einem Mann zur Lust verhilfst, also pass auf. Ich nehme an, dass du nicht wagst, noch einmal herzukommen.« Sie schüttelte den Kopf. »Keiner wird mir glauben, dass ich einer Prinzessin beibringe ...«

Brunichild schnellte hoch und packte Euphemia am Handgelenk. »Nichts wirst du sagen. Hörst du? Untersteh dich, auch nur eine Andeutung darüber fallen zu lassen, dass ich dich aufgesucht habe und warum!« Sie ließ los.

Die Hure rieb sich das Handgelenk. »Das versteht sich doch von selbst. Ich hab nur einen Scherz gemacht.«

Die Zeit verging wie im Flug. Euphemia erklärte, redete und berührte Brunichild immer wieder, während sie über Dinge sprach, von denen diese nicht das Geringste geahnt hatte. Brunichild musste aufstehen und nackt auf und ab laufen, während die Frau ihr erklärte, wie sie bei jedem Schritt unmerklich die Hüften schwingen lassen sollte. Aber am Ende meldete sich immer stärker Müdigkeit und leise auch Ekel, daher goss Brunichild den Becher voll Wein und hielt ihn ihrer Lehrmeisterin hin, als Zeichen, dass es mit der Unterweisung genug sei. Nur hatte sich Euphemia inzwischen dermaßen für den ungewöhnlichen Unterricht erwärmt, dass sie gar nicht mehr damit aufhören konnte.

»Du ähnelst deinem Vater«, erklärte sie, während sie mit glänzenden Augen den Becher leerte, »da ist etwas in deiner Kopfhaltung und selbst in der Stimme, das an ihn erinnert ...« Sie verstummte nachdenklich.

Brunichild goss Wein nach. »Trink, ich hoffe, er schmeckt dir.«

»Du solltest auch etwas trinken. Wir stoßen auf den Erfolg des Unterrichts an.«

»Gern.« Brunichild schlüpfte in ihr Gewand, füllte einen zweiten Becher, stellte ihn neben sich auf den Boden und hockte sich im Schneidersitz aufs Bett. »Kennst du meinen Vater schon lange?«

»Seit Jahrzehnten«, antwortete die Hure selbstgefällig, schlug dann aber entsetzt die Hand vor den Mund. »Jetzt hältst du mich bestimmt für uralt.«

»Niemand sieht dir deine Jahre an, du bist alterslos«, entgegnete Brunichild galant. In Wahrheit war die Schminke längst verlaufen, und die faltige graue Haut, das seltsam substanzlose Fleisch der Oberarme, das durch das dünne Gewand sichtbar wurde, und der runzlige Hals verrieten überdeutlich das Alter. Dank ihrer Verführungskünste war Euphemia sicher noch in der Lage, ihre Freier zu beglücken, aber wie lange noch?

Angeregt durch den Wein, schwadronierte sie von ihren hochgestellten Liebhabern. Vor allem die Andeutungen über ihre intime Bekanntschaft mit Athanagild berührten Brunichild äußerst peinlich. Nicht lange, und die alte Hure wurde wehmütig und schwankte vor Trunkenheit auf ihrem Stuhl. Brunichild half ihr, sich auf dem Bett auszustrecken, und deckte sie sorgsam zu. Schon halb im Schlaf murmelte Euphemia, welches Vergnügen ihr der Besuch der Prinzessin bereitet habe und wie sehr sie hoffe, dass ihr Wissen auf fruchtbaren Boden gefallen sei.

Brunichild goss den Wein aus ihrem Becher zurück in den Krug, ergriff diesen, holte sich ihren Armreif vom Tischchen und trat noch einmal ans Bett. »Schlaf gut«, sagte sie weich und strich der alten Hure sanft über die Wange. »Träum dich in eine schöne Zukunft, die kein Ende hat.«

Draußen im Garten fand sie die Amme, die auf einer Steinbank eingenickt war. Sie rüttelte sie am Arm, bis sie erwachte.

»Hast du bekommen, was du wolltest?«, fragte die Alte und blinzelte zu ihr hoch.

»Ja!«, antwortete Brunichild einsilbig.

»Und? Hat sie den Wein getrunken?«

»Genug.« Brunichild reichte den fast leeren Krug zurück, und die Amme goss den Rest in die Rosenbüsche.

11 Als es noch zwei Tage bis zur Abreise der Prinzessin waren, fiel Wittiges in unerklärliche Schwermut. Dabei hatte er wenig Grund, Trübsal zu blasen. Seine Stellung im Stallhof hatte sich merklich gefestigt, seit die Pferde der Franken genesen waren. Der eine, dessen Name er nicht kannte, hatte ihm abermals ein Geldgeschenk überreicht, sich ausführlich bedankt und wieder eine Weile freundschaftlich mit ihm geplaudert. Dieser Franke zeigte nicht einmal ansatzweise den Hochmut und die Unnahbarkeit, die Herzog Gogo an den Tag legte, dabei bekleidete er sicher keine geringe Stellung. Einmal hatte er Untergebene erwähnt, keine Knechte, sondern freie Männer, die ihm unterstanden. Vielleicht war er gar ein *Comes*, ein Heerführer, dem auch die Verwaltung einer *Civitas*, einer größeren Stadt samt Umland oblag. Ein wenig kannte sich Wittiges mit den Franken aus. Sein Vater, der das Land öfter bereist hatte, hatte ihm einiges darüber erzählt. Dass in vielen Regionen noch die alten Verwaltungsbezirke der Römer bestanden und die Grundlage der jetzigen Regierung bildeten. Dieser Franke sah überhaupt wie ein Galloromer aus. Einer, dessen Familie seit der Römerzeit in den ehemals gallischen Provinzen ansässig war. Deshalb trug er auch das Haar so kurz, wie es nach fränkischer Sitte für einen freien Mann gerade noch statthaft war.

Das Geld des Franken ermöglichte Wittiges einige dringend nötige Anschaffungen. Am späten Nachmittag, als er sicher war, bis zur Abendfütterung nichts zu tun zu haben, ritt er auf der Suche nach einer Schmiede in die Stadt. Es gab eine Gasse, in der sich Werkstatt an Werkstatt reihte, aber nur zwei davon waren Waffenschmieden. In der ersten traf er auf einen Meister, der ihm gern ein Schwert angefertigt hätte, nur würde das eine Weile dauern. Wittiges wollte es aber sofort. Leider arbeitete auch der Schmied in der Nachbarwerkstatt nur nach Aufträgen und nicht auf Vorrat. Enttäuscht wandte sich Wittiges zum Gehen, als ihn der Mann aufhielt.

»Ich hätte ein Schwert für dich, wenn es kein brandneues sein muss und du auf Schönheit nicht den größten Wert legst.«

»Zeig's mir einfach.« Besser ein altes als gar keins oder wochenlanges Warten.

Die Waffe, die der Schmied brachte, war wirklich nicht besonders schön. Aber als Wittiges sie in die Hand nahm, merkte er, wie hervorragend sie ausbalanciert war. Es machte ihm

Freude, sie ein paarmal durch die Luft sausen zu lassen, sodass der Schmied beiseitespringen musste.

»Willst du mich abschlachten?«, knurrte er. »Kannst du überhaupt mit einem Schwert umgehen?«

»Nicht besonders gut, aber das lerne ich noch«, antwortete Wittiges mit glänzenden Augen. »Es gefällt mir. Ich will kein anderes mehr. Es ist wie für mich gemacht.« Vielleicht hätte er das nicht sagen sollen. Nun würde der Schmied den Preis heraufsetzen.

Aber der Mann lachte. »Endlich einmal einer, der alte Schmiedekunst zu schätzen weiß. Ja, das ist ein gutes Schwert. Die Klinge muss nur einmal abgezogen und der Griff aufgearbeitet werden. Das könnte ich erledigen.« Dann nannte er einen recht bescheidenen Preis. Wittiges bezahlte, erwarb noch einen Dolch, den er gleich mitnehmen konnte, und der freundliche Schmied versprach ihm, das Schwert am nächsten Tag in Wittiges' Unterkunft zu schicken.

Bei einem Sattler ließ er sich einen breiten Ledergurt mit Schwertgehänge anpassen, für Alexander kaufte er ein Duftöl, obwohl er sich in solchen Dingen wenig auskannte, und für den kleinen Philipp ein hübsches Kästchen mit Schreibgerät, um zu zeigen, dass er die Bemühungen um Bildung ernst nahm.

Glücklich und zufrieden trabte er zum Palast zurück. Kurz davor versperrten zwei Reiter die Straße, indem sie enge Kreise zogen. Zu spät erkannte er Ingomer und Falco. »Da kommt ja dieser Mann, der halb tote Pferde wiedererweckt«, frotzelte Falco grinsend.

»Ein Wunderwirker, ein Heiliger«, fiel Ingomer im gleichen Ton ein.

»Als Heiliger hat er aber einen großen Fehler: Er lebt noch. Tote Heilige sind die wahren Heiligen«, höhnte Falco und ritt unvermittelt hart an.

Wittiges versuchte, um die beiden herumzukommen, aber sie nahmen ihn in die Mitte. Bauto wieherte und biss nach den fremden Pferden. So hielt er sie ein wenig auf Abstand, aber die Lage wurde trotzdem brenzlig.

»Was wollt ihr von mir? Was hab ich euch getan?«, fragte Wittiges aufgebracht.

»Was du uns getan hast?« Falco lachte rau. »Du hast dich eingemischt, als wir uns mit diesem winselnden Sänger einen

Spaß erlaubt hatten, und du hast uns vor *Dux* Gogo bloßgestellt. Er hat uns die Hölle heißgemacht und bis heute in unserem Quartier eingesperrt. Was für ein Glück, dass wir dich gleich auf unserem ersten Ausritt treffen. Erledigen wir ihn sofort?«

Ingomer winkte ab. »Nein. Im Gegensatz zu dem Sklaven ist er ein freier Mann. Ich hab keine Lust, auf Wergeld verklagt zu werden. Lass uns in die Seitengasse da vorn reiten. Am Ende liegt ein verlassenes Haus mit einem großen Garten, das ich am ersten Tag entdeckt hab, als ich mich hier verirrte.«

Es gab etliche verfallene Gebäude in Toledo, Überbleibsel der Römerherrschaft, die oft als Steinbrüche für Neubauten genutzt wurden. In den Gärten und Kellern hausten Ratten und wilde Hunde. An so einem Ort wollte Wittiges nicht verrecken. Mit aller Kraft hieb er Bauto die Fersen in den Bauch und schnalzte mit der Zunge.

Der kleine Hengst stieg und machte einen Satz nach vorn, mit dem die Widersacher nicht gerechnet hatten, und fiel in einen scharfen Galopp. Wittiges zog den neuen Dolch und spähte über die Schulter zurück, denn jeden Moment erwartete er einen Angriff von hinten. Aber merkwürdigerweise setzten ihm Falco und Ingomer nicht nach. Als Wittiges wieder nach vorn blickte, entdeckte er den Franken, dessen Hengst er kuriert hatte. Er hatte ihm noch am Morgen zu einem abendlichen Ausritt geraten, damit sich das Pferd wieder an Bewegung und Belastung gewöhnte, bevor es die lange Heimreise antrat. Der Franke winkte lässig und trabte an ihm vorbei. Wittiges nutzte die Gelegenheit und feuerte Bauto weiter an, bis er den Palast sicher und unbehelligt erreichte.

Da Wittiges nun wusste, warum er in den vergangenen eineinhalb Wochen nicht wieder auf Falco und Ingomer gestoßen war, verhielt er sich doppelt vorsichtig, um auch die letzten Tage heil zu überstehen, bis der fränkische Spuk ein Ende hätte. Noch einmal schärfte er den Stallburschen ein, auf die beiden zu achten und sofort zu melden, wenn sie sich dem Stall näherten. Und trotzdem huschte jemand unbemerkt herein, eine Gestalt in einem weiten dunklen Umhang, die ihrem verstohlenen Gebaren nach hier nichts zu suchen hatte. Wie jeden Abend hatte Wittiges zum Abschluss des Tages den Verschlag mit der Stute und dem Fohlen besucht. Einer der Stallmeister hatte erwähnt, dass die beiden Pferde ins Frankenreich mitgenommen würden. Wittiges hielt die Absicht für unverantwortlich. Das Fohlen würde eine so lange Reise nicht überstehen. Das Vorhaben zeugte von grenzenlosem Leichtsinn oder ausgeprägtem Egoismus, und er vermutete, dass Brunichilds Wunsch dahintersteckte. Hatte denn niemand versucht, ihn ihr auszureden? In Gedanken mit seiner Empörung beschäftigt, fiel ihm die Gestalt erst auf, als sie schon fast vor ihm stand.

Wittiges riss seinen Dolch heraus. Mit einem Schreckenslaut fuhr die Gestalt zurück.

»Erstich mich nicht! Ich will doch nur nach meinen Pferden sehen.« Durch eine ruckhafte Kopfbewegung glitt die Kapuze zurück und enthüllte blondes Lockenhaar. »Bitte, steck den Dolch weg!«, fuhr Brunichild fort.

Hastig kam Wittiges der Aufforderung nach. Verwirrt blickte er sich um. »Wo ist deine Begleitung?«

»Heute komme ich allein«, äußerte Brunichild lässig und streckte der Stute die Hand entgegen. »Hast du einen Apfel oder eine Möhre, die ich ihr geben kann?«, fragte sie, ohne sich umzublicken.

Wittiges war wie vor den Kopf geschlagen. Nun, da sein innigster Wunsch in Erfüllung ging, rann ihm das Blut wie flüssiges Blei durch die Adern, und er spürte nichts als tölpelhafte Unbeholfenheit.

»Jetzt im Januar? Was denkst du dir eigentlich?« Zu spät ging ihm auf, wie grob seine Antwort klang. Eine Unverschämtheit gegen eine Prinzessin. Aber sie nahm es ihm nicht übel. Im Gegenteil, sie lachte.

»Die Frage war dumm, nicht wahr? Du musst mich für eine Gans halten. Aber ich hab nicht so viel Ahnung von diesen Dingen wie du.« Wie absichtslos legte sie ihm die Hand auf den Arm. Wittiges erstarrte, während ihm der Mund trocken wurde. Und ehe er sich's versah, ergriff sie seine Hand und drehte sie um. Mit einem Finger strich sie sacht über die Innenfläche. »Das hab ich mir gedacht. Deine Hand ist voller Schwielen. Hast du immer so hart gearbeitet?«, fragte sie mit leiser, seltsam schwingender Stimme.

Ein Kribbeln überlief Wittiges, und die Kehle wurde ihm eng. Er blickte auf den blonden Lockenkopf hinab, und eine lange aufgestaute Zärtlichkeit brach sich Bahn. Auf einmal fühlte er sich herausgehoben aus der Zeit und gleichzeitig merkwürdig schwach. Das, was er nun erlebte, war ein Traum. Es hatte nichts mit der Wirklichkeit zu tun. Und deshalb durfte er es auch wagen, eine Strähne dieses goldenen Haars um den Finger zu wickeln.

»Das tut weh!«, rief Brunichild. »Lass los!«

Erschrocken versuchte Wittiges den Finger zu befreien, aber unversehens war er in ein Gerangel verstrickt, das er bestimmt nicht gewollt hatte. Es war zum Wahnsinnigwerden. Je verzweifelter er sich bemühte freizukommen, desto näher rückte er der Prinzessin. Schließlich lehnte sie sich schwer atmend an seine Brust.

»Halt still, halt endlich still!«, zischte sie, und ihm blieb nichts anderes übrig, als ihr ins Gesicht zu sehen, während sie ihr Haar aus seinen Fingern befreite. Ihr Mund hatte sich leicht geöffnet, und sie lächelte schelmisch. »Ich möchte meine Haare behalten«, murmelte sie.

»Und ich hätte gern eine Locke als Erinnerung an dich«, stieß Wittiges hingerissen und ohne nachzudenken hervor.

»Warum?« Brunichild legte ihm die Hände auf die Brust.

Es war ein so süßer Augenblick. Eine innige Vertrautheit, von der er nichts geahnt hatte, kam auf. Sein Blick hing immer noch an ihrem Mund. Dieser Mund zog ihn magisch an, und es schien ganz natürlich, ihn zu küssen. Bereitwillig öffnete Brunichild die Lippen, und seine Zunge glitt dazwischen, tauchte tief ein in diese berauschende Feuchtigkeit. Erst nach einer ganzen Weile machte sich Brunichild atemlos frei, presste sich aber mit dem Leib an ihn.

Sie rieb sich an ihm! Vor Verblüffung erstarrte er wieder, dann aber überwältigte ihn ein Gefühl, das wie eine Stichflamme durch seinen Körper raste. »Hat dir nie jemand gesagt, dass du das nicht tun darfst?«, fragte er heiser vor Erregung.

»Was?«, fragte sie unschuldig. »Bitte, küss mich noch einmal. Ich wusste nicht, dass Küssen so wunderbar ist«, fügte sie leise hinzu. »Es … es ist hinreißend!«

Die Knie wurden Wittiges weich. Er brauchte dringend Halt. Mit einer Hand tastete er sich an der Holzwand des Verschlags entlang, instinktiv weg von der Tür, durch die einer der Knechte hereinlugen konnte, mit der anderen hielt er Brunichild fest, sodass sie sich mit ihm bewegte. Jetzt bloß keine Unterbrechung.

Jetzt bloß nicht loslassen. Erst als sie schon im Stroh lagen – es gab da eine Kraft, die ihn hinunterzwang –, tobten heftige Bedenken durch seinen Geist.

»Brunichild, du …« Zum ersten Mal nannte er sie bei ihrem Namen.

»Sch…« Sie legte ihm die Finger auf die Lippen. Sie leistete keine Gegenwehr, im Gegenteil, sie kam seinen Absichten zuvor, als er ihre Gewänder hochstreifte, denn sie öffnete bereitwillig die Schenkel, noch ehe er daran gedacht hatte. Als er sich selbst von seinen Kleidern weit genug befreit hatte, wölbte sie sich ungeduldig ihm entgegen.

Er drang in ihren Schoß ein. Sie stieß einen leisen, keuchenden Schreckenslaut aus, klammerte sich aber an ihn und ließ ihn nicht los, bis er sich ganz und gar der Leidenschaft überließ. Nachdem sie abgeklungen war, mochte er ihr nicht in die Augen sehen.

»Es …, es tut mir leid«, stöhnte er, innerlich völlig aufgelöst. Verstört sah er sie an, musterte ihr Gesicht, prüfte ihren Ausdruck. Was er in ihren Augen las, war ungeheuerlich. »Du hast es gewollt! Du hast es …« Du hast es darauf angelegt, wollte er sagen, verstummte aber. »Warum?«

Brunichild schob ihn sacht, aber nachdrücklich von sich. Verlegen zog er seine Kleidung zurecht, während sie sich die Scham mit ihrem Unterkleid abwischte. Rote Flecken! Blut! Er wusste, was das bedeutete. Schändung! Er hatte die Tochter des Königs geschändet. Gepeinigt schloss er die Augen. Als er sie wieder öffnete, sah sie ihn, auf einen Arm gestützt, aufmerksam an.

»Man wird mich foltern und dann hängen oder vierteilen«, stellte er sachlich, aber innerlich bebend fest. Er konnte immer noch nicht begreifen, was gerade geschehen war. »Und trotzdem tut es mir nicht leid.«

Sie lächelte. »Andernfalls wärst du nicht der Mann, für den ich dich halte. Im Übrigen hast du nur Folgen zu befürchten, wenn jemand erfährt, was vorgefallen ist. Du wirst niemandem etwas verraten.«

»Was heißt das – der Mann, für den du mich hältst? Woher willst du mich kennen? Du hast mich nie beachtet.«

Mit einem Finger zog Brunichild zärtlich die Linie seiner Lippen nach. »Ich war nie allein mit dir. Und da ich gelernt habe zu beobachten, ohne dass man mich dabei ertappt, hab ich dich sehr wohl beachtet.« Und es stimmte, sie wusste es. Der junge Mann hatte sie seit jenem Augenblick gereizt, als sie die Arme um ihn geschlungen hatte, um ihn bei seiner Geburtshilfe für Bella und das Fohlen zu unterstützen. Er hatte sich gut angefühlt. Und jetzt hatten sie etwas durchaus Angenehmes miteinander geteilt. Ein warmes, schönes Gefühl von Dankbarkeit, Geborgenheit und herrlicher Trägheit durchströmte sie. Es war richtig, was sie getan hatte. Und die Hure Euphemia hatte sie wunderbar vorbereitet.

Die kleine Abwehr, das Gefühl, benutzt worden zu sein, schmolz in Wittiges dahin. »Warum ich?«, stammelte er.

»Weil ich dich mag. Ich wollte den Mann, der mich als Erster besitzen darf, selbst aussuchen. Ich werde dich nie vergessen, wo ich auch bin, und ich hoffe, auch du vergisst mich nicht.« Sie schlang einen Arm um ihn, zog ihn zu sich heran und küsste ihn so leidenschaftlich wie zuvor. Mit einer Hand drückte er ihre Knie auseinander, und diesmal fanden sie noch schneller zusammen. Auch sie stöhnte hemmungslos vor Lust. Während sich ihre Hüften im gleichen hitzigen Rhythmus bewegten, erreichte sie mit Wittiges zusammen den Höhepunkt. Für ein paar Atemzüge blieben sie eng umschlungen liegen.

»Du wirst nie jemandem etwas sagen. Es wird ein Geheimnis zwischen uns bleiben«, murmelte Brunichild beschwörend.

Wenn sie mir jetzt einen Dolch ins Herz jagen würde, würde ich das willig hinnehmen, dachte Wittiges, dann bleibt das Geheimnis bestimmt bewahrt.

Er half ihr auf, und von plötzlicher Verlegenheit befallen, tätschelte sie den Hals der Stute und strich dem Fohlen über den Rücken. Beide Tiere hatten sich erstaunlich ruhig verhalten und waren auf die andere Seite des Verschlages ausgewichen, um ihnen Platz zu lassen.

»Ich nehme Bella und das Fohlen mit«, sagte Brunichild mit belegter Stimme. »Mein Vater hat es endlich erlaubt.«

Dann muss er ein Esel sein, dachte Wittiges, hütete sich aber, den Gedanken auszusprechen. »Das Fohlen ist noch ziemlich klein«, gab er stattdessen zu bedenken. »Lass die beiden nachkommen, wenn es älter ist.«

Brunichild hob ihren Umhang auf, hüllte sich darin ein und wandte sich noch einmal zu ihm um. »Ich muss gehen. Bleib hier, bis ich verschwunden bin.«

Er wartete, bis sie das Ende des Stalles erreicht hatte, und schlich ihr nach. Gerade noch rechtzeitig erreichte er die Stalltür, um zu sehen, wie sie davonhuschte, zusammen mit einer Gestalt, die im Hof auf sie gewartet haben musste. Ob es die kleine Dienerin war?

Die ganze Nacht lang wälzte er sich in leidenschaftlichen und sehnsuchtsvollen Wachträumen ruhelos hin und her. Am nächsten Tag schweiften seine Gedanken ständig von der Arbeit ab. Die Stallknechte rissen schon Witze und machten anzügliche Bemerkungen über einen Besuch im Vogelhof. Wittiges wusste nicht, was sie damit meinten, bis ihn einer aufklärte. Er beließ es dabei, sollten sie ruhig denken, er hätte die Nacht bei einer Hure verbracht.

Die Abreise der fränkischen Gesandtschaft nahte. Rado kam zu ihm und besprach die letzten Arbeiten, die notwendig waren, bis die Franken sich wieder selbst um ihre Tiere kümmerten. Alle Pferde waren in gutem Zustand, auch das erwähnte der Stallmeister als eindeutiges Lob. Noch vor einer Woche hätte sich Wittiges über die Anerkennung gefreut. Aber nun dachte er schon den ganzen Tag über etwas nach und nickte nur abwesend.

Gegen Abend erschien der Franke, mit dem sich Wittiges so gut verstand. »Wir brechen morgen auf, sobald die Prinzessin bereit ist«, erklärte er. »Wie ich junge Damen kenne, wird das nicht vor Mittag sein. Außerdem findet vorher die Verabschiedung durch die königliche Familie statt, und der Erzbischof erteilt seinen Segen.«

Bei der Erwähnung von Brunichilds Abreise krampfte sich Wittiges' das Herz zusammen. Mit heiserer Stimme gab er Anweisung, zwei der fränkischen Pferde, die in den letzten Tagen zu wenig Bewegung hatten, im Kreis herumzuführen, und winkte den Franken auf die Seite.

Verwundert folgte ihm der Mann.

»Ich habe eine Frage oder Bitte«, begann Wittiges.

»Ja?«

»Gibt es eine Möglichkeit, mit euch ins Frankenreich zu reisen?«

Der Franke vollführte eine ausholende Armbewegung, die den Hof, die umliegenden Gebäude und vielleicht noch mehr umfasste.

»Du willst den Hof verlassen?« Und als Wittiges beklommen nickte, fügte er hinzu: »Deine Stellung, Toledo, deine Familie?«

Sie hatten nie über Wittiges' Familie gesprochen. »Ich habe keinerlei Bindungen hier. Alles, was ich habe, sind zwei Wochen, in denen ich mich um fränkische Pferde gekümmert habe, und das tat ich gern. Was danach kommt, weiß ich nicht.«

Nachdenklich schwieg der Franke.

»Entschuldige, Herr«, sagte Wittiges vorsichtig, »ich weiß weder deinen Namen noch, ob ich dich mit meinen Angelegenheiten behelligen darf. Aber ich kenne niemanden, an den ich mich sonst wenden kann«, setzte er bitter hinzu.

»Mein Name ist unwichtig«, entgegnete der Franke und legte Wittiges kurz die Hand auf die Schulter. »Falls ich etwas für dich tun kann, hörst du von mir. Aber ich verstehe nicht, warum du in der Kanzlei des Königs nicht darum ersuchst, in das Gefolge der Prinzessin aufgenommen zu werden. Es sind nicht nur wir Franken, die sie zu ihrem Gemahl begleiten.«

Wittiges hätte sagen können, dass ihn seine bisherigen Erfahrungen mit der Kanzlei davon abhielten, mit einem neuen Gesuch dort vorzusprechen. Schließlich war auf das von ihm vorgelegte Empfehlungsschreiben nie eine Antwort erfolgt. Er zuckte nur die Schultern, und der Franke verabschiedete sich.

Bis in die Nacht hinein beaufsichtigte Wittiges die Überprüfung von Zaumzeug und Sätteln und machte sich schließlich müde und hungrig auf den Weg zu den Küchen. Aber wahrscheinlich war es zu spät, um noch etwas zu essen zu bekommen. Daher beschloss er, trotz der vorgerückten Stunde bei Alexander vorbeizuschauen, bei dem er selbst mitten in der Nacht willkommen war. Meist stand etwas Brot und Käse als später Imbiss bereit.

In den Höfen herrschte selbst jetzt noch Geschäftigkeit, gereizte Rufe und Befehle schallten. In einem Hof standen in langer Reihe für die Abreise beladene Karren, von westgotischen Kriegern bewacht – Brunichilds bewaffneter Eskorte. Diese Männer würden in der Nacht kein Auge zutun. In der Frühe würde man Ochsen vor die Wagen schirren. Ein besonders kunstvolles Gefährt war für die Prinzessin und ihre persönlichen Dienerinnen vorgesehen. Als Wittiges den Reisekarren sah, befiel ihn Schwermut. Es gab nur einen, der seinen Kummer verstehen konnte. Von ihm erhoffte er sich ein bisschen Trost.

Auf den letzten Stufen der Treppe hatte ein Stiefel blutige Abdrücke hinterlassen. Wittiges verharrte und betrachtete die grausigen Spuren, bevor er, den Dolch in der Hand, die Tür aufstieß. Hinter ihr setzte sich die Blutspur fort. Vor dem Bett lag der kleine Diener Philipp mit durchschnittener Kehle inmitten herabgerissener Decken und Kissen. Ringsum war der ganze Raum verwüstet. Die Instrumente waren von der Wand gerissen und auf dem Boden zerschmettert worden, Tische waren umgestürzt, und in einem See aus dunkelrotem Wein lagen die Scherben eines zerbrochenen Krugs.

Alexander hatte sich in den Baderaum geschleppt. Seine Augen waren fast gänzlich zugeschwollen, der Mund hing schief, ein Winkel war blutig aufgerissen, der Körper entblößt. Voller Entsetzen kniete sich Wittiges neben ihn und tastete behutsam nach dem Herzschlag. Auf einmal schrie Alexander auf und packte seine Hand.

»Beruhige dich, ich bin's«, sagte Wittiges. »Kannst du sprechen? Wo finde ich einen Arzt?«

»Philipp!« Es war nur ein Krächzen.

»Ich kümmere mich um ihn«, murmelte Wittiges mit flacher Stimme. Mühsam öffnete Alexander die Augen, sah ihn an und las ihm wohl die Wahrheit vom Gesicht ab.

»Tot?«

Wie unter Zwang nickte Wittiges. »Ich bring dich von hier weg.«

»Hilf mir auf!«

Es war grässlich anzusehen, wie sich der geschundene Mund quälte, verständliche Laute hervorzubringen. Wittiges hielt es nicht für ratsam, Alexander auf die Füße zu stellen, aber dieser blieb stur. Auf seinen Arm gestützt, wankte er in den Wohnraum, bis er die Leiche Philipps erreicht hatte.

»Er war doch noch ein Kind«, schluchzte er.

»Komm jetzt«, sagte Wittiges bestimmt. »Notfalls trage ich dich. Ich nehme dich mit in meine Unterkunft, dort bist du erst einmal sicher.«

»Wozu noch?«

Alexanders Gegenwehr war zu schwach, um Wittiges an seinem Vorhaben zu hindern. So ließ er es am Ende geschehen, in einen Umhang gehüllt und zur Tür geführt zu werden. Weil ihm immer wieder die Beine versagten, musste ihn Wittiges größtenteils tragen. Er schaffte ihn die Treppe zu seiner Unterkunft über den Ställen hinauf, und als er ihm ins Bett geholfen hatte, fand er es besser, ihn nicht zu verlassen. Denn Alexander hatte einmal nach seinem Dolch getastet, und Wittiges fürchtete, dass er sich die Pulsadern aufschneiden wollte. Gegen Morgen endlich schlief Alexander ein, und Wittiges wagte es, dessen Wohnung einen Besuch abzustatten. Alexander hatte ihn darum gebeten. Unter einem umgestürzten Tisch entdeckte er zwei Schriftrollen, die er an sich nahm. Das Kästchen mit den Ersparnissen, das er ebenfalls suchen sollte, war leer. Alexander war nicht nur überfallen, sondern auch ausgeraubt worden.

Das Blut, das sich unter dem kleinen Philipp ausgebreitet hatte, war getrocknet. Für den Jungen konnte Wittiges nichts mehr tun. Er warf eine Decke über die Leiche und eilte hinaus.

Im Haupthof, vor dem Wohnpalast des Königs, formierte sich bereits der Reisetross. Ochsen brüllten, Pferde wieherten. Wittiges zwängte sich an dem Zug vorbei und stürmte die Treppe zum Palast hinauf. Oben prallte er gegen den Franken, den er suchte. Leutselig deutete dieser auf die Rollen, die Wittiges unter dem Arm trug.

»Du hast es schon?«

»Was?«, rief Wittiges außer Atem.

»Das Schreiben aus der Kanzlei. Du bist in das persönliche Gefolge der Prinzessin aufgenommen worden. Es müsste alles geregelt sein. Nur musst du dich beeilen, um zu packen. Der Aufbruch steht unmittelbar bevor.«

»Da wäre noch etwas.« Wittiges war das Schreiben plötzlich nicht mehr so wichtig. Zwar hatte Alexander seinen Verdacht nicht ausdrücklich bestätigt, aber für ihn selbst stand fest, dass nur zwei Männer für den heimtückischen Überfall auf seinen Freund infrage kamen. Niemand außer Falco und Ingomer hegten einen derartigen Groll gegen den harmlosen Musiker. Wittiges wollte Rache und ebenso Vergeltung für das getötete, unschuldige Kind.

»Nicht jetzt!«, wehrte der Franke ab. Ein anderer Mann näherte sich ihm.

»*Vicarius* Priscus, *Dux* Gogo wünscht dich sofort zu sprechen.« Beide Männer eilten davon, bevor Wittiges sie aufhalten konnte.

Priscus, den Namen würde er sich merken. Aber wen konnte

er nun mit Alexanders Leid behelligen? Fränkische Krieger verließen den Palast, andere strömten an ihm vorbei durch die Türen hinein. Entmutigt trat er zurück. Erst einmal würde er zu Alexander zurückkehren und dann einen zweiten Versuch wagen. Wenn noch so viel Zeit blieb.

Alexander setzte sich auf, als Wittiges eintrat. »Das ist für dich gekommen.« Auf dem Boden lagen eine gesiegelte Schriftrolle und ein in Leinen eingewickelter länglicher Gegenstand, in dem Wittiges sein neues Schwert vermutete. Er ging in die Hocke und betastete das Bündel.

»Hör zu«, sagte er, ohne aufzuschauen, »ich verlasse heute noch Toledo und schließe mich den Franken an. Ich will nicht bleiben und kann nicht bleiben.«

Unten im Stall hatte ihn Rado angesprochen. »Du willst uns verlassen?«, hatte er verstimmt gefragt. »Eben kam ein Kanzleischreiber und behauptete, dass du dich den Franken anschließt. Was ist in dich gefahren? Dein Platz ist hier bei uns. Und ich brauche deinen Bauto für weitere Stuten, die gerade rossig geworden sind.«

Traurig hatte sich Wittiges im dämmrigen Stall umgeschaut. Durch seinen Einsatz in den vergangenen zwei Wochen hatte er sich eine anständige Arbeit, eine schöne Wohnung und ein Auskommen geschaffen. *Vielleicht* ein Auskommen.

»Hattest du nicht von einem Entgelt für das Decken der Stuten gesprochen?«, hatte er kühl entgegnet.

In Rados Miene war Empörung aufgezuckt. Über Geld redete man am Hof nicht. Geld wurde als Geschenk überreicht, als Anerkennung mit anderen Gaben, als freundliche Geste. Aber regelrecht Bezahlung zu fordern, galt als ausgesprochen unfein. »Du wirst dein Geld erhalten, ich werde es umgehend veranlassen.«

»Das höre ich gern«, sagte Wittiges glatt, »dann entschuldige mich bitte, denn ich habe noch viel zu tun.« Mittlerweile fieberte er der Abreise entgegen. Nur musste er noch eine Lösung für Alexander finden. Er durfte ihn nicht einfach sich selbst überlassen und sich aus dem Staub machen.

»Nimm mich mit«, bat Alexander.

Wittiges hatte fast so etwas befürchtet. »Ich kann dich nicht mitnehmen. Du musst hierbleiben, das weißt du selbst.«

Unter größter Anstrengung schüttelte Alexander den Kopf. »Wenn du mein Freund bist, nimmst du mich mit.«

»Wenn die Franken erst abgezogen sind, wird dir niemand mehr Schaden zufügen. Und mitzukommen heißt doch, die Gefahr immer wieder heraufzubeschwören.«

Aber das galt auch für ihn selbst. Er würde sich vorsehen müssen. Seine ganze Hoffnung auf Schutz gründete auf seiner Bekanntschaft mit dem fränkischen *Vicarius* Priscus und der Hoffnung, dass Gogo seine Untergebenen auf der Reise besser im Griff hatte. Und außerdem waren da die Westgoten. Er gehörte zum gotischen Gefolge, nicht zum fränkischen.

Alexander rutschte vom Bett und fiel stöhnend vor Wittiges auf die Knie. »Ich begebe mich als Sklave in deine Hand, ich gehöre dir.«

»Hör auf mit dem Unsinn!«, rief Wittiges.

»Kein Unsinn«, erklärte Alexander röchelnd. »Ich habe alle verloren, an denen mein Herz hing. Heute, ach was, gestern starb eine Freundin von mir. Sie war Philipps Großmutter, eine Hure aus dem Vogelhof. Jetzt hält mich nur noch die Hoffnung, mich dir anzuschließen, am Leben.«

»Aber du kannst nicht frei über dich verfügen«, wandte Wittiges ein, merkte aber, wie sein Widerstand schmolz. Er schalt sich selbst, sich nicht entschieden genug zu geben. »Leg dich wieder aufs Bett, tu mir den Gefallen.«

Alexander wehrte sich, als er ihn auf die Füße ziehen wollte. »Erst erkennst du mich als deinen Sklaven an«, wimmerte er.

Wittiges holte Luft zu einer scharfen Entgegnung.

»Ich bin seit gestern frei«, flüsterte Alexander und deutete auf eine der Rollen, die Wittiges auf den Tisch gelegt hatte. »Das ist der Freibrief. Cniva überbrachte ihn gestern persönlich.« Bei einer der Rollen war das Siegel erbrochen. »Er hat mir geraten, mich Brunichild als Sänger anzuschließen. Es ist also alles in Ordnung. Auch der König ist einverstanden.«

»Aber sicher«, sagte Wittiges erbittert. »Ich schlepp dich mit nach Austrasien, und du verreckst mir unterwegs.«

Alexander lächelte unter Schmerzen. »Endlich sind wir uns einig. Und nun sei so gut und hol mir noch ein paar Sachen aus meiner Wohnung.«

Als Wittiges endlich, wenn auch mit äußerstem Widerstreben, klein beigegeben hatte und Alexanders Wohnung ein letztes Mal aufsuchte, trugen gerade zwei Sklaven den Leichnam des kleinen Dieners hinaus. Mitten im Raum stand Hofmeister Cniva und stürzte sich sofort auf den Eintretenden.

»Wo ist Alexander?«, schnauzte er. »Und was ist hier vorgefallen?«

»Das siehst du doch. Mehr kann ich dir auch nicht sagen«, entgegnete Wittiges ausweichend. Dann fiel ihm ein, dass Cniva Alexander das Schreiben gebracht hatte, das dem Musiker die Freiheit schenkte. »Alexander ist bei mir. Ich arbeite im Stall und habe mich um die Pferde der Franken gekümmert. Gestern Abend kam ich her, als alles schon vorbei war. Für den Diener Philipp konnte ich nichts mehr tun, Alexander hab ich in meine Unterkunft mitgenommen, wo er einigermaßen sicher ist. Es geht ihm nicht gut, aber er will mit mir nach Austrasien, ins Land des Frankenkönigs …«

»Wie gut«, unterbrach ihn Cniva, »dass er sich dazu entschlossen hat. Dich hab ich doch schon einmal gesehen. Woher kennst du Alexander? Und wer bist du?«

Wittiges gab eine knappe Erklärung ab, während ihn Cniva durchdringend musterte.

»Du wirst dich unterwegs um ihn kümmern?« Es klang eher nach einem Befehl als nach einer Frage.

»Wird mir wohl nichts anderes übrig bleiben«, antwortete Wittiges verdrossen.

»Sehr schön. Und was suchst du hier?« Aufmerksam blickte sich Cniva in dem Chaos um, bückte sich und hob eine kleine Flöte auf, die wunderbarerweise unversehrt geblieben war. Auf einmal hatte der mächtige Mann Tränen in den Augen. Verlegen blickte Wittiges weg. Trauerte der Hofmeister über den Verlust eines ausgezeichneten Musikers? Der tote Diener hatte anscheinend keine seelische Erschütterung ausgelöst, den ließ Cniva ungerührt wegbringen.

»Alexander hat mir aufgetragen, seine Habseligkeiten zusammenzusuchen – soweit noch etwas brauchbar ist«, erklärte er abweisend.

Cniva klopfte sich mit der Flöte sacht in die Hand und schien nachzudenken. »Er braucht eine Reisetruhe und … Überlass das mir. Wo finde ich euch beide?«

Widerwillig gab ihm Wittiges Auskunft und zählte die Dinge auf, die er suchen sollte. Eine Stunde später betrat Cniva in Begleitung eines Arztes seine Unterkunft. Während sich der Arzt mit Alexander beschäftigte, zog Cniva Wittiges auf die Seite und drückte ihm einen Lederbeutel mit Geld in die Hand. »Das ist für Alexander. Gib es ihm oder nimm es in Verwahrung. Unten warten zwei Sklaven, die ihn hinuntertragen. Ich habe ihm einen Platz auf einem Karren besorgt, auf dem die Dienerinnen der Prinzessin reisen. Er wird es einigermaßen bequem haben. Hier ist Geld für die Reise, ihr werdet Ausgaben haben. Ich hoffe, es reicht.« Er übergab Wittiges einen zweiten Beutel.

Ich wünschte, knurrte Wittiges im Stillen und steckte die Beutel ein, du würdest dich auch um meinen ausstehenden Lohn kümmern. Aber Cniva hatte sich schon abgewandt, sprach leise mit dem Arzt und kam kurz darauf noch einmal auf Wittiges zu. »Und ein Letztes noch: Kümmere dich auch um das Mädchen.«

Um Brunichild?, fragte sich Wittiges verwundert, konnte den Hofmeister aber nicht mehr um eine Erklärung bitten, denn dieser verließ mit dem Arzt den Raum. Gleich darauf polterten zwei Sklaven die Treppe herauf, um Alexander abzuholen.

Wittiges stopfte das wenige, das er besaß, in einen Sack und sah sich noch einmal in dem behaglichen Zimmer um, das er wie so vieles andere für eine ungewisse Zukunft aufgab. Es wurde höchste Zeit, dass er sich in den Reisezug einreihte.

12

Athanagild stand mit Goiswintha und einigen hohen Würdenträgern auf der flachen Terrasse vor dem Hauptgebäude des Palastes und sah den Zug vorüberziehen. Den Anfang machten die fränkischen Reiter, begleitet von ihrem Fußvolk. Ein Trupp berittener Westgoten folgte, und schließlich nahte der hölzerne Kastenwagen, der seiner Tochter als Reisegefährt diente. Der Abschied von Brunichild war ihm erstaunlich schwergefallen. Als sie ihn in der Frühe aufgesucht hatte, hatte er sie in die Arme geschlossen, und Trauer hatte ihn übermannt. Ein tiefes Gefühl, das er gar nicht mehr kannte. Zum Verlust kam das Bedauern, diese Tochter nie richtig kennengelernt, ihr nie genügend Aufmerksamkeit geschenkt zu haben, die sie sicher verdient hätte. Tränen traten ihm in die Augen. Brunichild hatte die Vorhänge zurückgezogen und winkte. Neben ihr streckte eine Dienerin den Kopf heraus. Überrascht erkannte Athanagild Aletha.

»Wie kommt sie in den Reisewagen?«, stieß er aufgebracht an Goiswintha gewandt hervor.

»Wen meinst du?« Goiswintha lächelte und winkte.

»Das Mädchen neben Brunichild. Die Sklavin«, entgegnete Athanagild ungnädig. »Ich werde …« Er sah sich suchend um. Sein Blick fiel auf Cniva. Ein versonnener und höchst zufriedener Ausdruck lag auf dessen Gesicht. Aber bevor er dem Eunuchen einem Befehl erteilen konnte, fiel ihm Goiswintha ins Wort.

»Aletha? Cniva und ich waren der Meinung, dass Brunichild eine Dienerin guttäte, mit der sie sich versteht und deren Gesellschaft ihren Abschiedsschmerz lindert. Deine Tochter soll doch in guter Verfassung in ihrer neuen Heimat ankommen.«

»Sie hat genügend andere Dienerinnen bei sich.«

»Sicher. Aber gerade die kleine Aletha wird ihr ein Trost sein. Sieh doch nur, wie die beiden die Köpfe zusammenstecken. Bieten sie nicht ein hübsches Bild der Eintracht?« Ironie klang in Goiswinthas Stimme auf.

Und als Athanagild Cniva von der Seite musterte, wandte dieser den Kopf und erwiderte den Blick mit eindeutigem Triumph. Du machst dich lächerlich, besagte Cnivas Miene, wenn du den Zug jetzt anhalten lässt, um eine kleine Sklavin aus dem Wagen zerren zu lassen. Alles, was ihm, Athanagild, übrig blieb, war Haltung zu bewahren und Verzicht zu leisten.

Kapitel 2

Die Hochzeit

1 Die Reise bis zur Küste sollte etwas länger als eine Woche dauern. In dieser Zeit musste Wittiges vor mehreren Gefahren zugleich auf der Hut sein. Da waren erst einmal die beiden Franken Falco und Ingomer, um die er einen Bogen machen wollte. Dabei kam ihm der Zufall oder eine göttliche Fügung zu Hilfe. Denn die beiden gehörten zu jenem Trupp aus Franken und Westgoten, der vorausritt, um die Tagesetappe zu erkunden und für ein angemessenes Nachtlager zu sorgen. Kaum war dann der Tross mit Brunichild am späten Nachmittag eingetroffen, ritt der Trupp bereits weiter.

Wittiges hatte sich selbst eine Aufgabe gesucht – oder die Aufgabe ihn. Denn angefangen hatte es knapp vor dem Aufbruch in Toledo. Als zwei Knechte die Stute Bella und ihr Fohlen aus dem Stall führten und nicht recht wussten, was sie mit dem kleinen Hengst anfangen sollten, fragten sie ihn um Rat. Wittiges warf einen Blick auf die empfindlichen, noch weichen Hufe des Fohlens und dachte an die steinigen Straßen, die diese Hufe nur zu bald spalten würden. Da gab es nur eine Lösung.

»Einer von euch schafft Platz auf einem der Gepäckkarren und polstert ihn mit einer dicken Lage Stroh aus. Der andere holt Stricke.« Den Rest erledigte er selbst. Er ließ die Stute beiseite führen, lockte den kleinen Hengst zu sich, band ihm rasch die Fesseln zusammen und legte ihn schließlich eigenhändig auf den vorbereiteten Platz. Das Fohlen wehrte sich und wieherte angstvoll, sodass die Stute sich losriss und mit ihren Hufen den Karren attackierte. Eine gefährliche Situation, in der Wittiges abermals eingreifen musste. Es gelang ihm, die Stute zu bändigen, und um sie ruhig zu halten, reihte er sich mit Bauto neben dem Karren ein und führte Bella am Zügel. Bald schon rieben die beiden Pferde ihre Köpfe aneinander, ein sicheres Zeichen, dass sie sich mochten.

Es war fast zu erwarten gewesen, dass die westgotischen

Knechte bei der ersten Rast nach Wittiges Anweisungen fragten, und so übernahm er schließlich die Versorgung aller Pferde aus Brunichilds heimischer Eskorte. Ohne es zu wollen, fielen ihm erneut die Aufgaben des Stallmeisters zu. Eine Lösung, die anscheinend alle zufriedenstellte. Nur lief Wittiges dabei Gefahr, der Prinzessin zu begegnen, was er auf jeden Fall zu vermeiden trachtete. Er ahnte, dass sie seinen Entschluss, sich ihr auf der Reise ins Land der Franken anzuschließen, nicht guthieße. Warum auch sollte ihr die Erinnerung an die leidenschaftliche Begegnung im Stall genauso teuer sein wie ihm? Er mochte es sich nicht eingestehen: Aber er verzehrte sich vor Sehnsucht nach ihr.

Herzog Gogo hatte gleich am ersten Tag klargestellt, dass er den ganzen Reisezug befehligte und auch die Westgoten seinem Kommando unterstanden. Sein Ruf als umsichtiger Anführer musste derart groß sein, dass sich unter den westgotischen Edlen kein nennenswerter Einspruch erhob. Denn Gogo organisierte die Reise hervorragend. Ihm entging nur wenig, und Wittiges argwöhnte, dass der Herzog Falco und Ingomer bewusst der Vorhut zugeteilt hatte, sobald er Alexander unter den Mitreisenden entdeckt hatte. Ihn, Wittiges, hatte er nur kurz gemustert und sich erklären lassen, weshalb er Brunichilds Stute am Zügel führte, und damit war die Sache erledigt. Wittiges war jetzt auch offiziell Stallmeister. Schon am ersten Abend wurden ihm zu den westgotischen Knechten noch etliche fränkische zugeteilt, sodass er von nun an die Arbeit von einem Dutzend Männern zu beaufsichtigen hatte.

»Was gefällt dir daran nicht?«, fragte Alexander, als sie Quartier in einem *Vicus* genommen hatten, einem unbefestigten Dörfchen an der Straße von Toledo nach Valentia. Hier stand nur ein einziges Steinhaus, das von der ausgedehnten Anlage einer ehemaligen römischen *Villa* – einem Landgut – übrig geblieben und von geduckten Fachwerkhäusern umgeben war. Die Bewohner hatten die Häuser bereits geräumt, aber natürlich fanden nur Brunichild, ihre Dienerinnen und Kammerfrauen sowie einige Edelleute eine einigermaßen erträgliche Unterkunft. Alle anderen mussten sich mit einem Strohsack in einem der Ställe und Vorratshütten oder mit einem Zelt auf der Weide begnügen.

Alexander hatte es trotz seines geschwächten Zustands geschafft, ein kleines Zelt nur für sich und Wittiges mit Beschlag zu belegen. Vermutlich hatte er so laut und anhaltend gestöhnt, dass ihn niemand in unmittelbarer Nähe ertrug. Das verschwollene, blau und grün verfärbte Gesicht sah ohnehin zum Fürchten aus.

»Immer nur Pferde!«, murrte Wittiges. »Und sobald sich eins das Bein bricht, was auf dieser verdammten Straße unausweichlich ist, bin ich schuld. Darauf wette ich. Gogo braucht nur sein Auge auf mich zu richten, und ich bekomme eine Gänsehaut.«

Die Straße gab es seit der Römerzeit, sie war aber streckenweise in beklagenswertem Zustand. Nichts als Stolperstellen. Insoweit waren Wittiges Befürchtungen berechtigt. Am Nachmittag hatte es den ersten Achsbruch gegeben, und einige Männer mussten zurückbleiben, um den Schaden zu beheben. Gogo hatte sich den Wagen angesehen, die Leute mit knappen Befehlen angetrieben und die Reise fortgesetzt. Schon nach diesem ersten Tag war klar, dass der Herzog keinerlei Verzögerung oder Aufschub duldete.

Ganze sechzehn Karren benötigte allein der Brautschatz. Um diesen und den Wagen der Prinzessin gruppierte sich der Hauptteil der bewaffneten Eskorte. Über jedes andere Gefährt wusste Gogo ebenfalls Bescheid. Die kurze Pause, die der Achsbruch erzwungen hatte, hatte er zu einem Erkundungsgang genutzt und als Ergebnis Alexander auf einen der Gepäckkarren umquartiert.

»Das mit der Gänsehaut kann ich bestätigen«, sagte Alexander mit einem verunglückten Grinsen. »Er hat mich angestarrt, als wollte er mich am nächsten Baum aufknüpfen.«

»Das wird er schon nicht tun. Aber warum hat er dich auf einen anderen Karren verfrachtet? Immerhin hat Cniva persönlich dich bei den Mägden untergebracht.« Wittiges hatte am Vormittag mehrfach in den Karren gelugt, um sich zu vergewissern, ob es Alexander gut ging. Er konnte zufrieden sein, denn es gab keinen Anlass zur Sorge. Die Mädchen hatten sich ihres Mitreisenden angenommen und ihn mit ihrem Geplauder aufgeheitert.

»Was weiß ich! Vielleicht war er der Ansicht, dass es mir zu gut ging, oder er wollte zeigen, dass alte Abmachungen nicht mehr gelten. Hier entscheidet nur er. Dumm ist, dass meine Gepäcktruhe irgendwo abgeblieben ist.«

Das Gepäck war eines der Hauptprobleme. Wittiges hatte einen Knecht angewiesen, den Sack mit seiner Habe ins Zelt zu schaffen, während er noch mit der Unterbringung und Versorgung der Pferde beschäftigt war. Als er endlich ins Zelt schlüpfte, lag die Hälfte seiner Sachen auf dem Boden verstreut – er hatte den Sack wohl nicht ordentlich genug verschnürt.

»Hauptsache, die Truhe ist nicht verloren gegangen. Heute Nacht musst du dich eben mit der Hälfte meiner Decke begnügen.«

»Einverstanden. Ich hätte nur gerne meine Flöte«, sagte Alexander sehnsüchtig.

»Du kannst sowieso noch nicht darauf spielen«, wandte Wittiges kopfschüttelnd ein. »Nur wegen der Flöte jammerst du um deine Reisekiste?«

»Ich brauche meine Flöte wie du die Pferde«, entgegnete Alexander.

»Was soll das denn heißen? Ich brauche nur meinen Bauto«, widersprach Wittiges.

Alexander streckte sich mühsam auf dem Behelfslager aus Stroh aus und zog die Decke um sich – die ganze Decke.

»Mach dir nichts vor! Du hast es darauf angelegt, die Pferde zu versorgen, um Brunichild wiederzusehen. So kann sie dir nicht entkommen. Das hast du fein eingefädelt.«

Wittiges verschlug es vor Empörung die Sprache. »Das ist das Dümmste, was ich je gehört habe! Du glaubst gar nicht, was ich mir alles einfallen lasse, um sie *nicht* zu sehen. Ich hab eigens einen Knecht angewiesen, mich zu warnen, wenn sie sich während einer Rast nähert. Und ... und ... das ist meine Decke! Ich hab dir gesagt, du kannst die *Hälfte* haben!«, zischte er schließlich.

»Untersteh dich, einem Schwerkranken auf dieser Reise das bisschen Linderung zu versagen, das ihm diese Decke spendet. Mir tut jeder Knochen weh, und es ist rattenkalt«, klagte Alexander. »Du hast immer noch deinen warmen Mantel.«

»Und du hättest diese Reise nicht mitzumachen brauchen«, knurrte Wittiges, zog aber nach einem besorgten Blick in Alexanders bleiches und erschöpftes Gesicht folgsam seinen Mantel um sich und drehte sich auf die Seite.

Der Gepäckkarren, fand Wittiges am nächsten Tag heraus, war für Alexander das bessere Gefährt, denn durch die vielen Säcke, die wohl Kleidung oder Bettzeug enthielten, war er wesentlich besser gepolstert als der Karren der Mägde, die es am zweiten Tag vorzogen, eine lange Strecke zu Fuß zurückzulegen, statt auf der unebenen Straße durchgeschüttelt zu werden.

Sobald das hügelige Gebiet um Toledo hinter ihnen lag und die Straße sich der Küste näherte, ging die Reise zügiger vonstatten. Das letzte Stück führte durch die fruchtbare Ebene vor Valentia. Dort hatten bereits die Römer Getreide und Gemüse angebaut, und einige der großen Güter, die ihre Erzeugnisse bis Toledo lieferten, wurden noch immer bewirtschaftet. Jetzt im Januar blühten die Bäume in den Zitronen- und Pomeranzenhainen und hüllten den Reisezug in süßen Duft ein. Da außerdem die Sonne vom blauen Himmel strahlte, hob sich allgemein die Laune. Selbst Gogo wirkte weniger grimmig als sonst.

Allmählich schlief Wittiges' Vorsicht ein. Bisher hatte Brunichild selten ihr Reisegefährt verlassen und nur einmal nach der Stute und dem Fohlen gesehen. Beiden ging es gut, sie hatte kurz mit einem der Knechte gesprochen und ließ sich dann von einem Mann aus ihrem Gefolge zurückgeleiten. Die kleine Magd war bei ihr. Wittiges beobachtete die Prinzessin aus sicherer Entfernung, und selbst, als sie längst verschwunden war, beschäftigte sie ihn in Gedanken noch so sehr, dass er mit Alexander darüber reden musste.

»Ich begreife dich nicht«, kommentierte Alexander. »Bei jeder Rast führst du dieses Pferdchen herum, du hütest und hätschelst es mehr als eine Amme das Kind, und davon soll deine angebetete Brunichild nichts erfahren? Sie müsste sich doch freuen über einen Stallmeister, der ihre Pferde zu seiner persönlichen Angelegenheit macht. Und es ist unfein, dass du ihr keine Gelegenheit gibst, sich angemessen für deine Aufopferung zu bedanken«, fuhr er süffisant fort.

Alexander hatte sich erholt, die Schwellungen im Gesicht waren zurückgegangen. Aber noch hinkte er, klagte über Schmerzen und trug den Arm in der Schlinge. Und er brauchte Hilfe, denn mit der verbundenen und geschienten Hand konnte er sich beim An- oder Ausziehen und sogar beim Essen nur unzureichend selbst helfen. Wittiges musste das Fleisch für ihn schneiden und stellte fest, dass sein Reisegefährte sich gern und selbstverständlich bedienen ließ.

»Da du gerade von Bedanken sprichst«, entgegnete er gallig, »ich vermisse *deine* Dankbarkeit. Wenn ich mich recht erinnere, hast du dich mir als Sklave angedient, aber ich hab allmählich das Gefühl, es ist eher umgekehrt. Mich hat noch nie jemand so herumgescheucht wie du.«

Alexander grinste nicht, sondern wurde schlagartig ernst. Zur Abwechslung hatten sie eine Kammer in einer der Villen als Unterkunft. »Kannst du dich noch genau an den Abreisetag erinnern?«, fragte er mit einem furchtsamen Unterton.

»Worauf willst du hinaus?«, erkundigte sich Wittiges gereizt.

»Diese beiden Schriftrollen. Das Schreiben, das mich aus dem Sklavenstand entlässt, und das andere.« Alexander verstummte.

»Ja – und?« Nun wurde auch Wittiges unruhig. Eine Ahnung von Unheil beschlich ihn. »Wo hast du sie? Ich hoffe, sicher verwahrt.«

Alexanders Reisetruhe war längst wiederaufgetaucht, und jeden Abend ließ Wittiges sie in ihre gemeinsame Unterkunft bringen, genauso wie seinen Sack.

»Das ist es ja«, flüsterte Alexander, »sie sind nicht da. Ich hab die Truhe aus- und wieder eingeräumt. Die Schriften sind verschwunden.«

»Das glaube ich nicht! Du hast bloß nicht gründlich genug nachgesehen«, sagte Wittiges und erhob sich. »Ich muss noch mal zu den Pferden. Du kannst die Gelegenheit nutzen, deine Sachen nochmals zu durchsuchen und meine gleich mit. Obwohl du deine kostbaren Briefe sicher nicht in meinem Sack findest. Außerdem: Wer sollte bezweifeln, dass du ein freigelassener Sklave bist?«

»Wer weiß«, antwortete Alexander bedrückt. »Und das zweite Schreiben hab ich nicht einmal gelesen. Ich bin nicht dazugekommen. Cniva meinte, dass es von großer Bedeutung für mich sei, und machte ein großes Gewese darum. Er sagte, dann würden mir endlich über mich selbst und mein bisheriges Schicksal die Augen aufgehen. Der alte Geheimniskrämer! Ich glaube, er selbst hat dieses Schreiben verfasst. Was kann er über mich wissen, das ich nicht weiß?«

Warum regte ihn die Sache so auf? Das wusste Wittiges selbst nicht genau. Aber er fühlte sich in etwas Undurchschaubares hineingezogen, sowohl von Cniva als auch von Alexander. Ohne ein weiteres Wort stürzte er hinaus.

Bis zum Hafen von Valentia hatten sie noch einen halben Tag Reisezeit vor sich. Und dann würde er das Meer sehen! Wittiges war begierig auf den Anblick einer blauen Weite, die bis zum fernen Horizont reichte. Nur vor der Seereise graute ihm schon wegen der Pferde.

Das Fohlen und die Stute standen auf einer kleinen Koppel hinter den Gebäuden. Er hatte angeordnet, die Tiere erst bei Einbruch der Dämmerung in den Stall zu führen. Das Fohlen brauchte Bewegung, für die sich unterwegs viel zu wenig Gelegenheit bot. Es reiste noch immer auf dem Gepäckkarren.

Mit einem Zungenschnalzen lockte Wittiges Mutter und Junges zum Staketenzaun und freute sich über ihre Zutraulichkeit. Was ihn häufiger als nötig zu den beiden Tieren zog, war ihm durchaus bewusst. Hier fühlte er sich Brunichild nahe, und wenn er ihnen zuschaute, konnte er am besten nachdenken: über sie, aber auch über anderes. Diesmal grübelte er über eine rätselhafte Bitte Cnivas nach. Wer war das Mädchen, um das er sich kümmern sollte? Darauf gab es noch immer nur die eine Antwort: Es musste sich um Brunichild handeln. Sie war schließlich das einzige Mädchen in der Reisegesellschaft, das er kannte. Aber hätte Cniva von der Prinzessin als Mädchen gesprochen? Das war zweifelhaft. Oder hatte der Eunuch geahnt, dass er, Wittiges, sich insgeheim als Brunichilds Beschützer fühlte? Wie immer führte die Grübelei zu keiner neuen Erkenntnis. Er tätschelte ein letztes Mal Bellas weiches Maul und wandte sich zum Gehen.

Zwei Schritte entfernt stand Brunichild und starrte ihn an. Was sich in ihren Augen spiegelte, waren in rascher Folge Überraschung, Empörung, Wut und schließlich Hass.

Unverkennbar Hass.

2 Die Reise wurde rasch eintönig. Schon nach drei Tagen war Brunichild es leid, in die Landschaft hinauszustarren. Herzog Gogo hatte sie angewiesen, den Wagen so gut wie nie zu verlassen. Nicht einmal streckenweise durfte sie reiten, und es gab keine Möglichkeit, sich über seine Ge- und Verbote hinwegzusetzen. Sie hatte durchaus verstanden, dass alle Maßnahmen

ihrer Sicherheit galten. Nur dass sie sich in ihrem eigenen Land nicht bedroht fühlte. Am dritten Abend tauchte ein schwarz gekleideter, kleiner Mann auf, den Gogo ihr schickte. In Toledo hatte sie niemand auf einen solchen Ungeist vorbereitet, und so war sie ihm erst einmal hilflos ausgeliefert. Aber sobald sie wusste, worauf er hinauswollte, hörte sie ihm zwar höflich zu, wies seine Forderung aber klar und eindeutig ab. Auch ohne dass er es eigens erwähnte, wusste sie, er würde wiederkommen und erneut versuchen, sie zu überreden. Auf so etwas verstanden sich Männer wie dieser blendend. Ja, ihm war unschwer die alte lateinische Rhetorikschule anzumerken, sie hätte ihm sogar sagen können, wer seine Vorbilder waren. Wenn sie es irgendwie verhindern konnte, würde sie ihn nicht noch einmal empfangen.

Aletha, von der sie sich Ablenkung und Unterhaltung versprochen hatte, enttäuschte sie bitter. Seit ihrer Abreise blies die Magd Trübsal und war zudem ungemein schreckhaft. So kannte Brunichild sie nicht. Als Reisegefährtin war sie eine richtige Plage. Und als Dienerin fahrig und ungeschickt. Dennoch ließ Brunichild sie weiter im Wagen mitreisen. Wütend über ihr eigenes Mitgefühl, stellte sie das Mädchen schließlich am letzten Abend vor ihrer Ankunft in Valentia zur Rede.

»Tut es dir leid, mitgekommen zu sein? Morgen ist die letzte Gelegenheit, dich anders zu entscheiden. Wenn du willst, kannst du mit den Knechten und Mägden, die in Valentia umkehren, nach Toledo zurückreisen.«

Sie logierten im Hauptgebäude einer alten *Villa*. Brunichild wusste, dass Aletha in einem Anwesen wie diesem aufgewachsen war. Wo allerdings genau, danach hatte sie sich nie erkundigt. So weit ging ihre Anteilnahme nicht. Hatte das Heimweh Aletha jetzt schon übermannt? Sie selbst sehnte sich mit jeder Faser ihres Herzens heim. Dieses peinigende Gefühl verstärkte noch ihren Zorn auf ihre Dienerin. *Sie* konnte zurückkehren, niemand würde ihr das verbieten.

»Nein!«, schrie Aletha und sank vor Brunichild auf die Knie. »Bitte nicht! Schick mich nicht zurück, Herrin! Das würde ich nicht überleben.«

Unangenehm berührt, wandte sich Brunichild ab. »Sei nicht töricht! Die Reise zurück dauert so lange wie die Herreise, die überstehst du mühelos.«

»Aber ich will nicht zurück! Niemals!«, schrie Aletha.

»Nein? Meinst du, ich merke nicht, dass du jede Nacht weinst?« Brunichild wurde nun auch lauter. Ohne es zu wollen, geriet sie außer sich. Der ganze Jammer, der sie selbst bedrückte, kochte unvermittelt hoch. »Ich nehme mich doch auch zusammen. Warum kannst du das nicht? Schließlich musst du keinen alten Mann heiraten!« Sie hätte sich selbst treten mögen. Wie konnte sie sich nur so gehen lassen und einer Sklavin ihre innersten Nöte offenbaren? Und dann noch auf so lächerliche Art. Unvermittelt rannte sie aus dem Zimmer. Zum Glück war der Hof der Villa verlassen, vermutlich saßen die Wächter beim Essen. Niemand hielt sie auf, als sie den Hof überquerte und durch einen Torbogen ins Freie trat. Weder die frische Luft noch die Abendsonne besänftigten sie. Im Gegenteil. Seit einer Woche flüsterte jeder hübsche Fleck, jedes beschauliche Dorf von endgültigem Abschied. Brunichilds Atem ging stoßweise, als sie auf die Weide zustolperte, die hinter dem Anwesen lag. Dort grasten ihre Pferde, Bella und das Fohlen, dem sie den Namen Romanus gegeben hatte.

Ein großer Mann stand am Zaun und tätschelte Bellas Maul. Als er sich umwandte, erstarrte sie vor Schreck.

Wittiges! Wie eine furchtbare Drohung stand er da. Hatte sie nicht alles getan, damit er in Toledo blieb und sie vergaß? Es war nicht einfach gewesen, ihm die Stellung als Stallmeister zu verschaffen. Schließlich hatte er keine Empfehlung für diesen Posten außer der Geburtshilfe für Bella, deren glücklicher Ausgang ein Zufall sein konnte. Es gab genug Stallmeister, hatte man ihr gesagt, und sie hatte für seine Anstellung einen Ring mit einem Karfunkel als Bestechung opfern müssen. Umsonst.

Ihr Herz krampfte sich zusammen, so viele Erinnerungen an Leidenschaft, Begehren und Zärtlichkeit stürmten auf sie ein. Alle unerwünscht. Geradezu gefährlich.

Als sie Schritte hinter sich hörte, wandte sich wie gehetzt um. Ein Knecht tauchte auf.

»Du wünschst, Herrin?«, fragte er unterwürfig.

»Nichts«, antwortete sie hochmütig. »Ich wollte nur nach meinen Pferden sehen. Aber sie scheinen gut versorgt zu werden.«

»Stallmeister Wittiges tut alles für sie«, sagte der Knecht mit unüberhörbarer Bewunderung.

»Das hoffe ich.« Brunichild ging zurück zum Haus, gab dem Knecht aber mit einem knappen Wink zu verstehen, dass er ihr folgen sollte. So würde es Wittiges nicht wagen, ihr nachzukommen.

»Du arbeitest für Wittiges?«, fragte sie möglichst beiläufig.

»Ja, er weiß alles über Pferde. Ich hab noch nie einen Stallmeister erlebt, der so gut mit ihnen umzugehen versteht. Ohne ihn hätte es das Fohlen nicht in so guter Verfassung bis hierher geschafft. Niemand außer ihm darf es betreuen. Er tut alles Nötige selbst.«

»Das würde ich ihm auch raten«, erklärte Brunichild barsch. »Wer den Tieren Schaden zufügt, dem lasse ich die Hand abhacken.« Sie ließ den verdatterten Knecht stehen und betrat das Haus.

In der Nacht schlief sie schlecht. Die Gedanken an Wittiges ließen sie nicht los. Immer wieder rechtete sie in Gedanken mit ihm, warf ihm vor, den Pakt mit ihr gebrochen zu haben. Die unausgesprochene und trotzdem gültige Bedingung für ihre Hingabe war sein Einverständnis, sie nie wiederzusehen. Als wäre sie eine läufige Hündin, war er ihr gefolgt. Wie niederträchtig! Sie musste die Gefahr, die von ihm ausging, für alle Zeit bannen. Wen konnte sie am besten für die Lösung dieses Problems einspannen?

Gegen Mittag des nächsten Tages erreichten sie Valentia. Nachdem König Athanagild vor über zwanzig Jahren Toledo zu seiner Residenz erkoren hatte, verloren die anderen Städte, die unter der Römerherrschaft eine Blütezeit erlebt hatten, an Bedeutung. So war auch Valentia zu einer Kleinstadt verkommen. Die Straßen wirkten wie ausgestorben, und auf dem Forum trieben sich herrenlose Hunde herum. Nur der Hafen hatte die Stadt vor dem endgültigen Niedergang bewahrt. Auf dem Weg zu ihrem Quartier sah Brunichild auf der Straße etwas aufblitzen. Ein Mosaiksteinchen mit Goldsmalte. Wahrscheinlich stammte es aus einem noblen Haus oder einer Kirche. Als Kind hatte sie solche Steinchen gesammelt. Um ein Haar wäre sie aus dem Karren gesprungen, um es aufzuheben.

Dann bat sie Aletha, aus dem gemächlich dahinratternden Wagen auszusteigen, hatte aber einen besseren Grund dafür als das Steinchen. Sie schickte sie aus, um Erkundigungen über den Mann einzuholen, dem die Sorge für ihre Stute oblag.

»Gelingt dir das, ohne dass er es merkt? Ich will nur wissen, ob ihm zu trauen ist«, erklärte sie.

Aletha bedachte sich eine Weile, nickte schließlich, riss die Tür des Karrens auf und sprang hinaus. Als Brunichild drei Stunden später in ihrer neuen Unterkunft immer noch auf Aletha wartete, begann sie sich zu beunruhigen. Inzwischen musste das Beladen der Schiffe für die Überfahrt begonnen haben. Sie hatte nur einen flüchtigen Schimmer von Blau erhascht, bevor die Straße eine Biegung machte und Meer und Hafen den Blicken entzogen wurden. Die Mündung des Flusses Turia bildete ein natürliches Becken, sodass die Schiffe am Kai anlegen konnten. Auf einem davon würde sie nach Marseille weiterreisen. Daran mochte sie aber noch nicht denken.

Wo blieb Aletha? Flüchtig kam ihr der Gedanke, das Mädchen könne sich wider Erwarten dem Teil der Eskorte angeschlossen haben, der nach Toledo zurückkehrte. Vielleicht hatte die Magd angesichts des Meeres und der Schiffe den Mut verloren, in die Fremde zu ziehen. Aber auf einmal war sie wieder da. Brunichild hatte nicht einmal bemerkt, wie sie hereingehuscht war.

»Was hast du herausgefunden?«

Aletha wirkte gehetzt. Sie schluckte ein paarmal. Brunichild wartete.

»Wo bist du überhaupt gewesen?«

»Zuletzt im Hafen.«

»Erzähl schon.«

Aletha starrte auf einen Punkt an der Wand und schauderte leicht wie unter einer schlechten Erinnerung, die sie abschütteln wollte. »Es war nicht einfach, etwas herauszubekommen. Erst hab ich mit einem Knecht gesprochen und dann mit einem der Köche.«

Brunichild prustete. »Mit einem der Köche?«

»Einem Küchenjungen, sollte ich besser sagen. Er teilt das Essen aus. Er wusste, dass Wittiges – so heißt der Stallmeister – einen Sklaven bei sich hat, mit dem er die Unterkunft teilt. Ich hab erst nicht verstanden, wen er meint. Aber es ist der Musiker Alexander, der den Unfall mit dem Handgelenk hatte.« Erstaunen schwang in Alethas Stimme mit.

Brunichild entsann sich, dass ihre Mutter kurz vor der Abreise die Absicht erwähnt hatte, ihr Alexander als Hofmusiker mitzugeben. Bloß hatte der Mann es bisher nicht für nötig befunden, sich bei ihr einzufinden, dabei war er jetzt ihr Sklave genau wie Aletha. Warum tat Wittiges so, als wäre Alexander sein Eigentum? Aber was sollte ein Stallmeister mit einem Musiker anfangen?

»Und was hat der Knecht gesagt?«, fragte sie scheinbar unbeteiligt.

»Dass Wittiges sehr viel von Pferden versteht …« Unglücklich brach Aletha ab und richtete den Blick endlich auf ihre Herrin. Auf einmal schwammen ihre Augen in Tränen.

Nicht schon wieder!‹, dachte Brunichild entsetzt. Hört diese Flennerei denn nie auf? »Und? Gibt es noch etwas?«

»Ja«, hauchte Aletha, »mit dem Fohlen Romanus ist ein Unglück geschehen.«

3 Gogo war recht zufrieden mit dem bisherigen Verlauf der Reise. Er hatte die Streithähne Falco und Ingomer erfolgreich gebändigt, indem er sie dem Voraustrupp zugeteilt hatte. So hatte er mit dem gesamten Reisezug ohne nennenswerte Zwischenfälle Valentia erreicht. Mit der Prinzessin war er gleichfalls zufrieden, denn sie hatte sich bis auf die eine Sache fügsamer gezeigt, als er gedacht hatte. Und die eine Sache hatte Zeit, zumindest bis Ostern.

Um keinen unguten Müßiggang aufkommen zu lassen, hatte er veranlasst, sofort mit dem Verladen des Gepäcks und der Pferde zu beginnen. Laut seinen Anweisungen durfte sich niemand am Abend in einer der Hafenschenken betrinken, er hatte die Leute in Wachen eingeteilt und jedem, der nichts zu tun hatte, eine Aufgabe zugewiesen. Wittiges brauchte er keine Anweisungen zu geben, es war ihm nicht entgangen, dass der Mann umsichtig war und eine gute Hand im Umgang mit Pferden hatte. Ihm konnte er es getrost überlassen, alle Pferde sicher an Bord zu schaffen. Danach musste er über ihn eine Entscheidung fällen. Sein wichtigstes Ziel aber lautete: die Prinzessin pünktlich zur Hochzeit nach Metz zu bringen. Und es war noch eine weite, gefahrvolle Reise bis dorthin.

Priscus klopfte und lugte zur Tür herein. Er war einer der Männer, auf die sich Gogo verlassen konnte und die er neuerdings gern in sein Vertrauen zog. Als *Vicarius* des *Comes* von

Reims hatte ihm eine kleine Streitmacht unterstanden, die er für den Kommandanten der *Civitas* geführt hatte. Da er Gogo als klug und zuverlässig aufgefallen war, hatte er Priscus auf die Reise mitgenommen und ihn zum Befehlshaber der Leibwache der neuen Königin ernannt. Das hieß, er gehörte nun genau wie Gogo zum königlichen Haushalt.

»Tritt ein«, rief Gogo. »Du kommst mir gerade recht. Ich habe zwei Probleme, für die ich eine Lösung suche.«

Priscus zog einen Schemel heran und setzte sich. »Welche?«

»Wir haben zwei Männer dabei, die mir Kopfzerbrechen bereiten. Der eine ist der Stallmeister Wittiges und der andere dieser Musiker Alexander. Falls man ihn überhaupt als Mann bezeichnen kann.« Auf Gogos Gesicht zeigte sich leichter Abscheu. »Mein Instinkt und meine Erfahrung sagen mir, dass beide noch für Ärger sorgen werden. Nicht bewusst, nicht als Schuldige, das ist mir durchaus klar.«

»Geht es nicht eigentlich um Ingomer und Falco?«, warf Priscus ein.

Gogo stutzte. Es war geradezu unheimlich, wie gut Priscus seine Gedanken erriet.

»Das Dumme ist, dass beide zu Sigiberts *Antrustiones* gehören, auf die er große Stücke hält. Im Kampf stehen auch beide ihren Mann, nur im Frieden sind sie eine Plage.«

»Sie sind immer auf der Suche nach Händeln, ich weiß. Sie haben aus purem Übermut den Stallmeister und den Musiker überfallen. Beide Male gab es Zeugen, die ich mit einem Schweigegeld mundtot machen konnte. Der Musiker braucht uns weniger zu scheren, er ist nur ein Sklave.«

Gogo wunderte sich, dass Priscus ihm diese Zwischenfälle nicht längst mitgeteilt hatte. Er hatte also Nachforschungen angestellt, ganz nebenbei und ohne ausdrücklichen Auftrag. War das nun Umsicht oder Übereifer?

»Aber der andere ist frei und noch dazu von edler Abstammung. Warum er sich so fürsorglich um den Sklaven kümmert, weiß ich nicht, ich weiß nur, dass ich beide zum Teufel wünsche«, erklärte Gogo offen.

»Zumindest Wittiges tust du Unrecht. Ich hab mich einige Male mit ihm unterhalten. Er ist nützlich und harmlos, aber nicht dumm. Ich denke, er wird sich vorsehen, was Falco und Ingomer betrifft. Und vergiss nicht, er hat unsere Pferde kuriert.

Du willst doch Einfluss auf die zukünftige Königin gewinnen. Wittiges versorgt ihre Stute und das Fohlen, also ist sie ihm besonders dankbar, und wenn sie erst einmal fern der Heimat lebt, wird sie in seiner Gegenwart sicherlich manchmal etwas ausplaudern, was uns von Nutzen sein könnte. Lass sie daher ihre Stute besuchen, so oft sie möchte. Mir wird es nicht allzu schwerfallen, Wittiges über die Prinzessin auszuhorchen. Glaub mir, er verehrt sie.« Priscus schmunzelte.

»Hoffentlich nicht zu sehr«, knurrte Gogo.

»Ach was! Bei den Westgoten sind die Könige so unantastbar wie bei uns. Er wird es nie wagen, sich ihr unbotmäßig zu nähern. Aber da wir gerade von unserer künftigen Königin reden: Wie kommt Vater Remigius bei ihr voran?«

»Gar nicht«, antwortete Gogo säuerlich. »Sie will von seinen Wahrheiten nichts wissen und weigert sich strikt, ihn noch einmal anzuhören.«

Die Westgoten waren vom Königshaus bis zum ärmsten Bauern Arianer. Ketzer in den Augen der wahren Kirche. Und Gogo schwante, dass Brunichild nicht so ohne Weiteres ihren Glauben wechseln würde. Ihm selbst waren die Glaubensfragen herzlich gleichgültig. Ob arianische oder römische Kirche – das war bereits eine reine Angelegenheit der Bündnispolitik gewesen, als Chlodwig, Sigiberts Großvater, den römisch-katholischen Glauben angenommen hatte. Chlodwig war der erste fränkische Großkönig gewesen. Seine Taufe war nicht mehr als ein kluger Schachzug, um sich von den arianischen Burgundern, den West- und den Ostgoten abzusetzen und sich das Wohlwollen der aquitanischen Führungsschicht zu sichern, die sich überwiegend zur römischen Kirche bekannte. Und bisher gab es an dieser Entscheidung nichts zu kritisieren. Die Kirche von Rom erlangte mehr und mehr Macht. Wurde damit aber gelegentlich auch lästig. Etwa wenn sie sich der Einsicht verweigerte, dass dem König ein Mitspracherecht bei der Einsetzung der Bischöfe zustand. Schließlich kamen die Bischöfe nicht immer aus dem Klerus. Oft hatten sie sich als Heerführer oder *Comes* in einer der Pfalzen bewährt. Und auch nach ihrer Weihe waren sie Verwaltungsfachleute, denn ihnen unterstand das gesamte Gemeinwesen ihrer Diözesen, die Finanzen, die Schulen, die Armen- und Krankenfürsorge.

Brunichild würde den Arianern abschwören müssen, oder sie

konnte nicht fränkische Königin werden. Wahrscheinlich war ihr das noch nicht ausreichend klar.

»Und der Musiker?«, fragte Gogo und kam auf das erste Thema zurück.

»Sollte ihm ein Unglück zustoßen, ist es einerlei. Wittiges hat sich seiner angenommen, also lass die beiden vorerst in Ruhe.«

Gogo war nicht ganz überzeugt. »Wir werden sehen«, murmelte er ausweichend.

Wittiges sah sich vor die Aufgabe gestellt, über hundert Pferde in Gruppen auf die Schiffe zu verteilen, und zwar so, dass es zu keinen Komplikationen kam. Zu den Pferden gehörten auch die Ausrüstung der Reiter und das Futter für die dreitägige Überfahrt. Wie zu erwarten, stockte der Ablauf hier und da, weil der eine Knecht übereifrig war und ein anderer bei der Aufgabenverteilung nicht richtig zugehört hatte. So riss sich eins der Pferde los, galoppierte davon, warf einen Karren um und blieb schließlich auf drei Beinen stehen, die Augen vor Angst und Qual geweitet. Wittiges näherte sich vorsichtig und begriff sofort, was es mit dem vierten Bein auf sich hatte. Der Bruch an der dünnsten Stelle der Fessel war eindeutig. Das Pferd wieherte unruhig und versuchte vergeblich aufzutreten. Es war ein stattlicher Fuchs, wunderbar in Form bis auf die Fessel. Ein Jammer, ein Verhängnis.

Das Tier vertraute ihm, spürte Wittiges, denn es beruhigte sich merklich, als er ihm den Hals klopfte. Leider gab es keine Hoffnung. Daher durfte er auch nicht hinauszögern, was zu tun war, und ihm so sehr widerstrebte. Ruhig zog er das Messer, strich dem Hengst über die Nüstern und stach ihm die Klinge ins Herz. Ein Zittern überlief den mächtigen Körper, dann brach das Pferd tot zusammen.

Wittiges wusste nicht, wessen Ross es war. Angesichts des toten Tieres stieg Übelkeit in ihm auf. Wenigstens hatte es nicht lange leiden müssen. Der Knecht, der den Fuchs hatte an Bord führen sollen, kam schleppenden Schrittes näher, und ihm folgten noch zwei oder drei Schaulustige, die es überall gab. Alle starrten auf den Kadaver. Plötzlich wurden die im Weg Stehenden beiseitegestoßen. Ein Mann packte den verantwortlichen Knecht am Arm, stieß ihn zu Boden und setzte ihm die blanke Schwertklinge an den Hals.

Es war Falco.

»Ich glaube, ich habe den Richtigen erwischt«, sagte er mit trügerischer Ruhe.

»Ach ja, und was ist mit dem hier?«, fragte Ingomer und ließ eine Pranke schwer auf Wittiges' Schulter fallen. »*Er* ist für die Pferde verantwortlich. Und er hat dein Tier ohne dein Einverständnis getötet. Schau dir sein Messer an.«

»Tut mir leid, ich wusste nicht, dass es dein Pferd ist«, erklärte Wittiges, schüttelte die Hand ab und trat einen Schritt zurück. »Aber es spielt auch keine große Rolle. Mit dem gebrochenen Vorderbein war ihm nicht mehr zu helfen. Es war ein Unglück.« Er wischte das Messer an einem Mantelzipfel sauber, steckte es zurück in die Scheide und lockerte dafür unauffällig den Schwertgriff.

»Ein Unglück!«, wiederholte Falco hämisch. »So leicht kommst du mir nicht davon. Aber erst einmal stech ich den hier ab«, knurrte er mit einem Blick auf den unglücklichen Knecht.

»Tu es nur.« Wittiges nickte gelassen und trat einen halben Schritt zurück. »Der Mann untersteht zwar im Augenblick mir, aber er ist Franke – wie ihr.« Der Ring der Zuschauer war noch größer geworden. Niemand wagte Einspruch zu erheben.

»Ja, dann!« Falco hob das Schwert, um dem Streich mehr Wucht zu verleihen.

Die Finten des Stockkampfes waren zwar nicht unbedingt auf den Umgang mit Schwertern anwendbar, aber es waren die einzigen, die Wittiges so traumsicher wie im Schlaf beherrschte. Längst hatte er sein Schwert gezogen. Die Waffe zuckte hoch, beschrieb eine halbe Drehung, und Falcos Schwert segelte durch die Luft.

»Was ich noch sagen wollte«, bemerkte Wittiges bedächtig, »der Knecht gehört zum königlichen Haushalt. Ich weiß also nicht, wem das Recht zusteht, ihm eine Klinge in den Hals zu jagen.«

Falco stieß einen Wutschrei aus, bückte sich nach seinem Schwert und ging auf Wittiges los.

Ingomer warf sich dazwischen. »Er hat recht«, keuchte er. »Ich würd's an deiner Stelle erst einmal sein lassen.«

»Geh aus dem Weg!« Falco brannte auf einen Kampf, er wich Ingomer aus, umrundete Wittiges und ließ ihn nicht aus den Augen. »Ich krieg dich. Noch einmal entkommst du mir nicht.«

Todesmutig trat ihm Ingomer abermals in den Weg. »Steck das Schwert weg«, zischte er, »und sieh dich um!«

Der Zuschauerkreis war größer geworden, auch einige Westgoten aus Brunichilds Gefolge waren darunter, und es sah so aus, als wollten sie für Wittiges Partei ergreifen. Der Kampf würde sich ausweiten, das schien Falco jetzt klar zu werden. Er warf einen schnellen Blick in die Runde und wandte sich dann an Wittiges: »Na, schön. Glaub aber nicht, dass du aus dem Schneider bist. Mach dich auf eine saftige Forderung nach Wiedergutmachung gefasst.«

Die beiden Franken trollten sich, und Wittiges konnte erst einmal aufatmen. Der Knecht kniete immer noch. »Steh auf!«, fuhr er ihn gröber an als beabsichtigt. »Nimm dem Pferd Zügel und Trense ab.«

Als Wittiges zu den Schiffen zurückkehrte, standen mehrere Leute am Kai und starrten ins Wasser. Auch eine junge Magd war dabei. Sobald sie ihn erblickte, rannte sie zu ihm und schrie gellend: »Das Fohlen ist ins Wasser gefallen – Romanus!«

Wittiges Blick erfasste das wild herumrudernde Pferdchen, das den Kopf mühsam über Wasser hielt. Ohne das Tier aus den Augen zu verlieren, ließ er den Mantel von den Schultern gleiten, löste den Schwertgurt und sprang. Die Kälte presste ihm die Lungen zusammen, als das Wasser über ihm zusammenschlug. Sobald er wiederauftauchte, rang er heftig nach Atem. Der Schmerz in der Brust war schier unerträglich. Da war das Fohlen, das er eine Woche lang wie seinen kostbarsten Besitz gehütet hatte. Es strampelte noch, aber die Bewegungen wurden schwächer. Es würde ertrinken.

»Stricke, Leinen!«, schrie Wittiges.

Dreimal tauchte er unter dem Pferdchen durch, bis er ihm drei lange Ledergurte um den Leib geknotet hatte und den Männern am Kai zurufen konnte, die Gurte gleichmäßig einzuholen. Erst nachdem das Fohlen gerettet war, stemmte er sich selbst aus dem Wasser. Er triefte, schlotterte vor Kälte, und in den Beinen hatte er kein Gefühl mehr. Jemand hob seinen Mantel auf und hängte ihn über seine Schultern. Dankbar blickte er sich um. Es war die kleine Magd, und nun erkannte er sie: Brunichilds Leibsklavin, das verhuschte Ding, das bei ihr im Reisekarren gesessen hatte. Als sie auch das Schwert aufheben wollte, kam ihr Alexander zuvor.

»Du wirst dir noch den Tod holen«, murmelte der Musiker. »Komm weg hier. Du musst ins Warme.«

»Später!« Wittiges wischte sich mit dem Mantelzipfel über das nasse Gesicht und hockte sich neben das Fohlen.

»Decken!«, stieß er hervor. »Holt Decken, und steht nicht tatenlos herum.« Weil ihm der Befehl nicht schnell genug befolgt wurde, warf er seinen Mantel über das Tier.

Brunichild wird mir nie verzeihen, wenn das Fohlen stirbt, fuhr ihm durch den Kopf.

Wahrscheinlich hatte er es Alexander zu verdanken, dass er sich keine Erkältung zuzog. Alexander sorgte für ein heißes Bad, für heißen Wein, an dem sich Wittiges die Zunge verbrannte, und für ein warmes Deckenlager. Vorher hatte Wittiges das Fohlen zurück in den Stall gebracht, abgerieben, bis sich der kleine Kerl schwach gegen seine Hände wehrte, ihm eine Decke über den Rücken gelegt und zwei Knechte beauftragt hatte, ihn sofort zu benachrichtigen, wenn sich das Befinden des Pferdchens verschlechterte. Auf alle Fälle sollte es noch die ganze Nacht im Stall bleiben und alle paar Stunden einige Male herumgeführt werden. Im Hinausgehen erhaschte Wittiges einen Blick auf Brunichild, war aber zu erschöpft, um zu grüßen. Ohnehin beachtete sie ihn gar nicht.

Am nächsten Morgen stachen die Schiffe in See. Wittiges hatte sich mit Alexander bei Bella und ihrem Fohlen einquartiert. Sie führten es abwechselnd die wenigen Schritte hin und her, die der beengte Schiffsraum zuließ. Nervös mit den Ohren zuckend, schaute Bella ihnen zu. Der Atem des Pferdchens rasselte Unheil verkündend, bald stellten sich Fieber und ein Nasenausfluss ein, und der Blick trübte sich. Und sie konnten kaum etwas für den kleinen Kerl tun, fehlte ihnen doch auf dem Schiff nahezu alles, was sie benötigt hätten. Schädlich war auch die reisebedingte Unruhe. Bei empfindlichen Pferden war sie ein guter Nährboden für Erkrankungen aller Art. Das hieß, sie mussten dafür sorgen, dass sich Bella nicht ansteckte. Die drei Tage auf See wurden für Wittiges zu einer Zerreißprobe. Nur ein einziges Mal kam er an Deck und traf dort auf Priscus. Gemeinsam standen sie an der Reling, als die Küste bereits näher rückte. Deutlich war die ausgedehnte Bucht zu erkennen, in der Marseille lag. Rechts ragte eine Hügelkette auf, von weiß leuchtenden Felsen bekrönt.

Wittiges schaute über die Schulter, es machte ihn kribbelig, nicht zu wissen, ob jemand hinter ihm stand.

»Suchst du jemanden?«, fragte Priscus.

»Keineswegs. Aber mir fällt gerade ein, dass es da noch eine ungeregelte Sache gibt, bei der ich deinen Rat brauchen könnte.« Wittiges erzählte Priscus von dem Unglück mit Falcos Pferd.

»Hab davon gehört«, brummte Priscus.

»Ich …«, druckste Wittiges herum, »ich weiß weder, was ich tun soll, noch wie die Rechtslage aussieht. Bin ich verantwortlich? Immerhin gehört der Knecht, dem das Pferd ausgerissen ist, zu denen, die mir unterstehen.«

Priscus dachte lange nach. »Der Tod eines Pferdes bedeutet einen hohen Verlust, das muss ich dir nicht erst sagen. Und ja, du bist verantwortlich, da sich das Pferd in deiner Obhut befand. Aber du hattest recht, Falco daran zu hindern, den Knecht zu töten. Denn dieser gehört dem König, und nur er oder einer seiner Bevollmächtigten darf Hand an ihn legen. In diesem Fall Gogo. Aber Falco kann für das Pferd Schadenersatz fordern, und dabei wird er sich an dich halten, fürchte ich.«

»Das befürchte ich auch«, murmelte Wittiges bedrückt. Vielleicht würde sein Geld nicht reichen, um Falco den wertvollen Fuchs zu ersetzen.

»Andererseits hast auch du in Gogos Auftrag gehandelt«, nahm Priscus den Faden wieder auf.

»Das klingt alles sehr kompliziert«, seufzte Wittiges. »Sind alle eure Gesetze so? Und wer kennt sich in ihnen aus?«

»Wir haben unsere *Lex Salica*«, sagte Priscus schmunzelnd, »den Gesetzeskodex, den uns Chlodwig hinterließ. Aber es ist eher selten, dass jemand dort nachschlägt. Wir verlassen uns auf die Rachinburgen, die Rechtsgelehrten und Richter, die dir jedes Gesetz erklären können. Sie wissen alles auswendig und nennen dir zu jedem Gesetz Fälle, bei denen es angewandt worden ist. Am besten überlässt du mir die Sache. Ich finde für dich heraus, ob du für das Pferd selbst zahlen musst oder ob der Betrag aus der königlichen Schatulle beglichen werden kann. Im Grunde genommen bist du an dem Unfall ja nicht schuld.«

Niedergeschlagen kehrte Wittiges zu Alexander und den Pferden zurück und erzählte von dem Gespräch mit Priscus.

»Du hast doch das Geld in Verwahrung«, sagte Alexander.

»Welches meinst du?« Wittiges trug die beiden Beutel, die

ihm Cniva gegeben hatte, immer bei sich, zusätzlich zu dem, der die wenigen *Solidi* enthielt, die ihm selbst gehörten.

»Das Geld von Cniva. Meinst du nicht, dass fünfzig *Solidi* für ein Pferd reichen?«

»*Fünfzig Solidi* für ein Pferd? Du bist nicht bei Trost! Aber heißt das, du willst dein eigenes Geld opfern?«, fragte Wittiges erstaunt.

»Vielleicht hast du nicht genug, um ein ganzes Pferd zu bezahlen. Sagen wir, dein Geld reicht für ein Viertel. Aber mit einem Viertelpferd wird sich die Pestbeule Falco nicht zufrieden geben. Bleiben drei Viertel, die ich beisteuern muss.«

»Findest du es richtig, dich mit deiner Rechnerei in Viertelpferden über mich lustig zu machen?«, fragte Wittiges halb gereizt, halb belustigt.

»Ich will damit sagen, dass wir die Sache gemeinsam durchstehen werden, selbst wenn wir danach ärmer als Kirchenmäuse sein sollten. Aber das macht mir weniger Sorgen als dir. Ich wüsste nach wie vor gern, wo meine Schriftrollen geblieben sind. Du hast immer noch keine Ahnung?«

Die hatte Wittiges inzwischen sehr wohl, hütete sich aber, sie preiszugeben. Mittlerweile war er zu der Erkenntnis gekommen, dass sein Gepäcksack durchsucht worden war, und zwar gleich am ersten Abend der Reise, daher die Unordnung damals. In den Sack hatte er in der Hast vor dem Aufbruch die verschwundenen Papiere gesteckt. Nur sein eigenes Schreiben, das ihn Brunichilds Eskorte zuteilte, hatte er einen Tag später eingerollt in eine seiner Tuniken vorgefunden, wusste aber, es nicht so verwahrt zu haben. Ganz sicher war er, dass Alexanders Truhe ebenfalls durchsucht worden war. Nur zu dem Zweck war sie für einen Tag abhanden gekommen. Jemand spionierte ihnen nach.

Bei der Einfahrt in den Hafen überließ Wittiges die Versorgung des kranken Fohlens einem Knecht und stellte sich neben Alexander an die Reling, um einen Blick auf Marseille zu werfen. Dort würde er also zum ersten Mal gänzlich fremden Boden betreten. Eine andere Welt mit eigenen Gesetzen erwartete ihn, eine Aussicht, die ihn mit vager Sorge erfüllte.

»Da liegt unsere Zukunft«, murmelte Alexander, als ob er Wittiges' Gedanken gelesen hätte. »Bestimmt eine gute«, fuhr er zuversichtlich fort. »Hoffentlich bleiben wir eine Weile in Marseille und reisen nicht gleich weiter.« Die Verfärbungen in seinem Gesicht waren fast völlig verschwunden, und die frische Farbe zeigte, dass es ihm wesentlich besser ging.

»Warum? Hoffst du, neue Instrumente kaufen zu können?«

Ein Schatten glitt über Alexanders Miene. »Nein«, antwortete er leise. »Aber ich will mich auf den Märkten umsehen. Diese Stadt ist ein Wunder. Du findest dort jeden Luxusartikel, den du dir nur wünschen kannst. Vielleicht ergibt sich eine günstige Gelegenheit für dieses oder jenes Geschäft. Wie viel Geld haben wir?«

Marseille war der Haupthafen für den Handel der Franken mit den Mittelmeerländern. Syrische und griechische Fernhändler lieferten Waren von unvorstellbarem Wert, die von hier aus in alle Provinzen gelangten. Das alles wusste Wittiges von Priscus, aber es kümmerte ihn wenig. Vom Handel verstand er nichts. Alexanders Begeisterung belustigte ihn eher.

»Was hast du vor? Du hast keine Ahnung von der großen, weiten Welt. Warum sollte ich dir mein Geld anvertrauen? Du bist bloß ein Sklave, noch dazu ein Musiker. Kein Schreiber oder Verwalter, geschweige denn Händler.«

»Ich kann sehr gut rechnen, und ich wette darauf, dass ich besser mit Geld umzugehen weiß als du bäurischer Hinterwäldler. Du verstehst nur etwas von Pferden. Also, vertraust du mir das Geld an oder nicht?«

»Denk an Falcos Forderung«, mahnte Wittiges unbehaglich.

»Darum kümmern wir uns, wenn es so weit ist«, entgegnete Alexander mit einem jungenhaften Grinsen.

Bei der Ausschiffung übernahm er das Gepäck, während Wittiges mit den Pferden beschäftigt war. In Marseille wurde die Reisegesellschaft auf verschiedene Quartiere verteilt. Wittiges und Alexander sollten in den Nebengebäuden des Palastes Unterschlupf finden, in dem auch Brunichild wohnen würde.

Wittiges hatte den ganzen Tag mit den Pferden zu tun. Am Abend kümmerte er sich um das Fohlen und blieb bei ihm. Es hatte eine schlechte Nacht, atmete mühsamer und kam nicht mehr auf die Beine, obwohl sich Wittiges Kräuter beschafft hatte, die magische Heilkräfte besaßen. Leider kannte er keine brauchbare Beschwörungsformel, um die Kräfte wachzurufen. So sorgte er wenigstens für heiße Dämpfe, angereichert mit Baldrian-, Lavendel- und Pinienduft, die die Qualen des Tieres ein bisschen linderten.

Früh am Morgen schaute Alexander kurz herein, äußerte sein Mitgefühl und luchste dem von der Nachtwache erschöpften Wittiges so gut wie alles Geld ab. Im Augenblick war es diesem gleichgültig, was Alexander damit anstellte.

4 Am späten Vormittag des zweiten Tages in Marseille begrüßte Brunichild den ehrwürdigen Bischof, der mit zwei Priestern ihr Gemach betreten hatte, mit einer höflichen Verneigung. Als er ihr aber die Hand hinhielt, kniete sie nicht nieder, um den Ring zu küssen. Sie übersah die Geste und kehrte zu ihrem Stuhl zurück.

Unwillig presste Bischof Gundoin die Lippen zusammen. Von der Aufsässigkeit der Prinzessin hatte ihm Vater Remigius bereits berichtet. Aber dass sie sich auch von der bischöflichen Autorität nicht einschüchtern ließ, überraschte ihn. Umständlich nahm er auf einem Armlehnstuhl Platz. Seine Begleiter, einer davon Vater Remigius, mussten stehen.

»Wie ich höre, weigerst du dich beharrlich, der wahren Kirche beizutreten …«, begann Gundoin in leicht vorwurfsvollem Ton.

»Der römischen Kirche«, stellte Brunichild unbeeindruckt richtig.

Eine Zornesfalte erschien auf Gundoins Stirn. »Du hast mich unterbrochen!«

»Entschuldige«, erwiderte Brunichild höflich. »Ich wollte es nicht an Respekt fehlen lassen, aber ich möchte die Dinge beim richtigen Namen genannt wissen. Vater Remigius hat sich die Mühe gemacht, mir die Unterschiede unserer Bekenntnisse zu erläutern. Dazu möchte ich Folgendes sagen: Der Glaube gibt mir Kraft, Halt und Trost, ich würde ihn niemals verleugnen. Und ich glaube an Gott, den Vater, und Jesus Christus, seinen Sohn. Das ist alles, was mir wichtig ist.«

»Das ist zu wenig. Der Arianismus ist eine Irrlehre!«, fuhr Gundoin heftiger auf, als ihm lieb war. »Er leugnet die wahre Natur Christi. Du brauchst dringend Unterweisung, Tochter«, fuhr er gemäßigter fort.

Brunichild empörte die Anrede »Tochter«. Da sie kein Kind

der römischen Kirche war, durfte sie der Bischof nicht als solches vereinnahmen. »Ich hatte genügend Unterweisung, denn mein Vater legte den größten Wert darauf. Auch meine Mutter ist eine gute, fromme Christin. Was meine Belehrung im Einzelnen betrifft, möchte ich auf die Bibel des Bischofs Wulfila verweisen, die ich gründlich studiert habe. Wulfila übersetzte, wie du weißt, die Heilige Schrift für uns ins Gotische.«

»Wulfila bezog keine klare Position zur Natur Christi.« Entsetzt hielt Gundoin inne. Jetzt ließ er sich doch tatsächlich mit dieser Sechzehnjährigen auf eine theologische Diskussion ein! »Du hast selbst gerade gesagt, dass dir die Einzelheiten des christlichen Bekenntnisses nicht wichtig sind. Was hindert dich dann am Übertritt?«

Brunichild lächelte unmerklich. »Träte ich zu deinem Glauben über, würde ich das Band zwischen mir und meinem Vater Athanagild zerschneiden.«

»Du wirst fränkische Königin sein, und die Franken gehören der wahren …«, Gundoin hüstelte, »… bekennen sich zur römischen Kirche.«

»Ich bin, die ich bin: Westgotin und Angehörige des königlichen Hauses. Nie werde ich meine Herkunft verleugnen. Alles andere kann nur dazukommen, aber nicht das Alte verdrängen oder ersetzen.« Sie sprach ruhig und bestimmt und zeigte nicht die geringste Unsicherheit. »Es tut mir leid, wenn du die Reise meinetwegen auf dich genommen hast. Deine Diözese ist Toul, hat man mir berichtet.« Sie hatte nicht die geringste Absicht, sich von diesem Mann zu etwas zwingen zu lassen. Als fränkische Königin würde sie dem Bündnis zwischen Westgoten und Franken dienen, aber sich nicht von vornherein durch ein Bekenntnis unterjochen lassen, zu dem sie nicht gewillt war. Von ihrem Vater wusste sie, dass man Bischöfen nicht zu viel Macht einräumen durfte. Sie neigten dazu, immer mehr zu wollen.

»Ich nahm ganz in der Nähe an einem Konzil teil. Als König Guntram mich bat, dieses Gespräch mit dir zu führen, bin ich seiner Bitte natürlich gern nachgekommen. Es ist ihm wichtig, dass Einheit im Glauben besteht – sowohl im ganzen Frankenreich als auch in der königlichen Familie«, erklärte Gundoin.

Guntram war der zweitgeborene der vier Clothar-Söhne. Sein Reich war das südlichste der fränkischen Teilreiche und umfasste auch Burgund.

»So? Aber gerade in Burgund gehört wenigstens die Hälfte der Bevölkerung dem arianischen Bekenntnis an«, erklärte Brunichild gelassen.

Gundoin erhob sich und tat, als hätte er das Letzte nicht gehört. Es hat keinen Sinn, weiter mit dieser halsstarrigen Göre zu reden, dachte er erbittert. »Ich werde dir jemanden schicken, der dir die wahre Natur deiner zukünftigen Berufung besser als ich zu verdeutlichen vermag. Du hast völlig recht: Es geht keineswegs um die tieferen Wahrheiten des christlichen Bekenntnisses – die Frauen mit ihrem begrenzten Verstand gar nicht zugänglich sind.« Knapp nickte er ihr zu und verließ mit seinen Begleitern eilig den Raum.

Brunichild wusste, dass sie den Mann geschlagen hatte. Und sie hoffte, dass auch der düstere Vater Remigius endgültig aus ihrem Leben verschwand. Sie atmete auf. Gundoins kleine gehässige Spitze am Schluss berührte sie nicht sonderlich. Auf diese Weise versuchten sich Männer oft genug nach einer Niederlage einen guten Abgang zu verschaffen.

»Komm mit«, forderte sie Aletha auf, »ich habe noch etwas zu erledigen.« Unterwegs fragte sie einen Palastdiener nach dem Weg zu den Ställen. Sie wollte wissen, wie es um das Fohlen stand. Nach kurzer Überlegung ließ sie Aletha am Eingang zum Stall zurück und hieß sie auf ihre Rückkehr warten.

Wittiges war da, halb hatte sie damit gerechnet. Wie bei ihrer ersten Begegnung lehnte er an der Wand, die Arme über der Brust gekreuzt, hielt aber den Kopf gesenkt, als ob er im Stehen schliefe. Sie versagte es sich, ihn länger zu betrachten oder anzusprechen. Schon der eine Moment genügte, um zu spüren, dass er ihr keineswegs so gleichgültig war, wie er es sein sollte.

Leise kniete sie sich ins Stroh. »Mein armer Romanus«, murmelte sie voller Mitleid und Kummer. Sanft fuhr sie dem Fohlen über das struppige Fell und das trockene Maul.

»Was?« Wittiges schrak zusammen.

Brunichild wandte den Kopf, und schweigend musterten sie sich eine Weile.

»Er ist krank, nicht wahr?«, fragte Brunichild nüchtern.

Wittiges wagte es nicht, sich ihr zu nähern. Er wusste nicht, was dann über ihn käme. Schon die wenigen Schritte, die sie voneinander trennten, waren eine viel zu geringe Entfernung.

Immerhin funkelte in ihrem Blick diesmal kein Hass. Aber das konnte sich blitzschnell ändern, argwöhnte er.

»Du weißt, was bei der Einschiffung in Valentia passiert ist?«, fragte er so kühl wie möglich.

Brunichild nickte unmerklich. »Aletha hat es mir erzählt.«

Die kleine Magd, vage erinnerte sich Wittiges an sie.

»Er war zu lange im eiskalten Wasser und hat sich erkältet. Dabei sah es anfangs nicht so schlimm aus. Erst auf See entwickelte sich die Krankheit. Bei einem so jungen Pferd …« Er konnte nicht weitersprechen. »Es ist …, ich hab …« Ich hab versagt, dachte er.

Romanus röchelte, es klang qualvoll und entsetzlich. Wie von einem inneren Zwang getrieben, trat Wittiges an die andere Seite des Fohlens und kniete sich ins Stroh. Die Luft war noch von den Kräuterdüften durchzogen, die sich letztlich als nutzlos erwiesen hatten. Wittiges hatte das Fohlen fern von den anderen Pferden hinten im Stall untergebracht, weil er wusste, wie ansteckend die Erkrankung sein konnte. Nicht einmal Bella durfte in seine Nähe kommen.

»Kann ich noch etwas für Romanus tun?«, fragte Brunichild seltsam gefasst.

Das Fohlen würde sterben. Die Erkenntnis traf Wittiges wie ein Schlag. Bisher hatte er sich an die Möglichkeit geklammert, doch noch eine Wendung herbeiführen zu können. Brunichild schien die Lage besser erfasst zu haben als er. Mit gleichmäßigen, ruhigen Bewegungen strich sie über den Kopf des Kleinen.

»Warum antwortest du nicht? Fürchtest du dich?«, murmelte sie.

Er staunte über ihre Beherrschtheit. Wäre er in der gleichen Lage wie sie gewesen, hätte er sich vermutlich anders verhalten. Das Fohlen gehörte ihm nicht, und doch ging ihm sein Leiden nahe, und er fühlte sich elend. Brunichilds Gegenwart war auch nicht dazu angetan, einigermaßen gefasst an das heranzugehen, was getan werden musste. Es war schwieriger, als ein erwachsenes Tier zu töten.

Wittiges zögerte.

»Hast du ein Messer? Gib es mir!«, forderte die Prinzessin brüsk.

Wittiges schrak auf. Er wechselte auf die andere Seite und fasste Brunichild am Arm. »Du wirst es nicht selbst tun«, sagte er heiser. Ein Kloß steckte ihm in der Kehle. »Geh hinaus. Du brauchst es nicht mit anzusehen.«

»Es ist mein Fohlen, und ich lasse es nicht allein. An seiner Verfassung bin ich selbst schuld. Alle haben mich gewarnt. Mein Vater wollte nicht, dass ich Romanus mitnehme, aber ich habe meinen Willen durchgesetzt. Jetzt muss ich dafür einstehen. Also gib mir das Messer.«

Es war still im Stall. Nur von draußen drangen Laute herein, und sie schienen von weither zu kommen. Die Härte und Kälte, mit der Brunichild gesprochen hatte, verstörten Wittiges nun vollends. Aber dann ging ihm auf, was die tiefe Stille zu bedeuten hatte. Er schob die junge Frau beiseite und legte prüfend die Hand auf die Brust des Pferdes, obwohl ihm die Stille schon genug verraten hatte. Romanus war tot.

Es war vorbei.

Wittiges kam auf die Füße und merkte erst jetzt, wie erschöpft und müde er war. Seit zwei Tagen hatte er die Ställe nicht verlassen. Er sehnte sich nach Licht und frischer Luft. Beim ersten Schritt zur Tür überkam ihn Schwäche und erinnerte ihn daran, dass er zwei Tage lang auch kaum etwas gegessen hatte. Als er ein Schluchzen hinter sich hörte, erstarrte er. Der Verstand riet ihm, die Tür zu öffnen und schleunigst zu verschwinden.

Noch nie hatte er einen Menschen so weinen gehört. So bitter, so trostlos. Da weinte jemand aus tiefster Seelenqual.

Er drehte sich um.

Brunichild hatte den Kopf des Fohlens umfangen und wiegte sich hin und her, die Augen geschlossen, die Wangen nass von Tränen.

Von einem zum anderen Moment brach Wittiges innere Abwehr zusammen. Er fiel fast ins Stroh, kroch zu Brunichild, zog sie von dem Fohlen fort und nahm sie in die Arme. Sogleich schmiegte sie sich an ihn, am ganzen Körper zitternd. Wittiges wusste nicht, wie er sie beruhigen sollte.

»Hör auf! Hör auf mit den Selbstvorwürfen, dich trifft keine Schuld. Es war ein Unglück, ein Zusammentreffen widriger Umstände. Bitte, hör auf mich …«, stammelte er.

Erst legte sie ihm den Finger auf die Lippen, dann folgte der Mund, der sich an seinen Lippen festsaugte. Gierig erwiderte er ihren Kuss, ihre Zungen trafen sich, ihr Mund war warm, feucht, erregend. Er zog sie ins Stroh hinab, und da sie sich immer noch nicht wehrte, küsste er sie auf den Hals, auf den Brustansatz, während er mit einer Hand bereits ihre Röcke hochschob. Brunichild kam seinen Absichten entgegen, zerrte an seiner Tunika und öffnete gleichzeitig die Schenkel. Ihre Beine hoben sich, umschlangen seinen Rücken, pressten sein Glied tief in ihren Schoß.

Sie liebten sich, als ließe sich damit ein großes Leid einfach auslöschen. Später, als er seinen Verstand wieder beisammen hatte, fragte er voll banger Reue: »Wirst du mich jetzt hassen?«

»Und du?«, gab sie zurück und setzte sich auf. »Was ist mit dir?«

»Ich werde dich immer lieben. Selbst wenn du mir für das, was gerade geschehen ist, den Kopf abschlagen lässt.«

»Das wäre vielleicht das Beste«, murmelte sie und betrachtete den Mann, den sie gerade noch voller Leidenschaft umarmt hatte. Er übte einen beunruhigenden Zauber auf sie aus, gegen den sie sich nicht wehren konnte. Wollte es vielleicht gar nicht ... Schon wieder regte sich das Verlangen, aber sie durfte sich nicht noch einmal hinreißen lassen, nicht jetzt. Niemals mehr ... »Wenn ich dich um etwas bitte, wirst du es tun?«

»Alles«, antwortete er unbedacht und voller Überzeugung.

»Immer?«

»Ich gehöre dir.« Im Augenblick war dies Bekenntnis schlichte Wahrheit. »Wenn du willst, schwöre ich es dir in die Hand.« Er drängte sich an sie, murmelte ihr den Schwur ins Ohr, zwei Finger in ihre Handfläche gepresst, danach küsste er die Hand und ließ seine Lippen langsam ihren nackten Arm hinaufwandern.

Brunichild schloss die Augen, ließ seine Worte auf sich wirken, es berauschte sie, einen Menschen zu haben, der ihr vollkommen ergeben war. Diese furchtbare Einsamkeit, das Elend, das tief in ihr hockte, war nicht mehr ganz so schmerzlich und verstörend.

Wie leicht sie ihn zu seinem Schwur verleitet hatte. Es war die einfachste Sache der Welt gewesen. Was die alte Hure ihr über Männer und ihre Anfälligkeit erzählt hatte, stimmte Wort für Wort.

Ja, Wittiges würde alles für sie tun.

Sie schob ihn endgültig von sich und stand auf. »Bleib hier, bleib wenigstens noch eine Stunde hier. Ich hoffe, du kannst es aushalten, ohne mir nachzuschleichen«, sagte sie mit leisem

Spott. Aber als ihr Blick noch einmal auf Romanus fiel, überkam sie erneut bleierne Trauer. Das Fell hatte allen Glanz verloren, die Augen waren trübe Scheiben und fielen schon ein wenig ein. Das Maul klaffte auf und war in der letzten Qual erstarrt. »Was geschieht mit ihm?«, fügte sie mit belegter Stimme hinzu und deutete auf das tote Fohlen.

Wittiges fuhr sich mit beiden Händen über das Gesicht. »Überlass das mir. Geh nur«, murmelte er schließlich. Er wollte ihr nichts von Abdeckergruben erzählen, in denen Kadaver wie der von Romanus außerhalb der Stadt verbrannt wurden.

Er wartete keine Stunde neben dem toten Tier. Denn ein dumpfes Pochen hallte durch den Stall, und ein Pferd wieherte unentwegt. Bella, die nach ihrem Fohlen schrie. Die Stute litt schon seit Tagen und war immer unruhiger und aufgebrachter geworden. Sie verstand ja nicht, warum man ihr Romanus weggenommen hatte. Wittiges kannte nur ein zuverlässiges Mittel, sie zu beruhigen, er hatte es schon einmal ausprobiert. Er holte Bauto aus seinem Verschlag und führte ihn zu ihr. Der kleine Hengst beschnoberte die Stute geradezu mitfühlend, und sie legte den Kopf auf seinen Rücken. Wittiges klopfte ihr den Hals, prüfte ihren unregelmäßigen Herzschlag und spürte, wie er in das alte Gleichmaß zurückfand. Sein Bauto bewirkte ein kleines Wunder. So konnte er die beiden getrost allein lassen.

Als er zwei Knechten begegnete, wies er sie an, einen Karren herbeizuschaffen, und legte das tote Fohlen hinein. Und weil ihn Trauer und Verwirrung nicht verlassen wollten, begleitete er den Wagen mit dem Kadaver bis vor die Stadt und bezahlte mit seinen letzten Münzen das Holz für den Scheiterhaufen. Der Abdecker wollte ihn davon abbringen, das Pferd verbrennen zu lassen, und bot ihm sogar einen Betrag für den Kadaver an. Das Fell war wertvoll, ging Wittiges auf. Und vielleicht sollte auch das Fleisch verkauft werden, aber von all dem wollte er nichts wissen. Er wollte Romanus brennen sehen. Unwillig beschickte der Abdecker mit seinen Helfern den Holzstoß mit Feuer. Erst leckten die Flammen nur zögernd und tasteten sich behutsam wie helle Finger vor. Sie erschienen Wittiges grauenerregend, von geheimem, unterweltlichem Leben erfüllt, wie sie plötzlich kreischend aufsprangen und das tote Tier in Rauch hüllten. Ein widerlicher Geruch stieg auf, der Leib wurde ab und zu sichtbar und schien sich aufzubäumen, Knochen brachen knackend.

Schließlich erschien der nackte Schädel, von den Flammen geschwärzt, die Zähne gebleckt.

Wittiges hielt stoisch aus, während ihn die Abdecker mit bösen Blicken bedachten. Erst als der Scheiterhaufen zusammenfiel, stieg er wieder auf das Ross, das er sich ausgeliehen hatte, und ritt mit verhängtem Zügel zurück zur Stadt. Er hatte eine Läuterung erfahren. In diesem Moment war das Kapitel Brunichild abgeschlossen. Nie wieder, schwor er sich. Nie wieder kommst du ihr auf weniger als zehn Schritte nahe.

Unterwegs fiel ihm Alexander ein, und er schaute ohne viel Hoffnung nach ihm aus. Was wollte er mit ihrem ganzen Geld anfangen? Bei dem Gedanken war ihm alles andere als wohl. Alexander hatte sich etwas ausgedacht, wie sie zu mehr Geld kommen konnten, aber er, Wittiges, wusste nicht, worum es sich handelte. Das Geld ohne Nachfragen ausgehändigt zu haben, erschien ihm nun als purer Leichtsinn.

Alexander hatte sich am Morgen auf den Märkten und bei den Händlern herumgetrieben. Er wollte aber, bevor er das Geld anlegte, noch Rücksprache mit Wittiges halten, obwohl dieser nur knapp zehn *Solidi* hatte beisteuern können. Erst auf den Märkten war Alexander bewusst geworden, dass er von den Gesetzen des Handels und dem Marktwert einzelner Güter wenig Ahnung hatte. Eher spontan hatte er sich schließlich für eine Sache entschieden. Doch dann hatte er im letzten Moment gezögert und beschlossen, den Kauf noch einmal zu überdenken. Der griechische Händler hatte nichts dagegen einzuwenden gehabt. Da die Weiterreise ja nicht unmittelbar bevorstand, konnte sich Alexander den Aufschub leisten.

Nicht weit vom Stalltor entfernt stand ein Mädchen und kam auf ihn zu. Die Kleine war Prinzessin Brunichilds Magd. Aletha. Gerade fiel Alexander der Name ein, den er von anderen Bediensteten aufgeschnappt hatte.

»Willst du in den Stall?«, fragte sie.

»Ich bin auf der Suche nach Wittiges, dem Stallmeister. Kennst du ihn, hast du ihn gesehen?«

Sie war ein hübsches Mädchen, dessen angelegentlicher Blick den Verband streifte, der immer noch das gebrochene Handgelenk steif hielt. »Du bist Alexander, der Musiker.« Es war keine Frage, sondern eine Feststellung. »Du wartest besser hier.«

»Warum? Hast du mit Wittiges gesprochen? Ist er hier?«

Aletha warf einen nervösen Blick zur Stalltür. »Nein, das heißt, ich weiß nicht, wo er ist. Mehr kann dir nicht sagen, aber bitte, geh nicht in den Stall. Nicht jetzt!« Sie griff nach seinem Ärmel, aber er riss sich los.

»Tut mir leid, aber ich warte nicht länger. Ich hab's nämlich eilig.« Forsch betrat er das Stallgebäude, schloss aber sofort die Tür hinter sich. Zugluft, hatte Wittiges ihm eingeschärft, war pures Gift für das kranke Fohlen. Vielleicht schlief es ja, und er wollte es nicht wecken. Beinahe lautlos öffnete er die Tür zu dem Verschlag, wo es untergebracht war. Dämmerlicht herrschte. Beunruhige Geräusche drangen an sein Ohr, und was seine Augen wahrnahmen, sah nach Kampf aus. Nackte Haut blitzte auf. Zwei ineinander verschlungene Gestalten wälzten sich stöhnend neben dem reglosen Fohlen im Stroh. Als er endlich begriffen hatte, was vor sich ging, zog er sich taumelnd vor Entsetzen zurück.

Einen Augenblick lang lehnte er sich draußen im Stallgang an die Wand und atmete heftig aus und ein. Inständig wünschte er sich, der Aufforderung der Magd gefolgt zu sein und den Stall nicht betreten zu haben.

Im Hof wartete sie noch immer.

Ahnte sie etwas? War sie als Aufpasserin hier?

Er schlenderte an ihr vorbei, tat, als ob ihm gerade etwas einfiel, und wandte sich zu ihr zurück. Scheinbar enttäuscht schüttelte er den Kopf. »Ich hab Wittiges nicht gefunden und keine Zeit mehr, nach ihm zu suchen. Falls er auftauchen sollte, richte ihm doch bitte aus, dass ich mich für den Purpur von Josephus entschieden habe.« Er staunte selbst, mit welcher Beiläufigkeit er seine Erklärung vorbrachte. Der verständnislose Blick des Mädchens entschädigte ihn ein bisschen für den heillosen Schrecken, den er gerade erlitten hatte. Innerlich zitterte er noch immer. Im Stall ging etwas Unaussprechliches vor. Etwas tödlich Gefährliches, von dem weder er noch diese Magd, noch sonst jemand etwas wissen durfte. Und ein Mensch, den er zu kennen glaubte, hatte sich gerade als ein völlig Fremder entpuppt.

Beinahe wäre er in sein Quartier zurückgekehrt und hätte auf den Einkauf des Purpurs verzichtet. Aber dann besann er sich. Inzwischen kannte er sich recht gut in Marseille aus. Eine friedliche, heitere Geschäftigkeit erfüllte die Stadtviertel. Ein Hauch von Vorfrühling lag in der Luft. Von der See her blies ein lauer Wind, die Sonnenstrahlen spielten auf den hellen Mauern der prächtigen Häuser und ließen rote Ziegeldächer und weiße Marmorsäulen aufleuchten. Wie schon am Morgen befiel Alexander ein nie gekanntes, berauschendes Gefühl. Bei den Gesprächen mit den verschiedenen Händlern war man ihm mit selbstverständlichem Respekt begegnet. Seine gute Kleidung, sein vornehmes Auftreten war ihnen Empfehlung genug. Die Stadt lebte von den Fremden, die Waren oder Geld mitbrachten. Ein Westgote wie er war hier nichts Besonderes. Vorausgesetzt, er konnte sich in einer der Handelssprachen verständigen und zeigte Geschick im Feilschen, Kaufen und Verkaufen, dann verkehrte er mit diesen Menschen von gleich zu gleich. Obwohl fremd, war er einer von ihnen. So köstlich, so wunderbar fühlte sich also die Freiheit an. Zwar erinnerte sich Alexander flüchtig daran, sich Wittiges als Sklave angedient zu haben, war sich aber sicher, dass dieser in ihm einen Freund sah und kein Stück seines Eigentums. Auf ganz neue, überraschende Weise wurde er ein Mensch.

Nach einer köstlichen Stunde, in der er herumflaniert war und einige Male freundliche Grüße erwidert hatte, betrat er das Haus des griechischen Händlers.

Josephus war ein alter Mann, der sicher die Sechzig längst überschritten hatte. Er saß an einem Tischchen im Kontor, vor sich einen Diener, dem er mit leiser Stimme Anweisungen gab. Aber sobald er Alexander bemerkte, nickte er ihm zuvorkommend zu.

»Du hast dich also entschieden?«

»Ja, ich möchte für achtzig *Solidi* Purpur erwerben«, bestätigte Alexander überzeugter, als ihm zumute war.

Josephus stand auf. »Dann lass uns das Geschäft mit einem Becher Wein besiegeln. Ich habe syrischen hier, den feinsten Tropfen, den ich kenne und einem Handel mit der Königsfarbe Purpur angemessen. Das Geld hast du dabei?«, fragte er beiläufig.

»Selbstverständlich.« Ein wenig aufgeregt, klopfte sich Alexander auf die Brust. Den Beutel mit dem Geld trug er an einem Lederband unter der Tunika. Er hatte sich für Josephus entschieden, weil der Mann einen absolut ehrlichen Eindruck machte. Alexander hatte lange genug in einer ränkevollen Gesellschaft gelebt, um Blicke, Gesten, Ober- und Untertöne in einem Gespräch deuten zu können. Josephus schien die Kunst der Verstellung nicht zu beherrschen, oder er hatte aus Altersweisheit längst darauf verzichtet.

Lächelnd komplimentierte der Händler Alexander in ein Gemach, das auf einen säulenbestandenen Innenhof hinausging. Auf altrömische Art ließen sie sich auf Liegen nieder. Ein Diener kredenzte den Wein und süßes, mit Nüssen bestreutes Gebäck.

»Warum ausgerechnet Purpur?«, fragte Josephus. »Es gibt so viele andere Handelswaren in dieser Stadt, die im Norden höchst begehrt sind. Seide zum Beispiel oder Emailleschmuck aus Ägypten.«

Beides hatte Alexander sich angesehen. Er hatte sowohl kostbare Stoffe als auch den wunderbarsten Schmuck eingehend begutachtet. Aber am Ende hatte er sich auf Stoffproben konzentriert, die in den schönsten Purpurtönen schimmerten.

»Ich weiß. Aber Seide ist empfindlich, und Schmuck kann leicht in fremde Hände fallen.«

Josephus lachte. »Hübsch ausgedrückt. Das mit den fremden Händen. Aber ich dachte, die Gefahr ist für dich eher unerheblich. Schließlich reist du unter großem Begleitschutz nach Norden.«

Alexander hatte dem Händler erzählt, dass er im Gefolge der neuen fränkischen Königin unterwegs sei. Das Gespräch mit dem Alten gefiel ihm. Die Aussicht auf einen einträglichen Handel gefiel ihm. Es hatte etwas Magisches, etwas einzukaufen und einige Zeit später mit einem hübschen Gewinn zu verkaufen. Ohne allzu große Anstrengung würden er und Wittiges reich werden. Der Grieche hatte ihm versichert, dass sie an ihrem Reiseziel für den Purpur den dreifachen Preis erzielen könnten, wenn sie sich geschickt anstellten. Es war so einfach, eine simple, nüchterne Rechnung, schade, dass sie nicht mehr Geld dafür einsetzen konnten.

»Das ist wahr.«

»Also verrate mir, warum du dich für ein so schwieriges Handelsgut entschieden hast.«

»Schwierig? Hast du nicht erklärt, es sei einfach und ungeheuer einträglich?«

Josephus winkte den Diener heran und flüsterte ihm etwas zu. Der Diener verschwand und kam nach kurzer Zeit mit einem

Leinenpäckchen zurück. Einem beunruhigend kleinen Päckchen.

»Ich habe mir erlaubt, die Ware schon für dich vorzubereiten. Schau sie dir an.« Behutsam faltete Josephus das Tuch auseinander. Zum Vorschein kam dünnes Pergament, das er ebenfalls entfaltete. Dann ließ er den Diener alles zusammen auf einem Tablett Alexander vor Augen halten.

Eine gelbliche Paste, die einen ekelerregenden Geruch verströmte. Ein knapp fingerlanger und -hoher Klumpen gelber Paste. Josephus las die Gefühle seines Gastes angesichts dieser unappetitlichen Ware von dessen Gesicht ab.

»Jetzt denkst du, ich erlaube mir einen Spaß mit dir, nicht wahr?« Er schwieg einen Moment und schaute nachdenklich drein. »Weißt du, es ist sehr leicht, mit Purpur zu betrügen. Mit unechtem Purpur. Es gibt eine Reihe von Farbsubstanzen, mit denen du Stoff purpurn färben kannst und die sehr viel günstiger zu haben sind. Leider sind die Farben weniger dauerhaft und besitzen nicht das Leuchten, das den echten Purpur auszeichnet. Echter Purpur ist unvergleichlich und erzeugt den Farbton, den Könige für ihre Staatsgewänder bevorzugen«, setzte er feierlich hinzu.

Mit einer Hand schob Alexander das Tablett mit der stinkenden Paste beiseite. Gerade noch rechtzeitig hatte er erkannt, dass Purpur doch nicht das Richtige war. Schon die Möglichkeit von Betrug ließ ihn schaudern. Josephus hatte ihn beobachtet und gab dem Diener abermals ein Zeichen.

»Wenn du erlaubst, zeige ich dir auch die anderen Pasten und Pulver, und dann magst du deine Entscheidung noch einmal überdenken. Ich hoffe, es eilt dir nicht.«

Zögernd lehnte sich Alexander zurück und nippte an seinem Becher. Der Wein war hervorragend, da hatte der Händler die Wahrheit gesagt. So einen Wein vergeudete man nicht an einen Fremden, der einem gleichgültig war. Und es konnte ja nicht schaden, sich von dem Alten belehren zu lassen.

»Warum bringst du deinen Purpur nicht selbst in den Norden?«

Für achtzig *Solidi* bekam man ein kleines Landgut, und für die hundertsechzig, die man an Gewinn mit dem Purpur erzielen konnte, schon ein recht beachtliches Anwesen. Warum nahm Josephus das Geschäft nicht in die eigenen Hände? Und so gefährlich war die Reise auch wieder nicht. Wesentlich sicherer jedenfalls, als den Purpur von Konstantinopel übers Meer bis hierher zu schaffen. Konstantinopel war der Hauptumschlagplatz für diese Ware, hatte Alexander von anderen Händlern erfahren. Auf dem Meer drohten nicht nur Stürme, sondern auch Piratenüberfälle. In den fränkischen Städten dagegen standen alle Fremden, also auch die Fernhändler, unter dem Schutz der Bischöfe.

Josephus schüttelte den Kopf. »Ich werde alt, und das Reisen über Land ist mir zu beschwerlich. Das bekommt meiner Gicht nicht.« Mit einem schiefen Lächeln streckte er einen Fuß vor, der dick verbunden war. »Vielleicht werde ich noch ein- oder zweimal das Meer überqueren und dann mein Haus verkaufen und mich in meiner Heimat zur Ruhe setzen. Es wird Zeit für mich aufzuhören.«

Der Diener trat wieder ein, diesmal mit einem größeren Tablett, und Alexander musste sich einige Pasten und Pulver anschauen und daran riechen. Alles in allem verwirrte ihn diese Prüfung nur.

»Weißt du, woher der echte Purpur stammt und wie er gewonnen wird?«

Vom Wein benebelt, schüttelte Alexander den Kopf. War die Frage überhaupt wichtig?

»Purpur wird von einer Schneckenart gewonnen. Du benötigst etwa achttausend Schnecken, um eine Messerspitze Purpur zu gewinnen. Verstehst du jetzt, warum die Farbe so teuer ist?«

Alexander antwortete nicht.

»Es ist ein kleines Organ in den Schnecken, das einen besonderen Saft absondert. Das Organ wird herausgeschnitten, für einige Tage in Salz gelegt und anschließend in Urin gekocht. Und zwar so lange, bis die Flüssigkeit zu einer Paste verdickt ist. Diese Paste wird von den Wollfärbern wieder verdünnt.«

»Und die Farbe? Die Paste ist gelb«, warf Alexander ein.

»Die eigentliche Farbe entsteht, wenn der Stoff dem Sonnenlicht ausgesetzt wird und an der Luft trocknet.«

Alexander ließ sich noch einmal das Tablett mit dem echten Purpur reichen und dann das andere. Ohne ein erkennbares Zeichen von Ungeduld beobachtete Josephus, wie sein Gast mehrmals an den Proben roch und Farbe und Beschaffenheit der Pasten und Pulver aufmerksam studierte. Josephus war mit dieser

Prüfung voll und ganz einverstanden. Der junge Mann mit seinem zurückhaltenden Auftreten gefiel ihm. Mit den kurz geschnittenen, dunklen Locken sah er wie ein Grieche aus, tatsächlich ähnelte er den herrlichen Statuen der klassischen Zeit. Für Jugend und Schönheit hatte Josephus eine Schwäche. Ja, er wünschte dem jungen Mann Glück bei seinem Handel. Ganz richtig stufte er ihn als freigelassenen Sklaven ein, der sich ein Geschäft aufbauen wollte. Er drängte nicht zum Abschluss, sondern ließ erst noch ein leichtes Mahl auftragen und plauderte eine Weile, ohne den Handel noch einmal zu erwähnen. Wie er erwartet hatte, gab Alexander am Ende bekannt, den Kauf tätigen zu wollen. Um ihm seine Wertschätzung zu beweisen, überreichte er ihm ein Säckchen Weihrauch als Geschenk.

»Es war mir eine Freude, dich als Gast in meinem Haus gehabt zu haben«, sagte er zum Abschied aufrichtig. »Möge dir der Gott deiner Väter wohlgesinnt sein.«

Wohin nun mit allem? Alexander stand vor der Tür, die sich hinter ihm geschlossen hatte, und versuchte, seinen Einkauf, das Geschenk und den leeren Geldbeutel in seinem Gewand unterzubringen. Ein Glücksgefühl durchrieselte ihn. Er würde Wittiges alles brühwarm erzählen und dabei das ganze erfreuliche Geschäft noch einmal durchleben.

Wittiges! Er wusste von nichts. Ob er das Geschäft mit dem Purpur gutheißen würde?

»Wen haben wir denn hier?« Eine Hand legte sich auf Alexanders Schulter. Erschreckt blickte er auf, als ihm jemand den Beutel aus den Fingern zog.

»Schau her!«, rief Ingomer. »Da ist ja mein Beutel! Und das Geld? Wo ist das Geld geblieben?«

Falco hielt Alexander mit einer Hand fest, mit der anderen entriss er ihm das Päckchen und das Säckchen mit dem Weihrauch und warf beides Ingomer zu. »Hat sich in das da verwandelt, schätze ich.«

Die Aura von roher Gewalt, die die beiden Franken umgab, schüchterte Alexander augenblicklich ein. Nur zu gut erinnerte er sich seiner ersten Auseinandersetzung mit den beiden. Ein Schweregefühl breitete sich in seinen Beinen aus, Übelkeit und die Vorahnung eines unausweichlichen Verhängnisses überkamen ihn und lähmten seinen Verstand.

Ingomer riss das Päckchen auf und zog scharf die Luft ein. »Ist ja ekelhaft!« Er warf den Purpur auf die Straße und trat ihn mit dem Stiefel platt. »Hast du das von meinem Geld gekauft? Eine Hexensalbe?« Er lachte hämisch. »Das wird dich teuer zu stehen kommen.«

Alexander starrte auf den gelben Brei, den Ingomers Stiefel auf der Straße verschmierte. »Und gleich wirst du mir den Stiefel sauber lecken, verstanden? Wenn das da Gift ist, wirst du daran verrecken.«

»Warum tut ihr das?«, brach es aus Alexander heraus. »Der Beutel gehört dir nicht, das weißt du genau«, wandte er sich aufschluchzend an Ingomer und verwünschte sich gleichzeitig für sein jämmerliches Verhalten. Das war das Gehabe eines Sklaven, nicht das eines freien, auf seine Würde bedachten Mannes.

»Lass uns gehen«, knurrte Falco auf einmal. »Da kommt Gogo.«

Hoffnung durchflutete Alexander. Gogo war ein gerechter Mann, der ihm schon einmal gegen die beiden Franken Beistand geleistet hatte.

»*Dux* Gogo«, schrie er, so laut er konnte.

»Halt's Maul!«, schnauzte Ingomer. Aber es war zu spät. Der Herzog war aufmerksam geworden und kam in Begleitung einiger Krieger rasch näher.

»Was gibt es?«, fragte er ungnädig und musterte dabei abwechselnd die beiden Franken. Alexander beachtete er nicht. »Ich dachte, ich hätte klargemacht, dass ich keinen Ärger mehr will.«

»*Wir* haben Ärger – mit dem da«, erklärte Falco knapp. Anklagend wies er auf Alexander und sprach ruhig weiter. »Dieser Junge hat Ingomers Geldbeutel, aber das Geld ist weg. Wir wollten's erst nicht glauben.«

Ingomer nickte. »Wenn wir nicht zufällig hier entlanggekommen wären und ihn mit dem Beutel in der Hand erwischt hätten, wäre ich nie darauf gekommen, was mit meinem Geld geschehen ist.« Er betrachtete den Beutel. »Es ist meiner, siehst du den Weinfleck hier und die ausgefranste Stelle am Rand?« Als wäre damit genug gesagt, hielt er *Dux* Gogo den Beutel hin.

Gogo hatte seine Zweifel. Die beiden waren ihm nur zu gut als Unruhestifter und Raufbolde bekannt. Dennoch war nicht auszuschließen, dass Ingomer die Wahrheit sagte. Wegen der

Wach- und Sicherungsdienste, die alle Krieger zu leisten hatten, konnten sie ihr Gepäck nicht ständig im Auge behalten. Da ergaben sich zwangsläufig Gelegenheiten zu Diebstählen, die keineswegs selten vorkamen.

»Frag Wittiges! Frag den Stallmeister Wittiges, es ist sein Beutel, und er hat mir das Geld gegeben«, rief Alexander mit gellender Stimme. »Ich kann es beim Heil meiner Seele beschwören!«

»Schweig still, Sklave!«, fuhr ihn Falco an. »Du hast nur zu reden, wenn du gefragt wirst.«

Alexander straffte sich. »Ich bin kein Sklave mehr.«

Jetzt endlich wandte sich Gogo ihm zu. »Ich hoffe, das kannst du beweisen.« Wie viele willensstarke und mutige Menschen empfand Gogo einem Weichling wie Alexander gegenüber ein Unbehagen, als läge ihm etwas Verdorbenes im Magen. Ein Seufzen von einem seiner Begleiter mahnte ihn, mit der Sache hier rasch ein Ende zu machen. Bei seiner Ankunft in Marseille hatten ihn Nachrichten von Sigibert erwartet. Der König wollte, dass die auf ihn eingeschworenen Krieger pünktlich zum diesjährigen Märzfeld, dem Aufmarsch der waffenfähigen Franken, zurück waren. Aus dem Osten drohte ein Einfall der Awaren. Das hieß für Gogo, wenigstens auf einen Teil seiner Begleitmannschaft zu verzichten, denn der Tross mit der westgotischen Prinzessin bewegte sich zu langsam. Aber solange er mit Brunichild nach Norden durch die Lande Guntrams reiste, des friedfertigsten der vier Clothar-Söhne, sah er keine großen Gefahren.

»Frag Wittiges!«, flehte Alexander noch einmal. »Er wird dir alles bestätigen, was ich gesagt habe.«

»Wir müssen weiter, *Dux* Gogo«, raunte einer der Begleiter des Herzogs. »Der *Comes* erwartet uns.« Gogo wollte dem *Comes* von Marseille als ranghöchstem Befehlshaber in dieser Stadt einen freundschaftlichen Besuch abstatten und sich über die wichtigsten Vorkommnisse in der *Civitas* unterrichten. Marseille und das Umland gehörten als Enklave zu Sigiberts Reich. Der Besuch würde vermutlich einige Zeit dauern, während Gogo daran lag, so rasch wie möglich die Reise fortzusetzen.

Neugierige Gaffer fanden sich ein, und die Tür des Hauses, vor dem sie standen, öffnete sich. Ein alter Mann lugte heraus und streckte schildkrötenhaft den Kopf vor.

Das Aufsehen, das die leidige Sache allmählich erregte, gab für Gogo den Ausschlag. Er winkte zwei junge Männer aus seiner Begleitung herbei und wies sie an, Alexander ins Gefängnis der Stadt zu bringen, wo er bis zur Klärung der Anschuldigung bleiben sollte. Und solange nichts Gegenteiliges bewiesen war, galt der Sklavenstatus. Die Verhaftung war vielleicht keine gerechte Maßnahme, aber eine wirksame, um den Mann der Wut und den Rachegelüsten Falcos und Ingomers zu entziehen. Und die Beschuldigung war nun einmal ausgesprochen. Er würde sich später damit befassen. Der Junge tat ihm fast leid, er wollte ihm nichts Böses, aber einige Zeit im Kerker würde ihn nicht umbringen. Die beiden jungen Krieger nahmen Alexander in die Mitte und drängten ihn mit gezogenen Waffen vorwärts.

In einem zaghaften Aufbegehren blieb Alexander stehen und schaute zurück. »Josephus«, schrie er dem griechischen Händler zu, »such Wittiges und sag ihm, was mir zugestoßen ist.« Der Alte starrte ihn an, zog die Schultern hoch und schloss kopfschüttelnd die Tür.

Auf Gogo setzte Alexander keine Hoffnung mehr. Unschwer hatte er erkannt, wie sehr es dem Herzog zuwider war, sich überhaupt mit ihm abzugeben.

Im Kerker wurde er von gleichmütigen Männern in Empfang genommen, die ihn ohne Zaudern in eine lichtlose Kammer führten und unsanft in den Rücken stießen, sodass er hinfiel. Sie gingen mit ihm um, als wäre er eine Gliederpuppe. Einer zerrte seine Füße über ein merkwürdiges flaches Eisengestell, aus dem in regelmäßigen Abständen kurze Eisenstäbe wie die Spitzen einer Harke hervorstachen, die aber in Ösen endeten. Sobald seine Füße zwischen den Stäben steckten, schob der andere eine Stange durch die Ösen hindurch und hakte sie außerhalb seiner Reichweite fest.

»So, Sklave«, sagte der erste, »das war's dann. Halt dich ruhig, oder du scheuerst dir die Knöchel auf.«

Die Lampe, die die Büttel mitgebracht hatten, nahmen sie mit. Der Raum versank in Dunkelheit. Alexander befiel eisiges Entsetzen. Sein Herzschlag setzte aus. Die köstliche Freiheit, die er gerade noch genossen hatte, verwandelte sich in eine Gaukelei der Parzen, der alten Schicksalsgöttinnen, die sich einen grausamen Spaß mit ihm erlaubten. Er hätte es wissen müssen: Die Freiheit war nicht für ihn bestimmt. Zur Strafe dafür, dass er mit seinem Sklavendasein gehadert hatte, war ihm nun etwas weitaus Schrecklicheres widerfahren. Keinen Moment zweifelte er daran, dass *Dux* Gogo ihn in diesem Verlies vermodern lassen würde.

5 Noch am Nachmittag stellte sich eine Besucherin ein, die mit einer Empfehlung Bischof Gundoins kam. Neugierig, wenn auch voller Vorbehalte ließ Brunichild sie eintreten und sah sich einer Frau mittleren Alters gegenüber, die wie eine Witwe gekleidet war. Sie trug schlichte dunkle Gewänder, einen Schleier über dem wohlfrisierten Haar und keinerlei Schmuck. Aber allein der Schnitt der Kleidung, der zarte Parfümduft, die ganze Haltung wie auch die feinen Gesichtszüge verrieten die vornehme gebildete Dame.

»Ich bin Placidia, Prinzessin«, sagte die Frau mit weicher, angenehmer Stimme.

»Sei mir willkommen. Bitte, nimm Platz!«, forderte Brunichild die Besucherin höflich auf und deutete auf einen Stuhl, den Aletha eilig zurechtrückte.

»Ich danke dir.« Mit fast unmerklicher Verzögerung gelang es Placidia, sich erst auf dem Stuhl niederzulassen, nachdem Brunichild sich gesetzt hatte. Zum ersten Mal spürte diese die Veränderung ihrer Stellung. Hier wurde ihr als zukünftiger Königin Respekt gezollt. Bislang war es eher so gewesen, dass *sie* Höflichkeit und Respekt einer Frau wie dieser schuldete. Jetzt hatten sich die Verhältnisse umgekehrt. Daran musste sie sich erst gewöhnen und fühlte sich noch unbehaglich wie in zu großen Schuhen.

Sie ließ Placidia eine Schale mit Süßigkeiten und einen Becher Wein anbieten. Beides wurde mit einer eleganten, kleinen Geste abgelehnt. »Ich möchte nicht unhöflich sein, aber ich verzichte auf alles, was über die reine Notwendigkeit, den Körper zu erhalten, hinausgeht und sinnlichen Genuss verspricht.«

Eine Asketin! Brunichild war fasziniert. Allerdings zeigten Asketen in ihrer Vorstellung nicht ein derart gepflegtes Äußeres und gingen barfuß. Diese Frau, das hatte sie beim Eintreten gesehen, trug wunderschöne Seidenschühchen.

»Bischof Gundoin bat mich, mit dir zu sprechen, da er der Ansicht ist, dass von den dich betreffenden Belangen eine Frau mehr versteht«, fuhr Placidia mit einem leichten Lächeln fort. »Natürlich habe ich seiner Bitte gern entsprochen.«

Muss ich diese Placidia kennen?, überlegte Brunichild. Sie konnte sich nicht erinnern, dass irgendjemand die Frau erwähnt hatte. Scheinbar unbeschwert gab sie das Lächeln an die Besucherin zurück. »Nochmals: Sei mir willkommen! Nur verzeih mir meine Unwissenheit, aber ich habe nicht verstanden, warum dich der Bischof mit einer Mission betraut hat, die du mir sicher gleich erläutern wirst.«

War das zu unverblümt? Brunichild merkte, wie ihr warm wurde.

Placidia zog die dünnen Brauen hoch. »Weil er mich kennt. Ich bin seine Gattin.«

Die Gemahlin des Bischofs! Brunichild gab sich kaum Mühe, ihre Überraschung zu verbergen. Gundoin leistete sich eine Ehefrau, wenn auch eine Asketin, und bekannte sich offen zu ihr.

»Und sicher weißt du durch das Beispiel deiner eigenen Mutter, dass die höchste Pflicht einer getreuen Ehefrau darin besteht, dem Herrn zu dienen«, ergänzte Placidia.

»Gott?«, warf Brunichild irritiert ein.

»Ja, auch Gott, alle wahren Christen dienen ihm aus vollem Herzen.« Placidias Stimme schwankte unmerklich und fuhr dann im gleichen melodischen Ton wie zuvor fort. »Aber eine Ehefrau ebenso ihrem angetrauten Gatten. Mit diesem Gehorsam, der ganz im Sinne Christi ist, gewinnt sie ihre Würde und Macht.«

Eine bemerkenswerte Ansicht, stellte Brunichild für sich fest: scheinbare Unterordnung, um desto besser die eigenen Absichten zu verfolgen. Ihre Mutter verstand sich hervorragend auf diese Disziplin. Sie kannte keine erfolgreichere Ränkeschmiedin als Goiswintha, die so gut wie immer ihre Ziele erreichte.

»Ja«, warf Brunichild eifrig ein, »ich verstehe, was du meinst.«

Mild und wohlwollend strahlte Placidia sie an. »Das wusste ich, sobald ich dich sah. Du wirst deinem Gemahl in allem folgen, in dem zu folgen er dir befiehlt. Und sei gewiss, du tust das Rechte.«

»O ja!«, hauchte Brunichild ergriffen.

»Die Ehe bedeutet Einheit im Fleisch und im Geist. Das ist ihr tiefstes Geheimnis.«

»Du und der Bischof – ihr vollzieht regelmäßig die Einheit im

Fleisch?«, fragte Brunichild mit trügerischer Unschuld. »Ich bin mit den Sitten der römischen Christen und ihres Klerus' wenig vertraut, versuche aber so viel wie möglich darüber zu erfahren.« Sie wusste sehr wohl, dass die Kirche, die arianische wie die römische, Ehen von Priestern missbilligte. Es gab sie noch, aber immer seltener. Ein verheirateter Bischof galt schon fast als Schande.

Verstohlen beobachtete sie die Frau. Erst wurde Placidia blass, dann straffte sie sich und hielt ihre Hände nicht mehr locker, sondern verkrampft im Schoß.

»Wir haben geheiratet, lange bevor Gundoin in den Klerus berufen wurde. Und bevor mein Gemahl die Weihe erhielt, vollzogen wir die Trennung von Tisch und Bett und halten uns an die Vorschriften, die uns jeglichen vertraulichen Umgang miteinander verbieten. Um Christi und des hohen Amtes willen, das Gundoin übernommen hat, entsagen wir. Wir leben im gleichen Haus, sprechen aber niemals ohne Zeugen miteinander – und dann nur das Notwendigste. Ich nehme an, das wolltest du wissen«, entgegnete Placidia. Die Stimme klang nun eindeutig schroff.

Schlange!, dachte Brunichild verächtlich. Du hast dich einspannen lassen, um mich mit deinem Gesäusel einzuwickeln. »Ich danke dir für deine Offenheit«, sagte sie gemessen und fügte nach einer kleinen Pause hinzu: »Es gibt so viel, worüber ich nachdenken muss.«

Placidia stand auf, denn sie sah ein, dass es zwecklos war, das Gespräch fortzusetzen.

Brunichild erlaubte ihr aber einen würdigen Rückzug, indem sie huldvoll das kleine Goldkreuz annahm, das ihr Placidia zum Abschied überreichte. Das Kreuz galt bei den Arianern wie bei den römischen Christen als heiliges Symbol. Sie beging also keinen Verrat an ihren Überzeugungen, sondern stimmte eher einem Waffenstillstand zu. Außerdem war es ein entzückendes Schmuckstück. Sobald Placidia verschwunden war, ließ sie sich auf ihren Stuhl fallen und atmete tief und heftig ein paar Mal aus und ein.

»Nimm das!« Sie hielt Aletha das Kreuz hin. »Ich schenk's dir.«

Bis zum Abend hatte sie einige Erkundigungen eingezogen, einen Brief geschrieben und nach Wittiges geschickt. Bevor er eintreten durfte, sorgte sie dafür, dass sie nicht allein mit ihm war. Unter den anwesenden fränkischen Edlen war auch der Vertraute Gogos, der *Vicarius* Priscus, der nun ihre Leibgarde befehligte.

Wittiges kniete vor der Prinzessin nieder, hielt den Blick gesenkt und gab das Bild eines Mannes ab, der demütig ihrer Befehle harrte. Auch der scharfsichtigste Beobachter hätte an seiner Haltung nichts auszusetzen gehabt.

»Steh auf und nimm diesen Brief«, sagte sie und hielt einem Diener das gesiegelte Schreiben hin. Der nahm es ihr ab, um es Wittiges zu überreichen. »Der Brief ist an meinen Vater gerichtet«, fuhr sie fort. »Er muss ihn rasch erhalten. Im Hafen liegt noch eins der Schiffe aus Valentia, es sticht morgen früh mit dir in See.«

Priscus trat neben Wittiges. »Der Kapitän erwartet dich noch heute Abend, damit es morgen früh keinerlei Verzögerungen gibt. Ich habe alles für dich geregelt.« Wittiges nickte wie betäubt. »Und mach dir keine Sorgen wegen der Sache mit Falcos Pferd. Es wird auf eine geringe Summe hinauslaufen. Höchstens zehn *Solidi*.«

Das war mehr, als er besaß, ging Wittiges auf. Er machte sich erhebliche Sorgen, denn Alexander war immer noch nicht zurückgekehrt, sondern mit all dem Geld verschwunden, das er ihm anvertraut hatte.

»Wer kümmert sich um die Pferde, wenn ich fort bin?«, fragte er an Brunichild gewandt.

Ihre Antwort kam in einem ungehaltenen Ton, als hätte er schon zu viel gefragt. Sie war jetzt ganz und gar die unnahbare Prinzessin. »Mach dich auf den Weg und denk nicht weiter darüber nach. Es gibt genug Leute für alles.«

Warum schickt sie dann ausgerechnet mich?, fragte sich Wittiges und ahnte die Antwort: Sie wollte ihn auf diese Weise aus dem Land schaffen. Ein Diener überreichte ihm mit ausdrucksloser Miene einen Beutel mit Reisegeld, und damit war er entlassen. Priscus trat mit hinaus in die Vorhalle und schlug ihm aufmunternd auf die Schulter. »Gute Reise und günstige Winde bei der Überfahrt. Und was Falcos Forderung an dich betrifft: Ich werde das Geld für dich auslegen.«

»Ich danke dir«, antwortete Wittiges nicht ganz aufrichtig.

Weder tauchte Alexander auf, noch konnte Wittiges etwas

über seinen Verbleib in Erfahrung bringen. Am Ende hinterließ er für ihn eine Nachricht und begab sich zögerlich und sorgenschwer mit Bauto zum Hafen. Beim Ablegen des Schiffs lehnte er an der Reling, aber das Panorama von Marseille bereitete ihm diesmal keine Freude. Er hatte das Gefühl, die Stadt nie wiederzusehen.

Und was Alexander betraf, war er nun davon überzeugt, dass der Musiker die Gelegenheit genutzt hatte, sich mit allem Geld, das er ihm so vertrauensvoll überlassen hatte, aus dem Staub zu machen. Die Königreiche der Franken waren groß, und für einen klugen Kopf wie ihn konnte es nicht schwierig sein, sich irgendwo eine behagliche Existenz zu schaffen. Ein bitterer Gedanke.

6 Einen Tag nachdem Brunichild Wittiges weggeschickt hatte, war alles für die Weiterreise bereit. Sie war froh, ihn auf dem Weg nach Toledo zu wissen, wenn sich auch hier und da ein flaues Gefühl des Verlusts einschlich. Doch um nicht noch einmal der fatalen Anziehungskraft des Mannes zu erliegen, musste sie ihn für immer aus ihrer Umgebung entfernen. Dafür würde der Brief sorgen.

Nach dem Frühstück stellten sich Brunichild zwei Edelfrauen vor, die Sigibert ihr geschickt hatte. Beide waren verwitwet und weitläufig mit ihm verwandt. Wie einem Begleitschreiben und ihren eigenen Worten zu entnehmen war, sollten sie der Prinzessin Gesellschaft leisten und sie ein wenig in die Gepflogenheiten des fränkischen Hofs einführen. Eine umsichtige und fürsorgliche Geste, wie Gogo bemerkte, als er die Frauen Brunichild zuführte. Danach ließ er sie eilig mit ihnen allein.

Die eine Frau, Nanthild, war hochgewachsen, hager, und um die vierzig, hatte dunkles Haar mit wenigen grauen Strähnen und machte sich sofort ungefragt über Brunichilds Kleidertruhen her.

»Was tust du da?«, fragte Brunichild scharf.

Nanthild richtete sich auf und ließ die Hände mit dem Umhang sinken, dessen Stoff sie gerade befühlt hatte, und betrachtete Brunichild mit hochmütig verschlossener Miene. »Da wir heute noch weiterreisen, suche ich dir einen passenden Umhang heraus«, erklärte sie und verzog den Mund zu einem schmalen

Strich. »Ich werde dir auch ein anderes Gewand geben. Das Kleid, das du gerade trägst, ist zu dünn und lässt zu viel Haut sehen.«

Einen Augenblick war Brunichild sprachlos, während die Fischaugen der Frau sie unbeirrt musterten. So anmaßend waren selbst die Kammerfrauen ihrer Mutter Goiswintha nicht mit ihr umgegangen.

»Das lässt du sofort bleiben!«, entgegnete sie schroff. »Und wage es nicht noch einmal, meine Sachen anzufassen, bevor ich dich ausdrücklich dazu auffordere.« Sie war sicher, dass lediglich Neugier diese Frau antrieb – und natürlich der Wunsch, Brunichild von Anfang an ihren Willen aufzuzwingen. Wahrscheinlich hatte sie gedacht, ihr Auftreten wirke genügend einschüchternd. »Hast du das verstanden? Meine Magd Aletha kümmert sich um meine Garderobe. Sie kennt meine Wünsche.«

Nanthild streifte Aletha mit einem Blick, der ausdrückte, wie wenig sie von der jungen Sklavin hielt. »Das Auftreten einer zukünftigen Königin, zu dem auch angemessene Kleidung gehört, ist bei uns nicht Angelegenheit von Dienstmägden. Ich dachte, Gogo hätte klargemacht, wozu wir hier sind. Du hast noch viel zu lernen, Prinzessin.«

Die Reste des Frühstücks standen auf einem Tischchen. Wie absichtslos streifte Brunichilds Hand darüber, aber als sie den Arm hochriss, hielt sie das scharfe Speisemesser umklammert. Mit zwei Schritten hatte sie die Frau erreicht und ihr das Messer an die Kehle gesetzt.

»Glaub mir, Nanthild, ich bin es gewöhnt, dass man *mir* gehorcht und nicht umgekehrt. Wenn ich eine Belehrung benötige, lasse ich es dich wissen. Und jetzt geh mir aus den Augen«, erklärte sie ruhig, fast beiläufig.

Die Frau zitterte. Ihre Augen waren groß und rund vor Entsetzen, und als Brunichild das Messer sinken ließ, wich sie zurück, drehte sich um und stürzte zur Tür.

»Aletha«, sagte Brunichild gelassen, »räum das Frühstück ab. Bitte, sei so gut.« Sie wandte sich an die andere Frau. »Und was ist mit dir? Willst du mich auch belehren, herumkommandieren oder mir anders lästig fallen?«

»Nie im Leben!«, hauchte Sidonia, sank in einen tiefen Knicks und kicherte dabei.

Die rundliche blonde Frau mochte etwa fünfundzwanzig

Jahre alt sein und lachte offensichtlich gern. Ihre blauen Augen, die sich verlangend auf das Brot und den Käse vom Frühstück richteten, waren von einem Kranz feiner Linien umgeben.

Brunichild war der Blick nicht entgangen. »Hast du Hunger? Dann bedien dich.«

Sidonia kam der Aufforderung ohne Umstände nach und ließ sich aufatmend an dem Tischchen nieder. Treuherzig schaute sie zu Brunichild auf. »Danke. Wir hatten unterwegs nicht viel Zeit zum Essen. Und heute früh gab es nur eine winzige Schale Brei.« Verlegen erhob sie sich wieder, ein Stück Brot in der Hand. »Entschuldige, ich vergesse meine Manieren. Ich sollte mich nicht setzen, wenn du stehst. Aber nochmals danke für das Brot.«

»Hör zu«, erklärte Brunichild geduldig. »Wir sind hier weder im Thronsaal noch bei einem offiziellen Bankett. Wenn ich dich auffordere zu essen, so setz dich in Gottes Namen und iss. Ich hasse alles unnötige Getue.«

Erlöst seufzte Sidonia auf.

Die Weiterreise führte nur eine kurze Strecke über Land und wurde dann auf der Rhône fortgesetzt. Als die Sonne am ersten Abend hinter dunstigen Wolkenschleiern versank, trat Gogo zu Brunichild an die Reling des Schiffes.

»Wie ich hörte, hattest du mit Nanthild eine kleine Auseinandersetzung«, sagte er.

»Das habe ich bereits vergessen«, erklärte Brunichild lässig. »Die Damen, die mir Sigibert geschickt hat, sind mir hochwillkommen.« Es entsprach nicht ganz der Wahrheit, hörte sich aber gut an.

Ein seltsamer Laut ließ sie herumfahren.

Gogo hatte beide Hände auf die Reling gelegt und lachte. Zumindest klang es so, denn das Geräusch verebbte ebenso rasch, wie es angefangen hatte. »Da bin ich sicher«, murmelte er. »Ich kenne Nanthild. Sie ist eine Cousine dritten oder vierten Grades von mir. Gut, dass du gleich klargestellt hast, wie sie sich dir gegenüber zu verhalten hat. Ich hätte Sigibert davon abgeraten, sie zu schicken. Aber vielleicht ist sie keine so üble Wahl, da du sie ja zu nehmen weißt.« Vielleicht wollte er noch mehr sagen, verstummte aber. Der Fluss machte eine Biegung, und im letzten Abendlicht glitt eine friedliche Landschaft vorüber. Auen, Wälder, Gehöfte, ein Flickenteppich aus Feldern.

Wider Erwarten schien Gogo weder mürrisch noch zornig, sondern genoss schweigend und entspannt die Abendatmosphäre. Es war seltsam, aber in Gegenwart dieses furchterregenden Mannes fühlte sich Brunichild zum ersten Mal auf dieser Reise geborgen.

Am Flussufer tauchte ein Reiter auf und winkte herüber. Gogo winkte zurück, bevor der Mann hinter Weidengebüsch verschwand. Erst jetzt bemerkte Brunichild, dass der Herzog ein Kettenhemd trug. Eine blasse Ahnung von Gefahr streifte sie. Der Reiter, wurde ihr klar, gehörte zu Kundschaftern, die die Ufer sicherten und nach marodierenden Horden ausspähten, die dem Schiffskonvoi gefährlich werden konnten.

Gogo zeigte hinüber. »Wenn du längere Zeit keine Reiter siehst, halte dich von der Reling fern.«

Sie hatten einige Bogenschützen an Bord.

»Ich verstehe.«

An einem der nächsten Tage setzten sie das Gespräch zwanglos fort. Er stellte sich wieder neben sie und wartete, bis sie zu reden begann. Sie wies auf die Gegend jenseits des Flussufers. »Wir sind an Dörfern vorbeigekommen, von denen mehr als eins wie tot wirkte: Eingefallene Dächer, kein Vieh, keine Menschen und brach liegende Felder. Dabei scheint es hier alles im Überfluss zu geben: Wasser, Holz, urbares Land. Warum diese Öde?«

Erstaunt musterte er sie von der Seite. »Das interessiert dich wirklich?«

»Natürlich. Dies ist fränkisches Land. Über die Geschichte haben mich die Räte meines Vaters belehrt. Ich könnte dir den Stammbaum der königlichen Familie herunterbeten und einiges über ihren mythischen Ahnherrn, den Meeresgott mit dem Stierkopf, erzählen oder über die Schlachten, mit denen der große Chlodwig zum König über alle Franken aufgestiegen ist. Aber ich will begreifen, was hier und heute ist.«

Wahrscheinlich musste Gogo das eben Gehörte erst verdauen, denn er schwieg. Brunichild streifte sein Gesicht mit einem unsicheren Blick und hatte Mühe, ein Schaudern zu unterdrücken. Das tote Auge sah gar zu garstig aus.

»Gut so!«, sagte Gogo schließlich mit einem bekräftigenden Nicken. »Von mir sollst du alles erfahren. Was weißt du über unsere Steuergesetzgebung?«

»Ich fürchte, nichts.« Brunichild seufzte verhalten. Warum

hatte sie das Gespräch bloß angefangen? Sie wollte doch nur etwas über die verlassenen fränkischen Dörfer wissen. Einige der Siedlungen waren mit einfachen Heckzäunen gesichert, andere völlig ungeschützt, und sie bestanden aus höchstens sechs, sieben strohgedeckten Fachwerkhäusern, die sich in die Flussniederungen schmiegten. *Vici* hießen diese Nester, die vielleicht nicht einmal einen Namen hatten. Einmal hatten von einem flachen Hügel die Steingebäude einer großen *Villa* herübergeleuchtet.

»Wir fahren durch Guntrams Land, aber die Probleme, die er hat, haben wir auch, teilweise sogar stärker als er. Hier an der Rhône gibt es immerhin noch etliche große Landgüter im Besitz alter Familien aus römischer Zeit. Die werden noch recht erfolgreich bewirtschaftet. Sagt dir der Name Syagrii etwas?«

»Syagrius war ein römischer Heerführer, der sich zum Provinzfürsten aufschwang und von Chlodwig besiegt und vertrieben wurde«, antwortete Brunichild im Ton einer auswendig gelernten Litanei. »Ach, und von seiner Familie haben so viele überlebt, dass sie noch hier ansässig sind?«, fuhr sie mit normaler Stimme fort. Nach der Niederlage wurden nicht alle umgebracht?, fügte sie in Gedanken hinzu.

Gogo schmunzelte. »Scheint so. Es gibt auch noch die Magni, Aviti und so weiter. Edle Sippen römischen Ursprungs. Tja, und die Römer haben uns auch ihr Steuersystem hinterlassen. Immer noch sind die Magistrate für die Steuereinziehung zuständig. Aber mehr und mehr ist sie auch Aufgabe der Großgrundbesitzer, die allerdings nach Gutdünken verfahren. Nun, ich denke, das ist bei den Westgoten nicht anders. Es gibt die *Annona*, die Steuer, die sich nach der Größe der landwirtschaftlichen Fläche richtet, und die *Capitatio*, nenn es die Kopfsteuer, die jeder zu zahlen hat. Die Pächter oder *Colonen* verlassen das Land, wenn sie die geforderten Abgaben nicht mehr aufbringen können. Sie zahlen an den Grundherrn, er zahlt an die *Civitas* und sieht zu, dass er genug in der eigenen Kasse behält.«

»Aber die Pächter dürfen ihr Land doch nicht verlassen«, widersprach Brunichild.

»Sie tun's aber. Sie lassen alles stehen und liegen und suchen sich anderswo eine neue Stelle und einen neuen Patron, bei dem sie vielleicht bessere Äcker finden. Mancher Boden gibt nicht mehr viel her.«

»Aber von der Landwirtschaft hängt viel ab, oder sehe ich das falsch?«

Er nickte. »Manchmal ist es schon verdammt – äh – schwer, für den Hof in Reims genug Nahrungsmittel aufzutreiben.«

Brunichild tat so, als hätte sie den kleinen Ausrutscher nicht bemerkt. Sie stellte noch einige Fragen, und allmählich beschlich sie das Gefühl, dass Gogo regelrecht Gefallen an dem Gespräch fand. Und irgendwann sagte er, wie leid ihm der Tod des Fohlens tue.

Auf dem Schiff wehte immer ein frischer Wind. Deshalb hielt Aletha für Brunichild stets einen wärmeren Umhang bereit. Sonst hatte sie kaum etwas zu tun. Der Blick auf die vorüberziehende Landschaft machte sie ein bisschen schwindelig oder benommen. Vielleicht kam das auch vom Hunger. Aus Angst vor einer unerklärlichen Übelkeit wagte sie kaum noch, etwas zu sich zu nehmen. Jeden Morgen überfiel sie diese Übelkeit, das erste Mal vor drei Tagen. Sie war vom Frühstück aufgesprungen, hinausgerannt und hatte sich über die Reling gebeugt erbrochen. Doch der Wind hatte ihr das Erbrochene wieder ins Gesicht geweht. Auf der Suche nach einem Eimer Wasser war sie Sidonia begegnet.

»Armes Häschen«, hatte die Edelfrau mitleidig gemurmelt und dann gezwinkert. »So fängt es meistens an. Aber das vergeht.«

»Ich vertrage das Geschaukel des Schiffs nicht«, hatte Aletha würdevoll erklärt. »Mir ging es auch auf See nicht gut.« Das stimmte nicht ganz, denn auf See hatte sie sich nicht erbrechen müssen, aber das ging die Frau nichts an. Aletha war darauf bedacht, von den beiden Edelfrauen so wenig wie möglich beachtet zu werden. Noch wusste sie nicht, wie diese einzuschätzen waren.

»Du musst es ja wissen«, sagte Sidonia fröhlich. »Mir macht die Schiffsreise jedenfalls nichts aus. Ich finde sie tausendmal angenehmer als die Fahrt in einem Karren, in dem man den ganzen Tag durchgerüttelt wird.«

7 Gogo streckte einen Arm aus und deutete nach vorn. Über den Baumkronen tauchten im Morgendunst Dächer auf. »Lyon«, erklärte er. Sie standen wieder einmal an der Reling, aber Gogo wirkte weniger entspannt als sonst.

»Schon?«, rutschte es Brunichild heraus.

Mit einem Mal wurde aus Gogo wieder der finstere Krieger, als den sie ihn kennengelernt hatte. Er straffte sich, und die Verbindlichkeit der letzten Tage fiel von ihm ab. »Wurde höchste Zeit«, knurrte er und stapfte davon.

Schon vor Tagen hatte er angekündigt, dass sie die Fahrt in Lyon unterbrechen würden. In der ehrwürdigen alten Stadt befand sich eine der Residenzen König Guntrams. Lyon war das Zentrum von Burgund, Guntrams Lieblingsprovinz, hier hielt er sich besonders gern auf. Wahrscheinlich hatte Gogo ihm einen Boten geschickt und den Schiffskonvoi angekündigt. Brunichild würde ihre neuen Verwandten kennenlernen. Kennenlernen *müssen*.

Obwohl seit Monaten darauf vorbereitet, machte ihr die Vorstellung auf einmal Angst. Vielleicht auch wegen Gogo und seiner plötzlichen Rückverwandlung in einen bärbeißigen, einschüchternden Fremden. Mit wenig Selbstvertrauen begab sie sich in die kleine Kabine, die im Schiffsheck für sie eingerichtet worden war. Ihre Damen erwarteten sie, offensichtlich hatte sich die bevorstehende Ankunft herumgesprochen.

»Nur Mut«, zwitscherte die unverwüstliche Sidonia. »Mit deiner Schönheit wirst du sie alle blenden. Was willst du anziehen?« Ungefragt hatte sie eine Kleidertruhe geöffnet und Gewänder herausgesucht, die über Bett und Schemel einen schimmernden Regenbogen warfen. Eigentlich hätte Brunichild sie rügen müssen. »Oh, entschuldige, ich hätte auf deine Anweisung warten müssen, nicht wahr?«

Inzwischen hatte Brunichild die muntere Sidonia recht gern, deshalb verzichtete sie auf einen Tadel. Seufzend schob sie ein gelbes Seidenkleid mit eingestickten nachtblauen Ornamenten von einem Hocker und setzte sich.

»Ich weiß nicht, was ich anziehen soll. Eigentlich ist es mir gleich.«

»Das sollte es aber nicht«, warf Aletha ein und hob die Schultern, um anzudeuten, dass sie für Sidonias voreiliges Verhalten nicht verantwortlich war.

»Nimm dies hier«, mischte sich Sidonia wieder ein, »oder das hier.« Sie hob zwei hauchzarte, mit Perlen besetzte Kleider in schillernden Farben auf. »Beide sind wunderschön«, setzte sie ehrfürchtig hinzu.

»Hör nicht auf sie«, warf Nanthild steif ein. »Darf ich dich diesmal beraten?«, fügte sie hölzern hinzu.

»Bitte, nur zu.« Brunichild hob auffordernd die Hand, war aber sicher, dass bei den Vorschlägen der Älteren nichts Brauchbares herauskam.

Nanthild klappte die zweite Truhe auf und kramte vorsichtig darin herum. Sie schien den Inhalt recht genau zu kennen, und das verriet Brunichild, dass hinter ihrem Rücken allerhand Ungehöriges vor sich ging. Sie würde das später zur Sprache bringen, jetzt wollte sie sich auf das Nächstliegende konzentrieren.

»Trag ein Kleid wie das, in dem ich dir zum ersten Mal begegnet bin«, sagte Nanthild zögernd und richtete sich auf. »Es sollte aus festem, aber angenehmem Stoff sein, eher schlicht und dennoch elegant. Du hast es auch nicht nötig, dich übermäßig mit Schmuck zu behängen. Heb dir alles Schönere, Prächtigere, Auffälligere für spätere Gelegenheiten auf. Und trag einen Schleier über dem Haar, das verleiht deinem Auftreten mehr Würde.«

Brunichild schielte zu Aletha hinüber. Die Magd nickte unmerklich, um zu zeigen, dass alles, was Nanthild vorgebracht hatte, ihre Billigung fand. Das beruhigte Brunichild. Und nun grinste Aletha. Wahrscheinlich amüsierte sie sich darüber, dass sich Nanthild durch das Herumkramen verraten hatte. Doch das Grinsen und der kurze, halb verschwörerische Blickwechsel waren der Hofdame nicht entgangen.

»Hier ist das Gewand, das ich meine. Ich habe es entdeckt, als Aletha deine Kleider gelüftet hat«, fügte sie mit leicht geröteten Wangen fort und hielt das Kleid hoch.

»Also gut.« Brunichild nickte ergeben. »Dann macht mich schön für die neue Verwandtschaft.«

Die Stadt lag am Zusammenfluss von Saône und Rhône. Die Saône zog eine weite Schleife um einen Hügel, über dessen Hänge sich Lyon ausbreitete. Eine Brücke mit eleganten Bögen überspannte den Fluss. Nicht weit davon entfernt befand sich die Anlegestelle, ein Platz, an dessen Rand sich Buden und Schuppen aneinanderreihten. Von dort führte eine breite gepflasterte Straße zur Stadtmauer und einem der Tortürme.

Beinahe unbemerkt legte das erste Schiff am Kai an. Niemand wartete darauf, Brunichild zu begrüßen oder in die Residenz zu geleiten. Nur ein paar Neugierige gafften. Umgehend sandte Gogo einen zweiten Boten in die Stadt.

Erst nach einer Weile näherten sich zwei bewaffnete Krieger und eine Abordnung von Guntrams Bediensteten, die eine Sänfte mit dichten Vorhängen mitbrachten. Da aber in der Zwischenzeit einige von den Franken und Westgoten, die dem Fluss zu Pferd gefolgt waren, eingetroffen waren, kam doch noch ein ansehnlicher Zug zustande, und Brunichild hielt keineswegs unbeachtet Einzug in Lyon.

Den gut erhaltenen Gebäuden nach war die Stadt wohlhabend. Von der Hauptstraße zweigten belebte Gassen ab, und rund um den Palast hatten Edelleute noble Steinhäuser errichtet, von denen viele recht neu wirkten. Lyon war offensichtlich auch eine aufstrebende Stadt.

Wartend stand Brunichild mit Aletha, Sidonia und Nanthild in der großen Eingangshalle des Palastes. Gogo war verschwunden, kehrte aber bald mit einer Frau in dunklen Gewändern zurück. Die Frau zögerte kurz, trat auf Brunichild zu und schloss sie in die Arme.

»Entschuldige, entschuldige vielmals!«, murmelte sie, schob Brunichild, ohne sie loszulassen, ein Stück von sich und musterte sie mit einem schmerzlichen Lächeln. »Was musst du von uns denken! Welch ein kläglicher Empfang.« Sie zog sie abermals an sich und küsste sie auf beide Wangen.

»Ich danke dir«, erwiderte Brunichild förmlich. »Und wer bist du?«

Die Frau schlug die Hand vor den Mund. »Wie dumm von mir! Ich bin Marcatrud, Guntrams zweite Gemahlin. Komm, komm mit, ich bringe dich zu den anderen. Sie sind alle hier versammelt, weil …« Sie stockte und wischte sich eine Träne von der Wange.

»Wenn ich so ungelegen komme, dann …«, begann Brunichild und wusste nicht mehr weiter. Aber Marcatrud fasste sie an der Hand und zog sie mit sich.

»Nein, du bist uns sehr willkommen, aber dies ist ein Trauerhaus. Morgen findet die Beerdigung unseres Sohnes Chlodobert statt. Er starb ganz überraschend, und sein Tod schmerzt uns tief.«

»Es tut mir leid, dass mein Eintreffen mit einem traurigen Ereignis zusammenfällt. Woran ist er gestorben?« Brunichild wusste, dass zwei von Guntrams drei Ehefrauen noch lebten.

Sie stiegen in den ersten Stock hinauf. Überall standen kostbare Leuchter und große Marmorvasen, schwere farbige Vorhänge hingen in Durchgängen, manche Wände waren mit Fresken bemalt, und in den Vorhallen sorgten Brunnen für angenehmes leises Geplätscher. Der Palast zeugte von Wohlleben und unaufdringlichem Luxus.

»Er ist vor drei Wochen einem dieser tückischen Winterfieber erlegen, gegen die die Ärzte oft machtlos sind. Letztes Jahr hat das gleiche Fieber Gundobad hinweggerafft. Zwei Söhne innerhalb so kurzer Zeit! Und wir hatten gehofft, sie bleiben uns und werden groß.«

»Wie alt sind sie geworden?«

»Gundobad war vierzehn und Chlodobert zwölf.«

»Hast du außer diesen beiden noch andere Söhne?«, fragte Brunichild hilflos und verlegen.

»Gundobad war nicht mein Sohn, aber ich habe ihn wie mein eigenes Kind geliebt. Aber jetzt genug davon.« Sie waren vor einer Tür angekommen, die von zwei Kriegern bewacht wurde. »Warte«, sagte Marcatrud leise. »Ich hoffe, du kannst Guntram ein wenig aufheitern. Der Gram zerfrisst ihn. Bring ihn auf andere Gedanken. Erzähl ihm von deiner Heimat. Das interessiert uns sicher alle. Die ganze Familie ist nämlich versammelt. Deshalb haben wir auch mit der Beerdigung gewartet. Ich meine die Grablege. Sie findet in der Kathedrale statt. Wir haben Chlodoberts Leichnam gestern aus einer unserer Landpfalzen hierher überführen lassen.«

Auf einen Wink hin stießen die Krieger die Türflügel auf.

Der große Raum dahinter war voller Menschen.

Ein Mann löste sich aus einer Gruppe nahe der Tür und kam mit ausgestreckten Armen auf Brunichild zu. Das musste König Guntram sein, Sigiberts zweitältester Bruder.

Er war etwa Anfang vierzig. Schlank und eher mittelgroß, mit schmalem Gesicht und tief liegenden, vom Leid verschatteten

Augen. Wie alle im Raum trug er schlichte dunkle Gewänder und bis auf die großen Silberfibeln, die sein Überkleid an den Schultern zusammenhielten, keinerlei Schmuck.

»Ich freue mich, dass du bei uns bist«, sagte er warm und ergriff Brunichilds Hände. »Fühl dich hier zu Hause. Du *bist* bei uns zu Hause, und ich hoffe, du hast nichts dagegen, dass wir schon jetzt eine liebe Verwandte in dir sehen. – Und dazu noch eine so hübsche.« Er zwinkerte, aber sein Blick blieb verhangen.

Langsam drängten auch die anderen heran.

Zur Familie gehörten ältere Frauen und Männer, halbwüchsige Mädchen, ein schlaksiger, kühl wirkender Jüngling und ein sehr kleiner Junge, der auf dem Boden herumkroch. Dazu kamen noch Vertraute der Familie. Die Vorstellung all der Menschen wollte kein Ende nehmen. Ihre Namen rauschten größtenteils an Brunichild vorbei, während ein Fremdheitsgefühl sie zu überwältigen drohte. Jetzt war sie dankbar für Nanthilds Ratschläge zu ihrer Kleidung, denn viele Blicke musterten sie eher forschend als wohlwollend. Jeder fragte sich offenbar, was von ihr zu halten sei.

Dienerinnen standen bereit, um Getränke zu reichen, und Brunichild spürte Hunger. Sie hatte die Mittagszeit mit Warten verbracht und fragte sich jetzt, wann sie sich mit Anstand in die für sie vorbereiteten Gemächer zurückziehen konnte. Sie seufzte leise.

Hinter ihr und Guntram betrat jemand verspätet den Saal.

»Bist du müde?«, erkundigte sich Guntram fürsorglich. »Sicher sind es zu viele auf einmal, die dir ihre Aufwartung machen wollen. Lass dich nicht verwirren, du wirst sie alle in den nächsten Tagen näher kennenlernen. Schmerzliche Ereignisse wie der Tod eines Familienmitglieds haben wenigstens ein Gutes: Wir finden uns zusammen«, fuhr er fort und warf beiläufig einen Blick über ihre Schulter, »zumindest jene, für die die Reise nicht zu beschwerlich ist. Ah, hier ist noch jemand, der darauf brennt, dich zu begrüßen. Mein lieber Bruder Sigibert ist…« Guntram stockte.

Der Moment, vor dem sich Brunichild am meisten gefürchtet hatte, war gekommen. Den Blick noch halb gesenkt, drehte sie sich um. Wenn ihr zukünftiger Gatte nur halb so freundlich wie Guntram war, würde sie dem Schicksal dankbar sein.

Der Mann war mindestens einen Kopf größer als Guntram

und sah gut aus, sehr gut sogar. Eine Athletengestalt mit kantigen, aber angenehmen Gesichtszügen, stahlblauen Augen und langem, gepflegtem blondem Lockenhaar. Er entsprach so vollkommen ihrer Vorstellung vom edlen Krieger und König, dass Brunichild die Knie weich wurden.

Das war er also! *Ihr Gemahl.*

Schon mit dem ersten Blick, in dem wie eine Verheißung Zärtlichkeit und Leidenschaft aufglommen, nahm er sie in Besitz. Dann trat er auf sie zu, schloss sie in die Arme und beugte sich zu ihr herab. Ohne Eile streifte sein Mund ihre Wange, und eine samtige, dunkle Stimme flüsterte: »Sei mir willkommen, meine Herzensfreundin.«

Völlig überwältigt, spürte Brunichild Tränen in den Augen. Wie konnte das Schicksal so voller grenzenloser Großmut sein?

»Chilperich?« Eine fremde weibliche Stimme riss Brunichild aus ihrer Verzückung. Eine schmale Hand legte sich auf die Schulter des Mannes und blieb dort liegen. »Würdest du mir gestatten, unsere Schwägerin zu begrüßen?«

Benommen hob Brunichild den Blick. Während sich ihr Herz in einem plötzlichen schmerzhaften Galopp zusammenzog, spürte sie eine verräterische Hitze in die Wangen aufsteigen. Eine furchtbare Erkenntnis drängte sich auf, ihr Mund wurde trocken. Sie hatte sich getäuscht. Der beeindruckende Mann, der sie immer noch umfasst hielt, war nicht Sigibert, sondern einer von Guntrams anderen Brüdern. Aber hatte Guntram nicht gerade von Sigibert gesprochen?

Vorsichtig machte sie sich los, wich zurück und wandte sich ratlos um. Guntram betrachtete sie weiterhin mit uneingeschränktem Wohlwollen, die jungen Mädchen tuschelten und kicherten miteinander, der Jüngling wirkte immer noch gelangweilt. Nur ein paar alte Tanten spähten misstrauisch, und Marcatrud wirkte leicht irritiert.

Aber da war ja noch die Frau, die den Mann nun beiseitetreten hieß.

Er gehorchte. »Audovera, darf ich dir die Braut vorstellen? Hat mein Bruder Sigibert nicht großes Glück?«, fragte er und wandte sich mit einem versonnenen Lächeln an Brunichild. »Und darf ich dich mit meiner liebenswerten und verehrungswürdigen Gattin Audovera bekannt machen?«

Die Frau legte eine kühle, aber untadelige Höflichkeit an den

Tag, als sie mit Brunichild die üblichen Wangenküsse tauschte, keine echte Berührung, nur ein Hauchen. Audoveras Augen blieben seltsam leblos, fern und undurchdringlich. Ein kleiner Schauder befiel Brunichild, für den sie dankbar war. Er half ihr, die Form zu wahren und ihrerseits gesetzt und förmlich einige Sätze an die kalte Dame vor ihr zu richten, während im Hintergrund ein Gedankenkrieg tobte, ein nicht enden wollendes Aufbegehren und das Gefühl, vom Schicksal schmählich verraten worden zu sein.

Chilperich wäre der richtige Mann für sie gewesen.

»Was wolltest du gerade über Sigibert sagen?«, wandte sie sich an Guntram.

»Wollte ich etwas über ihn sagen?« Guntram sah sie verdutzt an. »Ach ja. Leider kann er nicht kommen, er lässt sich entschuldigen. Du wirst ihn erst in Metz treffen.«

8

Wittiges hatte die drei Tage auf See mit Übelkeit und düsteren Gedanken verbracht, die sich wie ein Mühlrad in seinem Kopf drehten. Während das Schiff mit einer schweren See kämpfte und in den mächtigen Wellen auf und ab hüpfte, kam er immer wieder auf Brunichild und Alexander zurück. Beiden war er in höchstem Maße gram. Alles Gute, das er ihnen hatte angedeihen lassen, war ihm schändlich vergolten worden. Mehrmals nahm er einen Anlauf, Brunichilds Brief ins Meer zu werfen. Dann erwog er, das Siegel zu erbrechen und das Sendschreiben zu lesen. Beides erschien ihm am Ende feige oder zumindest unfein. Brunichild hatte ihn zum Boten bestellt, also war er ihr Bote. Außerdem hatte sie ihn nicht einfach abgeschoben, sondern mit einem fürstlichen Reisegeld ausgestattet. Aber damit hatte sie nur seine Ergebenheit kaufen wollen, denn dreißig *Solidi* waren zur Begleichung der Reisekosten viel zu viel. Noch dazu war die Überfahrt im Voraus bezahlt worden, dafür musste er gar nicht aufkommen.

Die bitteren Gefühle wollten nicht weichen und wurden von der Seekrankheit noch gleichsam angefeuert. Elend an Geist und Körper betrat er wieder festen Boden und machte sich auf, nach Toledo zurückzureisen. Obwohl er stets darauf bedacht war, Bauto nicht zu überfordern, schaffte er die Strecke in recht kurzer Zeit. Bei einer letzten Rast holte er das Schriftstück hervor, betrachtete es wieder einmal unschlüssig, warf es in die Luft, fing es aber so ungeschickt auf, dass es ihm aus der Hand glitt und zu Boden fiel. Als er es aufhob, stellte er fest, dass sich auf dem Pergament ein bisschen rote Erde festgesetzt hatte. Er wischte sie ab, aber ein Fleck blieb. Jetzt war das Schreiben nicht mehr einwandfrei. Die Versuchung wurde beinahe übermächtig. Und dennoch brachte er es nicht über sich, das Siegel anzutasten. Sein dummer Stolz hielt ihn davon ab. Oder die Vorsicht. Denn wie hätte er ein gebrochenes Siegel erklären sollen, ohne sich verdächtig zu machen?

Am Tor in den Palastbezirk begegnete ihm ausgerechnet der Stallmeister Rado, der ihn als rechte Hand für die fränkischen Pferde eingestellt hatte.

Spöttisch verzog der Mann den Mund. »Schau an, der verlorene Sohn kehrt heim. Hat es dir bei den Franken nicht mehr gefallen, oder haben sie dich weggejagt?«

Da Letzteres Wittiges eigener Einschätzung sehr nahekam, reagierte er höchst empfindlich. Unbedacht legte er die Hand an den Schwertgriff.

»Sag das noch einmal, und ich hau dir eins aufs Maul.« Auch der andere war beritten und bewaffnet. Beinahe gleichzeitig schwangen sie sich vom Pferd.

»Also muss doch was dran sein. Du bist ein Unruhestifter, hab ich mir immer schon gedacht. Aber lass jetzt gut sein«, wandte Rado unbehaglich ein, zog aber blitzschnell seine Waffe, als er begriff, dass Wittiges ihm damit schon zuvorgekommen war.

Eine furchtbare Wut brach sich in Wittiges Bahn. Der ganze angestaute Ärger, seine innere Verletztheit, all das stachelte ihn maßlos auf, er war nicht mehr aufzuhalten. Rado rief noch einmal etwas zur Beschwichtigung, aber Wittiges holte bereits aus. Er wollte kämpfen. Krachend schlugen die Schwerter aufeinander. Aufgeschreckt kamen die Torwächter herbeigerannt, griffen aber nicht ein. Wittiges kämpfte eher mit Kraft und Zorn als mit Geschicklichkeit, schließlich hatte er kaum Erfahrung im Umgang mit dieser Waffe. Vielleicht war auch der Stallmeister nicht der größte Kämpe, aber zweifellos der bessere. Ehe sich Wittiges versah, wurde ihm das Schwert mit einem wuchtigen Hieb aus der Hand geschlagen. Als er sich danach bücken wollte, setzte einer der Wächter den Fuß darauf. Gleichzeitig trat Rado Wittiges vors Schienbein und setzte ihm kopfschüttelnd die Klinge an die Kehle.

Wittiges bemerkte, dass sich der Zuschauerkreis vergrößert hatte. Außer den Wachen hatten sich noch drei prächtig gekleidete Reiter eingefunden.

»Seid ihr fertig? Dann macht den Weg frei«, schnaubte einer der Reiter verächtlich.

Hastig senkte Rado sein Schwert und verneigte sich tief, ebenso die Wachen. Nur Wittiges hielt sich tölpelhaft aufrecht, bis ihn Rado in die Ferse trat. Als der Reitertrupp durchs Tor geritten war, fragte er: »Wer war das?«

»Verrate du mir lieber, was dich hierher zurückgebracht hat«, fuhr ihn Rado an, »und warum du mich angegriffen hast. Was ist in dich gefahren?«

Abwehrend hob Wittiges die Hände, als Rado erneut das Schwert gegen ihn richtete.

»Tut mir ehrlich leid, ich weiß auch nicht, was über mich gekommen ist. Aber du hast den Streit angefangen, das wollen wir doch einmal klarstellen.«

Rado grinste versöhnlich und steckte sein Schwert endlich weg. »Tja, ich bin wohl auch nicht in bester Stimmung. Heute Morgen ist mir ein Ross verreckt, und ich hab mir deswegen einiges anhören müssen. Ich hab noch an dich gedacht und wie ich dich hier gebraucht hätte. Tut mir jetzt auch leid, die Bemerkung vorhin. War nicht nett. Ich hab mich geärgert, dass du hier alles stehen und liegen gelassen hast. Also, was treibt dich jetzt zurück?«

»Ich komme als Prinzessin Brunichilds Bote.«

»Und das sagst du jetzt erst? Was bist du bloß für ein Hanswurst!« Rado stieß Wittiges unsanft, wenn auch lachend in die Rippen. »Dann geh, liefere deine Botschaft ab und komm danach zu mir. Auf dieses Wiedersehen müssen wir einen trinken, und du erzählst mir, was dich in einen solchen Kampfhahn verwandelt hat.«

Beschämt willigte Wittiges ein, und Rado bedachte ihn mit einem weiteren kräftigen Rippenstoß.

»Du musst bei den Franken einiges mitgemacht haben. Sie sind Barbaren, das hätte ich dir gleich sagen können. Ich werde außer Wein auch etwas zu essen für dich besorgen. Hoffentlich fährst du mir nicht gleich wieder an die Gurgel, wenn ich sage, dass du schon wohler ausgesehen hast. Haben sie dich hungern lassen?« Auf einen Wink des Stallmeisters hin gab einer der Wächter Wittiges das Schwert zurück.

Mit einem schwachen Grinsen schüttelte Wittiges den Kopf. »Das sind nur die Nachwehen der Seekrankheit. Kümmerst du dich um Bauto?«

»Aber gern!« Rado strahlte. »Ich hab ein paar rossige Stuten, mit denen kann er sich prächtig vergnügen.«

»Dann vergiss diesmal nicht, mir das versprochene Entgelt fürs Decken zu bezahlen.«

»Was ist nur für eine Krämerseele aus dir geworden!« Seufzend nahm Rado Bauto am Zügel.

Auf dem Weg zum Hauptgebäude des Palastes stellte Wittiges fest, dass die furchtbare Wut, die die ganze Zeit an ihm genagt hatte, weitgehend verflogen war. Übrig geblieben war nur Erschöpfung.

Durch eine ganze Reihe von Vorzimmern hindurch musste er erklären, dass er eine Botschaft für den König zu überbringen habe. Endlich wurde er in einen großen Raum geführt, in dem sich drei Männer aufhielten, die offenbar in ein vertrauliches Gespräch vertieft waren. Ein Diener kündigte Wittiges an. Zu spät erkannte er die vornehmen Reiter, die seinen Kampf mit dem Stallmeister beobachtet hatten.

»Was willst du?«, fragte der älteste der drei.

»Eine Botschaft für den König überbringen. Ihm persönlich.«

Der Mann kam näher. »Was für eine Botschaft?«

»Wie gesagt, ich soll sie …«

Mit einer herrischen Handbewegung schnitt ihm der Mann das Wort ab. »Der König ist nicht hier. Ich bin Leovigild, der Bruder des Königs. Ich vertrete ihn. Also, was ist das für eine Botschaft?«

»Ein Brief von Prinzessin Brunichild an ihren Vater.« Wittiges holte die Schriftrolle heraus und zauderte unmerklich. Er hätte sie doch lesen sollen. Es hätte sicher eine Möglichkeit gegeben, das Siegel wieder instand zu setzen oder zu fälschen. Seine Gedanken verhakten sich schon wieder. Leovigild musste sehr viel jünger als sein Bruder sein. Nicht älter als vierzig. Vielleicht der Sohn einer Nebenfrau. Er nahm den Brief an sich und erbrach das Siegel. Gebannt verfolgte Wittiges, wie er murmelnd las, leider zu leise, als dass er etwas verstand. Leovigilds Lippen kräuselten sich. Anscheinend keine gute Nachricht, so viel war sicher.

»Was schreibt sie?«, rief einer der anderen beiden Männer.

»Hör dir das an, Liuva«, entgegnete Leovigild erregt, den Blick noch immer auf das Schreiben gerichtet. »Man will sie zwingen, zum römischen Glauben überzutreten. Was fällt diesen Franken ein?«

Liuva war Athanagilds jüngster Bruder. Wittiges entsann sich, den Namen schon einmal gehört zu haben. Die beiden schienen die Geschäfte des Königs in dessen Abwesenheit zu führen. Der dritte Mann mochte einer von Athanagilds Söhnen sein und war in Wittiges' Alter. Nur, wo war der König? Immer stärkere Unruhe befiel ihn. Er hätte darauf bestehen sollen, den Brief nur dem König auszuhändigen.

»Sie wollen sie ganz, mit Haut und Haaren«, murmelte Liuva und grinste dümmlich.

»Reiß dich zusammen! Um Haut und Haare geht es weiß Gott nicht. Sondern um die Einhaltung von Verträgen. Von einem Übertritt zur römischen Kirche war nie die Rede. Das kommt gar nicht infrage. Ich werde ihr dementsprechend antworten.«

Liuva stand auf. Er war schlanker und größer als Leovigild. »Du misst der Sache zu viel Gewicht bei, Bruderherz«, sagte er säuerlich. »Ich wusste gar nicht, dass du so ein glühender Verfechter der arianischen Kirche bist. Ich rate dir, Brunichild keine eindeutige Antwort zu geben.«

Leovigild war der Zorn anzumerken, er beherrschte sich nur mühsam. »Ich bin ein glühender Verfechter unseres Königshauses. Und solange wir an unserem Glauben festhalten, folgen uns unsere Leute. Es geht um Eindeutigkeit und Treue. Dass die Franken Druck auf Brunichild ausüben, ist ein Hinweis darauf, wie sie es grundsätzlich mit Verträgen halten. Das macht mich wütend.«

Wittiges hatte sich in den Schatten einer Säule zurückgezogen. Es gab davon vier im Saal, die nächste in Türrichtung stand etwa drei Meter entfernt. Unauffällig bewegte er sich darauf zu. Er konnte sich nicht vorstellen, dass ihn die Brüder bei ihren Diskussionen als Zeugen dabeihaben wollten.

»Lass uns später darüber reden. Was steht sonst noch in dem Brief?«, erkundigte sich Liuva.

Wieder las Leovigild murmelnd. »Grüße an Goiswintha, eine Frage nach Gailswinthas Wohlergehen, alles unwichtig …« Auf einmal stockte er.

Für Wittiges war die Luft im Raum plötzlich mit Spannung erfüllt. Schon bevor Leovigild den Kopf hob, hatte er das Gefühl, dass er nun wirklich verschwinden sollte, denn die Miene des Prinzen verhieß nichts Gutes. Und bevor dieser auch nur ein Wort sagte, ahnte Wittiges, dass es ihn betreffen würde.

»Du da, bleib hier!«

Wittiges stellte sich taub. Er verstieß gegen alle Regeln im Umgang mit Angehörigen des Königshauses und legte das letzte Stück bis zur Tür unbeirrt zurück, zur Vorsicht aber so, dass die Säule in ihrer Nähe seinen Abgang deckte. Es gelang ihm tatsächlich, den Palast zu verlassen, ohne aufgehalten zu werden.

Kaum hatte er sich in einen der Höfe zurückgezogen, beschlichen ihn heftige Zweifel. Vielleicht hätte er doch nicht wegrennen sollen. Möglicherweise hatte Leovigild ihn als Boten für eine Antwort an Brunichild verpflichten wollen. Wütend auf sich selbst, überlegte er, wie er die Dummheit wiedergutmachen konnte. Zurückkehren und sich Leovigild zu Füßen werfen? Und dann? Was erwartete ihn, wenn er mit seinen Befürchtungen doch recht hätte und ins offene Messer liefe? Schließlich entschied er sich dafür, erst einmal etwas herauszufinden.

Die Tür zur Kanzlei war nur angelehnt. Unbemerkt huschte er in einen großen Raum, der mit Tischen und Pulten ausgestattet war, an denen die Schreiber gewöhnlich ihrer Arbeit nachgingen. An den Wänden befanden sich vom Boden bis zur Decke reichende offene Regale für Urkunden und Sendschreiben. Auch ein paar Kodizes waren dabei, dickleibige Bücher mit Holzdeckeln, die mit aufwendigen Schlössern versehen waren.

Nur an einem der Tische arbeitete ein alter Mann mit tief gebeugtem Kopf, die Zunge zwischen die Zähne geklemmt. Wittiges hatte Zeit, sich umzuschauen, und brauchte nicht lange, *sein* Schreiben zu entdecken. Der Fleck war unverkennbar. Der Brief lag gleich auf dem ersten Tisch, zusammen mit einigen anderen Schreiben, die vermutlich ebenfalls noch registriert werden mussten. Wittiges rollte ihn auseinander und benutzte ein Tintenfässchen und eine Steinschale mit Löschsand, um das Pergament an beiden Enden zu beschweren. Nun konnte er lesen. Die Buchstaben verschwammen ein bisschen, während er sich bemühte, den Wortlaut möglichst schnell und leise zu entziffern. Aber das unvermeidliche Murmeln erreichte das Ohr des alten Mannes doch.

»Was willst du?«

Wittiges drehte den Kopf gerade so weit, dass er das Blatt mit der Botschaft noch sehen konnte. Jetzt musste er die Zeilen überfliegen. Da stand sein Name!

»Ehm«, räusperte er sich umständlich, um Zeit zu gewinnen.

Und nun muss ich dir noch mitteilen, dass der Stallmeister Wittiges, den ich dir als Bote nach Toledo schicke, einige Male in Raufhändel verwickelt war …

»Nun?« Der alte Mann lupfte den Hintern.

»Wann kann ich mit der Antwort auf Prinzessin Brunichilds Brief rechnen?«

»Du bist der Bote?«, fragte der Mann argwöhnisch.

Bitte sorge dafür, dass Wittiges …, ging der Brief weiter.

Der Mann stand auf und kam näher. »Heb dich hinweg! Meinst du, ich bin zu alt, um zu merken, dass du deine neugierigen Augen auf Sachen richtest, die dich nichts angehen?« Der Alte lachte meckernd, aber es klang nicht fröhlich, sondern eher schadenfroh. Als sich Wittiges umwandte, standen zwei grimmig wirkende Wachsoldaten vor ihm.

»Das ist er, oder?«, wandte sich der eine an seinen Kollegen und sprach dann Wittiges an: »Hast du das Schreiben an den König überbracht?«

»Ja, ja, das ist er!«, rief der Alte und rieb sich zufrieden die Hände. »Er hat es selbst gesagt. Schafft ihn weg, er spioniert nur herum und stellt dumme Fragen.«

In Windeseile fesselten die beiden Wachsoldaten Wittiges und zerrten ihn mit hinaus. Sein lauter Protest nutzte ihm nichts, sie stellten sich taub, führten ihn in den Keller des Palastes und stießen ihn dort in einen dunklen Verschlag. Seine Befürchtungen hatten ihn also nicht getrogen. Und jetzt hatte er Muße, gründlich über dies und jenes nachzudenken.

Worum hatte Brunichild ihren Vater gebeten? Vor allem diese Frage beschäftigte ihn, sobald er allein war. Kalt war ihm wenigstens nicht. Die Geräusche verrieten ihm, dass sich der Feuerraum der Hypokaustanlage des Palastes in der Nähe befinden musste. Ihm wurde geradezu heiß. Allerdings eher vor Wut und Enttäuschung als vor zu großer Wärme. Wie hatte

Brunichild ihm das antun können? Sie hatte ihn verleumdet und sich damit auf hinterhältigste Art seiner entledigt. Wahrscheinlich hatte sie ihren Vater gebeten, ihn wegen angeblicher Untaten festzusetzen und zu bestrafen. Aber wie? Je länger er darüber nachdachte, desto besessener erging er sich in Vorstellungen von Folterungen und Verstümmelungen. Hatte Brunichild vorgeschlagen, einen Eunuchen aus ihm zu machen? War sie zu dieser Infamie fähig? Außer sich, musste er sich eingestehen, dass er ihr alles zutraute. Und weil er gerade dabei war, gab er ihr auch die Schuld für Alexanders Verschwinden. Dass dieser sich aus dem Staub gemacht hatte, um sein Glück woanders zu suchen, erschien ihm mittlerweile höchst unwahrscheinlich. Es passte nicht zu ihm, dafür war er viel zu ängstlich. Und Wittiges gestand sich ein, dass er den blöden Kerl vermisste.

Die erste Zeit im Kerker verbrachte Alexander noch voller Hoffnung, dann versank er in dumpfer Verzweiflung. Niemand sagte ihm, wie es mit ihm weitergehen sollte. Die Kerkerwächter waren eine maulfaule Bande, die ihn zunehmend schikanierte. Daran erkannte er, dass die Prinzessin mit ihrem Gefolge Marseille verlassen hatte. Also hatte niemand Wittiges über seinen Verbleib informiert, und dieser hatte – was beinahe noch schlimmer war – nicht nach ihm gesucht. Er hatte ihn aus seinem Leben gestrichen und vergessen.

Nach einigen Tagen ersparten ihm seine Wärter die Eisenstange, ketteten ihn aber an. So erreichte er, die Kette hinter sich herzerrend, den Kübel für die Notdurft, der in einer Ecke des Verlieses stand. Aber er konnte sich nicht waschen. Er kam sich unsäglich schmutzig vor, das Haar war voller Läuse, und er kratzte sich die Kopfhaut blutig. Jeden Tag bat er um einen Eimer Wasser und ein bisschen Seife, denn er hatte sich noch lange nicht aufgegeben.

Irgendwann kamen sie zu dritt.

»Steh auf!«, knurrte einer der Wärter und stieß ihn an.

»Habt ihr Nachrichten für mich? Bringt ihr mir endlich Wasser?«, fragte Alexander.

Der Wärter grinste hinterhältig. »Wasser kannst du haben.« Er winkte einem der beiden anderen.

Tatsächlich brachte dieser einen halb vollen Eimer und sogar etwas schmierige Seife in einer Tonschale und ein dünnes, mäßig sauberes Handtuch.

»Danke, danke«, stammelte Alexander überwältigt.

»Na, dann mach mal«, sagte der erste, lehnte sich an die Kerkerwand und pfiff vor sich hin.

Irgendetwas warnte Alexander, aber die Versuchung war zu groß. Er streifte das verschmutzte Gewand ab, drehte sich so, dass er den Wächtern den Rücken zukehrte, und wusch sich mit hastigen Bewegungen. Das Wasser war kalt, aber ungemein erfrischend, sodass er unter anderen Umständen die Reinigung genossen hätte. Als er in sein Gewand schlüpfen wollte, packten ihn unvermittelt zwei der Wächter, stießen ihn auf die Knie und hielten ihn fest.

»Was wollt ihr?«, schrie er und versuchte vergeblich, sich zu loszureißen.

»Freu dich, du kommst bald heraus. Wir sollen dich auf dem Sklavenmarkt verkaufen. Deine Franken haben keine Verwendung mehr für dich. Aber wir schon. So ein glatthäutiges Bürschchen wie du ist besser als eine Hure, für die wir bezahlen müssen.«

Als ihn der erste vergewaltigte, biss er sich die Zunge blutig, aber es drang kein Laut aus seiner Kehle. Diesmal würde er nicht schreien, auch wenn die Gewalt, die man ihm antat, ebenso grauenhaft war wie das Entsetzliche, das andere Peiniger vor neun Jahren mit ihm angestellt hatten: jene Operation, die aus seinem Körper ein Gefängnis für seine Seele gemacht hatte.

9 Lyon war eine Stadt, die Aletha in einen beunruhigenden Taumel versetzte. Sie war mit zwei Mädchen aus dem königlichen Haushalt unterwegs, die eine, Fredegund, hatte sie aufgefordert, mit ihnen zu kommen, und Brunichild hatte nichts gegen diesen Ausflug einzuwenden gehabt. Die Prinzessin war durcheinander, seit sie ihre neue Familie kennengelernt hatte. Vor allem einen davon. Aletha erinnerte sich nur zu gut an das Gespräch, das sie geführt hatten, nachdem Brunichild sich am ersten Abend nach einem ausgiebigen Mahl endlich hatte zurückziehen können.

In dem prächtigen Zimmer, das ihnen zugewiesen worden war, hatte Aletha auf sie gewartet und währenddessen eine Kleidertruhe ausgepackt. Die Sachen rochen nach der Schiffsreise leicht muffig, und sie wollte sie in den Kräuterduft hängen, der aus einer eigens präparierten Kohlenpfanne aufstieg.

Brunichild stürzte zur Tür herein, ließ sich auf einen Armlehnstuhl fallen, schlug die Hände vors Gesicht und weinte. Unaufgefordert stellte Aletha einen Becher mit heißem, gewürztem Wein neben sie und wartete einfach ab.

»Aletha, ich bin verloren«, stieß sie schließlich hervor.

»Das glaube ich nicht«, erwiderte Aletha gelassen. »Aber was ist passiert? Haben dich deine neuen Verwandten beleidigt? Bedrohen sie dich? Sind sie noch ungehobelter als erwartet?«

»Nichts davon. Es gibt einen unter ihnen, der ... der ...« Brunichild geriet ins Stottern. »Chilperich, ein Bruder Sigiberts.«

»Ich hab ihn gesehen, als er hereinkam. Ich hatte in der Halle auf die Kleidertruhen gewartet. Groß, breitschultrig, gut aussehend, lange blonde Locken?«

»Ja, das ist er.« Brunichild sah mit schwimmendem Blick zu ihr auf. »Gefällt er dir?«

»So wenig wie alle anderen. Ich mag keine Männer«, erklärte Aletha.

Brunichild grinste schwach und wischte sich über die Wangen. »Du weißt nicht, was du sagst.«

»O doch!«

»Aber du wirst einmal heiraten.«

»Nie! Es sei denn, du zwingst mich dazu.«

Bedächtig schüttelte Brunichild den Kopf. »Du bist noch ein Kind, also brauchen wir uns darüber jetzt keine Gedanken zu machen. Aber Chilperich ...«

»Du lässt dich von seinem Äußeren blenden. Vielleicht auch von seinen Manieren. Aber glaub mir, das bedeutet gar nichts«, fiel ihr Aletha ins Wort.

»Ach nein? Woher bist du bloß so schlau? Gefällt dir denn überhaupt kein Mann?«

Aletha dachte über die Frage nach. »Ich weiß nicht ...«

»Vielleicht Wittiges?«, fragte Brunichild mit einem Unterton, der Aletha aufhorchen ließ.

»Auch der nicht. Keiner, ich sag's dir doch.« Damit war die unerquickliche Unterhaltung beendet, und Brunichild hatte sich etwas gefangen. Sie kamen nicht auf das Thema zurück, nur Aletha dachte weiter darüber nach. Es gab jemanden, der ihr zumindest keinen Widerwillen einflößte. Sie hatte ihn nur einmal gesprochen, und es war ihr einen seltsamen Augenblick so vorgekommen, als würde sie ihn näher kennen, was nicht stimmte. Aber sie hatte noch die Botschaft im Ohr, die er ihr aufgetragen hatte.

Richte Wittiges aus, dass ich mich für den Purpur von Josephus entschieden habe. Eine sonderbare Botschaft, die sie nicht hatte überbringen können, denn der Stallmeister war nach Toledo geschickt worden, ehe sie mit ihm hatte sprechen können. Und Alexander war verschwunden.

Fredegund holte sie aus ihren Grübeleien. »Hörst du mir überhaupt zu?«

»Was ist? Hast du was gefragt?«, entgegnete Aletha schuldbewusst und nahm ihre Umgebung endlich wieder wahr.

Lyon war eine Stadt, die wie so viele von der römischen Vergangenheit zehrte und auch unter den nachfolgenden Herren blühte. Davon zeugten die Handelsschiffe im Hafen, die vielen Häuser, die neu erbaut sein mussten und ein Kunterbunt an Baustilen aufwiesen: Fachwerk mit Binsendächern neben Steingebäuden mit Säulenvorbauten. Viele Tore führten in Binnenhöfe, in denen entweder ein Handwerk ausgeübt oder Ware gestapelt wurde. Lyon lag an einer der meistfrequentierten Handelsrouten. Es gab Viertel mit syrischen, griechischen oder jüdischen Händlern.

»Ich wollte wissen, wie es Prinzessin Brunichild hier gefällt. Ob sie unter Heimweh leidet«, wiederholte Fredegund bereitwillig.

»Hast du nie darunter gelitten?«, wich Aletha aus.

»Ich?« Fredegund lachte. »Ich bin so lange von zu Hause fort, dass ich mich nicht mal mehr daran erinnere. Und jetzt bin ich die meiste Zeit unterwegs. Einen Monat hier, den nächsten dort.« Sie musste etwa so alt wie Brunichild sein. Lockiges rotes Haar fiel ihr ungebändigt auf die Schultern. Die Kleidung betonte die hübsche, üppige Figur. Der dunkelgrüne Umhang wurde von einer Silberfibel zusammengehalten, und um den Hals lag eine feingliedrige Goldkette. Fredegund konnte keine gewöhnliche Dienerin sein.

»Und wem dienst du? Das hab ich nicht ganz verstanden«, erklärte Aletha.

»Audovera. Ich bin eine ihrer Kammerfrauen und in ihrem Haushalt aufgewachsen. Du weißt, wer Audovera ist?«

Aletha nickte. Chilperichs Gattin, die Frau des Mannes, in den sich Brunichild verguckt hatte. Brunichild hatte von deren unnahbarer Art erzählt. Wie hielt es Fredegund mit einer solchen Herrin aus? Allerdings wirkte sie nicht so, als hätte sie unter einer allzu strengen Herrschaft zu leiden.

»Nun erzähl endlich von deiner Prinzessin. Wie ist sie? Wie denkt sie über ihre neue Verwandtschaft?«, bohrte Fredegund nach.

»Sie findet alle sehr freundlich und aufmerksam.«

»Ach komm! Gibt es keinen, den sie besonders mag?« Fredegund zwinkerte ihr zu. »Du kannst es ruhig verraten.«

»Wenn du mich so geradeheraus fragst ...« Aletha überlegte. »Ja, es gibt jemanden. Warte, wie heißt er doch gleich?«

»Denk nach, dann fällt es dir bestimmt ein.« Fredegund betrachtete sie erwartungsvoll, Rusticula, die andere Magd, kicherte leise.

»Es sind so viele«, fuhr Aletha nachdenklich fort. »Ich glaube, es dauert mindestens eine Woche, bis Brunichild sie alle beim Namen kennt. Und ich erst! Aber ich beschreib ihn euch. Wo soll ich anfangen? Er ist blond und hübsch. Ich bin sicher, er gehört zu den Menschen, die alle anziehend finden. Brunichild ist seinem Charme sofort verfallen. Sie hat es mir erzählt.«

Fredegund betrachtete sie kritisch. »Dann spann uns nicht länger auf die Folter. Du weißt den Namen!«

»Warte ... Er fängt mit C an, nein mit Ch ...«

Es war nicht schwer, in Fredegunds Gesicht zu lesen. Sie wartete auf eine Bestätigung dessen, was sie bereits zu wissen meinte. Das überraschte Aletha nicht im Geringsten. Im Gegenteil: Klatsch war sie gewöhnt. Am Hof von Toledo liebten alle Klatsch und Tratsch, von der jüngsten Küchenmagd bis zur Königin. Das war in Lyon sicher nicht anders.

»Chlodwig.«

Verblüfft starrte Fredegund sie an.

»Chlodwig? Bist du sicher?«

Aletha nickte freundlich.

»Aber ...«

»Ja, der Fratz, der gerade laufen lernt. Er ist entzückend, nicht wahr? Hoffentlich wird er groß und stirbt nicht wie seine Brüder an einem tückischen Fieber.« Das Kind war König Guntrams jüngster Sohn, benannt nach seinem großen Ahnherrn. Brunichild hatte ihn einmal auf dem Arm gehalten und gekitzelt, bis er vor Freude laut gekräht hatte.

Fredegunds Augen wurden ganz schmal vor Ärger, aber dann entspannten sich ihre hübschen Züge wieder, und sie lächelte versöhnlich. »Wie man sich täuschen kann! Wir haben dich für etwas einfältig gehalten. Aber ich mag Mädchen mit Witz«, sagte sie ironisch.

»Nein, nein!« Vehement schüttelte Aletha den Kopf. »Du täuschst dich schon wieder. Ich kann dir einfach nichts verraten, was ich nicht weiß. Es ist zu früh. Sag mir lieber: Wie ist der Gemahl deiner Herrin? Chilperich. Ich hab ihn einmal gesehen. Er ist …« Sie strich sich kokett über die Hüften, und Fredegund lachte anerkennend auf.

»Und ob er das ist! Ich geb offen zu, ich bete ihn an! Er ist klug, geistreich und …«

»… bekommt jede Frau ins Bett, die ihm gefällt«, fiel ihr Rusticula ins Wort und kicherte wieder. »Sag deiner Brunichild, sie soll sich auf jeden Fall vor ihm in Acht nehmen. Seinen schönen Augen und seiner Honigstimme ist schwer zu widerstehen.«

Fredegund lachte sie aus. »Gib es nur zu: Du willst ihn, aber du kriegst ihn nicht.«

Rusticula kreischte vor Vergnügen. Zwischen den beiden jungen Frauen entspann sich ein anzügliches Wortgefecht, auf das Aletha nicht weiter achtgab. Das Wesentliche hatte sie begriffen. Vielleicht war es für eine Warnung noch nicht zu spät. Sie würde Brunichild am Abend alles erzählen, in der Hoffnung, deren Schwäche für Chilperich entgegenzuwirken.

Auf einmal packte Fredegund sie am Arm und zog sie von einer Gasse weg, in die sie einbiegen wollte.

»He! Hier geht's zu den Seidenhändlern.« Die beiden Mägde hatten ihr vor dem Aufbruch erklärt, sich nach Seidenbändern umschauen zu wollen.

»Aber diese Gasse führt zum Amphitheater, oder nicht?«, fragte Aletha.

»Stimmt. Ich dachte, du kennst Lyon nicht?«

»Nein.« Verwirrt sah sich Aletha um. Nein, sie kannte Lyon

nicht, und doch kam ihr die Stadt auf seltsame Art vertraut vor. Seit sie mit den beiden jungen Frauen unterwegs war, war ihr, als hörte sie eine leise Stimme in ihrem Innern, die ihr etwas über diese Stadt erzählte. Eine Stimme wie aus einem vergessenen Traum, die eine Erinnerung heraufbeschwor. Ganz sicher war sie noch nie in Lyon gewesen. Und doch hatte sie den höchst beunruhigenden Eindruck, heimzukommen. »Aber es kann sein, dass mir jemand etwas über diese Stadt erzählt hat.«

»Also, was nun? Willst du zum Theater oder zu den Seidenhändlern?«

Aletha zögerte. Sie hatte ein Bild des Amphitheaters vor Augen und wollte sich davon überzeugen, wie präzise die Erinnerungen waren, die es eigentlich nicht geben konnte. »Sagt mir, wo ich die Händler finde, dann komme ich nach. Ist euch das recht?«, fragte sie schüchtern.

»Komm«, sagte Rusticula und zog Fredegund mit sich, »sie ist anders als wir. Wahrscheinlich machen sich Westgotinnen nichts aus Tand. Vom Tratschen verstehen sie auch nichts.«

»Geh du vor, wir kommen nach«, beschied Fredegund sie und hakte sich bei Aletha ein. »Am Ende verläuft sie sich noch, und wir sind schuld.«

Rusticula zog einen Schmollmund und trollte sich.

»Du musst mich nicht begleiten«, sagte Aletha rasch. »Ich finde mich allein zurecht.«

»Kommt nicht infrage«, erklärte Fredegund energisch. »Du bist ein Gast, und das verpflichtet mich. Audovera verstünde es nicht, wenn ich dich im Stich ließe. Die Seidenbänder können warten.«

Aletha wäre gern allein gewesen, um den verwirrenden Gefühlen nachzugehen, die diese Stadt in ihr auslösten. Sie hatten bereits im Palast angefangen, als sie einen Innenhof und einen ummauerten Garten mit Springbrunnen genau dort entdeckte, wo sie ihn erwartet hatte.

Das Amphitheater war in den steilen Hügelhang hineingebaut, sodass es die Baumeister mit den ansteigenden Sitzreihen leicht gehabt hatten. Von den ehemals grandiosen Spielen zeugten in die Wände eingelassene Masken und eine Bühne, die fast vollständig erhalten war. Auf einem Pfosten am Bühnenaufgang erhob sich eine Bronzeschlange. Wie unter Zwang fuhr Aletha mit einer Hand über den gewundenen, geschuppten Leib und hatte den befremdlichen Eindruck, ein vertrautes Ritual zu vollziehen.

Eine gewisse Schwermut ergriff sie, die sie sich nicht erklären konnte. Unterdessen wehrte sie Fredegunds neckische, aber unverblümt neugierige Fragen nach Brunichild und dem Leben in Toledo ab oder beantwortete sie äußerst zurückhaltend. Fredegund dagegen redete freimütig über die königliche Familie, nannte Guntram einen Frömmler und Sigibert kriegslüstern. Aber es klang nicht, als fände sie die Brüder unsympathisch. Über Lyon wusste sie wenig. Nur dass die Stadt früher der Sitz der burgundischen Könige gewesen war, bis die Franken Burgund erobert und das alte Königshaus ausgelöscht hatten.

Aletha setzte sich auf eine Stufe. »Geh nur«, sagte sie. »Lass mich ein bisschen rasten, ich finde dich schon wieder.«

»Was hast du? Du bist auf einmal blass.« Fredegund ließ sich neben ihr nieder und legte wie beschützend einen Arm um sie. »Und hör endlich auf, mir zu sagen, was ich tun soll. Was fehlt dir?«

»Nichts, gar nichts …« Aletha legte die Hand auf den Magen und schüttelte den Kopf. »Es ist wirklich nichts. Und nun lass uns gehen. Ich möchte nicht zu spät zurückkommen. Brunichild ist großzügig, aber jede Großzügigkeit hat ihre Grenzen.«

»Also, ich hätte solche Hemmungen nicht«, bekannte Fredegund vergnügt.

Brunichild hatte ihre Magd nicht vermisst. Das Begräbnis von Guntrams Sohn war mit großem Pomp begangen worden, und es war ihr nicht möglich gewesen, sich den Feierlichkeiten zu entziehen. Ein langer Zug hatte den Katafalk des Toten, der auf einem Ochsenwagen befördert wurde, durch die Stadt zur Kathedrale geleitet. Das Geschrei der Klageweiber hallte durch die Straßen, Marcatrud hatte sich die Wangen blutig gekratzt und musste von zwei Dienerinnen gestützt werden. Brunichild ging mit den anderen Frauen des Hauses hinter ihr.

Der Erzbischof von Lyon hatte die Totenmesse zelebriert, und es kam auch dabei nicht infrage, sich mit dem Hinweis auf das andersartige Bekenntnis fernzuhalten. Niemand aus der Sippe hätte das verstanden. Vor allem Guntram nicht, dessen Gram um den toten Sohn wiederauflebte. Auch Chilperich wirkte bedrückt und traurig. Und es lag Brunichild daran, diese

Trauer nicht nur mit ihm, sondern mit der ganzen Familie zu teilen.

Jetzt, am Tag danach, war sie froh, sich in einem der Gärten ergehen und die Maske der Trauer ablegen zu können. Zu ihrer Überraschung blieb sie nicht lange allein. Chilperich kam ihr auf einem Weg zwischen niedrigen Buchsbaumhecken und noch kahlen Rosensträuchern entgegen.

Er sah sich suchend um. »Sonst keiner hier?«, murmelte er. »Haben dich alle allein gelassen? Wie unhöflich.«

»Nein, nein, mir ist das recht so. Sicher sind alle beschäftigt oder ruhen sich aus«, winkte Brunichild ab. Auf einmal lebte das leidenschaftliche Gefühl für ihn, das während der ermüdenden Zeremonien ein wenig abgeebbt war, wieder mächtig auf. Chilperichs Nähe verursachte ihr Herzflattern.

»Dann musst du mit meiner Gesellschaft vorlieb nehmen, es sei denn, du ziehst das Alleinsein vor.« Er betrachtete sie prüfend. »Du fürchtest dich doch nicht vor mir?«

Brunichild lachte, es klang ein bisschen überspannt. »Sollte ich das?«

»Bestimmt nicht«, beteuerte er, nahm sie bei der Hand, führte sie zu einer kleinen Laube und deutete auf eine Bank. »Setzen wir uns.« Er schaute sie wieder an, bis sie errötete. »Du hältst mich sicher für einen Barbaren, aber es ist eine Freude, dich zu betrachten, und nach Freude ist mir nach all dem Kummer sehr zumute. Guntram ist ein armer Teufel.«

Brunichild erschien die Bezeichnung nicht ganz passend. »Weil ihm ein Sohn gestorben ist?«, fragte sie. Chilperich hielt ihre Hand fest und streichelte sie nun abwesend.

»*Ein* Sohn? Es ist wie ein Fluch. Die Kinder sterben ihm alle, bevor sie erwachsen sind. Und er gerät deshalb nicht einmal außer sich und verflucht Gott, wie ich es täte, wenn meine Hoffnungen derart in Trümmern lägen. Aber ich bin auch nicht so fromm und gottesfürchtig wie er. In diesem Punkt verstehe ich ihn nicht.«

»Was soll das heißen: Seine Hoffnungen liegen in Trümmern?« Brunichild hatte das schmerzliche Gefühl, dass sich Chilperich in Gedanken allzu weit von ihr entfernt hatte. Aber nun starrte er sie an.

»Wer bist du? Eine Westgotin? Weißt du, was das heißt? Woher du kommst?«

Brunichild versteifte sich. »Ich denke schon. Als meine Vorfahren sich zu römischen Zeiten im fernen Osten aufmachten, um neues Land zu erobern, waren sie noch die Tervingi, ein Volk auf Wanderschaft.«

»Tervingi, so?« Chilperich lächelte verhalten. »Hast du von diesen Tervingi deine zarten Handgelenke?«, murmelte er versonnen und strich mit einem Finger so sacht über die Innenseite, dass Brunichild ein wohliger Schauder durchrieselte. »Tervingi ist nur ein Übername, so wie Westgoten. In Wirklichkeit gehören zu den Tervingi oder Westgoten viele kleine Völker, und so ist es auch bei uns Franken. Meine Vorfahren waren die Könige der Salier, die ihre Stammesgebiete nördlich der Somme von der Küste bis Tournai und Cambrai haben. Wir sind *Franken*, ebenso wie die Brukterer, Chamaven, Amsivarier, Tubanten und viele andere Stämme. Wir wachsen zu einem großen Volk zusammen, und das verdanken wir meinen Ahnen – von Merowech bis zu meinem Vater Chlothar. Den Römern ist es gelungen, ein Weltreich aufzubauen, weil sie wussten, wie man fremde Völker in das eigene Herrschaftsgebiet einbindet. Wir gehen darüber hinaus. Wir *verschmelzen*. Und wir werden eine Herrschaft aufbauen, die jene der Römer in den Schatten stellt.« Er sprach mit großem Nachdruck und Ernst.

Beides beeindruckte Brunichild. Sie hatte in den Franken stets nur eine Bedrohung ihres Heimatlandes gesehen. Chilperich eröffnete ihr eine neue Sichtweise, und es berührte sie, dass er ihr, der unwissenden Braut seines Bruders, seine weitreichenden Pläne erläuterte. Und sie verstand sie! Die Herrschaft der Römer war auch für ihren Vater ein beständiger Stachel im Fleisch und ein Ansporn.

»Du willst dem Kaiser in Konstantinopel die Stirn bieten«, sagte sie überrascht.

Amüsiert strich er ihr über die Wange. »Ich wusste, dass du klug bist. Du durchschaust mich.«

»Du machst dich über mich lustig.« Sie neigte den Kopf zur Seite, aber er umfasste mit einer Hand ihr Kinn und sah ihr in die Augen. »Glaub nur das nicht. Ich sage dir etwas, was sich nicht gehört und was ich nicht sagen sollte: Seit ich dich gesehen habe, bin ich verwirrt. Du bist so schön – und so *anders*. Du weckst Gefühle in mir, die ich nicht zulassen sollte.« Er grinste kläglich und stand auf. »Entschuldige, aber ich wollte dich nicht in Verlegenheit bringen. Ich werde dir lästig. Am Ende denkst du noch, ich wollte deine Tugend in Gefahr bringen.«

»Ja, leicht möglich«, sagte sie ernsthaft und erhob sich ebenfalls. Und ehe er sichs versah, stellte sie sich auf die Zehenspitzen und küsste ihn mutwillig auf den Mund. »Vielleicht sollte ich dir sagen, dass auch du deine Tugend vor mir hüten musst.«

Als er nach ihr griff, um sie an sich zu ziehen, wich sie ihm geschickt aus. Vielleicht hätte sie sich doch von ihm fangen lassen, wäre nicht in diesem höchst ungeeigneten Augenblick Aletha im Garten erschienen.

10 Zwei lange Tage musste Wittiges im Kerker schmoren, dann holte ihn der Stallmeister Rado heraus. Er grinste breit, und deshalb war ihm Wittiges auch nur mäßig dankbar.

»Was gibt es zu grinsen?«, fragte er säuerlich.

»Dein Gesicht. Du sieht wirklich so aus, als wärst du während deiner Haft in dich gegangen und hättest dein unbotmäßiges Verhalten Leovigild gegenüber bereut.«

»So? Bin ich bloß deswegen eingekerkert worden?« Wittiges überlegte. Was Brunichild über ihn geschrieben hatte, hatte er keineswegs vergessen. »Und bin ich jetzt frei?« Er traute dem Frieden nicht.

Rado grinste noch immer. »Du stehst bis auf Weiteres unter meiner Aufsicht. Also sieh dich vor und führ dich anständig auf. Ich gebe dir deinen alten Posten als Stallmeister zurück. Glaub mir, bei den Pferden bist du gut aufgehoben. Sie scheren sich wenig um richtiges Benehmen und wollen nur Futter und ein bisschen Bewegung.«

»Dem Benehmen nach bin ich also ein ungehobelter Bauer, ja?«, fragte Wittiges wütender, als er sich fühlte. Hauptsache, er war erst einmal dem Kerker entronnen, dann würde er weitersehen.

Es freute ihn, Bauto wohlbehalten und gut versorgt im Stall vorzufinden. Gern verbrachte er den Abend damit, sich mit Rado zu betrinken. Das hieß, am Ende war der Stallmeister gut abgefüllt, er dagegen hatte nur so getan, als hätte er dem Wein reichlich zugesprochen. Er brauchte einen klaren Kopf, um zu überlegen, was er wirklich wollte. Endgültig hierbleiben? Etwas sperrte sich entschieden gegen diese Vorstellung, obwohl er sich bei den Pferden wohlfühlte. Er hatte den vertrauten Stall doch vermisst. Den Stall, die Pferde und das Zimmer, das wieder ihm gehören sollte. Hätte er nicht das dumme Gefühl gehabt, abgeschoben worden zu sein, wäre er zufrieden gewesen.

Nach der Morgenarbeit verließ er gegen Mittag die Ställe und schlüpfte in die Kanzlei. Wie er es gehofft hatte, war nur ein kleiner Schreiberlehrling anwesend.

»Ist sonst keiner da?«, fragte Wittiges scheinbar verwundert und trat näher.

»Was willst du?«, fragte der Schreiberling argwöhnisch. »Halt mich bloß nicht auf!«

»Wieso? Musst du Strafarbeit leisten?«

»Nein, aber ich will das noch fertig machen und dann zum Essen, bevor die anderen die Schüsseln geleert haben.« Er wies auf die Schriftrolle vor sich und wedelte mit einer tropfenden Rohrfeder.

»Dann lass dich nicht aufhalten. Ich wollte nur wissen, ob der Brief an Prinzessin Brunichild fertig ist.«

Abwägend musterte ihn der Junge. Dumm war er anscheinend nicht. »Warum willst du das wissen?«

Wittiges schlug mit der Faust so heftig auf den Tisch, dass das Tintenfass tanzte, und legte die Hand an den Schwertgriff. »Also, was ist jetzt? Ist der Brief nun fertig oder nicht? Ich hab nicht ewig Zeit.«

Der Junge war zurückgewichen und deutete verdattert auf eine Schriftrolle, die auf einem anderen Tisch bereitlag. »Aber ja, da ist er doch. Heute Morgen frisch gesiegelt.«

»Na also!« Mit zwei langen Schritten hatte Wittiges die Rolle erreicht und nahm sie an sich. »Ich bin unterwegs, falls jemand nach mir fragt«, sagte er ernst und bedächtig und stiefelte hinaus.

So genau hatte er sich sein Vorgehen gar nicht überlegt, aber jetzt geriet er in Zugzwang. Innerhalb kürzester Zeit hatte er seine Sachen zusammengepackt, Bauto gesattelt und trabte, von der Wache nachlässig durchgewinkt, zum Tor hinaus. Niemand hielt ihn auf, überall herrschte Mittagsruhe.

Bis zum Abend ritt er wie der Teufel und vermied dabei die Hauptwege. Er nahm einen Bogen bis zur Küste und schiffte sich nicht in Valentia, sondern weiter nördlich ein. Als er in Marseille an Land ging, hielt er die Gefahr für gebannt, doch noch aufgespürt zu werden.

Nun musste er herausfinden, welche Reiseroute Brunichild mit ihrem Begleitzug genommen hatte. Nach einiger Überlegung entschied er sich dafür, dem *Comes* von Marseille einen Besuch abzustatten. Vielleicht erfuhr er dort, was er wissen wollte. Der Statthalter war ein ungeduldiger Mann, der ihm kaum zuhörte.

»*Dux* Gogo sprach von Lyon. Dort wollte er bei König Guntram Station machen. Und du bist ein Bote?«, setzte er mit leichtem Misstrauen hinzu.

Wittiges kramte das Schreiben hervor. »Hier, sieh selbst! Ein Brief mit dem Siegel des Königs von Toledo.«

Der *Comes* winkte ab. »Ich glaub's dir ja. Und du bist ganz allein unterwegs?«

»Zur Zeit schon. Mein Diener Alexander ist mir abhanden gekommen«, erklärte er und setzte zu seiner eigenen Überraschung hinzu: »Vor etwa drei Wochen, hier in Marseille.«

»Weggelaufen, was? Such dir einen neuen, Sklaven gibt es genug.« Der *Comes* nickte ihm zu und wandte sich an einen Mann, der schon die ganze Zeit im Hintergrund gewartet hatte. Wittiges war entlassen, aber er hatte ja erfahren, was er wissen wollte. Im Hof des Palastes holte ihn ein Mann ein und sprach ihn an, als er gerade davonreiten wollte.

»Hast du nicht gesagt, dein Diener heißt Alexander?«

Wittiges starrte den Mann an und saß wieder ab. »Was weißt du über ihn?«

»Tja, es ist nur so ein Gedanke. Den Namen Alexander hört man hier nicht häufig.« Der Mann wand sich ein bisschen. »Aber vor drei Wochen wurde ein Sklave namens Alexander eingekerkert, der von einigen Franken des Diebstahls beschuldigt worden ist. Ich war mit der Sache nicht befasst, aber ich sah, wie sie ihn hereinführten. Es kann natürlich ein ganz anderer Mann als dein Diener sein.«

»Beschreib ihn!«, forderte Wittiges knapp.

Kurz darauf stand er wieder im Amtszimmer des *Comes* und kam ohne Umschweife zur Sache. »Wie es aussieht, hältst du meinen Diener in Haft. Die Sache mit dem Diebstahl verstehe ich nicht, und ich frage mich, warum mich niemand von dem Vorfall unterrichtet hat. Vor meiner Abreise nach Toledo wäre bestimmt noch Zeit gewesen, mich als Alexanders Herrn ausfindig zu machen. Also, wie sieht es mit der Anklage aus? Kann ich meinen Diener sprechen und selbst zu der Sache befragen?«

Das lehnte der *Comes* rundweg ab. Aber er ließ einen Schreiber rufen, der eine Notiz vorlegte, aus der der Grund der Anklage einigermaßen ersichtlich war. Alexander hatte einem Mann namens Ingomer einen Lederbeutel mit achtzig *Solidi* gestohlen.

»Hat er nicht«, erklärte Wittiges heftig, »das Geld gehört mir. Ich habe Alexander damit in die Stadt geschickt, um etwas zu besorgen. Also lasst meinen Diener frei. Und wo ist das Geld jetzt?«

»Vermutlich bei seinem Eigentümer«, beschied ihn der *Comes*, »dem fränkischen Edlen, der einen Zeugen beibringen konnte, ich erinnere mich nun daran. Der Sklave Alexander unterliegt zweifelsfrei *Dux* Gogos Gerichtsbarkeit. Wir mussten einige Zeit auf sein Urteil warten, aber nun hat uns ein Schreiben mit der Anweisung erreicht, den Mann zur Strafe für sein Vergehen zu verkaufen. Er kann von Glück sagen, dass er nicht aufgehängt oder zumindest verstümmelt wird. Gogo will Gnade walten lassen, aber er hat auch bestimmt, dass der Sklave als Ruderer auf ein Schiff verkauft werden soll. Und jetzt halt mich nicht länger auf.«

»Er ist schon verkauft?«

Der *Comes* runzelte die Stirn und überlegte. »So gut wie.«

Von dem Mann, der Wittiges über Alexanders Verhaftung aufgeklärt und draußen auf ihn gewartet hatte, erfuhr er, dass die Versteigerung von Delinquenten aus dem Kerker erst in zwei Tagen stattfinden sollte. Alexander würde wohl dabei sein.

An eine rasche Weiterreise war nicht mehr zu denken. Wittiges suchte sich ein billiges Quartier, lud sein Gepäck ab und ritt vor die Stadt, von Unruhe und Selbstvorwürfen getrieben. Niemals hätte er Alexander allein mit dem ganzen Geld losziehen lassen dürfen. Aber nicht einmal im Traum hatte er daran gedacht, dass er ausgerechnet seinen schlimmsten Widersachern in die Hände fallen könnte. Und nun sah er keine Möglichkeit, Alexander loszukaufen. Das hatte ihm der *Comes* zum Abschied noch klargemacht. Er besitze kein Schiff, wo er Alexander an die Ruderbank ketten könne, also dürfe er ihn nicht erwerben.

Und das Schreiben, nein, das könne er ganz sicher nicht einsehen, das käme einer Amtsanmaßung gleich.

Marseille lag an einer weit ins Land reichenden und sich im Sumpf verlierenden Bucht, in die mehrere Bäche mündeten. Als Wittiges einen dieser Wasserläufe überqueren wollte, stellte sich vor der kleinen Holzbrücke ein Mann in den Weg.

»Halt! Du willst die Brücke überqueren?«

Ein Wegelagerer?

Der Mann war nicht groß, hatte aber breite Schultern und einen mächtigen Brustkasten. Er schien unbewaffnet zu sein, jedenfalls steckte weder Schwert noch Dolch in dem Strick, den er um den Bauch geknotet hatte.

»Das war meine Absicht. Hast du was dagegen?«, entgegnete Wittiges mehr erstaunt als verärgert.

»Aber nein! Nur werde ich die Brücke vorher segnen und dich und dein Pferd dazu, damit ihr auf dem Weg über das Wasser keinen Schaden erleidet.«

War der Mann verrückt?

»Wer bist du?«

»Der Brückenheilige.«

Der Mann war verrückt!

»Geh mir aus dem Weg, Brückenheiliger, oder ich reite dich nieder«, erklärte Wittiges entschlossen und nahm die Zügel fester.

»Bei Gott dem Allmächtigen und allen Heiligen, die mir beistehen, das wirst du nicht tun, sondern abwarten, bis ich mein Gebet gesprochen habe!«

Wittiges war die Sache leid. Aber es war wahrscheinlich ratsamer, auf den Kerl einzugehen, denn verletzten wollte er ihn wirklich nicht. Ein harmloser, wenn auch lästiger Irrer. Es gab überall selbst ernannte Heilige, die predigend durchs Land und mit mehr oder weniger großem Erfolg eine Anhängerschaft um sich scharten. Von einem Brückenheiligen hatte er allerdings noch nie gehört. Das musste eine fränkische Besonderheit sein.
»Dann beeil dich mit deinem Gebet.«

Der Heilige breitete die Arme aus, murmelte einige lateinisch klingende Sätze und segnete mit ausholender Gebärde Wittiges und Bauto. Aber als er fertig war, trat er noch immer nicht beiseite.

»Und was jetzt?«, fragte Wittiges ungeduldig.

»Deinen Obolus«, erklärte der Heilige in aller Ruhe. »Wirksame Gebete sind nicht umsonst.«

Wittiges beugte sich im Sattel vor. »Hat dir schon einmal jemand erklärt, dass die wahren Heiligen die toten Heiligen sind? Über ihren Gräbern werden Kirchen errichtet, und die Gläubigen pilgern in der Hoffnung auf Wunder von weit her zu ihnen. Ich könnte dir ganz leicht zu mehr Heiligkeit verhelfen.«

Unbeeindruckt von der Drohung trat der Mann an Bautos Kopf heran und tätschelte ihn. Überraschenderweise schnappte Bauto nicht nach der Hand.

»Du willst doch deine Seele nicht mit einem Mord belasten. Oder bist du Heide?«

Wittiges schwang sich aus dem Sattel. »Ich bin so wenig ein Heide wie du ein Heiliger. Also, was bist du?«

»Hungrig.«

Der Mann hieß Pontus, ein durchaus passender Name für einen Brückenheiligen, das musste Wittiges einräumen. Da er ausreichend Brot, Käse und einen kleinen Schlauch mit Wein mitgenommen hatte, lud er Pontus ein, das Mahl mit ihm zu teilen. Während des Essens erzählte Pontus ein bisschen über sich. Er hatte einige Jahre in einem Kloster gelebt, wo es ihm aber nicht gefallen hatte, weil die Mönche alle miteinander zerstritten waren und er die Querelen bald satt hatte. Vorher hatte er Kriegsdienst geleistet, aber auch daran keinen Gefallen gefunden. Auf den Gedanken, sich als Brückenheiliger zu betätigen, war er in dem Augenblick gekommen, als er Wittiges gesehen hatte. Eigentlich hatte er nur das gewollt, was er gerade genoss: eine Mahlzeit und einen guten Schluck Wein. Wittiges fand es überraschend angenehm, mit dem Mann zu plaudern. Pontus war überall im Land herumgekommen und kannte auch den Weg nach Lyon und weiter zu den königlichen Residenzen in Metz und Reims, und schließlich bat er Wittiges, ihn als Knecht mitzunehmen, weil er es leid war, allein umherzuziehen.

»Einen Knecht könnte ich gebrauchen«, sagte Wittiges zögernd. »Wenn da nicht noch …« Er erzählte von Alexander.

»Und nun?«, fragte Pontus ahnungsvoll.

»Ich kann ihn nicht einfach seinem Schicksal überlassen.«

»Du willst ihn aus dem Kerker holen?«

Wittiges nickte nachdrücklich. Pontus hatte ausgesprochen, was ihm die ganze Zeit durch den Kopf gegangen war.

Pontus legte den leeren Weinschlauch beiseite. »Schwierige Sache das.«

»Wenn du mir hilfst, nehme ich dich gern in Dienst. Erwarte aber keinen großen Lohn. Viel Geld habe ich nicht.«

»Das ist nebensächlich.« Pontus beäugte Wittiges abschätzend von der Seite. »Du wirst dich großzügig zeigen, wenn du dazu in der Lage bist. Weißt du, ich hatte schon damit gerechnet, dass du mit dem Schwert auf mich losgehst.«

»Und dann?«

Plötzlich hielt Pontus zwei Dolche in der Hand, wirbelte sie herum und warf. Zielsicher trafen sie exakt übereinander in den daumendicken Stamm eines Bäumchens, das unter dem Aufprall heftig schwankte.

»Beeindruckend«, sagte Wittiges schaudernd. »Wie schön, dass du meine Einladung zum Essen angenommen hast, statt Differenzen mit mir auszutragen. Möchtest du noch etwas Käse?«

»Nein, danke, ich bin satt, ein selten freudiges Ereignis in einem Heiligen- und Asketenleben«, erwiderte Pontus. Er kam auf die Füße, holte sich seine Dolche zurück und steckte sie in die Scheiden, die unter der kuttenartigen, braunen Tunika mit Lederriemen an den kräftigen Waden befestigt waren.

Pontus hielt nichts von allzu umständlichen Plänen. Er bevorzugte die direkte Vorgehensweise, war aber mit ein paar Vorbereitungen einverstanden. Wittiges kaufte einen Schlauch mit bestem Wein, borgte sich vom Händler einen geduldigen Esel, kostümierte sich mit einem Bauernkittel, und rieb sich so viel Schmutz in die Haare, bis sie nach allen Seiten abstanden. Pontus benötigte keine Verkleidung. Alles, was er für seine Rolle brauchte, war das schlichtes Holzkreuz, das er an einem Lederband um den Hals trug. Er musste es nur unter der Kutte hervorholen.

Sobald sie sich dem ersten Torhüter vor dem Verwaltungspalast genähert hatten, nuschelte er: »Dominus vobiscum.« Beiläufig segnete er den Mann mit dem Kreuz.

Der Torhüter schüttelte nur den Kopf, als der kleine Trupp sich an ihm vorbeischob. Wittiges führte den Esel, dem er außer den Weinschlauch einen großen Sack mit Stroh aufgebunden hatte.

Pontus wusste annähernd, wo sich der Kerker befand. Sie

arbeiteten sich bis zu einem hinteren Hof vor und waren am Ziel. Einer der Kerkerwächter lief herbei.

»Was wollt ihr?«, fragte er misstrauisch, eine Hand an der Waffe.

»Dominus vobiscum«, wiederholte Pontus gelassen und hielt dem Mann das Kreuz unter die Nase. Tatsächlich beugte sich dieser vor, um es zu küssen, und Wittiges hieb ihm die Faust so kräftig in den Nacken, dass er lautlos zusammenbrach.

»Ich hoffe, der Herr hat ihm noch nicht die ewige Ruhe geschenkt«, zischte Pontus besorgt. Schuldbewusst fühlte Wittiges nach der Halsschlagader. Der Mann lebte, war aber bewusstlos. Zu zweit schleiften sie ihn bis zur Hauswand. Pontus lugte in die Wachstube, winkte, und dann schafften sie den Wächter hastig hinein, knebelten und fesselten ihn.

Pontus schaute sich um und fand einen Schlüsselbund an einem Haken. »Wir müssen nach unten.« Er deutete zur zweiten Tür, riss sie auf und lugte hinaus. »Ein Flur und eine Treppe, komm, hier sind wir richtig«, erklärte er entschlossen.

Ob sie den Weinschlauch brauchten, den sich Wittiges über die Schulter gehängt hatte, wussten sie noch nicht, das würde sich ergeben. Pontus hoffte allerdings, dass der Einsatz dieser Kostbarkeit nicht nötig wäre. Zuvor hatte er sich selbst von der Qualität überzeugt. Wittiges' eigenwilliger Gefolgsmann schien ein Gespür für Kerker zu haben, und das ließ darauf schließen, dass er schon einige Male Bekanntschaft damit gemacht hatte. Auf einmal hielt er inne.

»Bleib hier und gib mir den Wein. Dort sitzen die Wärter, die Nachtdienst haben.«

Der Gang, dem sie gefolgt waren, knickte ab, und undeutliches Stimmengemurmel drang bis zu ihnen. »Warte hier und komm nach, sobald ich laut werde.« Hastig stopfte Pontus das Kreuz in den Ausschnitt, zog die Kutte höher und hängte sich den Weinschlauch um die Schultern. Die Verwandlung war beeindruckend. Aus dem Klosterbruder war ein Knecht geworden.

Wittiges war mulmig zumute. Wie sollte das gut gehen?

Nach einer endlos langen Weile hörte er Pontus laut protestieren. »Ich hab gesagt, ihr dürft probieren, nicht alles aussaufen! Das ist nicht mein Wein. Euer Kommandant hat ihn bestellt, ich soll ihn bloß abliefern. Wenn ihr …« Pontus klang überzeugend ängstlich.

Als Wittiges sich nahe genug herangeschlichen hatte, sah er drei Männer, die an einem groben Holztisch saßen, Spielwürfel vor sich. Sie ließen den Weinschlauch von Hand zu Hand gehen, während Pontus sie unbeholfen wie ein Bär umrundete. Die Waffen der Männer lehnten hinter ihnen an der Wand. Wittiges sprang vor, fegte sie mit einem Fußtritt beiseite und griff an. Die Überraschung war ihm gelungen. Auch der Wein hatte offenbar seine Wirkung entfaltet, denn die Männer kamen nicht schnell genug auf die Beine. Pontus schlug den einen nieder, Wittiges einen der beiden übrigen, und zu zweit erledigten sie den dritten.

»Schade!« Pontus schüttelte den Schlauch, hob ihn hoch und ließ sich ein kümmerliches Restchen Wein in den Mund laufen.

»Komm schon!« Wittiges drängte es, die Kerker zu durchsuchen.

Sie schlossen die Zellen eine nach der anderen auf, leuchteten mit der Öllampe der Wächter hinein und waren bereits wieder draußen, bevor sich die Gefangenen regten. Die meisten schliefen ohnehin. Beim Anblick mancher Elendskreatur wurde Wittiges regelrecht übel. Am liebsten hätte er sie alle freigelassen, aber davon wollte Pontus nichts wissen.

»Glaub mir, die meisten sitzen zu Recht hier«, sagte er. »Es sind Meuchelmörder, Frauenschänder, Verräter und Diebe. Ein wirklich übles Gesindel.«

Wittiges hatte ein Bild Alexanders vor Augen, so wie er ihn kannte. Er musterte jeden der Gefangenen eindringlich, aber sein alter Gefährte war nicht unter ihnen.

»Er ist weg, sie haben Alexander bereits weggebracht«, murmelte er enttäuscht.

»Pech!« Pontus zuckte gleichmütig die Schultern. »Dann lass uns verschwinden, bevor wir noch auf Dauer hier landen.«

»In Ordnung.«

Sie kehrten zu den Wächtern zurück, die noch nicht wieder zu sich gekommen waren. Nur einer regte sich schwach. »Hau ihm noch eins über die Rübe!«, forderte Wittiges und wandte sich abermals dem Flur zu. »Bin gleich zurück.«

Eine der Zellen war leer, aber verriegelt gewesen. Wieso?

Hinter sich hörte er ein Stöhnen, und während er weiterhastete, kam ihm Pontus nachgelaufen. »Allmählich wird es richtig gefährlich, weißt du das? Man darf das Wohlwollen des Himmels nicht zu sehr beanspruchen.«

Wittiges schloss die Zelle nochmals auf. Wie in den anderen schlug ihm der Gestank fauligen Strohs entgegen. Ringsum an den Wänden hingen Eisenketten – eine davon hing eine Spur zu straff. Das musste einen Grund haben. Mit aller Vorsicht wagte er sich einige Schritte hinein, und erst da erkannte er, dass am Ende des Raums ein Absatz in ein schmales, tiefer gelegenes Verlies führte. Dort lag eine zusammengekrümmte Gestalt.

»Alexander?« Wittiges hatte sich auf die Knie niedergelassen und rüttelte den Gefangenen sanft am Arm.

Es blieb still.

»Ist er's?« Pontus leuchtete mit der Lampe. Wittiges erkannte das Gesicht kaum wieder, so abgezehrt wirkte es. Alexander schlug die Augen auf, Angst stand darin, eine tiefe verstörende Angst.

»Gib her!« Wittiges entriss Pontus die Lampe und richtete den Schein auf sich selbst. »Alexander, ich bin's! Wittiges. Erkennst du mich?«

»Wittiges!« Alexander schluchzte trocken auf und kam mühsam auf die Knie. Wie ein Ertrinkender klammerte er sich an Wittiges und ließ ihn nicht mehr los.

»Ich hol dich hier raus«, murmelte Wittiges rau und versuchte sich zu befreien. »Aber wir müssen uns beeilen.«

Auf einmal gab ihn Alexander frei. »Bitte, töte mich!«

»Verstehst du nicht? Ich bin hier …« Rüde wurde Wittiges zurückgerissen. Pontus holte aus und schlug Alexander mit einem Hieb bewusstlos.

»Nutzlos, hier noch Zeit zu vergeuden«, murmelte er. »Diskutiert die Sache später.«

Hätte sich am Schlüsselbund nicht auch ein Schlüssel zum Aufschließen der Fußfesseln befunden, wäre Alexanders Befreiung doch noch gescheitert. Pontus holte den Sack mit dem Stroh herbei, leerte ihn, und gemeinsam steckten sie Alexander hinein.

11 Was Brunichild Sorgen bereitete, war die ständige und auffällige Anwesenheit von Priestern im Palast. Sogar der Bischof kam beinahe jeden Tag und sprach bei Guntram vor. Dieser verbrachte viel Zeit in seiner Privatkapelle, die außer ihm niemand zu betreten wagte. Vielleicht lag es an der Trauer, die ihn die Nähe der Priester und ihren Trost suchen ließ. Brunichilds Befürchtung, dass er sie in die Arme seiner Kirche zwingen wollte, sollte sich als unbegründet erweisen. Er schien bemerkt zu haben, wie sorgfältig sie dem Bischof auswich, und bat sie um eine Unterredung unter vier Augen, die sie ihm trotz innerer Abwehr gewährte. Guntram lächelte ihr zu und führte sie zu einer Sitzbank. Zu ihrer Überraschung sprach er über seinen Lieblingsheiligen und wie viel ihm und der ganzen Familie Martin von Tours bedeutete. Gerade die Gebete zu Sankt Martin hätten ihm Kraft und Trost gegeben, und er sei überaus glücklich, über den Bischof einen Fetzen des heiligen Mantels erhalten zu haben, die größte Kostbarkeit unter seinen Schätzen. Brunichild hatte nicht bemerkt, dass er etwas in der Hand hielt. Nun öffnete er die Faust und zeigte ihr eine wunderschöne eiförmige Kapsel aus durchbrochenen Goldornamenten, durch die etwas hindurchschimmerte. Es musste die Reliquie sein, ein mürbes Stückchen des Mantels, den der heilige Martin mit dem Schwert zerteilt hatte, um eine Hälfte einem Bettler zu schenken.

Behutsam legte Guntram ihr die Kapsel in die Hände. »Halt sie nur ein Weilchen, dann spürst du die Kraft, die davon ausgeht. Glaub mir, es hilft. Mir hat es geholfen, mich mit dem Tod meines Kindes abzufinden.«

Auf seltsame Art war Brunichild gerührt.

Bevor er das Kleinod wieder an sich nahm, erklärte Guntram liebenswürdig, er sei sicher, sie werde von sich aus in den Schoß der wahren Kirche finden. Denn diese sei mit ihren wundervollen Heiligen und Helfern einfach unwiderstehlich. Und wenn sie mehr darüber wissen wolle, vor allem über Martin, solle sie sich mit seinem Freund Venantius Fortunatus unterhalten. Bei dieser Erklärung huschte ein Anflug von Humor über seine verhärmten Züge, und allein dafür mochte Brunichild ihn. Allerdings fiel ihr auch ein, dass Guntram ihr in Marseille Bischof Gundoin auf den Hals gehetzt hatte. Woher rührte seine derzeitige Zurückhaltung? Das blieb eines der vielen Rätsel, die ihr die Familie aufgab, in deren Mitte sie nun lebte.

Chilperich sah sie nicht mehr allein, sondern nur noch bei den ausgedehnten Gastmahlen, an denen außer den Familienmitgliedern und den Vertretern der Kirche auch die *Antrustiones*, die engeren Gefolgsleute, mit ihren Frauen und andere Gäste teilnahmen, darunter der eine oder andere Gelehrte. Einer von ihnen saß fast immer in Guntrams Nähe und unterhielt sich angeregt mit ihm. Ein Mann von etwa dreißig Jahren, klein, schmächtig, mit kurzem, schwarzem Haar und ungewöhnlich lebhaften Augen. Das musste dieser Venantius sein.

Einmal fing Brunichild einen forschenden Blick von ihm auf, und sie hatte den Eindruck, dass gerade von ihr die Rede war. Es kränkte sie, so offensichtlich Gegenstand der Unterhaltung zu sein.

Um dem Familientrubel wenigstens ab und an zu entgehen, suchte sie immer wieder das ummauerte Gärtchen mit der Rosenlaube auf. Und dort traf sie schließlich doch noch einmal auf Chilperich. Sobald sie ihn sah, wusste sie, dass die Hoffnung auf eine zweite Begegnung ohne Zeugen sie hierher getrieben hatte. Sie wollte ihn wiedersehen, um das Gefühl auszuloten, das er in ihr geweckt hatte und das sich nicht ablegen ließ wie ein unpassendes Gewand. Als er auf sie zuschlenderte, beschleunigte sich ihr Herzschlag.

»Wie schön, dass es in diesem Haus so viele aufmerksame Bewohner gibt«, sagte er schmunzelnd, »die mir bereitwillig mitteilen, was ich wissen will. Ich hätte nicht gedacht, dass du die Einsamkeit liebst.«

»Eine willkommene Abwechslung. Außerdem habe ich zu Mittag so viel gegessen, dass ich Bewegung brauche.« Wie konnte sie nur so etwas Unelegantes sagen? Aber es war die reine Wahrheit. Bei jeder Mahlzeit wurden Unmengen aufgetragen, und alle aßen so viel, bis sich die Bäuche spannten. Es ging geradezu ein Esszwang von dieser Tischgesellschaft aus, dem sie sich nur schwer entziehen konnte.

Lachend schlug sich Chilperich auf den Bauch. »Mir geht es genauso. Vielleicht sollten wir zusammen ausreiten.«

»O ja!«, rief Brunichild entzückt. Sie kam viel zu wenig dazu.

Wie selbstverständlich legte er den Arm um sie und betrachtete sie prüfend. »Ich erkenne die Spuren fortgesetzter Langeweile und Ermüdung durch Untätigkeit. Deine Augen zeigten schon mehr Glanz.«

Betroffen versuchte sie, sich loszumachen. »Sehe ich schlecht aus?«

Sein Mund streifte ihre Wange. »Nein, nein, entschuldige, ich hab mich ungeschickt ausgedrückt. Ich denke nur, du bist auf einmal zu viel einer Familie ausgesetzt, die noch nicht so recht die deine ist.«

»Mag sein«, bekannte sie vorsichtig. Sein Duft machte sie schwindlig. Ein männlicher Duft nach Schweiß, Leder, Rauch und Salbölen, eine betörende Mischung, die sie gierig einsog. Sie lehnte sich an ihn, wollte sich von diesem Duft einhüllen lassen. Seine Hand fuhr ihr durchs Haar.

»Wahrhaft Goldhaar! Wie zauberhaft.«

Unter größter Anstrengung rückte sie von ihm ab. »Ein Familienerbe«, murmelte sie töricht und ärgerte sich erneut. In seiner Gegenwart wurde sie zu einem Schaf, und ihre sonstige Kaltblütigkeit und Schlagfertigkeit kamen ihr abhanden.

»So?« Sein Finger hob ihr Kinn an. »Du vermisst deine Familie?«

Sie nickte stumm.

»Das verstehe ich gut«, murmelte er und führte sie tiefer in den Garten hinein. »Es ist sicher schwer für dich, diesen Verlust auszuhalten. Aber du musst eins wissen: Die Familie geht uns über alles. Unser Ideal ist die *Pietas* der Römer. Weißt du, was das heißt?«

»Du willst wissen, was das Wort auf Fränkisch heißt?«, murmelte sie ungläubig.

Er lachte leise. »Nein, ich dachte eher an die Bedeutung. Mit *Pietas* ist ein ganzes Bündel von Verhaltensweisen und Normen gemeint. Das Wichtigste ist die hingebungsvolle Ein- und Unterordnung in die Familie. Das ist deine vornehmste Aufgabe. Wird dir das gelingen? Hingebungsvolle …« Er küsste sie wieder, als sei es das Natürlichste der Welt.

Als sie begriff, dass zwischen seinen Worten und Taten ein himmelweiter Unterschied klaffte, kam sie langsam wieder zu sich. Von wegen *Pietas*!

»Unterordnung. Ich weiß nicht …« Für ein heimliches Getändel eignete sich der Garten kaum. Wenigstens zwei Fenster einer Palastseite gingen auf den Garten hinaus. Brunichild schaute sich nach einem Winkel um, der sie vor neugierigen Blicken schützte. Die Rosenlaube, auf die Chilperich zusteuerte, war viel zu gut einsehbar. »Deine Gattin Audovera schafft das?« Audovera strahlte so viel königliche Würde und Unnahbarkeit aus, dass ihre *Unterordnung* etwas ganz Besonderes sein musste.

»Sie ist die beste aller Ehefrauen und die Mutter prächtiger Söhne«, erklärte Chilperich, ohne mit der Wimper zu zucken.

»Sie wirkt sehr vornehm auf mich.« Und wie ist sie im Bett? Auch so unnahbar und kalt?, spann Brunichild im Stillen den Gedanken weiter. Sie spürte einen lästigen Stich von Eifersucht und Häme und schalt sich selbst, weil sie das heikle Thema angeschnitten hatte.

Chilperich ließ den Blick versonnen über die Beete schweifen. »Wir haben sehr jung geheiratet. Sie stammt aus einer Adelsfamilie aus der Kölner *Civitas*. Entfernte Verwandte. Eine nützliche Verbindung. Aber manchmal wünschte ich mir …« Er sah sie wieder an. »Ich beneide meine Brüder sonst nicht.« Seine Miene verzog sich zu einem schmerzlichen Lächeln. »Drücken wir es so aus: Ich wünschte, ich hätte statt Sigibert den Einfall gehabt, ein Bündnis mit deinem Vater einzugehen.«

Sigibert war genauso alt wie Chilperich, fiel Brunichild ein. »Erzähl mir von Sigibert«, bat sie. »Wie ist er?«

»Wir sind wie Zwillinge aufgewachsen und stehen uns noch immer sehr nahe. Natürlich haben wir miteinander gekämpft, um uns gegenseitig unseren Mut und unsere Kraft zu beweisen, aber sonst … Ich war immer traurig, wenn ich nicht in seiner Nähe sein konnte. Nie hab ich ihm etwas missgönnt, nur diesmal …«

Sie waren Halbbrüder. Ihr Vater Chlotar hatte Schwestern geheiratet, Ingund und die jüngere Arnegund, Chilperichs Mutter.

»Vielleicht solltest du meine Schwester heiraten.« Das war aus verschiedenen Gründen nicht ernst gemeint. Die Kirche sah es nicht gern, wenn Männer mehr als eine Ehefrau hatten, doch nur wenige Herrscher scherten sich darum. Aber auch Brunichild würde es nicht gefallen, wenn Gailswintha Chilperichs zweite Gattin würde. Allerdings lebte sie dann in ihrer Nähe, und das wünschte sie sich doch. Ihre Gedanken wurden jäh unterbrochen. Chilperich zog sie auf die Bank nieder und ließ seine Lippen suchend über die zarte Haut unter ihrem Ohr gleiten, während er ihr eine Hand auf die Brust legte. Brunichild schloss die Augen, um sich ganz ihren berückenden Empfindungen hinzugeben.

»Ich will nur dich«, flüsterte er heiser, »und das weißt du kleine Schlange genau.«

»Sag so etwas nicht«, stieß sie leicht ernüchtert hervor. »Ich bin keine …«

Abrupt ließ er sie los und richtete sich auf. Brunichild fühlte sich wie vor den Kopf geschlagen. Was hatte sie Falsches gesagt? Sie riss die Augen weit auf.

Am Eingang zum Garten stand eine junge Frau, die nun mit schwingenden Hüften auf sie zukam. Chilperich stand ohne große Hast auf, ging ihr entgegen und verließ den Garten, nachdem er ein paar leise Worte mit ihr gewechselt hatte.

Die Frau hatte üppiges rotes Haar, das in der Sonne seidig glänzte. Wie selbstverständlich kam sie näher und ließ sich mit einem Aufseufzen neben Brunichild auf die Bank fallen. »Tut mir leid, wenn ich gestört habe. Ich bin Fredegund. Dumm, dass ich jetzt erst darauf komme, wie herrlich es in der Sonne ist.« Sie reckte das hübsche Gesicht den milden Strahlen entgegen.

Wider Willen musste Brunichild lächeln. Die junge Frau hatte etwas umwerfend Unbekümmertes an sich. »Bist du immer so direkt? Und hab ich dich nicht schon einmal gesehen? Trotzdem weiß ich nicht, zu wem du gehörst.«

Fredegund zuckte die Schultern. »Zu wem schon? Zu Audovera natürlich. Sie hat mich geschickt, um ihren Gatten Chilperich zu suchen, da sie ihn zu sprechen wünscht. Es ist bestimmt nichts Wichtiges, deshalb tut's mir fast leid, ihn hier aufgestöbert zu haben. Habt ihr euch gut unterhalten?« Ihr Lächeln wurde anzüglich und vertraulich zugleich. Es grenzte deutlich an Unverschämtheit, hatte aber auch etwas Spitzbübisches, das Brunichild gefiel. Mehr jedenfalls als das vornehme Getue, das die meisten Frauen am Königshof an den Tag legten, allen voran Audovera. Aber sie hatte nicht die Absicht, ein derart dreistes Betragen hinzunehmen.

»Geht's dich etwas an?«

»Ich konnte ja nicht ahnen, dass er hier auf Amors Pfaden wandelt.«

Das ging eindeutig zu weit. Brunichild sog hörbar die Luft ein und betrachtete die Frau voller Zorn. »Du vergisst dich«, sagte sie eisig.

Der Tadel ließ Fredegund völlig unbeeindruckt. »Du meinst, ich hab etwas missverstanden, als ich euch beide zusammen in der Laube gesehen habe? Chilperich ist charmant und freundlich und kein Langweiler wie Guntram«, erklärte sie unverblümt. »Und gegen eine kleine Tändelei ist nichts einzuwenden. Genieße es! Nur hüte dich vor den Zungen der alten Hennen wie Arnegund, Marcatrud und der sauertöpfischen Nanthild, die mit Sicherheit für Sigibert hinter dir herspioniert. Sie und die anderen tratschen von morgens bis abends und flicken dir gern was am Zeug. Und dann ist da noch Gogo. Mich überläuft's schon, wenn ich ihn bloß sehe. Er ist Sigiberts rechtes Auge. Und mit diesem einen Auge sieht er mehr als jeder andere mit zweien.«

Brunichild stand auf. »Danke für die Warnung«, sagte sie ruhig, aber innerlich aufgewühlt.

Fredegund lachte. »Gern geschehen. Bist du mir wirklich böse? Ich dachte, du bist vorurteilsloser als die anderen, und wir könnten uns gegenseitig unterstützen.«

»*Wir?*« Abschätzend betrachtete Brunichild die junge Frau. War sie eine Edelfrau wie Nanthild oder eine Magd wie Aletha? Beides war denkbar.

Ihr Verhalten sprach eher für die erste Möglichkeit. Auch der unverstellt freundliche, neugierige Blick. Keine Spur von Unterwürfigkeit. Bloß dass Fredegunds Verhalten so gar nichts Vornehmes hatte. Mit einem Mal eröffnete sich die Aussicht, eine Verbündete zu gewinnen, die sie befragen konnte, ohne sich vorher tausendmal zu bedenken. Sie ließ sich wieder auf die Bank sinken. »Also gut. Wenn du mit der Familie so vertraut bist, kannst du mir ja sicher sagen, auf was ich im Umgang mit Sigibert achten soll.«

Fredegund lachte schallend. »Sigibert ist der Einzige, den nicht einmal ich richtig einschätzen kann.«

»Das hätte ich nicht gedacht.«

»Wenn du über ihn Bescheid wissen willst, frag Gogo«, neckte Fredegund. »Ich bin sicher, er kann dir jede gewünschte Auskunft geben. Falls er sich überwindet, den Mund aufzumachen. Nur würde er niemals etwas Schlechtes über Sigibert sagen. Eine Ergebenheit wie die seine findet man selten. Das heißt, du hast ja auch eine Dienerin, die treu zu dir steht. Vergebens hab ich versucht, ihr etwas über dich zu entlocken.« Sie lachte abermals. »Das hätte ich nicht sagen sollen. Wie dumm von mir, zuzugeben, dass ich deine Magd Aletha aushorchen wollte.« Sie legte den Kopf schief und betrachtete Brunichild unter gesenkten Lidern hervor.

»Aletha?«, fuhr Brunichild auf. Was hatte Aletha über sie erzählt? »Woher kennst du sie?«

»Wir kamen auf einem Gang in die Stadt ins Plaudern. Du

kannst beruhigt sein. Aletha würde nie etwas Nachteiliges über dich sagen.« Fredegund schwieg einen Moment. »Es tut mir leid, dass es ihr so schlecht geht.«

»Wem?«

»Aletha.«

»Warum sollte es ihr schlecht gehen? Sie ist doch nicht krank.«

»Nein, nur schwanger.«

Diesmal konnte Brunichild ihre Überraschung nicht verbergen. »Du musst dich irren«, stieß sie abwehrend hervor.

»Du brauchst dich keineswegs auf mein Urteil zu verlassen. Zufällig habe ich mitbekommen, wie Sidonia eine Bemerkung darüber zu Audovera machte.« Fredegund erhob sich anmutig. »Mit wem ist Aletha verheiratet?«

Pontus hatte vorgeschlagen, ein Quartier zu suchen, wo niemand neugierige Fragen stellte, und er wusste auch, wo in der Nähe des Hafens so eine Unterkunft zu finden war. Dort ließ ihn Wittiges mit Alexander allein, während er sein Gepäck aus der Herberge holte. Bei seiner Rückkehr lag Alexander mit dem Gesicht zur Wand auf einem von drei Strohsäcken in einem kleinen Raum über der Küche des Hauses. Dort war es luftig und trotzdem angenehm warm. Pontus hatte dem Wirt das Zimmer abgeluchst.

»Hat Alexander geredet?«, fragte Wittiges besorgt und wies auf die zusammengekrümmte Gestalt in der Ecke.

»Nicht viel. Sie haben ihm übel mitgespielt«, gab Pontus verdrossen Auskunft. »Am besten lässt du ihn in Ruhe.«

»Nein, ich will wissen, wie er in diese Lage geraten konnte«, beharrte Wittiges. Sie sprachen mit gedämpften Stimmen.

»Na schön, aber du hättest mir sagen können, dass er *so* einer ist, dein ... dein ...« Pontus rang nach Worten, und Wittiges verstand erst nicht, worauf er hinauswollte. Aber dann wurde er unvermittelt wütend.

»Hör zu, hör mir genau zu: Alexander hat sich sein Schicksal nicht ausgesucht! Und er ist nicht mein ... was immer du sagen wolltest. Er ist ein Freund, und wenn es ihm gerade in den Kram passt, mein Diener«, erklärte er heftig. Eine ungute Ahnung kommender Reibereien überkam ihn.

Er achtete nicht weiter auf Pontus, der sichtlich betroffen

wirkte, sondern hockte sich neben Alexander. Nach einer Weile hatte er ihn überredet, ein wenig Wein und etwas Brot zu sich zu nehmen. Pontus schlug von sich aus vor, einen kleinen Spaziergang durch die Nacht zu unternehmen, um die beiden allein zu lassen.

Wittiges besorgte warmes Wasser und Tücher und half Alexander, sich seiner stinkenden Lumpen zu entledigen und sich vom gröbsten Schmutz zu reinigen. Es war ein mühsames Unterfangen, bei dem Wittiges darauf bedacht war, mit einer gewissen Sachlichkeit und Nüchternheit zu Werke zu gehen, die ihm am ehesten geraten schienen, Alexander davon abzubringen, in Scham und Selbsthass zu versinken. Währenddessen lockte er aus ihm heraus, was er wissen musste, um die nächsten Schritte planen zu können. Zweifellos würde früher oder später die Flucht des Gefangenen aus dem Kerker von Marseille entdeckt und die Suche nach ihm und seinen Helfern eingeleitet werden. Vielleicht hätten sie die Stadt besser sofort verlassen.

Nach Pontus' Rückkehr erzählte er ihm von dem Geld und den zerschlagenen Hoffnungen nach dem Verlust des Purpurs.

»Es ärgert mich, es ärgert mich so sehr, dass mich niemand über Alexanders Festnahme unterrichtet hat.« Aufgebracht schlug sich Wittiges die Faust in die Handfläche.

»Ja«, sagte Alexander leise, »nicht einmal dieser Händler Josephus. Ich hab ihn angefleht, dich zu suchen, aber er hat nur dumm geguckt. Der gleiche Mann, der mich vorher wie seinesgleichen empfangen und mir zwei Stunden lang etwas über echten Purpur erzählt hat. Ich weiß nicht, wie häufig ich an dem stinkenden Zeug gerochen hab«, fügte er sarkastisch hinzu. »Nicht einmal das bringt uns jetzt weiter.«

»Purpur!« Pontus verdrehte die Augen. »Warum nicht sizilianische Nachtigallenzungen, in Honig eingelegt? Haben im Norden bestimmt auch einen hohen Wert.«

Jetzt fängt der Streit zwischen den beiden schon an, dachte Wittiges gereizt.

Alexander stemmte einen Ellbogen in den Strohsack und richtete sich ein wenig auf. »Purpur, du Bauer, ist im Norden das Dreifache wert. Und du kannst Purpur für hundert *Solidi* in deinem Haarfilz verstecken, und es sieht keiner. Bei dir bestimmt nicht.«

Vielleicht hätte Wittiges über den kleinen Zank froh sein sollen, denn er belebte Alexanders Lebensgeister. »Schluss! Schlaft jetzt!«, befahl er trotzdem. Eine Idee war ihm gekommen, waghalsig und völlig verrückt. Aber gut für sein Gemüt. Während die beiden anderen im Schlaf stöhnten oder grunzten, verbrachte er die wenigen Stunden bis zum Morgengrauen in Grübeleien über diesen Einfall und fand am Ende immer noch nichts daran auszusetzen. Im Gegenteil. Jemand, hatte er beschlossen, musste für das Unrecht, das Alexander widerfahren war, zur Rechenschaft gezogen werden. Erst dieser eine und später die anderen.

Josephus erkannte Alexander nicht wieder. Fragend sah er von einem der drei Männer zum anderen. »Ihr wünscht?«, erkundigte er sich zurückhaltend. Er hatte sie in einem Vorraum empfangen.

Wittiges schaute sich um. An der Tür standen zwei bewaffnete Wächter.

»Ein Geschäft«, sagte er würdevoll. »Und wie du siehst, komme ich nicht unvorbereitet.« Mit einer eleganten Handbewegung deutete er auf Pontus, der mit stoischer Miene hinter ihm stand und einen prallen, klimpernden Beutel in der Hand hielt. Das meiste, was klirrte, waren flache Steinchen, aus einem Bach geklaubt. »Du bist mir empfohlen worden. Aber ich bin es nicht gewohnt, Geschäfte zwischen Tür und Angel abzuschließen.«

Zu den Vorbereitungen hatte gehört, dass sich Wittiges' Begleiter aus seinem bescheidenen Kleidervorrat so ausstaffiert hatten, dass alle drei einen einigermaßen gediegenen Eindruck machten.

Eilig bat Josephus sie nun in eines der inneren Gemächer. Der Händler ließ ein leichtes Frühstück auftragen, und mit vornehmer Zurückhaltung bedienten sie sich. Wahrscheinlich musste sich Pontus arg zusammennehmen, um nicht hemmungslos den feinen Schinken, das Brot und den mit Honig gesüßten heißen Haferbrei in sich hineinzustopfen. Gegen Ende des Mahls ließ Josephus Fingerschalen reichen, und Pontus schlürfte seine aus, statt die Hände einzutauchen.

Es wurde Zeit, zum Geschäft zu kommen.

»Purpur«, sagte Wittiges und lehnte sich lächelnd zurück. »Wir wollen Purpur kaufen. Ich hoffe, du hast welchen vorrätig.«

Immer wieder schweifte der Blick des Händlers zu Alexander. Dieser hielt den Kopf bedeckt, schaute kaum auf und hatte bisher nichts geäußert. Nun aber streifte er die lange Stoffbahn, die kapuzenartig seinen Kopf verhüllte, nach hinten und sah den Händler unverwandt an.

Josephus riss die Augen weit auf und keuchte. »Du?«

»Ja, ich bin's. Wie du siehst, kam ich auch ohne deine Hilfe frei.«

»Dann danke ich dem Herrn, unserem Gott«, stieß Josephus mit einem langen Seufzer der Erleichterung aus. Tränen traten ihm in die Augen und rollten die faltigen Wangen hinab. »Wie oft habe ich für dich gebetet! Einmal habe ich sogar beim *Comes* vorgesprochen, konnte aber nichts über dich in Erfahrung bringen. Niemand wollte mir Auskunft erteilen. Das sei nicht meine Angelegenheit, hieß es.«

Der Zorn, der in Wittiges gebrodelt hatte, schien kein Ziel mehr zu haben. Auf hinterlistige Art hatte es sich als unangreifbar erwiesen. Er war ratlos.

»Na, na!« Pontus leckte einen Finger ab und hob ihn mahnend. »Das ist ja schön und gut, das mit den Gebeten. Können nie schaden, das sag ich dir als ehemaliger Klosterbruder. Aber Gott der Allmächtige will auch Taten sehen. Warum bei allen Heiligen des Himmels hast du Wittiges nicht gesucht und ihm Bescheid gegeben? Hat Alexander dich nicht darum angefleht? Hier ist Wittiges!«

Pontus' Einmischung erlöste Wittiges aus seiner lähmenden Unschlüssigkeit. Ohne Eile stand er auf, stellte einen Fuß auf die Liege, auf der sich Josephus niedergelassen hatte, und setzte ihm das Messer an die Kehle.

»Stimmt. Das wüsste ich auch gern. Warum bist du nicht zu mir gekommen?« Alles, was der Händler gesagt hatte, hielt er inzwischen für Lüge. Niemals hatte dieser wegen Alexander beim *Comes* vorgesprochen.

»Wittiges!«, flüsterte Josephus und schluckte schwer. »Es tut mir leid«, wandte er sich mit steifem Hals an Alexander. »Du hast etwas gerufen, aber ich hab's nicht verstanden. Ich habe nicht … *Alexander* verstanden. Glaubt es oder glaubt es nicht. Ich kann an den schlimmen Ereignissen nichts mehr ändern.«

»Nein«, erklärte Pontus bündig und überwand seine nicht sonderlich ausgeprägten Hemmungen, beim Schinken noch einmal zuzulangen. »Aber wie wäre es mit einer kleinen Wiedergutmachung? Denn sieh es einmal so: Du hast deine Christenpflicht, einem in Not geratenen und bedrängten Mitmenschen beizustehen, nicht erfüllt. Und er war dein Gast! Oder gilt dir das Gastrecht nichts?«

Im weiteren Gespräch musste Wittiges einsehen, dass der alte Josephus sie keineswegs belogen hatte. Er war ein ehrlicher und aufrechter Mann, und sein Bedauern echt. Und er machte einen Vorschlag, der das Blatt endgültig wendete, und am Ende schieden sie als Freunde. Josephus hatte ihnen für achtzig Solidi Purpur überlassen, den sie erst nach dem Verkauf im Norden bezahlen sollten. Es war ein großzügiges Angebot, das seine Gesinnung besser veranschaulichte als alle guten Worte. Damit sie den Häschern des *Comes* nicht in die Hände fielen – sie hatten ihm Alexanders Rettung geschildert –, stattete er sie reichlich mit Proviant aus, besorgte ein zweites Maultier und ließ sie schließlich von seinen Wächtern über ruhige Nebengassen aus der Stadt hinausführen. Erst als sie etwa zehn Meilen zurückgelegt hatten, kehrten die Begleiter um.

Schon am zweiten Tag fanden sie ein Schiff, das sie nach Norden mitnahm. Es wurde eine geradezu beschauliche Reise, lediglich beeinträchtigt durch die Reibereien zwischen Pontus und Alexander. Aber trotz dieser Differenzen ließ sich Alexander jeden Tag von dem Brückenheiligen das noch nicht ausgeheilte Handgelenk versorgen, und Pontus legte dabei eine erstaunliche Geschicklichkeit an den Tag. Fürsorglich massierte er das Gelenk und führte kleine Übungen aus, die die volle Beweglichkeit wiederherstellen sollten.

In einigen Tagen würden sie Lyon erreichen. Wittiges war fest entschlossen, Gogo wegen Alexander zur Rede zu stellen, und mit Prinzessin Brunichild wollte er ein für alle Male ihr Verhältnis zueinander klären. Beiden würde er die Stirn bieten, nahm er sich ebenso trotzig wie kühn vor.

12

»Wer ist es? Mit wem hast du dich eingelassen? Von wem bist du schwanger?«, schrie Brunichild. Es war später Abend, und Aletha packte gerade eine der Reisetruhen. Am nächsten Tag sollte die Reise fortgesetzt werden. Guntram hatte beim letzten gemeinsamen Mahl Einwände erhoben, denn er wollte sich nicht so bald von seiner neuen Schwägerin trennen. Aber Gogo war fest geblieben. Einen Tag zuvor war der Reisetross mit Brunichilds Mitgift eingetroffen, der den längeren Landweg genommen hatte. Wegen dieses Wagenzugs mit dem Brautschatz, den Gogo am Nachmittag kontrolliert hatte, hatte man mit der Abreise gewartet.

Chilperich hielt sich mit Äußerungen zurück. Das enttäuschte Brunichild so lange, bis er ihr in einem unbeobachteten Moment einen sehnsüchtigen Blick zuwarf. Seine ganze Liebe lag in diesem Blick und ungestümes Verlangen.

An Fredegunds ungeheuerliche Enthüllung hatte sie sich erst wieder bei der Rückkehr in ihr Gemach erinnert. Aletha hatte also einen Liebhaber! Sie hatte es gewagt, sich einem Mann hinzugeben und auch noch schwanger zu werden. Maßlos empört, packte sie Aletha bei den Schultern und schüttelte sie heftig. Willenlos hielt die Magd still, bis sie von ihr abließ. Etwas an ihrem Ausdruck war merkwürdig. Jetzt legte sie vorsichtig eine Hand auf den Leib, während sie ungläubig den Kopf schüttelte.

»Nein, nein ...«, wimmerte sie beinahe tonlos.

Brunichild wurde immer ungeduldiger. »Nein, was? Hast du mit einem Mann geschlafen, ja oder nein?« Die häufigen Unpässlichkeiten ihrer Magd fielen ihr ein, das Erbrechen am Morgen, die Blässe, die Unaufmerksamkeit und die Schwäche. Fredegund und Sidonia hatten recht. Aletha war schwanger! Aber anscheinend wusste sie es selbst nicht, denn ihre Augen weiteten sich, ihr Blick wurde geisterhaft und spiegelte schieres Entsetzen. Sie fuhr sich mit der Hand an die Kehle, als würge sie jemand.

»Wer ist es? Kenne ich ihn? Sag's mir!«, herrschte Brunichild sie an. Es musste einer der fränkischen Knechte sein. Oder einer der westgotischen? Ein Krieger aus ihrer Begleitung? Jemand hatte ihre scheue kleine Magd verführt. Geschwind spielte sie alle Möglichkeiten durch. Etwa ... *Chilperich*? Ein Stich durchzuckte sie. Ausgeschlossen! Sicher hatte er das Mädchen nicht einmal wahrgenommen. Außerdem würden sich dann nicht jetzt schon Anzeichen einer Schwangerschaft bemerkbar machen.

»Nein!« Aletha war auf die Knie gesunken.

»Wenn du es mir nicht sofort sagst, schicke ich dich zurück nach Toledo! Du hast dich vergessen, du gibst mich der Unehre preis, du hast dich zur Hure gemacht«, schrie Brunichild außer sich vor Zorn. Sie wollte Aletha so heftig einschüchtern, bis sie ihr alles über den Fehltritt gestand.

Aletha sprang auf, rannte zu einem Tischchen mit Schminkutensilien und Instrumenten zur Körperpflege und ergriff ein Nagelmesserchen mit scharfer kurzer Klinge. Wie von Sinnen hob sie das Messer und bog den Hals, um sich die Klinge in die Kehle zu stoßen. Brunichild schrie gellend auf. Aletha stockte mitten in der Bewegung. Bevor sie doch noch zustechen konnte, war Brunichild heran und fing ihren Arm ab, entriss ihr das Messer und schleuderte es auf den Fußboden.

»Bitte, lass mich sterben!«, schluchzte Aletha.

»Niemals!« Brunichild nahm sie in die Arme und drückte sie an sich.

»Du Törin!«, flüsterte sie. »Du glaubst doch nicht, dass ich dich im Stich lasse! Wegen einer solchen Sache. Ich finde eine Lösung für das Problem, vertrau mir.«

Nur langsam beruhigte sie sich selbst. In Toledo wäre sie zu der alten Hexe gegangen, der Amme ihrer Mutter, die einen passenden Kräuterextrakt für derartige Fälle parat gehabt hätte. Ein wenig wurmte es sie, dass Audovera, Sidonia und die anderen vornehmen Damen nun annahmen, sie habe ihre Dienerschaft nicht im Griff. Doch vor allem musste sie herausfinden, welcher Mann Aletha geschwängert hatte.

Die Verzweiflung ihrer Magd ließ ihr keine andere Wahl, als sie bei sich im Bett zu behalten und sie wie ein krankes Kind zu hätscheln und zu liebkosen, bis sich der verkrampfte Körper allmählich entspannte. Drei Becher gewürzten Weins nötigte sie ihr auf, und dann hatte sie Aletha endlich so weit, ihr etwas zu schwören. Erst danach war sie einigermaßen sicher, dass das Mädchen keinen zweiten Versuch unternehmen würde, sich etwas anzutun.

Einen Tag später nahm Brunichild Abschied von Guntram und seiner Familie. Zu diesem Zeremoniell gehörte der Austausch kleiner Geschenke. Brunichild hatte sich für diese Gelegenheit einige fein gearbeitete Silberschalen, mit aufwendigen Mustern ziselierte Fibeln, Ringe und kostbaren Goldstoff aus ihrem Schatz aushändigen lassen. Gogo war nicht recht einverstanden mit ihrer Auswahl, aber es war ihr gleichgültig, ob er ihre Geschenke für zu verschwenderisch erachtete. Sie hasste jeden Anflug von Geiz. Nach den üblichen Bekundungen von

Freude und Dank war sie mit Gogo schon auf dem Weg nach draußen, als Guntram sie verschmitzt lächelnd beiseite nahm und ihr ein Kästchen in die Hand drückte.

»Hier habe ich noch etwas für dich. Nichts Wertvolles, nur eine hübsche Kleinigkeit«, erklärte er schmunzelnd. »Kennst du Klappern? Schau sie dir unterwegs an und denk dabei an mich und daran, wie gern wir dich alle haben.« Er küsste sie liebevoll auf die Wange und ließ sie mit dem Geschenk in der Hand allein.

Es war ein Ebenholzkästchen, ringsum verziert mit einem Reigen tanzender Putten aus Elfenbein. Eindeutig heidnisch. Nie hätte sie so etwas von Guntram erwartet. Sie klappte es auf. Auf rotem Samt lag ein Paar goldener Ohrhänger. Rosetten, von denen schimmernde Perlen herabhingen, die durch dünne, bewegliche Goldstäbchen miteinander verbunden waren. Ein entzückender Schmuck. Bei jeder Kopfbewegung würden die Perlen leise aneinanderklappern. Brunichild war belustigt und zugleich gerührt. Zeugte dieses Geschenk doch von besonderer Zuneigung. Guntram hatte ihr etwas Beschwingtes, Heiteres geschenkt, weil er wusste, dass er sie damit viel mehr erfreute als mit den üblichen prunkvollen Gaben. Sie schaute durch die offene Tür. Im Palasthof wartete außer einer Gruppe berittener Krieger jetzt auch Gogo auf sie. Sein Pferd war gesattelt, und neben seinem Hengst führte er Bella am Zügel. Endlich hatte Gogo Brunichilds stetigen Bitten nachgegeben und erlaubt, dass sie eine Strecke Wegs reiten durfte.

Aber noch hatte sie etwas zu erledigen. Sie ging zurück und fragte einen Diener, wo sie Guntram fände. Es war ihr ein Bedürfnis, sich noch einmal für seine Freundlichkeit und Fürsorge zu bedanken. Und sie spürte, dass es ihr schwerfiel, seinen Hof zu verlassen und erneut ins Unbekannte aufzubrechen. Sie brauchte einen kurzen Aufschub.

Die Tür war nur angelehnt. Im nächsten Moment wünschte sich Brunichild, sie nicht aufgestoßen zu haben.

Vor Guntram kniete ein Mann, den zwei schwer bewaffnete Wächter in dieser unterwürfigen Stellung festhielten. Hinter ihnen stand mit grimmiger Miene ein in Leder gekleideter Krieger, an den sich Guntram gerade wandte. »Du kannst es bezeugen?«

Der Mann legte die Hand aufs Herz. »Bei meiner Ehre, mein König. Ich ertappte ihn auf frischer Tat in deinem Forst. Er hatte den Auerochsen erlegt und wollte ihn gerade ausweiden.« Aus einem Sack, den er zu seinen Füßen abgelegt hatte, zog er ein mächtiges Horn, an dessen Ansatz blutige Fasern hingen. Es sah so aus, als wäre das Horn mit einem stumpfen Instrument aus dem Schädel des toten Tieres gehackt worden. »Dies hab ich ihm abgenommen«, fügte der Mann hinzu.

»Bitte, mein König, hab ich dir nicht immer treu gedient? Zehn Jahre, ohne dass du Grund zur Klage hattest. Verzeih mir dieses eine Mal!«, flehte der Beschuldigte. »Ich werde dir jede Genugtuung leisten, die du verlangst.«

Eine Ader schwoll auf Guntrams Stirn. Alle Besonnenheit fiel von ihm ab. Noch auf der Türschwelle stehend, spürte Brunichild die Aura blindwütiger Gewalt, die von ihm ausging. Alles, was sie über ihn wusste und von ihm erfahren hatte, geriet ins Wanken, es war, als hätte sich ein Tor zur Hölle aufgetan. Wie war eine solche Verwandlung möglich? Dabei ging es doch bloß um einen Auerochsen!

Guntram ballte eine Hand zur Faust und schlug dem Mann mit aller Wucht ins Gesicht. Knochen knirschten, Blut sprudelte aus der getroffenen Nase und lief über die aufgeplatzte Oberlippe. »O ja, du wirst mir Genugtuung leisten«, knurrte Guntram grimmig, »und zwar mit deinem Leben. Schafft ihn fort!«, schrie er die beiden Krieger an. »Bindet ihn draußen an einen Pfahl und steinigt ihn!«

»Gnade, Gnade!«, wimmerte der Verurteilte.

»Du elender Wilderer! Du bist schlimmer als ...«

Brunichild hatte genug gesehen und gehört. Sie wich zurück und lehnte sich draußen gegen die Wand, zitternd vor Schwäche, unfähig, die grauenhafte Szene abzuschütteln, sich zu entfernen und einfach davonzureiten. Guntram wütete währenddessen weiter und schlug anscheinend wieder zu. Schmerzensschreie drangen durch die Tür.

Gogo erschien, und Brunichild war noch nie so dankbar gewesen, ihn zu sehen.

Er hatte das Geschrei auch gehört. »Was geht da vor?« Er deutete auf die Tür.

»Bitte«, flehte Brunichild, »finde es heraus. Guntram scheint den Verstand zu verlieren.«

Gogo fasste sie am Arm, zog sie grob von der Wand fort und schob sie in Richtung eines von Säulen umstandenen Innenhofs. »Warte dort auf mich.«

Im Hof setzte sie sich auf eine Bank und umklammerte das Kästchen. Sie rang mit sich, es wegzuwerfen, steckte es dann aber schaudernd ein. Sie würde Aletha die Klappern schenken.

Es dauerte nicht lange, bis Gogo zu ihr kam und sie aufforderte, ihm nun endgültig nach draußen zu folgen. Er half ihr in den Sattel, und ohne einen Blick zurück ritten sie los. Vergeblich hoffte Brunichild, etwas über Guntrams Gewaltausbruch zu erfahren. Aber Gogo war damit beschäftigt, jedem im Zug seinen Platz zuzuweisen, damit sie alle ohne großes Aufsehen die Stadt verlassen konnten. Neben Brunichild ritt Nanthild, die einzige Frau aus ihrer persönlichen weiblichen Begleitung. Sie saß auf einer Stute, die offenbar etwas zu lebhaft für sie war.

Der Tross mit den Ochsenkarren hatte sich bereits vor der Dämmerung in Bewegung gesetzt. Aletha und Sidonia reisten auf einem der Karren mit. Die Reiter würden sie irgendwann einholen.

Chilperich war noch am Abend aufgebrochen, ohne Abschied, ohne eine Nachricht zu hinterlassen. Darüber war Brunichild einerseits betrübt, andererseits aber froh. Zu deutlich spürte sie, dass sie unter ständiger Beobachtung stand und dass bereits ein Blick oder eine Geste ihre Leidenschaft für ihn verraten konnte.

Sie folgten dem Lauf der Saône, auf der sie sich später wieder einschiffen würden. Leichter Nieselregen hatte eingesetzt, aber das machte Brunichild nicht viel aus. Sie genoss den Anblick der Landschaft und das Flusspanorama, das sich mit jeder Biegung änderte. Bäume, die ihre Äste ins Wasser tauchten, säumten die Ufer, Fischreiher stelzten in der flachen Randzone umher und ließen sich nur widerwillig aufscheuchen. Es war wunderbar friedlich, und ganz allmählich schüttelte Brunichild den Schrecken der vergangenen Stunden ab.

Am Nachmittag lenkte sie Bella neben Gogos schwarzen Hengst.

»Du bist mir noch eine Erklärung schuldig«, sagte sie ruhig.

»Worüber?«, fragte Gogo erstaunt.

»Über den Vorfall kurz vor unserer Abreise. Was hat Guntram so in Wut versetzt?« Sie konnte ganz sachlich danach fragen.

Gogo verzog den Mund. »Nichts von Bedeutung. Ein Wildhüter hat einen von Guntrams Kämmerern des Jagdfrevels überführt. Er hat in Guntrams Forst gewildert.«

»Einen Ochsen«, warf Brunhild trocken ein.

»Einen Auerochsen«, korrigierte Gogo. »Das größte und stattlichste Tier in unseren Wäldern. Lass dich von dem Wort Ochse nicht irreführen. Es ist keineswegs leicht, einen Auerochsen zu erlegen. Und die Jagd darauf ist das Vorrecht der Könige.«

Brunichilds Vater machte sich nicht viel aus der Jagd.

»Ein Kämmerer«, sagte sie leise. »Ein Vertrauter also. Warum geht Guntram so hart gegen ihn vor? Er sprach davon, ihn steinigen zu lassen. Ist das angemessen? Ich verstehe diese Wut nicht. Auf einmal ist Guntram ein ganz anderer Mensch.« Die Erinnerung meldete sich, sie hörte ihn wieder brüllen und hob angewidert die Schultern. »Er war doch sonst so freundlich. Zu mir wenigstens.«

Nanthild ritt vor ihnen und hatte ihre Stute immer weniger in der Gewalt. Das Tier war zu eigenwillig. Es kanterte.

Gogo ärgerte sich über den nachlässigen Stallmeister, der für die Verteilung der Pferde zuständig gewesen war. Die Frau ritt das falsche Tier, ein Fehler, der bei der nächsten Rast behoben werden musste. Er hätte die Frauen sowieso lieber auf dem Schiff oder einem Karren gewusst. Obwohl er sich eingestehen musste, dass Brunichild ihre Stute mühelos beherrschte. Nur ungern führte er das Gespräch fort. »Nimm den Vorfall nicht so tragisch. Für gewöhnlich ist Guntram ein ausgeglichener Mann, aber er hat seine Schwächen wie jeder andere. Und wie er seinen Haushalt führt, geht uns nichts an. Was dir aber Sorgen bereiten sollte, ist die antigotische Politik, die er betreibt.«

»Heißt das, er ist gegen meinen Vater eingestellt? Davon hab ich nichts bemerkt.«

»Natürlich nicht, dir gegenüber wahrt er die gebotene Höflichkeit, weil du nun eine der Unseren bist. Aber warte nur ab. Die Westgoten stellen eine stete Bedrohung seiner Grenzen dar. Das ist einer der Gründe, weshalb die Könige der Franken selten an einem Strick ziehen, was für alle besser wäre. Und jetzt entschuldige mich.« Gogo galoppierte unvermittelt an.

Im Dunst waren schwerfällige Gespanne aufgetaucht. Es sah ganz so aus, als hätten sie den Tross erreicht, und das bedeutete für Brunichild, dass sie Aletha wiedersehen würde. Am Abend zuvor hatte sie sich mit ihr gestritten, als sie einen Versuch unternommen hatte, das Problem ihrer Magd zu beseitigen. Aus den mitgenommenen Vorräten hatte sie einen Kräutertrank zubereitet – hauptsächlich aus Belladonna und Geißblatt – und war die Rezeptur vorher einige Male im Geist durchgegangen, um nur keinen Fehler zu begehen. Das Gebräu konnte eine tödliche Wirkung entfalten.

Aletha hatte die Arme um den Leib geschlungen und die Kiefer fest aufeinandergepresst, als sie ihr den Becher an die Lippen setzen wollte.

»Hör zu, du dumme Gans! Es ist keinerlei Risiko dabei. Du wirst Schmerzen haben, dir wird schlecht, und dann blutest du. Das ist schon alles.« Schwangere unverheiratete Mägde waren keine Besonderheit, aber es würde keinen guten Eindruck machen, wenn ihre persönliche Bedienung als liederlich galt.

Aletha schlug ihr den Becher aus der Hand. Das kostbare Gebräu versickerte zwischen den marmornen Fußbodenplatten. »Ich nehme kein Gift!«, schrie sie.

»Es ist noch nicht lange her, da wolltest du dich umbringen!«, schrie Brunichild zurück. Eine Dienerin steckte den Kopf zur Tür herein.

»Kann ich helfen?«

»Verschwinde!«, zischte Brunichild, und die Frau zog sich erschrocken zurück. »Jetzt hast du alles verdorben«, schimpfte sie auf Aletha ein. »Was sollen wir denn tun? Oder freust du dich etwa darauf, Mutter zu werden?«

Kalkweiß starrte Aletha ihre Herrin an und schüttelte wie unter großen Schmerzen den Kopf.

»Dann weiß ich auch nicht weiter«, gab Brunichild erschöpft zu.

Vorn war Bewegung entstanden. Nanthilds Pferd stieg plötzlich und ging mit ihr durch. Jemand schrie. Gogo ritt ungefähr zwanzig Ellen voraus, und voller Verwunderung beobachtete Brunichild, wie er im Sattel nach vorn sank. Ein Pfeil steckte in seiner Schulter. Und jetzt erhob sich Geschrei von allen Seiten. Aus dem Dunst tauchten Reiter auf, bewaffnete, fremde Reiter und Bogenschützen. Ohne es zu merken, schrie Brunichild auch.

13 Kurz vor Lyon hatte Wittiges seine beiden Gefährten vor die Wahl gestellt, mit ihm in die Stadt zu kommen oder ihrer Wege zu gehen. Er würde sie nicht aufhalten. Pontus war es im Grunde einerlei, wohin ihn das Schicksal verschlug. Alexander geriet außer sich vor Furcht. Sobald er begriffen hatte, was Wittiges vorhatte, flehte er ihn an, nicht weiter Prinzessin Brunichilds Reiseroute zu folgen. Es wäre doch so viel besser, sich hoch im Norden eine neue Heimat zu suchen, wo sie aller Voraussicht nach auf keinen seiner fränkischen Quälgeister stoßen würden. Ein vollkommener Neuanfang.

»Nein«, widersprach Wittiges. »Ich verfolge andere Ziele, aber du kannst dich selbstständig machen. Ich biete es dir kein zweites Mal an. Du hast dein eigenes Maultier, und ich gebe dir von meinem Geld, was ich entbehren kann, und überlasse dir das Purpurgeschäft. Such dir einen Ort, der dir gefällt, und tu, was du willst.«

Alexander brach in Tränen aus und verstimmte damit Pontus gründlich. Als dieser genug von dem Gejammer hatte, ritt er einfach weiter. Wittiges setzte sich ebenfalls in Bewegung. Nach einer Weile hörten sie ein Hufgetrappel hinter sich. Alexander zog es also vor, ihnen zu folgen.

Zu dritt ritten sie in Lyon ein und kamen gerade recht, um unfreiwillig Zeugen eines furchtbaren Schauspiels zu werden. Auf einem großen Platz mitten in der Stadt wurde ein Mann gesteinigt. Eine johlende Zuschauermenge feuerte die Henkersknechte an, die mit faustgroßen Brocken auf den Verurteilten zielten, der gefesselt in der Mitte kniete und dessen Gesicht bereits ein blutiger Brei war.

Pontus schwang sich von seinem Reittier und näherte sich dem Geschehen, ohne auf die Steine zu achten, die durch die Luft flogen. Für einen Moment setzte der Steinhagel aus.

»Bist du verrückt geworden? Du unterbrichst eine Hinrichtung. Oder willst du, dass wir dich mitsteinigen?«, schnauzte ein Mann, der zwar selbst keine Steine geworfen hatte, aber die ausführende Truppe befehligte.

Pontus zog sein Holzkreuz aus der Kutte, hielt es der Menge hin und ließ streng seinen Blick schweifen. »Seid ihr Tiere oder Teufelsanbeter? Ich sehe hier keinen Priester, der dem Delinquenten Beistand leistet. Was seid ihr nur für gottferne Kreaturen!«, dröhnte er.

Viele der Umstehenden, die soeben noch gejohlt hatten, senkten schuldbewusst die Köpfe und bekreuzigten sich.

»Betet mit mir! Ihr alle!«, donnerte Pontus. Er kniete neben dem Verurteilten nieder und begann mit einem Gebet, in das die meisten schließlich einfielen. Die Stimmung schlug um. Nach dem Gebet zerstreute sich die Menge bis auf einen kleinen Rest. Die Steinewerfer traten mit betretenen Mienen von einem Fuß auf den anderen.

»Mein Sohn«, flüsterte Pontus dem Verurteilten zu. »Fasse Mut. Gott ist mit dir, und er hat dir deine Sünden längst vergeben. Bist du nun bereit für das Letzte?«

Der Mann nickte unmerklich.

»Ich werde hier sein und bis zu deinem letzten Atemzug für dich beten.« Pontus erhob sich bedächtig, trat beiseite, kniete sich wieder hin, umklammerte sein Kreuz und betete. Beklemmende Stille breitete sich aus, nur unterbrochen von seiner Stimme, die weit über den Platz trug. Zögernd setzte das Steinewerfen wieder ein.

Nur wegen Pontus harrten Wittiges und Alexander aus. Es war grauenhaft, wie lange es noch dauerte, bis das Leben aus dem zerschlagenen Körper wich. Inzwischen stießen die wenigen verbliebenen Zuschauer Verwünschungen gegen den König aus, der das Urteil anscheinend persönlich ausgesprochen hatte. Während Pontus den Toten segnete, entlockte Wittiges einem der Vollstrecker den Grund für die Hinrichtung.

»Willst du wissen, was der Mann getan hat, um eine solche Strafe auf sich zu laden?«, fragte er erbittert Pontus, als sie den Platz verließen.

»Eigentlich nicht«, winkte Pontus ab. »Aber du wirst es mir sicher gleich erzählen.«

Und das tat Wittiges auch.

»Nur wegen Wilddieberei!« Alexander schauderte. »Verstehst du endlich, weshalb ich mit der Sippschaft dieser Fürsten nichts mehr zu tun haben will? Franken! Sie sind alle gleich mordlüstern.«

»Ich bin auch ein Franke«, sagte Pontus, »falls dir das entgangen ist.«

»Würde mich nicht wundern, wenn …«

»Schweig!«, befahl Wittiges, und Alexander verstummte.

Wittiges fragte sich zum Palast durch, hieß seine Gefährten draußen warten und kehrte mit der Nachricht zurück, dass Brunichild wenige Stunden zuvor abgereist war. Sie und ihre Begleitung würden bis zur nächsten größeren Stadt mit einer Anlegestelle am Fluss entlang nach Norden reiten. Trotz Pontus' Protest legte Wittiges keine Rast ein, sondern ritt sofort weiter. Es lag ihm viel daran, Brunichild bis zum Abend einzuholen. Deshalb trieb er Bauto und die beiden Maultiere unerbittlich an, die ihm viel zu langsam waren. Dunst trieb über den Flussufern und hüllte die Landschaft ein. So konnte er den Tross, die Menschen, die Pferde, das Quietschen schwerer Räder eher hören als sehen.

Sie hatten ihr Ziel beinahe erreicht. Es war später Nachmittag. Im Nieselregen zeichneten sich Gestalten ab, schnelle Reiter. Geschrei erhob sich. Waffengeklirr.

Aus dem Augenwinkel gewahrte Wittiges, dass Pontus seine Messer hervorholte, während er selbst sein Schwert zog. »Bleib, wo du bist!«, schrie er über die Schulter Alexander zu und schnalzte mit der Zunge. Bauto fiel in Galopp.

Es war schwer, auszumachen, wer gegen wen kämpfte. Wittiges sah, wie ein Reiter vom Pferd herab den Lenker eines Ochsengespanns niedermachte, sich selbst auf das Lenkbrett schwang und die Ochsen antrieb. Ein Kampf um die anderen Karren entbrannte. Priscus steckte mitten darin. Ja, es war eindeutig Priscus. Wittiges wäre ihm zu Hilfe geeilt, wenn er nicht nach Brunichild Ausschau gehalten hätte. Irgendwo in dem Durcheinander aus schreienden Menschen und wiehernden Pferden, aus Krawall und Lärm musste sie stecken. Wäre nur dieser nebelartige Regen nicht gewesen, in dem Freund und Feind kaum auseinanderzuhalten waren.

Auf einmal erblickte er Gogo. Ein Pfeil ragte aus seiner Schulter. Trotz der Verletzung schwang der Herzog sein Schwert wie ein Berserker. Wer waren nur die Angreifer? Und wo zum Himmel steckte Brunichild?

Bauto wieherte laut, und irgendwo aus dem Gewühl kam eine Antwort, die den Hengst in eine bestimmte Richtung zog. Schon fast ohne Hoffnung ließ ihn Wittiges gewähren. Und dann tauchte Brunichild auf Bella aus dem Nebel auf – Bauto hatte die beiden gefunden.

Brunichild wehrte sich gegen zwei Angreifer gleichzeitig. Sie ließ ihre Stute steigen und setzte mit einem gewaltigen Sprung an ihren Angreifern vorbei, die vergeblich versuchten, die Zügel ihres Pferdes zu erhaschen. Wittiges brauchte Bauto nicht anzutreiben. Der kleine Hengst stürmte der Stute nach, und zu Wittiges' großer Überraschung erschien Pontus neben ihm, schwenkte aber herum und stellte sich den Verfolgern.

Aus dem Dunst tauchten neue Reiter auf, allen voran ein groß gewachsener Mann auf einem feurigen Hengst. Brunichild schrie etwas und galoppierte ihm entgegen. Aber plötzlich stolperte Bella über eine Bodenunebenheit. Dank dieser kleinen Verzögerung gelangte Bauto an ihre Seite. Wie auf ein Kommando schwenkten beide Pferde ab, weg von dem Reiter, der auf sie zupreschte.

Brunichild wehrte sich, als Wittiges ihr in die Zügel griff und Bella weiter herumriss, bis Bauto sich zwischen Brunichild und dem fremden Krieger befand. Ohne bewusste Überlegung warf sich Wittiges im Sattel herum und riss das Schwert hoch. Keinen Augenblick zu früh, denn er konnte eben noch den Schlag parieren, der gegen ihn geführt wurde. Bauto, den er nun mit den Knien lenkte, schrie markerschütternd, und das hielt den Angreifer für einen kostbaren Moment auf. Brunichild rief wieder etwas, was wie ein Name klang – anscheinend kannte sie den Angreifer. Im Augenblick scherte das Wittiges wenig. Er hatte einen Feind vor sich, dem er nicht lange standhalten konnte. Noch ein Schlag, und er war erledigt. Blitzschnell fasste der Mann sein Schwert mit beiden Händen und schwang es in einem Halbkreis herum. Aber bevor er zuschlagen konnte, stieg sein Hengst und warf den Reiter hinterrücks ab. Wittiges erhaschte einen Blick auf Pontus, der sich knapp hinter dem steigenden Hengst befand und kurz die Hand hob, in der ein Dolch aufblitzte. Bevor sich der abgeworfene Reiter aufrappeln konnte, war Pontus an Brunichilds anderer Seite, und gemeinsam eskortierten sie sie zurück, bis die Westgoten einen dichten Ring um sie bildeten.

Wenig später gaben die Angreifer auf und preschten in der hereinbrechenden Dunkelheit davon. Als Wittiges sich nach Alexander umschaute, entdeckte er ihn auf seinem Maultier. Er hatte ein Mädchen vor sich sitzen – Brunichilds kleine Magd. Wittiges grübelte kurz darüber nach, wie sie hieß. Al… Ala… Er ließ es sein. Es gab Wichtigeres.

Brunichild saß immer noch auf ihrem Pferd. Sichtlich mitgenommen schweifte ihr Blick über das Chaos ringsum. Wittiges schwang sich aus dem Sattel und eilte zu ihr. Aber ein anderer kam ihm zuvor. Ausgerechnet der Krieger, der ihn angegriffen hatte, streckte die Arme nach ihr aus, um ihr von der Stute zu helfen. Brunichild lächelte! Sie lächelte tatsächlich den Mann an, der sie eben noch hatte entführen wollen. Und keiner achtete auf die beiden. Es kam Wittiges geradezu unwirklich vor, den Kerl unbehelligt zwischen Gogos Mannen zu sehen.

»Halt!«

Der Mann drehte sich um und fletschte die Zähne.

»Du wieder!«, knurrte er und holte aus. Er trug einen mit Eisenplättchen verstärkten Handschuh. Nur weil Wittiges instinktiv den Kopf halb herumgerissen hatte, traf ihn der Schlag nicht ins Gesicht, sondern oberhalb des Ohrs. Er taumelte zurück, sein Kopf dröhnte, Schwindel befiel ihn. Staunend bemerkte er, dass nun doch einige Männer aufmerksam geworden waren. Er entdeckte zwei, mit denen er überhaupt nicht gerechnet hatte: Falco und Ingomer, beide mit blutigen Schwertern in den Händen. Und jetzt endlich hatte er das Gefühl, auf einfältigste Weise in eine gigantische Falle geraten zu sein – eine, die er sich selbst ausgesucht hatte.

Ergeben wartete er auf den nächsten Schlag, sah, wie sich die Faust wieder ballte, wie sie ausholte und Schwung holte … Vielleicht würde ihm diesmal der Schädel zertrümmert.

Brunichild erbleichte.

Jemand riss den Mann zurück.

Es war Gogo.

Wütend fuhr der Mann zu ihm herum. »Was fällt dir ein? Der Kerl hat mich angegriffen. Mich!«

Wittiges fasste sich an den schmerzenden Schädel.

»Hier bestimme ich«, entgegnete Gogo kalt. Trotz des Pfeils, der in seiner Schulter steckte, hatte er die ganze Zeit über Befehle gebrüllt, die eilends befolgt wurden. Wachen postierten sich überall. »Der Mann gehört zu mir, zu meinem und Brunichilds Gefolge. Er tat nur seine Pflicht, als er der Prinzessin nachsetzte.«

»Er hat das Schwert gegen mich erhoben!«

»Er kennt dich nicht.«

Mühsam wandte Wittiges den Kopf, als er spürte, wie jemand neben ihn trat. Priscus, er war heilfroh, ihn zu sehen.

»Wer – wer ist das?«, lallte er, seine Zunge gehorchte ihm nicht mehr.

»Chilperich, westfränkischer König und Bruder König Sigiberts«, erklärte Priscus gedämpft.

Nun wurde Wittiges einiges klar. Das konnte böse für ihn enden. Aber König Chilperich beachtete ihn nicht weiter. Er ließ seinen Blick verächtlich über die herumstehende Menge schweifen, während er Gogo fragte: »Du willst den Mann nicht anklagen?«

Gogo blieb stur. »Nein«, erwiderte er knapp. »Niemand konnte damit rechnen, dass du hier auftauchst.« Ein fragender Unterton schwang in seiner Stimme mit.

»Ich war in der Nähe und hörte den Lärm«, erklärte Chilperich lässig. »Ich bin auf dem Weg nach Roanne. Aber anscheinend brauchst du keine Unterstützung. Dann hast du nichts dagegen, wenn ich mit meinen Männern den Weg fortsetze.« Er ging auf Brunichild zu, nahm sie kurz in die Arme, winkte knapp, und mehrere Krieger folgten ihm aus dem Kreis hinaus. Ein Mann reichte ihm stumm die Zügel seines Pferdes, und er schwang sich in den Sattel.

Es sah so aus, als ginge ihm Gogo aus Höflichkeit einige Schritte nach, doch tatsächlich taumelte er und brach zusammen. Und ehe sich Wittiges versah, sank er selbst in die Knie und verlor das Bewusstsein.

Eine Lampe verbreitete mildes Licht und beleuchtete die Wände eines geräumigen Zeltes. Wittiges lag auf weichen Decken und spürte einen kühlenden Verband um den Kopf. Herzog Gogo hockte, den nackten Oberkörper vorgebeugt, auf einem Schemel.

»Nun mach schon«, knurrte er böse. »Zieh ihn endlich heraus.«

Zu Wittiges' Überraschung sprach er mit Pontus. Der selbsternannte Heilige betrachtete kritisch den Pfeil, dessen Schaft jetzt nur noch die halbe Länge aufwies.

»Um zu beurteilen, wie ich den Pfeil beim Herausziehen zu drehen habe, muss ich wissen, wie die Spitze aussieht. Entschuldige mich kurz.« Pontus ging hinaus und rief etwas.

»Gibt es hier keinen Medicus?«, fragte Wittiges und setzte sich auf.

»Der Medicus ist tot«, antwortete Gogo und schielte ihn

mit gesenktem Kopf an. »Und dein Gefolgsmann behauptet, er kenne sich mit Wunden aus. Aber anscheinend doch nicht. Was macht der Kopf?«

Wittiges schüttelte ihn leicht und spürte wieder Schwindel. Aber nicht so stark, dass er nicht aufstehen konnte. Er musste es nur langsam tun.

»Es geht schon besser. Ich wüsste nur gern ...«

»Ich auch. Dabei war ich sicher, dich und diesen Sklaven nie wiederzusehen.«

»Ich habe den Brief der Prinzessin in Toledo überbracht und komme jetzt mit der Antwort zurück.« Plötzlich erinnerte er sich an Brunichilds Blick, irgendwann an diesem verdammten Nachmittag oder Abend. Die Erinnerung verschwamm ein bisschen, aber diesen hasserfüllten Blick hatte er noch vor Augen. »Und was den Sklaven betrifft«, setzte er erbittert hinzu, »er wurde zu Unrecht des Diebstahls angeklagt. Ich fordere Gerechtigkeit für ihn.«

»Die soll ihm zuteil werden. Ich halte zwar nicht viel von dir«, erklärte der Herzog schroff, »aber heute hast du etwas vollbracht, wofür dir Dank gebührt.«

»Und ich dachte, ich hätte einen Narren aus mir gemacht«, bekannte Wittiges und sah verblüfft, wie Gogo unter Schmerzen grinste.

»Das kannst du nicht beurteilen.«

Pontus schlüpfte zum Zelt herein. Er brachte Alexander und die kleine Magd mit. Letztere trug eine Schüssel mit warmem Wasser.

Alexander hatte Angst; er zitterte, als er Gogo einen furchtsamen Blick zuwarf.

Aber dieser beachtete ihn nicht. »Was wollen die alle hier?«, schnauzte er nur.

»Meine Helfer.« Pontus nickte Wittiges kurz zu. »Gut, dass du wieder auf den Beinen bist. Dich kann ich auch brauchen.«

Dessen war sich Wittiges keineswegs sicher. Aber widerspruchslos ließ er sich von Pontus herumkommandieren und hielt zusammen mit Alexander den Herzog an den Schultern fest, während sich Pontus hinter ihn stellte.

»Hier, beiß darauf.« Er reichte Gogo ein Stück zusammengefaltetes Leder. Gogo gab keinen Laut von sich, als Pontus sich über ihn beugte, den Pfeilschaft anvisierte, ihn mit seinen Pranken packte und ihn mit einer schnellen Drehung herauszog. Blut sprudelte aus der Wunde, bis die Magd ein sauberes Tuch daraufpresste.

»Das war's«, erklärte Pontus gemütlich und hielt Gogo den Pfeil vor die Nase. »Siehst du? Glatt herausgezogen, trotz der Häkchen. Ich fand draußen einen ähnlichen Pfeil und hab ihn mir genau angesehen. Dann war es recht einfach.«

Gogo verdrehte die Augen. »Redet der immer so viel?« Er richtete sich auf. »Verbindet mich und dann verschwindet. Alle!«

Bevor sie fertig waren, betrat Priscus das Zelt. »Was hast du herausgefunden?«, fragte Gogo sofort.

»Nicht viel. Ein marodierender Haufen. Bagauden, denen wir nur zufällig begegnet sind.«

Gogo schwieg einen Augenblick gedankenvoll. »Mag sein. Verluste?«

»Drei Tote. Die anderen haben ihre Verletzten mitgenommen, und anscheinend gab es keine Toten auf ihrer Seite.«

»Einen hab ich selbst erledigt.«

»Dann haben sie den auch mitgenommen. Sie wollten keine Spuren hinterlassen. Aber da gibt es noch etwas.«

»Was?«

»Ein Ochsenkarren ist verschwunden. Sollen wir den Dieben nachsetzen? Bisher hab ich keinen Befehl dazu gegeben. Ich hielt es für besser, das Lager zu bewachen.«

»Richtig, Prinzessin Brunichilds Sicherheit geht vor. Ich möchte meinem König nicht mit der Nachricht unter die Augen treten müssen, dass wir seine Braut verloren haben. Und jetzt bring mir einen Becher Wein, falls du welchen auftreiben kannst.«

Priscus hatte für Wittiges und seine Begleiter ein Zelt aufbauen lassen, in das sie kurz darauf schlüpften. Aber vorher hatte Wittiges Gogo das Versprechen abgerungen, dass niemand Hand an Alexander legen durfte und ihre Angelegenheiten baldmöglichst verhandelt wurden.

Obwohl noch nicht wirklich wiederhergestellt, suchte Wittiges Priscus auf, um sich über Sigiberts Bruder Chilperich unterrichten zu lassen. Priscus äußerte sich allzu zurückhaltend. Deshalb horchte sich Wittiges weiter um und ließ sich von verschiedenen Kriegern ihre Sicht des Überfalls schildern. So ergab sich nach und nach ein Bild. Nachdenklich kehrte er zu den anderen zurück.

Pontus schalt ihn aus. »Du solltest längst schlafen, statt draußen herumzugeistern. Du bist auf dem Weg, dir etwas einzufangen, das du nie mehr loswirst. Na, was ist? Schmerzt der Kopf noch?«

Wittiges fasste sich an den Verband und verzog das Gesicht. »Darüber mache ich mir weniger Sorgen.«

»Worüber dann?«, fragte Alexander leise und hielt ihm einen Becher Wein hin. Wittiges trank dankbar.

»Es ist alles sehr merkwürdig. Da wird die Reisegesellschaft der Prinzessin aus dem Hinterhalt überfallen, und just in diesem Augenblick taucht König Chilperich auf, um Brunichild zu retten. Und so rasch, wie er kam, ist er wieder verschwunden.«

»Was willst du damit sagen?«, erkundigte sich Pontus.

»Ich sag lieber gar nichts mehr«, murmelte Wittiges und rollte sich zum Schlafen auf die Seite.

Am nächsten Morgen fand unter Gogos Vorsitz vor seinem Zelt eine Verhandlung statt. Der geschwächte Zustand des Herzogs zeigte sich in seiner leicht gekrümmten Haltung, sonst ließ er sich nichts anmerken. Mit knappen Worten eröffnete er die Gerichtssitzung.

Ingomer bezichtigte Alexander erneut des Diebstahls und beschwor mit dem üblichen Eid, dass der leere Geldbeutel, den er ihm abgenommen hatte, sein Eigentum sei. Als Zeugen bot er Falco auf. Wittiges widersprach heftig und wollte Alexander aussagen lassen, aber als Beschuldigter hatte dieser nichts zu melden. Wie es aussah, konnte Wittiges nicht schlüssig beweisen, dass der Beutel und das darin enthalten gewesene Geld ihm gehörte. Die Sache war verloren, und Ingomer forderte lautstark, Alexander am nächsten Baum aufzuhängen, eine gerechte Strafe für einen schweren Diebstahl.

Gogo zögerte.

Aufgekratzt forderte Falco jetzt auch noch die ausstehende Entschädigung für sein totes Pferd. Wittiges konnte sich im Stillen nur dafür verfluchen, dass er alle Warnungen Alexanders, sich den Franken wieder anzuschließen, in den Wind geschlagen hatte. Niemand ergriff für ihn oder Alexander Partei. Hilfe suchend blickte er zu Priscus hinüber, der an der Verhandlung nur als Beobachter teilnahm. Und tatsächlich trat Priscus vor und erklärte ruhig und bestimmt, dass er Wittiges mehrmals einige *Solidi* als kleines Geschenk für die Behandlung seines Pferds überreicht und den Lederbeutel in dessen Besitz gesehen habe. Er sei bereit, es zu beschwören.

Schließlich entschied Gogo. Er nahm Wittiges' und Priscus' Aussagen ernst, doch damit war die der Gegenpartei nicht völlig entkräftet. Die Sache blieb unentschieden.

Jedem musste klar sein, dass die Verhandlung eine Farce war. Wittiges packte stiller Zorn. Weder wurde sein Verlust ausgeglichen noch Alexander vom Vorwurf des Diebstahls freigesprochen. Falco und Ingomer, die wahren Schuldigen, gaben sich zudem empört und mussten von Gogo dazu gezwungen werden, eine eidliche Erklärung abzugeben, sich zu keinen Gewalttaten gegen den Sklaven hinreißen zu lassen, dessen Schuld nicht erwiesen war. Zähneknirschend zahlte Wittiges am Ende zehn *Solidi* für das tote Pferd und drei *Solidi* Strafe für mangelnde Sorgfalt in Ausübung seiner Tätigkeit als Stallmeister. Das einzig Gute war, dass Alexander vorerst nichts zu befürchten hatte. Aber der Ausgang der Verhandlung erboste Wittiges so sehr, dass er Gogo nachging und um eine kurze Unterredung bat.

Widerwillig winkte Gogo ihn in sein Zelt. »Was gibt es noch?«

»Du weißt so gut wie ich, dass Ingomer und Falco Meineide geschworen haben. Alexander hat nichts gestohlen«, erklärte Wittiges brüsk. »Und doch hast du eine Anweisung nach Marseille geschickt, ihn zu verkaufen. Warum? Warum hasst du ihn so sehr? Was hat er dir oder Falco und Ingomer getan? Nichts! Eure fränkische Gerechtigkeit zeigt äußerst seltsame Züge und ist von Unrecht nicht zu unterscheiden.«

Gogo maß ihn mit einem undurchdringlichen Blick. »Bist du fertig? Ich gebe zu, dass ich keineswegs von der Schuld deines Dieners überzeugt bin. Deshalb hatte ich eine Anweisung an den *Comes* von Marseille gesandt, den Sklaven auf ein Schiff zu bringen und nach Toledo zurückzuschicken. Ich hab's schon einmal gesagt: Ich habe nicht damit gerechnet, dir oder diesem Alexander noch einmal zu begegnen. Ihr beide wärt in Toledo am besten aufgehoben, dort gehört ihr hin. Aber das scheinst du immer noch nicht begriffen zu haben.«

Aufgebracht schüttelte Wittiges den schmerzenden Kopf. »Der *Comes* hat mir glaubhaft versichert, dass Alexander als

Rudersklave auf ein Schiff verkauft werden sollte. Und er ist in der Haft schwer misshandelt worden.«

Gogos Miene wurde noch finsterer als gewöhnlich. »Hast du das Schreiben mit meiner angeblichen Verfügung gelesen?«

»Nein«, antwortete Wittiges nachdenklich, »das ist mir ausdrücklich verwehrt worden.« Einen Moment schwankte er noch, wem er Glauben schenken sollte, dann verstand er, was geschehen war. Der *Comes* hatte der Versuchung, sich zu bereichern, nicht widerstehen können. Er hatte Alexander zusammen mit anderen Gefangenen verkaufen wollen, um den Erlös in die eigene Tasche zu stecken. Und wer mochte wissen, wohin er Alexander verkauft hätte. Sicher nicht als Ruderklaven auf ein Schiff. Ein junger, schöner Eunuch war dafür viel zu wertvoll. Wahrscheinlich wäre Alexander im Haushalt eines reichen Mannes verschwunden, um dessen perverse Lüste zu befriedigen.

Am Abend des Tages hockten die drei zusammen in ihrem Zelt, Wittiges und Alexander niedergeschlagen und gedemütigt. Als Einziger ließ sich Pontus das Essen schmecken. Als sich alle zum Schlafen niederlegen wollten, wurde Wittiges herausgerufen. Einer der Krieger Brunichilds stand draußen und richtete ihm aus, die Prinzessin warte auf die Nachricht aus Toledo, die er immer noch bei sich trug.

Brunichild hatte alle aus dem Zelt gewiesen. Sie wollte nicht durch plappernde Damen und Dienerinnen beim Nachdenken gestört werden. Nur Aletha war geblieben, aber die schien ohnehin nicht zum Reden aufgelegt zu sein.

Beim Abschied nach dem Überfall hatte Chilperich Brunichild etwas zugeflüstert, das sie zutiefst verstört hatte. »Schade«, hatte er ihr ins Ohr geraunt, »jetzt wirst du mir doch nicht gehören.« Und damit war ihr einiges klar geworden. Er hatte die Gelegenheit nutzen und sie entführen wollen, um sie zu seiner Frau zu machen und seine Brüder vor vollendete Tatsachen zu stellen, eine ebenso barbarische wie verwegene Tat. Er war bereit gewesen, ihretwegen einen Bruderkrieg anzuzetteln, denn darauf wäre es zweifellos hinausgelaufen. Der Gedanke erregte und verwirrte sie gleichermaßen. Denn immerhin hatte Chilperich ihr Einverständnis vorausgesetzt – oder etwa doch nicht?

Hätte er sie auch *gegen* ihren Willen entführt? Diese Frage hätte er nur selbst beantworten können, aber er hatte sich davongemacht. Später hatte Gogo sie aufgesucht und ihr dringend geraten, in Zukunft immer in der Nähe seiner Wachen zu bleiben. Bevor er ging, hatte er noch die Nachricht erwähnt, die für sie aus Toledo eingetroffen war. Ob sie sie schon erhalten habe und ob sie etwas Wichtiges enthalte, was sie ihm mitteilen wolle?

Wer die Nachricht bei sich hatte, lag auf der Hand.

Kaum hatte Gogo sie verlassen, schickte Brunichild Aletha mit der Botschaft zu Wittiges, er solle sich umgehend samt dem Schreiben aus Toledo bei ihr einfinden.

Wittiges betrat das Zelt ohne Ankündigung. Er konnte gerade darin stehen, ohne den Kopf einziehen zu müssen. Und diesen Kopf trug er für ihren Geschmack eindeutig zu hoch. Kalt, unversöhnlich und hochmütig erwiderte er ihren Blick.

»Du bist also wieder da!«, sagte sie bitter.

»Tut mir leid, dass sich niemand darüber freut, mich zu sehen. Und es tut mir leid, dass ich nicht früher zurückgekehrt bin, aber ich musste meinen Diener Alexander aus der Haft in Marseille befreien«, erklärte er herausfordernd.

»Er ist nicht *dein* Diener, sondern *mein* Sklave, um das klarzustellen. Und wenn alles mit rechten Dingen zugegangen wäre, wärst du jetzt nicht hier. Was hast du mit dem Brief gemacht, den du überbringen solltest?«

Wenn das kein Eingeständnis ist!, dachte Wittiges wütend, sie gibt es sogar zu, dass sie mich aus dem Weg haben wollte. »Genau das, was du wolltest: ihn überbracht. Nur habe ich mir erlaubt, ohne deine Genehmigung zu entscheiden, was ich danach mit meinem Leben anfange.«

Sie trat dicht an ihn heran und musste an sich halten, um ihn nicht zu ohrfeigen. Er sah ein bisschen leidend aus, und sie erinnerte sich an den gewaltigen Schlag, den Chilperich ihm verpasst hatte. Recht war ihm geschehen!

»Wieder hast du weggeworfen, was ich dir zugedacht hatte! Zum zweiten Mal schon! Meinst du, es war leicht, einem unbekannten Mann wie dir eine verantwortungsvolle Stelle zu verschaffen? Es hat mich einen Goldring gekostet, um dich als Stallmeister unterzubringen. Und was tust du? Du rennst weg. Und auch diesmal hättest du am Hof von Toledo Karriere machen können, aber du bist wieder davongelaufen. Du bist ein widerlicher, halsstarriger, ungehobelter Taugenichts, der wie Pech an mir klebt.« Nur weil das Zelt aus dünner Leinwand bestand, sprach sie mit gedämpfter Stimme, statt ihre Empörung laut herauszuschreien.

Aletha hielt die Hände über ein kleines Kohlebecken und starrte ihre Herrin entgeistert an. Das war Brunichild gleich. Wie viel die Magd von ihrem Verhältnis zu dem eigenwilligen Westgoten ahnte oder wusste, war unwichtig, denn sie würde nichts verraten. Andernfalls ... Ein Blick von ihr genügte, und Aletha kroch in ihrer Ecke zusammen.

»Gib mir den Brief!«

Wittiges fasste in seine Tunika und förderte ein verknicktes Schreiben zutage.

»Du hast ihn geöffnet!«

»Wie könnte ich!«, wehrte er empört ab. Also *sie* hatte ihm jene Stelle verschafft, die er Alexander zu verdanken geglaubt hatte? Möglich war's. Alles, was er glaubte oder dachte, verschob sich, sobald er nur kurz mit ihr zusammen war. Er brauchte sie nur ansehen, und schon stritt sich sein Ärger mit der Sehnsucht, sie zu berühren. Ihr Anblick verwirrte ihn, löste ein peinigendes Gefühl von Schwäche aus.

Brunichild entfaltete den Brief und las ihn mit halblauter Stimme. Das Schreiben enthielt eine Strafpredigt, eine geharnischte Philippika statt wohlmeinender Ratschläge, und kein bisschen Trost. Sie fühlte sich wie erschlagen. Ihr Vater zürnte ihr, mit jedem Satz, jeder Wendung knüppelte er auf sie ein. Erst als sie die Unterschrift entziffert hatte, ging ihr auf, von wem der Brief stammte.

»Ich hab meinem Vater geschrieben. Wieso antwortet mir mein Onkel Leovigild?« Ein furchtbarer Verdacht regte sich. »Ist er tot? Ist mein Vater tot?«

Unbehaglich zog Wittiges die Schultern hoch. »Dein Vater war zusammen mit deiner Mutter verreist. Es hieß, er weilt auf einem der Landgüter, um sich von einer Unpässlichkeit zu erholen.« Das hatte er von Stallmeister Rado erfahren.

Erleichtert seufzte Brunichild auf. »Und ... hast du nur diesen einen Brief für mich erhalten? Was ist mit meiner Schwester? Gailswintha?«

»Von ihr weiß ich nichts.«

»Dann kannst du jetzt gehen.«

Wittiges blieb stehen.

»Was noch?«, fragte sie gereizt.

»Nur eine Kleinigkeit. Deinen Brief habe ich zumindest teilweise überflogen«, bekannte er kühl, »und konnte ihm nicht entnehmen, dass du dich für mich verwendet hast. Im Gegenteil, als Dank für meinen Botendienst hast du Raufhändel erwähnt, in die ich angeblich verwickelt war, und deshalb bin ich gleich nach Übergabe des Briefs verhaftet worden. So sieht es also aus, wenn du jemandem Gutes tust. Wie pflegst du denn zu strafen?«

Aletha stieß einen kleinen Jammerlaut aus und saugte an ihren Knöcheln. Sie hatte völlig vergessen, dass sie die Hände über der Glut hielt. Vor Ärger kniff Brunichild die Augen zusammen. Sie hätte Aletha doch hinausschicken sollen, sie hörte ein bisschen zu viel mit.

»Du vergisst, wen du vor dir hast! Für dein loses Mundwerk gehörst du ausgepeitscht.«

»Schaust du dabei zu?«

Brunichilds Blick flog zwischen Aletha und Wittiges hin und her. »Nein, aber ich habe etwas anderes beschlossen. Da du nicht so ohne Weiteres aus meiner Nähe zu entfernen bist, sollst du einen Grund zum Bleiben haben.«

»Und welchen? Mein Gefühl sagt mir, dass der Grund mir nicht gefallen wird.«

»Das kannst du halten, wie du willst. Du wirst Aletha heiraten.«

»Bestimmt nicht!«

Brunichild lächelte höhnisch. »Doch, das wirst du. Dafür bist du zurückgekommen, du hast es nur nicht gewusst. Hast du mir nicht geschworen, mir auf ewig zu dienen? Mit deinem Leben, wenn es sein muss?«

Langsam, ganz langsam wandte Wittiges den Kopf und musterte wie in Trance die Magd und dann Brunichild. Nie wäre er darauf gekommen, dass ihre Gemeinheit so weit ginge. Aus irgendeinem Grund hatte sie sich anscheinend in den Kopf gesetzt, das Mädchen zu demütigen. Die Kleine stand zitternd auf.

»Sie ist deine Sklavin, nicht wahr?«

»Spielt das eine Rolle? Ja, sie ist meine Sklavin, und ich gebe sie dir zur Frau.«

»Das kannst du nicht ernst meinen«, fuhr er sie an. »Hör auf mit diesen dummen, unwürdigen Scherzen. Wenn du auf sie zornig bist, schlage sie meinetwegen, aber mach dich nicht auf diese Weise über sie lustig. Sie kann sich nicht wehren.«

Brunichilds Stimme wurde schneidend. »Wie schön, dass du bereits für sie Partei ergreifst. Das erleichtert die Sache für alle Beteiligten, und ihr …«

»Du meinst es ernst«, fiel er ihr staunend ins Wort.

»Hast du es endlich begriffen?«

Sie meinte es bitterernst. Wenn sie jemanden treffen wollte, dann ihn. Sie wollte *ihn* demütigen. Eine Ehe mit einer Sklavin! Er trat auf den Zeltausgang zu und schüttelte bedauernd den Kopf. »Tut mir leid. Ich kann dir mit meinem Leben dienen, jederzeit, aber meine Ehre lasse ich nicht antasten. Wie du sehr gut weißt, bin ich von adliger Herkunft. Das allein verbietet schon so eine Verbindung – und warum überhaupt?« Er wollte sich das nicht länger anhören.

»Weil Aletha einen Ehemann braucht.«

Er blieb stehen. »Aber bestimmt nicht mich. Wieso braucht sie einen Ehemann?« Unwillkürlich warf er einen Blick auf das Mädchen. Ein recht unscheinbares Geschöpf.

»Weil sie in Schwierigkeiten ist.«

»Verstehe ich nicht.«

»Doch, du verstehst genau. Und du wirst sie heiraten.«

»Niemals!«, protestierte Aletha scharf. Ihre Augen flammten, und ihre blassen Wangen röteten sich.

Verblüfft schaute Wittiges sie nochmals an. Blitzschnell führte er eine Bestandsaufnahme durch. Sie war klein, zierlich, aber nicht mager, sie hatte ein hübsches Gesicht, weiche, volle Lippen, üppige braune Locken. Vielleicht doch ganz ansehnlich. Gewöhnlich wäre es nicht schwierig gewesen, sie zu verheiraten. Aber es war anscheinend eine *verdorbene* Frau. Irgendetwas hielt ihn davon ab, Wut und Empörung hinauszuschreien. Vielleicht der Blick des Mädchens. Die tiefe, unmissverständliche Ablehnung in ihren Augen. Der Stolz.

»Hört zu, ihr beiden!«, sagte Brunichild leise. »Ihr werdet heiraten, aber niemand verlangt von euch, dass ihr zusammenlebt. Aletha bleibt meine Magd. Du, Wittiges, bekommst eine Stellung als Stallmeister an meinem Hof und sie eine ordentliche Mitgift. Sieh zu, was du daraus machst.«

Es war ganz undenkbar. Ein Skandal, den er nicht einmal

publik machen konnte. Eigentlich wollte er das Zelt schleunigst verlassen, aber vorher musste sich seine Wut doch noch Bahn brechen. Jede Rücksicht war überflüssig, geradezu schädlich.

»Nicht einmal du kannst mir so eine Frau aufhalsen, eine, die schon einer gehabt hat. Abschaum. Nicht für alles Geld der Welt.«

Brunichilds Miene wurde starr, und alle Farbe wich aus ihrem Gesicht. Wittiges fühlte sich flau und schuldbewusst und gemein, während seine ehemalige Geliebte nach Atem rang, bevor sie endlich wieder sprach.

»Du hast gelobt, mir mit allem zu dienen, was ich von dir fordere. Mit *allem*. Hältst du so deine Schwüre? Stehst du dazu oder nicht? Wenn ja, wiederhol den Schwur. Wenn nicht, bist du ein Verräter. Dann bist *du* Abschaum.«

Wittiges gab sich geschlagen, und am Ende gab auch Aletha nach, müde und mürbe geredet von einer Person, die von Anfang an nicht den geringsten Zweifel am Ausgang der Debatte gehegt hatte. Fast hätte Wittiges sein Einverständnis zurückgenommen. Als er resigniert die letzten Schritte zum Zeltausgang machte, kam ihm Brunichild nach.

»Diese Heirat ist die Strafe dafür, dass du zurückgekommen bist«, zischte sie. Eine scharfe Entgegnung auf den Lippen, wandte er sich zu ihr um. Sie legte ihm die Hand so auf die Brust, dass sie seinen Herzschlag spüren musste. Als ob sie sich ein letztes Mal vergewissern wollte, wie mühelos sie ihn erregen konnte. O ja, sein Herz klopfte, und das Blut brauste durch seine Adern. Wut mischte sich auf höchst unerquickliche Art mit heißem Begehren. Am liebsten hätte er sie gepackt, geschüttelt und wäre über sie hergefallen.

Über ihre Schulter hinweg erhaschte er einen Blick auf Aletha, die ihnen forschend nachsah. Etwas blitzte in ihren Augen auf, eine Warnung für die Zukunft. Immerhin, befand er halb erleichtert, bekäme er keine dumme Gans zur Frau. Und ansehnlich, darüber gab es keinen Zweifel mehr, war das Mädchen auch noch.

Er hatte einige Bedingungen gestellt, aber nur eine zugesagt bekommen.

Noch vor der schlichten Zeremonie übergab ihm ein Schreiber eine Urkunde über Alethas Freilassung. Er würde keine Sklavin heiraten. Brunichild selbst hatte die Freilassung mit Unterschrift und Siegel bezeugt. Herzog Gogo nahm sich die Zeit, nach dem priesterlichen Segen, erteilt von niemand anderem als Pontus, zu erscheinen und einen Glückwunsch auszusprechen. Es klang sogar aufrichtig.

Was Pontus betraf, hatte Wittiges einige Zweifel an dessen priesterlicher Würde. Die Heirat war trotzdem rechtskräftig, da das Eheversprechen vor Zeugen gegeben worden war. Im schlechtesten, vielleicht auch im besten Fall – das musste sich erst noch herausstellen – war er eine Friedelehe eingegangen, ein private Absprache zwischen einem Mann und einer Frau, die leicht gelöst werden konnte.

Die Mitgift, die ihm ein Bediensteter Brunichilds aushändigte, war nicht zu verachten. In der hübschen Holzschatulle lagen außer einigen Schmuckstücken und zwei Silberbechern auch fünfzig *Solidi*.

Pontus beäugte fachmännisch jedes Stück und klopfte ihm anschließend auf die Schulter. »Jetzt bist du ein gemachter Mann. Du hast einen Schatz.« Und damit war nicht Aletha gemeint. Wittiges wollte das Zeug nicht sehen, es ekelte ihn geradezu davor. Damit war ihm seine Ehre abgekauft worden.

Sofort nach der Zeremonie war die Magd verschwunden. Wittiges hatte nur kurz ihre klammen Finger berühren dürfen und eine furchtbare Angst in ihren Augen entdeckt, als er sie dem Brauch gemäß küsste, um damit die leibliche Vereinigung zu besiegeln.

Leibliche Vereinigung!

Seine Braut hatte geradezu ängstlich Abstand gehalten und nicht das leiseste Entgegenkommen gezeigt. Was hatte Brunichild ihr über ihn erzählt? Dass sie sich vor ihm hüten musste? Dass er ein Ungeheuer war? Ihre völlig ungerechtfertigte Ablehnung wurmte ihn mächtig. Viele Ehen wurden unter ungünstigen Umständen geschlossen, aber es konnte trotzdem etwas Gutes daraus werden. Und er war einigermaßen entschlossen, Brunichilds hinterlistige Pläne zu durchkreuzen, die darin bestanden, ihn zwischen zwei Frauen herumhampeln zu lassen, die beide unerreichbar waren.

Einen weiteren Wunsch, den er geäußert hatte, hatte sie rundweg abgelehnt. Nein, sie würde Alexander nicht die Freiheit, die er eigentlich schon besaß, mit einer unanfechtbaren Urkunde bestätigen. Vielleicht später einmal. Alexander hatte er nichts von seinem Vorstoß erzählt, um ihn nicht unnötig zu betrüben. Immerhin hatte sie erlaubt, dass er sein Diener sein durfte, bis sie eine andere Verwendung für ihn hatte.

14

Gelegentlich stahl sich Aletha davon und ließ sich nicht entlocken, wohin sie gegangen war. Standhaft verweigerte sie die Auskunft. Brunichild hätte sie schlagen können, verzichtete aber auf eine Bestrafung. Denn seit der Heirat hatte ihre Magd auf unangreifbare Weise zu neuer Würde gefunden. Zu gern hätte Brunichild erfahren, ob ihr Mann inzwischen seine ehelichen Rechte geltend machte, aber selbst Sidonias Anzüglichkeiten liefen ins Leere.

Dank der erhöhten Wachsamkeit aller Krieger kam es zu keinem weiteren Überfall. Ohnehin setzte Brunichild die Reise wieder auf dem Fluss fort, bis die Grenze von Sigiberts Reich überschritten war. Der Frühling zog ins Land. Überall spross das Gras, und auf den Äckern wurde mit Ochsengespannen gepflügt. Die Bäume überzogen sich mit dem hellen Flaum neuer Blätter, Vogelgezwitscher scholl herüber. Die Stimmung hob sich mit jedem Tag. Inzwischen war es Ende März, und es sollten nur noch zwei Wochen bis zur glanzvollen Hochzeit in Metz vergehen. Sidonia sprach von nichts anderem, nur Nanthild schien die Hochzeit so zu sehen wie Brunichild: als eine Pflicht, die man stoisch auf sich nahm. Die Aussicht, endlich ihren Gatten kennenzulernen, versetzte Brunichild in eine dumpfe, lähmende Furcht. Eine tiefe Traurigkeit überfiel sie wie am Ende eines langen Weges in die Dunkelheit.

Es machte keinen guten Eindruck, ihre Damen um nähere Auskunft über Sigibert zu bitten, aber wen sollte sie sonst fragen? Einen Tag vor der Ankunft richtete sie es so ein, dass sie mit den beiden allein war. Sie hatten Quartier in einer der königlichen Pfalzen bezogen, die wie ein weiter Gürtel Metz umgaben. Diese Pfalz bestand aus einer zur Festung ausgebauten *Villa*, eine halbe Tagesreise von Metz entfernt. Schuppen, Ställe und Scheunen gruppierten sich um einen großen kahlen Hof, auf dem kein einziger Baum wuchs. Das Wohnhaus machte keinen guten Eindruck. Die Räume waren ungastlich, düster und klein. Eine nüchternere, freudlosere Unterkunft konnte sich Brunichild kaum vorstellen. Wie sehr spiegelte sie die Eigenart ihres Besitzers?

»Sieht er einem seiner Brüder ähnlich?«, fragte sie Sidonia nervös.

»Nein«, antwortete Nanthild knapp, und damit war das Gespräch beinahe beendet.

Sidonia kicherte. »Er ist nicht so groß wie Chilperich und nicht so hager wie Guntram. Na, ja, er ist kräftig. Ich hab einmal gesehen, wie er …« Am Ende hatte Brunichild den Eindruck, dass Sigibert zumindest körperlich eine Kreuzung aus Bär und Ochse darstellte und seine rustikalen Umgangsformen dem entsprachen. Nein, sagte Sidonia entschieden und erntete ein missbilligendes Stirnrunzeln Nanthilds, Charme hätte er überhaupt nicht. Aber, setzte sie strahlend hinzu, noch nie habe jemand behauptet, er sei ein Schürzenjäger. Bestimmt wäre er der treueste aller Ehegatten.

Hinter dem Haus lag ein kleiner, verschatteter Garten, und dorthin flüchtete sich Brunichild vor dem Abendessen. In der Mitte bildeten drei Bäume ein Dach, unter dem ein gemauerter Brunnen stand. Ein Mann mit nacktem Oberkörper hatte sich einen Eimer Wasser heraufgeholt und wusch sich unter ausgiebigem Grunzen und Stöhnen. Neben ihm auf einer Steinbank lagen seine Oberbekleidung und ein ledernes Schwertgehänge samt Schwert.

Brunichild schaute sich um, es kam ihr gefährlich vor, hier mit einem unbekannten Mann allein zu sein. In diesem Augenblick hatte er sie entdeckt. Mit einem Schwung goss er sich das restliche Wasser über den Kopf und schüttelte es sich aus den Haaren, während er bereits mit langen Schritten auf sie zukam. Sie wich zurück.

»Du musst keine Angst haben«, sagte er mit tiefer, volltönender Stimme und streckte eine Hand aus. Als ob er ein ängstliches Pferd beruhigen will, schoss es ihr durch den Sinn. Sie raffte ihre Röcke, um schneller davonlaufen zu können, aber er holte sie mühelos ein, packte sie am Arm und riss sie zu sich herum.

»Lass dich anschauen«, sagte er ruhig.

Sie hielt ganz still, als er sie am Kinn fasste und gelassen ihr Gesicht betrachtete. Zum Schluss strich er ihr übers Haar und lächelte flüchtig. Sein Oberkörper zeigte die Spuren mehrerer schlecht verheilter Schwertwunden, und sein kantiges Gesicht war leicht entstellt durch eine Narbe, die den Mund ein wenig schief zog. Und dieser Mund näherte sich ihren Lippen und küsste sie. Ekelhaft!

»Willkommen, meine Prinzessin!«

Sie rückte von ihm ab und wischte sich mit dem Handrücken ungeniert über den Mund, doch er beachtete ihren Abscheu nicht.

»Geht es dir gut? Hast du die Reise einigermaßen überstanden? Ich hörte schon von dem Überfall und bin so rasch hergeritten, wie ich konnte. Heute Mittag war ich noch in Metz.«

Brunichild trat einen weiteren Schritt zurück.

»Verrätst du mir, wer du bist, bevor du noch vertraulicher wirst? Bei uns ist es nämlich nicht üblich, dass sich ein Mann einer Frau ungebeten aufdrängt«, sagte sie so steif und missbilligend wie möglich. Natürlich ahnte sie, wer er war. Er entsprach keineswegs Sidonias ungünstiger Beschreibung, aber seine viel zu direkte und beleidigend nüchterne Art stieß sie gewaltig ab.

Er verzog amüsiert die Mundwinkel, und Herzlichkeit glomm in seinem Blick auf. »Ach, komm schon! Unsere Sitten sind einwandfrei, das wirst du noch merken. Wir sind nur nicht so steif wie am Hof deines Vaters. Aber Zeremoniell gibt es noch genug. Bei unserer Hochzeit werden wir nichts auslassen, was deiner Stellung als neuer Königin nutzt. Sei ganz beruhigt.«

In der Nacht kam er in ihre Kammer und nahm sie mit ungestümer Heftigkeit. Er ließ ihr kaum Zeit, sich auf den Akt vorzubereiten. Hier und da berührte und küsste er sie, damit sie gerade so feucht wurde, dass er ohne größere Mühe eindringen konnte. Brunichild dachte an die Lehren, die ihr die alte Hure erteilt hatte, und wie wenig diese hier anzuwenden waren. Auch an ihre leidenschaftlichen Begegnungen mit Wittiges musste sie denken, aber auch damit hatte dieser Beischlaf nur entfernte Ähnlichkeit. Es war vielmehr eine höchst zielgerichtete, strategisch durchgeführte Inbesitznahme. Nachdem er sich das erste Mal in sie ergossen hatte, streichelte er sie, bis sie aufstöhnte. Sofort spreizte er erneut ihre Schenkel, hob ihre Beine auf seine Schultern, und diesmal stieß er noch tiefer in sie hinein. Ohne es zu wollen, kam sie zum Höhepunkt und fühlte sich danach seltsam schwach und wie ausgehöhlt. Irgendwie blieb ein Hunger, blieb eine Sehnsucht übrig, die sich aber keineswegs an den

Mann knüpfte, der ihr so gekonnt seinen Willen aufgezwungen hatte.

»Weißt du«, sagte Sigibert im Plauderton und rückte ihren Kopf an seine Schulter, »die Ehe wird bei uns Franken immer noch im Bett geschlossen. Die offizielle Feier ist nur Beiwerk.«

Kapitel 3

Die Schwestern
566–567 n. Chr.

1 »Sei nicht dumm! Geh bloß nicht hin!«, hatte Alexander gewarnt.

Wittiges hatte ihn angefahren und ihm empfohlen, den Mund zu halten. Er musste hingehen, es blieb ihm keine Wahl. Gogo selbst hatte ihn aufgefordert, zur Huldigung in die große Halle zu kommen, und unmissverständlich klargemacht, dass ein Fernbleiben als Beleidigung aufgefasst werde. Und so stand Wittiges in einer langen Schlange, die sich stockend auf den Thron zuschob.

Der Thron war eindrucksvoll in seiner Schlichtheit und stand einige Stufen erhöht, war aber nicht besetzt. König Sigibert war an den Rand der Estrade getreten, Brunichild neben sich. Beide zusammen nahmen die Huldigungseide entgegen, die ihnen als Königspaar galten. Die meisten, die hier anstanden, erneuerten nur den alten Eid, den sie ihrem König bereits früher geleistet hatten. Wittiges wusste nicht, was er hier sollte. Denn von einer Bereitschaft, Sigibert einen Eid zu leisten, konnte bei ihm keine Rede sein. So weit war er noch nicht. Obwohl der Gedanke eine gewisse Logik hatte, schließlich wollte er sich im Reich des fränkischen Königs niederlassen. In Brunichilds Reich, berichtigte er sich. Sigibert hatte keine Bedeutung für ihn.

Zwei von dessen drei Brüdern nahmen an den Hochzeitsfeierlichkeiten teil und weilten nun als Beobachter in der Halle. Chilperich kannte Wittiges schon, aber er hatte kein Bedürfnis, diese Bekanntschaft in einer persönlichen Begegnung zu erneuern. Er brauchte Alexanders Warnung nicht, um sich von dem Mann fernzuhalten. Der ostfränkische König war über und über mit Juwelen behängt. Sie blitzten auf seinem Gewand, dem mit Goldstickerei überreich geschmückten Mantel und dem Schwertgehänge, und es wirkte nicht einmal protzig. Das war schon hohe Kunst. Eine gelungene Zurschaustellung von Macht und Reichtum. Unüberhörbar war ein Raunen durch die Menge gegangen, als er mit seinem nicht weniger prächtig ausstaffierten Gefolge aus Edelleuten und Edeldamen eingetreten war, kurz vor Sigibert.

Charibert, der andere Bruder und der Älteste der Sippe, machte vor allem einen müden Eindruck. Die kurze Reise von seiner Residenz Paris nach Metz schien ihm nicht bekommen zu sein, und nun stellte ihm ein Diener einen Stuhl hin, damit er sich setzen konnte.

Drei Männer waren vor Wittiges noch an der Reihe. Unruhig schweifte sein Blick zu Priscus, der nicht weit von Chilperich entfernt stand und das Geschehen beobachtete. Wittiges war immer noch uneins mit sich selbst. Priscus hatte ihm vor Beginn der Zeremonie geraten, den Leudeseid zu leisten und damit den ersten Schritt zu tun, um möglichst rasch möglichst einfach Fuß zu fassen. Der Leudeseid würde vieles leichter machen. Und Eide, hatte Priscus mit einem Augenzwinkern erklärt, waren so lange bindend, wie man sie für bindend hielt. Das hatte Wittiges gehörig verwirrt. Innerlich sträubte er sich gegen eine derartige Leichtfertigkeit. Ein Eid war ein heiliges Gelöbnis. Er hatte gar nicht umhin gekonnt, Priscus seine Meinung mitzuteilen, und daraufhin ein Lachen und einen mannhaften Schlag auf die Schulter geerntet.

»Ich wollte nur wissen, wie du es mit dem Eid hältst«, hatte Priscus ernst werdend erklärt. »Jetzt bin ich sicher, dass Sigibert dir trauen kann.«

Innerlich wurmte Wittiges diese unnötige Prüfung seiner Gesinnung. Vor ihm würden noch drei Westgoten den Treueeid leisten. Alle drei wollten bleiben und hier ihr Glück versuchen, da sie in der Heimat nicht viel zu erwarten hatten, ähnlich wie Wittiges selbst. Der jüngste von ihnen war sechzehn, ein schmächtiger Kerl, der ihm verlegen anvertraut hatte, er habe sich in eine Magd Brunichilds verliebt. Sie wollten sich gemeinsam etwas aufbauen.

Pontus war mit in die Halle gekommen, während sich Alexander verstockt in ihrer Unterkunft verkrochen hatte. Im Augenblick hätte ihm Wittiges gern Gesellschaft geleistet. Je näher er dem Königspaar rückte, desto heftiger empfand er Widerstreben und Pein. Brunichild war sich offenbar schnell mit ihrem Gatten einig geworden. Beide strahlten die Aura eines gesegneten und vertrauten Paares aus, ein überaus schmerzlicher Anblick. Dazu kam noch die unverkennbare Hoheit, sie waren *gesalbte* Könige. Sigibert trug neben der kostbaren Kleidung aus Goldbrokat alle Insignien seiner Königswürde: einen goldenen Handgelenksring, einen Stirnreif und eine Kette, an der ein mit Almandinen besetzter Stierkopfanhänger als Zeichen seiner legitimen Abkunft von Merowech hing, dem halb mythischen Ahnherrn. Brunichilds Brust bedeckte ein schweres, doppeltes Collier aus Gold und Edelsteinen, und ihre Hüften waren mit einem breiten Band gegürtet, an dem ein Stierkopfanhänger befestigt war. Mit seinem Gepränge wirkte das Königspaar hoch erhaben über alle Sterblichen.

An der Hochzeitszeremonie hatten nur das engste Gefolge und die Familie teilgenommen, es war dem Hörensagen nach eine ergreifende Feier gewesen. Dort war etwas geschehen, das Brunichild Wittiges auf ewig entrückte.

Mit einem heftigen inneren Aufbegehren dachte er daran, dass er sie vor Sigibert besessen hatte, vor ihrem angetrauten Gatten. Eigentlich war sie …

Alle Gedanken stockten. Die beiden Westgoten in der Reihe vor ihm traten mit langen Schritten auf den König zu, etwas blitzte unter dem Mantelsaum des einen auf. Die Spitze einer Waffe. Der Westgote hatte einen Scramasax bei sich, einen armlangen zweischneidigen Dolch, der sehr gut am Körper zu tragen war. Unauffällig, nützlich, die gefährlichste und heimtückischste Waffe überhaupt. Wittiges nahm eine bestimmte Bewegung des Arms wahr. Wie von selbst schoss sein Fuß vor, hakte sich in ein Bein des Mannes, während er sein Messer zog und nahezu blind zustach. Von der Seite, von unten.

Noch während der Westgote in die Knie brach, kam Tumult auf. Schreie gellten. Sigibert begriff sofort. Blitzschnell zog er sein Schwert, schlug beidhändig zu, trennte den Kopf des Attentäters halb ab. Blut spritzte. Jetzt versuchte auch der zweite Westgote mit seinem Dolch zuzustechen. Aber bevor noch andere Krieger herangestürmt waren, holte Sigibert erneut aus und rammte dem Mann die Klinge in die Kehle, riss sie heraus und sah sich mit wildem Blick nach weiteren Angreifern um.

Der Junge neben Wittiges war einen Schritt zurückgewichen

und hob abwehrend die Hände. Sigibert schwang trotzdem das Schwert.

»Nein!«, schrie Wittiges. »Genug!«

Der Angriff stockte mitten in der Bewegung. Wittiges schob sich von der Seite an den Jungen heran. Im nächsten Moment stieß Sigibert diesen zu Boden, stellte ihm den Fuß auf den Rücken, und hielt ihm die Klinge an die Kehle.

»Warum soll ich den Jungen nicht töten?«, fragte er.

Zwei Männer packten Wittiges, er leistete keine Gegenwehr. »Er ist unschuldig«, keuchte er. »Er hat mit den anderen nichts zu tun, er will eine Fränkin heiraten.«

Sigibert glotzte ungläubig. Spöttisches Gelächter erhob sich, das jäh abbrach.

»Zumindest *er* selbst ist unschuldig. Lasst Wittiges frei.« Das war Gogos grollende Stimme. Wittiges wagte noch nicht zu hoffen, dass sich Gogos Vernunft durchsetzte. Nie war ihm der Herzog so lieb und teuer gewesen. Fast wie ein Freund.

Erst als Sigibert unmerklich nickte und von dem knienden Jungen zurücktrat, wurde Wittiges losgelassen. Alles hatte sich verändert. Aufruhr herrschte statt weihevoller Stimmung. Aufgeregte Gefolgsleute rotteten sich zusammen, überall schimmerte blanker Schwertstahl. Die Westgoten aus Brunichilds Eskorte knieten entwaffnet auf dem Boden, oder sie lagen still da, während sich ringsum Blutlachen ausbreiteten.

Brunichilds Gesicht war schneeweiß, sie hielt sich leicht gekrümmt, die Arme um die Schultern geschlungen, als hätte sie ein plötzlicher Eishauch getroffen.

Wittiges' Blick flog zu ihr. Nein, sie war nicht verletzt, es war das Entsetzen, das ihr diese Haltung aufzwang.

Hatte Alexander etwas geahnt?, fuhr es Wittiges durch den Kopf. Er sah sich nach Priscus um, seinem einzigen Vertrauten am Hof. Der *Vicarius* wechselte einen Blick mit Chilperich und hielt das Schwert in der Hand. War Chilperich auch bedroht worden? Um Charibert hatte sich ein Kordon seiner Leute gebildet, von dem gebrechlichen Mann war nichts zu sehen.

Sigibert hob das Schwert hoch in die Luft, und allmählich kehrte Ruhe ein. Wenig später hatte sich die Halle geleert. Alle Westgoten, die noch lebten, waren arretiert worden, Wittiges war der Einzige, dem man nicht die Hände gebunden hatte. Aber er wurde von zwei fränkischen Kriegern bewacht und durfte sich nicht von der Stelle rühren. Erst nach zwei Stunden kam Gogo und nahm ihn mit. Stumm führte er ihn in ein Gemach, in dem ihn Sigibert erwartete.

Der König hatte den Mantel aus golddurchwirktem Stoff und den Stirnreif abgelegt, aber er trug noch den Handgelenksring und die Kette mit dem Stierkopfamulett. Breitbeinig und vor sich hin brütend saß er auf einem Faltstuhl. Als Gogo mit Wittiges eintrat, blickte er auf und bedeutete den beiden, sich Schemel zu nehmen und sich zu setzen.

»Was sagst du zu dem Anschlag? Wer steckt dahinter?«, wandte er sich an Wittiges.

Wittiges zuckte mit den Schultern. »Da fragst du den Falschen. Der Angriff hat mich genauso überrascht wie dich.«

Sigibert stützte einen Ellbogen auf den Tisch neben sich. »Du hast deine Überraschung aber sehr gut gemeistert. Reagierst du immer so schnell?« Eindeutig klang Misstrauen aus der Frage.

Wittiges fühlte sich aus mehreren Gründen äußerst unwohl. Zum einen hatte ihn die tollkühne Attacke gegen den König im Thronsaal inmitten seiner Leute erschüttert. Die beiden Angreifer hätten doch niemals damit rechnen können, heil davonzukommen. Es sei denn, sie hatten mit Unterstützung gerechnet. Bloß von wem? Darüber hatte er sich bereits den Kopf zerbrochen, war aber zu keinem Ergebnis gekommen. Wer wollte Sigibert umbringen? Athanagild, der Vater seiner neuen Gemahlin? Welchen Sinn sollte das haben? Westgotische Adlige, die mit der Bündnispolitik ihres Königs nicht einverstanden waren? Möglich. Auf alle Fälle waren die Attentäter Westgoten, daran bestand kein Zweifel. Wie sah daher die Sache für ihn, Wittiges, aus? Letztens machte ihn sein geheimes Wissen befangen. Es fiel ihm schwer, dem Mann ins Gesicht zu sehen, mit dessen Frau er geschlafen hatte.

»Ehrlich gesagt, weiß ich kaum, was ich überhaupt getan hab. Der Mann vor mir machte eine Bewegung, und ich hatte gerade erst die Spitze seines Dolchs gesehen, als …« Wittiges verstummte unglücklich.

»Du hast nicht nachgedacht, sondern gehandelt.« Sigiberts Miene war immer noch düster und abweisend. »Vielleicht hättest du anders reagiert, wenn du nachgedacht hättest. Du bist mit den Männern, die mich angegriffen haben, aus Toledo gekommen. Du musst etwas über sie wissen.«

Wittiges war diese Unterredung bereits leid. Sie führte zu nichts, das war abzusehen. Als Westgote hatte er durch den Vorfall im Thronsaal einen Makel erhalten, den er nicht mehr loswerden würde. Wut über dieses Verhängnis rumorte in ihm ebenso wie Selbstmitleid. Das hier war nicht gerecht.

»Ich kannte die Männer kaum. Sie nicht und die anderen auch nicht. Wir hatten nicht sehr viel miteinander zu tun.« Vor allem wegen Alexander, ging ihm auf. Wenn er ihn nicht am Hals gehabt hätte, hätte er sich auf der Reise vielleicht mit einigen der Männer angefreundet und abends mit ihnen gezecht. »Ich war erst seit drei Wochen in Toledo, als ich mich dem Gefolge deiner Gemahlin anschloss.«

»Warum hast du das getan?« Sigibert sah ihm starr in die Augen.

Wittiges überlief es heiß. Wie lange würde er diesem durchdringenden Blick standhalten, ohne sich zu verraten?

»Nun?«

In Wittiges' Hirn herrschte Wirrwarr. In äußerster Qual sah er auf seine Stiefel hinab. Es gab nur eine ehrliche Antwort auf die Frage. »Ich wollte weg. Es gefiel mir nicht in Toledo«, sagte er ausweichend. Ruckhaft hob er den Kopf.

Gogo lachte dröhnend. »Ich hab dir gesagt, er ist ein Abenteurer, ein junger Dachs mit Flausen im Hirn.«

Sigibert verzog keine Miene. »Woher kommst du? Und was willst du hier?«

»Was hast du mit den übrigen Westgoten vor?«, brach es plötzlich aus Wittiges heraus. »Ich kann mir nicht vorstellen, dass noch jemand außer den beiden etwas mit dem Anschlag zu tun hat. Der Junge, der neben mir stand, bestimmt nicht. Er war nicht einmal bewaffnet.«

Sigibert stand auf und langte beiläufig nach seinem Schwert, das neben ihm am Stuhl lehnte. Jetzt ist es so weit, dachte Wittiges. Er wird mich niedermachen, um sicherzugehen. Ein Toter stellt keine Gefahr mehr dar.

»Das habe ich nicht verdient!«, schrie er außer sich und schnellte hoch. Die Waffen hatten ihm Sigiberts Krieger abgenommen.

»Nur ruhig«, mischte sich Gogo ein. »Knie nieder.«

Plötzlich floss alle Kraft aus Wittiges heraus. »Also gut«, murrte er mit einem Anflug von heroischem Trotz und sank auf die Knie, »dann muss es wohl so sein. Ich flehe nicht um mein Leben. Aber ich hoffe, du schaffst es mit einem Streich, mir den Kopf abzuschlagen.« Wie lange dauerte das Sterben?

»Gib mir deine Hände.« Sigiberts Stimme klang ruhig, beinahe mitleidig. Ohne aufzuschauen, streckte Wittiges die Arme aus.

»Du musst die Hände falten.« Belustigung klang in der Stimme auf.

Wittiges hob den Kopf. Sigibert lächelte, Gogo hielt das Schwert für ihn.

»Du bist wegen des Eids gekommen, und ich werde ihn dir hier abnehmen.« Sigiberts große raue Hände legten sich um die von Wittiges. »Ich werde dir den Eid vorsprechen, und du sprichst ihn nach.«

Ein Taumel erfasste Wittiges. Ein Schauder nach dem anderen überlief ihn. Von den Händen, die die seinen umfassten, ging etwas Magisches aus, er wusste es, er spürte es. Alle gesalbten Könige hatten es. Die Kraft, Heil zu spenden, unmittelbar von Gott verliehen.

Wittiges hörte sich reden, sehr getragen, sehr ernst, denn ein Eid erforderte Ernst, nur wusste er nicht genau, was er sagte. Das würde er sich später von Gogo erklären lassen. Der Herzog blickte ernst drein, als er Sigibert zum Schluss das Schwert reichte, das dieser mit der flachen Klinge in einem wuchtigen Hieb auf Wittiges Schulter niedersausen ließ.

Wittiges empfing den Schlag standhaft, ohne merklich nachzugeben.

Sigibert grinste unmerklich. »Du bist ein Kerl, nicht wahr? Ein echter Krieger.«

Danach zog er ihn auf die Füße, umarmte und küsste ihn und lächelte plötzlich. »Willkommen bei meinen *Antrustiones*, Wittiges.«

Antrustio! Sigibert hatte ihn in die Reihen seiner engsten Gefährten, seiner Tischgenossen und Waffenbrüder aufgenommen, statt aus ihm nur einen wehrpflichtigen Gefolgsmann zu machen. Wittiges war zu überwältigt, um irgendetwas Kluges von sich zu geben. Gogo begleitete ihn hinaus und schloss nachdrücklich hinter ihm die Tür.

Sigibert verhielt noch einen Moment schweigend, in Gedanken versunken.

»Nun«, sagte er schließlich, »was machen wir jetzt mit ihm? Ich hoffe nur, der Aufwand lohnt sich. Schlag erst einmal vor, was wir ihm als Anerkennung und Dank geben sollen.«

»Kein Gold, sondern Land«, antwortete Gogo, ohne zu überlegen. »Land hält ihn hier. Anders als wir legen die Westgoten viel Wert auf Land, er wird es zu schätzen wissen. Und Wittiges kommt vom Land, hat mir Priscus erzählt.«

»Übernimm du das. Lass eine Urkunde ausfertigen, die ihm Land in der Umgebung von Reims zuweist. Aber nicht so viel, dass er sich um nichts anderes mehr kümmert. Ich will ihn bei mir haben. In meiner Leibwache. Der Junge hat Augen wie ein Luchs.«

»Und er ist unerschrocken.« Gogo berichtete in knappen Worten von Wittiges' Rolle bei dem Überfall auf Brunichild und ihren Tross auf der Reise nach Metz.

»Dann bin ich ihm doppelt Dank schuldig«, sagte Sigibert lächelnd und erhob sich. »Und nun möchte ich etwas tun, wozu ich bisher nicht gekommen bin. Wo hast du ihn?«

»Wen?«

»Den Schatz.«

Gogo wusste, was Sigibert meinte. »Sicher verwahrt.« Als oberster Hofbeamter und Hausmeier hielt er die Hand auf dem Brautschatz der Königin. Er hatte alle Wagen entladen lassen und den Inhalt unter großen Sicherheitsvorkehrungen in einer Kammer unterhalb des Palastes untergebracht, zu der ein streng bewachter Zugang führte. Die beiden passierten die Wachen, ließen sich Fackeln geben, und Gogo schloss am Ende eines Ganges die schwere Eichentür auf. Mit Sigibert zusammen betrat er den fensterlosen Raum. Es roch muffig, nach jahrhundertealtem Staub. Aber das kümmerte keinen der beiden. Ihre Aufmerksamkeit war voll und ganz auf große und kleine Truhen gerichtet, die durch Eisenbänder und komplizierte Schlösser gesichert waren. Die Schlüssel drehten sich knirschend und so widerwillig, als gäben sie nur ungern den Inhalt preis.

Sigibert ließ sich Zeit.

Das Wühlen im Schatz war die Belohnung für ein Jahr quälender Taktiererei und ungewisser Verhandlungen. Guntram hatte sich entschieden gegen die Heirat gestellt, und er hatte erst mit der Garantieerklärung beschwichtigt werden müssen, dass Sigibert nicht daran dachte, mit Hilfe seiner neuen Verbündeten Burgund zu überfallen. Sigibert liebte Gold. Gold verlieh Macht und Ansehen. Es war ihm eine Freude, das Gewicht silberner Schüsseln in der Hand zu spüren, funkelnde Juwelen auf Prunkwaffen zu zählen und Gold*Solidi* durch die Finger gleiten zu lassen. Athanagild hatte seine Tochter reich, sehr reich ausgestattet. Was bedeutete schon Land? Land nagelte seinen Eigentümer fest. Einen Schatz konnte man stets mit sich führen. Gold war eine Offenbarung. Mit Gold ließ sich Macht darstellen, mit Land nicht.

Sigibert runzelte die Stirn. »Was befand sich in dem Wagen, der geraubt wurde?«

»Tafelgeschirr.« Gogo verschwieg, dass es sich um *goldenes* Tafelgeschirr handelte, er wusste, dass Sigibert außer sich geraten würde, erführe er davon.

»Ärgerlich«, murmelte dieser. Mit einer Armbewegung umfasste er Kisten und Truhen. »Wir könnten mehr davon gebrauchen. Meine Krieger erwarten Geschenke von mir, und solange ich ihnen keinen Beutekrieg biete, muss ich meine Schätze angreifen.« Er griff nach einem Henkelpokal und strich über die polierte Wandung.

»Was ist mit den Awaren im Osten?«, erkundigte sich Gogo.

»Sind im Augenblick ruhig, wie mir meine Späher berichteten, aber ich traue dem Frieden nicht. Wenn wir gegen sie ziehen müssen, dann, um unsere Haut zu verteidigen. Ich glaube nicht, dass dabei viel Beute herausspringt.«

»Wenn du glaubst, es kommt zum Krieg, verhandle vorher mit Guntram, beteilige ihn an den Kriegskosten. Schließlich profitiert er von der Verteidigung der Grenzen.«

Erstaunt hob Sigibert den Kopf. »Eine gute Idee. Aber jetzt erzähl mir von der jüngsten Tochter Athanagilds. Wie ist sie? Oder lohnt es sich nicht, über sie nachzudenken?« Er legte den Pokal zurück und nahm dafür eine flache Schale mit umlaufendem Weinlaubmuster in die Hand. »Ich hätte gern noch so einen Schatz.«

Gogo schüttelte den Kopf. »Ich habe das Mädchen nicht gesehen und nur gehört, dass sie Brunichild ähnelt, was immer das heißen mag.«

»Was immer das heißen mag«, wiederholte Sigibert nachdenklich. »Was meinst du – wer steckt hinter dem Anschlag in der Thronhalle?«

Gogos Miene verfinsterte sich schlagartig. »Jemand, dem es nicht gefällt, dass du mit deiner Heirat Aussicht auf legitime Erben hast. Wir haben alle Westgoten, die noch am Leben sind, eingehend und unter Androhung der Folter befragt. Sie wissen nichts. Das habe ich mir vorher schon gedacht. Es ist ausgeschlossen, dass Athanagild oder einer seiner Brüder hinter dem Anschlag steckt. Das ergäbe keinen Sinn. Wir müssen hier nach dem Schuldigen suchen.«

»Ja, ich weiß.« Sigibert klappte die Truhe zu. »Ich wollte nur deine Bestätigung hören. Wir müssen Briefe schreiben, um Athanagild die Sache zu erklären, und wir werden Wergeld für die unschuldigen unter den getöteten Westgoten bezahlen. Für jeden mindestens achthundert.«

»Das wären zweihundert mehr, als für einen deiner *Antrustiones* fällig wären.«

»Sicher, aber Knauserigkeit wäre uns nicht dienlich. Und jetzt lass uns gehen. Meine Königin wartet.«

2 Brunichild hatte eine anstrengende Nacht hinter sich und hätte gern weitergeschlafen, wenn nicht ein Grunzen sie geweckt hätte. Sigibert war offenbar ein Frühaufsteher. Das Licht hatte noch den blassen, kalten Schimmer des ganz frühen Morgens. Und doch beugte sich ihr Gatte bereits nackt über eine Schüssel und klatschte sich Wasser ins Gesicht. Ungeniert betrachtete Brunichild den breiten Rücken, den genau wie die Brust ein paar Narben verunstalteten, das muskulöse Gesäß und die haarigen Waden. Und zwischen den Beinen erahnte sie etwas, das sie schaudern ließ und Erinnerungen an die Nacht hervorrief. Und den Wunsch, dass Sigibert sich umdrehte und sie endlich bei Tageslicht sah, was er sie die halbe Nacht hatte spüren lassen. Sie schob das Laken nach unten, atmete tief ein und seufzend wieder aus. Hoffentlich musste sie das nicht jede Nacht durchmachen. Behutsam strich sie sich über die linke Brust, zuckte zusammen und beäugte die Spuren, die Sigiberts Zähne hinterlassen hatten.

»Du bist ja schon wach.« Sigibert war leise ans Bett getreten.

Brunichilds Blick wanderte über seine nackte Gestalt und

blieb an einer Stelle unterhalb des Bauchs hängen. Das war es also. Es erschien merkwürdig klein, ein harmloses Anhängsel. Nicht viel größer als bei einem Knaben. Das verwirrte sie.

Sigibert kam näher, sie nahm den Schweiß und das ranzige Fett in seinen Haaren wahr, Gerüche, die ihr in der Nacht schwer zugesetzt hatten.

»Geht es dir gut?«, fragte er und betrachtete sie aufmerksam.

Sie konnte nicht antworten. Das Ding zwischen seinen Schenkeln wuchs, während sie es beobachtete. Langsam, als hätte sie ein wildes Tier vor sich, das sie nicht mit hastigen Bewegungen auf sich aufmerksam machen durfte, zog sie das Leinenlaken über die Brust herauf. Sigibert lächelte, setzte ein Knie auf die Bettkante und zog das Tuch herunter.

»War ich das?« Er legte eine Hand auf ihre linke, malträtierte Brust, umfasste sie vorsichtig, ließ die Finger um die Wölbung kreisen. »Das tut mir leid. Ich muss betrunken gewesen sein.«

Sie hatte nicht damit gerechnet gehabt, dass er sie in dieser Nacht überhaupt beschlief. Beim abendlichen Mahl hatte er wie alle anderen Unmengen Wein getrunken. Es war laut zugegangen, eine ungehemmte Feier, die den Vorfall in der Thronhalle vergessen lassen sollte. Sigibert hatte sich betont unbekümmert gegeben. Launig hatte er sich mit ihr ein Trinkhorn mit Met geteilt, das war Teil des Hochzeitsrituals. Das süße Honigbier sollte frisch Vermählten Mut für die nächtliche Bewährungsprobe einflößen. Brunichild fand den Brauch abgeschmackt und derb, Sigibert gefiel er.

»Spätestens in einem Jahr wirst du mir einen Sohn schenken«, hatte er ihr zugeraunt.

Aus den Augenwinkeln hatte sie Wittiges erspäht, der an der königlichen Tafel saß, gar nicht weit von ihnen entfernt. Aus seiner Miene sprachen Qual und Eifersucht, dann ließ er sich auf ein Gespräch mit seinem Nachbarn Priscus ein. Wittiges war der einzige Westgote aus ihrer Eskorte, der an der Tafel zugelassen war. Sie hatte zustimmen müssen, dass alle anderen Metz sofort verließen. Eine sicher gerechtfertigte Maßnahme, trotzdem kam sie sich wie bestraft vor. Und jeglichen Schutzes beraubt. Nun war sie den Franken vollkommen ausgeliefert.

Sigibert machte Anstalten, zu ihr ins Bett zu steigen.

»Ich will nicht«, sagte sie rasch.

»Doch, du willst, du wirst es gleich merken.« Er drückte ihre

Schenkel auseinander und wollte in ihren Schoß eindringen. Unausweichlich würde sich das wiederholen, was sich mehrmals in der Nacht abgespielt hatte. Langsam hob sie die Hüften, es war ein auch für sie unerwarteter Akt. Hob sich ihm entgegen, öffnete sich weiter, so weit wie möglich. Sigibert keuchte, ließ sich auf sie fallen, drang ein.

Es tat weh, obwohl sie noch von der Nacht feucht war. Sie fühlte sich wie aufgerieben. Aber diesmal würde sie das Geschehen lenken. Wenn sie schon litt, wollte sie wenigstens Gewinn daraus ziehen. Erst einmal einige verborgene Muskeln anspannen, wie es ihr die Hure beigebracht hatte.

Sigibert stöhnte lustvoll auf. Sie war auf dem richtigen Weg, verstärkte den Druck, ließ gleichzeitig die Hüften kreisen, leicht, sanft, geduldig, verwandelte sein ungestümes Stoßen in eine Wellenbewegung, und auf einmal spürte sie selbst Lust. Eine unwahrscheinliche Lust. Es war verführerisch, sich treiben zu lassen, aber sie riss sich zusammen, machte konzentriert und kontrolliert weiter. Sigibert brüllte, er riss den Kopf in den Nacken und schrie so laut, dass sie fast Angst bekam. Und dann brach er regelrecht über ihr zusammen. Sie hätte gern weitergemacht, war aber auch so ganz zufrieden. Nur erdrückte sie der schwere Körper beinahe. Unauffällig versuchte sie, ihn wegzuschieben.

Sigibert regte sich, rollte von ihr herunter, atmete einige Male mit dem Gesicht im Kissen aus und ein. Als sie dachte, er sei eingeschlafen, tastete er mit der Hand nach ihr, bis er ihren Hals erreichte.

»Wer hat dir das beigebracht?«, stieß er wütend hervor. Ruckhaft richtete er sich auf.

»Was?« Brunichild umfasste sein Handgelenk, um die Hand von ihrem Hals zu lösen, aber diese spannte sich nur stärker um ihre Kehle und drückte langsam zu.

»Dich wie eine Hure aufzuführen.«

»Ich, ich hab mich nicht …« Verzweifelt versuchte sie flacher zu atmen.

»Doch, das hast du! Über solche Sachen wissen nur Huren Bescheid. Wer hat dich vor mir gehabt?«

Schon vor Panik bekam sie kaum noch Luft. Sie röchelte, und er lockerte ein wenig den Griff.

»Wie kannst du so etwas behaupten?«

Ganz nah schob sich sein Gesicht heran, ihre Augen konnten seinem durchdringenden Blick nicht mehr ausweichen. »Meinst du, ich bin blöd? Wer hat dich gehabt?«

Kurz schloss sie die Augen, sammelte all ihren Mut zusammen. Dann schrie sie ihn an. »Du! Du selbst hast mich gehabt! Hast du das vergessen? Es ist kaum zwei Wochen her. In der Pfalz vor der Stadt.«

Verblüfft zuckte er zurück.

»Nein, komm mir nicht mit solchen Ausreden. Auch da warst du schon keine Jungfrau mehr. Wenn du glaubst, mich hintergehen zu können, irrst du dich. Noch einmal: Wer war es?«

Aus seinen Nasenlöchern wuchsen Haare, und seine Oberlippe zuckte wie bei einem Kaninchen. Ein Kaninchen jagte ihr keine Angst ein. Sie antwortete nicht.

»Wer?« Er drückte wieder zu. Sie widerstand dem Impuls, sich zu wehren. Sich zu wehren wäre einem Schuldeingeständnis gleichgekommen. Sich nicht zu wehren würde aus ihr eine Märtyrerin machen.

Sigiberts Hand zitterte, aber er drückte nicht mehr so fest zu, dass es schmerzte. Er ließ sie zu Atem kommen. »Sag mir, wer«, flüsterte er heiser.

»Bei uns werden die Mädchen auf die Ehe vorbereitet. Weise Frauen unterrichten sie in der Kunst, dem Ehemann zu gefallen. Auch ich bin so vorbereitet worden. Ist das verwerflich?« Ihre Stimme krächzte.

»Sie haben dich, sie haben dir ... Ich habe beim ersten Mal keinen Widerstand gespürt.« Sein Blick wurde unstet.

Verstohlen atmete Brunichild auf. Aber noch hatte sie nicht gewonnen. »Was meinst du mit Widerstand? Das versteh ich nicht. Hätte ich mich mehr zur Wehr setzen sollen?«

Seine Hand begann ihre Brust zu kneten, und er schob ein Bein zwischen ihre Schenkel. »Du bist eine Hexe«, murmelte er heiser. »Und ich verbiete dir, deine Hexenkünste noch einmal anzuwenden. Hast du das verstanden?«

»Wenn du willst.« Sie schlug die Augen nieder. Seine Hand wanderte an ihrem Köper entlang, strich über die Innenseite ihres Schenkels und erkundete ihr Geschlecht. Unwillkürlich bewegte sie die Hüften.

»Du tust es schon wieder«, stöhnte er.

»Nein, ich tue gar nichts. Aber wenn du willst, kann ich

mich in einen toten Fisch verwandeln, während du mit mir schläfst.«

Sigibert lachte. Er hatte regelmäßige weiße Zähne, das war ihr schon aufgefallen. »Bist du viel geritten?«

»Ja, wieso?« Die Anspannung, die Furcht ließen nach. Mittlerweile wurde es für sie schwierig, dem Gespräch zu folgen.

»Reiten kann zur Entjungferung führen.«

»Das hat mir niemand gesagt.«

Als sie ganz sacht wieder mit ihren Hexenkünsten begann, hatte er nichts mehr dagegen.

Einige Stunden später, nachdem sie ein Bad genommen hatte, überreichte er ihr die Morgengabe: ein funkelndes Diadem und eine Urkunde, die ihr drei Städte überschrieb. Die Einnahmen daraus würden für sie in der königlichen Kanzlei verwaltet. Brunichild wusste nicht genau, ob diese drei Städte ein üppiges Geschenk waren, aber sie nahm sie als Zeichen dafür, dass sich der Unterricht bei der Hure Euphemia gelohnt hatte. Hoffentlich hatte der vergiftete Wein der Alten einen sanften, schmerzlosen Tod beschert.

3 Sigibert war ein Kriegerkönig, das begriff Wittiges schnell, während er darüber staunte, wie viele neue Freunde er auf einmal hatte. Mit seiner Tat im Thronsaal war er zu einem Helden avanciert, der dem Geschmack von Sigiberts Gefolgsleuten voll und ganz entsprach. Denn für sie zählten vor allem Schnelligkeit, Gewandtheit, Kraft, und erst danach kamen Tugenden wie Mut, Treue und Loyalität. Viele beneideten Wittiges darum, im rechten Augenblick zur Stelle gewesen zu sein. Das Attentat selbst nahmen sie erstaunlich leicht, und Wittiges erfuhr, dass es nicht das erste war und wahrscheinlich nicht das letzte sein würde.

Seit seiner Tat vor zwei Wochen machten Gerüchte über ihn die Runde, er wusste gar nicht, wer sie in die Welt gesetzt hatte. Einige Krieger aus Sigiberts Gefolge baten ihn um Unterricht im Stockkampf und boten ihm an, ihn dafür im Umgang mit dem Schwert zu schulen. Gern nahm er die Gelegenheit wahr, endlich ein echter Schwertkämpfer zu werden. Jeden Morgen begab er sich auf den Kampfplatz und stimmte heiter in den gutmütigen Spott ein, wenn er wieder einmal eine Niederlage einstecken musste. Dafür rächte er sich, sobald er einen langen Stock in der Hand hielt und die jungen Krieger ihrerseits unbeholfen und zu langsam waren, um seinen Schlägen zu entgehen. Unbekümmert tauchte er in ein Leben ein, das er sich so wunderbar nicht zu erhoffen gewagt hatte. Gogo hatte ihm schon einen Tag nach dem Treueschwur eine Urkunde ausgehändigt, die er sofort an Alexander weitergereicht hatte. Der Landbesitz kümmerte ihn wenig, und er wollte mit Alexander und Pontus nicht viel darüber reden. Wahrscheinlich fühlten sich die beiden vernachlässigt. Mehrfach hatten sie ihn bereits gemahnt, endlich einen Käufer für den Purpur zu finden. Aber Wittiges wollte sich nicht an Josephus erinnern, der in Marseille auf sein Geld wartete. Alles, was mit Handel und Krämertum zusammenhing, erschien ihm nun langweilig und eines Kriegers unwürdig. Kurz erwog er, die Purpurpaste nach Marseille zurückzuschicken, beauftragte aber schließlich Alexander damit, sich um den Verkauf zu kümmern. Immerhin war er es ja gewesen, der überhaupt auf so etwas Merkwürdiges wie Purpur verfallen war.

Das Geld glitt ihm nur so durch die Hände, dabei lebte er nicht anders als die meisten jungen Männer bei Hofe, für die jeder Tag, an dem kein Krieg stattfand, andere Unterhaltung wie Spiele, Wetten, Saufgelage und Scheinkämpfe bieten musste, damit sie nicht an Langeweile erstickten. Aus Wittiges wurde auch ein Liebling der Damen und der hübschen, oft recht kecken Mägde, und er schlug nicht jedes amouröse Abenteuer aus. Auch darin folgte er nur der allgemeinen Sitte.

Unter den Mägden gefiel ihm besonders eine rothaarige, witzige, die jeden Mann haben konnte, aber ein besonderes Gefallen an ihm fand. Von ihr erfuhr er einiges über das fränkische Königshaus. Er bedankte sich dafür mit kostspieligen Geschenken. Fredegund hatte eine Vorliebe für Schmuck und Seidengewänder, aber er verausgabte sich gern für sie, denn sie war höchst erfinderisch in ihrem Liebesspiel und half ihm, nicht in ständigem Groll und quälender Sehnsucht an Brunichild zu denken.

Nach drei Wochen baten ihn Alexander und Pontus um eine Unterredung. Er kam nur ungern ihrem Wunsch nach. Schon an ihren Mienen las er ab, was sie zu sagen hatten. Und im Stillen gab er ihnen schon im Voraus recht. Die beiden teilten sich ein Zimmer, er selbst hatte ein großes luftiges Gemach im Hauptpalast, und dorthin lud er sie ein und ließ von einem Diener Bier, Wein und ein herzhaftes Mahl auftragen.

»Bedient euch!« In der Gewissheit, mit den Speisen zumindest Pontus' Stimmung zu seinen Gunsten zu beeinflussen, wies er auf die üppige Tafel. Pontus schien auch sofort zugreifen zu wollen, überlegte es sich aber doch anders und wandte den Köstlichkeiten demonstrativ den Rücken zu. Statt Wein goss er Wasser in einen Becher und setzte sich damit auf einen Hocker. Alexander blieb an die Wand neben der Tür gelehnt stehen.

»Wir wollten dir nur Lebewohl sagen«, erklärte er und blickte schwermütig zum Fenster hinaus.

»Stimmt«, bekräftige Pontus und schaute nach dieser Eröffnung Wittiges neugierig ins Gesicht.

»Ihr wollt abhauen?«, rief Wittiges entrüstet.

»So würde ich es nicht ausdrücken«, erklärte Pontus würdevoll.

»Sondern?«, fragte Wittiges drohend.

Pontus ließ sich nicht einschüchtern. Er nickte Alexander zu. »Sag du's ihm.«

Alexander stieß sich von der Wand ab, trat nun doch an die Tafel und goss sich einen Becher Wein ein. »Ein Hoch auf den Helden, der dem König das Leben gerettet hat«, sagte er feierlich und nahm einen Schluck.

Vergeblich versuchte Wittiges, aus dem Gebaren der beiden schlau zu werden. Ihm wurde zunehmend unwohl. Seine Freunde waren gekommen, um ihm die Leviten zu lesen, aber sie stellten es so an, dass er sich nicht wehren konnte. »Wir verstehen dich«, fuhr Alexander seltsam unbeteiligt fort. »Wir verstehen, dass du endlich dort bist, wo du immer sein wolltest, und gönnen es dir von Herzen. Aber du brauchst uns hier nicht. Und deshalb haben wir beschlossen, fortzugehen.«

Sie baten nicht einmal um sein Einverständnis!

»Das könnt ihr nicht tun. Und wohin denn überhaupt?«, fragte Wittiges betroffen.

»Du hast mir diese Urkunde gegeben und den Auftrag erteilt, mich um den Verkauf des Purpurs zu kümmern.« Alexander beugte sich zu ihm herab und blickte ihm besorgt ins Gesicht. »Du erinnerst dich?«

Nicht umsonst wurde Wittiges Reaktionsvermögen gerühmt. Blitzschnell packte er Alexanders Handgelenk und bog es um.

Zu spät fiel ihm ein, dass es das gebrochene war. Aber Alexander zuckte nicht einmal zusammen. »Schluss mit dem Getue!«, rief Wittiges unbeherrscht. »Entweder ihr sagt, was ihr wirklich wollt und denkt, oder ich lasse euch hinauswerfen.«

Pontus setzte den Becher hart auf den Tisch und stand auf. »Er *lässt* uns hinauswerfen! Er ist so vornehm geworden, dass er es nicht einmal selbst täte! Es hat keinen Zweck. Er ist zu einem Hohlkopf verkommen wie alle anderen. Nur Muskeln, kein Hirn. Und schlechte Manieren obendrein. Komm, Alexander, wir verschwenden nur unsere Zeit.«

Beschämt ließ Wittiges Alexander los und schaute zu ihm auf. »Entschuldige, entschuldigt beide. Ich weiß nicht, was mit mir los ist.« Er schlug die Hände vors Gesicht und verharrte so eine Weile. Niemand sagte etwas, aber die beiden verließen ihn auch nicht. Sie waren noch da, als er endlich die Hände herabnahm. »Wisst ihr, es kommt mir so vor, als saugte mich ein großes schwarzes Loch ein, sobald ich mir nur einen Moment Ruhe gönne.«

Die beiden schwiegen beharrlich. »Also, was nun? Was habt ihr wirklich vor? Sagt es mir.«

Pontus räusperte sich, bediente sich erst einmal mit Wein, suchte sich eine bequemere Sitzgelegenheit und schaute sich in dem Gemach angelegentlich um. Bestickte Wandbehänge schmückten das Zimmer, und es war reichlich mit Möbeln ausgestattet: eine Liege, ein breites Bett, Tisch und Stühle, eine Truhe mit Eisenbeschlägen. An ein paar Wandhaken hing Wittiges Garderobe: ein neuer Mantel aus wertvoller, weicher Wolle, bunte fränkische Hosen und mehrere Tuniken. Auf dem Bett lagen achtlos hingeworfen einige große, eher protzige Silberfibeln. Auf einer Bank am Fenster hatte Wittiges seine Waffen abgelegt. Zu den alten Stücken waren neue dazugekommen, als wichtigstes ein großer Schild. Nicht alles hatte er gekauft, sondern vieles geschenkt bekommen – von Priscus, Gogo und seinen neuen Gefährten.

»Hübsch hast du es hier. Ehrlich, wir freuen uns, wenn es dir gut geht. Glaub es uns. Wir wissen, dass du von Haus aus ein Edelmann bist und endlich ein standesgemäßes Leben führst. Es ist nur so, dass auch wir eine Aufgabe brauchen. Mit dem Purpur ist in Metz leider nichts anzufangen, oder wir haben noch nicht die richtigen Kontakte geknüpft. Und da ist noch das

Land, das dir der König geschenkt hat. Das wollen wir uns ansehen. Wir reisen nach Reims und versuchen, dort etwas auf die Beine zu stellen. Reims ist der eigentliche Königssitz, dort müssten Abnehmer für den Purpur zu finden sein. Von irgendwoher kommen doch all diese Gewänder mit den breiten Purpursäumen.«

»Wärst du damit einverstanden?«, fragte Alexander leise.

Wittiges fühlte sich zutiefst beschämt. Sie wollten es ihm leicht machen. Er durfte sein höfisches Leben weiterführen, und sie würden sich ohne Groll von ihm trennen. »Lasst uns essen, ja?«, flehte er. »Ich hab doch nicht für mich allein auftischen lassen. Bitte! Und wir müssen über alles ausführlich reden. Den Plan mit Reims finde ich gar nicht so übel.«

Pontus ließ sich kein weiteres Mal bitten. Zu lange für seinen Geschmack hatte er bereits seinen Appetit gezügelt. »Ich hab's dir gesagt«, wandte er sich triumphierend an Alexander. »Seine neuen Genossen haben noch nicht jeden Funken Verstand aus ihm herausgeprügelt.«

Wittiges fing Alexanders Blick auf und hielt ihn fest. Schließlich nickte der Freund und lächelte unmerklich. Was immer es zu verzeihen gab, es war verziehen und vergessen. Jetzt konnten sie sich wirklich zu Tisch setzen und das Mahl miteinander teilen. Sie besprachen alles in Ruhe, auch die nicht sonderlich günstige finanzielle Lage. Nach einigem Suchen förderte Wittiges fünf *Solidi* zutage und überreichte sie den beiden als Reisegeld. Sie sollten sich ein Bild von seinem neuen Eigentum machen und ihn durch einen Boten über alles unterrichten.

»Was ist mit deiner Ehefrau?«, erkundigte sich Pontus und zwinkerte anzüglich. »Sollen wir sie mitnehmen? Oder kann Brunichild nicht auf sie verzichten?«

Wittiges zuckte zusammen. Seine Ehe bestand nach wie vor nur pro forma. Und sobald er daran dachte, überfielen ihn Hilflosigkeit und Zorn. Doch er wusste nicht, wie er etwas ändern sollte. Aletha hatte eine Fassade aufgebaut, hinter der es nichts als Leere gab. Sie besuchte ihn, sprach mit ihm, erkundigte sich nach seinem Wohlergehen und sorgte dafür, dass sie nie lange mit ihm allein blieb. Zweimal hatten Alexander und Pontus bei ihrem Eintreten den Raum verlassen. Aber sobald deren Schritte auf dem Flur verklungen waren, hatte sie eine höchstens zehnjährige Magd hereingerufen, die offenbar draußen gewartet hatte. Wussten seine Gefährten, dass die Ehe noch immer nicht vollzogen war?

Einmal hatte er das Kind, das Aletha anscheinend als Schutzschild gegen seine Annäherung benutzte, am Arm ergriffen und auf den Flur hinausgeschoben. Als er sich umwandte, war seine Frau durchs Fenster nach draußen entwichen. Da hatte er jeden Gedanken an eine wirkliche Ehe aufgegeben. Seitdem versuchte er, sein Versagen ebenso wie so vieles andere, über das er keine Macht hatte, im Rausch zu vergessen. An Wein bestand an Sigiberts Hof kein Mangel.

Einen Tag nach der Unterredung mit Pontus und Alexander begleitete er die beiden bis vor die Stadt und nahm Abschied von ihnen. Sie ritten immer noch ihre Maultiere. Als er sie in der Ferne verschwinden sah, wäre er ihnen am liebsten gefolgt. Es verlockte ihn, dass Hofleben hinter sich zu lassen, das ihm auf einmal schal vorkam. Aber er musste bleiben, Sigibert verlangte es von ihm. Der König wollte sich mit seiner Gemahlin schon bald auf eine Rundreise begeben, auf der die Königin in den wichtigsten Städten wie Trier und Köln vorgestellt werden sollte. Huldigungseide würden erneuert werden. Und es wäre die Aufgabe von Wittiges und den anderen *Antrustiones*, für die Sicherheit des Paares zu sorgen.

Wittiges hatte keine Lust, sofort zum Palast zurückzukehren. Schwermut befiel ihn, und er bedauerte, in den vergangenen Wochen so wenig Zeit mit Pontus und Alexander verbracht zu haben. Die beiden hatten beim Abschied einen zuversichtlichen Eindruck gemacht. In Gedanken waren sie anscheinend schon bei interessanten neuen Aufgaben, während ihn nur eine seltsam sinnlose Betriebsamkeit mit Sigiberts Gefolgsleuten erwartete.

In Metz hatte er sich außerhalb des Palastbezirks kaum jemals umgeschaut. Er hielt die Zügel locker und überließ es Bauto, eine ihm genehme Richtung einzuschlagen. Der Hengst schüttelte mutwillig den Kopf, trabte an und galoppierte schließlich an einer langen Mauer entlang bis zu einem hohen Tor.

Neugierig lenkte Wittiges das Pferd durch den offen stehenden Eingang. Der Boden des riesigen ovalen Platzes war aufgewühlt, als hätte ihn eine Wildschweinrotte durchgepflügt. Allerdings hätten die Schwarzkittel keine so tiefen Hufspuren hinterlassen. Ein Griff ragte aus dem Schlamm hervor. Wittiges beugte sich so tief vom Pferd, dass er ihn fassen konnte. Da hörte er ein Gehämmer und menschliche Stimmen. Mit einem Ruck zog er den Gegenstand heraus. Die Messerklinge war abgebrochen, aber den Griff zierten Silbereinlagen und ein roter Edelstein am Knauf. Wittiges wischte den Fund an seinem Mantel sauber, steckte ihn ein und ritt zu den Männern hinüber. Was trieben sie hier?

Ein gleichmäßig gestufter Hang umzog das gesamte Areal. Gegenüber dem Tor erhob sich ein Steingebäude, das in den Hang hineingebaut war, und an diesem Bau mit der großen offenen Loge im Obergeschoss wurden die Außenwände ausgebessert. Unterhalb der Loge schaute ein Reiter genau wie Wittiges den Maurern zu. Neugierig lenkte Wittiges Bauto neben ihn.

»Bist du der Baumeister?«, fragte der Mann.

»Nein, wieso?«

»Sigibert wollte einen Baumeister rausschicken. Ich riet ihm, die Arbeit nicht dem Gutdünken der Maurer zu überlassen. Siehst du? Sie klopfen den Fries einfach nur ab, dabei sollte er durch Steinmetze ergänzt werden.«

Unterhalb der Loge zog sich ein Gesims entlang, und darunter war ein hübsches, mehrteiliges Steinornament zu sehen. Wittiges erkannte ein Mäanderband.

»Was interessiert dich an dem alten Gemäuer? Wer bist du?«

Der Mann lächelte. »Jetzt erkenne ich dich. Du bist der neue Held an Sigiberts Hof. Wittiges, nicht wahr?« Wittiges fühlte sich unangenehm berührt und erwog, davonzureiten, aber der Fremde sprach bereits weiter. »Ich bin Venantius Fortunatus, mich kennst du wahrscheinlich nicht.«

Wittiges hatte den Mann zwar schon mehrmals gesehen, aber noch nie mit ihm gesprochen. Der schlichte, schmucklose Mantel aus dunklem Tuch und der x-beinige Klepper, den der Mann ritt, ließen nicht auf jemanden von Rang schließen. Auch das kurze Haar sprach eher für einen Dienstboten, aber dieser Mann war kein Knecht. Warum also staffierte er sich so aus? Es hieß, er sei ein Dichter, ein fremder Gelehrter, der die Höfe der fränkischen Könige bereiste. Wieso beschäftigte sich ein Dichter mit dem heruntergekommenen Hippodrom? Pferderennen fanden längst keine mehr statt, dafür diente die ehemalige Rennbahn nun dem Märzfeld als Schauplatz, dem Aufmarsch von Sigiberts Kriegern, die hier alljährlich ihren Treueid erneuerten.

»Ich hab auch schon von dir gehört, Venantius. Was tust du hier? Ist dies die richtige Umgebung zum Dichten?«

Gut gelaunt schüttelte Venantius den Kopf. »Ich schau mich bloß um.« Er legte den Kopf schief und betrachtete Wittiges leutselig. »Sigibert hat erfahren, dass sein Bruder Chilperich die alte Anlage in Soissons wieder instand setzen lässt. Ein ehrgeiziges Unterfangen.«

Sie setzten ihre Pferde in Bewegung und umrundeten gemächlich das Innenfeld. Venantius, hieß es, kam aus Italien und hatte in Ravenna studiert. Angeblich gab es dort mehr Gebäude aus der Römerzeit als hier. Venantius' Augen leuchteten auf. »Weißt du, wie es hier früher zuging? Zu Zeiten der römischen Kaiser?«

Eine rhetorische Frage. »Sag's mir.« Wittiges hätte gern den Aufmarsch der Krieger in ihren Waffen gesehen, das Gebrüll gehört, die aufgeladene Stimmung des Märzfelds erlebt. Was war dagegen schon ein Pferderennen?

»Auf den Rängen saßen die hier stationierten Soldaten, ihre Frauen, ihre Feldherren, und oben in der Loge trat der Kaiser im Purpurornat und mit goldenem Lorbeerkranz auf, und alle jubelten ihm zu. Der Kaiser verkörperte die Macht Roms, die fast die gesamte Welt umspannte. Auf sein Erscheinen hatten die Legionen monatelang gewartet, und wenn er kam, wussten sie, dass die alte Macht, das Recht und die Ordnung ungebrochen weiterbestanden. In Byzanz finden diese Pferderennen noch immer statt. Und es ist das Privileg des Kaisers, sie zu eröffnen«, sagte Venantius leichthin. Erst verstand Wittiges nicht, aber dann ging ihm ein Licht auf.

»Hübsche Vorstellung, wenn sich Chilperich wie der Kaiser von Rom aufführt.«

»Ja«, sagte Venantius und schmunzelte.

»Kein Wunder, dass nun auch Sigibert sein Hippodrom und sein Rennen braucht«, fuhr Wittiges fort. »Daher die Reparaturarbeiten. Ich verstehe. Und trotzdem …«

»Wer sollte sie daran hindern?«, fiel ihm Venantius lebhaft ins Wort. »Der Kaiser in Byzanz? O ja, er hat einen Brief geschrieben, in dem er sich eine derartige Anmaßung verbittet. Offiziell gelten die fränkischen Königreiche noch immer als Föderatenstaaten und unterstehen der Oberhoheit von Byzanz.«

»Genau wie Athanagilds Reich«, bemerkte Wittiges.

»Ach ja, ich vergaß, dass du aus Toledo stammst.«

»Billigst du, was Sigibert hier oder Chilperich in Soissons vorhat?« Wittiges fiel es schwer, den Namen des Letzteren ohne Zorn auszusprechen. Er hatte Chilperich im Umgang mit seinen Brüdern und vor allem mit Brunichild beobachtet und hasste ihn dafür, dass er so ohne Weiteres mit ihr reden und sie sogar vor allen Leuten auf die Wange küssen durfte. So viel Vertraulichkeit war kaum zu ertragen.

»Durchaus. Ich habe etwas über die Herkunft der fränkischen Könige herausgefunden, das sie auf eine Stufe mit den römischen Kaisern stellt.«

Sie hatten das Tor beinahe erreicht. »Das wird sie aber freuen«, murmelte Wittiges gleichgültig.

»Kennst du die Geschichte vom Untergang Trojas?«, fragte Venantius unbeirrt.

»Sollte ich das?« Wittiges überlegte, wie er sich am besten loseisen konnte, ohne den anderen zu brüskieren.

»Das sollte jeder. Denn die Geschichte ist äußerst lehrreich. Aber ich merke, ich langweile dich, und das spricht nicht gerade für mein Unterhaltungstalent. Lass mich nur so viel erklären: Trojas Ruf als Königsstadt überstrahlte alle anderen. Und als Troja nach einem ruhmreichen, zehn Jahre währenden Krieg unterging, gelang es Prinz Äneas mit seinem Vater, seinem Sohn und einigen Getreuen aus der brennenden Stadt zu entkommen. Äneas gründete Rom, aber aus den alten Schriften, die ich alle studierte, geht eindeutig hervor, dass auf ihn das Haus des Merowech zurückgeht, des Ahnherrn der fränkischen Könige. Du siehst also, sie sind von mindestens ebenso altehrwürdigem Adel wie die Kaiser Roms. Es ist also ihr gutes Recht, den alten Glanz auferstehen zu lassen.« Er sprach wieder mit jenem hintersinnigen Lächeln, dass Wittiges allmählich zu deuten wusste.

Altehrwürdiger Adel! Jeden Abend aßen, nein, fraßen die königlichen Brüder an der Tafel wie die Schweine, rülpsten und furzten, und alle anderen machten es ihnen nach. In Wittiges' Elternhaus hatten andere Sitten geherrscht. Auf Mäßigung hatte sein Vater großen Wert gelegt, und auch er selbst hatte sich an römische Tugenden und römische Lebensart gehalten.

Venantius hatte eine ganz eigene Art, den Franken den Spiegel vorzuhalten, und es musste ihm große Freude bereiten, auf indirekte Weise Sigibert klarzumachen, was für ein Barbar er in Wirklichkeit war.

»Ja«, sagte Wittiges, »auf Glanz und Pomp verstehen sie sich prächtig. Sie wetteifern unaufhörlich miteinander. Ich hab noch nie so viel Schmuck, kostbare Gewänder und Prunkwaffen auf einmal gesehen.«

Venantius schüttelte den Kopf. »Alles Eitelkeiten, aber so ist die Welt. Reitest du zum Palast? Ich verabschiede mich hier, denn ich möchte zur Kathedrale.«

»Wozu?«, fragte Wittiges nicht eben schlau.

»Um zu beten. Für unser aller Seelenheil.« Venantius' Mundwinkel zuckten, er drückte dem Klepper die Fersen in die Seiten und bog in die Gasse zur Kirche ab.

Im Hof tummelte sich eine Horde kleiner Jungen, die sich auf Wittiges und Bauto stürzten, sobald die beiden aufkreuzten. Übereifrig griffen sie nach den Zügeln, klopften dem Hengst auf die Flanken, rangen miteinander darum, wer ihn in den Stall führen durfte, und bettelten Wittiges um eine Unterrichtsstunde im Stockkampf an. Es waren liebenswerte Kerlchen. Wittiges hatte sie in der kurzen Zeit allesamt ins Herz geschlossen, so wie die meisten anderen Erwachsenen auch. Jeder liebte und verwöhnte diese Kinder, Sigiberts *Nutriti*, die am Hof unter seiner persönlichen Obhut aufwuchsen. Es waren Söhne seiner Edlen, die sie ihm anvertraut hatten. Bei Tisch mussten sie bedienen, und es war die größte Ehre, Sigibert das Handtuch zu reichen, wenn er sich nach dem Essen die Finger gereinigt hatte. Mit dem Amt des *Mapparius* wurde aber nicht derjenige betraut, der sich in der *Schola* durch Lerneifer und Klugheit ausgezeichnet hatte, sondern der, der Sigibert der Liebste war.

Wittiges war eingefallen, dass er etwas Dringendes zu erledigen hatte. Er musste mit Brunichild sprechen. Inzwischen war es spät genug am Vormittag, sodass er hoffen konnte, von ihr empfangen zu werden. Und er hoffte, sie in einer Stimmung anzutreffen, die ihr das Zugeständnis erleichterte, das er ihr zu entlocken gedachte.

Ein Junge zupfte ihn am Mantel. »Bist du der, der Drachen mit dem Stock tötet? Bringst du's mir bei?«

Den Knirps kannte Wittiges nicht, er musste neu bei Hofe sein. Wirklich ein Zwerg, höchstens sieben Jahre alt. Woher hatte er bloß so rasch das Geschwätz über ihn aufgeschnappt? Drachentöter! Einer der anderen Jungs grinste verschwörerisch.

»Später«, vertröstete Wittiges das Kind.

Der Kleine seufzte. »Das sagen alle. Aber so klein bin ich nicht mehr. Ich bin neun.«

Für neun Jahre war der Junge wirklich winzig. Wittiges zwinkerte ihm zu und rief den übrigen zu: »Kann mir einer von euch sagen, wo ich die Königin und ... äh ... den König finde?«

Eine schmutzige Jungenhand schob sich in die von Wittiges. »Ich weiß es, mein Bruder will auch zu ihm. Soll ich dich hinbringen?«

Erstaunt schaute Wittiges auf das Kind neben ihm hinab. »Ja, sei so freundlich.«

Der Knirps verdrehte beim Gehen das rechte Bein. Es sah grotesk aus, besonders, da er versuchte, mit Wittiges Schritt zu halten. Deshalb ging Wittiges langsamer.

»Bist du vom Pferd gefallen?«

»Nein, es war noch nie anders bei mir.«

Ein Geburtsfehler, begriff Wittiges. Die meisten Kinder, die verkrüppelt auf die Welt kamen, starben, und es passierte häufig, dass ein Kind bei der Geburt Schaden nahm. Aber dieses hatte überlebt, es schien ein zäher Bursche zu sein.

»Es macht mir nichts aus«, setzte der Kleine hinzu. »Im Reiten bin ich gut.«

»Wie heißt du, und wer ist dein Bruder?«

Der Junge lächelte selig, er genoss es sichtlich, an Wittiges' Seite an Gaffern und Müßiggängern vorbei die vielen Höfe zu durchqueren. »Chramm. Und mein Bruder ist Ingomer, er war früher auch ein *Nutriti*.«

Der Name des Bruders traf Wittiges wie ein eiskalter Wasserschwall. Wie viele Männer dieses Namens gab es bei Hofe? Er jedenfalls kannte nur einen. »Ich finde jetzt allein weiter. Du kehrst besser zu deinen Kameraden zurück, Chramm«, sagte er, sobald sie den Hauptpalast erreicht hatten.

»Du schickst mich weg?«, fragte Chramm traurig und enttäuscht.

»Wir sehen uns später wieder.« Wittiges fuhr dem Kind beschwichtigend über den dunklen Schopf und eilte weiter. Er wollte nicht herausfinden, ob Chramm wirklich der jüngere Bruder seines Hauptwidersachers war. Seit der Ankunft in Metz hatten sich Ingomer und Falco friedlich verhalten, aber diese Zurückhaltung konnte schnell vorbei sein. Er fragte einen der

Antrustiones, dem er begegnete, wo er die Königin fände, und der Mann wies ihm den Weg.

4 Sigibert war im Begriff, das Schlafzimmer zu verlassen.

»Was hast du gesagt?«, fragte Brunichild. Sie war vollkommen überrascht von der Eröffnung, die er ihr gerade gemacht hatte. Sie saß auf der Bettkante, es war heller Morgen, aber sie war noch nicht angekleidet.

Er grinste spitzbübisch. »Als ob du mich nicht verstanden hättest. Ich werde deine Schwester heiraten.«

»Wen?« Brunichild spürte, wie sie blass wurde.

»Wie heißt deine kleine Schwester doch gleich? Jene, nach der du dich so sehnst.«

Wann hatte sie Gailswintha erwähnt? Und hatte sie zu sehr nach ihr gejammert? Es wäre natürlich großartig, sie bei sich zu haben ... Wenn es da nicht einen Haken gäbe. Undenkbar, sich Sigibert mit einer anderen Frau zu teilen. Sie war doch gerade erst dabei, Einfluss auf ihn zu gewinnen. Und seine Zuneigung und die Bewunderung, die er hier und da vor Zeugen gern durchblicken ließ, mussten erst noch wachsen.

»Es stimmt, ich hänge sehr an Gailswintha«, sagte sie langsam, »aber ... aber«, sie rang nach Luft, »der Gedanke, dass du mit ihr das Gleiche wie mit mir machst, gefällt mir nicht.« Verstört sah sie zu ihm auf.

Er kam zu ihr, beugte sich über sie, strich ihr mit einem Finger über die Wange und küsste sie schließlich zärtlich. »Ich werde es bedenken.«

»Nein!«, schrie sie auf und griff hastig nach seiner Hand. »Ich will nicht, dass du außer mir noch eine Frau hast. Nicht einmal meine Schwester! Das ertrage ich nicht.«

»Wie heftig du werden kannst.« Sigibert kauerte sich vor sie hin und sah ihr in die Augen. »Du weißt, was ich von dir will. Ein Sohn könnte alles ändern. Ich brauche einen Erben.«

Brunichild öffnete die Schenkel. »Tue ich nicht alles dafür?«

Er drückte den Kopf in ihren Schoß und atmete tief den Duft ihres bettwarmen Körpers ein. »Und ob du das tust! Ich glaube nicht, dass es einen zweiten Mann mit einer derart willigen Ehefrau gibt.«

Rasch krallte sie die Hand in sein Haar und riss seinen Kopf hoch. »Du glaubst gar nicht, wie schnell sich das ändern kann.«

Blankes Erstaunen zeichnete sich in seiner Miene ab und wandelte sich dann zu Belustigung. »Ich sagte es bereits: Ich werde darüber nachdenken, das verspreche ich. Und glaub mir, ich werde nicht leichtfertig aufs Spiel setzten, was ich an dir habe. Wichtig ist natürlich, dass du es mir jede Nacht aufs Neue beweist.«

Er nahm sie nicht ernst. Wütend blieb sie allein zurück und konnte sich auch dann nicht beruhigen, als Sidonia und Aletha eintraten, um ihr beim Ankleiden zu helfen.

»Fehlt dir etwas?«, fragte Sidonia sofort. »Du wirkst bekümmert.«

»Sieht man das? Ich bin bekümmert, oder besser – verwirrt.« Brunichild hob die Hände und ließ sie wieder sinken. »Ich weiß mir keinen Rat. Sigibert will meine Schwester Gailswintha zur zweiten Gemahlin nehmen.«

»Und das gefällt dir nicht«, stellte Sidonia fest.

»Ich weiß es nicht genau. Ich hätte sie gern bei mir, aber sobald ich mir vorstelle, dass er mit ihr …« Brunichild beendete den Satz nicht.

Sidonia nickte wissend. »Das ist erniedrigend, nicht wahr?«

»Ach was«, mischte sich Aletha ein. »Das ist überhaupt nicht wichtig.«

»Und ob es wichtig ist«, widersprach Brunichild. »Geh, hol mir Bier, ich hab schrecklichen Durst.«

Widerstrebend ging Aletha hinaus.

Sidonia lachte, wurde aber bald wieder ernst. »Sie ist noch ein Kind. Auch wenn sie verheiratet ist, fehlt es ihr an Erfahrung. Ich weiß Bescheid. Ich kann mich noch an König Chlothar erinnern. Er hatte fünf Ehefrauen!« Sie schauderte. »Gleichzeitig.«

»Erzähl mir davon.« Brunichild nahm ihr das Hemd ab und zog es sich über den Kopf.

Sidonia kniete sich vor sie und begann, ihre Beine mit hauchdünnen Leinenstreifen zu umwickeln. »Es gab ständig Zank und Streit unter den Frauen, und auch das Zusammenleben mit Chlothar war oft unerträglich. Radegunde floh schließlich nach Poitiers, wo sie ein Kloster gründete, in dem sie sich versteckte. Sie fühlte sich durch Chlothars unchristliche Vielweiberei gedemütigt. Zwei seiner Frauen waren Schwestern: Arnegund und Ingund.«

»Ja, ich weiß. Nein, ich mag heute keine Strümpfe, es ist zu warm, nimm sie ab.«

Geduldig streifte Sidonia das Leinen wieder herunter und strich über Brunichilds Waden. »Du hast recht, deine Haut fühlt sich erhitzt an«, murmelte sie.

Brunichild lehnte sich zurück. Es war angenehm, diese Hände zu spüren, sie waren zärtlich, sanft und wohltuend. Träge genoss sie die Liebkosung, als die Hände langsam aufwärts wanderten. »Rede weiter. Wie war das mit den Schwestern?«

»Sie hatten sich vorher wirklich geliebt. Ingund bat Chlothar, einen passenden Ehemann für ihre jüngere Schwester zu suchen, und holte sie erst einmal an ihren Hof. Es hat keinen Monat gedauert, da hat Chlothar sie geheiratet. Und damit war es mit der Schwesternliebe vorbei. Sie bekamen beide Söhne. Das heißt, Ingund, die Ältere, hatte schon zwei, und ungefähr gleichzeitig mit dem letzten, mit Sigibert, wurde Arnegunds Sohn Chilperich geboren.«

Bereitwillig ließ Brunichild Sidonia gewähren. Es war so entspannend! Auch die Hofdamen Goiswinthas, Brunichilds Mutter, verschafften sich gelegentlich gegenseitig diese Erleichterung, daran war nichts Verwerfliches. Es tat so unerwartet gut!

»Weiter«, bat sie matt und schloss wohlig die Augen. »Erzähl weiter.«

»Gern«, sagte Sidonia weich. Ihre Hände hatten nun jene Partien erreicht, wo die Haut besonders empfindlich war. Ihre Finger kreisten, verhielten, und als Brunichild leise aufstöhnte, begannen sie von Neuem und tasteten sich immer höher.

»Die Rivalität der Schwestern ließ auch die Söhne nicht unbeteiligt. Wie sollten sie sich den Ränken denn entziehen? Chilperich hatte gleich drei Halbbrüder gegen sich. Er war zu bedauern. Vor allem, wenn man bedenkt, dass er und Sigibert gleich alt waren.«

Ruckartig fuhr Brunichild hoch. »Sigibert und Chilperich waren wie Zwillinge. Sie liebten sich, sie hingen aneinander.«

Sidonias eben noch hingebungsvolle Miene verschloss sich, ihre Hände hielten still und zogen sich zurück. Die Tür klappte. »Ganz sicher«, sagte die Kammerfrau würdevoll und stand auf. »Wann immer sie stritten, waren das nur Plänkeleien. Und überhaupt waren daran nur die Mütter schuld, die ihrerseits für ihre Lage nichts konnten. Soll Aletha dich fertig ankleiden?«

»Ja«, seufzte Brunichild enttäuscht und streckte die Hand nach dem Becher mit dem Bier aus. Beim Ankleiden verhielt sie sich einsilbig und war froh, als Nanthild eintrat und sie mit Belanglosigkeiten unterhielt. Die ersten Hochzeitsgäste würden bald abreisen, als Erster Charibert, der älteste Bruder Sigiberts, der täglich mehr kränkelte.

Die Königin, hatte Wittiges erfahren, war aufgestanden und befand sich in einem der Empfangszimmer. Wachen, die nach dem Attentat verstärkt worden waren, kontrollierten den Zugang. Sie winkten ihn lässig weiter, sobald er erklärt hatte, wer er sei. Mit der Bitte um eine Unterredung schickte er schließlich einen der Männer hinein und wartete im Vorraum, von dem das eigentliche Gemach nur durch einen Vorhang abgetrennt war.

»Ich sag's noch einmal: Ich will Tours und Poitiers. Am besten gewöhnst du dich jetzt schon an den Gedanken, dann gibt es später keinen Streit«, hörte er eine herrische Stimme zu sich herausdringen, die ihm vage bekannt vorkam. »Was ist? Was gibt es? Wir wollen nicht gestört werden«, fuhr die Stimme ärgerlich fort.

Wittiges hörte den Wachsoldaten murmeln und danach Sigibert, der den Mann anwies, den Besucher hereinzuführen.

Sobald Wittiges durch den Vorhang geschlüpft war, schaute er sich angespannt um und entdeckte, das sich in dem Raum mehr Personen aufhielten, als er erwartet hatte. Sigibert stritt sich anscheinend gerade mit Chilperich. Beide wirkten erregt, aber Sigibert schien erleichtert über die Unterbrechung. Und noch jemand, mit dem Wittiges nicht gerechnet hatte, war anwesend: Ingomer. Der kleine Chramm musste tatsächlich dessen Bruder sein, die Ähnlichkeit war schlecht zu übersehen. Hier machte Ingomer einen eher besorgten und nachdenklichen Eindruck, aber sobald er den Kopf hob, glitzerte der alte Hass in seinen Augen. Er tippte Sigibert auf den Arm und deutete auf Wittiges.

»Sieh an, dein neuer Held!«, sagte er trocken. »Hast du vergessen, ihn angemessen zu belohnen?«

Alle starrten Wittiges an. Hatte er tatsächlich erwartet, Brunichild allein oder höchstens mit der einen oder anderen Dienerin anzutreffen? Sie saß mit einem Buch auf dem Schoß am Fenster, Aletha stand hinter ihr. Brunichild gab als Einzige vor, sein Eintreten nicht bemerkt zu haben, und hielt den Kopf weiterhin gesenkt.

»Hör nicht auf ihn.« Sigibert lächelte Wittiges gewinnend an. »Du bist mir immer willkommen, tritt nur näher. Also – was willst du?« Das klang nicht so richtig einladend.

Wittiges blieb am Eingang stehen. »Nicht viel«, antwortete er kühl. »Ich habe etwas zugelassen, das vielleicht nicht rechtens ist. Ich bin gekommen, um die Angelegenheit zu klären.«

Sigibert stützte das Kinn in die Hand. »Erstaunlich«, murmelte er. »Für gewöhnlich setzen mich meine Leute nicht freiwillig über ihre Versäumnisse in Kenntnis.«

An Ingomers Grinsen erkannte Wittiges, dass er sich gerade zum Narren machte. Das wurmte ihn. Entschlossen trat er vor. Endlich hob Brunichild den Kopf und sah ihn abweisend an. Unvermittelt wandte er sich an sie. »Es geht um Alexander. Ich habe ihn nach Reims geschickt, zusammen mit meinem Gefolgsmann. Da er immer noch als dein Sklave gilt, solltest du darüber Bescheid wissen. Mehr«, fügte er würdevoll an Sigibert gerichtet hinzu, »habe ich nicht vorzubringen.«

Chilperich schnaubte angewidert. Sigibert dagegen wirkte belustigt und erleichtert. Vielleicht um in der Auseinandersetzung mit seinem Bruder etwas Zeit zu gewinnen, stand er auf, schlenderte zu Brunichild hinüber und legte ihr die Hand auf die Schulter, eine leichte und doch besitzergreifende Geste. »Das scheint eine ernste Angelegenheit zu sein. Ich kenne diesen Sklaven zwar nicht, aber da Wittiges seinetwegen eigens bei uns vorspricht, muss er einige Bedeutung haben. Dann gehen wir der Sache doch einmal nach. Also, meine Liebe, du hast hoffentlich nichts dagegen, dass dieser Sklave von einem Mann ausgeborgt wird, dem ich vielleicht mein Leben verdanke.« Er beugte sich über sie und flüsterte ihr etwas zu, oder seine Lippen streiften auch nur zärtlich ihr Ohr, während er Wittiges zuzwinkerte.

Wittiges fühlte sich alles andere als wohl dabei. Aber vielleicht hätte er sich geschmeichelt fühlen sollen, weil Sigibert für ihn eintrat.

Chilperich hatte augenscheinlich auch keine Freude an der kleinen Szene. Aber er war ja schon vorher schlecht gelaunt gewesen. »Müssen wir uns hier mit solchem Kleinkram befassen?«, bellte er unbeherrscht.

Sigibert richtete sich auf. »Du magst es Kleinkram nennen, Bruder, aber ich gehe nur meiner Pflicht nach, für Ordnung zu sorgen, im Kleinen wie im Großen.« Er hatte die Hand auf Brunichilds Scheitel gelegt. »Vor allem jetzt, da es nicht mehr allein um meine Belange geht.«

Brunichild drehte ein bisschen den Kopf, als ob sie ihn abwehren wollte, und wandte sich an Wittiges. »Was ist mit Alexanders Hand?«, fragte sie streng.

Verlegen rieb sich Wittiges das Handgelenk. Er hatte Alexanders Abreise als Grund für diese Unterredung nur vorgeschoben. In Wirklichkeit ging es ihm einzig und allein darum, Brunichild zu sehen, zu sprechen und sich in ihr Bewusstsein zurückzudrängen, ein völlig verrückter Einfall. »Es ist wieder in Ordnung, aber ...«

Mit einer raschen Geste schnitt ihm Brunichild das Wort ab. »Er hätte sich bei mir melden sollen«, sagte sie verärgert.

Chilperich verdrehte die Augen. »Was hat es mit diesem Sklaven nur auf sich?«

»Nicht viel«, antwortete Brunichild ruhiger. »Er hätte abends für uns singen und die Leier spielen sollen. Ihr wärt alle entzückt gewesen. Er ist ein ausgezeichneter Musiker.« Sie bog den Kopf zurück und schaute zu Sigibert auf.

»Ein Musiker!«, rief dieser aus. »Und was treibt er in Reims?«

»Er und mein Gefolgsmann Pontus besichtigen das Gut, das du mir übertragen hast«, antwortete Wittiges.

»Nun«, sagte Sigibert und streifte seinen Bruder mit einem herausfordernden Blick. »Das ist doch ein vernünftiger Grund. Warum siehst du es dir nicht selbst an?«

Wittiges war verwirrt. »Ich dachte, ich darf den Hof nicht verlassen. Bin ich nicht verpflichtet, immer in deiner Nähe zu sein?« Als dein Schatten, Schutzschild und Hütehund, fügte er in Gedanken hinzu. Seine neuen Gefährten, die *Antrustiones,* hatten ihn über seine neuen Rechte, Pflichten und Privilegien aufgeklärt. Keiner hatte den Wunsch geäußert, seine Zeit anderswo als in Sigiberts unmittelbarer Nähe zu verbringen. Jeden Abend fand ein Wettstreit statt, wer welchen Platz an der Tafel einnehmen durfte – möglichst nah beim Königspaar, um Sigiberts Aufmerksamkeit auf sich zu ziehen. Bisher hatte es Wittiges abgelehnt, sich an diesem Treiben zu beteiligen.

Sigibert hob die Schultern und ließ sie wieder sinken. »Seht ihr? So verhält sich jemand, der seinen Eid ernst nimmt.« Mit raschen Schritten kam er zu Wittiges herüber und legte ihm den Arm um die Schultern. »Nein, mein junger Freund, um dein Land musst du dich selbst kümmern. Reise hin, nimm es in Besitz. Zeig dich den Leuten, damit sie wissen, wer ihr neuer Herr ist. Das ist mein ausdrücklicher Wunsch. Ende Mai allerdings erwarte ich dich zurück. Dann beginnt die Rundreise, und du wirst uns begleiten. Also sieh zu, was du in einem knappen Monat ausrichten kannst. Ich hoffe, du findest eine nette Begleitung.«

»Ja«, antwortete Wittiges nach einem leichten Zögern, »meine Ehefrau.« Es war ein aberwitziger Gedanke und doch so nahe liegend.

Aletha war scheinbar völlig unbeteiligt der Unterhaltung gefolgt. Aber nun schreckte sie zusammen. Auch Brunichild fuhr von ihrem Stuhl auf und ließ sich langsam wieder zurücksinken.

»Du hast eine Ehefrau?«, fragte Sigibert neugierig. »Hier?«

»Sie steht dort hinten.« Wittiges wies nickend auf Aletha. »Wir sind noch nicht lange verheiratet«, setzte er hinzu.

Sigibert schaute Aletha an, und langsam breitete sich ein Lächeln auf seinem Gesicht aus. Schließlich schlug er Wittiges herzhaft auf die Schulter. »Dann sind wir in der gleichen Lage, mein Freund! Ich weiß, was es heißt, ein liebendes, junges Weib zu haben.« Seine Stimme wurde leiser. »Worauf wartest du? Nimm deine Frau und verschwinde mit ihr.« Er winkte Aletha zu sich.

Zögernd, den Kopf zu Brunichild zurückgewandt, trat sie näher. Sigibert ergriff ihre Hand, legte sie feierlich in die von Wittiges und schob beide durch den Vorhang.

Brunichild hatte kein Wort gesagt.

»Und jetzt zurück zu uns«, hob Chilperich sofort wieder an. »Tours und Poitiers für mich. Ich wurde bei der letzten Teilung benachteiligt, und das lass ich mir nicht noch einmal gefallen.«

»Komm«, bat Aletha beunruhigt.

»Nein, warte«, wandte Wittiges ein, »ich will wissen, was hier gespielt wird. Das geht auch uns etwas an.«

Aber bevor das Gespräch drinnen fortgeführt wurde, teilte

sich der Vorhang, und Brunichild trat zu ihnen. »Oh, ihr seid noch hier.«

»Was geht da vor?«, fragte Wittiges und wies in den Raum hinter ihr.

Brunichild winkte den beiden, ihr den Flur entlang zu folgen. »Etwas Widerwärtiges«, stieß sie heftig hervor. »Sie streiten sich über Chariberts Erbe.«

»Ich wusste nicht, dass er gestorben ist.« Wittiges blieb stehen.

»Er lebt noch«, antwortete Brunichild unglücklich.

»Verstehe. Aber sie rechnen mit seinem baldigen Tod.«

»Chilperich sagt, er will keinen Streit«, erklärte Brunichild. Abscheu und Zweifel schüttelten sie. Diese Auseinandersetzung war unwürdig, und alles, was Chilperich vorgebracht hatte, schmerzte sie. »Warum können sie nicht warten?«

»Wieso *sie*? Es ist doch nur Chilperich, der vorzeitig ein Erbe verteilen will«, wandte Wittiges brüsk ein und merkte, wie sehr seine Worte Brunichild trafen. Warum ging ihr die Sache nahe? Sie konnte sich bei den Franken doch noch nicht so heimisch fühlen, dass sie sich über die Politik des Landes derart ereiferte. »Und überhaupt, wieso sollten die Brüder und nicht die Söhne erben?«

»Weil Charibert nur Töchter hat.«

Töchter, das wusste auch Wittiges, konnten nicht erben. Zumindest kein Land. »Vielleicht erholt sich Charibert und lebt noch zehn Jahre. Wer weiß, bis dahin könnte er noch einen Erben zeugen. Und was diese Teilung angeht, hat Guntram, der dritte Bruder, bestimmt mitzureden.«

»Da hast du recht.« Brunichild gab sich Mühe, die unangenehme Angelegenheit abzuschütteln. »Hört zu, ihr beiden: Schließt euch morgen Charibert an. Auf dem Weg zu seiner Pariser Residenz kommt er durch Reims. Bestimmt hat er nichts dagegen, euch mitzunehmen.«

»Du willst wirklich, dass ich mitgehe?«, fragte Aletha vorwurfsvoll.

Brunichild legte die Arme um sie, küsste sie flüchtig auf die Wange und schob sie von sich. »Ja, das will ich. Ich weiß, wie schwer es ist, zueinander zu finden, und hier wird es euch nie gelingen«, sagte sie weich. Sie würde Aletha vermissen und ebenso Wittiges, waren die beiden doch nach Abzug ihres westgotischen Gefolges das einzige Bindeglied zur alten Heimat, und das versetzte sie in Furcht. Wem konnte sie noch rückhaltlos vertrauen? Nur mit Mühe unterdrückte sie den Wunsch, ihr Einverständnis zur Abreise zu widerrufen.

»Und du billigst Alexanders Reise nach Reims? Dazu hast du dich noch nicht geäußert.« Wittiges sah sie fragend an. Einen flüchtigen Moment wurde sein Blick intensiver, als erforschte er ihre Gedanken und Gefühle.

Er wollte ein Zeichen ihrer Zuneigung, ging Brunichild auf. »Du und er, ihr hättet mich vorher fragen sollen«, sagte sie bestimmt. »Hinterher zu kommen, ist ...« Sie suchte nach einem passenden Ausdruck, ließ den Satz aber dann unbeendet. Jemand kam ihnen entgegen, eine Frau, die ihr gegenwärtig höchst willkommen war. Versprach sie doch sowohl Ablenkung als auch Aufmunterung.

»Geht, sicher müsst ihr noch ein paar Vorbereitungen für eure Abreise treffen.«

Aletha fürchtete sich. An dem zu steifen Rücken und der starren Miene erkannte Brunichild ihre Not, verschloss sich aber energisch davor. Sie wandte sich der jungen Frau zu, die sie nun erreicht hatte.

»Es herrscht Aufbruchstimmung am Hof, wie ungemütlich«, sagte Fredegund leichthin. »Und ihr?« Sie blickte von Wittiges zu Aletha. »Ihr schaut auch trübsinnig drein. Solltet ihr als junges Paar nicht glücklich sein?«, fügte sie maliziös hinzu.

Brunichild fragte sich, woher Fredegund wusste, dass die beiden verheiratet waren, erinnerte sich aber dann, dass Fredegund Aletha kannte. »Sie brechen morgen mit Charibert auf. Wittiges wird die Ländereien in Besitz nehmen, die Sigibert ihm überschrieben hat.«

»Ach ja, der Held nimmt seinen Lohn in Augenschein.« Fredegund zwinkerte Wittiges zu.

Wittiges verneigte sich übertrieben tief. »Der König hat es mir befohlen. Und wer bin ich schon, mich seinem ausdrücklichen Befehl zu widersetzen? Und nun entschuldigt uns.«

Fredegund und Brunichild sahen den beiden nach. »Dein letzter Ritter verlässt dich«, bemerkte Fredegund. »Wie fühlst du dich dabei?«

»Schlecht«, gab Brunichild zu, »obwohl es keine so große Bedeutung hat, ob er hier ist oder nicht. Außerdem ist es nur für vier Wochen.« Ihre Stimme schwankte unmerklich. »Aber das ist nicht alles, was mir Kummer macht.«

»Fängt es schon an?«, fragte Fredegund mitfühlend. »Ich dachte, Sigibert lässt sich Zeit damit, dich zu tyrannisieren.«

Wider Willen musste Brunichild lächeln. »Ich wusste nicht, dass du eine Hexe bist und alles weißt, bevor man es dir mitteilt.« Es war nicht nur als Scherz gemeint.

»O nein, ich bin keine Hexe, ich weiß nur über Männer Bescheid. Und jetzt erzähl, womit dich dein Gatte erzürnt hat. Oder willst du es für dich behalten?«

Brunichild zögerte. Dann entschloss sie sich, mit Fredegund über etwas zu sprechen, was ihr seit dem Morgen die größten Sorgen und Konflikte beschert hatte.

Es war spät in der Nacht. Fredegund legte sich auf die Seite und betrachtete den Mann, mit dem sie gerade geschlafen hatte, im Schein der Kerzen. Sie wollte immer viel Licht haben, das verlieh dem Beisammensein etwas Frivoles, und inzwischen kostete es sie kaum noch Mühe, ihre Wünsche durchzusetzen. Wer mit ihr schlief, sollte sie dabei sehen, ihren üppigen, zur Wollust wie geschaffenen Körper, und ihre Verachtung der Konventionen begreifen, die darin gipfelten, dass Frauen beim Liebesakt nichts empfinden sollten, wenn sie nicht als Huren gelten wollten.

Nur in einem befolgte sie die alten Regeln: Ihre Brüste umspannte ein hauchzartes, nahezu durchsichtiges Mieder. Dieser Stofffetzen hob ihre sonstige Nacktheit noch verführerischer hervor. Dunkel zeichneten sich die großen Brustwarzen ab. Chilperich legte eine Hand darauf und saugte durch den Stoff hindurch an ihrer Brust. Eine seiner bevorzugten Liebkosungen, wenn er eigentlich schon satt und vollkommen befriedigt war. Beinahe wäre sie dabei eingeschlafen, als er damit endlich aufhörte und sich auf den Rücken drehte.

»Löschst du die Kerzen?«, fragte sie träge.

»Noch nicht. Du hast mir noch nichts erzählt.«

»Was gibt es schon zu erzählen? Lass uns schlafen.«

»Nein.« Er kniff sie in den Schenkel. »Erst wenn du mir berichtet hast, was ich noch nicht weiß. Du warst mit Brunichild zusammen. Jemand hat euch gesehen.«

Fredegund brach in schwingendes Gelächter aus. »Ich war

nicht *mit ihr zusammen*. Noch nicht, aber vielleicht kommt es noch dazu.«

»Untersteh dich.« Chilperich drehte sich um und schob ein Bein auf ihren Leib. »Ich will nicht, dass du es mit einer Frau treibst. Mit niemandem außer mir – verstehst du?«

»Was soll dabei sein, mich von einer Frau liebkosen zu lassen?«, fragte sie träge, schloss halb die Augen und strich sich lüstern über die Brust. »Das hat doch keine Bedeutung und schon gar keine Folgen.«

Er griff nach ihrer Hand und hielt sie fest. »Doch, es hat Folgen. Du wirst mir zu selbstständig. Ich will der Einzige sein, der dir's besorgt. Das bindet dich an mich, ich will, dass du es kaum erwarten kannst, bis ich zu dir ins Bett steige.« Er begann sie wieder zu liebkosen, langsam, geduldig, bis sie aufstöhnte und sich unter ihm wand.

»Worauf wartest du noch?«, flehte sie.

Er lag zwischen ihren Schenkeln, machte aber keine Anstalten, den entscheidenden Zug einzuleiten. Sollte sie doch ein bisschen flehen. »Was hat sie dir gesagt?«

Fredegund wusste natürlich, von wem noch immer die Rede war.

»Euer Gezänk über die Teilung von Chariberts Reich entsetzt sie. Du bist nicht mehr der hehre König, den sie verehrt, sondern nur ein landgeiler, raffgieriger ...«

Er stieß in sie hinein, sodass sie überrascht aufschrie.

»So, bin ich das? Hast du ihr nicht erzählt, wie sehr ich von meinen Brüdern bei der ersten Teilung übervorteilt wurde, als es darum ging, das Reich unseres Vaters in vier annähernd gleich große Gebiete zu teilen?«

»Nein, dann hätte ich auch erwähnen müssen, was dem vorausging. Dass du nach Chlotars Tod die Teilung nicht abgewartet und dir schon einmal ein schönes großes Stück genommen hast.« Es war zum Krieg gekommen. Chilperichs drei Brüder hatten sich zusammengetan und das von ihm annektierte Land befreit. Das war erst fünf Jahre her. »Du weißt doch, wie es ist: Wer zu viel will, kriegt am Ende am wenigsten. Warum hältst du still?« Dieses Spiel liebten sie beide. Ein ewiger Machtkampf, bei dem es am Ende immer den gleichen Sieger gab, wie Chilperich glaubte. »Weiter«, knurrte er, »du bist noch nicht fertig.«

»Solange du dich wie ein müder, alter Bock aufführst, erfährst du nichts mehr von mir.«

Er bewegte sich ein paarmal in ihr und hielt erneut still, sobald sie wieder zu stöhnen begann. »Verdien dir deine Belohnung.« Er hatte noch nie erlebt, dass sie als Erste ein Ende des Liebesspiels wünschte. Vielleicht hing er deshalb so an ihr.

»Glaub mir, du hast bei ihr an Ansehen verloren, aber vielleicht bedeutet dir das ja nichts. Allerdings beschäftigt sie noch stärker Sigiberts Plan, ihre Schwester Gailswintha zu heiraten. Sie weiß nicht, ob sie sich darüber freuen oder ärgern soll. Ich glaube, sie hat fest damit gerechnet, Sigiberts einzige Gemahlin zu bleiben. Sie ist eine Frau, die ihre Stellung mit keiner anderen teilen will.«

»Sechzehn Wagen voller Schätze! Ob die Schwester genauso viel mitbringt? Sechzehn Wagen sind sechzehn gute Argumente, sich für eine junge Dame aus dem Königshaus von Toledo zu entscheiden.« Die Art, wie er die Augen halb schloss, der Ausdruck innerer genussvoller Sammlung, verriet Fredegund, dass er in Gedanken eher bei den Wagen voller Schätze war als bei ihrem Liebesspiel. Es störte sie nicht einmal. Sie ihrerseits gestattete sich eine Erinnerung an Wittiges, den leidenschaftlichen großen Jungen, der geradezu rührend darum bemüht war, ihr zu gefallen. Lustvoll rekelte sie sich unter dem Bullen, mit dem sie das Bett teilte, und amüsierte sich darüber, dass er so wenig Ahnung von ihren wahren Wünschen und Gedanken hatte.

»Aber jetzt sind von Brunichilds sechzehn Wagen nur noch fünfzehn übrig.«

»Dafür besitze ich nun goldenes Tafelgeschirr.«

Fredegund lachte glucksend und hob das Becken, was Chilperich wieder auf Trab brachte. Eine Weile gaben sich beide nur ihrer Leidenschaft hin. Fredegund voller Zufriedenheit, hatte sie doch endlich eine Antwort auf eine Frage erhalten, die sie brennend interessierte. Mit einer anderen Frage musste sie noch warten. Hatte Chilperich tatsächlich versucht, Brunichild zu entführen? Dass er skrupellos genug war, bezweifelte sie nicht. Doch dazu gehörte mehr als Skrupellosigkeit. Um sich offen gegen die Brüder zu stellen, bedurfte es eines starken Grunds. Und bisher kannte Fredegund keinen anderen als die Gier nach Macht und Reichtum, der aber in diesem Fall nicht recht passte. Was also hätte ihn zu dieser Tat treiben können?

»Und dieses Geschirr behältst du knauserig für dich. Überlässt du mir nicht wenigstens einen von den goldenen Tellern?«

Außer einem Knurren gab Chilperich keine Antwort. Und dieses Knurren ging bald in andere Laute über, die Fredegund zeigten, dass ihr Herr und Gebieter an einem weiteren Austausch von Neuigkeiten nicht interessiert war.

5 Wittiges hatte nicht damit gerechnet, Fredegund noch einmal zu treffen. Aber er lief ihr über den Weg, nachdem er sich von seinen Kameraden auf dem Kampfplatz verabschiedet hatte. Die zufällige Begegnung sah für ihn ganz danach aus, als hätte sie ihm aufgelauert.

»Du willst also wirklich mit deiner jungen Frau abreisen?«, eröffnete sie leichthin das Gespräch.

Seit der Begegnung auf dem Flur, einen Tag zuvor, war er auf der Hut vor ihr. Obwohl ihr familiärer Umgang mit Brunichild ihn nicht wirklich überrascht hatte, hatte es ihn in Unruhe versetzt, die beiden Frauen zusammen zu sehen. Plötzlich hatte ihn die Vorstellung gepeinigt, die beiden könnten im vertrauten Gespräch darauf stoßen, was sie mit ihm verband. Eine schauderhafte Vorstellung.

»Brunichild wird sich verlassen vorkommen«, fuhr Fredegund voller Hintersinn fort.

»Nein, wird sie nicht«, widersprach er heftiger als nötig.

»Ach ja?« Fragend zog Fredegund die Augenbrauen hoch. »Das wundert mich. Zu mir hat sie gesagt, sie fühlt sich regelrecht entblößt, seit fast alle abgereist sind, die sie aus ihrer Heimat begleitet haben. In Schande fortgeschickt, um genau zu sein. Das hat sie tief gekränkt. Als ob alle Westgoten Meuchelmörder wären! Da wird ihre Schwester doch ein großer Trost für sie sein.«

»Wovon redest du?«, fragte Wittiges abwehrend.

»Davon, dass Sigibert auch die Schwester heiraten will. Wie heißt sie? Galswinth?«

»Gailswintha.« Wittiges spürte, dass ihn Fredegunds Gegenwart nicht länger gleichgültig ließ. Erst recht nicht, als sie ihm die Hand auf den Arm legte, um ihn aufzuhalten. Folgsam blieb er stehen. Ein Fehler. Sie hatten einen der Innenhöfe erreicht, wie geschaffen für eine kleine Sünde.

»Ich hoffe, du denkst gelegentlich an mich, wenn du mit deiner Frau zusammen bist.« Fredegund lächelte verführerisch, während sie sich an ihn lehnte. Was sollte er tun? Er presste sich gegen sie. »Meinst du, Athanagild gibt auch seine letzte Tochter her? An Sigibert?«, fragte sie weiter.

Dass die Frage nicht nur so dahergesagt war, merkte Wittiges, als er Fredegund küssen wollte, statt zu antworten, und sie sich mit einer Hand gegen ihn stemmte. Notgedrungen bequemte er sich zum Reden. »Woher soll ich das wissen? Vielleicht lebt er nicht mehr, und Leovigild ist König. Dann müsste Sigibert mit ihm verhandeln.«

»Leovigild«, wiederholte Fredegund sinnend. »Kennst du ihn? Hast du mit ihm gesprochen? Hat er überhaupt Interesse an den Franken?«

Wittiges mochte nicht offenbaren, ein wie kleines Licht er am ehrwürdigen Hof von Toledo war, und redete drauflos. »Natürlich hat er Interesse an den Franken. Aber sie werden es nicht so leicht mit ihm haben wie mit Athanagild. Sigibert muss Leovigild schon etwas bieten, wenn er Gailswintha haben will. Vielleicht eine Garantie für die Septimania, denn Leovigild hat Angst, dass die Franken ihm auch noch das letzte Gebiet jenseits der Alpen entreißen. Möglicherweise wird Gailswinthas Mitgift geringer ausfallen als die ihrer Schwester«, setzte er nach kurzem Zögern hinzu.

Fredegunds Augen weiteten sich. »Dann denkt Leovigild schon über eine Hochzeit nach?«

Allmählich verlor Wittiges den Spaß an der Unterhaltung. »Ach was. Athanagild ist alt und leidend, aber er hat sich noch nicht völlig aus der Politik zurückgezogen. Er will über seine letzte Tochter selbst entscheiden. Das ist nicht Leovigilds Sache.«

Fredegund drückte sich kurz an ihn, fuhr ihm mit der Zunge über die Lippen und ließ ihn einfach stehen. Wandte sich aber noch einmal zu ihm um. »Dann muss sich Sigibert halt beeilen. Brunichild sehnt sich nach ihrer Schwester, verstehst du?«

Der kleine Chramm war untröstlich, als Wittiges ihm mitteilte, dass aus der Übung im Stockkampf, die er ihm versprochen hatte, vorerst nichts wurde. Das Kerlchen tat ihm leid. Denn inzwischen war ihm aufgefallen, dass er am Hof anscheinend keine Freunde hatte. Keiner der anderen Jungen bezog ihn bei ihren spielerischen Wettkämpfen und den ausgelassenen Späßen mit ein. Wittiges war sich durchaus im Klaren, dass es besser für ihn war, sich nicht mit dem Kind zu beschäftigen und es sich vom Hals zu halten. Dennoch nahm er Chramm an die Hand und raunte ihm zu: »Ich hätte eine Aufgabe für dich, aber ich weiß nicht, ob du dafür Zeit hast. Es ist ja nur für die paar Wochen, die ich weg bin. Und du müsstest ein Geheimnis für dich behalten.«

Welcher Junge konnte da widerstehen? Sichtbar hellte sich das Gesichtchen mit den großen dunklen Augen auf, aber gleichzeitig entzog Chramm Wittiges die Hand, um zu zeigen, dass er mit neun Jahren für eine derartige Zuwendung zu alt war.

Wittiges ging mit ihm in den Stall. »Weißt du, wem diese Stute gehört?«

Fachmännisch betrachtete Chramm das Pferd. »Nein, aber sie gefällt mir.«

»Dann haben wir ja das Wichtigste geklärt. Sie ist eine kostbare Pferdedame, die leider für einige Zeit auf ihren besten Freund verzichten muss, meinen Hengst Bauto nämlich. Wirst du dich um Bella kümmern?« Er beugte sich hinab und flüsterte dem Jungen ins Ohr: »Sie gehört Königin Brunichild. Auf der Reise hierher ist das Fohlen gestorben, das sie gerade erst bekommen hatte. Aber nun …« Seine Stimme wurde noch leiser, als er Chramm mit einer großen Neuigkeit vertraut machte. Bella würde ein neues Fohlen bekommen, und nur er wusste, wer der Vater war. Ihn selbst erfüllte der Gedanke mit Genugtuung. Kindisch zweifellos, sich in der Gewissheit zu sonnen, dass er eine Spur gelegt hatte, die niemand so leicht tilgen konnte.

Und es war natürlich ein Risiko, den Knirps einzuweihen. Aber an den leuchtenden Augen erkannte er, dass das Geheimnis bei Chramm gut aufgehoben war. Er erteilte ihm noch ein paar Anweisungen, und während der Junge bei der Stute blieb, schlenderte er zurück in den Hof, auf der Suche nach einem Stallburschen, dem er die Aufgabe anvertrauen konnte, gleichermaßen ein Auge auf Bella und Chramm zu haben.

Der Aufbruch erfolgte sehr früh am nächsten Morgen, denn Charibert wollte bis zum Nachmittag Reims erreichen und die

Nacht im dortigen Königspalast verbringen, bevor er den Rest der Reise nach Paris zurücklegte.

Zu Wittiges Erleichterung ließ sich Aletha willig auf ein Pferd setzen. Wie sie erklärte, wollte sie lieber reiten als in einen der Karren zu Chariberts Frauen steigen. Sie war eine überraschend gute Reiterin, und wider Erwarten erfüllte ihn das mit Stolz. Solange sie beide von anderen umgeben waren, benahm sich Aletha erstaunlich entspannt und plauderte mit ihm, als ob sie täglich viele Stunden miteinander verbrächten. Gelegentlich sprach sie über das Land, das ihm geschenkt worden war, und immer wieder erwähnte sie Alexander, bis Wittiges merkte, dass sie sich auf ein Wiedersehen freute. Woher kannte sie den Musiker so gut, dass sie freundschaftliche Gefühle für ihn entwickelt hatte?

»Haben wir auch genügend Geld?«, fragte sie auf einmal leise.

»Geld?«

»Ich dachte, mit dem Land hast du auch Geld erhalten. In welchem Zustand das Land wohl ist? Und was wohl an Menschen, Vieh und Häusern dazugehört?«

Wittiges hatte sich nicht die geringste Mühe gemacht, Auskünfte über seinen neuen Besitz einzuholen. Beschämt gestand er sich dieses Versäumnis ein und wunderte sich umso mehr, wie interessiert Aletha war. Die drei, Alexander, Pontus und sie, mussten viel Zeit ohne ihn miteinander verbracht und sich mit dem Gut beschäftigt haben. Auf einmal fühlte er sich seltsam ausgeschlossen.

»Das spielt keine Rolle. Wir sehen es uns an und kehren an den Hof zurück. Dort liegt unsere Zukunft.«

Aletha wandte den Kopf ab, als ob sie eine Enttäuschung verbergen wollte. »Und was ist mit dem Geld?«

»Warum fragst du nach Geld?«, stieß er eine Spur zu heftig aus.

»Ich wünschte mir, du würdest Alexander freikaufen.«

Wittiges schwieg erst einmal und konzentrierte sich auf den Weg. Die alte Römerstraße, die von Metz über Reims nach Paris führte, wurde holperig. Das letzte Dorf, ein offener *Vicus*, lag einige Meilen hinter ihnen. Zwischen den Dörfern wurde die Straße immer schlechter, ermöglichte aber immer noch ein einigermaßen rasches und bequemes Vorankommen. Wo früher vielleicht einmal Weide- und Ackerland gewesen war, war der Wald wieder auf dem Vormarsch, und allmählich bekam Wittiges eine Vorahnung von seinem neuen Eigentum. Und ein besonderes Problem drängte sich in sein Bewusstsein.

»Ich weiß nicht, wo es liegt«, murmelte er.

»Was?« Aletha schreckte aus ihren Grübeleien auf.

»Unser Land«, erklärte Wittiges mit einem entschuldigenden Grinsen. »Ich hab Alexander und Pontus die Urkunde gegeben, mich aber nicht danach erkundigt, wo genau in der Umgebung von Reims das Gut liegt. Und unsere Freunde erwarten uns nicht.« Er hatte absichtlich von gemeinsamen Freunden gesprochen. Aletha sollte wissen, dass er ihre Beziehung zu den beiden Männern erkannt hatte – und billigte. Jedenfalls tat er erst einmal so und verdrängte mannhaft einen Anflug von Eifersucht.

»Haben sie erwähnt, wo sie absteigen wollten? Hältst du es für wahrscheinlich, dass sie im Palast um Unterkunft gebeten haben?«, erkundigte sich Aletha.

Reims war vor allem und in erster Linie *Sedes Regis*, Sigiberts Regierungssitz, Königsstadt und Zentrum seiner Macht. Sicher gab es dort eine ausgedehnte Palastanlage, und vielleicht hatten sich Pontus und Alexander, um Geld für eine Herberge zu sparen, als Gefolge eines *Antrustios* dort einquartiert. Aber er bezweifelte es. Und vor allem wusste er nicht, was die beiden vorgehabt hatten. Wie über so vieles andere hatte er mit ihnen nicht darüber gesprochen. Auch in dieser Hinsicht machte ihm Aletha ein Versäumnis klar. Gegenüber dieser kleinen Person wurde er immer mehr zu einem einfältigen Jungen, der mit großer Nachsicht zurechtgewiesen wurde. Wider Erwarten belustigte ihn das.

»Pontus fühlt sich in Palästen nicht wohl. Er mag die Leute nicht.«

»Dann musst du in allen Herbergen von Reims nachfragen.«

Zu diesem Schluss war er inzwischen selbst gekommen und sagte es ihr auch.

»Wäre Alexander frei, könnte er ganz anders auftreten und deine Angelegenheiten verfechten, das wäre ein großer Vorteil für dich«, erklärte seine unvergleichlich kluge Gattin nachdenklich und kam damit auf ihr altes Thema zurück.

»Wenn Alexander frei wäre«, entgegnete er im gleichen Ton, »wüsste ich nicht, was ihn dazu bewegen sollte, überhaupt noch was für mich zu tun oder bei mir zu bleiben. Er könnte gehen, wohin er wollte, und tun und lassen, was immer ihm in den Sinn käme. Und ich könnte es ihm nicht einmal übel nehmen.«

»Aber er liebt dich und wird dich nie verlassen.« Aletha sprach mit so feierlichem Ernst, dass er unwillkürlich gerührt war.

»Tut mir leid, selbst wenn ich wollte, ich kann ihn nicht freikaufen. Die Königin will es nicht.« Warum sollte er ihr erklären, dass es eine Urkunde über Alexanders Freilassung gegeben hatte? Sicher wusste sie das längst. Seit langem dachte er wieder daran. Existierte das Dokument noch? Und wenn ja, wo? Alexanders Freikauf stand vor allem eins im Weg: Geldmangel. Aber das mochte er Aletha nicht eingestehen.

Am frühen Nachmittag überraschte Charibert alle damit, dass er den Reisekarren verließ und sich auf sein Pferd schwang – wenn auch mit tatkräftiger Hilfe von zwei Knechten. Bis dahin hatte einer seiner Männer den Hengst am Zügel geführt. Mit dem König ging eine erstaunliche Wandlung vor sich, bald zweifelte niemand mehr daran, dass er sich erholte. Von einem baldigen Ableben konnte keine Rede mehr sein. Bei der nächsten Rast hielt sich Wittiges neugierig in seiner Nähe auf und reichte ihm geistesgegenwärtig eine Erfrischung, kaum dass er danach verlangte. Charibert ließ sich den verdünnten Wein in die ausgetrocknete Kehle laufen und rülpste behaglich, sobald er den Weinschlauch abgesetzt hatte.

»Danke! Das tat gut!«, wandte er sich leutselig an Wittiges und fasste ihn plötzlich schärfer ins Auge. »Jetzt erkenne ich dich! Du gehörst zu Sigibert.«

»Stört's dich?«, fragte Wittiges vorsichtig.

»Nicht, solange du mir nicht im Auftrag meines Bruders ein Messer in die Kehle rammst«, gab Charibert unumwunden zu. Seine Leute, bemerkte Wittiges jetzt erst, hatten ihn unauffällig, aber dennoch scharf im Visier. Bevor er sich zurückziehen konnte, trat Aletha zu ihm.

»Ah ja, und dieses niedliche junge Ding gilt als deine Ehefrau.«

Wittiges hatte von den Unterstellungen genug. Er brauste auf. »Wir sind rechtlich zusammengegeben! Und ich bin kein Meuchelmörder, dessen kannst du sicher sein.«

Charibert lachte laut auf und klopfte sich auf den feisten Wanst. »Beruhige dich, junger Heißsporn! Tut mir leid, wenn ich dich beleidigt habe. Aber man kann halt nie wissen und muss seine Vorkehrungen treffen.«

Wittiges hatte den Arm um Aletha gelegt und beäugte Charibert abwägend. »Das verstehe ich. Gestern hieß es noch, du ringst mit dem Tod, und heute sehe ich dich auf wundersame Weise genesen. Wie ist das möglich?«

»Indem meine Getreuen für mich beten«, antwortete Charibert spöttisch, »und indem ich eine Gesellschaft verlasse, die der Gesundheit höchst abträglich ist.«

Der älteste fränkische König war beleibt und kurzatmig und hatte nach einem Zweistundenritt eine fleckige Haut. Alles in allem wirkte er von den Brüdern am wenigsten männlich. Er entsprach kaum der Vorstellung eines wehrhaften, kampferprobten Herrschers, und Wittiges zweifelte, dass die vorherige Hinfälligkeit wirklich ganz und gar vorgetäuscht gewesen war.

»Sie haben sich gezankt, nicht wahr?«, fuhr Charibert listig fort. »Meine Brüder. Wollten bereits mein Erbe verteilen.«

Wahrscheinlich, sann Wittiges, stand hinter jeder Wand und jeder Tür ein begabter Lauscher, denn dieses Wissen konnte kaum Chariberts Hellsicht entstammen.

»Wollten sie, konnten sich aber nicht einigen.« Wittiges nickte kühl.

»Das dachte ich mir. Das alte Spiel«, erklärte Charibert und schlug sich meckernd auf die fetten Schenkel. »Und deshalb habe ich mich kränker gestellt, als ich bin. War bloß gescheit. Wir kommen nicht allzu oft zusammen, wir Brüder, und jeder ist zu Recht vor dem anderen auf der Hut. Das ist Familientradition. Hätten sie annehmen müssen, auf das Erbe noch einige Jahre warten zu müssen, hätten sie meinem Ende wahrscheinlich nachgeholfen.«

Wittiges mochte das kaum glauben, bis ihm der Angriff auf Sigibert einfiel. Jemand hatte zwei Westgoten als Attentäter gedungen, und jetzt war ihm endgültig klar, dass als Auftraggeber kein westgotischer Herrscher infrage kam. Der Feind saß im Land der Franken, mitten in seiner neuen Heimat.

Aletha spürte offenbar, wie sehr ihm neue Erkenntnisse zusetzten. »Entschuldigst du uns?«, wandte sie sich lächelnd an Charibert. »Mein Mann hat noch nichts gegessen und getrunken, und um die Pferde müssen wir uns auch noch kümmern.«

»Eine liebevolle Frau«, sinnierte Charibert laut und gab mit einem Wink zu verstehen, dass sie sich entfernen durften, »ist der größte Schatz auf Erden, und darum wird dich jeder beneiden. Selbst ich, obwohl ich schon vier Gattinnen habe. Bloß nicht so junge und hübsche.« Er warf einen eindeutig begehrlichen Blick auf Aletha.

Charibert, befand Wittiges, war entschieden ein Widerling. Aber sie mussten ja nur noch bis zum Abend in seiner Gesellschaft ausharren.

Wittiges rechnete fest damit, endlich eine Liebesnacht mit Aletha zu verbringen, und dachte ernsthaft über eine Morgengabe nach, mit der er ihr zu verstehen geben konnte, wie sehr er mit ihr als hingebungsvoller Ehefrau zufrieden war, selbst wenn das erst einmal gelogen war. Bloß hatte er nichts Angemessenes für sie, und die Morgengabe musste warten. Er hoffte, Aletha würde nicht gleich beleidigt sein. Das Geschenk sollte sie ja später noch bekommen.

Irgendwann kurz vor der Stadt gestand er ihr, dass in ihrer Reisekasse geradezu bestürzende Ebbe herrschte. Aletha nahm die Eröffnung bewundernswert gelassen auf und schlug vor, im Königspalast von Reims ein kostenloses Quartier zu beziehen, das ihm als *Antrustio* Sigiberts sowieso zustand. Wittiges war mit dieser Lösung einverstanden und hoffte inständig auf ein Zimmer nur für sie beide mit einem behaglichen breiten Bett. Es fiel ihm schwer, noch an etwas anderes zu denken. Die Stadt, deren Tore ihnen bereitwillig geöffnet wurden, nahm er nur am Rande wahr.

Im Durcheinander der Ankunft im Palast verschwand Aletha auf unerklärliche Weise von seiner Seite. Nachdem er Bauto einen ordentlichen Platz im Stall besorgt hatte, ging er auf die Suche nach seiner Frau. Das gestaltete sich schwieriger als erwartet. Schließlich musste er feststellen, dass sie sich listigerweise unter Chariberts Frauen gemischt und sich für die Nacht mit ihnen zurückgezogen hatte. Wittiges konnte froh sein, einen Schlafplatz in einem Raum bei anderen Kriegern zu finden.

Aletha sah er erst am Morgen beim Frühstück wieder.

Freundlich trat sie auf ihn zu, einen Becher Bier in der einen und ein Stück frisches Brot in der anderen Hand, das er hungrig verschlang, bis er die allzu selbstzufriedene Miene seiner Ehefrau bemerkte und sich beinahe an einem Bissen verschluckte. Sie hatte genau gewusst, was er für die Nacht vorgehabt hatte, und ihn sehr geschickt ausgetrickst. Das würde er sich merken, schwor er sich wütend.

»Wo wirst du anfangen, nach Alexander und Pontus zu suchen?«, fragte Aletha und lächelte ihn arglos an. »Soll ich dich begleiten?«

Einen winzigen Moment erwog Wittiges, sie bis zur nächsten Herberge mitzunehmen, ein Zimmer zu mieten und sie für seine Demütigung zahlen zu lassen. Aber das war nicht seine Art. Er würde sich ihr nicht *aufzwingen.*

»Bleib hier«, sagte er daher. »Es hat keinen Sinn, wenn du mitkommst. Wer weiß, wie viele Herbergen ich absuchen muss, bis ich sie finde. Das wird anstrengend.«

»Ja …« Aletha strich sich nachdenklich über ihre kleine hübsche Nase.

»Gibt es noch etwas?«

Sie hob die Schultern. »Nein.«

Irgendwas beschäftigte sie, nur sprach sie es nicht aus. Mit dem unbefriedigenden Gefühl, die Sache nicht gründlich genug erörtert zu haben, brach Wittiges auf. Ohnehin hatte er wieder mit dem Gedanken zu kämpfen, ein Depp zu sein. Warum hatte er sich nicht über die Lage seines Gutes informiert oder mit Alexander und Pontus darüber gesprochen? Jetzt hemmte ihn dieses Versäumnis, Alethas Verhalten auf den Grund zu gehen. Sie folgte ihm in den Stallhof und sah ihm nach, als er an den Wachen vorbeiritt. Sie wollte ihn am Abend in dem Saal erwarten, in dem die königliche Familie mit ihrem Gefolge zu speisen pflegte.

Am Abend war sich Wittiges sicher, dass Alexander und Pontus Reims nie erreicht hatten. Nirgendwo hatte er einen Hinweis auf sie gefunden. Das bedrückte ihn, das ängstigte ihn geradezu. Aletha kam ihm sofort entgegen, als er abgekämpft den Saal betrat. Er schüttelte bedauernd den Kopf. »Nichts, nicht ein Schatten von ihnen.«

»Wo warst du überall?«

»In jeder Herberge und jedem Haus, wo es Betten oder Strohlager zu mieten gibt.«

»Dann warst du auch in den Pilgerhäusern der Kirchen?«

Überrascht starrte Wittiges sie an.

»Pilgerhäuser?«

»Häuser, die außer wandernden Mönchen und pilgernden Familien auch Fremden offen stehen. Diese Häuser werden von den Kirchen unterhalten. Das größte gehört zur Kathedrale. Ich habe mich gestern Abend erkundigt.«

Wittiges trat an einen Tisch und bediente sich mit Bier. Er hatte den ganzen Tag hungrig und durstig zugebracht, um nicht einen der wenigen Drittel*Solidi*, die er noch besaß, in Kupfer umwechseln und Geld für eine Mahlzeit opfern zu müssen. Er wusste ja, dass er im Palast versorgt wurde. Aletha war ihm gefolgt. »Wieso lässt du mich stehen?«, fragte sie streng.

Er starrte sie an. »Weil ich ein Esel bin.«

Aletha kicherte und wurde wieder ernst. »Und was weiter?«

»Und weil ich dich übers Knie legen müsste, mich aber davor scheue. Warum hast du die Pilgerhäuser nicht heute Morgen schon erwähnt?«

Seine Frau wirkte auf einmal noch jünger und kindlicher als gewöhnlich. Ihre Wangen röteten sich vor Verlegenheit. Sittsam senkte sie den Blick. Sie hatte wunderbar lange, dunkle Wimpern, die einen flatternden Schatten auf ihre rundlichen Wangen warfen. Bestimmt hatte sie keine Ahnung, wie verführerisch sie wirkte. »Ich dachte, du magst es nicht, wenn ich dir Vorschläge mache.«

»Vorschläge?«, wiederholte er entrüstet und durchschaute plötzlich ihr Spiel. Was für eine durchtriebene Katze sie doch war! Vor anderen Leuten gab sie sich als untertänige Ehefrau, die ihrem Gatten nicht widersprach, ihn weder maßregelte noch bevormundete, und wartete unterdessen seelenruhig sein Scheitern ab. »Gestern hast du mir ohne solche Bedenken vorgeschlagen, hier im Palast zu übernachten. Ich kenne den Grund. Ganz so dumm bin ich auch wieder nicht.«

Alethas Röte vertiefte sich. »Ich halte dich nicht für dumm. Wirst du morgen die Pilgerhäuser aufsuchen?«

»Mir bleibt nichts anderes übrig«, knurrte Wittiges. Falls er gehofft hatte, in dieser Nacht zum Zug zu kommen, sah er sich abermals getäuscht. Charibert blieb noch und bot daher unwissentlich Aletha die Möglichkeit, sich wieder bei seinem weiblichen Gefolge zu verkriechen. Missgelaunt durchkämmte Wittiges am Tag darauf die Pilgerhäuser und staunte nicht schlecht. Ohne es zu wollen, lernte er eine Menge über die kirchlichen Einrichtungen in der Stadt. Zur Kathedrale gehörten gleich zwei Pilgerheime. Eins für die Reichen und eins für die Armen. Das Armenhaus bestand aus Lehm, Holz und Stroh und beherbergte zwei Gyrovagen, wettergegerbte Wandermönche, die ihn an Pontus erinnerten. Seine Gefährten hatten sie nicht gesehen. In dem schmucken Steingebäude auf der anderen Seite der Kathedrale vorzusprechen, hielt Wittiges für wenig aussichtsreich. Lieber betrat er auf Rat der Mönche die Kirche selbst, um dort nach seinen Freunden zu suchen. Als er im Westwerk die schmale Treppe zum *Parvis* hinaufstieg, schlugen ihm Gestank und Geschrei entgegen. Zwei Männer prügelten sich, aber niemand scherte sich darum. Auf dünnen Strohsäcken lagen Kinder, Frauen, alte und junge Männer, Wittiges hatte den Eindruck, dass sich ganze Sippen von Unfreien und Landflüchtigen hierher ins Asyl gerettet hatten.

Noch nie hatte er so viel Elend und Schmutz gesehen, und was ihn besonders erschütterte, war dieser Streit unter Leuten, die doch das gleiche Schicksal teilten. Ein ganz und gar unheiliger Ort. Weder Pontus noch Alexander würden es hier länger als einen Atemzug aushalten. Lieber würden die beiden auf offener Straße kampieren, als sich diesem Schrecken auszusetzen, nur um einer kostenlosen Unterkunft und einer Mahlzeit wegen. Noch bevor er sich nach weiteren Pilgerhäusern erkundigte, beschlich ihn das Gefühl, seine Zeit zu verschwenden. Trotzdem klapperte er die Herbergen mit verzweifeltem Eifer eine nach der anderen ab.

Bei seiner Rückkehr war es Abend geworden, und wieder wartete Aletha voll banger Hoffnung auf ihn. Diesmal wusste auch sie keinen Rat mehr. Er hatte sich mit ihr in einen ruhigen Winkel zurückgezogen. Tränen standen in ihren Augen.

»Wollten sie denn in Reims eine Unterkunft suchen?«, fragte sie flehend. »Bist du sicher, dass sie sich hier aufhalten?«

»Ganz sicher«, antwortete er wider besseres Wissen. »Es gibt noch die Möglichkeit, dass sie ein Privatquartier gefunden haben. Sie wollten ja den Purpur verkaufen.«

»Sie haben den Purpur mitgenommen?« Anscheinend wusste Aletha davon.

»Pontus hat ihn in Verwahrung.«

»Purpur und Geld«, bemerkte Aletha, und in ihrer Stimme schwang die Angst mit, die Wittiges selbst empfand. Ganz klar hatte er Bilder vor Augen, die er mühsam zwei Tage lang verdrängt hatte: eine Räuberbande, die aus den dichten Wäldern beiderseits der Straße hervorbrach, seine Freunde überfiel, ausraubte und ... Bilder voller Blut, in den Ohren dröhnte ihm Geschrei. Alexander war ein lausiger Kämpfer, aber Pontus hätte sicher länger Widerstand geleistet. So sehr er auch nachdachte, es gab keine andere Erklärung für die Unauffindbarkeit der beiden als ein Verbrechen.

»Sie waren allein, nicht wahr?«, bohrte Aletha nach.

»Ich hätte sie nicht allein reisen lassen sollen, das brauchst du mir nicht zu sagen, ich weiß es selbst. Diese Römerstraßen sind nicht mehr so sicher wie früher. Wenn den beiden etwas passiert ist ...« Er schwieg. Die Schuldgefühle erdrückten ihn geradezu. Wieder einmal hatte er gründlich versagt.

»Vielleicht haben sie längst den Heimweg angetreten.«

»Nach Metz? Dann wären wir ihnen begegnet. Es gibt keine andere Straße als die, die wir genommen haben.«

Als sich Aletha wenig später zurückzog, hielt er sie nicht auf. Das Begehren, das ihn noch vor Kurzem in ihrer Gegenwart überkommen hatte, war verflogen. Während er sich nachts ruhelos hin und her wälzte, tauchte im Halbschlaf ein neuer Gedanke auf. Früh am nächsten Morgen betrat er die königliche Kanzlei, einen großen, von Säulen gestützten Raum mit zarter Wandmalerei. Nur zwei verschlafene Schreiber hatten sich außer Wittiges bereits eingefunden. Beide wussten von nichts. Mittags traf sich Wittiges mit Aletha und unterrichtete sie mürrisch von seinem letzten Versuch, etwas herauszufinden, und seinem Entschluss, baldmöglichst zurück nach Metz aufzubrechen.

»Nein«, widersprach Aletha lebhaft und setzte sich über seine abweisende Miene hinweg, »wir suchen zusammen noch einmal die Kanzlei auf! Komm mit!« Widerwillig folgte er ihr.

Diesmal herrschte große Geschäftigkeit. Und dann kam die große Überraschung.

»Wittiges? Du bist der *Antrustio* Wittiges, dem das Land des verstorbenen *Antrustio* Gozbert übertragen wurde?«, fragte der Kanzlist, den er ansprach.

»Hingerichtet worden ist er. Gozbert ist gepfählt worden, ich war dabei.« Ein kräftiger Mann um die vierzig, der mit mehreren Schriftrollen unter dem Arm den Raum durchquerte, blieb stehen und musterte Wittiges aufmerksam. »Sah nicht schön aus, wie ihm der Holzpflock oben aus dem Hals ...« Mit einem Blick auf Aletha verstummte er, räusperte sich und setzte noch einmal an. »Nun ja, die Vergangenheit kann dir gleichgültig sein. Ist nicht deine Fehde, und mit Gozbert sollte sie beendet sein. Auf seiner Seite ist keiner mehr übrig, der sie fortführen könnte.«

»Und wie hat sie angefangen?«, fragte der erste Schreiber neugierig.

»Eine komplizierte Sache, soweit ich mich erinnere. Sigibert eilte dem Bischof von Trier zu Hilfe und half ihm, eine Revolte seiner Priester niederzuschlagen. Gozberts Bruder tötete dabei einen Mann, der aber mit dem Aufstand nichts zu tun hatte, und daraus ist dann ...«

»Das genügt mir«, unterbrach Wittiges. »Ich habe, wie du schon sagtest, mit der Sache nichts zu tun. Ich möchte nur wissen, ob mein Diener Alexander und mein Gefolgsmann Pontus hier in der Kanzlei vorgesprochen haben.«

»Sicher haben sie das«, antwortete der erste Schreiber. »Sie haben die Schenkung für dich registrieren lassen. Wie sonst soll dein Anspruch gelten?«

»Sie waren also hier!«, wisperte Aletha erleichtert.

»Wann waren sie hier, und wo finde ich sie jetzt?«, fragte Wittiges, ohne ihren Einwurf zu beachten.

»Hier waren sie vor drei oder vier Tagen. Aber wie soll ich wissen, wo sie jetzt sind?«

»Ich würde auf dem Land nachschauen, um das es geht«, warf der Mann mit den Schriftrollen ein und ging davon.

»Möchtest du auch gleich die Höhe der fälligen Steuern wissen? Sie wurden seit vier Jahren nicht bezahlt, da ist einiges aufgelaufen«, erklärte der Mann, der sich als Erster Wittiges' angenommen hatte.

Mit einer solchen Wendung hatte Wittiges nicht gerechnet. Betroffen sah er den Mann an. »Ist es viel?«, fragte er mit belegter Stimme.

Der andere lächelte frostig. »Kommt drauf an. Sieh dir erst einmal dein Land und deine neuen Leute an. Bei deiner Rückkehr erklär ich dir die fällige *Annona*. Hat alles seine Richtigkeit, du wirst sehen. Wir sind hier sehr genau.«

Das konnte Wittiges nicht glauben, schließlich war er schon einmal hier gewesen und hatte nichts erreicht. Dennoch. Er nickte unbehaglich. Über Ertragssteuern zu reden, wenn man keine Vorstellung hatte, wofür man sie zahlen sollte, war denkbar deprimierend. Das wollte er sich erst einmal ersparen. Aletha wollte unbedingt mit zum Landgut hinausreiten, aber Wittiges lehnte ab, so sehr sie auch bettelte. Die Suche nach Alexander und Pontus, die Sorgen, die er sich um die beiden gemacht hatte, und die Selbstvorwürfe hatten ihn vorsichtig gemacht.

»Bei Chariberts Frauen bist du gut aufgehoben, und dort wirst du bleiben, bis ich dich hole.«

»Charibert reist morgen nach Paris weiter«, wandte Aletha ein.

»Umso besser, dann hilfst du seinen Frauen beim Packen und langweilst dich nicht.«

Alethas rosiges Gesicht erstarrte in Betroffenheit. Die kleine Gemeinheit tat ihm wohl. Woher kam ihr plötzlicher Eifer? Sehnte sie sich so sehr nach einem Wiedersehen mit Alexander? Eifersucht überfiel ihn erneut und versetzte ihn in Zorn, als sie ein letztes Mal bat, ihn begleiten zu dürfen.

»Hör zu: Auch wenn du sonst nicht viel auf deine ehelichen Pflichten gibst, diesmal tust du, was ich sage!«

6 Brunichild war insgeheim froh über Alethas Abreise. Denn sie hatte sich in aller Stille etwas vorgenommen und wollte ihre Magd nicht dabeihaben. Erst recht wollte sie nicht mit ihr darüber reden oder sich gar rechtfertigen: Sie würde das Bekenntnis wechseln, was ihr noch vor Kurzem undenkbar erschienen war. Niemand hatte Druck auf sie ausgeübt, vor allem Sigibert nicht, und das rechnete sie ihm hoch an. Er hatte sie, als sie ihn darauf ansprach, nur lange angesehen und gesagt: »Das musst du allein entscheiden. Das ist etwas sehr Persönliches für jeden«, er legte eine Pause ein, »außer vielleicht für Könige und Königinnen wie uns. Also überleg es dir gut.«

Das war der springende Punkt. Die Huldigungen, die Verehrung, die ihr von Leuten entgegengebracht wurde, die sie nicht kannte, die obendrein älter als sie waren, aber bedingungslos bereit, in ihr die Königin zu sehen, die Spenderin von Heil und Wohlergehen, hatten sie zum Nachdenken gezwungen. *Heil.* Ein gewichtiges, magisches Wort, das zugleich bedrückte und faszinierte. Ganz allmählich wuchs die Bereitschaft, sich seiner Wucht zu beugen und daran zu wachsen. Toledo war einmal, Gegenwart und Zukunft hießen Austrasien, das Land Sigiberts. Mit Fredegund hatte sie offener über ihre Bedenken gesprochen.

»Ja, ich verstehe«, hatte Fredegund gesagt, »aber du gibst ja Gott nicht auf.«

»Nein«, hatte sie traurig geantwortet, »nur Toledo.«

Fredegund hatte laut aufgelacht. »Hoffst du, irgendwann einmal dorthin zurückzukehren?« Sie blickte ihr neugierig ins Gesicht. »Ist Sigibert nicht zufrieden mit dir? Ist es das? In dem Fall wäre es sinnvoll, wenn du dir eine Hintertür offenhältst. Ich tät's jedenfalls.«

Brunichild war gekränkt gewesen. Fredegund war auch keine Hilfe.

Als der stets heitere und wohlwollende Venantius bei einem festlichen Abendessen schwungvoll und voller Begeisterung ein hymnisches Gedicht in lauter lateinischen Hexametern auf das Königspaar vortrug und alle ergriffen lauschten und jeder spürte, wie die Verse ihre Wirkung entfalteten und die ganze Hofgesellschaft adelten, begriff Brunichild, was sie zu tun hatte. Sie brauchte nur Venantius ernst zu nehmen und eine Königin voller Huld und Größe werden, *würdig* in jeder Beziehung. Nein, sie würde niemals nach Toledo zurückkehren. Außerdem machten sich die ersten Anzeichen einer Schwangerschaft bemerkbar, und sie wusste nicht, vom wem das Kind war. Aber wenn sie zum römischen Bekenntnis übertrat, wusste Sigibert, dass sie voll und ganz auf seiner Seite stand und jeder ihrer Gedanken ihm gehörte. Das Kind würde sein Kind werden. Hoffentlich der ersehnte Sohn.

7

Der Weg wurde immer undeutlicher und verlor sich bis zur Unkenntlichkeit im Unterholz. Etwa eine Stunde, hatte der Kanzleischreiber gemeint, und diese Stunde war sicher bereits verstrichen. Den Schatten nach war der Nachmittag weit fortgeschritten, und Wittiges wollte vor Hereinbrechen der Nacht zurück sein. Das hatte er Aletha versprochen. Zeit, umzukehren. Als er sich aber vorstellte, wie demütigend es wäre, unverrichteter Dinge zurückzukehren, trieb er Bauto wieder an, überlegte es sich dann anders, zügelte den Hengst und ging zu Fuß weiter. Besser den Weg, der mit ihm zu spielen schien und allzu viele Kehren aufwies, genau beobachten. Auf einmal schnaubte Bauto und blieb stehen. Wittiges wandte sich zu ihm um.

»Was ist los?«, fragte er. »Hat dich etwas erschreckt?« Unwillkürlich sog er tief die Luft ein. Es roch nach Rauch. der Geruch kam von links, und hier machte der Weg, falls die schmale Spur im Unterholz noch einer war, die nächste Biegung.

Wenig später stand er am Rand eines sanften Abhangs und blickte in eine kleine Senke hinab, durch die ein Bach floss und in der sieben oder acht Bauernhöfe einen Weiler bildeten. Falls er sich nicht vollkommen in der Richtung geirrt hatte, lag dort eins der beiden Dörfer, die zu seinem Besitz gehörten. Von hier oben waren kleine, fast quadratische Felder auszumachen, die schon gepflügt und wahrscheinlich eingesät waren, viel Brache und ausgedehntes Weideland, von lückenhaften Hecken umsäumt. Etwas Vieh stand auf der Weide. Alle offenen Flächen wirkten aber nur wie Löcher in dem Wald, der sich ringsum erstreckte. Bauto stupste ihn an, Wittiges schwang sich wieder in den Sattel und trabte in die Senke hinab.

Als Erste entdeckten ihn die Hühner. Gackernd stoben sie in alle Richtungen davon und suchten Schutz in den Reisigzäunen, die jedes Gehöft umgaben. Sonst blieb alles verdächtig ruhig – zu ruhig für Wittiges' Geschmack. Wo waren die Leute? Warum traten sie nicht aus ihren Hütten? Es war kaum vorstellbar, dass ein fremder Reiter vollkommen unbemerkt geblieben war. Unverhofft schlug ein Hund an.

Wittiges hatte sich das größte Gehöft gemerkt, und das steuerte er an. Zu dem Anwesen gehörten die üblichen Nebengebäude, die sich über einen weiten Hofplatz verteilten. Ein großer, struppiger Hund lief herbei und verbellte Wittiges. Betont langsam ritt er an ihm vorbei, von seinem tiefen kehligen Knurren begleitet. Er zog das Schwert, beugte sich aus dem Sattel und schlug mit dem Knauf kräftig gegen die fest verschlossene Tür. Es blieb still dahinter.

Der Mann, der sich schließlich zeigte, näherte sich von hinten und brachte zwei große Jungen mit, allesamt mit Heugabeln bewaffnet. Unbeeindruckt von diesem Aufmarsch, wendete Wittiges das Pferd und ritt den dreien entgegen. Er wies mit dem Schwert auf den Mann. »Du da! Sag mir, wo ich die zwei Männer finde, die vor drei oder vier Tagen zu euch gekommen sind. Der eine ist untersetzt und kräftig wie du und trägt eine Kutte, der andere ist lang, schmal und jung.«

»Wer will das wissen?«

»Ich, Wittiges, dein neuer Herr.« Die zwei Dörfer seines Besitzes wurden von *Laeten* bewohnt, halbfreien Bauern. Sie waren an das Land gebunden, hatten hohe Abgaben zu zahlen, waren zu Kriegs- und sonstigen Diensten verpflichtet und besaßen allenfalls die Gebäude und die Ackergeräte.

Der Mann spuckte aus, verständigte sich mit einem raschen Seitenblick mit den beiden Jungen, und gemeinsam rückten sie vor.

Wittiges hielt Bauto ruhig. »Wagt es nicht, mich anzugreifen!«, sagte er bestimmt. »Bleibt, wo ihr seid.«

»Woher sollen wir wissen, wer du bist?«, fragte einer der Jungen zaghaft.

Ein Vater und seine beiden Söhne. Zwei gesunde große Jungen, ein Glücksfall. Drei Menschen, die für jeden Grundherrn unbestreitbar einen Wert darstellten. Und dieser Herr war er.

»Dies war Gozberts Land, und jetzt gehört es mir.« Es waren die Jungen, die bei dem Namen zusammenzuckten; der Vater hatte sich besser in der Gewalt. »Und wer bist du?« Wittiges deutete wieder auf den Mann.

Bauto tänzelte auf der Stelle. Dadurch konnte Wittiges sich besser in jede Richtung sichern. Das Haus behielt er durch rasche Seitenblicke im Auge, um sich gegen einen Angriff von hinten vorzusehen. Aus dem Haus kam plötzlich ein halbwüchsiges Mädchen gelaufen. Der Vater stieß einen Warnschrei aus, aber Wittiges war schneller. Er lenkte Bauto mit den Schenkeln und drängte das Mädchen gegen eine Scheune. Jederzeit hätte er sie nun mit dem Schwert niedermachen können. »Du hast mir immer noch nicht geantwortet!«, schrie er.

Der Mann stöhnte auf und senkte endlich die Heugabel. »Karl, ich heiße Karl. Das ist mein Hof, und das sind meine Kinder. Tu ihr nichts!«

Wittiges hatte rasch den Blick über die Geräte schweifen lassen, die an der Wand der Scheune hingen. Es war keine Scheune.

Aus dem Dach ragte ein gemauerter Kamin heraus. Stärker als vorher nahm er den Rauchgeruch wahr.

»Und das da ist deine Schmiede?« Wittiges wies mit dem Kopf auf das Gebäude. Es hatte einen Steinsockel. Innerlich frohlockte er. Eine echte Schmiede! Ein Juwel!

»Ist es!« Karl beäugte ihn weiterhin mit größtem Misstrauen.

»Dann kommen wir doch langsam weiter. Und jetzt sag mir endlich, wo ich meine Männer finde. Ich weiß, dass sie hier sind.« Er sprach mit größtmöglicher Festigkeit.

Einer der Jungen antwortete. »Sie sind im großen Haus. Es ist nicht weit. Es liegt dort. Hinter der Hügelkuppe.« Er zeigte in die Richtung hinter Wittiges. Vielleicht ein Trick. Vielleicht sollte er verleitet werden, den Kopf zu wenden. Stattdessen ritt er an den Jungen heran.

»Du gehst voran, und ich folge dir«, sagte er ruhig.

Fragend sah der Junge den Vater an, der nach einigem Zögern und Abwägen zustimmend nickte. »Schickst du ihn gleich zurück?«

»Darauf kannst du dich verlassen, Karl«, antwortete Wittiges und presste Bauto die Fersen in die Flanken, um ihn anzutreiben.

Hinter dem Schmiededorf stieg das Gelände wieder ein wenig an, sie kamen an Feldern vorbei, durchquerten einen kleinen, den Bäumen nach jungen Wald, und danach gelangten sie auf eine breite Ebene, hinter der der Hang erneut anstieg. Und hier lag ein ausgedehnter, unüberschaubarer Gebäudekomplex. Sobald er in Sicht kam, wich der Junge an den Wegesrand und blieb stehen.

»Da ist es. Kann ich jetzt zurück?«

»Nein.« Wittiges setzte sich bequemer im Sattel zurecht. »Und wag ja nicht, davonzulaufen. Ich krieg dich.«

Angst stand dem Jungen ins Gesicht geschrieben. Eigentlich hatte Wittiges nicht vorgehabt, ihn einzuschüchtern, aber nach dem feindseligen Empfang in *seinem* Dorf hatte er wenig Lust, allzu nachsichtig zu sein.

»Wie viele Höfe umfasst das Dorf, und wie viele davon sind bewohnt?«

»Warum hast du nicht meinen Vater gefragt?«

»Weil ich dich frage. Und ich frag nicht noch einmal.« Wittiges ließ Bauto wieder tänzeln und kam dem Jungen nahe genug, um dessen Angst zu verstärken. Nur war der kleine Hengst kein allzu einschüchterndes Tier, und das schien auch der Junge zu merken. Überraschend grinste er und streckte eine Hand aus, um Bautos Maul zu tätscheln.

»Ich hab erst gedacht, du kommst auf einem Maultier wie die beiden anderen. Was ist das für ein Pferd?«

Wittiges bemühte sich, streng und unnachgiebig zu wirken. Langsam hob er das Schwert. Diese Sprache verstand der Junge. Seine Hand zuckte zurück.

»Acht Höfe. Es sind acht Höfe, aber zwei davon sind verlassen.«

Rasch stellte Wittiges weitere Fragen, während er Bauto in gefährlich engen Kreisen um den Jungen herumlenkte. Dessen Antworten erfolgten immer schneller, während er versuchte, den Bewegungen des Pferdes zu folgen. Wittiges ließ ihm keine Zeit zum Nachdenken. Endlich war er fürs Erste zufrieden mit den Auskünften.

»Wie heißt du überhaupt?«

»Arne.«

»Sag deinem Vater und allen im Dorf, dass ich sie morgen zur Mittagsstunde sehen will. Ihr kommt zu mir, hast du verstanden? Ihr alle. Männer, Frauen und Kinder. Und jetzt verschwinde, Arne.«

Wie von Hunden gehetzt, rannte der Junge davon.

Das war einmal ein Garten, mutmaßte Wittiges, als er sich durch niedriges Buschwerk zwängte. Er erkannte Lorbeerbüsche, verholzten Salbei, Buchsbaum und etliches mehr. Steine lagen herum, Marmorbrocken, wie er erstaunt feststellte. Bauto hatte er am Rand des unebenen Geländes zurückgelassen. Am Ende des verwilderten Gartens erhoben sich die Außenmauern des Landhauses, eines unregelmäßigen, verfallenen Gemäuers, das ihn schon aus dieser Sicht an einen Karnickelbau erinnerte. Der Garten duftete, und irgendwie stahl sich die Erinnerung an Zuhause in seine Wahrnehmung. Auch dort hatte es einen Garten mit allerlei Küchenkräutern, Arzneipflanzen und Blumen gegeben, die seine Mutter mit viel Liebe und Leidenschaft gehegt hatte. Einen Augenblick war er vollkommen in Bildern aus längst vergangenen Tagen versunken und stolperte unaufmerksam weiter. Erst als sein Blick auf einen gebeugten Rücken fiel, kehrte er in die Gegenwart zurück.

Der Rücken war breit und kräftig und von dreckigem braunem Tuch umschlossen. Der Mann vor Wittiges war so in sein Tun vertieft, das er mit halblautem Ächzen, Stöhnen und Flüchen würzte, dass Wittiges unbemerkt heranschleichen konnte.

»Und was soll das werden?«, fragte er, sobald er dicht hinter dem Mann stand. »Gräbst du Schätze aus, Pontus?«

Pontus fiel vor Schreck beinahe vornüber. Kaum hatte er sich gefangen, fuhr er angriffslustig herum. »Was zum Teufel fällt ...« Er verstummte, die Augen ungläubig aufgerissen. »Ich dachte, du ...«, stotterte er, machte ein, zwei Schritte vorwärts und umfing Wittiges in einer gewaltigen Umarmung, die diesem die Luft aus den Lungen presste. Bevor er sich befreien konnte, ließ ihn Pontus los, drosch ihm kräftig auf die Schultern, ging um ihn herum und schlug ihn auch noch auf den Rücken. Wittiges sprang beiseite.

»Willst du mich zu Tode prügeln?«, schimpfte er.

»Wäre ich kein Christenmensch, täte ich's. Mich derart zu erschrecken!« Er betrachtete seinen Herrn immer noch wie eine Geistererscheinung. »Wo kommst du bloß her? Was willst du hier?«

»Ich befolge Sigiberts Befehl«, antwortete Wittiges.

»Was? Machst du Scherze?« Pontus stemmte die Hände in die Hüften. »Dazu bin ich nämlich nicht aufgelegt. Nicht bei dieser hundsgemeinen Arbeit!«

»Was für eine Arbeit?«, erkundigte sich Wittiges neugierig. Gras und niedriges Gestrüpp waren an einer Stelle abgeräumt, eine kleine Kuhle klaffte, und an ihrem Grund waren Tonscherben erkennbar, Reste gebogener Röhren.

»Vorsicht!«, mahnte Pontus, »lass bloß keine Erde hineinrieseln! Ich bin froh, dass ich den Grund so weit gesäubert habe. Was du hier siehst, ist ein Stück der Leitung, die dein Haus früher mit Wasser versorgt hat. Ich bin der Meinung, wir sollten hier mit den Reparaturen anfangen. Nichts geht über gutes, reines Wasser. Es entspringt einer Quelle oben im Hang. Du bist durch das Dorf heraufgekommen, nicht wahr? Weißt du, das hier« – mit einem glücklichen Grinsen breitete Pontus die Arme weit aus – »das alles ist ein Paradies.«

Wittiges setzte sich auf einen Stein, der nicht weit von den freigelegten Röhren aus dem Unkraut ragte, und betrachtete voller Unbehagen seinen Gefolgsmann.

»Hat dir die Sonne zugesetzt? Wie lange arbeitest du schon in dieser brütenden Hitze?«, fragte er ätzend.

Unbeeindruckt ließ Pontus den Blick schweifen. »Bist du allein gekommen? Du hast nicht einmal einen Knecht bei dir? Das ist schlecht, sehr schlecht. Wir brauchen Leute, um alles instand zu setzen. Und jetzt verrat mir endlich, was es mit Sigiberts Befehl auf sich hat. Was hat er dir befohlen?«

Pontus wartete die Antwort nicht ab, sondern kehrte zu seiner Grube zurück und klaubte weitere Bruchstücke der Röhren heraus. Wittiges sah ihm dabei zu und versuchte, seine Gedanken zu ordnen. Er hatte Pontus und Alexander mit dem Auftrag losgeschickt, sich einen Überblick über sein Land zu verschaffen und zu sehen, was an Einkommen daraus zu erwarten war. Diese Frage konnte er inzwischen selbst beantworten: nichts! Seiner Ansicht nach wirtschafteten die Dörfler nur für den eigenen Bedarf und kamen damit gerade so zurecht. Schließlich war er auf einem Landgut aufgewachsen und kannte die Zeichen von Verfall und Misswirtschaft.

»Sigibert hat mir nahegelegt, mir mein Land selbst anzusehen. Damit bin ich gerade fertig. Lass uns nach Metz zurückkehren. Und hör mit dem Graben auf.«

Langsam richtete sich Pontus auf. »So? Du hast alles gesehen? Das würde mich doch sehr wundern. Und was heißt das, nach Metz zurückzukehren?«

»Wo ist Alexander?« Wittiges stand auf.

»Irgendwo im Haus«, brummte Pontus.

Wittiges machte sich auf den Weg.

»Warte!«, rief ihm Pontus nach. »Wir sind noch nicht fertig miteinander. Du weißt gar nichts, hörst du? Bleib stehen!«

Wittiges ging unbeirrt weiter. Dieses *Geschenk*, diese *Belohnung* Sigiberts für die Rettung seines Lebens war ein schlechter Witz, ein Hohn. Die Stimme des Kanzlisten klang Wittiges wieder im Ohr. Wenn er das Geschenk annahm, hatte er als Erstes Steuern zu entrichten. Wie viel war da in vier Jahren aufgelaufen? Wusste Pontus das? Grimmig suchte er sich einen Weg an Stolpersteinen, Karnickellöchern und Ameisenhaufen vorbei, bis er einen Eingang ins Haus entdeckte: eine in der Mauer klaffende Öffnung, wo sich vielleicht einmal eine Tür befunden hatte. Pontus kam ihm nach, aber er drehte sich nicht nach ihm um. Wittiges durchquerte Räume, in die die Sonne schien, weil das Dach fehlte, warf einen Blick in lange Gänge, die Gebäudeteile miteinander verbanden, sah jede Menge Unrat in Ecken und Winkeln und geriet schließlich in einen Trakt, wo sich einmal eine Badeanlage befunden hatte: eine Reihe kleiner Räume mit eingetieften Becken, marmornen Ruhebänken und hübschen Rundnischen, in denen Statuen gestanden haben mochten. Wittiges stellte sich eine wollüstig nackte Venus oder Nereide vor. Im letzten Raum thronte auf einem flachen Podest eine riesige Badewanne aus grau geädertem Marmor. Alexander beugte sich über den Rand und fischte im Becken herum.

»Alexander, schau, wer uns besuchen kommt«, rief Pontus atemlos vom Laufen.

»Gleich, ich hab den Abfluss fast frei. Da steckt ein Steinchen drin und irgendwelcher Mist, der …« Alexander wandte sich in seiner gebückten Haltung um und stockte.

»Lass dich bloß nicht stören«, sagte Wittiges betont lässig. »Und sag mir Bescheid, wann ich das erste Bad nehmen kann.«

Alexander richtete sich auf und lachte schallend. Unwillkürlich musste Wittiges in das Gelächter einstimmen und sah sich gleich darauf herzlich umarmt und geknufft.

Es war einfach schön, wieder beisammen zu sein. Ihm wurde klar, wie sehr sie sich aus den Augen verloren hatten, dort in Metz, an Sigiberts Hof. Aber eine innere Stimme mahnte ihn, einen kühlen Kopf zu behalten und sich nicht von der Begeisterung seiner Freunde anstecken zu lassen. Die Sache musste nüchtern betrachtet und beurteilt werden.

In kindlichem Entzücken führte ihn Alexander herum und wies ihn auf Stellen an den Wänden hin, wo er unter blättrigem Putz Fragmente von Wandmalereien gefunden hatte oder wo er unter dicken Dreckschichten auf Mosaikböden gestoßen war.

»Tauben.« Er deutete auf eine der vielen Lücken im Dach. »Sie sitzen dort oben und scheißen alles zu. Grässliche Viecher. Pontus jagt sie, und wenn er welche erwischt, brät er sie. Magst du Taubenbraten? Für heute Abend haben wir auch ein Karnickel. Pontus hat es in einer Schlinge gefangen.«

Es wurde Abend! An eine Heimkehr vor Einbruch der Dunkelheit war nicht mehr zu denken. »Seid ihr die ganze Zeit schon hier? Wo haust ihr?«

»In einem der ehemaligen Dienerquartiere, das wir uns hergerichtet haben. Dort ist das Dach in Ordnung, und die Tür schließt. Nicht gerade luxuriös, aber uns genügt es für den Anfang. So haben wir Zeit gespart, weil wir nicht täglich hin- und herreiten müssen. Obendrein kostet die Unterkunft nichts.« In Alexanders Stimme klang etwas durch, was Wittiges vorsichtig machte.

»Tja, vielleicht zeigt ihr mir erst einmal euer Quartier. Ich hab übrigens Wein dabei. Mit euren Tauben und dem Karnickel erwartet uns ein Festessen. Dabei lässt sich über alles reden.« Der Eifer der beiden rührte ihn. Ein warmes Gefühl von Freundschaft und Geborgenheit durchrieselte ihn, das er lange nicht mehr gespürt hatte.

Die Unterkunft war bescheiden, aber nicht hässlich, wie Alexander betonte. Um einen kleinen Innenhof lagen die Räume, die ehemals die Hausbediensteten bewohnt hatten und aus denen der Unrat hinausgefegt worden war. Die Böden waren eben und trocken, die Wände von gefälligen Nischen unterteilt, in denen sich allerhand unterbringen ließ. Niedrige gemauerte Betten warteten nur auf eine dicke Lage Stroh und saubere Laken. Ein von Pfeilern gestütztes Dach ragte weit in den Hof hinein, dessen Mitte ein flaches Wasserbecken bildete, aus dem nun ein Feuerplatz geworden war. Dort am Becken hatte Pontus Säulentrommeln aufgestellt, die als Sitze dienten, und die Reste einer Tür mussten als Tisch herhalten. Die Abendsonne drang herein und ließ die Wände rosa leuchten. Die gebratenen Tauben und das Kaninchen dufteten verführerisch, und für kurze Zeit wurde alles zum Abenteuer. Hier endlich konnte Wittiges der sein, der er war: ein junger Mann mit wenig Erfahrung auf vielen Gebieten, der längst noch nicht wusste, was er letztlich mit sich anfangen sollte.

»Wirklich behaglich«, murmelte er und wischte sich das Fett vom Kinn, »zumindest im Sommer.«

»Bis zum Winter haben wir auch die Heizung so weit in Ordnung gebracht, dass wir ein paar Räume warm bekommen. Ich bin im Keller herumgekrochen und hab mich umgeschaut. Viel Feinarbeit, aber mit genug Ziegelsteinen und Mörtel ist das allemal zu richten«, erklärte Pontus.

»Ach, du hast auch schon als Maurer gearbeitet? Du kennst dich in dem Gewerbe aus?«, fragte Wittiges mit leichter Schärfe. Eigentlich wollte er über den Zustand des Hauses nicht mehr reden.

»Es gibt kaum ein Gewerbe, in dem er nicht tätig war«, meinte Alexander spöttisch.

»Und bei dir ist es genau umgekehrt«, konterte Pontus, aber Alexander zeigte sich nicht beleidigt, er lachte nur. Die beiden hatten sich anscheinend richtig angefreundet. Alexander trug wie Pontus eine schmutzige, braune Kutte, und seine Haare standen filzig nach allen Seiten ab. Von seiner früheren eleganten Erscheinung war nichts übrig geblieben, er hatte sich vollkommen angepasst und fühlte sich offensichtlich wohl. Wittiges konnte sich nicht erinnern, ihn jemals so entspannt gesehen zu haben. So kraftvoll und lebendig. Verstohlen beobachtete er die Bewegungen des gebrochenen und inzwischen geheilten Handgelenks und konnte keinerlei Einschränkung entdecken. Auch hier hatte sich etwas zum Guten gewendet. Er hätte den Mund halten sollen, wenigstens an diesem Abend, aber er fürchtete, in ein Fahrwasser zu geraten, dass ihm eine Umkehr unmöglich machte.

»Alles, was ihr mir gezeigt und gesagt habt, beeindruckt mich sehr. Aber es hat keinen Sinn, weiter über Instandsetzung zu reden. Das schaffen wir nie. Und glaubt mir, ich weiß, wovon ich spreche. Ich bin auf dem Land groß geworden, und ich weiß, wie ein gut geführtes Landgut aussieht. Wenn wir Geld hätten, sähe es anders aus, aber wir haben keins. Wir müssten hier viel investieren, bevor wir an Gewinn denken könnten. Dazu habe ich eine Steuerschuld am Hals, deren Höhe ich nicht einmal kenne. Und überhaupt: ich bin *Antrustio*, ich werde am Hof leben, in Sigiberts Nähe, wo immer er sich aufhält. Und wenn ihr bei mir bleiben wollt, gilt das auch für euch. Ich werde Sigibert mitteilen, dass ich sein Geschenk nicht annehmen kann, weil mir die Mittel fehlen, etwas daraus zu machen.«

Eine Weile blieben die beiden anderen stumm vor Betroffenheit. Dann stand Pontus auf und klopfte Wittiges auf die Schulter. »Schlaf drüber und lass uns morgen weiterreden. Es gibt noch einiges, was du nicht gesehen hast und nicht weißt.«

Wittiges holte Bauto in den Innenhof und suchte sich einen Platz in einem der Räume. Es gefiel ihm nicht sonderlich, auf dem blanken Steinbett zu schlafen, aber er hatte es versäumt, sich Kraut aus dem Garten als Unterlage zu holen, und er wollte keinen der Freunde von seinem Platz verdrängen. Trotz der Unbequemlichkeit schlief er traumlos und tief.

Pontus weckte ihn zu einer frühen Mahlzeit aus kaltem Fleisch und einem erfrischenden Schluck Wasser. Das Wasser schmeckte wirklich gut, ein wenig tonig, ein bisschen säuerlich, eine anspruchslose Wohltat.

Alexander schlief noch.

»Wir haben nicht nur herumgewerkelt. In Wirklichkeit haben wir die meiste Zeit darauf verwandt, uns über die Dörfer, die Bewohner, die Äcker, auch die ungepflügten, brachliegenden, den Wald und vor allem die Grenzen deines Besitzes klar zu werden. Mit Letzterem sind wir noch nicht fertig, die Grenzmarkierungen sind eine heikle Angelegenheit. Bitte, lass mich weiterreden«, sagte Pontus rasch, als Wittiges etwas einwerfen wollte. »Du hast recht, du brauchst Geld, aber darauf kommen wir später. Erst einmal bleibt festzustellen, dass das Land gut ist, guter Boden, aus dem ein anständiger Ertrag zu erzielen ist. Vieh ist auch vorhanden, es weidet größtenteils im Wald. Ein paar Äcker hat sich das überall aufschießende Buschwerk geholt, aber das lässt sich rückgängig machen. Ein Problem sind die Menschen. Es gibt nur noch fünf Sklaven, die unmittelbar zum Gut gehören, zwei alte Männer, eine alte Frau, ein Mädchen und ein halbwüchsiger Junge, die Enkel der Alten.«

»Und wo sind sie jetzt?«

»Gestern haben wir sie in den Wald geschickt, um das Vieh zusammenzutreiben und zu zählen. Vielleicht haben sie von den Dörflern von deiner Ankunft gehört und sich erst einmal verkrochen. Um ehrlich zu sein, eine große Hilfe sind die fünf bislang nicht gewesen. Die müssen wir uns noch zurechtstutzen.«

»Fünf Sklaven! Das ist verzweifelt wenig. Erzähl mir von den Dorfbewohnern. Gestern hab ich den Schmied Karl getroffen, und er schien nicht davon begeistert, wieder einen Herrn zu haben. Pontus, wir schaffen es nie, aus diesem Besitz ein blühendes Landgut zu machen.«

Pontus warf ihm einen missvergnügten Blick zu. »Wenn du jetzt schon den Schwanz einziehst, bestimmt nicht. Ehrlich, wenn Alexander dieses feige Gehabe an den Tag legen würde, könnte ich das noch verstehen, aber du! Dass du so schnell klein ...«

»Moment«, hakte Wittiges ein, »da wir gerade bei Alexander sind. Wie kommt es, dass er hier herumläuft, als hauste er seit

Jahren im Schweinestall? Er sieht aus wie … wie …« Er starrte auf Pontus' dreckige Kutte.

»… wie ich«, beendete Pontus stolz den Satz. »Es war sein Einfall und ein guter obendrein. Was glaubst du, wie ein verzärtelter Palasteunuch auf Menschen wirkt, für die ein Mann nur zählt, wenn er einen wilden Eber mit bloßen Händen erwürgt? Da taucht ein wohlduftendes, wohlfrisiertes Bürschchen hier auf und sagt ihnen …« Pontus brach ab.

Verschlafen, mit noch grotesker verstrubbelten Haaren als am Abend zuvor, trat Alexander aus seinem Raum. »Ihr seid schon auf? Redet ihr von mir?« Er gähnte herzhaft.

»Aber nein. Ich versuche gerade, Wittiges Mut zu machen. Aber er hat schon die Hosen voll, bevor er hier mit der Arbeit angefangen hat«, erklärte Pontus verächtlich. »Er redet nur immer von Geld. Als ob Geld alles wäre.«

Für viele ist es so, dachte Wittiges. Die meisten *Antrustiones*, die er kannte, besaßen irgendwo Land, aber er hatte nicht den Eindruck, als scherten sie sich sonderlich darum. Viel mehr als das Land lagen ihnen kostbare Waffen, Kleider, aufwendiger Schmuck, Gold und Silber am Herzen, alles Wertvolle, das sie mit sich führen und jederzeit als Beweis für Reichtum und Ansehen präsentieren konnten. Bei Hof stolzierten sie wie die Pfauen einher. Land war unbeweglich und schon daher nicht sonderlich begehrenswert. Im Reich von Toledo sah man diese Dinge anders. Sein Vater war überaus stolz auf sein kleines Gut gewesen und hatte es nicht als Schande betrachtet, es selbst zu bewirtschaften.

Alexander nickte wissend. »Denkt an den Purpur. Wenn wir den verkauft haben, besitzen wir genug Geld für die nötigen Anschaffungen.«

Wittiges lachte höhnisch. »Natürlich, dass ich das vergessen konnte! Es ist ja auch so leicht, Purpur zu Geld zu machen.« Er erinnerte sie daran, dass sie es in Metz versucht hatten und elend gescheitert waren.

»Reims ist anders. Reims ist Königsstadt. Der wichtigste Handels- und Marktplatz weit und breit. Warte nur ab.« Alexander stockte. »Wo ist Aletha? Eigentlich müsste sie doch hier sein.«

Wieso fragte Alexander nach Aletha? Wittiges war geneigt, eine barsche Antwort zu geben, besann sich aber, strich sich übers Kinn und erhob sich. »Sie ist in Reims. Ich hätte gestern Abend schon zurück sein müssen, sie hat sicher auf mich gewartet. Deswegen muss ich jetzt aufbrechen.« Er stand auf, um seine Sachen zusammenzupacken, aber dann fiel ihm noch etwas ein. »Bis mittags versuche ich zurück zu sein. Ich hab dem Schmied aufgetragen, sich um diese Zeit mit allen Dörflern hier einzufinden. Falls ich mich verspäte, haltet die Leute auf.«

Die beiden hörten nicht zu. Sie schauten auch nicht in seine Richtung, sondern zum Ausgang des Hofs, wo eine alte Frau aufgetaucht war. Das musste die Vettel sein, von der die beiden gesprochen hatten. Seine Sklavin, die einzige erwachsene Frau unter seinen Leibeigenen, die für die anderen den Haushalt führte. Sie war hochgewachsen und hielt sich sehr aufrecht, aber die straffe Haltung konnte nicht über das Alter hinwegtäuschen. Das Haar war eine graue Masse, die zu einem unordentlichen Zopf geflochten war. Tiefe Furchen durchzogen ihr Gesicht, und der eingefallene Mund verriet, dass sie nicht mehr viele Zähne hatte. Eine Frau am Ende der Lebensspanne, die man für Christenmenschen noch für natürlich halten konnte.

»Ist die Herrin jetzt da?«, nuschelte die Alte und presste die Lippen aufeinander. Etwas zerrte von hinten an ihrem Rock.

»Heute Mittag, bis dahin musst du dich gedulden«, sagte Alexander und erhob sich von seinem Marmorstumpf. »Wo sind die anderen? Und was ist mit dem Vieh? Haben sie es zusammengetrieben?«, fragte er streng.

Die Alte zuckte nur die Schultern. Eine kleine Hand erschien und zog energisch an ihrem Gewand. Die Frau langte hinter sich und zischte etwas.

»Komm her!«, forderte Wittiges gebieterisch.

Statt seiner Aufforderung zu folgen, schob sich die Alte rückwärts.

»Wird's bald!«, schrie Wittiges und lockerte den Griff seines Messers.

Erschrocken machte die Frau ein paar Schritte nach vorn.

»Wie heißt du?«, fuhr er die Alte an. »Und wer ist das hinter dir?«

Ein Kopf lugte hervor.

»Barchild«, murmelte die Alte. »Ich bin Barchild. Wollt ihr Käse? Ich hab gestern welchen gemacht.«

Wittiges sprang über das Wasserbecken und griff, sobald er

die Frau erreicht hatte, nach dem Kind hinter ihr. Die Alte keuchte entsetzt auf, versuchte ihn abzuwehren, aber da hatte er das Kind schon am Arm gefasst und ließ es erst los, als es vor ihm stand. Höchstens fünf oder sechs Jahre alt, mutmaßte er, ein Mädchen mit aufgeschrammten Knien, braunem Wuschelhaar und unbeschreiblich schmutzigem Gesicht. Aber aus diesem Gesicht leuchteten große Augen in tiefem, strahlendem Blau. Die schönsten Augen, die er je gesehen hatte.

»Und das hier ist wer?«, fragte er überrascht.

»Niemand«, brummte die Alte und versuchte, sich wieder vor das Kind zu schieben. Wittiges hielt sie mit einer Hand auf und gab ihr einen Schubs, sodass sie zurücktaumelte. Das Kind musste die von Pontus erwähnte Enkelin sein. Aber warum stellte sich die Alte so störrisch an und antwortete nicht ehrlich auf seine Fragen?

Wittiges beugte sich zu dem Kind hinab. »Wie heißt du?«, fragte er freundlich.

Die Kleine steckte einen Finger in ein Nasenloch und sah ihn seelenvoll an. »Göre«, nuschelte sie.

»Göre?«

Die Kleine nickte und popelte weiter, Wittiges unterdrückte den Impuls, ihr auf die Hand zu schlagen. Stattdessen legte er ihr in einer väterlichen Geste eine Hand auf den Kopf und bog ihn leicht nach hinten, bis ihn das Kind anschauen musste.

»Sagt sie nur Göre zu dir? Das ist nämlich kein Name.«

»Sie hat keinen«, mischte sich die Alte ein. »Ich hab gesagt, sie ist niemand. Sie ist Dreck. Nur Dreck.«

Langsam wandte sich Wittiges zu der Frau um und entdeckte verwundert Panik in den Augen der Alten.

»Sie ist kein Dreck, und du sprichst nie wieder so abfällig über sie, oder du suchst dir woanders eine Bleibe«, herrschte er sie an. Die Alte fände nirgendwo ein Unterkommen, es sei denn, ein Priester trüge sie in die Matrikel seiner Kirche ein, in die Armenliste, und nähme sie als Kostgängerin auf.

»Und du«, wandte er sich an die Kleine, »heißt von nun an Viola. Gefällt dir der Name?«, fragte er weich.

Träumend sah die Kleine zu ihm auf und nahm den Finger aus der Nase. »Viola«, wiederholte sie leise, als müsse sie erst den Klang des Namens prüfen, dann lächelte sie verschmitzt. »Heiß ich jetzt immer so?«

Das Kind hatte ein liebliches Stimmchen und gefiel Wittiges immer besser. »Ja, so heißt du jetzt. Vorausgesetzt, du wäschst dir das Gesicht und kämmst dir die Haare, hörst du? Ein Schmutzfink kann nicht Viola heißen.«

Fragend wandte sich Viola an die Großmutter. Barchild zitterte. »Können wir jetzt gehen? Soll ich dir den Käse bringen?«, fragte sie, packte ihre Enkelin am Arm und schob sie hinter sich, als sei sie schon viel zu lange fremden Blicken ausgesetzt.

»Du bringst sie heute Mittag gewaschen und gekämmt hierher«, befahl Wittiges der Alten. »Und etwas Käse wäre meinen Leuten sicher recht.« Er wollte endlich seine Kammer aufsuchen, aber da betraten nacheinander mehrere Männer den Hof, allen voran Karl, der Schmied. Sie hatten nicht bis mittags gewartet. Und ihr vorzeitiges Auftauchen war nicht als Antrittsbesuch gedacht, das erkannte Wittiges sofort.

»Ihr seid früh dran«, bemerkte Wittiges lässig, »aber wo bleiben eure Frauen und Kinder?«, fragte er den Schmied.

Karl ruckte mit dem Kopf in zwei verschiedene Richtungen, und die Dörfler setzten sich an den Wänden des Hofs entlang in Bewegung. Sofort traten ihnen Pontus und Alexander entgegen, damit ihnen niemand in den Rücken fallen konnte. Pontus bückte sich kurz, vermutlich nach den an den Waden geschnallten Dolchen. Die Bewegung der Männer hörte abrupt auf.

»Ich fragte, wo bleiben die Frauen und Kinder?«, wiederholte Wittiges mit barscher Stimme. Mit einem raschen Blick überflog er die Männer.

»Frauen und Kinder sind dort, wo sie hingehören«, antwortete Karl rau. »Zu Hause.«

Wittiges wusste, wie sehr es darauf ankam, sich nicht einschüchtern zu lassen. »Was habt ihr untereinander ausgemacht?«, fragte er kühl. »Wollt ihr uns niedermachen? Was, glaubt ihr, geschieht, wenn König Sigibert dahinterkommt? Und er wird es herausfinden.«

»Schlimmer, als es war, kann es nicht mehr werden. Wir haben gerade erst alles wiederaufgebaut, und nun kommst du daher …«

»Was habt ihr aufgebaut, und was ist hier Schlimmes passiert?«, unterbrach ihn Wittiges. Er wich bis zu einer der Marmortrommeln zurück, während er mit den Fingern schnippte.

Das Trappeln hinter ihm verriet, dass Bauto zu ihm kam. Er hatte ihn am Abend mit in den Hof genommen. Mit dem Hengst als lebendem Schutzschild in seinem Rücken fühlte er sich wesentlich wohler.

»Die Überfälle von König Chilperichs Männern. Sie haben alle Dörfer rund um Reims heimgesucht.«

Die alte Barchild hatte sich nicht davongeschlichen, sondern nur hinter den Männern versteckt. Plötzlich packte Karl sie an der Schulter und zerrte sie nach vorn. »Ihren Sohn haben sie erschlagen, ihn und viele andere. Sie haben unsere Häuser angezündet, unser Vieh abgeschlachtet und unsere Frauen ...« Karl sprach nicht weiter, sein Blick loderte unter peinvollen Erinnerungen.

»Wann war das?«, schrie Wittiges, bevor sich Karl wieder fassen konnte. Ein leises Geräusch verriet ihm, dass zumindest einer der Männer einen Scramasax oder eine andere scharfe Waffe gezogen hatte.

»Vor fünf Jahren, gleich nach dem Tod des alten Königs, begannen die Kämpfe. Sie kamen dreimal hintereinander, und jedes Mal hausten sie schlimmer«, stieß Karl hervor. Er spielte auf die Reichsteilung nach Chlotars Tod an. Wittiges hatte davon gehört, sich mit der Geschichte des Landes aber nicht näher befasst. Priscus hatte Unruhen erwähnt, die nach der Erbteilung unter Chlotars Söhnen ausgebrochen waren. Schöne Unruhen!

»Was war mit Gozbert? Hat er euch nicht geholfen?«

Einer der Männer lachte spöttisch. »Ich finde, das reicht!«, rief er und hob die Hand, in der er jetzt eine Waffe hielt. Wie auf ein Zeichen zogen die anderen Keulen, Äxte und lange Messer hervor, die sie unter den Umhängen verborgen hatten.

»Gozbert hat sich nie um uns gekümmert«, erklärte Karl gefährlich ruhig. »Er kam immer nur, um Steuern einzutreiben. Er fragte nie, ob wir eine Missernte hatten oder eine Krankheit das Vieh krepieren ließ. Es hat ihn nicht interessiert.«

Wittiges kämpfte heroisch gegen den Impuls an, das Schwert zu ziehen. Das Schwert in der Hand hätte das Gefühl einer niederdrückenden Hilflosigkeit gemildert. Er saß mit seinen Freunden in der Falle, denn aus dem Hof führte nur ein Weg hinaus.

Auf einmal schüttelte die alte Barchild die Hand ab, mit der Karl sie noch immer am Arm festhielt. »Lasst ihn gehen«, forderte sie bestimmt. »Er will seine Frau herbringen. Hört ihr? Die Herrin.«

Etwas wie Unschlüssigkeit machte sich unter den Männern breit. »Woher weißt du das?«, fragte Karl barsch.

»Er hat es mir gesagt«, antwortete Barchild triumphierend. Hinter ihr tauchte wieder Violas Lockenkopf auf. Bevor die Alte das Kind daran hindern konnte, lief es auf Wittiges zu. Er hätte Viola als Geisel nehmen können, doch möglicherweise war den Männern das Sklavenkind, das zu keinem von ihnen gehörte, nichts wert.

»Geh zu deiner Großmutter«, herrschte Wittiges Viola an, »weg mit dir!« Er schubste sie nicht allzu sanft in die richtige Richtung und fixierte wütend die Bauern. »Und ihr hört mir jetzt zu. Ich bin nicht Gozbert, ich hab nichts mit ihm und seiner Herrschaft über euch zu schaffen, ebenso wenig mit den Kriegen und den Verlusten der Vergangenheit. Jetzt bin ich hier der Herr. Ich gedenke, mich hier niederzulassen und genauso viel Schweiß und Mühe in dieses Land zu stecken wie ihr. Ich habe euch nichts getan, und doch kommt ihr her und bedroht mich. Was seid ihr nur für ein barbarisches, hinterhältiges Pack! Ihr könnt wählen, jeder von euch. Ihr könnt euer Dorf verlassen und euch anderswo einen Platz suchen. Aber ihr könnt auch bleiben und nach Recht und Gesetz hier leben. Mit mir, auf meinem Land. Wenn ihr aber immer noch vorhabt, mich und meine beiden Gefolgsleute zu töten, gebe ich euch noch einmal zu bedenken, dass ihr nicht ungeschoren davonkommt. Ihr hättet eure Zukunft und die eurer Familien verspielt.«

Es war ein atemloser Moment. Die Mienen der Männer waren zu Stein erstarrt, niemand regte sich, aber diese Reglosigkeit hatte etwas durch und durch Gefährliches. Es war, als lauerten die Männer auf ein Anzeichen von Schwäche, auf den entscheidenden Anstoß, der ihre mörderische Gewalt freisetzte. Wittiges wusste, dass die Aussichten für ihn und seine Gefährten denkbar schlecht waren. Alles, was sie bei einem Angriff tun konnten, war, sich bis zum letzten Atemzug zu wehren.

Da legte Bauto ihm den Kopf auf die Schultern und schnaubte leise.

»Vater, sieh!« Arne zupfte den Schmied am Ärmel.

Er habe ausgesehen wie ein Mann mit zwei Köpfen, berichtete Alexander später voller Staunen. Ein ganz unbeschreibliches Bild habe sich dargeboten, und bestimmt hätten die Männer so etwas noch nie erlebt. Ein Mann und ein Pferd, die eine mythische Einheit bildeten, etwas Heiliges wie aus jenen alten Zeiten, als Odin auf seinem Ross Sleipnir durch die Welten zog.

Es folgten einige Momente verlegener Unentschlossenheit, Momente, in denen ihr Schicksal immer noch auf der Kippe stand, bis sich die alte Urschel Barchild wieder vordrängte. »Was ist jetzt mit dem Käse? Willst du ihn oder nicht?«, fragte sie ungeduldig und hielt Wittiges einen runden weißen Laib entgegen, der noch halb in ein schmuddeliges Tuch eingeschlagen war.

»Warum nicht?«, murmelte Wittiges, brach ein Stückchen von dem bröckeligen Käse ab und kostete ihn. »Der ist gut«, stotterte er überrascht, »der ist sogar sehr gut.« So gut wie der Ziegenkäse auf dem Gut meines Vaters, dachte er.

Jemand lachte, und das Lachen flog von einem zum anderen, bis alle einstimmten. Danach kehrte wieder Ruhe ein. Noch viel zu viel von dem alten Misstrauen und der Abwehr blieben spürbar, aber die unmittelbare Gefahr für Wittiges und seine Freunde schien fürs Erste gebannt. Es wurde ein langer anstrengender Vormittag mit Verhandlungen, Beteuerungen und gegenseitigem Abtasten, das immer wieder von vorn anhob. Die Männer hatten ihren Stolz, jeder war nicht nur Bauer, sondern auch Krieger und wollte mit Achtung behandelt werden. Die Menschen hatten keine Sklavenseelen.

Mittags aßen alle zusammen in dem engen Hof. Frauen schoben sich scheu zwischen die Männer, brachten Brot, Käse und Bier, und erst gegen Abend konnte Wittiges endlich aufatmen. Er hatte die Männer des Schmiededorfs für sich gewonnen. Einer nach dem anderen leistete ihm den Treueid.

Als sie in der Abenddämmerung verschwunden waren, schlichen die beiden alten Sklaven und der Junge heran, der doch nicht Barchilds Enkel war. Seine Eltern, die als Leibeigene zum Gut gehört hatten, waren in den Kämpfen umgekommen.

Wittiges war erschöpft. Wortkarg begrüßte er die Ankömmlinge und schickte sie nach einer kurzen Unterredung wieder fort. Er wollte sich später mit der Frage befassen, was sie ihm nutzen konnten. Der Junge, das hatte er gesehen, war einer von der mürrischen Sorte. Vielleicht sollte er ihn verkaufen.

»Was meinst du, wie lange hält dieser Frieden?«, fragte Wittiges und fasste damit seine Bedenken zusammen.

»Wie so vieles bleibt das abzuwarten«, antwortete Pontus und hielt Bauto, dem unangefochtenen Helden und Retter, ein Stück Brot hin, das dieser vorsichtig mit seinen kräftigen Zähnen entgegennahm. »Du kannst zufrieden sein. Für einen Tag hast du schon viel erreicht. Die Männer wissen nun, woran sie mit dir sind. Und wenn es uns gelingt, Geld aufzutreiben und Saatgut zu kaufen, werden sie dir einige der brachliegenden Felder bestellen. Und dann haben wir auch einiges an Vieh.«

Tatsächlich war es sehr wenig Vieh. Nach Aussage der alten Sklaven waren nur noch ein paar Schafe, Ziegen, Schweine und ein halbes Dutzend Rinder von den ehemals großen Herden übrig. Was vor allem fehlte, waren Zugochsen. Wittiges vermutete, dass die Ochsen, die die Kämpfe überlebt hatten, längst in den Bestand der Dörfler übergegangen waren, und dies die Bereitschaft der Männer, Spanndienste zu leisten, beeinflusst hatte. Aber alles in allem war er doch zufrieden. Er hatte eine Bewährungsprobe bravourös bestanden. In der hereinbrechenden Dämmerung verließ er den Hof, stolperte durch den Garten und schaute auf das Dorf hinab. Ja, es war gutes Land, das ihm Sigibert geschenkt hatte, voller Schätze, die er erst noch heben musste. Ein wohliges Hochgefühl durchrieselte ihn, bis er auf einmal zusammenzuckte. Er hatte Aletha und sein Versprechen ihr gegenüber vollkommen vergessen. Kleinlaut kehrte er zu seinen Freunden zurück.

»Ich breche gleich morgen früh auf, um endlich meine Frau zu holen. Sie wird denken, mir sei etwas passiert«, erklärte er unglücklich.

»Mag sein«, bemerkte Alexander nüchtern und nicht im Mindesten besorgt, »aber mach dir keine Gedanken. Sie weiß sich zu helfen und wird nicht gleich verzweifeln.«

»Woher willst du das wissen?«

Alexander zuckte die Schultern. »Ich kenne sie«, sagte er leichthin. »Und jetzt lege ich mich schlafen.«

Sprachlos blieb Wittiges sitzen, bis sich auch Pontus verzog und er als Letzter in die verlöschende Glut des Feuers blickte.

Er war fast eingeschlafen, als er merkte, wie jemand seine Decke lupfte. Ein eisiger Schreck durchfuhr ihn. War er doch zu leichtsinnig gewesen? Und kam jetzt die Quittung dafür? Eine Hand tastete nach ihm. Unwillkürlich zuckte er zusammen.

»Ja, ja«, nuschelte eine Stimme, »ich bin's nur, ich hab's noch nicht verlernt, ich kann's noch, Herr.« Wittiges wehrte eine Hand ab, die sein Bein entlang tastete.

»Was willst du?«, fuhr er auf.

»Ich besorg's dir, du wirst zufrieden mit mir sein. Lass mich nur machen.«

Ein aberwitziger Verdacht regte sich in Wittiges. Inzwischen wusste er, wer ihn heimsuchte. Es war die alte Barchild, die hartnäckig an ihm herumfingerte.

»Verschwinde!«, knurrte er.

Jetzt ließ sie sich rittlings auf ihm nieder und zerrte ihr Gewand hoch. Wittiges geriet in helle Panik. Die schmutzige alte Vettel hatte den Verstand verloren, sie war dabei ... Er packte sie mit beiden Händen und stieß sie vom Bett. Mit einem Jammerlaut fiel sie zu Boden, rappelte sich aber wieder auf und versuchte erneut, in sein Bett zu kriechen.

»Verschwinde, oder ich dreh dir den Hals um!«

»Aber ich will doch nur, dass du bekommst, was alle Herren wollen. Ich mach's besser als die unerfahrenen jungen Dinger, die noch viel zu eng sind. Du brauchst nichts zu tun.«

Durften Albträume derart real sein? Er war doch wach! Oder nicht? Die Alte war wie ein Schlinggewächs, ein widerliches, zähes Luder, das sich an ihn presste und obszönes Zeug nuschelte. Er schrie, um diese Stimme zu übertönen. Er schrie, um seinem Ekel und dem Grauen Luft zu verschaffen.

Auf einmal war noch jemand da, packte das gräuliche Weib und warf es aus der Kammer. Zitternd schnellte Wittiges hoch und versuchte zu erkennen, mit wem er es nun zu tun hatte. Er tastete nach dem Dolch, der bei dem Gerangel unters Stroh geraten sein musste.

»Beruhige dich«, sagte Pontus mit einem merkwürdigen Unterton. »Sie ist weg.« Er hockte sich neben Wittiges auf die Bettkante. »Hätte nicht gedacht, dass du so einen tiefen Eindruck auf die Alte gemacht hast, dass sie dir ins Bett nachsteigt. Dass in einem ranzigen Stück Fleisch noch solche Gelüste lauern!«

»Was ist hier los?« Alexander tauchte nun auch noch auf. »Ich habe Schreie gehört.«

»Leg dich wieder schlafen. Es ist nichts. Die alte Barchild war nur der Meinung, Wittiges braucht unbedingt ein Weib im Bett und wollte zu Diensten sein. Er war aber anderer Ansicht«, erklärte Pontus glucksend. »Wahrscheinlich hätte er die Alte umgebracht, wenn ich nicht dazugekommen wäre.«

»Pfui!« Alexander schüttelte sich. »Du musst einen schönen Schreck gekriegt haben.«

»Hab ich, aber jetzt ist er vorbei. Legt euch wieder schlafen«, brummte Wittiges ungnädig. »Ich glaube, meine Tugend ist nicht länger in Gefahr.«

»Nein, deine bestimmt nicht.« Alexander machte keine Anstalten, zu gehen.

»Du könntest recht haben«, stimmte Pontus zu.

»Wovon redet ihr?« Wittiges hatte das Gefühl, dass sich der Albtraum fortsetzte.

»Nun ja, ich denke, es geht um das kleine Mädchen. Um Viola«, antwortete Pontus.

»Wieso? Das verstehe ich nicht«, ächzte Wittiges.

»Ganz einfach. Barchild war dabei, als du dich mit der Kleinen beschäftigt hast. Und da hat sie gedacht, hinter deiner Anteilnahme verbirgt sich mehr als bloßes Wohlwollen.«

Wittiges stöhnte auf. »Sie ist zu mir gekommen, um ihre Enkelin vor mir zu retten? Sie dachte, ich hätte Lust, mir die Kleine ins Bett zu holen?«, fragte er ungläubig.

»Genau das«, erklärte Pontus ernst. »Denk an die Überfälle durch Chilperichs Horden und daran, was Karl darüber erzählt hat. Was meinst du, was die Alte miterlebt hat?«, fragte er grimmig.

»Mein Gott, steh mir bei!« Wittiges legte sich zurück, zog die Decke bis zum Hals und schloss ganz fest die Augen.

8 Sigibert stank nicht mehr nach ranziger Butter, das verbuchte Brunichild als ersten Sieg der höheren Kultur, die sie vom Hof von Toledo mit nach Austrasien gebracht hatte. Ein leichter Sieg – im Nachhinein. Tatsächlich hatte sie ihn für ihre duftenden Salböle gewonnen, indem sie ihn am ganzen Körper damit massiert hatte. Als sie ihm eröffnete, dass sie nunmehr bereit sei, auch ihrerseits einen wichtigen Schritt zur Vollendung als fränkische Königin zu tun und seinen Glauben anzunehmen, umarmte er sie spontan und herzlich. Seine Augen glänzten feucht, so überwältigt war er.

»Ich wusste es«, murmelte er demütig in ihr hochgetürmtes, goldblondes Lockenhaar hinein, »ich war mir sicher, du erkennst von selbst, was richtig ist. Und ich verspreche dir die ergreifendste Feier, die man sich vorstellen kann. Selbstverständlich wird Bischof Vilicus deine Aufnahme zelebrieren. Sollen wir auch Bischof Nicetus von Trier einladen? Ich glaube, er wird dir gefallen, er steckt voller Witz. Aber vielleicht ist dann der Bischof von Metz beleidigt, weil er denkt, wir wollen ihm etwas wegnehmen. Wir werden sehen. Aber wir wollen deinen Entschluss sofort verkünden, und von meinem Gefolge sollen so viele wie möglich an der Feier teilnehmen. Ich kann dir nicht sagen, wie erleichtert ich bin und wie sehr von Freude und Stolz auf eine so kluge und weitsichtige Frau erfüllt.«

Jetzt war auch Brunichild überwältigt. Sanft machte sie sich von ihm los. »Ich wusste nicht, dass dir so viel daran liegt. Ich danke dir für deine liebevolle Geduld und für deine Rücksicht. Ja, lass es alle wissen, und alle sollen teilhaben an unserer Freude.« Und ich selbst werde nach Toledo schreiben, fügte sie in Gedanken hinzu, an Vater sowieso, zur Vorsicht aber auch an Onkel Leovigild und an Gailswinth, und ich bin sicher, dass aus einer zweiten fränkischen Hochzeit nichts wird. Leovigild wird sich so aufregen, dass er jeden fränkischen Gesandten, der im Auftrag seines Königs um Gailswinthas Hand bittet, zum Teufel schicken wird. Sie lächelte versonnen.

»Meinst du, Venantius könnte etwas dazu dichten?«, fragte sie schüchtern.

Sigibert lachte entzückt. »Aber sicher kann er das! Er giert danach, uns mit Gedichten zu beglücken.« Er wurde etwas nachdenklich. »Ich bin froh, dass er bei uns ist. Er verleiht unserem Hof Glanz.«

Venantius war ein Glücksfall. Schon wegen seiner Heiterkeit, seiner Eloquenz, seiner offensichtlichen Freude am Hofleben. Ein Feinschmecker, ein Liebhaber des guten Lebens. Und Glanz war für alle fränkischen Könige ein Zauberwort, hatte Brunichild herausgefunden, und sie gedachte seine Macht zu nutzen, wo immer es sich anbot. Sie würde Sigibert schon noch nahebringen, dass Glanz wesentlich besser wirkte, wenn er sich mit Eleganz und erlesenem Geschmack paarte.

»Wir sollten uns angewöhnen, jeden Tag bei der Abendtafel einem Versvortrag zu lauschen. Es gibt da so vieles zu entdecken. Alle die hervorragenden Poeten der Römer und Griechen und die Traktate der Kirchenlehrer, die uns erleuchten werden. Ich werde Venantius bitten, uns eine Liste zusammenzustellen und die Schriften zu besorgen. Sicher hat er genügend Verbindungen, um das zu bewerkstelligen. Und wir brauchen Musik, gute Musik. Schade, dass Alexander nicht hier ist und auftritt. Du würdest sofort merken, was ich meine.« Und vielleicht würde die Musik und die Dichtung deine Leute davon abhalten, sich bis zum Erbrechen bei jeder Mahlzeit vollzustopfen und so viel Wein und Bier in sich hineinzuschütten, dass sie nur noch der primitiven Unterhaltung von Gauklern und Narren folgen können, dachte Brunichild nachsichtig lächelnd. »Und wir sollten eine richtige Lateinschule für deine *Nutriti* gründen, was hältst du davon? Sie wachsen zu deinen wichtigsten Gefolgsleuten heran. Sollten sie nicht außer dem Umgang mit Waffen noch etwas anderes lernen?« Die *Nutriti* erhielten keineswegs nur Unterricht in der Handhabung von Waffen, aber es würde von Vorteil sein, selbst Einfluss auf ihren Unterricht zu nehmen, denn auf diese zukünftigen Grafen, Herzöge, Heerführer und Bischöfe gründete sich auch ihre Herrschaft als Königin.

»Darüber sprechen wir, wenn wir in Reims sind. Das darf nicht überstürzt werden, denn nicht alle meine Leute legen Wert auf römische Bildung und darauf, dass ihre Söhne sich römische Sitten aneignen. Das ist eher etwas für die Leute im Süden. Ich denke, wir werden früher als vorgesehen die Huldigungstour durch die Provinzen beginnen. Warum sollten wir bis Ende Mai warten? Hier hält uns nichts. Sobald wir deinen Übertritt gefeiert haben, reisen wir ab.«

Brunichild wollte einwenden, dass sie auf Aletha und Wittiges warten wollte, aber vielleicht waren die beiden nicht mehr so wichtig. Oder sie konnten nachkommen. Ja, ihnen eine Anweisung zu hinterlassen, wohin sie ihnen nachreisen sollten, wäre das Beste. »Wie lange werden wir unterwegs sein?«

»Bis zum Herbst. Dann bringe ich dich nach Reims. Wieso fragst du?«

»Irgendwann werde ich zu schwerfällig zum Reisen sein.

Aber bis dahin bleibt ja noch viel Zeit. Ich bin der Meinung, unser Sohn sollte in Reims zur Welt kommen.«

Einen langen Moment schwieg Sigibert. Sie stellte sich vor, wie die wunderbare Nachricht langsam in seinen Geist einsickerte und dort hin und her gewendet wurde.

»Bist du dir sicher? Jetzt schon?« Er sah ihr prüfend ins Gesicht.

»Nein, ich bin mir nicht sicher. Eigentlich ist es noch zu früh dazu. Aber heute meinte Sidonia, sie sehe es mir an, und sie habe einen magischen Blick dafür. Hoffentlich stimmt's.«

Sigibert ließ sich schwerfällig auf die Knie sinken, umfing sie mit beiden Armen, verbarg sein Gesicht in den Falten ihrer Röcke und schniefte heftig, als atme er tief den Duft ein, den nur eine junge, gesunde, mit einem Kind gesegnete Frau ausströmen konnte. »Das wird Chilperich aber mächtig ärgern«, nuschelte er. »Er kann den Gedanken aufgeben, mich eines Tages zu beerben.«

Brunichild hatte Mühe, ihm zu folgen. War das alles, was ihn bewegte?

»Hat er wirklich darauf gehofft?«, fragte sie mit schwacher Stimme und mehr zu sich selbst. Der Gedanke hatte durchaus eine gewisse Logik, aber in Sigiberts Stimme war eindeutig Gehässigkeit und Schadenfreude aufgeklungen.

»Da du gerade von Erbe sprichst«, fuhr sie beherzter fort. »Wie kommt Chilperich dazu, schon vor Chariberts Tod über die Teilung des Erbes zu verhandeln? Das ... das ist ...« So unverständlich von einem Mann, den ich als besonnen, liebenswürdig und gutwillig kennenlernte, hatte sie fortfahren wollen, aber Sigibert unterbrach sie.

»... niederträchtig, gemein, raffgierig, nicht wahr? Von Chilperich ist nichts anderes zu erwarten. Er hat schon immer früher als wir anderen Brüder das Maul weit aufgerissen, um sich die besten Bissen hineinzustopfen.«

Sigibert steigerte sich in etwas hinein, von dem Brunichild nichts wissen wollte. Sie dachte an das, was Chilperich ihr gegenüber behauptet hatte: dass die beiden fast gleichaltrigen jüngsten Söhne Chlothars als Kinder sehr aneinander gehangen hatten. Zwei liebenswerte Kerlchen, in brüderlicher Treue verbunden. Davon musste doch noch etwas übrig sein. Es kostete sie große Selbstbeherrschung, beim Thema zu bleiben und dabei nur neugierig, aber nicht innerlich beteiligt zu wirken. »Chilperich hat mir erzählt, bei der Teilung eures väterlichen Erbes sei er schlecht weggekommen. Er hätte den kleinsten Teil erhalten.«

Sigibert stand auf und ging zum Fenster. »Du scheinst interessante Gespräche zu führen, von denen ich keine Ahnung habe«, murmelte er. »Na, schön.« Er wurde lauter. »Er hat tatsächlich den kleinsten Teil erhalten. Aber hat er auch erwähnt, dass dazu die ertragsreichsten Gebiete gehören? Vor allem viele der ehemaligen riesigen Fiskalgüter der Römer, Land, das jetzt ihm persönlich gehört. Er hat ein dreimal so hohes Einkommen wie ich. Ich muss mich mit diesen verdammten Ostgebieten voll wilder, nur halb unterworfener Stämme herumschlagen, die mir von Anfang an mehr Scherereien und Kämpfe eingetragen haben, als sie wert sind. Wie du siehst, kann man eine schlichte Wahrheit leicht verdrehen. Und wovon sprach er sonst noch?«

Schwang da Eifersucht mit? »Oh«, entgegnete sie langsam und lächelte schüchtern, »er hat mir erzählt, wie liebevoll ihr als Kinder miteinander umgegangen seid. Nur echte Zwillinge hätten mehr aneinander hängen können. Ich glaube, er bewundert dich sehr, schon seit damals.«

Sigibert zog eine Grimasse, als hätte er plötzlich Zahnschmerzen, deshalb ritt sie nicht länger auf dem Thema herum. Stattdessen lenkte sie das Gespräch auf die Zeremonie zu ihrem Glaubenswechsel zurück und unterstützte den Plan, die Feier mit allem erdenklichen Pomp zu begehen.

Chilperich und sein Gefolge wollten an dem Fest nicht teilnehmen, sondern vorher abreisen. Das sagte er ihr selbst, als es ihr gelang, ihn noch am gleichen Tag allein zu sprechen. Auf die Nachricht von ihrem bevorstehenden Übertritt zum römischen Glauben reagierte er bemerkenswert kühl.

»Willst du das wirklich?«, fragte er nur. Sie hatte ihn gebeten, sie in einen der kleinen Höfe zu begleiten, in die von oben das Sonnenlicht hereinfiel. Eine junge Magd folgte ihnen in gehörigem Abstand, sodass eine vertrauliche Unterredung möglich war. Eigentlich wollte sie nur prüfen, wem sie glauben sollte. Chilperich war nicht nur eleganter gekleidet als Sigibert, sondern er trug seine Gewänder mit selbstsicherer Lässigkeit. Und da war immer noch die fatale Anziehungskraft spürbar, die sie schon im allerersten Augenblick für ihn eingenommen hatte.

»Bleibt mir etwas anderes übrig?«, fragte sie leichthin und fuhr dann fort: »Sigibert freut sich sehr über meinen Entschluss. Er ist geradezu hingerissen.«

Die kleine Magd war im Eingang stehen geblieben und spielte mit ihrer Kunkel, die sie gekonnt herumwirbeln ließ. Aus einem Wust von Wolle, die sie in einem umgehängten Beutel mit sich führte, entstand ein dünner blassbrauner Faden.

»Kann ich mir denken«, sagte Chilperich und schaute zu der Magd hinüber, »er hält große Stücke auf die Kirche, vor allem auf die Bischöfe.«

»Du nicht?«

»Nur solange sie nicht allzu raffgierig sind. Das wirst du noch merken. Wenn du nicht aufpasst, luchsen sie dir alles ab, was du hast.«

»Du machst Scherze.« Brunichild lachte verwirrt.

»Über die Kirche macht man keine Scherze. – He, du!«, rief er zu der Magd hinüber. »Hol einen Umhang für die Königin. Es ist hier draußen zu kalt für sie. Und beeil dich, hörst du?«, fügte er barsch hinzu.

Das Mädchen stob davon. Kaum war sie verschwunden, zog Chilperich Brunichild an sich. Wer hatte ihm das wundervolle Salböl besorgt, dessen Duft sie schwindeln machte? Vielleicht war es auch nur die unverhoffte Nähe. Sie fühlte sich in einen verführerischen Strudel hineingerissen und lehnte sich an ihn.

»Nein, nein«, er schob sie von sich. »Das dürfen wir nicht, nicht um deinetwillen.« Er zog ein zusammengerolltes Blatt aus seiner Tunika. »Hier, das ist für dich. Lies es, wenn ich weg bin, und denk an mich. Aber lass es niemanden sehen«, beschwor er sie mit einem Schimmer von Verlangen in den Augen.

»Was ist es?«, flüsterte sie und schwankte so heftig, dass er sie festhalten musste.

»Ein Gedicht. Ich habe es für dich verfasst. Du sollst wissen, was ich für dich empfinde und was ich dir nicht zu sagen wage, wenn du vor mir stehst.«

Ein Gedicht von seiner Hand! Das wundervollste Geschenk, das sie sich vorstellen konnte, ein intimes, leidenschaftliches Bekenntnis zu ihr. Wie kühn! Wie ungewöhnlich. Sigibert hatte ihr als Dank für den Übertritt zu seinem Glauben neue Juwelen versprochen, aber was war das gegen ein so persönliches Geschenk!

»Wann hast du es geschrieben? Bitte, sag es mir! Wann?«

Chilperich zögerte.

»Bitte, ich muss es wissen!«, setzte sie flehend nach.

»Gestern früh.«

»Und was hast du zum Schreiben genommen? Einen Gänsekiel oder eine Rohrfeder? Wo stand das Schreibpult? Am Fenster?«

Unbehaglich rollte Chilperich die Schultern vor und zurück. »Warum willst du das alles wissen?«

Voller Leidenschaft drückte Brunichild die Rolle an sich und merkte, wie ihr glühende Hitze ins Gesicht stieg. »Wenn ich es lese, will ich dich vor mir sehen, wie du das Gedicht schreibst. Wie hast du es verfasst? Hast du die Worte auf ihren Klang geprüft? Hast du nach Worten gesucht? Welches Versmaß hast du gewählt? An welchem Dichter hast du dich orientiert? Ovid? Und …« Ihr fielen tausend Fragen ein, aber dann merkte sie, dass ihre Fragerei Chilperich überforderte.

»Ist das nicht völlig gleichgültig?«, ächzte er.

»Überhaupt nicht«, ereiferte sie sich. »Dein Gedicht ist so kostbar. Aber wie soll ich es in seinem tiefsten Wert beurteilen, wenn ich nichts weiß? Hat … hat Audovera noch geschlafen, als du es geschrieben hast?« Mit großen Augen sah sie ihn an.

Chilperich fuhr sich mit der Zunge über die Lippen. Er litt förmlich, aber darauf konnte sie keine Rücksicht nehmen. »Bitte, ich will auch das wissen. Ich muss ein klares Bild von dir haben, wie du schreibst und an mich denkst.«

»Ich verbringe die Nächte schon lange nicht mehr mit Audovera«, erklärte er mit angestrengter Leichtigkeit. »Ich dachte, das hätte sich herumgesprochen.«

Brunichild seufzte auf und presste die Rolle wieder ans Herz. »Dann warst du also allein. Das ist gut. Welche Tinte hast du genommen?«

Chilperich zuckte, als er hätte sie ihn gekniffen. »Welche Tinte?«, echote er verstört.

»Galltinte? Ich muss wissen, ob der Text haltbar ist oder ich ihn besser gleich kopiere. Ich sterbe, wenn ich dein Gedicht verliere.«

Am liebsten hätte sie das Pergament sofort auseinandergerollt, aber das verbot er ihr. Er kam ihr auch nicht mehr nahe, sondern bat sie, als wäre sie eine Kranke, sich auf eine Bank zu setzen, während er in achtbarer Entfernung stehen blieb. Sobald die Magd auftauchte, verabschiedete er sich mit höflichen Worten, in denen bereits die Distanz durchklang, die bis zur Abreise am nächsten Tag herrschen würde.

Aber das machte ihr weniger aus, als sie noch eine Stunde zuvor gedacht hätte. Denn nun besaß sie ein Gedicht, das die Wahrheit über ihn und sie enthielt. Etwas Unumstößliches. Sie würde es bei ihren liebsten Schätzen aufbewahren. Äußerst kostbare Dinge, verschlossen in einer kleinen Rosenholztruhe.

Erst in der Zeit, die ihr noch blieb, bevor die Kammerfrauen kamen, um sie für das Abendmahl umzukleiden, konnte sie das Gedicht überfliegen. Es war zweifellos ein Liebesgedicht, aber trotz aller Anbetung und Würdigung ihrer Schönheit, ihrer Klugheit und ihrer überragenden Bildung in kunstvollen Hexametern fehlte etwas. Es hatte weder eine ordentliche Anrede noch eine Unterschrift. Genau genommen fehlte das Wichtigste: ihr Name – und seiner.

»Du bist hinausgegangen!«, sagte Brunichild am nächsten Morgen vorwurfsvoll, aber mit unterdrückter Heiterkeit. »Du bist einfach hinausgegangen!«

Fredegund prustete. »Nein, gerannt! Das ist der Vorteil, wenn man nicht bei den Vornehmen und Großen sitzt. Auf eine wie mich achtet kaum jemand. Ich konnte nicht mehr an mich halten. Wäre ich einen Augenblick länger geblieben, wäre ich vor unterdrücktem Lachen geplatzt, so wahr mir Gott helfe. Und Gogos Gesicht werde ich nie vergessen.«

»Ich auch nicht«, pflichtete Brunichild bei und lachte laut heraus. Es waren die letzten Stunden, die sie zusammen verbrachten. Gegen Mittag wollte Chilperich mit seinem Gefolge aufbrechen.

Venantius hatte beim Abendmahl, als alle längst satt und nicht wenige bereits betrunken waren, ein Gedicht auf Gogo vorgetragen. Gogo hatte sich verwundert aufrechter hingesetzt. Und dann war er vor Verlegenheit rot angelaufen, während Venantius seine Ansehnlichkeit, Leutseligkeit und Beredsamkeit rühmte und gar nicht mehr aufhörte, Vorzüge zu preisen, die vermutlich noch nie jemand an Gogo bemerkt hatte. Der bärbeißige Herzog hatte sich höchst ungeschickt in dem seltsam unpassenden Glanz gesonnt. Alle, aber auch alle hatten sich über ihn amüsiert, nur er hatte nichts davon bemerkt.

»Venantius ist ein begnadeter Dichter – oder sollte ich Lügner sagen?«, bemerkte Fredegund. »Mit solcher Unverfrorenheit einen hässlichen, einäugigen Mann zu einem wahren Adonis hochzustilisieren! Chilperich hat ihn nach Soissons eingeladen. Ich bin gespannt, was er dort über *ihn* verfasst.«

»Bei einem so stattlichen Herrn wird ihm das Lobgehudel sicher leichter fallen«, entgegnete Brunichild und wurde plötzlich ernst. »Kannst du nicht noch etwas bleiben? Wenigstens, bis wir selbst aufbrechen?«

Fredegund nahm Brunichilds Hand und streichelte sie sanft. »Fühlst du dich allein? Ohne deine Aletha? Oder liegt es an deinem Zustand? Du gewöhnst dich dran.«

Brunichild stieß einen Seufzer aus. »Wissen es denn schon alle?«

»Deine Sidonia ist ein Plappermaul, aber das weißt du doch. Also stimmt es?« Sie strich ihr leicht und flüchtig über die Wange. Brunichild hielt ihre Hand fest, küsste die Innenfläche und schüttelte den Kopf.

»Es ist nur eine Vermutung, nichts weiter, und behalt es für dich.«

»Natürlich. Aber es wird schon stimmen. Wie gefällt dir der Gedanke, ein Kind zu bekommen? Sigibert wird dich auf Händen tragen. Alle werden es.« Einen Moment verschleierte sich Fredegunds Blick. »Genieß es bloß.«

Die Stimmung hatte gedreht, Brunichild verstand nicht, warum. Was hatte Fredegund auf einmal?

»Warum kannst du nicht bleiben?«, wiederholte Brunichild traurig. »Wenn du gehst, hab ich keinen mehr, mit dem ich lachen kann.«

»Was ist mit Sigibert?«, neckte Fredegund, sie hatte sich wieder gefangen.

»Mit ihm kann ich nicht reden wie mit dir. Du bist geradeheraus und beobachtest scharf. Dir entgeht nichts. Du kennst jeden Klatsch. Wenn Sidonia den Mund aufmacht, kommt meistens nichts Gescheites heraus, und Nanthild ...«

»Ihr Anblick erinnert dich an Sünden, die du nicht ausreichend gesühnt hast, oder daran, wie man wird, wenn man nie eine begangen hat.«

Brunichild grinste unwillkürlich.

»Nein, ich kann nicht bleiben. Wenn Audovera abreist, muss ich sie begleiten.«

»Ich werde mit ihr reden.« Brunichild sprang auf.

»Nein!«, rief Fredegund erschrocken.

9 Im Halbschlaf hatte Wittiges das Gefühl, dass sich der Schrecken der Nacht ganz teuflisch wiederbelebte. Jemand zupfte an seiner Decke.

»Verschwinde, Barchild! Ich hab dir gesagt …« Er riss die Augen auf und fuhr mit einem unartikulierten Laut hoch.

»Wer ist Barchild?«, fragte Aletha neugierig. Wie aus dem Nichts aufgetaucht, stand sie an seinem Bett. Träumte er? Durch die offene Tür fiel in einer breiten hellen Bahn Morgenlicht herein.

»Sag mir sofort, wer diese Barchild ist!«, wiederholte Aletha und streifte die Kapuze ihres Reiseumhangs vom Kopf.

»Eine Alte, die sich nicht zu benehmen weiß«, antwortete Wittiges ächzend, legte sich zurück und zog die Decke höher. Verschlafen und verwirrt, fühlte er sich höchst angreifbar. Und nun meldete sich auch noch mit aller Macht das schlechte Gewissen. »Wie bist du hergekommen? Bist du etwa allein bis hierher geritten?«, fragte er entrüstet, um seine Schuldgefühle ein bisschen zu bemänteln. Er hätte sich schon vor Stunden zu ihr aufmachen müssen.

»Nein«, antwortete Aletha streng und runzelte die Stirn. »Willst du nicht endlich aufstehen? Alexander meinte zwar, ich soll dich ausschlafen lassen, aber das sehe ich nicht ein.«

Also mit Alexander hatte sie schon gesprochen. Hatte er sie hergeholt? Das gefiel ihm gar nicht. Energisch schob er die Decke weg und schwang die Beine aus dem Bett. »Da wollen wir doch mal klären, wer hier was zu sagen hat.« Er stand auf und merkte zu spät, dass er nackt war. Alethas Blick wanderte über seinen Körper, langsam, prüfend, während sich eine lastende Stille ausbreitete. Betroffen spähte Wittiges an sich hinab. Klar und deutlich stand sein geschwollenes Glied in einem beeindruckend scharfen Winkel vom Körper ab.

»Anscheinend komme ich wirklich *sehr* ungelegen«, sagte Aletha schneidend und ging hinaus.

Wann immer in der nächsten Stunde Wittiges' und Alethas Blicke sich trafen, wandte sie sich indigniert ab. Das war schwer auszuhalten, fühlte er sich doch vollkommen unschuldig. Irgendwann trat Barchild mit ihrer Enkelin in den Hof, um Wasser zu bringen. Wittiges nahm dankbar den Eimer entgegen und ging damit in eine Ecke, um sich gründlich zu erfrischen. Als er sich umwandte, hatte sich eine höchst ungewöhnliche Unterhaltung entsponnen.

Barchild hatte Alethas Hand ergriffen und sich auf den Kopf gelegt. »Willkommen, Herrin«, nuschelte sie, »ich bin froh, dass du endlich hergefunden hast.« Auf einmal streckte die Alte den Kopf wie eine Schildkröte vor und sah Aletha eindringlich ins Gesicht. Dann fiel sie vor ihr auf die Knie. »Gesegnet sei dies Haus mit deinem Eintritt. Freyr halte seine Hand über dich und die deinen.«

Freyr war der Gott der alten Heiden, und es wunderte Wittiges nicht, dass sich Barchild offen zu ihm bekannte.

Sie rappelte sich wieder auf. »Wenn du mir deinen Urin zeigst, sage ich dir, ob es ein Junge wird. Ich hab mich noch nie geirrt, Herrin.«

Aletha legte erschrocken die Hand auf den Leib, schüttelte abwehrend den Kopf und wollte etwas erwidern, aber da betraten drei Männer den Hof, die Wittiges nicht kannte. Hinter ihnen tauchten Pontus und Alexander auf.

»Der Herr des Hauses ist wach!« Pontus zwinkerte ihm zu.

»Ja, aber er scheint eine Menge verpasst zu haben. Wer seid ihr?«, wandte sich Wittiges knurrig an die Fremden. Sie waren schlicht gekleidet, aber gut bewaffnet.

»Das sind die Knechte, die mich herbegleitet haben«, erklärte Aletha ruhig. »Ich konnte mich schlecht allein auf den Weg machen. Du hättest es sicher nicht gewollt.«

»Sehr umsichtig von dir«, murmelte er nur. Was hatte die Alte gesagt?

»Ja, und es kommt noch viel besser«, erklärte Pontus grinsend und lud einen prall gefüllten Sack von der Schulter. Auch die Knechte trugen Säcke, die sie am Rand des trockenen Wasserbeckens abstellten. »Holt auch noch die anderen Vorräte«, wandte sich Pontus an die Männer, »und bringt die Pferde auf die Weide.«

Die Männer verschwanden, Wittiges wischte sich eine nasse

Haarsträhne aus dem Gesicht und beobachtete Barchild, die zusammen mit Viola die Reste des Feuers zusammenschob. Anscheinend wollte sie es neu entfachen. Gegen ein warmes Frühstück hatte er nichts einzuwenden. Im Gegenteil, ein heftiger Hunger meldete sich.

»Klärt mich endlich auf. Wie kommt Aletha hierher, was sind das für Knechte, und was enthalten diese Säcke?«

»Armer Kerl!« Alexander klopfte ihm mitfühlend auf die Schulter und tauschte einen verschwörerischen Blick mit Aletha, der Wittiges gegen den Strich ging. Unwillig schüttelte er die Hand ab.

»Da du nicht zurückgekommen bist, musste ich etwas unternehmen«, begann Aletha gelassen. Mit den Augen verfolgte sie, was die Alte trieb, und lächelte flüchtig dem Kind zu. »Ich habe einen der königlichen Palastverwalter aufgesucht und ihm mein Anliegen erklärt.«

»Und was genau war das?«, unterbrach Wittiges verwundert.

Aletha machte eine ärgerliche Handbewegung, und deshalb ließ er sie ausreden. »Als *Anstrustio* hast du ein Anrecht auf Schutz und Unterstützung. Deshalb hab ich um die Pferde und die Knechte gebeten und sie natürlich bekommen.« Sie hob ihr rundes, weiches Kinn, um anzudeuten, wie selbstverständlich das für eine Dame von Rang war. Wittiges verkniff sich ein ungläubiges Grinsen.

»Natürlich«, murmelte er, »und was steckt in den ganzen Säcken?« Gerade traten die Knechte wieder in den Hof und luden ihre Lasten ab.

»Ach das!« Aletha winkte ab. »Ich habe mir gedacht, wenn ich euch finde, dann brauchen wir auch etwas zu essen und vielleicht etwas Bequemlichkeit für die Nacht.« Jetzt schwankte ihre Stimme doch ein wenig und verriet, dass sich hinter ihrer selbstbewussten Pose Angst und Unsicherheit verbargen.

»Du hast so fest damit gerechnet, uns lebend und unverletzt anzutreffen, dass du den ganzen Kram hergeschleppt hast?« Wittiges traute kaum seinen Ohren.

Alethas Blick flackerte. »Ich war in der Kirche und habe für euch gebetet. Auf einmal spürte ich, dass mich der Heilige erhört, und da überkam mich große Zuversicht. Ich wusste, ich finde euch.«

Etwas trieb Wittiges, auf sie zuzugehen und sie in die Arme

zu schließen. Sie schmiegte sich an ihn, als wären ihre Selbstbeherrschung und dieser umwerfende Mut erst einmal aufgebraucht. In welcher Kirche ihre Erleuchtung wohl stattgefunden hatte?, fragte er sich. Und welcher Heilige war es wohl, der derartige Botschaften sandte? Wurden auch arianische Heilige bei den Franken verehrt?

Pontus kramte in den Säcken, während die Knechte sich die Beine vertraten.

»Lass das!«, sagte Wittiges scharf, als sein Gefolgsmann einen Schinken hochhielt und mit der anderen Hand nach einem Messer tastete. »Und ihr? Habt ihr die Pferde versorgt?«

Die Knechte nickten, rieben sich die Hände und starrten hungrig den Schinken an.

»Aletha«, fuhr Wittiges fort, »du bist die Hausherrin. Sieh zu, dass du Ordnung in die Vorräte bringst. Teil sie ein, oder Pontus hat bis heute Abend alles aufgefressen.«

Aletha wischte sich über die Augen und wurde ausgesprochen energisch. Sie nahm Pontus den Schinken ab und bestimmte eine der ungenutzten Kammern als Vorratsraum, ließ den kostbaren Proviant hineinschaffen und hatte bald schon für jeden, der noch herumlungerte, eine Aufgabe.

Beim gemeinsamen Frühstück erfuhr Wittiges weitere Einzelheiten. Zum Beispiel, dass Aletha mit einem der Knechte in der Kanzlei gewesen war und sich den Weg zum Gut hatte erklären lassen. Und dass Knechte und Pferde ihr für eine Woche unentgeltlich zur Verfügung standen. Nach und nach kam eine Umsicht und Durchsetzungskraft zutage, die er diesem jungen Geschöpf niemals zugetraut hätte. Barchild hatte keine Mühe, sie als neue Herrin anzuerkennen, ernannte die kleine Viola zu Alethas persönlicher Bedienung und schob sie ihr zu.

»Sie wird viel von dir lernen«, sagte die Alte überzeugt.

»Als Erstes, wie man sich wäscht«, entgegnete Aletha trocken und besah sich die schmutzigen Hände der Kleinen.

Nach der Mahlzeit zeigten Wittiges und seine Freunde Aletha gemeinsam die Villa. Viola trottete hinter ihnen her, die Alte war verschwunden. Aletha bemerkte zwar die Schäden und den Zerfall, aber das machte sie nicht gleich mutlos. Auch den Garten wollte sie sehen und erkundete interessiert das Stück der alten Wasserleitung, an dem Pontus herumgewerkelt hatte. Schließlich fanden sich alle in dem vertrauten kleinen Geviert wieder ein, das ihre derzeitige Unterkunft bildete.

»Nun, was sagst du?«, fragte Alexander gespannt. Er hatte Aletha auf die Mosaiken und die Wandmalereien hingewiesen, die noch aufrecht stehenden Marmorsäulen mit ihren kunstvollen Kapitellen und noch einiges andere, dessen Schönheit Wittiges zwar zu würdigen wusste, das in seiner Gesamtheit und dem ruinösen Zustand für ihn aber vor allem Ballast bedeutete.

Aletha hatte sich an den Rand des Wasserbeckens gesetzt und blickte wie träumend auf das verkohlte Holz in der Mitte. »Es ist alles so großzügig, so hell und weit und wunderschön«, sagte sie leise.

»Es ist alles wunderschön kaputt«, stellte Wittiges trocken fest.

»Ach was«, widersprach Pontus, »du hast nur Angst, irgendwo anzufangen. Ich gebe zu, es ist ziemlich viel auf einmal. Aber diese Knechte sind kräftige Kerle und stehen uns eine ganze Woche zur Verfügung. Das müssen wir ausnutzen. Einen Tag richtig angepackt, und wir haben einiges aufgeräumt, und das Wasser fließt wieder.«

»Ich will euch die Begeisterung ja nicht nehmen, aber bevor wir an die Instandsetzung der Gebäude auch nur denken können, muss die Wirtschaft in Gang kommen«, entgegnete Wittiges grob. »Was uns vor allem fehlt, ist Geld.«

Einen Moment schwiegen die anderen betroffen.

»Der Purpur«, sagte Alexander aufseufzend. »Wenn wir doch endlich diesen Purpur zu Geld machen könnten.«

»Einer der königlichen Weber nähme ihn. Er unterhält fünf Webstühle und arbeitet ständig für den König und seinen Haushalt. Aber er würde uns nur hundertfünfzig zahlen, vorausgesetzt, Menge und Qualität sind so, wie ich sie beschrieben habe«, sagte Aletha.

Ihr Unternehmungsgeist wurde Wittiges geradezu unheimlich, aber auch den beiden anderen verschlug diese letzte Eröffnung die Sprache.

»Du kennst dich ein bisschen mit dem Weben aus, nicht wahr?«, äußerte Alexander schließlich behutsam. »Hätte ich mir denken können.«

»Was hättest du dir denken können?«, fragte Wittiges mit flacher Stimme.

»Aletha ist auf einem Gut groß geworden, da wird alles ...«

»Ich kann für mich selbst sprechen«, unterbrach ihn Aletha. »Wir haben auf dem Gut alle benötigten Stoffe selbst hergestellt, daher kenne ich mich damit aus.«

»Und das reicht, um Purpur zu verkaufen?«, warf Wittiges ein. »Aber das ist nicht der springende Punkt. Hundertfünfzig sind zu wenig. Joseph hat gesagt, sein Purpur ist das Dreifache wert. Nach Abzug seines Anteils und der Reisekosten – einer von uns muss ihm das Geld bringen – bleiben uns vielleicht fünfundsechzig *Solidi* übrig. Sehr weit kommen wir damit nicht.«

»Aber immerhin wären wir den verdammten Purpur los und hätten wenigstens ein bisschen Geld«, wandte Alexander ein. »Wann fängst du endlich an, nicht mehr alles negativ zu sehen?«

Damit, das sah Wittiges ein, hatte der Freund nur allzu recht. Er gelobte im Stillen Besserung. Als er Aletha fragte, ob sie die ganze Woche bleiben wolle, wurde sie zornig. Ob er im Ernst glauben könne, dass sie etwas anderes im Sinn hätte? Und damit zog eine kleine Hoffnung in Wittiges' Geist ein und beflügelte ihn den ganzen Tag über. Sie machten Pläne, was sie in der kurzen Zeit schaffen konnten, und für den Nachmittag teilten sie sich auf. Aletha verschwand mit Alexander, Barchild und Viola im Haus, Pontus arbeitete mit den beiden Alten und dem Jungen an der Wasserleitung, und Wittiges suchte Karl auf, begleitet von den Knechten.

Karl arbeitete in der Schmiede, trat aber sofort heraus, als Wittiges nach ihm rief.

Wittiges kam sofort zur Sache. »Ich denke, dass du über alles am besten Bescheid weißt. Was ist mit dem Vieh, das zur Villa gehört? Ist ein Zugochsenpaar übrig? Sag es mir lieber gleich.«

Misstrauisch beäugte Karl die drei bewaffneten Knechte. Er selbst hatte einen Schmiedehammer mit herausgebracht. »Du hast Verstärkung bekommen! Und du hast wirklich die Absicht, zu bleiben und dein Gut selbst zu bewirtschaften?«

Als hätte der Wind seine Ankunft im Dorf verkündet, fanden sich sofort einige Dörfler ein. Wie zufällig waren sie alle bewaffnet.

»Ich bleibe, darauf kannst du dich ... darauf könnt ihr euch alle verlassen. Gestern habe ich zehn erwachsene Männer gezählt. Zehn für sechs bewohnte Höfe. Bisschen viel, nicht wahr? Wer gehört als Sklave zum Gut? Und versteckt sich noch

Gutsgesinde im Wald? Wer sich jetzt zu mir bekennt, hat nichts zu befürchten.«

Karl trat zurück, stellte den Hammer zwischen die Beine und richtete sich auf. »Bist ja schnell draufgekommen«, sagte er anerkennend. »Aber jeder muss selbst wissen, was er will. Was mich betrifft, ich halte meinen Schwur von gestern. Ich bin hier Schmied und Bauer und will es auch morgen noch sein. Ich hab nichts zu verbergen.«

Die Gruppe der Dörfler teilte sich auf, bis zwei Männer verloren abseits standen. Beide trugen das Haar nicht nach Art der Sklaven kurz geschoren mit einer kahlen Stelle auf dem Scheitel, aber Wittiges hätte eher darauf kommen können, dass sich unter den Dörflern Sklaven verbargen.

»Also ihr«, sagte er ruhig, »ihr gehört mir.« Kräftige Männer, der eine recht jung, der andere um die vierzig. »Für welche Arbeit wart ihr auf dem Gut zuständig?«

Die Männer antworteten zögernd, und doch war eine gewisse Bereitschaft spürbar, einen großen inneren Schritt zu tun und sich in Wittiges' Hand zu begeben. Sie suchten Sicherheit, allein konnten sie nicht überleben. Und da die Dörfler nun auf eine neue Ordnung hoffen konnten, wollten sie die Sklaven vielleicht nicht länger verstecken. Die beiden hatten Feldarbeit verrichtet. Wittiges nahm sie sofort mit und suchte mit seiner vergrößerten Schar auch das zweite Dorf auf. Es lag nicht weit von der Straße entfernt, die von Reims nach Paris führte. Über diesen Weg hätte er sein Gut bequemer erreicht, auch wenn die Strecke länger als die andere war.

Die Nähe zur Straße war dem Dorf in den Kämpfen vor fünf Jahren schlecht bekommen. Von den zehn Höfen waren nur noch drei bewohnt und die anderen sieben größtenteils verwüstet. Wittiges wanderte voller Qual zwischen den Trümmern umher. Die drei Familien, die hier noch hausten, leisteten keinerlei Widerstand, und rascher als erhofft erfuhr er alles Wissenswerte. In einem der zerfallenen Gehöfte hatten sich acht Sklaven, davon zwei Frauen und ihre drei Kinder eingerichtet. Auch diese Leute forderte Wittiges auf, ihm unverzüglich zum Gut zu folgen, denn er wollte ihnen keine Gelegenheit zur Flucht geben.

Alexander und Pontus staunten nicht schlecht, als er mit seiner Schar in der Villa Einzug hielt. Die Frage der Unterkunft löste Barchild. Sie nahm Frauen, Männer und Kinder mit in einen Scheunenhof, wo es noch ein einigermaßen intaktes Gebäude gab. Das Dach war weitgehend dicht, und auf dem Boden lag ein Rest altes Stroh. Aletha war mitgekommen und schickte die Kinder in den Wald, um frisches Farnkraut und Reisig für ein Nachtlager zu holen. Ohne Murren fügten sich die Leute.

Das Beste aber war das Ochsengespann, mit dem Karl bei Sonnenuntergang im Stallhof erschien. Der Schmied hatte sich mit den anderen Männern beraten, und sie waren übereingekommen, die Ochsen zu übergeben, die zum Gut gehörten und die sie bisher für sich behalten hatten.

Jetzt fehlte es nur noch an Ackergerät, Saatgut und Nahrungsmitteln für die Zeit, bis das Gut die erste Ernte hervorbrachte, und an Dachziegeln, Steinen, Türen, Hausrat ... eigentlich an allem, gestand sich Wittiges beklommen ein. Inzwischen hatte er für neunzehn Menschen zu sorgen, zuzüglich der drei Knechte für eine Woche. Der Proviant, den Aletha mitgebracht hatte, am Morgen noch eine gewaltige Menge, erschien nun kaum ausreichend für die nächsten zwei Tage.

»Wir müssen eine Kuh schlachten«, erklärte Wittiges niedergeschlagen, sobald die Gefährten wieder unter sich in ihrem kleinen Hof waren und die Arbeiten für den nächsten Tag besprachen.

»Nein«, widersprach Pontus, »besser ein Schwein. Wir brauchen die Milch. Davon abgesehen, können wir im Wald Fallen aufstellen. Glaub mir, Wild macht auch satt.«

Wittiges wollte schon zustimmen, da fiel ihm die Steinigung des Wilddiebs ein. »Und wenn uns jemand dabei ertappt? Erinnerst du dich an Marseille?«

Alexander schüttelte sich. »Dann lieber kein Wild.«

Pontus schielte zu Wittiges herüber. »Du weißt anscheinend immer noch nicht, wie unglaublich reich du bist. Alles Land ringsum gehört dir. Auch der Wald mit allem, was darin lebt. Ich hab mich in der Kanzlei danach erkundigt. Und ob wir jagen dürfen! Zur Vorsicht können wir ja einen Bogen um die Auerochsen machen.«

Sie stritten weiter um Jagd und Feldarbeit, waren sich aber einig, dass Wittiges am nächsten Tag mit Aletha und einem Knecht nach Reims reiten würde, um den Purpur zu verkaufen und Einkäufe zu tätigen. Fraglich war, wer wann nach Marseille reisen würde, um dem Griechen das Geld für seinen Purpur zu bringen. Noch immer schien Wittiges das Gut eher eine Belastung zu sein, eine Sisyphusarbeit, an der erfahrenere Männer als er gescheitert wären. Reichtum fühlte sich anders an. Dennoch entfaltete der Gedanke, Herr auf seinem eigenen Grund und Boden zu sein, einen ganz eigenen Reiz und erfüllt ihn mit verhaltener Freude.

Und da gab es noch die Aussicht auf die Nacht. Aletha konnte ihm nicht mehr ausweichen. Als das Feuer heruntergebrannt war, stand Alexander als Erster auf und murmelte, dass es wohl Zeit zum Schlafen sei. Wittiges erhob sich ebenfalls und streckte Aletha galant die Hand hin, um ihr auf die Füße zu helfen.

»Wir brechen früh auf, also sollten auch wir jetzt schlafen gehen.« Er zog sie hoch, legte ihr den Arm um die Schultern und schob sie nachdrücklich auf das Zimmerchen zu, in dem er zwei ungemütliche Nächte verbracht hatte. Diese, das versprach er sich, würde erfreulicher verlaufen. Über die Schulter hinweg sagte er zu Pontus: »Sorg dafür, dass das Feuer keinen Schaden anrichten kann. Lösch es lieber.« Verwundert stellte er fest, dass er einen Ton angeschlagen hatte, der seiner Stellung entsprach: Ein Herr gab einem Diener Anweisung. Prompt zog Pontus spöttisch die Brauen hoch, enthielt sich aber eines bissigen Kommentars. Alexander warf lediglich einen besorgten, fragenden Blick auf Aletha, zuckte die Schultern und verschwand. Dieser Blick wurmte Wittiges, wie es ihn schon den ganzen Tag geärgert hatte, wenn er die kleinen Zeichen bemerkte, die darauf hindeuteten, dass Aletha und Alexander eine Vertrautheit verband, die ihn ausschloss.

»Endlich sind wir für uns«, sagte er etwas nachdrücklicher als beabsichtigt, sobald er Aletha in die Kammer geführt und sich der Vorhang, der nun vor der Türöffnung hing, geschlossen hatte.

Aletha schwieg und sah zu, wie er das Öllämpchen entzündete, das dem kargen Raum einen Schimmer von Wohnlichkeit verlieh. Es roch auch nicht mehr nach altem Schmutz und Mäusekot, sondern nach würzigen Kräutern. Wittiges erriet, dass seine junge Frau das Zimmer ausgeräuchert hatte. Ein Glücksgefühl durchrieselte ihn, das allerdings in dem Moment schwand, als er sich zu ihr umdrehte. Jegliche Farbe war aus ihrem Gesicht gewichen, und ihr Blick erinnerte an ein Tier, das den Todesstoß des Jägers erwartet. Wittiges erschrak, aber dann gewann ein deutliches erotisches Verlangen die Oberhand. Aletha trug ihre Haare auf dem Oberkopf zu einem kunstvollen Lockentuff zusammengedreht, ähnlich der bevorzugten Frisur Brunichilds, aber einzelne Strähnen hatten sich gelöst, und er gierte danach, sie in die Hand zu nehmen und durch die Finger gleiten zu lassen. Und danach wollte er Aletha langsam und genüsslich aus den Kleidern schälen. Ihre Brust kam ihm gar nicht mehr so kindlich vor, sondern sie zeichnete sich rund und voll unter ihrem Gewand ab. Wäre da bloß nicht dieser Blick gewesen.

»Hör zu!«, sagte er heiser. »Du kannst hier nicht die Herrin spielen und dich dann, wenn es um uns geht, verweigern.«

Wie unter Zwang nickte Aletha, ließ ihren Umhang von den Schultern gleiten und machte daraus ein Bündel, das sie wie zur Abwehr vor der Brust hielt.

»Aletha!« Er ging auf sie zu und legte ihr die Hände auf die Schultern. Irgendwie musste er doch diese Mauer aus Furcht und Ablehnung durchbrechen. Sie versteifte sich. Sie versteifte sich so sehr, dass er einen Schritt zurücktrat. »Jetzt sag selbst was!«, herrschte er sie an. »Was hast du dir gedacht? Du wolltest doch die Nacht hier verbringen, oder sehe ich das falsch?«

Aletha schluckte und rang nach Worten. »Ich könnte dort schlafen.« Sie wies in die Ecke, wo ein paar Bretter lagen, über die ein Tuch und einige Ersatzkleidungsstücke Alethas ausgebreitet waren. Also so hatte sie es sich gedacht!

»Das kommt nicht infrage! Entscheide dich. Entweder alles oder nichts.«

Aletha senkte den Kopf und rang mit den Tränen. »Ich dachte«, flüsterte sie, »du lässt mir Zeit, bis das Kind geboren ist.«

An das Kind hatte Wittiges überhaupt nicht mehr gedacht. Zwar hatte Barchild nach Art alter Hexen die Schwangerschaft erkannt, aber es war keine Zeit gewesen, darauf einzugehen. Er wollte sich auch gar nicht näher damit befassen, der Gedanke war ihm eindeutig zuwider. Jemand hatte dieser jungen Frau auf nachdrückliche Weise seinen Stempel aufgeprägt. Sie war nun Ware aus zweiter Hand, etwas, was er in den letzten Wochen erfolgreich verdrängt hatte.

»Bitte!« Aletha hob den Kopf und hielt seinem Blick stand. Der Umhang fiel ihr aus den Händen. Wittiges trat drauf, als er sie wieder an den Armen fasste und sie zu sich heranzog. Irrlichter funkelten in ihren dunklen Augen. Langsam beugte er sich zu ihr hinab und streifte mit den Lippen ihre weichen Wangen. Auf einmal schmeckte er Tränen und hatte das Gefühl, tief in ihr Inneres einzudringen. So viel Nähe! Und so viel Leid.

Behutsam schob er sie von sich. »Ich schlafe in der Ecke, und du nimmst das Bett.« Das Lächeln, mit dem er sie beruhigen wollte, kostete ihn große Anstrengung. Aber der gehetzte Ausdruck verschwand aus ihren Augen. Ehe er sichs versah, schlang sie ungestüm die Arme um ihn, trat aber rasch zurück, bevor er die Geste als Einladung verstehen konnte.

»Ich … ich danke dir«, stammelte sie.

Er hatte ihr nichts versprochen. Wenig später lag er auf den Brettern, die bei jedem Umwenden unter ihm knarrten. Es dauerte eine Weile, bis er eine einigermaßen bequeme Lage gefunden hatte. »Dann bleibt es dabei, dass wir morgen früh nach Reims aufbrechen, dort den Purpur verkaufen und Einkäufe tätigen?«, fragte er in sachlichem Ton. Er hielt die Augen geschlossen, aber plötzlich riss er sie erstaunt auf.

Aletha kniete neben seinem Behelfsbett. Über das dünne Hemd hatte sie ihren Umhang wie eine Decke geschlungen, aber im Ausschnitt erspähte er einen verführerischen Streifen rosiger nackter Haut, dessen Anblick sogleich eine unerwünschte Erregung auslöste. Warum hörte sie nicht auf, ihn zu quälen?

»Was willst du? Warum schläfst du nicht?«, murmelte er.

»In Paris bekäme ich mehr für den Purpur. Bitte, lass mich versuchen, ihn in Paris zu verkaufen!«

Er verstand sie nicht. »Wieso Paris?« Er sog den Duft nach junger Haut, vermischt mit den Aromen von Salbölen, ein. Es war eine Tortur, ruhig und beherrscht zu bleiben.

»Ich habe mich umgehört. Chariberts Hof ist der größte und bedeutendste und Paris ein Handelszentrum wie Marseille. Wir hätten mehr Geld.« Aletha stand auf und huschte zu dem ordentlichen Haufen mit ihren persönlichen Sachen. Sie kam mit einem Kästchen zurück, in dem Wittiges unschwer ihre kleine Schatztruhe erkannte, die er ihr am Tag nach der Hochzeit zurückgegeben hatte. Sie klappte sie auf. »Das kannst du alles haben. Es sind auch fünfzig *Solidi* dabei, hast du das vergessen?«

Er klappte die Truhe wieder zu. »Das ist alles deins. Davon nehme ich nichts.«

Ihre Mitgift würde er nicht anrühren. Nicht, solange sie dieses unbestimmte Verhältnis zueinander hatten. Im Fall einer Scheidung – und diese Vorstellung war weiß Gott nicht abwegig – war er sowieso zur Herausgabe der Mitgift verpflichtet.

»Ich will, dass du es nimmst«, bat sie inbrünstig. »Setz es ein, wo du es für richtig hältst.«

»Kommt nicht infrage.« Demonstrativ drehte er sich auf die andere Seite, die Bretter knarzten wieder unschön. Aletha huschte zurück auf ihre Seite.

Wittiges schlief unruhig, immer wieder weckte ihn das Knarren der Bretter unter ihm. Am nächsten Morgen war Alexander als Erster auf und machte sich an der Feuerstelle zu schaffen. Wittiges bemerkte sofort den forschenden Blick, den er Aletha zuwarf, und die Erleichterung, als er anscheinend feststellte, dass sie wohlauf war.

Beim Frühstück kam Aletha auf Paris zurück. Und diesmal diskutierten sie zu viert darüber. Pontus und Alexander waren mit dem veränderten Plan einverstanden.

Pontus gab der Sache schließlich die entscheidende Wendung. »Das Beste wäre, wenn ich mit Aletha nach Paris reisen würde, wenn du gütigst erlaubst«, erklärte er mit einem ironischen Unterton, der auf Wittiges herrschaftliches Gebaren vom letzten Abend anspielte. »Du bist hier am wenigsten entbehrlich. Schon gar nicht für zwei volle Tage. So lange dauert die Reise mindestens. Wir müssen uns in Paris ja erst umschauen.« Das war alles richtig, das musste auch Wittiges einsehen.

Pontus regelte noch die weitere Arbeit an der Wasserleitung, dann machte er sich mit Aletha und dem kräftigsten und kampferprobtesten der drei Knechte auf den Weg. Kaum waren sie verschwunden, überfielen Wittiges heftige Zweifel an dem Unternehmen.

10 Beinahe das Beste an den Feierlichkeiten war Venantius' Lobgedicht, vorgetragen wenige Stunden nach dem Ereignis selbst, bei dem sich Bischof Nicetus von Trier und Bischof Vilicus von Reims die heilige Handlung teilten. Nun war Brunichild keine Ketzerin und kein öffentliches Ärgernis mehr, auch wenn niemand offen davon zu sprechen gewagt hatte. Venantius hatte in seinen Schmeichelgedichten bisher vor allem ihre

Schönheit und Lieblichkeit besungen, nun aber gab es gar nichts mehr zu tadeln oder schamvoll zu vertuschen. Und so machte er aus ihr die große, edle und allseits geliebte Königin, die sie eigentlich erst werden sollte. Sie war, betonte Venantius volltönend, Sigibert zum zweiten Mal angetraut worden.

Sigibert war entzückt und hielt mit seiner Freude über Venantius' wohlgesetzte Hexameter nicht hinter dem Berg. Der kleine Mann strahlte unter der Sonne königlicher Gnade, und Brunichild bemerkte amüsiert, wie er sich an Nicetus und Vilicus heranpirschte und sich bei ihnen ebenfalls beliebt machte. Wahrscheinlich würde er auch den beiden Bischöfen mit Gedichten kleine Denkmäler errichten, die ihre Wirkung nicht verfehlen würden. Seit er allen sein dichterisches Bild von Gogos Vorzügen vorgeführt hatte, bemühte sich Sigiberts grantiger Haushofmeister diesem Bild zu entsprechen – was nicht wenige verblüffte, wenn er unerwartet die großen gelben Zähne bleckte, um sich im Lächeln zu üben.

Einer der vielen feierlichen Höhepunkte war der Empfang einer sächsischen Gesandtschaft, scheußlich ungehobelter Gesellen, die aber voller Ehrfurcht einer Lobrede Venantius' lauschten, in der er Sigiberts kriegerische Vorzüge hervorhob. Am Ende der Rede standen die Sachsen auf, zogen ihre Schwerter und schlugen sie donnernd gegen ihre Schilde. Sigibert dankte ihnen gemessen für den spontanen Applaus, Brunichild war bloß froh, als der Lärm aufhörte.

Sigibert hätte es begrüßt, wenn Chilperich die Abreise verschoben und Zeuge jener Prachtentfaltung geworden wäre, an der ihm und seinen Brüdern so viel lag. Immerhin hatten sie sich trotz aller Querelen über das zukünftige Charibert-Erbe mit Herzlichkeit voneinander verabschiedet, und diese Heuchelei gelang beiden vortrefflich.

Schon eine Woche nach der Feier trat das Königspaar mit einem ansehnlichen Tross die Rundreise durch die nördlichen Territorien von Sigiberts Herrschaftsgebiet an. Bis Trier fuhren sie auf Schiffen die Mosel hinunter. Die Stadt erstreckte sich malerisch beidseits des Flusses, es war ein fröhlicher Ort, von Weinbergen umgeben, die in ihrem frischen Grün weithin leuchteten. Quartier nahmen sie im ehemaligen Palast der römischen Kaiser. Zu dem Komplex gehörten sogar Thermen und eine riesige Thronhalle, durch deren hohe Rundbogenfenster ungehindert der Wind pfiff. Brunichild erkannte sofort, dass hier einiges zu tun war, um sich in der verlotterten alten Pracht einigermaßen wohlzufühlen. Und vor allem wollte sie, dass die Schweine entfernt wurden, die hinter einer bröckeligen Gartenmauer auf einer umfriedeten Weide den Boden umgruben und deren Grunzen bis in ihr Schlafgemach zu hören war.

Sigibert lachte sie aus. »Wozu? Vermutlich sind die Schweine nur hier, um gebraten oder gesotten in den nächsten Tagen in unseren Mägen zu landen.«

»Das ist kein Grund, sie in unserer unmittelbaren Nähe zu dulden. Schweine sind …«, sie suchte nach dem passenden Wort, »… unfein.«

Gogo zeigte Verständnis für ihre Meinung. Ganz in seiner Rolle als liebenswürdiger Berater und Vertrauter aufgehend, versprach er, mit dem Palastverwalter zu bereden, wie die Schweine weit genug untergebracht werden und doch zur Hand sein konnten, um rechtzeitig für die ausgiebigen Mahlzeiten in der Küche zu landen.

Bischof Nicetus hatte sie begleitet und lud sie schon bald zur Einweihung einer neuen kleinen Kirche ein, die er hatte erbauen lassen. Danach bat er sie zu Gast auf ein Gut in den Weinbergen oberhalb von Trier, das ihm gehörte. Das Haus eröffnete einen grandiosen Blick auf die Mosel und war mit jenen Annehmlichkeiten ausgestattet, die Brunichild für ihre eigenen Paläste vorschwebte, und außerdem von unaufdringlicher Eleganz und Schönheit. In dieser Villa lebte der Bischof ganz selbstverständlich mit seiner Familie zusammen. Er hatte fünf durchaus wohlgeratene Kinder.

Brunichild war verwirrt. Sie fühlte sich in ihrem neuen Glauben noch nicht zu Hause, und die Selbstverständlichkeit, mit der Nicetus ihnen sein rundum glückliches Familienleben vorführte, brachte sie in Verlegenheit. Aber anscheinend stieß sich außer ihr niemand an den skandalösen Verhältnissen.

Venantius zumindest fühlte sich in dieser Gesellschaft ausgesprochen wohl, denn Nicetus legte großen Wert auf Tischkultur und geistreiche Unterhaltung. Hier konnte der Poet konkurrenzlos mit seinen dichterischen Gaben glänzen und errang mühelos die Bewunderung des Hausherrn.

Brunichild versuchte, mit Sigibert über ihr Missbehagen zu

reden. Unbestreitbar war ihr Gatte fromm und gottesfürchtig, und es schien ihr undenkbar, dass ihn das zuchtlose Treiben des Bischofs völlig kalt ließ.

»Das kümmert mich nicht«, knurrte er abwehrend. »Was er hier treibt, geht mich nichts an, solange er seine Pflichten als Bischof erfüllt.«

»Ja, aber wir sind jetzt hier, und es geschieht vor unseren Augen.«

»Wenn es dich stört, schließ die Augen.«

»Das kann ich nicht«, gab sie empört zurück.

Sigibert blickte an ihr vorbei, sicheres Zeichen dafür, dass ihm das Gespräch unangenehm war. »Das liegt daran, dass du die Hintergründe nicht kennst. Meine Herrschaft hier im Osten hängt von Leuten wie Nicetus ab. Ich kann Männer mit Verstand, Weitsicht und Loyalität nicht aus dem Boden stampfen. Was zählen da schon ein paar harmlose Eigenheiten?«

»Fünf Kinder nennst du *Eigenheiten*? Er führt ein unmoralisches Leben, und du weißt es genau.«

»Ich bin hier nicht als Tugendwächter, sondern als Gast«, polterte Sigibert. »Und jetzt lass mich zufrieden.« Das Gespräch war beendet.

Brunichild aber war nicht bereit, die Angelegenheit ruhen zu lassen. Bei nächster Gelegenheit sprach sie mit Sidonia darüber. »Verstehst du das? Bischof Nicetus ist nicht nur verheiratet, sondern er geht anscheinend nach wie vor mit seiner Frau ins Bett.« So drastisch hatte sie sich Sigibert gegenüber nicht ausgedrückt.

Sidonia lachte. »Auch Bischöfe sind Männer, und es ist besser, sie halten sich eine Ehefrau als eine Hure«, erklärte sie bündig.

Brunichild hatte in den ersten Wochen am Hof das unterschwellige Unbehagen gespürt, das ihr wegen ihres anderen Glaubens entgegengebracht worden war. Nach ihrem Übertritt breitete sich offenbar große Erleichterung aus, als hätte sie sich von einer furchtbaren Sünde reingewaschen, die auf allen gelastet hatte. Vorher war es ihr nicht in den Sinn gekommen, sich ernsthaft für das Gebaren des römischen Klerus zu interessieren, zumindest nicht wertend. Aber jetzt! Jetzt wollte sie Ordnung und strenge Befolgung von Regeln, die der neue Glaube für seine wichtigsten Vertreter aufstellte. Bischöfe waren Verwaltungsmenschen, Verbündete, Ratgeber, Kriegsherren und potenzielle

Heilige, das hatte sie alles verstanden und billigte es – aber *Männer*? Männer, die fortgesetzt ihr Keuschheitsgelübde brachen?

Wenn es keine anerkannten und befolgten Regeln gab, wozu hatte sie dann den Glauben gewechselt? Sie kam sich betrogen und hinters Licht geführt vor.

»Was sagst du dazu, Nanthild?« Es kam selten vor, dass sie sich mit einer wichtigen Frage an sie wandte.

»Es ist besser, er kümmert sich um seine Familie. Die meisten verstoßen Frau und Kinder, sobald sie zu bischöflichen Ehren gekommen sind. Sein Verhalten ist menschlicher. Vor allem für die Kinder. Warum sollen sie in Scham und Schuld versinken? Kinder brauchen die Familie und ihren Schutz«, antwortete Nanthild mit gerunzelten Brauen, und wie meistens klang ihre Stimme unangenehm spröde. Und doch fühlte sich Brunichild erleichtert. Auf einmal erinnerte sie sich an den Bischof von Marseille und seine so überaus fromme Gattin Placidia, und da waren ihr der lebenslustige Nicetus und seine fröhliche Familie tausendmal lieber.

An diesem Abend nahm sie ohne weitere Vorbehalte an den Tischgesprächen und den gelehrten Neckereien teil, auf die sich Venantius und Nicetus so gut verstanden.

»Du bist wirklich ein rundum glücklicher Mann«, sagte Sigibert irgendwann halb anerkennend, halb neidisch.

»Ich wäre noch glücklicher, wenn du mir endlich das volle Zollrecht für Trier überträgst«, entgegnete Nicetus schmunzelnd.

»Dacht ich's mir doch, dass du den Hals nicht voll kriegen kannst«, erwiderte Sigibert grinsend, aber mit einer leichten Schärfe.

»Ich brauche das Geld«, erklärte Nicetus, ernst werdend, »*ich* bin derjenige, der dafür sorgt, dass die *Civitas* von Trier bestens gedeiht. Ich habe hohe Ausgaben, und es werden ständig mehr. Ich hindere die Bauern daran, ihr Land zu verlassen, und sorge dafür, dass sie treu zu Kirche und König stehen. Fast jedes Jahr errichte ich eine neue Kirche und besetze sie mit einem Priester. Alle diese Priester in den kleinen Gemeinden kosten Geld, die Schulung der Priester kostet Geld, die Verwaltung der Diözese kostet viel Geld. Und da dein *Comes* nicht ausreichend dafür sorgt, lasse ich die wichtigsten Straßen auf meine Kosten instand halten.«

»Dann muss ich mit dem *Comes* reden«, erklärte Sigibert unbehaglich.

»Ja, tu das. Und mit den Zolleinnahmen könnte der Stadthafen erweitert werden, das bringt zusätzliche Einkünfte. Auch für dich. Das würde sich lohnen.«

»Schön, dass du auch an mein Einkommen denkst«, murmelte Sigibert spöttisch. »Aber genug der Geschäfte. Dafür ist der Tag da.«

»Venantius, hast du nicht ein Gedicht, das die liebliche Gegend preist, in der wir uns befinden?«, rief Brunichild und zwinkerte dem Dichter zu. Es war eine abgesprochene Sache. Sie hatte das Gedicht bereits gelesen. Venantius hatte es ihr gezeigt, und sie hatten am Nachmittag im Garten darüber diskutiert.

Venantius hatte sich zerknirscht gegeben. »Ich beherrsche die sapphische Strophe nicht mehr ausreichend. Es ist beschämend. Meine Verse hinken.«

Brunichild hatte ihn ausgelacht. Inzwischen wusste sie etwas mehr über ihn. Er hatte Grammatik und Rhetorik in Ravenna studiert, und es gab keinen Zweifel, dass Ravenna eine der berühmtesten Schulen des Abendlandes unterhielt. Eine Schule wie diese gab es im ganzen Frankenreich nicht. In Ravenna residierte Narses als Vizekönig des byzantinischen Kaisers, dort war alles an Bildung und Kultur zu finden, was Brunichild in Sigiberts Reich vermisste. Deshalb suchte sie so häufig wie möglich das Gespräch mit Venantius, um von ihm zu lernen und ihre eigene Vorstellung eines durch und durch zivilisierten Königshofs zu entwickeln. Und bei einer solchen Gelegenheit hatte ihr Venantius die Legende von der Abkunft Sigiberts von den trojanischen Königen erzählt. Da erst war ihr bewusst geworden, in welche Familie sie eingeheiratet hatte, und alle Bedenken und Vorbehalte, die sie bis dahin gehegt hatte, waren verschwunden. Es würde sich lohnen, wenn sie sich ins Zeug legte, damit Sigibert und sein Hof sich seinen glorreichen Ahnen als ebenbürtig erwiesen.

»Venantius, wenn du die sapphische Strophe nicht mehr beherrschst, beherrscht sie hier niemand mehr. Es sind wunderschöne Verse, die du verfasst hast.«

Das waren sie wirklich, und wie jedes Mal hob Venantius' Vortrag die Stimmung. Diener räumten die Reste der Tafel ab, nur die Weinpokale blieben stehen und wurden mit dem ausgezeichneten Wein von den Hängen rings um die Villa nachgefüllt. Nicetus gab den bereitstehenden Sängern einen Wink, nun ihrerseits zur Unterhaltung des Abends beizutragen, und diese Geste misslang merkwürdigerweise. Einen Augenblick verharrte der Arm in der Luft, während sich Nicetus' Miene voller Staunen verzog. Was hatte er nur?

Er stöhnte, bäumte sich mit einem Schmerzensschrei auf und sank vom Stuhl. Totenstille trat ein. Alle starrten den Bischof an. Niemand konnte begreifen, was geschehen war. Aber dann stieß Nicetus' Frau einen Schrei aus und stürzte zu ihm. Sigibert, Brunichild und alle anderen sprangen auf. Ein allgemeines Durcheinander brach aus, Pokale wurden umgeworfen, der Wein ergoss sich über das Tischleinen.

Es hatte Fisch gegeben, und das anhaltende Röcheln des Bischofs gab Brunichild einen Verdacht ein. »Wahrscheinlich steckt ihm eine Fischgräte im Hals.«

Aber war das möglich? Das Essen war längst vorbei.

Gogo hockte sich neben Nicetus, öffnete ihm gewaltsam den Mund, fuhr mit den Fingern hinein und wieder heraus. Er schüttelte den Kopf, dabei musterte er intensiv das Gesicht, dessen Mund sich schief verzog. Schaum trat auf die bleichen Lippen.

Gift? Wer sollte den Bischof vergiften?

Brunichild stand neben Sigibert. »Was geschieht mit ihm? Kann ihm denn niemand helfen?«

Gogo erhob sich, einer der höheren Diener des Bischofs trat zu ihm.

»Schafft ihn in sein Bett«, wies ihn Gogo an. »Hat er einen Arzt? Lasst ihn holen.« Noch bevor die Diener der Aufforderung nachkommen konnten, zog Gogo Sigibert beiseite. »Er stirbt. Er wird den Morgen nicht mehr erleben. Du solltest sofort zum Palast in Trier zurückkehren, hier gibt es für dich nichts mehr zu tun.«

»Aber«, wandte Brunichild ein, »noch lebt er. Wie können wir ihn einfach seinem Schicksal überlassen?«

»Ihm kann keiner mehr helfen, ich weiß es, ich hab es bei anderen schon erlebt. Dieser Tod ereilt Männer in den besten Jahren wie ein Pfeil aus dem Hinterhalt.«

Irgendjemand murmelte etwas wie »Der Lohn der Sünde«. Brunichild schaute sich entsetzt um und entdeckte in ihrer Nähe nur Venantius, der wie alle fasziniert und entsetzt zugleich auf die reglose Gestalt am Boden starrte. Sollte diese gehässige Bemerkung tatsächlich von Venantius stammen, der sich noch kurz zuvor in Lobgedichten über Nicetus' unvergleichliche Vorzüge geäußert hatte? Die Frau des Bischofs kniete immer noch neben dem Sterbenden und streichelte behutsam seine Hand, aber er gab mit keiner Regung zu erkennen, dass er die tröstliche Geste wahrnahm. Nicetus, erkannte Brunichild, befand sich bereits in der Zwischenwelt zwischen Leben und Tod.

»Was wird aus seiner Familie?«, fragte sie bang.

»Ach ja«, stieß Gogo gedämpft hervor, »sie muss sofort von hier verschwinden.«

»Aber gehört die Villa nicht dem Bischof?«, wandte Brunichild ein.

»Nach seinem Tod nicht mehr.«

»Aber die Familie ist hier zu Hause. Wohin soll sie denn gehen?«

»Zu Verwandten, sofern es welche gibt. Das Wichtigste ist jetzt die Nachfolge. Wenn die Frage der Nachfolge geklärt ist, sehen wir weiter. Bis dahin wird aller Besitz erst einmal beschlagnahmt.«

»Er hat seinen Schüler Magnerius als Nachfolger haben wollen. Und damit bin ich einverstanden. Ein guter Mann, mit dem wir keine unangenehmen Überraschungen erleben werden«, sagte Sigibert gedämpft.

»Es wird Zeit, mein König. Sobald wir in der Stadt sind, schicke ich eine Truppe erprobter Krieger her, die nach dem Rechten sieht und aufpasst, dass nichts wegkommt«, erklärte Gogo bestimmt.

Wie betäubt ließ sich Brunichild hinausgeleiten. Als Venantius sich ihnen mit betrübter Miene anschließen wollte, hielt ihn Gogo zurück. »Du bleibst hier«, sagte er knapp, »und verfasst ein letztes Gedicht auf den würdigen Bischof und sein mildes Ende in der Obhut des Gottes, dem er so vortrefflich gedient hat.«

Venantius starrte ihn an, als ob er den Verstand verloren hätte.

»Eine ausgezeichnete Idee«, mischte sich Sigibert ein. »Und preise seine Mildtätigkeit, seine Keuschheit, seine Treue und so weiter. Das Gedicht soll bei der Beisetzung verlesen werden und den Mann so gewaltig ehren, dass niemand wagt, an seiner Untadeligkeit und seinem seligen Tod zu zweifeln.«

Brunichild wurde es kalt. Die Kinder des Bischofs standen weinend und zutiefst verstört in der Ecke, in die sie einer der Männer Gogos gedrängt hatte. Ein anderer half der Ehefrau nicht gerade zartfühlend auf die Füße und zog sie von dem Sterbenden fort, als hätte sie keinerlei Recht und Anspruch darauf, sich in seiner Nähe aufzuhalten.

Dunkle Vorahnungen und Furcht befielen Brunichild. Nie, schwor sie sich, wollte sie so verlassen sein wie diese Frau.

11 Karl, der Schmied, tauchte täglich auf. Wahrscheinlich wollte er sich vergewissern, dass Wittiges an seinem Plan, dem Gut neues Leben einzuhauchen, tatsächlich festhielt. Karl wies Wittiges darauf hin, dass zur Inbesitznahme unbedingt die Grenzbegehung gehörte. Das wusste Wittiges natürlich selbst. Aber das feierliche Abschreiten oder Umreiten der Grenzen seines Besitzes mit den wichtigsten Männern aus den Dörfern als Zeugen würde ihn Stunden kosten, und so viele andere Arbeiten warteten auf sofortige Erledigung. Alexander hielt die Sache nicht für *so* dringend. Allerdings hatte Wittiges das seltsame Gefühl, dass er mit irgendetwas hinter dem Berg hielt und dass auch hinter Karls Drängen etwas Mysteriöses, Unausgesprochenes steckte. Als Wittiges nachhakte, hustete Karl nur. Er mied seinen Blick und murmelte mit belegter Stimme, Wittiges könne immer auf ihn zählen.

An dem Tag, an dem Aletha mit Pontus und dem Knecht zurückkehren sollte, hielt Wittiges das Warten kaum noch aus, obwohl es durchaus einen Tag länger dauern konnte, das Geschäft mit dem Purpur in der fernen Stadt Paris zu einem befriedigenden Abschluss zu bringen.

Pontus war für Wittiges der Garant, dass mit einer glücklichen Rückkehr zu rechnen war. Der gewitzte ehemalige Mönch wusste sich überall durchzuschlagen und würde über Aletha wachen. Und doch nagte die Sorge an Wittiges, und Bilder von Überfällen und anderen Katastrophen geisterten in immer grelleren Farben durch sein Hirn.

Rastlos ritt er mit Bauto umher, kontrollierte die Pflüger, die mit dem bedächtigen Ochsenpaar eines der kleinen Felder bearbeiteten, sah nach den Sklaven, die im Garten das Unkraut ausrissen, und denen, die sich nach Pontus' Anweisung an der

Wasserleitung zu schaffen machten. Auf einmal schoss in einem mächtigen Strahl das Wasser aus der defekten Leitung, spritzte die Sklaven nass und überflutete den ganzen Garten. Wittiges fluchte und lachte gleichzeitig, während die Männer johlten und sich gegenseitig auf die Schultern schlugen. Mit dem Wasser wuchs sprunghaft Wittiges' Zuversicht. Das Wasser war ihm ein deutliches Zeichen, nicht auf verlorenem Posten zu stehen. Nachdem er den Männern erklärt hatte, dass sie das munter plätschernde Bächlein umleiten sollten, um mit den Arbeiten fortfahren zu können, fasste er spontan den Entschluss, sich mit Bauto auf den Weg um die Grenzen herum zu machen. Es sollte nur eine vorläufige Erkundung sein, und da er im Grunde wenig Ahnung von den Grenzverläufen hatte, wollte er Alexander und einen der Söhne Karls mitnehmen. Arne, den Älteren, den Karl ihm nach einigem Zögern nicht sehr begeistert überließ. Alexander schien seltsam angespannt und war wenig gesprächig.

»Ich dachte, du freust dich, dass du mal aus dem Dreck rauskommst«, stichelte Wittiges, als sie schon eine Weile unterwegs waren. »Die Gesellschaft dieser Weiber musst du doch auch satt haben.« Alexander beaufsichtigte die Arbeit der Sklavinnen und der größeren Kinder. Unterstützung erhielt er von ein paar Frauen aus den Dörfern. Vor den eigentlichen Instandsetzungsarbeiten reinigten sie die Haupträume im Haus, damit die Schäden besser zu erkennen waren. Mit Schaufeln und Kratzern beseitigten sie Schutt, Dreck und fauligen Unrat, den Tauben und anderes Viehzeug sowie die feindlichen Horden bei ihren Überfällen hinterlassen hatten.

»Die Frauen sind gar nicht so übel«, murmelte Alexander geistesabwesend. Was beschäftigte ihn bloß? Sein Blick war in die Ferne gerichtet.

»Sorgst du dich um Aletha?«, fragte Wittiges mit belegter Stimme. Er hatte eine gewisse Hemmung, seine Frau in Alexanders Gegenwart zu erwähnen. Etwas ging ihm dabei ständig gegen den Strich.

»Sie hat Pontus dabei«, brummte Alexander. »Wenn ich mich recht erinnere, kann es nicht mehr weit bis zu einem der Grenzsteine sein.« Er blieb stehen.

»Da ist er.« Arne streckte den Arm aus und wies auf den Stein, der schief am Rand eines Wiesenstreifens aufragte.

Bisher verliefen die Grenzen seines Besitzes für Wittiges im

Ungewissen. Aber dieser Stein gab seinem Land Gestalt und Form, er war ein sinnfälliges Zeichen für Recht und Gesetz und der Beweis, dass sein Besitz existierte und er darüber verfügen konnte. Erleichtert stieg Wittiges ab und kniete vor dem Stein nieder. Dieser musste noch aus der Zeit der Römer stammen, er war alt, ehrwürdig und verwittert, von Moos überwuchert. An einigen Stellen lugten unter dem Moos römische Ziffern hervor, die eine Bedeutung gehabt hatten, als dieses Land noch römischer Fiskalbesitz gewesen war. Es sah so aus, als hätte vor nicht allzu langer Zeit jemand an dem Stein gekratzt.

Wittiges stand auf und ließ seinen Blick über die kleinteilige Landschaft schweifen. Wiesen, Felder, Brache und Wald. Er strich sich über die Augen. Was stimmte hier nicht? Was beunruhigte ihn? Er trat ein Stück zurück und schaute noch einmal. »Da hol mich doch der Teufel«, brummte er schließlich. »Eigentlich müsste die Grenze jenseits des Wiesenstreifens am Wald verlaufen. Das erscheint mir richtiger. Jener Wald dort ist uralt und bildet eine natürliche Grenze. Wieso steht der Stein hier?«

Arne stieß einen erstickten Laut aus, und Wittiges fuhr zu ihm herum. Der Schreck stand dem Jungen ins Gesicht geschrieben.

»Was weißt du? Was wird mir hier verheimlicht?« Ein furchtbarer Verdacht keimte in Wittiges. Als Arne nicht antwortete, packte er ihn vorn am Kittel. »Ich will die Wahrheit wissen! Spuck sie aus.«

Arnes Adamsapfel hüpfte, als der Junge mühsam schluckte.

»Lass ihn los«, mischte sich Alexander ein. »Du hast die Wahrheit schon erraten«, fuhr er düster fort.

»Hab ich das?«

Alexander nickte. »Komm mit.« Er ging voraus, die Wiese entlang, Wittiges folgte und holte ihn rasch ein, die Augen aufmerksam auf den Boden gerichtet. An einer bestimmten Stelle am anderen Ende der Wiese hockte er sich hin und begann, die lockere Erde aufzugraben. Unruhig und betreten sahen Arne und Alexander zu. Nach einer Weile grub er einen Steinsplitter aus.

»Ich wette, der stammt vom Grenzstein. Oder nicht?« Mit brennenden Augen schaute er zu Alexander auf.

Alexander nickte.

»Arne?«, fragte Wittiges scharf.

»Der Grenzstein ist versetzt worden. Früher stand er hier.«

»Wann früher?«

Unglücklich zuckte Arne die Schultern.

»Die Grenzsteine wandern«, erklärte Alexander mit belegter Stimme. »Pontus und ich haben es herausgefunden, wir waren uns aber nicht sicher. Diesen Stein kannte ich schon. Es gibt andere ...«

»Die auch versetzt worden sind?«, fragte Wittiges drohend.

»Bei diesem ist es uns deutlich aufgefallen, bei einem anderen haben wir es nur vermutet.«

»Warum habt ihr mich nicht sofort darüber unterrichtet?«, herrschte Wittiges ihn an. »Das ist ein ungeheurer Frevel!«

»Ich weiß«, seufzte Alexander unglücklich. »Aber wir dachten, du musst selbst darauf kommen. Und ... was willst du jetzt tun?«

»Die Steine dahin setzen, wohin sie gehören. Meinst du, ich lasse mir mein Land wegnehmen?«

»Dein Land! Ich höre immer dein Land! Es ist riesig, dieses Land. Du hast gar nicht genügend Leute, es zu bestellen. Was scheren dich da ein paar Streifen Brachland oder Wiese!«, schrie Alexander auf einmal aufgebracht.

Wittiges war wie vom Donner gerührt. »Das meinst du nicht im Ernst! Das kannst du nicht im Ernst meinen!«

Alexanders Miene war unschwer zu entnehmen, dass genau das der Fall war.

»Ist Pontus auch dieser Meinung? Will er ebenfalls, dass ich den Landraub auf sich beruhen lasse? Habt ihr das untereinander besprochen?«, fragte Wittiges mit gefährlicher Ruhe. Der Gedanke, dass die beiden feige den Schwanz einklemmten, verursachte ihm Übelkeit.

»Nein, wir haben nicht darüber geredet«, antwortete Alexander bitter. »Wir hatten keine Zeit dazu, wir haben darum gekämpft, dir etwas vorweisen zu können, sobald du dich mal herbemühst. Die fertige Wasserleitung, einen wohnlichen Raum ... Wittiges, wir sind fremd hier ...«

Brüsk wandte sich Wittiges ab. Er wollte sich dieses feige Gerede nicht länger anhören. Zu seiner Überraschung war Arne verschwunden. Mit einem Zungenschnalzen lockte er Bauto zu sich, schwang sich in den Sattel und preschte davon. Sollte Alexander doch sehen, wie er allein zurückkam. Ohne sich nach ihm umzusehen, ritt er hinunter ins Schmiededorf. Karl erwartete ihn schon, Arne hatte ihn vorgewarnt.

»Erzähl mir alles über die Grenzsteine. Wer hat sie versetzt?«, herrschte er ihn an, noch bevor er abgestiegen war.

Karl nickte ernst. »Komm ins Haus. Die anderen sind auch gleich da. Wir werden dir alles sagen, was wir über die Grenzsteine wissen.«

Sobald alle Männer im Hauptraum des Hauses versammelt waren, ließ Karl einen Tonkrug mit frischem Bier herumgehen. Nach und nach rückten die Dörfler mit den Einzelheiten heraus. Trotz des ausgezeichneten Bieres herrschte eine ungemütliche Stimmung, denn rasch wurden Beschuldigungen laut. Alle hatten von den wandernden Grenzsteinen gewusst, und zwei Bauern hatten sich ihrerseits brachliegende Felder angeeignet. Aber die Hauptschuldigen waren ein unabhängiger Bauer an der Südseite von Wittiges' Besitz und ein Adliger im Westen. An den anderen Seiten stieß das Land an Sigiberts Güter, da hatte niemand Steine versetzt. Der Adlige war derjenige, mit dem Wittiges' Vorgänger Gozbert die Fehde ausgetragen hatte.

»Ging es da schon um Grenzsteine?«, fragte Wittiges bedrückt, nachdem er alles gehört hatte. Im Stillen überlegte er, ob er die unredlichen Dörfler davonjagen sollte.

»Nein, angefangen hatte die Fehde mit Gozberts Bruder, der einen aus Edwins Familie ...«

Wittiges ließ den Mann nicht ausreden, denn er erinnerte sich wieder an das, was er in Reims darüber erfahren hatte. »Danke, das genügt mir. Ich will nur das wissen, was mich betrifft. Karl, ich brauche jemanden, der sich mit dem alten Grenzverlauf auskennt.«

Erst zögerlich, dann immer nachdrücklicher nickte der Schmied. »Das bin ich. Verlass dich auf mich. Ich hab's dir schon gesagt: Du kannst auf mich zählen!«

»Und die anderen?« Wittiges schaute in die Runde. Einer nach dem anderen beteuerte seine Treue, zwei merklich verlegen.

»Gut«, sagte Wittiges knapp. »Morgen werden die Grenzsteine an die alten Stellen gesetzt, und ihr alle sollt als Zeugen dabei sein – bis auf die zwei, die sich widerrechtlich an Grenzsteinen zu schaffen gemacht und mich um Land betrogen haben. Diese beiden verlassen mit ihren Familien das Dorf. Ich will sie hier nicht mehr sehen.«

Inzwischen war Alexander ins Haus geschlüpft und hatte sich einen Platz ganz hinten an der Wand gesucht.

»Bitte, schick uns nicht weg!«, flehte einer der Männer und kniete vor Wittiges nieder. »Ich leiste dir jede Genugtuung, die du verlangst, aber schick uns nicht weg. Wir wissen nicht, wohin.«

Wittiges fing Alexanders Blick auf, in dem die Bitte brannte, Gnade walten zu lassen. Totenstille herrschte, niemand wagte, sich zu regen. Wittiges krampfte sich der Magen zusammen. Jetzt kroch auch der zweite Mann auf den Knien zu ihm. »Nein«, sagte er kalt. »Ihr geht. Wärt ihr gestern gekommen und hättet euer Verbrechen eingestanden, hätte ich euch mit einer angemessenen Strafe belegt und euch hierbehalten. Jetzt nicht mehr. Ihr habt mir Treue gelobt, aber bewiesen, dass sie euch nichts gilt.«

Er würde sich nicht umstimmen lassen, obwohl ihn die Vorstellung, dass er zwei Familien ins Elend stieß, in den Schlaf verfolgen würde. Es blieb ihm gar keine Wahl, wenn er sich Respekt verschaffen wollte. Das erkannte auch Karl. Er bat, als er mit ihm und Alexander allein zurückblieb, nicht um Gnade für seine Nachbarn. Vielmehr versprach er, am nächsten Morgen zur Stelle zu sein und dafür zu sorgen, dass alle verfügbaren Männer mit Hacken und Schaufeln bereit standen. Mit einem durch und durch mulmigen Gefühl machte sich Wittiges mit Alexander auf den Rückweg zum Gutshaus.

»Wahrscheinlich macht es dir nichts aus, zwei Familien zu verlieren«, sagte Alexander ironisch.

»Komm mir nicht so!«, fuhr ihn Wittiges an und verfiel in ein trostloses Schweigen.

Im Stall- und Scheunenhof standen zwei Pferde und ein Maulesel. Wittiges lenkte Bauto über den Hof und ritt weiter. Pontus stand breitbeinig im Garten, die Hände in die Hüften gestemmt, und schimpfte mit den beiden alten Sklaven, die lustlos Tonscherben aus dem aufgeweichten Boden gruben.

»Pontus!«, schrie Wittiges und glitt aus dem Sattel.

Zwei Atemzüge später presste ihm Pontus in einer bärenhaften Umarmung die Luft ab. »Wo ist Aletha?«, keuchte Wittiges schließlich und befreite sich lachend. »Hast du sie mitgebracht?«, setzte er eine Spur zu ängstlich hinzu.

»Dreh dich um!«

Gerade schlüpfte Aletha durch einen halb zerfallenen Durchgang in den Garten. Sobald sie ihn sah, lief sie los, er rannte ihr entgegen und fing sie auf, als sie stolperte. »Langsam«, sagte er atemlos, »denk an die Karnickellöcher. Du brichst dir noch die Beine.«

»Aber du nicht?« Sie lachte.

Sie wirkte müde, aber zufrieden.

»Geht es dir gut?« Zärtlichkeit durchflutete ihn. Aber noch während er sie mit beiden Armen festhielt, erschien Alexander im Garten, und Aletha wandte sich sofort mit leuchtenden Augen zu ihm um.

»Wie steht es bei euch? Seid ihr vorangekommen?«, fragte sie ihn.

Wittiges ließ sie los. »Kommt mit«, forderte er die drei ernüchtert auf. »Was wir zu bereden haben, besprechen wir unter uns.« Er ging voran in ihren kleinen Wohnhof. »Wann seid ihr eingetroffen?«, fragte er Pontus und mied Alethas Blick.

Aletha und Alexander hatten sich untergehakt und setzten sich dicht nebeneinander. Sie lehnte den Kopf an seine Schulter, straffte sich aber rasch, als fiele ihr ein, dass so viel Vertraulichkeit unangemessen sei. Dann stand sie wieder auf. »Erzähl ihnen alles, Pontus«, bat sie und ging zu ihrem Schlafraum, »ich hole die Geschenke.«

»Wir brauchen keine Geschenke«, murmelte Wittiges störrisch. »Also, habt ihr den Purpur verkauft?«

Pontus warf ihm einen kritischen Blick zu. »Haben wir. Für zweihundert *Solidi.*«

»Nur zweihundert?«

»Mehr war nicht zu erzielen.«

Alexander schlug sich erfreut auf die Schenkel. »Das ist gut. Das sind fünfzig mehr, als wir in Reims bekommen hätten!«

»Aber vierzig weniger, als wir gedacht und erwartet haben«, mäkelte Wittiges, und dann berührte etwas Weiches seine Wange. Er griff danach und hielt ein großes Stück Stoff aus leichter, leuchtend blauer Wolle in der Hand, in dessen Ränder ein schmaler grüner Streifen eingewebt war.

»Gefällt er dir?«, fragte Aletha zaghaft und hockte sich neben ihn. »Ich nähe dir eine Tunika daraus.« Schüchtern legte sie ihm die Hand auf den Arm.

»Das willst du tun?«, fragte Wittiges überwältigt.

»Aber ja«, sagte sie mit einem warmen Lachen. »Du brauchst hier so viel Kleidung, weil du dich ständig schmutzig machst.«

Jetzt musste er selbst lachen, und seine Missstimmung verflog. »Du solltest aber kein Geld ausgeben«, sagte er schließlich streng. »Wir müssen sparen und können uns keinen Luxus leisten.«

»Das ist kein Luxus«, erklärte Aletha ernst. »Sobald wir an den Hof zurückkehren, musst du ordentlich gekleidet sein. Das heißt, nicht nur ordentlich, sondern elegant. Ich will nicht, dass du hinter den anderen Höflingen zurückstehst.«

»Da ist was dran«, sagte Pontus zwinkernd. »Sie hat es mir auf dem Weg hierher erklärt. Du musst an deine Stellung denken. Als *Antrustio* hast du von der Stiefel- bis zur Nasenspitze ein Edelmann zu sein.«

Grinsend schüttelte Wittiges den Kopf. »Das nächste Mal lasse ich euch nicht allein losziehen. Wie viel Geld habt ihr noch übrig?«

Für Alexander und Pontus hatte Aletha schönes Sommerleinen zu einem erstaunlich günstigen Preis erworben, anscheinend besaß sie echtes Handelstalent. Eine Weile noch schilderten Pontus und sie im Wechsel die Wunder von Paris, bis Wittiges es an der Zeit fand, ein wichtigeres Thema anzuschneiden.

»Pontus, was weißt du über die versetzten Grenzsteine?«

»Grenzsteine?«, fragte Pontus unbehaglich.

»Grenzsteine«, wiederholte Wittiges nachdrücklich. »Du bist von hier weggeritten, ohne mich zu warnen. Hältst du versetzte Grenzsteine für unwichtig?«

»Was meinst du damit?«, fragte Aletha beklommen.

»Ich meine, dass Pontus und Alexander von einer Sache wussten, die für uns gefährlich werden kann und die sie vor mir verheimlicht haben. Sie stellt alles infrage, was wir hier begonnen haben.«

»Wann hast du es herausgefunden?«, fragte Pontus.

»Gerade erst. Ich war im Dorf und hab mit Karl und den anderen gesprochen. Ich weiß jetzt Bescheid.« Wittiges seufzte tief und mutlos auf.

»Aber ich nicht!«, rief Aletha. »Ihr könnt hier nicht sitzen und über etwas Wichtiges reden, was ich nicht verstehe.«

Wittiges erklärte ihr, was er entdeckt hatte und was das Gespräch mit den Dörflern ergeben hatte.

»Wir müssen die Grenzsteine bewachen lassen«, riet Pontus nachdenklich. »Dann kann sich keiner mehr daran vergreifen.«

»Erst einmal werden wir sie morgen an die richtigen Plätze setzen«, informierte ihn Wittiges, »und eine Bewachung wäre zumindest für die nächste Zeit ratsam. Das sollen Jungen aus dem Dorf übernehmen. Und …«, er stockte und dachte nach, »morgen noch werde ich diesen Nachbarn aufsuchen und ihn zur Rede stellen.«

Pontus stand auf. »Da bin ich dabei. Übrigens hab ich mir erlaubt, von deinem Geld ein Schwert zu kaufen. Kein besonders gutes, aber eine anständige Waffe. Karl soll sie mir schärfen. Und ich werde mir Pfeile und einen Bogen fertigen.«

Auch wenn sie es nicht zugeben wollten – es lag Gefahr in der Luft.

12

Nach der Rückkehr in den Palast, noch in der gleichen Nacht, zog sich Sigibert mit seinen engsten Beratern zu einem längeren Gespräch zurück, um die Folgen von Nicetus' plötzlichem Tod zu bereden. Als er im Morgengrauen sein Schlafgemach aufsuchte, war Brunichild noch wach. Sie hatte nicht schlafen können.

»Was geschieht jetzt?«, fragte sie, während sich Sigibert über die müden Augen fuhr und einen verlangenden Blick auf das Bett warf.

»Später. Lass mich erst ein Auge voll Schlaf finden«, murmelte er und begann sich auszuziehen.

»Nein.« Brunichild packte ihn vorn an der Tunika. »Erzähl es mir jetzt!«

Schwer ließ sich Sigibert auf die Bettkante sinken. »Boten benachrichtigen die anderen Bischöfe. Jedenfalls jene, die für Magnerius als Nachfolger stimmen werden.«

»Gibt es denn noch einen Kandidaten?«

Sigibert lachte rau. »Den gibt es immer. Aber ich will Magnerius. Ich hab schon mit ihm gesprochen und das Wesentliche festgelegt. Als Bischof wird er der neuen Steuerregelung zustimmen. Dreißig Prozent der Einnahmen seiner Diözese gehen fortan an mich.«

Brunichild hustete. »Und ich dachte, es sei umgekehrt. Ich dachte, du gibst ihm etwas – oder seiner Diözese.«

»Das ist etwas anderes. Er wird sich über mangelnde Großzügigkeit seines Königs nie beklagen können. Für die Steuern werde ich den Ausbau der Straßen übernehmen, er braucht sich damit nicht zu plagen.«

»Und die Familie von Nicetus? Habt ihr auch über sie gesprochen?«

»Es war ein Unglück, dass er verheiratet war und diese vielen Kinder hat. Noch als Bischof! Gut, dass Magnerius kein Weib hat. Und er wird sich auch keins nehmen. Das ist eine weitere Absprache, die wir getroffen haben. Er bleibt keusch.«

Sigibert grinste, zog sich das Übergewand über den Kopf und streifte die Schuhe ab. »In einer Woche muss der Mann geweiht sein – bevor einer der anderen Bischöfe auf die Idee kommt, eine Synode für die Wahl einzuberufen. Es eilt, verstehst du?«

Brunichild rollte sich im Bett zusammen, und auf einmal überkam sie bleierne Müdigkeit. »Und wenn die anderen Bischöfe die Wahl nicht anerkennen?«

Entschieden schüttelte Sigibert den Kopf. »Niemand kann die Weihe ungeschehen machen, wenn sie erst einmal erfolgt ist.«

Er streckte sich mit einem tiefen Seufzer neben ihr aus und tastete nach ihr. »Bist du sehr müde?«

»Ich schlafe schon«, murmelte sie und versuchte, von ihm abzurücken, aber schon wälzte er sich über sie. »Aber«, sie stemmte sich gegen ihn, »was ist mit seiner Familie? Das hast du mir noch nicht verraten.«

»Sie bekommt, was sie verdient.« Sigibert zog ihre Hände weg. Sie gab jeden Widerstand auf und ließ ihn gewähren, um so bald wie möglich ihre Ruhe zu haben.

In den nächsten Tagen fanden wie schon zuvor Empfänge von Würdenträgern der Umgebung statt, Adlige stellten sich dem Königspaar vor und leisteten ihre Eide. Brunichild trat ihnen huldvoll lächelnd entgegen, und Sigiberts Blicken entnahm sie, dass sie seinen Erwartungen voll und ganz entsprach. Sie selbst fühlte sich wie eine Puppe. Immer noch musste sie an Bischof Nicetus und sein unrühmliches Ende denken. Natürlich war von ihm hier und da die Rede, aber sein Tod schien niemanden zu bekümmern.

Neue Gäste strömten in den Palast, und Brunichild lernte Bischöfe und Metropoliten kennen, die sie bisher kaum dem

Namen nach kannte. Die Inthronisation des Nachfolgers wurde vorbereitet, heimlich, damit nicht die falschen Leute vorzeitig davon Kenntnis erlangten. Was Brunichild wissen wollte, erfuhr sie von Venantius, der mit seinem Lobgedicht auf den verblichenen Nicetus in kürzester Zeit fertig geworden war. Er erzählte ihr, dass üblicherweise auch das Volk und alle Priester der Diözese an der Wahl eines neuen Erzhirten beteiligt wurden, aber das sollte in diesem Fall mit aller Macht vermieden werden. Magnerius selbst benahm sich bereits ganz so, als sei er längst geweiht. Mit Billigung Sigiberts legte er seine Hand auf das prächtige Gut in den Weinbergen oberhalb Triers, und niemand stellte sich ihm in den Weg. Venantius wusste, dass die Familie des Bischofs dort schon nicht mehr wohnte. Sigibert wollte sich über die Hinterbliebenen überhaupt nicht mehr äußern und verlangte von Brunichild, nicht mehr nach ihnen zu fragen.

»Du hast sie wie Diebe davonjagen lassen«, stieß sie dennoch hervor.

»Wenn ich mit Dieben so wie mit ihnen verführe, wäre ich außerordentlich mild«, entgegnete er ungeduldig.

»Mild?«, echote Brunichild ironisch. »Ich würde das nicht mild nennen. Warum verhältst du dich so niederträchtig den Hinterbliebenen eines verdienten Mannes gegenüber? Du hast ihnen ihr Heim und ihren Besitz genommen.«

Sigibert starrte zum Fenster hinaus. Sie waren nicht allein, nicht weit von ihnen standen zwei Presbyter der Diözese, und auch der Bischof von Reims war anwesend und unterhielt sich mit Gogo und einem anderen Herzog. Es waren ständig so viele Menschen um sie herum, und jeder beanspruchte die Aufmerksamkeit des Königs. Es gelang Brunichild nur selten, mit ihm ein Gespräch zu führen, das ihr das Gefühl gab, an den Vorgängen um sie herum beteiligt zu sein.

»Du siehst wieder nicht weit genug«, sagte Sigibert leise. »Nicetus war fraglos ein verdienter Mann, der seine Aufgaben in vorbildlicher Weise erfüllte, und dafür war ich ihm immer dankbar. Der einzige Schatten auf seinem makellosen Schild der Ehre ist diese Familie. Und ich brauche das makellose Schild, das ich allen vorhalten kann, verstehst du? Ich brauche es für all jene, die nach ihm kommen, und für das Volk, das zu seinen Bischöfen aufschauen soll. Ohne die Bischöfe kann ich mein

Land nicht zusammenhalten. Die alten Stammesfehden würden sofort wieder ausbrechen, bei denen jeder Stamm um seinen Vorteil kämpft. Die Bischöfe sind die größte und die gefährlichste Macht. Nur wenn ich Stärke und Unbeugsamkeit zeige, kann ich sie einigermaßen in Schach halten.«

Brunichild verzog das Gesicht. »Alles hehre Worte«, sagte sie spöttisch. »Meinst du, es ist gerecht, den Einzelnen für das Ganze in den Staub zu treten?«

Sigibert kämpfte mit seiner Ungeduld, das war ihm anzusehen. »Du hast einen Narren an der Frau und den Kindern gefressen, mit denen du nur diesen einen Abend verbracht hast.« Und damit ließ er sie stehen.

Sie dachte gar nicht daran, die Sache auf sich beruhen zu lassen, und wollte wissen, was aus der Familie geworden war. Hätte Guntram oder Chilperich genauso gehandelt? Wäre Chilperich eine solche Grausamkeit zuzutrauen? Seit einigen Tagen trug sie ständig sein Gedicht bei sich. Die außerordentliche Innigkeit und Feinfühligkeit der poetischen Verse wärmten sie. Sie waren voller *Dulcedo.*

»*Mit hochgestimmter Liebe und zitternden Fingern gedenke ich deiner süßen Liebenswürdigkeit …*« Brunichild konnte die Verse auswendig. »*Du bist im Innersten meiner Brust verschlossen, sodass es niemals heißen mag, du seiest fern von mir …*« Sie zog das Blatt hervor und entfaltete es.

»Du hast einen Brief erhalten?«, fragte Venantius und trat neugierig näher. Sie hatte sein letztes Gedicht auf Nicetus gelesen. Auch Venantius verstand etwas von *Dulcedo*, sein Gedicht war voll davon.

Sie hielt ihm das Blatt hin. »Wie findest du das?«

Stirnrunzelnd versenkte sich Venantius in den Text. »Die Verse kenne ich«, murmelte er, nachdem er die ersten Zeilen überflogen hatte, »ich erinnere mich nur nicht, woher. Sie müssen von einem der Dichter aus dem Süden stammen, die vertun sich öfters mit dem Versmaß. Schau, dieser Vers ist besonders unsauber. Ein mittelmäßiger Poet.« Etwas wie Missgunst klang in seiner Stimme auf. Er schien es ihr zu verübeln, dass sie sich mit dem Werk eines anderen *lebenden* Dichters befasste. Über die toten sprach er gern und oft. »Willst du ihn hierher einladen?«

»Ich danke dir.« Brunichild zog dem Poeten das Blatt aus den

Fingern, bevor er mit dem Lesen fertig war. Sie hatte genug gehört. Wie hatte sie nur glauben können, dass Chilperich sich die Mühe gemacht hatte, selbst etwas für sie zu dichten? Er hatte offensichtlich abgeschrieben.

»Aber …«, wandte Venantius verdutzt ein.

»Ich wollte nur dein Urteil hören. Lass uns nicht mehr darüber reden. Hast du in Erfahrung gebracht, was aus Nicetus' Familie geworden ist? Ich hatte dich gestern danach gefragt.«

Venantius ließ den Blick schweifen. »Es war nicht ganz einfach. Aber ich habe über einen Kanzleischreiber etwas herausgefunden«, erklärte er im Verschwörerton. »Die Familie ist in der Gegend von Marseille auf ein Landgut geschickt worden, das dem Bischof gehörte. Sie dürfen dort bleiben, solange sie sich ruhig verhalten.« Brunichilds Miene veranlasste Venantius, etwas hinzuzufügen. »Sei nicht bitter. Es ist für sie gesorgt, sie leiden keine Not, denn sie durften alles Gold mitnehmen, das der Bischof in seiner Schatztruhe gehortet hatte.«

»Das beruhigt mich«, sagte Brunichild trocken und atmete auf. Sie war überzeugt, dass Nicetus einiges an Gold in seiner Schatztruhe gehortet hatte.

Das Zurückversetzen der Grenzsteine gestaltete Pontus zu einem feierlichen Akt, indem er über jeden Stein ein langes Gebet sprach und ihn anschließend mit weit ausholenden Gesten segnete. Alle Anwesenden waren tief beeindruckt. Durch Pontus' Zeremonie wurde die alte Ordnung unter Gottes allsehendem Auge wiederhergestellt. Barchild machte wenigstens die Hälfte des Segens zunichte, als sie danach Zaubersprüche murmelte und auf die Steine spuckte. Irgendwann sagte sich Wittiges, dass er das Treiben der Alten nicht hätte dulden sollen, aber da war es zu spät. Als er nach dem dritten Grenzstein Pontus auf die alte Urschel aufmerksam machte, zuckte Pontus nur gleichmütig die Schultern. »Achte nicht auf sie. Was geweiht und gesegnet ist, bleibt geweiht und gesegnet. Daran ändert auch die Hexe nichts mehr.« Er feixte. »Sie ist nur ein dummes, altes Huhn.«

»Dem man längst den schrumpeligen Hals hätte umdrehen sollen«, knurrte Wittiges verärgert.

Erst am Nachmittag waren sie fertig. Wittiges schickte alle bis auf Pontus nach Hause. Mit ihm wollte er noch den Bauern aufsuchen, der sich an den Grenzsteinen vergriffen hatte.

»Ist es nicht besser, wenn ich dich mit einigen Männern begleite?«, fragte Karl besorgt.

»Nein«, antwortete Wittiges gleichmütig, »ich will nicht, dass mein Nachbar meint, ich fürchte mich vor einem einfachen Bauern.«

Karl blieb skeptisch. »Einfach ist der bestimmt nicht«, gab er zu bedenken. »Das ist einer von jenen, bei denen du deine Finger nachzählen musst, wenn du ihm die Hand gereicht hast.«

»Ich werd's mir merken«, erwiderte Wittiges unbeeindruckt.

Der Hof des Bauern lag nicht weit entfernt vom Ufer eines schmalen Rinnsals, das in einen Teich mündete. Das kleine Gewässer war zu schwach, um eine Mühle anzutreiben, wie Wittiges mit Befriedigung feststellte. Er selbst besaß eine Mühle, das war eine der erfreulichen Entdeckungen auf dem langen Ritt um seinen Besitz. Sie war nicht gerade in Bestzustand, denn das Mühlrad war schwer beschädigt, aber der Steinsockel des Mühlhauses machte einen soliden Eindruck, und Teile des Daches waren noch vorhanden. Drei, vier Wochen harter Arbeit, und die Mühle konnte wieder in Betrieb genommen werden. Dann fehlte nur noch ein Müller.

Der Mangel an arbeitsfähigen Menschen war die größte Sorge, mit der er sich herumschlagen musste, gleich nach den Geldschwierigkeiten. Auch mit dem Gewinn aus dem Purpurverkauf hatte er längst nicht die nötigen Mittel, um das Gut einigermaßen instand zu setzen. Es würde noch lange eine Mangelwirtschaft bleiben. Von Mangelwirtschaft konnte bei seinem Nachbarn keine Rede sein. Sein Hof glich einem gut geführten kleinen Dorf. Ein Dutzend Gebäude umgab das Haupthaus, und die umhereilenden Knechte und Mägde ließen auf eine große Gesindeschar schließen. Ein Hof wie dieser war sicher eine Seltenheit. Wittiges war gespannt auf den Herrn dieses Reichtums.

Pontus und Wittiges waren durch ein hohes Tor in dem Flechtzaun geritten, der das Anwesen umgab. Sofort wurden sie von einem halben Dutzend Hunden verbellt. Ein Junge mit einem Eimer blieb auf dem Weg zum Brunnen stehen.

Wittiges schwang sich aus dem Sattel. »Ruf deinen Herrn!«, wies er den Jungen an und tat so, als beachte er die Hunde nicht, die knurrend näher rückten. Der Junge stellte seinen Eimer ab und stob davon.

»Schöner Empfang«, schimpfte Pontus und stieg ebenfalls ab.

Nebeneinander gingen sie, die Tiere hinter sich am Zügel führend, auf das Haupthaus zu. Einer der Hunde schnappte nach Pontus' Bein und erhielt einen Tritt vor die Schnauze. Jaulend wich der Hund zurück. Jemand rief einen scharfen Befehl, und die übrigen Hunde kuschten. Nun konnten Wittiges und Pontus unbehelligt das Haus erreichen. Und dort erwartete sie ein Mann, breitbeinig in der offenen Tür stehend. »Seid mir willkommen, Fremde, was immer euch herführt.«

»Die guten Sitten, Nachbar«, sagte Wittiges förmlich. »Ich bin der *Antrustio* Wittiges, von König Sigibert zum Nachfolger Gozberts bestimmt. Sicher willst du wissen, mit wem du dir nun eine Grenze teilst«, fuhr er leichthin fort.

Hatte etwas in dem teigigen Gesicht des Mannes gezuckt, als er das Wort *Grenze* hörte? Wittiges war sich nicht sicher.

»Und wer ist dein Begleiter?« In der Stimme schwang eindeutig Wachsamkeit mit.

»Pontus«, sagte Pontus, »Gefolgsmann.« Er trug gut sichtbar seinen neuen Bogen und einen Köcher mit Pfeilen auf dem Rücken, aber das beeindruckte den Bauern offenkundig nicht.

Der Mann schaute von einem zum anderen, dann schweifte sein Blick zum Tor. »Und die anderen? Ihr seid doch nicht nur zu zweit hergekommen.«

»Brauche ich für den Besuch bei dir eine Streitmacht zu meinem Schutz?«, fragte Wittiges und legte die Hand auf den Knauf seines Schwerts, lächelte aber friedfertig. Geräusche verrieten ihm, dass sich hinter ihm etwas tat. Vielleicht hätte er Karls Warnung doch ernst nehmen sollen.

»Ich bin Theodo, aber das weißt du sicher schon. Nein, du brauchst keine Armee.« Der Bauer machte eine Handbewegung, und wer immer sich mit finsteren Absichten von hinten den Besuchern näherte, entfernte sich. »Tretet ein. Habt ihr Durst? Es gibt frisches Bier«, sagte Theodo mit einem Anflug von Stolz.

Das hörte sich vielversprechend an. Wittiges entspannte sich ein wenig. Wenn Theodo ihnen etwas zu trinken anbot, war das ein guter Beginn für eine friedliche Nachbarschaft. Eine junge Magd brachte das Bier, Theodo selbst schenkte ein. Das Bier war würzig und herrlich erfrischend. Jetzt erst merkte Wittiges, wie ausgedörrt seine Kehle war. Pontus trank seinen Becher in einem Zug leer, rülpste laut und ließ sich nachschenken.

»Euch schmeckt es«, stellte Theodo anerkennend fest. »Und ich dachte, du bist einer aus dem Süden, der gutes Bier nicht zu schätzen weiß«, fuhr er an Wittiges gewandt fort. Also hatte Theodo schon Erkundigungen über seinen neuen Nachbarn eingeholt. Und er hatte abgewartet, statt sich selbst zu rühren. Der Mann war nicht dumm.

Die hübsche Magd, die schon das Bier gebracht hatte, trug nun einen Korb mit frischem Brot herein, das Theodo ihnen umgehend reichte. Jetzt waren sie Tischgenossen, und das bedeutete, Theodo bot einen Friedenspakt an, auf den Wittiges so rasch nicht gehofft hatte. Fraglich war nur, ob es dabei bleiben würde, wenn er die Grenzsteine zur Sprache brachte.

»Dumm nur«, seufzte Theodo auf, »dass ich wohl nicht oft Gelegenheit haben werde, dich als Gast zu begrüßen. Als *Antrustio* hast du selten Zeit für dein Gut. Ich kann mich kaum daran erinnern, Gozbert jemals in seiner Villa angetroffen zu haben.«

»Ich habe nicht vor, mein Gut zu vernachlässigen«, erklärte Wittiges ruhig. »Du kannst dich darauf verlassen, dass ich zur Stelle sein werde, wenn es darauf ankommt.«

Theodo gab sich mild erstaunt. »Dann wärst du der Erste. Ich nehme an, dass du noch nicht lange *Antrustio* bist und dich mit deinen Pflichten nicht so recht auskennst. Es heißt, Sigibert will seine Leute stets um sich haben. Und gerade jetzt, da er endlich eine Königin hat, wird er auf seine Hofhaltung mehr Wert legen als zuvor.«

Theodo hatte Wittiges drei Felder, zwei Wiesen und ein Stück Wald mit gutem Holz gestohlen. Die Äcker waren sorgfältig kreuz und quer gepflügt, und die Saat war gut aufgegangen. Wenn nichts dazwischenkam, weder Hagel noch Dürre, musste es eine ansehnliche Ernte geben. Wintergetreide, von dem Wittiges nicht einmal träumen konnte, da es im zeitigen Herbst ausgesät wurde. Er würde froh sein, wenn er noch etwas Hafer und Sommergerste in die Erde bekäme.

»Reims ist nicht weit«, gab Wittiges zu bedenken.

»Es geht nicht um Reims«, erklärte Theodo, »in Reims bist du nur im Winter. Aber in der guten Jahreszeit, wenn die Hauptarbeit anfällt, wirst du mit dem König von Pfalz zu Pfalz ziehen.« Theodo beäugte ihn mit schief geneigtem Kopf. »Ich könnte dir Land abkaufen. Etwas Wald, ein paar Felder.«

»Du meinst jene, die du dir bereits angeeignet hast? Wir haben heute Morgen die Grenzsteine wieder dorthin gesetzt, wohin sie gehören. Das solltest du bedenken, wenn du noch einmal mein Land betrittst. Nein, ich verkaufe nicht. Aber danke für das Angebot.«

Theodo blinzelte, als wäre ihm Rauch in die Augen geraten, ansonsten war ihm keinerlei Erregung anzumerken. Ein kalter Hund. »So, die Grenzsteine.« Er ballte eine Faust auf dem Tisch und öffnete sie wieder. »Was weißt du schon von dem Land hier?«

»Nicht mehr als das, was ich in einigen Tagen in Erfahrung bringen konnte. Aber falls du auf mein Wissen über Landbestellung, Viehhaltung und so weiter anspielst: Ich bin auf einem Gut aufgewachsen und kenne mich aus. Was hat dich veranlasst, Grenzsteine zu versetzen?«, fragte er brüsk. Wenn er weiter drum herumredete, würde ihn Theodo nie ernst nehmen.

Theodo fuhr von seinem Sitz auf und ließ sich langsam wieder darauf niedersinken. »Erhebst du Anklage gegen mich?«

Wittiges ließ sich von seinem drohenden Ton nicht beeindrucken. »Dort, wo ich aufgewachsen bin, gilt die Versetzung von Grenzsteinen als Kapitalverbrechen. Wir nehmen es damit sehr genau. Bei uns hängt man solche Leute.«

»Das sagst du mir so ins Gesicht?«, schrie Theodo.

»Du hast es doch gehört«, erwiderte Wittiges kalt.

Theodo atmete heftig, sein Blick schweifte zur Tür und zurück. Vielleicht überlegte er, wie rasch seine Leute hereinstürmen konnten, wenn er nach ihnen rief.

»Entweder du bist einfältig oder tollkühn. Hängen! Wenn ich will, verlässt du nicht lebend meinen Hof.«

Wittiges zuckte gleichmütig die Schultern.

Theodo stieß einen Seufzer aus. »Was willst du wirklich?«

Mit einem flüchtigen Lächeln griff Wittiges nach dem Bierkrug, trank aber noch nicht. »Keine Anklage, falls wir uns einigen können.«

»Worauf?«, fragte Theodo lauernd.

Wittiges hob den Krug und trank scheinbar völlig entspannt. »Wirklich gutes Bier. Verrate mir bei Gelegenheit, wie du es braust. Was die Einigung betrifft: Ich erwarte, dass du die alten Grenzen anerkennst. Vor Zeugen. Du leistest einen Eid, dass du die Steine nie wieder antastest.«

»Vorausgesetzt, ich bin damit einverstanden, und vorausgesetzt, die Steine stehen wirklich am richtigen Ort – was ist mit dem Korn, das bereits auf den Feldern wächst?«

Wittiges gestattete sich nicht, sich seine Erleichterung anmerken zu lassen. Er hatte gewonnen, blieb aber sachlich kühl. »Ich gebe mich mit dem Korn als Entschädigung für deinen Eingriff in meine Rechte zufrieden. Das scheint mir angemessen. Wann willst du den Eid leisten?«

»Das gesamte Korn?«

»Aber sicher«, mischte sich Pontus ein. »Was willst du mit so viel Korn?«

»Was ich mit dem Korn will?« Auf Theodos Stirn wuchs unvermittelt eine Zornesader. Wahrscheinlich fühlte er sich von Pontus' auf den Arm genommen.

»Dir fehlt eine Mühle. Wir haben eine«, ergänzte Pontus unbeirrt.

Ein Ruck ging durch Theodo. »Ihr setzt die Mühle wieder instand? Die unten an deinem Bach?«

»In spätestens vier Wochen ist sie fertig«, erklärte Wittiges großspurig. Noch wusste er nicht, woher er einen neuen Mühlstein nehmen sollte. »Aber du hast meine Frage nicht beantwortet: Warum hast du Felder bestellt, die dir nicht gehören?«

Theodo stöhnte auf und fuhr sich verlegen mit der Zunge über die Lippen. »Du sollst nicht denken, dass ich das Gesetz nicht achte«, begann er und linste forschend zu Wittiges herüber. »Aber es sind gute Äcker, und sie lagen schon viel zu lange brach.« Die Erregung übermannte ihn erneut, und er hieb die Faust auf den Tisch. »Es ist mühsam genug, der gottverdammten Wildnis brauchbares Land abzugewinnen. Da sehe ich nicht ein, warum ich nicht nutzen soll, was bereits vorhanden ist. Oder wie siehst du das?«

»Vielleicht ähnlich«, bemerkte Wittiges vorsichtig. »Obwohl ich nicht glaube, dass dazu unbedingt das Versetzen von Grenzsteinen gehört.«

Theodo lachte unsicher und hob die Hände zum Zeichen, dass er sich geschlagen gab.

Einer Einigung stand nichts mehr im Weg. Sie kamen überein, dass Wittiges Zweidrittel des Korns behalten und das restliche Drittel Theodo gemahlen überlassen würde. Dieser würde sein übriges Korn nur zu gern zur Mühle bringen und dort gegen ein angemessenes Entgelt zu Mehl verarbeiten lassen. Wenig später ritt Wittiges mit dem schönen Gefühl zurück, einen großartigen Sieg errungen zu haben. In bester Laune und ein bisschen beduselt vom Bier kehrte er mit Pontus heim. Pontus sang lauthals, er hatte einen kräftigen, klangvollen Bariton.

Im Wohnhof warteten zwei Familien auf Wittiges. Die beiden Männer kannte er, von den Frauen nur die eine, die im Haus geholfen hatte. Alle, auch die Kinder, knieten nieder, sobald er auftauchte, und die Frauen begannen zu schluchzen.

»Was soll das? Was wollt ihr hier?« Erst jetzt bemerkte er, dass auch Karl und ein weiterer Mann aus dem Dorf anwesend waren, sich aber ganz im Hintergrund hielten.

»Sie bitten darum, bleiben zu dürfen«, erklärte Aletha mit scheinbar unbeteiligter Stimme. Sie saß auf dem Brunnenrand, einen Strang ungebleichter Wolle und eine Kunkel in der Hand, auf die sie virtuos einen Faden spann. »Es sind die Familien, die du fortschicken willst.«

»Das sehe ich. Ich wüsste nicht, was sie hier noch zu schaffen haben.«

Die Männer rückten auf den Knien an ihn heran. »Bitte, Herr, lass uns bleiben. Schick unsere Kinder nicht in ein Elend, in dem sie umkommen müssen.«

Die kleineren Kinder verstanden sicher nicht, warum sie hier waren und warum sie knien mussten, aber sie teilten die Furcht und Verzweiflung ihrer Eltern. Wittiges zwang sich, sich vom Anblick ihrer verschreckten Gesichter nicht rühren zu lassen.

»Ja, schick sie weg«, sagte Alexander und trat aus seinem Schlafraum. »Was sollen wir schon mit ihnen anfangen? Du findest genug andere, die hier siedeln wollen. Du musst nur nach Reims reiten und …«

»Das reicht!«, unterbrach ihn Wittiges knapp. Alexander wollte nicht, dass er die Familien fortschickte. Kräftige Männer und Frauen, die das Land dringend brauchte. Und die Kinder waren das Versprechen für die Zukunft. Nur ein Narr verzichtet darauf, wollte Alexander sagen. Aber Wittiges wusste, dass er nicht nachgeben durfte. »Ich habe gesagt, sie gehen, also gehen sie. Ich will keinen mehr sehen. Den nächsten, der mir auf meinem Grund begegnet, mache ich nieder«, sagte er kalt, hockte sich auf einen der Säulenstümpfe, zog das Schwert und legte sich die blanke Waffe auf die Knie. »Ist das klar?«

»Herr«, flehte der Mann, der wohl für beide Familien sprach, »wir bekennen uns schuldig. Wir leugnen nicht, was wir getan haben. Und wir werden alles auf uns nehmen, was du als Strafe bestimmst. Nur, lass uns hier.« Er zog eines der kleineren Kinder, einen niedlichen Blondschopf, an sich. Der Junge weinte heftig.

Wittiges wandte sich ab, dabei fiel sein Blick auf Pontus. Er lehnte an der Wand neben dem Eingang und pfiff versonnen vor sich hin. Eine Respektlosigkeit, ganz und gar der ernsten Situation unangemessen. Aber dann bemerkte Wittiges, wie Pontus unhörbar mit den Lippen ein Wort formte.

Theodo.

Theodo? Was hatte Theodo mit der Angelegenheit zu tun? Und überhaupt, was mischte sich Pontus mit dem Hinweis auf ihn ein? Wittiges sprang auf, das Schwert in der Hand. »Wie wütend wollt ihr mich noch machen? Hinaus, geht alle hinaus, bevor ich mich vergesse.« Er setzte dem Knienden das Schwert an die Kehle. Vor Angst traten dem Mann die Augen aus den Höhlen.

»Ja«, keuchte er ergeben, »wenn du eine Sühne mit Blut verlangst, dann will ich auch die leisten. Stich zu.«

Wie verzweifelt waren diese Menschen? Langsam wurde Wittiges ihr Verhalten unheimlich. Aber er durfte nicht nachgeben. Es wäre ein nicht wiedergutzumachender Fehler gewesen. Ihm dröhnte der Kopf vor Anspannung. Er trat einen Schritt zurück. »Ich habe nicht vor, mich mit deinem Blut zu beflecken. Nicht so. Barchild, hol die Knechte.« Pontus traute er nicht. Sein Gefolgsmann würde ihm nicht helfen, die Leute hinauszuwerfen. Auch von Alexander, Karl und dem anderen Mann aus dem Dorf erwartete er keine Unterstützung.

Die Alte wieselte an ihm vorbei, konnte es aber nicht unterlassen, ihn vorwurfsvoll anzustarren und etwas zu murmeln, das sich wie ein Fluch anhörte.

»Ich gebe dir meine Tochter als Sklavin«, sagte auf einmal der andere der schuldigen Männer. Er winkte einem Mädchen, das sich ohne Zögern erhob, zu Wittiges eilte und sich vor ihm niederwarf.

Wittiges beugte sich zu der jungen Frau hinab und fragte, ehe er nachgedacht hatte: »Das willst du tun? Sklavin sein?«

Das Mädchen hob den Kopf. Es hatte große graue Augen, die ihn entwaffnend offen ansahen. »Ich würde gern im großen Haus dienen«, flüsterte es. Auf einmal verstand Wittiges. Alle diese Menschen träumten einen gemeinsamen Traum: den Traum von einer fest gefügten kleinen Gemeinde, mit einem Herrn, der für sie sorgte und über sie wachte. Und da war das prächtige, große Haus, das ihnen allen Bedeutung verlieh. Er las es in den Augen des Mädchens.

Es war immer noch ein Fehler, nachzugeben. Dennoch zuckte er hilflos die Achseln, auf unerklärliche Weise besiegt. »Geh«, sagte er schwach, »geh zu deiner neuen Herrin. Das heißt«, er wandte sich an Aletha, »willst du das Mädchen haben?«

Nur kurz blitzte die Erleichterung in Alethas Gesicht auf. »Gern«, sagte sie ruhig.

Jetzt weinte auch einer der Männer. Alle regten sich, die Erstarrung wich. Wittiges war auf einen Schlag müde, gereizt und hungrig und wollte nur noch seine Ruhe haben. Mit Mühe stellte er einige Bedingungen, die er an die Erlaubnis zum Bleiben knüpfte. Ohne Murren stimmten alle zu, dann leerte sich der Hof. Karl allerdings blieb noch.

»Vielleicht denkst du, dass du einen Fehler gemacht hast. Aber da irrst du dich gewaltig. Jetzt wissen wir, dass du klug bist und kein blindwütiger Holzkopf wie Gozbert.« Karl grinste schwach und schlüpfte hinaus, ehe Wittiges etwas entgegnen konnte.

Pontus klopfte Wittiges anerkennend auf die Schulter. »Dem kann ich mich nur anschließen. Hätte mir leid getan, wenn du dich in dieser Angelegenheit als Esel aufgeführt hättest. Und eine junge Sklavin ist viel wert.«

Wittiges wollte auch davon nichts wissen. Im Augenblick wünschte er jeden, der ihm zu seiner Entscheidung gratulierte, zum Teufel. Schließlich hatten ihn alle ja nur dazu gebracht, gegen seine Überzeugung zu handeln. Das Mädchen war geblieben, und Aletha hatte sie sofort in ein Gespräch verwickelt.

»Sie kann weben!« Aletha strahlte, als sie nun zu ihm trat. »Ach, das weißt du ja noch gar nicht: In einem der Grubenhäuser hinter dem Stallhof haben Alexander und ich einen fast intakten Webstuhl gefunden. Und im Keller darunter Wolle. Schau sie dir an! Sie ist ein bisschen grob, aber man kann damit etwas anfangen. Du wirst bald Kleider aus deiner eigenen Wolle tragen.«

Pontus schlug ihm noch einmal auf die Schulter. »Dummkopf. Jetzt freu dich doch endlich.«

Wittiges stöhnte nur gepeinigt auf und ließ sich an diesem Abend ordentlich mit Wein volllaufen. Alexander und Aletha gingen bald schlafen, nur noch Pontus leistete ihm Gesellschaft. »Sag mir doch mal eins«, fragte er irgendwann, als die Trunkenheit schon einen gewissen Grad erreicht hatte, »ist es dir ernst damit, dass du dich persönlich um dieses Gut kümmern willst? Nicht nur in den paar Wochen, die wir jetzt hier sind, bis Sigibert dich wieder bei Hof haben will?«

Wittiges dachte mit der Ernsthaftigkeit des Betrunkenen über die Frage nach. »Nett, dass du mich fragst, ich frage mich das nämlich auch die ganze Zeit. Ohne es zu wollen, rutsche ich täglich ein bisschen mehr in eine Bindung hinein und kann gar nichts dagegen machen. Weißt du, es war immer mein Ziel, ein bedeutender Krieger und Heerführer zu werden. Das war mein Traum. *Antrustio*, wie das schon klingt! Ja, das hat was Hehres, was Großartiges. Das sollte doch für einen Mann mit Ehrgeiz genügen. Von der Beute, die in den Kriegen anfällt, hätte ich gut leben können. Was brauche ich da noch ein Gut, das sowieso noch lange nichts abwirft? Aber zum Teufel noch mal: Ich werde fortführen, was ich begonnen hab. Das Gut ist größer als das meines Vaters, und er hat immer behauptet, ich fange vieles an, aber halte nie durch. Da irrt er sich gewaltig. Schade, dass ich ihm das nicht mehr sagen kann.« Unversehens kippte er hintenüber und begann zu schnarchen.

13

Einige Tage später ritt Wittiges mit einem der Knechte nach Reims und kam mit einem Karren zurück, beladen mit allerhand nützlichen Waren, vor allem aber Saatgut. Er wollte neben Hafer und Gerste auch Erbsen, Zwiebeln, Lauch, Kohl und andere Gemüse auf den Feldern anbauen, die sich bis zum Sommer noch bestellen ließen. Die Woche, in der ihm die drei Knechte zur Verfügung standen, verging rasch, und die drei nahmen Abschied – ungern, wie sie bekundeten. Das Leben auf dem Gut und auch die Arbeit hatten ihnen gefallen. Und Wittiges fehlten die kräftigen Männer. Aber auch ohne sie ging es weiter, und es war erstaunlich, wie allmählich hier und dort ein Fortschritt erkennbar wurde. Das versetzte alle in Hochstimmung. Wittiges schlief zweimal mit seiner neuen Sklavin, das ergab sich so und war befriedigend für beide, aber kein Anlass, ein Gewese daraus zu machen. Aletha jedenfalls bekam nichts davon mit.

Kurz nach der Abreise der Knechte wollte Wittiges mit Pontus wieder nach Reims auf den Markt reiten, um ein zweites Paar Zugochsen zu erwerben, aber als sie gerade aufbrechen wollten, stürzte der jüngere Sohn Karls schreiend in den Stallhof.

»Arne!«, brüllte der Junge, blieb vor Wittiges stehen und schluchzte laut auf. »Arne ist ...« Völlig außer sich brach er ab.

Schlagartig befiel Wittiges die Ahnung eines furchtbaren Unglücks. Arne war einer der Jungen, der die Grenzsteine bewachte. Eigentlich hatte Wittiges ihn von dieser Aufgabe schon vor Tagen entbinden wollen. Für einen anstelligen Jungen wie ihn gab es wichtigere Arbeit. Aber er hatte sich freiwillig dafür gemeldet und vertrieb sich die Zeit damit, eine kleine Ziegenherde auf der Wiese am Grenzstein zu hüten.

»Was ist mit Arne?« Wittiges packte den Jungen.

Der Junge fuhr sich an die Kehle, außerstande, noch ein Wort hervorzubringen.

»Ist er am Grenzstein?«, fragte Pontus.

Der Junge nickte.

»Weiß es dein Vater?«, fragte Wittiges.

Wieder nickte der Junge.

»Pontus«, befahl Wittiges knapp, »folg mir mit so vielen Männern, wie du zusammenbekommst. Beeil dich. Und bring Stricke mit. Für alle Fälle.«

Wortlos bestiegen sie die Pferde und preschten in verschiedene Richtungen davon.

Karl, Barchild und einige andere Leute aus dem Dorf hatten sich am Rand der Wiese versammelt. Und es war die Alte, die auf der Erde saß und Arne im Schoss hielt. Eine düstere Gestalt, die den toten Körper wiegte und ihre heidnischen Sprüche murmelte.

Der Grenzstein war ausgegraben und etwa an der alten falschen Stelle nachlässig und schief in die Erde gerammt worden, als hätte jemand mutwillig damit gespielt.

Wittiges' Herz zog sich schmerzhaft zusammen. Das hatte er nicht gewollt und doch herausgefordert. Wie ein Mühlstein legte sich die Erkenntnis auf seine Seele, dass er im Hochgefühl der letzten Tage etwas Wichtiges, etwas Dringendes versäumt hatte. Es war unverzeihlich.

Karls Gesicht wirkte vor Trauer leer und starr.

»Weißt du, was passiert ist?«, fragte Wittiges behutsam. Viel Blut war in die Erde gesickert, der ganze Stein war blutbesudelt wie ein Opferstein. Ja, es sah ganz nach einem rituellen Opfer aus. Jemand hatte Arne über dem Stein die Kehle durchgeschnitten.

»Nein.« Karl fuhr sich an den Gürtel, wo sein Scramasax steckte. »Aber ich weiß, wo ich den Schuldigen suchen muss.«

Das glaubte auch Wittiges zu wissen. »Karl, du wirst nichts ohne mich unternehmen«, sagte er streng.

Der Schmied zuckte zusammen und trat drohend auf Wittiges zu. »Niemand hindert mich daran, das zu tun, was ich tun muss.«

»Nein, niemand«, bekräftigte Wittiges. Unauffällig hatte er den Schwertgriff gelockert. Er behielt Karl genau im Blick. »Aber glaub nur nicht, dass dich Arnes Tod ganz allein etwas angeht. Das ist auch meine Sache.«

Pontus kam heran, drei Männer rannten neben seinem Maultier her. Hoffentlich hatte Pontus nicht die Stricke vergessen.

»Er ist mein Sohn!«, schrie Karl. »Alle sollen es hören, dass ich die Blutfehde gegen seinen Mörder …«

»Karl«, unterbrach ihn Wittiges scharf, »ich möchte, dass du mit mir kommst. Du und dein Sohn, ihr begleitet uns.« Wittiges gab Pontus und den drei Männern ein Zeichen. Sie umringten Karl und trennten ihn von den übrigen Dörflern. »Ich werde dafür sorgen, dass dir volle Gerechtigkeit widerfährt«, erklärte Wittiges. »Aber du bist außer dir. Komm jetzt mit.«

Wie ein in die Falle geratenes Tier sah Karl um sich. »Ich kann nicht. Ich kann nicht ruhen, bis ich …« Er zog den Scramasax.

Wittiges überlegte, ob er den Schmied überwältigen und entwaffnen lassen sollte. Aber das ginge gegen Karls Ehre. Nur im äußersten Notfall, wenn gar nichts anderes mehr half, wollte er so weit gehen, um noch größeres Unheil zu verhindern.

»Karl! Begreif doch endlich. Ich bin auf deiner Seite. Du stehst nicht allein da. Komm mit uns. Wir werden uns beraten.«

Karl schüttelte entschieden den Kopf. »Was nutzt hier noch

Beratung?« Er deutete auf seinen toten Sohn. »Er muss gerächt werden, damit er Frieden findet.«

Niemand war dichter als fünf Schritte an die alte Barchild herangetreten. Es war, als ob ein unsichtbarer Bannkreis die Frau umschlösse. Etwas Dunkles, Furchtbares ging von ihr aus, als halte sie mit den Mächten der Finsternis Zwiesprache, mit Geistern und toten Seelen. Alle hatten Angst vor ihr, erkannte Wittiges. Das war gut, das würde ihm helfen, die Lage zu beherrschen.

»Er bekommt seine Rache. Glaub es mir. Aber jetzt begleitete mich ins Dorf. Barchild kümmert sich um dein totes Kind. – Hast du mich verstanden, Barchild?«, setzte er lauter hinzu.

Ein dunkles Feuer brannte in den Augen der Hexe. Sie musterte die anderen schweigend und hoheitsvoll und nickte.

»Geh nur, Herr«, krächzte sie mit ihrer Rabenstimme und stand ohne Anstrengung und ohne den toten Jungen loszulassen auf. Es kam Wittiges so vor, als sei das schreckliche Weib gewachsen.

Selbst Karl wirkte eingeschüchtert. Der Tod als unverständliche bedrohliche Macht war so mit dieser Frau gegenwärtig, dass er vor ihr zurückwich. Wittiges ergriff ihn rasch am Ärmel und lenkte ihn auf den Pfad, der zur Villa führte.

Es galt vor allen Dingen, einen kühlen Kopf zu bewahren. Aber wie? Wittiges war ja selbst durcheinander und von Schuldgefühlen geradezu zerfressen. Karl stolperte neben ihm her wie ein Betrunkener, sodass er ihn schließlich bewog, zu reiten, während er Bauto am Zügel führte. Immerhin schien Karl erst einmal bereit, mitzukommen und ihn anzuhören, und Wittiges versuchte auf dem langen Weg zurück seine Gedanken zu ordnen. Als sie die Villa erreicht hatten, brachte er Karl sofort in den kleinen Wohnhof und ließ Wein holen, es war der letzte, den sie noch hatten. Er zwang den Schmied, einen vollen Becher zu leeren.

Karls Blick flammte. »Ich bring sie um, ich bring alle um, die daran beteiligt waren«, stammelte er immer wieder. Und alles, was er wissen wollte, war, ob sich Wittiges mit seinen Leuten an der Rache beteiligte. So eine Rache war heilig. Sie redeten zu dritt auf ihn ein, Pontus sprach nicht von christlicher Vergebung, denn das hätte aus Karl einen für keine Vernunft mehr erreichbaren Wahnsinnigen gemacht. Es war so schon schwer, ihn davon abzuhalten, mit gezogener Waffe loszustürmen und blindwütig dreinzuschlagen.

Und genau davon wollten Wittiges und seine Freunde ihn abhalten. Es gab nur einen Verdacht, aber keinen Beweis, aufgrund dessen sie die Mörder eindeutig benennen konnten. Ganz klar und mit vielen Zeugen zu beweisen war allerdings die erneute Versetzung des Grenzsteins.

»Hör zu, Karl«, sagte Wittiges eindringlich, »du schwörst mir, dass du dich drei Tage lang zurückhältst, und ich verspreche dir, in dieser Zeit die Schuldigen ausfindig zu machen.«

Karl schnaubte nur störrisch.

»Ich habe dich für einen besonnenen Mann gehalten«, sagte Wittiges kalt, »für den vertrauenswürdigsten – bis jetzt. Du hast Verstand, hab ich geglaubt.«

»Dir hat niemand den Sohn abgeschlachtet«, stieß Karl zornig hervor. Seine Augen hatten sich gerötet. »Du hast nicht mal einen.«

»Noch nicht«, sagte Wittiges leise und wurde wieder lauter. »Drei Tage, Karl! Nur drei Tage, und wir wissen vielleicht mehr.«

»Ich weiß genug!«

»Was hast du vor?«, erkundigte sich Alexander.

»Etwas, das ich längst hätte tun sollen«, erklärte Wittiges, »aber es hat wenig Sinn, wenn Karl nicht zu bändigen ist.«

»Was immer es ist, tu's«, drängte Alexander. »Wir sind ja hier. Wir werden über Karl wachen. Nur beeilst du dich am besten.«

»Du hast recht.« Wittiges stand auf, sein Blick glitt zu Pontus. »Werdet ihr mit ihm fertig?«

»Sicher.« Pontus erhob sich gleichfalls. »Ich werde ihn so lange mahnen, dass er Christ ist und kein barbarischer Totschläger, bis er sich daran erinnert.« Jetzt kam wohl doch noch die Vergebung ins Spiel.

Wittiges seufzte. »An deiner Stelle hätte ich nicht viel Hoffnung.« Sie verließen den Hof.

»Was hast du vor?«

»Ich reite wie geplant nach Reims, aber ohne dich.«

Pontus blieb verblüfft stehen. »Du tätigst deine Einkäufe in Reims?«

Wittiges hatte keine Lust, seine Pläne zu erläutern, denn er wusste ja nicht, was ihn in Reims erwartete. An die Einkäufe hatte er überhaupt nicht mehr gedacht. »Glaub, was du willst. Aber haltet Karl drei Tage lang ruhig. Versprich es mir.«

Pontus murmelte nur etwas Unverständliches. Vielleicht beleidigte es ihn, dass Wittiges ihn nicht in sein Vorhaben einweihte. Erst als dieser aus dem Stallhof hinausritt, rief er ihm nach: »Du gehst nicht allein auf Mörderjagd?«

»Ich bin doch nicht blöd«, schrie Wittiges zurück.

Am späten Nachmittag hatte er Reims erreicht, und der Erste, auf den er im Palast stieß, war Gogo. Er war so überrascht, dass er Sigiberts wichtigsten Gefolgsmann nur unhöflich anglotzte. »Was machst du hier?«, stieß er endlich hervor.

»Nette Begrüßung«, knurrte Gogo, »aber falls du es wirklich wissen willst: Ich bin hier zu Hause.«

»Ich dachte nur, du bist in Metz.«

»Wenn überhaupt, dann in Trier.«

»In Trier?«

»Diese Unterhaltung beginnt mich anzuöden«, knurrte Gogo, »also, wenn du nichts Wichtiges mitzuteilen hast, dann ...« Er wollte ihn stehen lassen.

»Nein, dich hat mir der Himmel geschickt«, rief Wittiges. »Bitte, hör mich an. Ich bin in großen Schwierigkeiten.«

»Warum nur hab ich geglaubt, du kämst auf dem Land zurecht, ohne Ärger zu verursachen? Was gibt es?«

Einen Moment war Wittiges versucht, Gogo nicht einzuweihen und nach einem anderen Mann zu suchen, der ihn ohne Vorurteile anhörte und die Macht besaß, ihm zu helfen. Aber der Mächtigste hier war Gogo. Also schluckte er die Beleidigung hinunter und berichtete in knappen Worten, was sich ereignet hatte. Gogo hörte immerhin zu, ohne ihn zu unterbrechen. »War's das?«, fragte er zum Schluss.

Wittiges nickte beklommen. Anscheinend machte der Mord an einem unschuldigen Jungen keinen Eindruck auf Gogo. Außerdem war Arne nur ein Halbfreier.

»Komm mit«, forderte ihn Gogo knapp auf. Er stürmte durch die Säle und Flure und ließ sich auf kein Gespräch mit den Männern ein, die ihm hier und da in den Weg traten. Wittiges geriet fast außer Atem, bis sie endlich einen Raum erreicht hatten, in den ihn Gogo eintreten hieß. Der Raum gehörte zur Kanzlei. Einige Männer waren hier versammelt. Gogo steuerte sofort auf einen von ihnen zu, während er Wittiges mit einer raschen Geste an seine Seite winkte.

»Das ist Wittiges, dem wir das Gut des toten Gozbert gegeben haben. Du erinnerst dich an die Fehde? Anscheinend lebt sie gerade wieder auf. Uns ist ein Fehler unterlaufen. Wir hätten damals schon durchgreifen sollen. Wie du weißt, will Sigibert keine Fehden, die guten Männern entweder das Leben oder den Verstand kosten.« Er wandte sich an Wittiges. »Berichte noch einmal, was du mir erzählt hast.«

Der Mann, der Wittiges zuhörte, war *Dux* Lupus, der Statthalter der Provinz Reims, der wichtigste Mann nach Gogo. Auch er nahm die Sache so ernst und so dringend wie Gogo selbst. Wittiges war erstaunt, *wie* ernst sie die Sache nahmen. Am Ende stand fest, dass gleich am nächsten Morgen sowohl Gogo als auch Lupus mit einer bewaffneten Truppe den Mann aufsuchen würden, der vermutlich sowohl für die Versetzung der Grenzsteine auf der Westseite von Wittiges' Besitz als auch für Arnes Tod verantwortlich war.

Nach dem Abendessen nahm Gogo Wittiges beiseite und befragte ihn eingehend zu den bisherigen Arbeiten auf dem Gut. Irgendwann kamen sie wieder auf die Grenzsteine zu sprechen, und Gogo verhehlte nicht seinen Ärger darüber, dass Wittiges sich deswegen nicht sofort an *Dux* Lupus gewandt hatte, und erklärte auch, worum es tatsächlich ging: Reims als Königssitz brauchte ein Umland, in dem Gefolgsleute ansässig waren, auf die jederzeit Verlass war. Ein Mann, der die Grenzen zum Nachbarn nicht achtete, war nicht vertrauenswürdig. Wittiges fragte sich kurz, ob das auf Theodo auch zutraf. Aber er wollte nicht über diesen Nachbarn reden. Mit Theodo, das wusste er, würde er allein fertig werden.

Spät und mit schwerem Kopf legte er sich in dem Quartier nieder, das man ihm für die Nacht zugewiesen hatte. Noch immer hatte er keine Ahnung, wie Gogo und Lupus den Mörder überführen wollten. Je angestrengter er darüber nachdachte, desto aussichtsloser erschien ihm das Unterfangen. Es gab ja keine Zeugen der Schandtat.

Sie brachen früh auf, und Wittiges hatte den Eindruck, ein Heer sei aufgeboten worden. Mit Gogo und Lupus führte er den schwer bewaffneten Trupp an, und als sie die Grenze zu seinen Ländereien hinter sich hatten, wurde er noch unruhiger, als er zuvor schon war. Denn er bemerkte, wie kritisch Gogo jeden Acker und jede Wiese musterte. Zum Glück kamen sie an einigen frisch gepflügten Feldern vorbei. Auf einem wurde gerade die Saat ausgebracht. Die Sklaven hielten in der Arbeit inne und verneigten sich, bis der Trupp vorübergezogen war.

Sie ritten zum Gut, um Karl abzuholen, denn er sollte bei der Befragung der mutmaßlichen Mörder dabei sein. Das hatte Wittiges sich ausbedungen. Bei seiner Ankunft verursachte der Kriegertrupp auch hier helle Aufregung. Aus allen Richtungen rannten Menschen herbei und wichen schließlich scheu und verschüchtert zurück. Mancher Blick traf Wittiges, und er erkannte an den Mienen, wie sehr er in der Achtung der Leute stieg. Jetzt sahen sie, dass er kein dahergelaufener Wichtigtuer und Habenichts war. Von Gogo hatte jeder schon gehört, und es erfüllte die Leute unverkennbar mit Ehrfurcht, ihm und dem anderen Großen, *Dux* Lupus, leibhaftig zu begegnen. Gogo und Lupus begrüßten Aletha als Herrin des Hauses sehr höflich und förmlich, fast schon zeremoniell. Sie ließ sich von dem überraschenden Besuch zumindest äußerlich nicht aus der Ruhe bringen, gab gelassen Befehle, und nach einer Weile trugen die Sklaven ein Fass mit frischem Bier herbei, das allen hoch willkommen war.

»Woher hast du das?«, erkundigte sich Wittiges leise.

»Von Nachbar Theodo. Nur gut, dass er es sich hat abschwatzen lassen. Ich ließ ihm ausrichten, dass du sein Bier als das beste gelobt hast, das du je genossen hast. War das falsch? Wir brauchen doch Bier, nachdem uns der Wein ausgegangen ist.«

Wittiges strich ihr verstohlen über den Arm. »Wenn ich's nicht anders wüsste, würde ich sagen, du bist eine Hexe mit der Gabe der Vorausschau.«

Alethas Mundwinkel zuckten. »Leider war ich nicht so vorausschauend, auch für Brot zu sorgen.«

»Dann hol das nach. Ich weiß nicht, wie lange die Männer hierbleiben«, raunte Wittiges.

Nach der Erfrischung drängte Gogo zum Weiterreiten. Bis zu dem Nachbarn, den Wittiges noch nicht kannte, brauchten sie über eine Stunde. Das Anwesen lag auf einer Hügelkuppe, die einen guten Rundblick bot. Daher mussten sie davon ausgehen, schon von Weitem erspäht worden zu sein. Und damit stellte sich die Frage, wie wohl der Empfang ausfallen würde. Wittiges war froh über jeden kampferprobten Krieger, der ihn begleitete.

Das Anwesen auf der Kuppe umgab eine breite Dornenhecke. Das zweiflügelige Tor war gerade so groß, dass ein beladener Ochsenkarren hindurchpasste, und es stand einladend offen. Gogo ließ einige Männer am Tor, die anderen folgten ihm zum Hauptgebäude. Es war kein Landhaus aus römischen Zeiten, sondern wesentlich jünger. Die Wände bestanden aus solidem Fachwerk, das mächtige Dach war dick mit Stroh gedeckt. Alles machte einen gediegenen, aber keinen protzigen Eindruck. Knechte rannten herbei, aber Gogo scheuchte sie davon. Niemand sollte die Pferde anrühren, die sie in der Nähe der Tür unter der Obhut von zwei Männern zurückließen. Der Rest der Truppe betrat ungehindert die Halle.

Wittiges kannte bisher nur den Namen des Mannes, den er insgeheim nur seinen Feind nannte: Edwin, der in der Fehde gegen Gozbert gesiegt und seinen Gegner und dessen Sippe ausgelöscht hatte. Edwin war älter, als er erwartet hatte. Groß und schwer, mit langem Bart und eisgrauen Haaren. Aber äußerst gut gekleidet. Und er trug sogar im Haus sein Schwert.

»Lange nicht gesehen, Gogo. Lupus! Was verschafft mir die Ehre eures Besuchs?«, begrüßte er nachlässig seine wichtigsten Besucher und sah über die anderen hinweg. Pontus und Wittiges hielten Karls Arme umklammert. Wittiges spürte, wie sich der Schmied verkrampfte.

»Bleib ruhig«, zischte er ihm zu, »verdirb bloß nichts.«

Karl hatte sich beeindruckt gezeigt, dass zwei Große des Reichs eigens gekommen waren, um ihm Gerechtigkeit zu verschaffen. Das hatte ihn so weit gezähmt, dass er sich zumindest bisher mustergültig verhalten hatte.

»Eine ernste Angelegenheit«, eröffnete Gogo das Gespräch.

Edwin klatschte in die Hände, ließ Wein, Schinken und frisches Brot auftragen, aber als hätten sie sich abgesprochen, rührte keiner diese Gaben an.

»Ihr wollt nichts?«, entrüstete er sich. »Benimmt man sich so als Gast?«

»Das ist kein Freundschaftsbesuch«, erklärte Lupus kalt, »sondern eine gerichtliche Untersuchung. Rachinburger, tritt vor. Wie du siehst, haben wir einen Rechtsgelehrten dabei.« Den zierlichen Mann hatte Wittiges zwar gesehen, aber nicht weiter beachtet. Er ging ein wenig gebeugt und gemahnte an eine Eule. Kurzsichtig blinzelte er in die Runde.

Lupus lächelte grimmig. »Wir haben ihn mitgebracht, damit du uns nicht vorwerfen kannst, nicht nach Recht und Gesetz zu verfahren. Und diese Angelegenheit wollen wir so rasch wie möglich bereinigt sehen.«

Edwin hatte den massigen Körper vom Stuhl gewuchtet. »Das ist ein starkes Stück! Ihr betretet mein Haus und droht mir. Was soll ich verbrochen haben?«

»Da wäre zunächst einmal die Sache mit den Grenzsteinen«, schnurrte der Rachinburger und betete gleich eine ganze Litanei von ähnlichen Fällen und den dabei angewandten Gesetzen sowie die verhängten Strafen herunter.

Die meisten lauschten verblüfft, aber Gogo und Lupus schauten grimmig drein. Sobald der Rachinburger fertig war, ergriff Gogo das Wort und wiederholte barsch alles, was Wittiges über die Versetzung der Grenzsteine ausgesagt hatte.

Edwin gab sich verwundert. »Ich wusste nicht einmal, dass ich einen neuen Nachbarn habe. Wie kommt ihr auf den Gedanken, ich hätte es nötig, widerrechtlich meinen Besitz zu vergrößern?«

Gogo zog sich einen Stuhl heran und setzte sich. »Du hast also niemanden angewiesen, die Grenzsteine zu deinen Gunsten zu versetzen?«

»Noch einmal: Warum sollte ich? Ich besitze genug Land«, brauste Edwin auf.

Bald drehte sich die Unterredung im Kreis. Edwin blieb volltönend dabei, nichts mit der Versetzung der Grenzsteine zu tun zu haben, und spielte sich ganz als der Ehrenmann auf, der er vielleicht sogar war. Aber aus Gogos und Lupus' Hartnäckigkeit las Wittiges heraus, dass die beiden einen guten Grund hatten, den Beteuerungen nicht zu glauben. Wer sonst sollte einen Vorteil aus der Grenzverschiebung ziehen? Es war kaum anzunehmen, dass Wittiges selbst sein Land beschnitt, wie Edwin irgendwann mutmaßte. Karl wurde immer grauer, alle Kraft schien ihn verlassen zu haben. Er lebte erst wieder auf, als Gogo den Mord an Arne ins Spiel brachte, aber Edwin stritt jedes Wissen und jede Beteiligung ab.

»Dann noch einmal zu den Grenzsteinen«, sagte Gogo schließlich, »die Tat ist bezeugt, aber nicht der Täter. Rachinburger, was sagst du dazu?«

Der kleine Mann hatte ausdruckslos zugehört, manchmal

unmerklich genickt und begann nun unverzüglich mit einem weiteren Vortrag. Er ließ keinen Zweifel daran, dass Edwin in seiner Eigenschaft als Grundherr zur Verantwortung zu ziehen sei. Es sei seine Pflicht, über die Grenzen zu wachen. Edwin gab sich empört, wollte aber, um des Friedens willen und obwohl er sich keiner persönlichen Schuld bewusst war, einige *Solidi* Entschädigung für erlittene Unbill an einen Mann zahlen, der feige genug sei, sich hinter Gogos breitem Rücken zu verstecken, statt mutig zu ihm zu kommen und seine Angelegenheiten selbst zu regeln. Edwin wollte Wittiges provozieren, ihn verächtlich machen und herausfordern, das war nur zu deutlich.

Wie sollte er dem begegnen?

Der Mord an Arne würde ungesühnt bleiben, darauf lief es hinaus. Und der Mörder oder Auftraggeber für den Mord saß selbstherrlich und triumphierend vor ihnen. Wittiges fiel nichts ein, um der Auseinandersetzung eine andere Richtung zu geben.

Mit einem perfiden Grinsen hob Edwin den Weinbecher und prostete ihnen zu. »Also, sagt mir, was ich zahlen muss«, bemerkte er gönnerhaft.

Auf einmal waren von draußen Lärm und eine Stimme zu hören, die Wittiges verwundert erkannte.

»Aletha!«

Er stürmte hinaus und geriet in einen Tumult. Aletha war mit Alexander, Barchild und deren Enkelin Viola gekommen. Bevor er noch fragen konnte, was sie hier wollten, stürzte Alexander auf ihn zu. Anscheinend war er der einzige Schutz der Frauen und des Mädchens gegen eine Bande von Rüpeln, die sie umringten und massiv bedrängten. Aber da kamen schon Gogos Männer herbeigeeilt, und gemeinsam wehrten sie Edwins Gefolgsleute ab.

Aletha atmete keuchend. »Sie wollten uns nicht hineinlassen.«

»Wieso seid ihr hier?«, herrschte Wittiges Alexander an.

»Ihretwegen.« Alexander wies auf das Kind, das sich an Barchilds Rock klammerte. »Frag Aletha, sie erklärt es dir.«

Gogo trat aus dem Haus und winkte sie hinein, niemand stellte sich ihnen mehr in den Weg.

»Darf ich sprechen?«, wandte sich Aletha sofort an den Herzog und wartete die Antwort gar nicht ab. »Wir haben es erst herausgefunden, als ihr schon fort wart. Viola hatte letzte Nacht Albträume, aber erst als sie von Arne sprach, haben wir aufgehorcht und sie ausgefragt. Sie hatte Angst, denn sie weiß, dass sie nicht herumstreunen darf. Gestern hat sie … sie hat …« Alethas Stimme schwankte.

»Was hat sie?«, fragte Gogo erstaunlich behutsam.

Aletha zog die verängstigte Kleine zu sich, kniete sich vor sie hin und strich ihr beruhigend über die Wange. »Erzähl es, hab keine Furcht.« Sie hielt den Blick Violas fest. »Erzähl ihnen, was du gesehen hast.«

Edwin machte ein Geräusch, Wittiges Kopf fuhr zu ihm herum. Jetzt bloß keine Einmischung!

»Wenn du immer noch glaubst, unschuldig zu sein, hältst du den Mund«, zischte Lupus. Er war neben den Mann getreten und legte ihm die Hand fest auf die Schulter. Edwin presste die Lippen zusammen.

»Viola, erzähl noch einmal, was du uns berichtet hast«, wiederholte Aletha.

»Alles?« Violas Augen füllten sich mit Tränen.

»Ja, Kleines, alles.«

Nach und nach, unterbrochen von Alethas Nachfragen, erfuhren die Zuhörer eine unglaubliche Geschichte. Viola war Zeugin von Arnes Ermordung gewesen. Sie war schon öfter bei ihm gewesen, denn sie spielte gern mit den Zicklein, die vor einigen Wochen geboren worden waren. Niemand hatte sie bemerkt, als sie über die Wiese gelaufen kam und sich unter die Ziegen mischte. Sie hatte die Reiter gesehen, die erst mit Arne Streit anfingen, ihn dann verfolgten, als er wegrannte, und ihn schließlich einfingen. Auch den Rest hatte sie beobachtet. Das Gesicht der Kleinen wurde starr, und alle konnten sich vorstellen, was sie aus der Erinnerung hervorholte, auch wenn sie jetzt nichts mehr sagte.

»Wie sahen die Männer aus?«, fragte Gogo.

»Weiß nicht«, flüsterte Viola zitternd.

»Da habt ihr's. Eure Zeugin ist nichts wert«, sagte Edwin abschätzig. »Nur ein verwirrtes …«

»Schweig!«, fuhr ihn Lupus an.

Aletha nahm keine Notiz von der Unterbrechung. Viola schaute zu ihrer Großmutter auf, ängstlich, verwirrt, aber Aletha nahm ihr Gesicht in beide Hände, drehte es zu sich und sprach wieder zu ihr. »Was war mit diesem einen Mann?«

Statt zu antworten, verzog Viola das Gesicht, als wollte sie mit aller Macht mit einem Auge blinzeln, es war eine groteske Vorstellung.

Wittiges' Hoffnung, jäh aufgeflammt, verpuffte wieder. Edwin schien recht zu haben: Das Zeugnis der Kleinen war wertlos. Sie kannte keinen der Männer, die Arne getötet hatten. Gogo beugte sich zu ihr hinab und befragte sie seinerseits, aber das schüchterte sie vollends ein. Sie brachte keinen Ton mehr heraus. Pontus war hinausgegangen, und Wittiges hatte Lust, ihm zu folgen, blieb aber. Die Sache war verfahren.

»Es werden Wegelagerer gewesen sein«, ließ sich Edwin vernehmen. »Ich sehe jedenfalls keinen Grund mehr, dass ihr mich weiterhin bedrängt und mich Verbrechen bezichtigt, mit denen ich nichts zu schaffen habe.« Er erhielt endgültig Oberwasser. Lupus schien erkannt zu haben, wie aussichtslos es war, einen Mann aus Edwins Gefolge als Mörder zu überführen, und trat von ihm zurück. Edwin stand auf und starrte Lupus hochmütig an. »Alle deine Beschuldigungen sind grundlos. Sowohl was die Grenzsteine betrifft als auch den Tod dieses Jungen, den ich nicht einmal kannte. Der Bengel hat sich wahrscheinlich schlecht benommen und seinen Tod herausgefordert. Keinen meiner Männer könnt ihr einer Untat überführen, weil keiner von ihnen ...«

Er stockte überrascht, als Pontus einen Mann hereinschleifte, der sich heftig wehrte. Viola stieß einen Schrei aus. »Der war's!«

Alle sahen das zuckende Augenlid des Mannes – es hüpfte ständig über dem Augapfel auf und ab.

»Der Kerl wollte sich gerade verdrücken, da hab ich ihn mir geschnappt«, dröhnte Pontus.

Edwin zog sein Schwert, aber noch schneller war Lupus mit der Waffe zur Hand, einem Scramasax, den er Edwin bis zum Heft in die Brust stieß.

Edwin fiel der Länge nach zu Boden, die Augen weit aufgerissen. Der Stich musste direkt ins Herz gegangen sein. Lupus stellte den Fuß auf den Leichnam und riss den Scramasax heraus. »Das wär's dann«, sagte er trocken.

Der Rachinburger hob einen Finger. »Er hat dich bedroht, ich bin Zeuge.«

»Er hat die Tat eingestanden, indem er die Waffe gegen mich zog. Wäre er unschuldig gewesen, hätte er das nicht getan«, stellte Lupus richtig. »So viel zum Rechtlichen. Ihn hat nichts weiter als die gerechte Strafe ereilt.« Er fuhr herum und deutete mit der Klinge auf den Mann mit dem zuckenden Augenlid. »Deine Komplizen! Wer war bei dir, als du den Jungen getötet hast?«

Gogo drückte den Mann auf die Knie und hielt ihm die Waffe an den Hals. »Wer sind sie? Sag's uns, wir haben nicht den ganzen Tag Zeit«, donnerte er.

Edwins Tod hatte den Widerstand des Mannes gebrochen. Es dauerte nicht lange, da standen zwei weitere Männer vor den Herzögen. Unbewegt hörten sie sich die Geständnisse der Schuldigen an. Zu dritt hatten sie den Grenzstein in Edwins Auftrag erneut versetzt und Arne vorher getötet, weil er ihnen in die Quere gekommen war.

»Das reicht«, sagte Gogo schließlich und stieß dem Ersten den Dolch in den Hals. Kurz darauf waren auch die anderen Männer tot.

Aus einem der hinteren Räume war ein Schrei zu hören. »Hat Edwin Familie?«, fragte Lupus.

»Eine Witwe«, sagte Gogo gleichmütig, »wohl auch zwei Kinder. Noch klein.« Er machte eine wegwerfende Handbewegung. »Wir ziehen das Gut ein, dann herrscht hier endlich Ruhe. Ich denke, wir haben das Schlangennest ausgeräumt.«

»Ja«, sagte Lupus, »ein gutes Gefühl, aufgeräumt zu haben.« Er steckte die Waffe weg und musterte die Menschen ringsum.

Wittiges hatte Aletha an sich gezogen, die ihren Umhang so um Viola geschlungen hatte, dass die Kleine die Tötung der Männer nicht gesehen hatte. Es war ein Abschlachten gewesen, schnell und gnadenlos. Wittiges verstörte das Geschehen, und er fühlte sich seltsam leer. Auch Karl begriff wohl nicht, dass ihm die Rache aus der Hand genommen worden war. Zu allem Überfluss durfte der Rachinburger noch ein paar Gesetze herunterbeten, aus denen hervorging, dass eine ordentliche Untersuchung, eine Gerichtsverhandlung, die Urteilsverkündung und sofortige Vollstreckung stattgefunden hatten. Alles in einem Zug.

Gogo bestimmte ein Dutzend seiner Männer, die zurückbleiben und für Ordnung sorgen sollten, und wollte baldmöglichst einen Verwalter für das Gut schicken, das an die Krone gefallen war. Wittiges bat, sich mit seinen Leuten zurückziehen zu dürfen.

»Einen Augenblick«, sagte Gogo. »Dem Vater des Jungen steht Wergeld zu. Wir nehmen es von Edwins Vermögen, den Rest erhält die Witwe. Zweihundert *Solidi*, von denen ein Viertel an Wittiges als Grundherrn gehen. Zusätzlich fallen dreißig *Solidi* an Sigiberts Kasse als Strafe für die begangenen Verbrechen.«

Blutgeld, die ganze furchtbare Sache hatte Wittiges fünfzig *Solidi* Blutgeld eingebracht. Bei dem Gedanken fröstelte es ihn mächtig, und er wollte das Geld auf keinen Fall haben.

»Was immer du jetzt denkst, Karl, der Mörder ist gefasst, und er ist tot«, sagte er leise, als sie endlich auf dem Heimweg waren, alle zusammen, aber ohne Gogo, Lupus und die restlichen Krieger, die später nachkommen wollten. Es war noch einiges zu klären, unter anderem, was aus Edwins Angehörigen werden sollte, die wie immer in solchen Fällen die Leidtragenden waren. Bleiben konnten und wollten sie sicher nicht.

Sie begleiteten Karl zu seinem Hof. »Kommst du klar?«, fragte Wittiges besorgt. Der jüngere Sohn und Karls Tochter kamen ihnen entgegengelaufen. »Reite nach Hause«, sagte Karl tonlos, »du hast viel für mich getan.« Sein Gesicht wirkte wie erloschen. »Das hätte ich nicht von dir erwartet. Und dann Herzog Gogo persönlich.«

»Ich bleibe bis morgen hier«, bot Pontus an. Der Vorschlag erleichterte Wittiges. Pontus würde Karls verwirrten Geist zurechtrücken und seiner Seele neuen Halt geben. Wenigstens würde er es versuchen.

Es war Abend geworden, als Gogo zur Villa zurückkam. Lupus war nach Reims weitergeritten, aber Gogo wollte noch einmal mit Wittiges reden.

»Du hast hier einiges geschafft in der kurzen Zeit«, sagte er freundlich und ließ sich Bier einschenken.

»Wenn du meinst«, sagte Wittiges bedrückt.

»Du scheinst nicht recht zufrieden damit, wie sich die Dinge entwickelt haben«, mutmaßte Gogo.

»Ihr habt vier Männer getötet«, murmelte Wittiges. Es hörte sich störrisch an, aber der Gedanke an diese Männer und ihren Tod saß ihm wie ein sperriger Balken quer im Kopf. Gogos Verhalten und das von *Dux* Lupus verstörten ihn nach wie vor.

»Ich kann mir denken, was in dir vorgeht«, sagte Gogo bedachtsam. »Lass dir etwas erklären. Wir haben den Verdacht, dass sich Edwin bei den Kämpfen mit Chilperich auf dessen Seite schlug und ihm dabei half, in die *Civitas* von Reims einzufallen. Es ist doch verwunderlich, dass sein Gut im Gegensatz zu allen anderen kaum einen Schaden davongetragen hat. Und auch Gozbert wusste das. Die Fehde gegen ihn ist meiner Meinung nach nur begonnen worden, um diese Tatsachen zu vertuschen. In Fehden verwischen sich nur allzu hurtig die Grenzen von Schuld und Unschuld. Edwin war in mehrfacher Hinsicht eine Pest, die wir endlich losgeworden sind. Und was das Wergeld betrifft, so steht es euch zu, dir und deinem Schmied. Hätten wir die Männer nicht getötet, hättet ihr es getan, oder etwa nicht?«

Wittiges konnte das guten Gewissens nicht abstreiten.

»Und das wäre schlecht gewesen. Wir haben die Sache so bereinigt, dass nichts übrig blieb, an dem sich neues Unheil entzünden könnte. Wenn du länger darüber nachdenkst, wirst du das einsehen.«

»Ich werde mir Mühe geben«, versprach Wittiges schwach. »Aber wenn sich alles so verhält, warum hat Edwin die Grenzsteine versetzt? Das begreife ich nicht.«

»Weil er nicht nur hinterhältig und verschlagen war, sondern auch boshaft und habgierig. Nach Gozberts Tod war er erpicht auf dieses Gut, aber Sigibert wollte es ihm nicht geben.«

In der Nacht kuschelte sich Aletha Schutz und Trost suchend an Wittiges. Das war angenehm und rührend, aber schlafen wollte sie nicht mit ihm. Sie wies ihn ab, als er behutsam unter das leichte Hemd zu gelangen suchte, das sie selbst im Bett nicht ablegte. Aber er fasste einen Entschluss, den er gleich am nächsten Tag in die Tat umsetzte, die ihm aber den ersten bitteren Streit mit seiner Ehefrau eintrug. Er brachte das Mädchen, das ihm einer der Dörfler als Sklavin gegeben hatte, zu Karl.

»Karl, du brauchst jemanden, der ganz für dich da ist und nach dir sieht«, erklärte er verlegen. »Willst du sie haben? Ich schenke sie dir.«

Karl sah aus wie ein verwahrloster Hund. Wenn jemand Trost brauchte, dann er. Wittiges verzichtete nicht gern auf das Mädchen, mit dem er sich so angenehm vergnügt hatte. Wehmütig dachte er an ihre vollen Brüste und die molligen Schenkel, die

Frische der Haut und vor allem die Bereitwilligkeit dieser Sklavin, die nicht lange über etwas nachdachte und ein natürliches Bedürfnis nach Zärtlichkeit hatte. Karl kannte sie natürlich, sie war schließlich in seinem Dorf aufgewachsen.

»Sag was, Karl«, flehte Wittiges.

Karls Blick huschte über das anschmiegsame Geschöpf an Wittiges Seite, dann wandte er den Kopf ab. Sanft schob Wittiges das Mädchen auf ihn zu. »Kümmere dich um ihn!«

Das Mädchen streckte die Hand aus und legte sie Karl unter dem Ohr an den Hals, und Wittiges sah, wie sich Karls Kopf unmerklich der Hand zuneigte, als wüsste sein Körper, was ihm guttat, auch wenn er selbst noch sehr weit davon entfernt war, es zu erkennen.

Als Wittiges Aletha eingestand, was er getan hatte, sprühte sie vor Zorn. »Du hast ihm meine Sklavin gegeben? Es war doch meine Sklavin, oder habe ich das missverstanden? Wie kommst du dazu, in meinen Haushalt einzugreifen?«

Der Streit hatte auch etwas Gutes, denn Wittiges erkannte, was er an Aletha hatte: eine Hausfrau, die wusste, wo ihre Pflichten und Rechte lagen. Zumindest die meisten.

14 *»Ein Teil von mir ist stets bei dir, versichere ich dir, und du kommst zu mir als die Hälfte meiner Seele …«* Brunichild hielt inne und überlas das Geschriebene. Es klang so schön empfindsam. Die Redewendung hatte sie von Venantius übernommen, etwas Ähnliches hatte er in einem Brief an einen Bischof im Süden geschrieben, den er nicht einmal kannte. Das Schreiben hatte er ihr gezeigt, voller Stolz auf seinen Stil.

Sie schrieb an ihre Schwester einen überfälligen Brief, der sich jedes Mal verändert hatte, sooft sie über den Inhalt nachdachte. Jetzt endlich hatte sie sich zum Schreiben aufgerafft. Es war eine Methode, sich einem Menschen nahe zu fühlen. Sonst hatte sie niemanden. Sigibert beschäftigte sich neben anderen Angelegenheiten mit der Bischofsweihe, Gogo war für einige Tage nach Reims gereist. Mit Sidonia plauderte sie oft, aber es waren jene oberflächlichen Gespräche, die das Herz nicht erwärmten. Sie vermisste Aletha. Ihr hätte sie ihre Sorgen offen mitteilen können. Ihre neueste galt der Schwangerschaft, die sich in nichts aufgelöst hatte. Eine leichte Blutung hatte eingesetzt, die eindeutig bewies, dass sie nicht schwanger war. Sigibert hatte sie ihren Irrtum noch nicht eingestanden. Sidonia aber hatte alles mitbekommen, vermutlich spionierte sie die Wäscherinnen aus. Sie hatte mitleidig reagiert, aber ein Trost war das nicht.

Sie konzentrierte sich wieder auf den Brief. Würde der Satz in Gailswintha die Hoffnung auf ein Wiedersehen wecken? Würde er ihre Gedanken in diese Richtung lenken? Sie hatte mit Sigibert nicht mehr über die Schwester gesprochen, hoffte aber zuversichtlich, dass er den Gedanken an eine Heirat mit ihr aufgegeben hatte. Aber vielleicht besann er sich anders, wenn er erfuhr, dass er nicht Vater wurde. Trotzdem klang der Satz zu gut, um ihn wieder vom Pergament zu kratzen.

»Ich kann dir die Arme nicht um den Hals schlingen, umarme dich aber dafür im Geist …«, fuhr sie flott fort. Über ihr Leben mit Sigibert schrieb sie nur Konventionelles, sie wollte weder den Eindruck erwecken, dass es ihr bei ihm schlecht erging, noch wollte sie dieses Leben in verführerischen Farben schildern. Am Ende war sie einigermaßen zufrieden. Den Brief würde sie einem Kurier mitgeben, der noch andere Post in den Süden zu befördern hatte.

Die Zeit bis zu Alethas Rückkehr dehnte sich unerträglich. Anfang Juni war ihre Magd immer noch nicht da. Trier hatten sie eine Woche nach der pompösen Bischofsweihe verlassen und waren nach Mainz weitergereist. Der dortige Bischof hatte sie in seinem Palast einquartiert und die besten Zimmer für sie geräumt. Sie schlief mit Sigibert im Bett des Bischofs! Und eines späten Nachmittags war Aletha dann endlich zurück. Eine veränderte Aletha. Sie redete anders, sie wirkte anders. Aber das merkte Brunichild erst nach und nach. Zunächst überwog die Freude über das Wiedersehen. Herzlich schloss sie ihre Vertraute in die Arme und zog sich sofort mit ihr zu einem langen Gespräch zurück.

Aber falls sie auf intime Geständnisse gehofft hatte, wurde sie enttäuscht. Die Frage, wie Aletha mit ihrem Ehemann zurechtkam, wurde nicht einmal gestreift. Da blieb alles im Dunkeln, und Brunichild mochte nicht fragen. Aber drei Tage nach Alethas Ankunft erlebte sie eine Überraschung. Ihr wurde beim Frühstück übel, und sie rannte hinaus, um sich zu übergeben. Aletha war ihr gefolgt und hielt den Eimer für sie.

»Ich bin schwanger!«, staunte Brunichild. »Oder was meinst du?«

»Sicher bist du schwanger«, sage Aletha verständnislos.

»Nein, jetzt bin ich schwanger!« Knapp erzählte Brunichild von der Blutung, die ihre Hoffnungen zunichte gemacht hatte.

»Ach das! Ich glaube, das kommt gelegentlich vor.« Aletha reichte ihr ein Tuch, mit dem sie sich den Mund abwischen konnte. Sie waren allein im Privatbad des Bischofs, einem schönen Raum mit einer großen Marmorwanne. »Du bist schwanger. Glaub mir, es ist wie bei mir. Die Brüste schwellen an.« Aletha lächelte verschwörerisch.

Brunichild kam es vor, als hätte sie bis zu diesem Moment einen Panzer getragen, der nun zersprungen war. Sie umarmte Aletha stürmisch und tanzte mit ihr herum. »Ich bin so glücklich, ich bin so unglaublich glücklich.« Dann riss sie sich los, eilte zur Tür und befahl den Dienerinnen im Ankleideraum, ihr heißes Wasser zu bringen. »Wir nehmen ein Bad. Willst du mit mir baden, Aletha?«

»Jetzt?«

»Ja, jetzt. Lass uns in Wohlgerüchen baden und …« Brunichild versetzte dem Eimer mit dem Erbrochenen einen Tritt.

Sie waren beide sehr ausgelassen, als sie zusammen in der Wanne lagen und sich von zwei Sklavinnen bedienen ließen, die sie schließlich hinausschickten, um sich gegenseitig einzuseifen, lustvoll die neuen Rundungen bei der anderen zu erkunden und danach entspannt und unbelauscht das Zusammensein zu genießen. Selten hatte Brunichild Aletha so gelöst erlebt.

Sidonia streckte den Kopf zur Tür herein. »Oh, hier bist du! Ich hab mir Sorgen gemacht und wollte …« Sie trat über die Schwelle.

»Geh wieder, lass uns allein«, verlangte Brunichild so nachdrücklich, dass die Kammerfrau sofort den Rückzug antrat.

»Ich hab ja nur gedacht, du brauchst Hilfe«, sagte Sidonia gekränkt.

»Nein, die brauche ich nicht, und übrigens …«, Brunichild kostete ihren Sieg aus, »… bin ich schwanger!«

Ein Schatten huschte über Sidonias Gesicht, bevor sie die beiden in der Wanne anstrahlte. »Das ist wirklich eine gute Nachricht.«

»Ja, nicht wahr?«, sagte Brunichild träge. »Und eigentlich eine alte Nachricht.«

»Magst du sie?«, erkundigte sich Aletha, sobald Sidonia verschwunden war.

»Wenn ich das wüsste! Manchmal schon, manchmal nicht. Sie schwatzt ein bisschen zu viel. Aber ja, sie ist freundlich.«

»Ihr Blick nicht unbedingt«, wandte Aletha vorsichtig ein.

Brunichild lachte unsicher. Sidonia war nicht mehr wichtig, seit sie Aletha wieder um sich hatte. »Wie ist es mit Wittiges? Kommst du mit ihm zurecht?« Nun hatte sie doch von ihm angefangen.

»Er ist sehr geduldig mit mir«, antwortete Aletha eine Spur zu förmlich. »Und er muss sehr viel arbeiten. Es war nicht leicht für ihn, sich vom Gut loszureißen und an den Hof zurückzukehren.« Sie erzählte noch dies und jenes über das Gut, und Brunichild begriff, dass es keine intimen Geständnisse gab. Fast war sie darüber erleichtert.

Wie geplant, war Brunichild mit Sigibert und dem Hof bis in den Herbst hinein auf Reisen. Sie lernte Städte wie Köln kennen, die östlichste Hochburg der Zivilisation, ein alter Königssitz, wo als Unterkönig ein entfernter Verwandter residierte, dessen Treue sich Sigibert immer wieder versichern musste. Nach zwei Monaten hörte die Morgenübelkeit auf, und danach wuchs ihr Bauch. Sie wurde langsam schwerfällig und war froh, als Ende September die Heimreise bevorstand. Nicht nach Metz, sondern nach Reims, Sigiberts eigentlichem Königssitz. Brunichild sehnte sich nach Ruhe und einer Umgebung, mit der sie endlich vertraut werden konnte. Sie war es leid, herumzuziehen und ständig neue Würdenträger wie Bischöfe, Herzöge und Grafen kennenzulernen und ihre Huldigungen entgegenzunehmen. Mitten in den Vorbereitungen für die Abreise nach Reims besuchte sie ihre Stute Bella, die immer noch mitgeführt wurde, obwohl die Ärzte Brunichild das Reiten inzwischen verboten hatten. Sie traf Wittiges im Stall an. Er war hin und wieder für einige Tage zurück auf sein Gut geritten, einmal hatte er auch Aletha mitgenommen. Aber die Zeit seit Ende August hatte er bei Hof verbracht. In Xanten, der letzten Station der Huldigungsreise.

Wittiges strich Bella über den Bauch. Und an dieser Bewegung merkte Brunichild, die leise hinzugetreten war, dass etwas an ihr anders war.

»Ist sie nicht ein bisschen dick geworden?«, fragte sie.

»Es geht ihr gut.« Wittiges wirkte verlegen – vielleicht angesichts Brunichilds eigenen Bauchs.

»Und das heißt?«, fragte Sigibert und trat zu ihnen. Er liebte Pferde. Meist ritt er einen großen schwarzen Hengst, der zwei Verschläge weiter stand. Sigibert näherte sich Bella, die unruhig von einem Huf auf den anderen wechselte, und strich ihr wie zuvor Wittiges in einer langsamen, prüfenden Bewegung über den Bauch.

»Das Fohlen bewegt sich schon«, murmelte er. »Ich spür's.«

»Das kann nicht sein«, entfuhr es Brunichild abwehrend.

Sigibert grinste und legte von hinten die Arme um sie. »Und warum nicht?«

»Bella ...«, stotterte Brunichild und stemmte sich gegen ihn.

»Wer hat sie gedeckt?«, fragte Sigibert.

Bauto streckte den Kopf über die niedrige Trennwand und schnaubte.

»Er.« Wittiges wies auf seinen Hengst. Irgendwann, das wusste er, würde es ja doch herauskommen.

»Du hast zugelassen, dass er meine Stute deckt? Wer hat dir das erlaubt?« Brunichild merkte, dass ihre Stimme vor Empörung schrill klang. Wittiges hatte ihre edle Stute von diesem kurzbeinigen rasselosen Tier, diesem *Gaul*, decken lassen, der ihrer nicht wert war. Und neben der Empörung spürte sie auf einmal Entsetzen. Wittiges und dieses Pferd hatten beide den gleichen Frevel begangen. Angst schoss in ihr hoch, schnürte ihr die Kehle zu.

Sigibert bemerkte nichts.

Er gab sie frei, während er sich vor Lachen die Seiten hielt. »Warum regst du dich so auf?«, prustete er. »Schenk ihm das Fohlen. Ja, schenk es ihm. Er hat uns von einer Plage befreit und verdient eine Belohnung.« Er zwinkerte Wittiges zu, aber der verstand nicht, worauf der König anspielte.

»Welche Plage?«, fragte Brunichild und faltete die Hände über dem Bauch. Das Kind in ihr strampelte. Stirb, dachte sie verzweifelt, stirb, wenn du den falschen Vater hast.

»Er hat geholfen, die Erde von einem Halunken namens Edwin zu befreien. Frag Gogo. Dafür hat Wittiges sogar mehr verdient als dieses Fohlen. Und das nächste Mal lässt du deine Stute von einem Hengst decken, der dir genehm ist.«

Brunichild wollte das Gespräch beenden. Je länger sie in diesem Stall über Schwangerschaften und alles, was mit ihnen zusammenhing, reden oder nachdenken musste, desto heftiger meldeten sich Erinnerungen und der Wunsch, einen Teil ihrer Vergangenheit ungeschehen zu machen. Wortlos rannte sie hinaus.

Die beiden Männer grinsten sich verschwörerisch an, auch wenn dies Wittiges eher schwerfiel. In Zukunft würde er es vermeiden, Brunichild noch einmal im Stall zu begegnen. Denn das war, erkannte er, für sie beide gefährlich.

Pontus war als Wittiges' Vertreter die ganzen Monate über in der Villa geblieben. Anfang Oktober, nach dem gloriosen Einzug des Königspaars in Reims, war der Haupttrakt des Landhauses bezugsfertig. Jetzt wohnten die Sklaven in dem kleinen Hof, und das Becken in der Mitte enthielt wieder Wasser. Wasser gab es auch in den Baderäumen, und die Fußbodenheizung war so weit wiederhergestellt, dass es in einigen Räumen warm wurde. Schweren Herzens gab Wittiges seine Zustimmung, etwa ein Drittel des Gebäudekomplexes abzureißen. Mit dem Material, das dabei gewonnen wurde, ließ sich der Rest zügiger und kostengünstiger instand setzen. Denn Geld war nach wie vor knapp. Wittiges hatte fast alles ausgegeben, auch Alethas Mitgift, und nun war beinahe nur noch das Geld für Josephus übrig. Es musste dringend seinem Eigentümer überbracht werden, bevor er der Verlockung erlag, es für sich selbst zu verwenden.

Alexander drängte ihn, die Reise endlich anzutreten, und bot seine Begleitung an, aber davon wollte Wittiges nichts wissen. Falls überhaupt, würde er allein reisen oder höchstens einen der alten Sklaven mitnehmen. Wenn sie sich beeilten, konnten sie in knapp zwei Wochen zurück sein. Aber Aletha konnte jetzt jederzeit niederkommen. Durfte er sie allein lassen? Weder Pontus noch Aletha ließen solche Bedenken gelten. Werdende Väter, spottete Pontus, wären in der heiklen Situation der Geburt das Allerüberflüssigste. Vielleicht hatte er sogar recht. Wittiges war nicht allzu wohl dabei, gerade jetzt aufzubrechen, gab aber schließlich dem Drängen der anderen nach.

Die Reise verlief ohne große Schwierigkeiten, und da sich Wittiges mit wenig Gepäck begnügte, brauchten sie bis Marseille nur sechs Tage. Für sich und den Sklaven nahm er ein Zimmer in der Pilgerherberge eines Klosters, weil er sich dort sicherer fühlte, und suchte Josephus dann allein auf. Der Grieche empfing ihn wie einen lang vermissten Freund, und er musste ihm das Geld geradezu aufdrängen. Josephus legte den Beutel achtlos beiseite und lud Wittiges zu einem ausgedehnten Mahl ein. Es gab köstlichen frischen Fisch und süßen, kräftigen Wein, wie er im Norden nicht angebaut wurde. Allmählich entspannte sich Wittiges, bis er so voll des guten Weines war, dass er sich beim Aufbruch nur noch mit Mühe gerade halten konnte.

»Bitte«, sagte Josephus zum Abschied, »komm morgen wieder. Ich möchte dir einen Vorschlag machen, der dir und mir nützt.«

»Warum nicht gleich?«, nuschelte Wittiges.

Josephus lächelte nachsichtig, er hatte nur wenig Wein genossen. »Morgen, mein Freund, und glaub mir, der Vorschlag wird dich freuen.« Ein Schatten huschte über das alte Gesicht. »Vertrau mir.« Flüchtig legte er dem Gast die Hand auf den Arm und winkte einen Sklaven herbei, der ihn sicher zu seiner Unterkunft geleiten sollte.

Trotz erheblicher Kopfschmerzen beschloss Wittiges am nächsten Morgen, sofort die Heimreise anzutreten – schließlich hatte er dem Griechen nicht versprochen, noch einmal vorbeizuschauen. Als er versuchte, sich in den Sattel zu schwingen, riss der Gurt, und er sah sich gezwungen, einen Sattler aufzusuchen, der den Schaden behob. Und in der Zeit, die die Reparatur dauern würde, suchte er Josephus noch einmal auf.

»Ich hab gewusst, dass du kommst.« Josephus strahlte Wittiges überschwänglich an. »Auch wenn du es nicht versprochen hast.«

Wittiges kratzte sich am Kopf. »Um ehrlich zu sein, hatte ich nicht vor, noch einmal bei dir vorzusprechen. Mir ist nur etwas dazwischengekommen, was mich noch ein Weile hier festhält.«

»Dann sei Gott dafür gepriesen!«, rief Josephus. »Komm und lass dich mit zwei Männern bekanntmachen, die schon auf dich warten.«

Die beiden saßen im Empfangsraum steif auf Scherenstühlen. Wittiges versuchte zu erraten, seit wann sie auf ihn warteten, kam aber zu keinem Ergebnis. Was wollten diese Männer von ihm? Es waren betagte Händler wie Josephus.

»Wir haben auf einen Mann wie dich gehofft«, hob Josephus mit einem gewinnenden Lächeln an, während seine Kollegen Wittiges missbilligend anstarrten.

»Warum?«, fragte Wittiges leidend. Er hatte mit dem Sattler ausgemacht, spätestens nach einer Stunde zurück zu sein. Dann war der Sattelgurt voraussichtlich fertig.

»Weil ich – weil *wir* Vertrauen zu dir gefasst haben«, sagte Josephus und erntete strenge Blicke seiner Handelsgenossen, die wohl ausdrückten, dass er erst einmal nur für sich und keineswegs für alle drei sprach.

Der Vorschlag, den Josephus dann unterbreitete, hatte etwas Schwindelerregendes. Der Grieche bat Wittiges, wieder Purpur mitzunehmen und zu veräußern. Das war noch leicht zu verstehen. Aber Josephus wollte, dass er im Auftrag seiner Kollegen auch Edelsteine verkaufte und darüber hinaus einen regelmäßigen Handel aufbaute. Entscheidend für dieses Angebot sei neben seiner Zuverlässigkeit, erklärte der Alte, seine Verbindung zum Königshaus von Austrasien. Seine Bekanntschaft mit Größen wie Herzog Gogo und König Sigibert sollte er nutzen, um Abnehmer für die kostbare Ware zu finden. Wären die ersten Geschäfte erfolgreich abgeschlossen, ergäben sich die nächsten von selbst.

»Aber das kann ich nicht«, bekannte Wittiges verstört und wünschte sich, Alexander wäre jetzt bei ihm. Vielleicht hätte der gewusst, wie er auf so ein Angebot reagieren sollte. »Ich habe den Purpur, wie ich dir erzählte, ja nicht mal selbst verkauft. Und es war verteufelt schwer, ihn mit Gewinn loszuschlagen. Ihr erwartet zu viel von mir.«

»Er kann es nicht«, murmelte einer von Josephus' Geschäftsfreunden dumpf.

»Doch, er kann, er weiß es nur noch nicht.« Josephus ließ sich von Wittiges' Ablehnung nicht beirren.

»Ich kann auch nicht ständig hin- und herreisen. Das ist viel zu aufwendig. Schon jetzt bin ich in Verzug. Ich hab versprochen, in längstens zwei Wochen zurück zu sein«, jammerte Wittiges. »Mir fehlt bereits ein halber Tag.«

»Ich bin sicher, dein Sohn wartet mit seiner Ankunft auf Erden, bis du wieder daheim bist«, sagte Josephus schmunzelnd, und erntete damit ein Husten vonseiten seiner Kollegen.

Voller Qual verdrehte Wittiges die Augen. Was hatte er Josephus in seiner gestrigen Trunkenheit nur alles erzählt? Und dann ging ihm auf, dass ihn der Alte mit Bedacht betrunken gemacht hatte, um ihn auszuhorchen. Endlich regte sich sein Widerstand, und er besann sich auf seine Würde. »Ich habe mein Gut zu bestellen und meine Pflichten beim König zu erfüllen, und damit bin ich vollauf beschäftigt«, erklärte er entschieden und fügte grob hinzu, um ja keine Unklarheiten übrig zu lassen: »Die zwei Wochen, um dir das Geld zu bringen, sind verlorene Zeit für mich.«

Einer der Alten kicherte und strich sich den grauen Bart.

»Gerade weil du diese Zeit geopfert hast, schätze ich dich so sehr«, erklärte Josephus liebenswürdig.

»Vor allem, wo es gar nicht nötig gewesen wäre, selbst zu kommen«, ließ sich der kichernde Alte vernehmen. »Es gibt andere Möglichkeiten. Ein Kurier des Königs hätte den Auftrag übernehmen können.«

»So?«, äußerte Wittiges schwach.

»Pah!«, meldete sich der erste. »Doch nicht einer von diesen Windhunden. Wir vertrauen nur unseren eigenen Leuten. Wird er den Eid leisten und der Bruderschaft beitreten?«

Wittiges quälte sich auf die Füße. Zeit zu gehen.

»Nein!«, sagte Josephus rasch. »Bitte bleib.« Unwirsch wandte er sich an die beiden anderen Händler. »Ich habe euch gesagt, überlasst das Erklären mir. Ihr seht doch, was ihr anrichtet. Er vertraut uns nicht und hält uns für Männer, die zu alt sind, um noch klar zu denken und zu reden.« Begütigend wandte er sich wieder an Wittiges. »Bitte, nimm wieder Platz. Ich werde dir alles erklären, was du über unsere Bruderschaft der Kaufleute wissen musst, bevor du dich entscheidest, ob du beitreten willst. Es wäre nur zu deinem Vorteil, denn du könntest mit unserer Hilfe das Geld verdienen, dass dir in deiner Wirtschaft so dringend fehlt.«

Innerlich war Wittiges keineswegs bereit, sich auf irgendetwas einzulassen. Er war kein Kaufmann und würde nie einer werden. Aber angesichts von drei Männern, die schon allein ihres Alters wegen Respekt verdienten, fühlte er sich zu schwach, um sich schleunigst zu verabschieden. Und am Ende leistete er einen heiligen Eid auf seine Treue gegenüber der Kaufmannsbruderschaft, auf deren Unterstützung er nun in vollem Umfang rechnen konnte. Das Geld, das er durch den Verkauf von Purpur und Edelsteinen erzielte, würde er nach Abzug seines Anteils durch einen der in Reims oder Paris ansässigen Kaufleute in den Süden schicken. Das war ein einfaches und verlässliches System.

Nach den Eiden musste Wittiges ein weiteres Gastmahl über sich ergehen lassen, das gehörte zum Zeremoniell der Aufnahme in die Bruderschaft. Diesmal trank auch Josephus fürchterlich viel, das gehörte ebenfalls zu den altehrwürdigen Ritualen. Im Zustand der Volltrunkenheit leisteten sie sich gegenseitig noch viele Eide, die eine Verbundenheit besiegelten, die bis in den Tod währen sollte. Wittiges Feinde waren fortan auch die Feinde seiner neuen Eidgenossen.

Es war der Sklave, der mit den Pferden und dem reparierten Sattelgurt bei sich Wittiges bei Josephus aufstöberte, aber Wittiges war nicht in der Lage zu reiten. Sie brachen erst am nächsten Tag auf – im Gepäck hatte er neben dem stinkenden Purpur noch ein Säckchen kostbarer Edelsteine.

Jeden Tag vergewisserte sich Wittiges mehrmals der mitgeführten Kostbarkeiten, aber alle Sorgen, die er sich machte, erwiesen sich als unbegründet. Die Rückreise gestaltete sich so ereignislos wie die Hinreise, und mit zwei Tagen Verspätung erreichte er sein Gut.

Es war Mittagszeit und die Stille daher nicht weiter überraschend. Wie schon einmal traf er Pontus als Ersten. Dieser saß beschaulich im Garten auf einer neuen Steinbank. Wittiges kam sich vor wie ein Fremder, der ein unbekanntes Land erkundet. Er hatte gar nicht gewusst, wie schön der Garten inzwischen geworden war. Es gab jetzt eine erkennbare Ordnung durch schmale und breite Wege, von Buchsbaum gesäumt, der in mühevoller Arbeit freigelegt und beschnitten worden war. Aus einer Tonröhre plätscherte Wasser in ein längliches Steinbecken und erzeugte ein wundervoll friedliches Geräusch. In einem der Beete blühte noch ein duftender Rosenbusch.

»Pontus? Schläfst du im Sitzen?«

Langsam wandte Pontus den Kopf und äugte zu ihm herüber. »Du kommst drei Tage zu spät.«

»Nur zwei!« Dann ging Wittiges auf, dass Pontus etwas anderes als die Überschreitung der vereinbarten Abwesenheit meinte. Er sprang über die Hecken und riss Pontus von seinem Sitz hoch. »Das Kind!«

Pontus nickte ernst. »Es ist da«, sagte er ruhig, aber plötzlich strahlte er über das ganze breite Bauerngesicht. »Du hast einen Sohn! Einen prächtigen Sohn! Könnte nicht kräftiger und hübscher sein. Ich hab ihn gestern getauft!«

Wittiges ließ sich auf die Bank sinken. »Wie geht es Aletha?« Da war ein Gedanke, den er hartnäckig zurückdrängen musste. *Sein* Sohn? Wusste Pontus, wie falsch diese Annahme war?

Pontus Strahlen verblasste. Er setzte sich neben ihn und starrte nun auch in den Garten. »Mit den jungen Müttern, vor allem mit denen, die zum ersten Mal gebären, ist das so eine Sache. Aber das gibt sich wieder.«

»Pontus, rede nicht drum herum. Was ist passiert? Und was fällt dir ein, das Kind zu taufen? Du musst ihm dabei ja auch einen Namen gegeben haben. Meinst du nicht, das sei meine Sache gewesen?«, fragte er, sorgsam seine Worte wählend.

»Du wirst mit dem Namen zufrieden sein. Ich hab ihn auf den Namen Felix getauft, weil ich sicher bin, dass er ein glücklicher Mensch wird. Er hat die richtigen Eltern dazu. Felix – und nach seinem Vater Wittiges. Willst du ihn nicht begrüßen? Und die anderen? Was sitzt du hier noch herum?«

Es war eine klare Aufforderung, und Wittiges kam ihr etwas ungelenk nach. Zumindest stand er auf. »Ist Alexander hier?«

»Nein, er ist in Reims. Brunichild will ihn dort haben. Hast du gewusst, dass er sich mit diesem Dichter befreundet hat? Venantius Irgendwer. Der hat ihn dazu überredet, wieder aufzutreten.«

»Als Musiker?« Wittiges erinnerte sich, Venantius schon einmal im Gespräch mit Alexander gesehen zu haben, aber dass sich daraus eine Freundschaft ergeben haben sollte, überraschte ihn. Dabei war es nahe liegend. Beide hatten sich den hochgeistigen Dingen verschrieben, und nun schien Alexander seine alte Berufung wiedergefunden zu haben. Erstaunt stellte Wittiges fest, dass ihn das kränkte.

»Zwei Tage nachdem du weg warst, kam dieser Dichter und erklärte, die Königin brauche eine Aufmunterung. Es geht ihr nicht besonders gut. Deshalb musste Alexander mitkommen.«

Wittiges wedelte mit einer Hand durch die Luft, als ob er Spinnweben zerreißen wollte. Brunichild ging es schlecht? Langsam tauchte ihr Bild vor ihm auf, aber bevor es Schärfe entwickeln und verschüttete Gefühle wachrufen konnte, stupste ihn Pontus an.

»Jetzt geh«, sagte er mahnend. »Sonst komm ich noch auf den Gedanken, dass dir an deinem Sohn und deiner Frau nichts liegt.«

Wittiges stolperte durch die Beete auf das Haus zu.

Viel Erfahrung mit Neugeborenen hatte er ja nicht. Aber dass dies ein wunderbares Kind war, erkannte er sofort. Es schlief, die Fäustchen geballt, das Gesicht hochrot, aber nicht mehr schrumpelig. Ein Wunder der Vollkommenheit. Ohne zu zögern, nahm er es aus dem Bettchen und hielt es in den Armen. Eine überwältigende Freude überkam ihn, und alle bangen und verstörenden Fragen fanden eine einzige stichhaltige Antwort: Ja, dies war sein Sohn. Niemand sollte ihm das Kind streitig machen, das als Erstes auf seinem Land geboren worden war. Hier, in diesem Moment, ernannte er sich zum Vater des Jungen. Er floss über vor Liebe zu diesem Kind. Sie füllte ihn bis zum Rand, und endlich riss er den Blick los und ließ ihn zum großen Bett hinüberschweifen.

Aletha schlief. Das hatte er bereits beim Eintreten in das geräumige Zimmer gesehen, vor dessen Fenstern jetzt helle Wollvorhänge das hereinfallende Licht filterten. Ein sanfter Schimmer umfloss das Bett und die Frau, deren üppiges braunes Haar auf dem Kissen ausgebreitet lag. Mit dem Kind im Arm trat Wittiges näher. Als ob seine Schritte sie geweckt hätten, wandte sich Aletha um und öffnete die Augen. Glanzlose Augen, aus denen ihm keine Freude entgegenleuchtete. Sie starrte nur ihn und das Kind an und drehte sich wieder weg.

»Aletha?«, fragte er bang und setzte sich auf die Bettkante. Der Kleine in seinem Arm regte sich und saugte mit schmatzenden Lauten an seinem Fäustchen. »Wir haben einen wunderschönen Sohn. Hast du den Namen ausgesucht, oder war es Pontus? Mir gefällt Felix.« Wittiges merkte, dass er gegen eine Wand redete. Gleichgültiger hätte der Blick, den Aletha auf das Kind geworfen hatte, nicht ausfallen können. Nein, es war schlimmer als Gleichgültigkeit, was er in ihren Augen gelesen hatte. Ablehnung. Beschützend drückte er das Kind an sich.

Armes Söhnchen. Was sollte aus Felix werden, wenn seine Mutter ihn nicht liebte? Umso entschlossener war Wittiges, dem Kind ein Vater zu sein und den Schatten jenes Mannes zu verscheuchen, dem es seine Existenz verdankte. Behutsam legte er Felix zurück in sein Bettchen und stahl sich hinaus.

Pontus erwartete ihn. Einträchtig gingen sie zurück in den Garten und ließen sich auf der Bank nieder.

»Du hast sie gesehen?«, fragte Pontus.

»Aletha hat nicht mit mir geredet«, sagte Wittiges erschüttert. »Was ist mit ihr geschehen?«

»Barchild meint, das gibt sich. Es kommt vor, dass junge Mütter anfangs nichts von ihren Kindern wissen wollen. Die Geburt hat Aletha erschöpft. Mach dir nicht zu viele Sorgen, sie wird wieder gesund.«

»Vielleicht sollte Alexander nach ihr sehen«, sagte Wittiges bekümmert und gab damit zu, dass dieser sich besser mit seiner Frau verstand als er selbst.

»Ich hab schon nach ihm geschickt«, bekannte Pontus. »Und nun erzähl, wie es dir bei dem Schlitzohr Josephus ergangen ist. Hat er sich gefreut, sein Geld zu erhalten?«

»Ja, darüber, und dass er mich vor seinen Karren spannen konnte. Pontus, ich bin ein Esel, ich weiß nicht, wieso ich immer in etwas hineingerate, das ich überhaupt nicht will.« Und dann erzählte er alles haarklein, und ohne sich zu schonen. »Bin ich einfältiger als andere?«, fragte er zum Schluss bitter. »Warum passiert mir so was?«

Pontus grinste. »Weil Gott dich liebt, glaub mir, er liebt dich und hat einiges mit dir vor, du musst ihn nur gewähren lassen. Nein, ich finde die Sache mit den Steinen und dem Purpur hervorragend. Josephus gibt uns die Chance, uns den Lebensunterhalt zu verdienen, ohne auf die Erträge des Guts oder Sigiberts Großzügigkeit angewiesen zu sein. Du bist ein Glückspilz.«

Wittiges seufzte schwer. »Jedes Mal, wenn ich mich umwende, habe ich eine Verpflichtung mehr am Hals und bin für noch mehr Menschen verantwortlich. Und du nennst mich einen Glückspilz!«

»Vor allem nenn ich das erwachsen werden«, sagte Pontus ohne erkennbares Mitgefühl.

Bis zum Abend hatte sich Wittiges' Heimkehr herumgesprochen, und Karl und die anderen Männer aus dem Dorf kamen, um ihn zu begrüßen und mit ihm auf seinen Sohn anzustoßen. Es war ein kleines Fest, das sie ihm zu Ehren gaben. Wittiges war gerührt, aber seine Stimmung hob sich kaum.

Als zwei Tage später Alexander eintraf, lebte Wittiges' Eifersucht wieder auf. Denn Alexander schloss sich praktisch mit Aletha ein. Das Kind versorgte inzwischen eine Amme, eine junge Frau aus dem zweiten Dorf, die Barchild aufs Gut geholt hatte. Wittiges musste sich in Geduld üben, die ihm äußerst schwerfiel. *Er* war schließlich mit Aletha verheiratet, nicht Alexander. Kurz bevor er es zum offenen Streit kommen ließ, bat ihn Alexander, ihn zu Aletha zu begleiten. »Ich hab mein Möglichstes getan«, erläuterte er leise. »Sie ist sehr niedergeschlagen, musst du wissen. Aber nun will sie dich sehen und mit dir sprechen. Sei vorsichtig, sie braucht viel Verständnis.«

Und ich?, fragte sich Wittiges aufgebracht, hielt sich aber zurück. »Dann lass mich mit ihr allein.«

»Das hatte ich vor«, sagte Alexander verwundert und ließ ihn vor der Tür stehen.

Die dunklen Schatten unter Alethas Augen waren verschwunden, und ein rosiger Schimmer lag auf ihren Wangen. Sie sah entzückend aus. Die Dienerinnen hatten ihr das Haar gewaschen, das nun in glänzenden Locken ihre Schultern umfloss und sich bis auf ihre Brust ringelte. Eine verführerische Brust, die sich deutlich unter dem dünnen Hemd abzeichnete. Mit einem Schlag meldete sich Verlangen bei Wittiges.

Aletha lächelte ihn an und deutete auf einen Stuhl, der für seinen Geschmack zu weit vom Bett entfernt stand. »Bitte, setz dich.«

»Ja, gern«, sagte Wittiges, ließ sich auf der Bettkante nieder, beugte sich über Aletha und küsste sie flüchtig auf die Wange. »Es freut mich, dass es dir besser geht. Du siehst gut aus«, sagte er herzlich und widerstand dem Impuls, ihr wie zufällig eine Hand auf die Brust zu legen. »Und ich danke dir für den wunderbaren Sohn, den du mir geschenkt hast.«

Sofort verfinsterte sich Alethas Miene. »Er ist nicht dein …«

Blitzschnell legte Wittiges ihr die Hand auf den Mund. »Es gibt nur zwei Möglichkeiten. Entweder er ist mein Sohn, oder ich schicke ihn dem Mann, der außer mir Anspruch auf ihn erheben könnte. Hast du verstanden?« Er rückte von ihr ab.

Alethas Brust hob und senkte sich unter heftigen Atemstößen, während der Blick aus den großen dunklen Augen sich verschleierte. »Bist du denn bereit, ihn als deinen Sohn anzuerkennen?«

»Das habe ich bereits getan. Nur du könntest die Anerkennung rückgängig machen, aber nur jetzt gleich. Also? Wem soll ich das Kind übergeben?«

Tränen sammelten sich in ihren Augen. »Ich kann es nicht lieben«, flüsterte sie gequält. »Ich habe es Alexander gesagt, aber er glaubt mir nicht.«

Wittiges zog sich noch weiter zurück. »Dann willst du Felix nicht behalten, oder irre ich mich?«, fragte er hart und schaute an ihr vorbei. Viele Männer hielten Frauen generell für Hexen, und in diesem Augenblick war er geneigt, ihnen recht zu geben.

»Du verstehst mich nicht. Ich will nur ehrlich zu dir sein. Du hast Anspruch darauf. Ich schenke dir meinen Sohn«, sagte Aletha hilflos, »wenn du ihn haben willst.«

»Dann hör mir zu«, sagte Wittiges kühl, »ich liebe Kinder. Und wenn ich mich zu Felix' Vater erkläre und für ihn sorge wie jeder andere Vater, dann will ich, dass niemand meinen Anspruch auf ihn infrage stellt, selbst du nicht. Niemals! Versprichst du das?«

Aletha presste eine Faust auf den Mund und unterdrückte das Schluchzen, das unaufhörlich aus ihrer Brust aufstieg. Sie fühlte sich unsagbar krank an Körper und Seele. »Ja, er soll dein Sohn sein, und ... und ich wünsche ihm Glück«, wisperte sie endlich.

»Das genügt nicht«, befand Wittiges. »Wir sind eine Familie. Und ob du ihn liebst oder nicht – er braucht eine Mutter, die sich nicht abwendet, wenn er weint.« Auf einmal wurde seine Stimme weich. Er streichelte ihre Wange. »Hör auf, dich mit der Vergangenheit zu quälen. Wir leben jetzt, in der Gegenwart. Alles, was einmal war, sollte uns weniger kümmern als das, was ist. Verstehst du? Du musst über einen großen Schatten ins Licht springen.«

Jetzt stahl sich ein zerbrechliches Lächeln auf ihr Gesicht. »Das sagt Alexander auch.«

Dafür trete ich diesem Schleimer in den Hintern, dachte

Wittiges, lächelte aber aufmunternd. »Dann halte dich daran. Wenn wir beide es sagen, muss es doch stimmen.«

Zwei Wochen später begleiteten Aletha und Alexander Wittiges nach Reims. Es wurde Zeit, den Dienst bei Hof wieder anzutreten. Felix blieb in der Obhut der Amme und von Pontus, der sich liebend gern um das Kind kümmerte.

Erst am Abend bekam Wittiges Brunichild zu Gesicht und erschrak bei ihrem Anblick. Alle Anmut war verschwunden, sie war schwerfällig geworden und litt sichtlich. Die Schwangerschaft bekam ihr nicht. Insgeheim zog Wittiges Vergleiche mit Aletha. Brunichild erwartete ein Kind, das alle ersehnten, denn ihre Schwangerschaft war doch das Zeichen, dass sie der wichtigsten Aufgabe einer Königin gerecht wurde. Eigentlich hätte sie stolz und glücklich sein müssen.

Beim abendlichen Gastmahl waren wie üblich alle versammelt, die zum inneren Kreis des Hofes gehörten. Munter plaudernd drängten sich die Gäste um die Tische, bis das Essen aufgetragen wurde. Erst dann kehrte eine gewisse Ruhe ein. An einem erhöhten Tisch vor den Längsseiten thronte das Königspaar. Wittiges saß so nahe, dass er Brunichild beobachten konnte, aber doch weit genug entfernt, um ihr nicht gleich aufzufallen. Sie zeigte alle Anzeichen innerer Unruhe und einer seltsamen Verstörung, während sie nur wenig aß und kaum etwas trank. Ihre sonst so makellose Haut war fleckig, das Gesicht aufgedunsen. Sigibert war rührend um sie bemüht, aber seine Freundlichkeit machte keinerlei Eindruck auf sie. Im Gegenteil, sie zuckte zusammen, sobald er sie berührte. Erst als Alexander nach dem Essen auftrat, entspannte sie sich ein wenig. Der Musik gelang es anscheinend, ihre innere Qual zu lindern.

Es war das erste Mal, dass Wittiges Alexanders Darbietung lauschte. Er schlug eine Leier und sang dazu. Eine atemlose Stille entstand, als sich die Töne dieser klaren hohen, unirdischen Stimme bis an die Grenzen des Raumes und vielleicht noch darüber hinaus bis ins All, bis zu den Sternen ausdehnten. Eine nie gekannte Ergriffenheit befiel Wittiges, er fühlte sich hilflos und wie versetzt in ein anderes Sein, in dem alle Nichtigkeiten seines bisherigen Lebens verblassten und vergingen.

Alexander hatte wie immer, wenn er sang, die Augen halb geschlossen. Er musste die Töne in seinem Innern hören, um sie nach draußen in eine feindliche und mitleidlose Welt zu schicken. Nur so konnte er singen. Er wusste, dass es genügend Leute am Hof gab, die seine Darbietung nicht mochten, sie war ihnen zu künstlich, zu raffiniert, zu sehr Zeichen einer überlegenen Kultur, die den Franken zeigte, dass sie noch Barbaren waren. Es war ein Wagnis, überhaupt aufzutreten. Jedes Mal verging er vorher fast vor Angst. Ingomer und Falco hatten ihn bisher zwar in Ruhe gelassen – wahrscheinlich, weil sie wussten, wie sehr Sigibert Streit unter seinen Gefolgsleuten hasste und sie seinen Zorn nicht auf sich ziehen wollten –, aber das konnte sich ändern. Er wünschte sehnlichst, sich wieder auf Wittiges' Gut verkriechen zu können.

Nur zufällig bemerkte er Wittiges, der sich seinem Gesang völlig hingab. Eine heilige Inbrunst und tiefe Versunkenheit lagen auf seinem Gesicht. Dafür liebte ihn Alexander und sang nur noch für ihn. Voller Dankbarkeit, voller Hingabe an diesen Freund, der schon so viel für ihn getan hatte, obwohl er vieles nicht verstand. Wie seine Verbindung zu Aletha. Längst hätte er Wittiges die Wahrheit gestehen und ihn von seiner Eifersucht und seinem Misstrauen erlösen müssen. Nur – was war die Wahrheit? Alexander merkte, wie ihm die Kontrolle über die Stimme entglitt, und verbannte jeden Gedanken aus seinem Kopf. Es gab nur noch die Musik.

Als der Gesang endete, saß Wittiges wie benommen da, dann hob er den Kopf und begegnete Brunichilds Blick. Ihre Augen weiteten sich, als sie ihn erkannte, und ein wildes Entsetzen zuckte darin auf. Als hätte sie einen Dämon entdeckt.

Ihre Angst beleidigte Wittiges geradezu. Als ob die Königin von ihm etwas zu befürchten hätte! Am liebsten hätte er stracks den Saal verlassen, aber Sigibert winkte ihn zu sich. Brunichild starrte Wittiges abwehrend an, während ihm Sigibert laut zu seinem prächtigen Sohn gratulierte. »Du bist mir eine knappe Nasenlänge voraus«, dröhnte er und legte den Arm um seine Gemahlin. »Aber warte, bis mein Sohn geboren ist. Ich bin sicher, er wird Großes leisten.«

Brunichild schwankte. Sie war totenblass geworden.

»Man merkt, dass du den Umgang mit kleinen Kindern nicht

gewohnt bist«, entgegnete Wittiges kühn. »Sie scheißen nur in die Windeln und krähen den ganzen Tag nach Futter.«

Sigibert lachte, und die Umstehenden stimmten gut gelaunt mit ein. Von der anderen Seite trat Aletha unauffällig neben Brunichilds Stuhl und flüsterte ihr etwas zu. Ohne dass es allzu sehr auffiel, verließen die beiden Frauen den Saal. Wittiges war erleichtert.

Einen Tag später erreichte den Hof die Nachricht vom Tod Childesinths, einer Tochter Chilperichs und Audoveras, und die Einladung zur feierlichen Beisetzung in Soissons. In aller Eile wurden die Vorbereitungen für die Reise getroffen. Der Einladung nicht Folge zu leisten, wäre ein Verstoß gegen Familienehre und Tradition gewesen. Brunichild hoffte darauf, dass ihr der Ortswechsel guttun und sie von ihren quälenden Ängsten befreien würde. Wittiges schickte sie mit Sigiberts Billigung auf sein Gut zurück, ihr Gemahl war der Ansicht, dass einige zuverlässige Männer zur Wahrung der allgemeinen Sicherheit in Reims und Umgebung zurückbleiben sollten. Gogo blieb ebenfalls und überließ es Priscus, Sigiberts Gefolge anzuführen. Aber Aletha kam ohne Murren nach Reims mit, anscheinend fiel ihr eine längere Trennung von ihrem Kind nicht schwer.

15

Fredegund hatte die Herrschaft über den königlichen Haushalt in Soissons übernommen. Das erfuhr Brunichild gleich nach ihrer Ankunft. Audovera, hieß es, würde nach der Bestattung der jüngsten Tochter ihr Leben in einem Kloster beschließen und nicht länger Ehefrau und Königin sein. Chilperich billigte diesen Entschluss, auch wenn er darunter zu leiden schien.

Ohne sich auf den gedämpften Ton im Haus einzulassen, gab sich Fredegund aufgeräumt und heiter und beriet sich voller Tatendrang mit dem Hausmeier Chilperichs über die Feierlichkeiten und die Unterbringung der zahlreichen Gäste, die sie wie eine Hausherrin empfing. Der bevorstehende Abschied Audoveras vom Hof, der sie so viele Jahre gedient hatte, machte sie nicht betroffen.

»Ich halte nichts von Heuchelei«, gab sie unverblümt zu, als Brunichild sie darauf ansprach, »Audovera lebt schon so lange abseits, dass ihre Abwesenheit nicht weiter auffallen wird.«

»Aber Chilperich wird sie vermissen«, warf Brunichild ein.

Fredegunds Augen tanzten belustigt. »Ach was! Da ist doch nur noch Asche übrig. Nicht ein bisschen Glut. Er begehrt sie schon lange nicht mehr. Er achtet sie – auf die kühle Art. Möchtest du nur geachtet werden?« Sie schüttelte sich. »Ich bestimmt nicht. Ich wäre lieber tot, als so zu leben wie Audovera die letzten Jahre – als Heilige ohne Heiligenschein.« Fredegund hatte ein Kind dabei, ein kleines Mädchen, das sich an ihre Röcke klammerte. Ein vielleicht zwei Jahre alter Fratz mit Schmollmund und rotem Haar.

»Und wer ist das?«

»Meine Tochter Rigunth, ein lästiges kleines Ungeheuer.«

»Du hast eine Tochter?«

»Du tust so, als ob das etwas Besonderes wäre.«

»Du hast nie etwas von einem Ehemann erzählt«, murmelte Brunichild unbehaglich.

»Nein.« Fredegund weidete sich an ihrer Verlegenheit. »Und ich tu's auch jetzt nicht. Entschuldige, aber ich muss mich noch mit den Köchen zanken. Wenn ich sie nicht zurechtstauche, wird das Essen ungenießbar, und ich hab Chilperichs schlechte Laune zu ertragen.« Sie hob das Kind auf die Hüfte und eilte davon. Danach ergab sich kein zweites vertrauliches Gespräch. Neugierig geworden, versuchte Brunichild Sidonia auszuhorchen, aber sie konnte ihr nicht sagen, wer der Vater des Kindes war.

Bei den Trauerfeierlichkeiten wurde endlos gebetet, und das Geheul der Klageweiber drang allen durch Mark und Bein. Chilperich dankte seinen Brüdern warm für ihre Anteilnahme, und dass keiner von ihnen die Mühen der Reise gescheut hatte. Ein großer Trost waren ihm auch die Kinder, die ihm geblieben waren, allen voran seine drei erwachsenen Söhne. Merowech war seinem Vater am ähnlichsten, und es versetzte Brunichild geradezu einen Stich, als sie ihn zum ersten Mal erblickte.

Das Wiedersehen mit Chilperich wühlte sie nicht so auf, wie sie erwartet hatte. Allerdings gab es auch nur einen förmlichen Austausch von Freundlichkeiten, wie sie zwischen Verwandten unter solch traurigen Umständen üblich waren.

Die Kathedrale lag gleich neben dem Palast. Hier war auch König Chlothar bestattet. Sigibert plante, die Kirche auf eigene Kosten zu vergrößern, um seinem Vater eine würdigere letzte

Ruhestätte zu geben – falls Chilperich sich einverstanden erklärte. Das Gespräch darüber stand noch aus. Brunichild mochte die Kirche, wie sie war. Ein Zufluchtsort, den sie am Tag nach der Beerdigung ohne Begleitung aufsuchte, um dem Gewimmel am Hof zu entkommen.

Die Wände waren dick, und die Fenster ließen nur wenig Licht herein. Eine düstere Gottesburg. Brunichild kniete vor einer roh aus Holz geschnitzten Statue des Erlösers, als sie merkte, dass sie nicht mehr allein war. Da lehnte jemand an der Wand, eine in der Dunkelheit unkenntliche Gestalt, von der eine unbestimmte Bedrohung ausging.

»Warum musste es so kommen? Warum hattest du kein Vertrauen zu mir?«, flüsterte eine Stimme.

Wer sprach da zu ihr?

»Habe ich nicht immer wieder beteuert, wie sehr ich dich liebe? Hättest du doch nur mehr Mut gehabt. Was hätte ich noch tun sollen, um dich für mich zu gewinnen? Wären die Dinge anders gelaufen, hätte ich dich zu meiner Königin gemacht. Ich ging jedes Wagnis für dich ein, aber es war umsonst.«

Trotz der warmen Oktobersonne draußen strahlten die Mauern eine Grabeskälte aus, die Brunichild in die Glieder kroch. Sie zitterte. Lange würde sie es hier nicht mehr aushalten. Die Knie schmerzten, und sie wäre längst aufgestanden, aber die Stimme bannte sie.

»Du hättest unser aller Schicksal wenden können. Aber du hast nur mit mir herumgetändelt. Dich an den falschen Mann verschwendet. Dafür wirst du zahlen müssen. Wir alle werden einen hohen Preis dafür zahlen, dass du mich verraten hast.«

Brunichild fuhr sich mit der Zunge über die rau gewordenen Lippen. »Du hast das Gedicht abgeschrieben, dir nicht einmal die Mühe gemacht, selbst zu dichten. Schönes Wagnis, mir einen Brief ohne Anrede und Unterschrift zu übergeben«, sagte sie laut. Aber das Gedicht hatte er sicher nicht gemeint, als er von Wagnis sprach. Schon lange hatte sie nicht mehr an den Überfall auf der Reise nach Metz und Chilperichs plötzliches Auftauchen gedacht. »Du hast die Frechheit besessen, mich entführen zu wollen! Warum hast du nicht um mich geworben, als ich noch in Toledo lebte? Weil ich noch keine Bedeutung für dich besaß? Aber dann wolltest du unbedingt das haben, was deinem Bruder gehört. So war es schon immer, nicht wahr?«

So rasch es ihr Zustand erlaubte, stand sie nun doch auf. Chilperich, stellte sie fest, war verschwunden. Er hatte sie nicht einmal bis zu Ende angehört. Wie schade. Alle Anschuldigungen waren wie von selbst hervorgesprudelt, aber es tat ihr nicht im Mindesten leid. Sie hatte nur ausgesprochen, was sie schon lange dachte. Sie musste sich an der Wand abstützen, so unverhofft überfiel sie Schwäche. Die Wände waren feucht und unangenehm schmutzig.

In der Nacht befielen sie furchtbare Krämpfe. Sie hatte kaum etwas gegessen, aber das wenige verwandelte sich in Säure, die ihr die Eingeweide zerfraß. Sie schrie vor Schmerzen. Sigibert wachte auf und rief verstört nach ihren Dienerinnen. Schließlich ließ er einen Arzt kommen. Aber das Verhängnis war nicht mehr aufzuhalten. Vor dem Morgengrauen brachte sie ein totes Kind zur Welt. Ein Mädchen.

»Wie geht es ihr. Hast du sie gesehen?«, fragte Chilperich. Die Kunde von dem Unglück hatte sich noch in der Nacht verbreitet. Gegen Morgen hatte es ein Aufatmen gegeben, als feststand, dass Brunichild die Totgeburt überleben würde. Der Arzt war sich ganz sicher. Eine Stunde zuvor hatte Chilperich Fredegund ausgeschickt, um Näheres zu erfahren.

»Ja, ich habe sie gesehen und gesprochen. Sie ist elend dran. Wie vernichtet. Macht sich die üblichen Vorwürfe, und andere tun es auch. Es gibt immer schnell Vorwürfe in solchen Fällen und immer die gleichen: zu wenig oder zu viel Vorsicht und so weiter. Jeder sucht eine Erklärung für das Unglück.« Fredegund hatte Brunichilds Verzweiflung erkannt und war voller Mitleid. »Sie erwähnte Gift.« Prüfend schielte sie zu Chilperich hinüber. Hatte er sie verstanden? Er saß in einem Sessel und brütete vor sich hin. Sie trafen sich in seinem Privatgemach, zu dem kaum jemand Zutritt hatte. Sie selbst musste sich bisher im Dunkel der Nacht hierher stehlen. Es wurde Zeit, dass sich daran etwas änderte. Diesmal war sie bei Tag hier. Im Augenblick herrschte allerdings so viel Aufregung, dass niemand auf sie achtete.

»Wieso Gift?«, fuhr Chilperich auf. »Brunichild glaubt, sie sei vergiftet worden?«

»Was weiß ich? Sie bildet sich etwas ein.« Fredegund wusste, dass Chilperich in seine schöne Schwägerin vernarrt war, daran hatte sich seit Lyon, als sie die beiden in der Gartenlaube beobachtet hatte, nichts geändert. Seine Stimme nahm einen weicheren Ton an, sobald er von ihr sprach.

»Hast du sie vergiftet?«, fragte er lauernd.

Fredegund trat zu ihm. Er zog sie zwischen seine Beine und lehnte den Kopf an ihre Brust.

Sie lachte geringschätzig. »Hätte ich das tun sollen? Wozu? Sie hat nur ein Mädchen geboren, keinen Erben für den Thron von Austrasien. Ich hätte ihr eine lebende Tochter gegönnt, das kannst du mir glauben.« Chilperich zog ihre Röcke hoch, ungeduldig, fordernd, aber sie ließ sich in ihren Überlegungen nicht stören. »Nein, ich war's bestimmt nicht.« Sie hatte sich für den Nachmittag mit Priscus verabredet. Schon am Tag zuvor war es ihr gelungen, ihn zu verführen. Dazu hatte es keines großen Aufwands bedurft. Er war ein attraktiver Mann, aber nicht das Aussehen hatte sie gereizt. Es war nur eine Gelegenheit, sich unabhängig zu fühlen und sich an Chilperich zu rächen. Er war ein Heuchler, das wusste sie nur zu genau. Und sie hatte keine Lust, ihn hier und jetzt gewähren zu lassen und ihm Erleichterung zu verschaffen. Vor der Verwandtschaft den tief betrübten und entsagenden Ehemann zu spielen, machte ihn reizbar. Echt war dagegen die Trauer um seine Tochter.

Er hatte seine Tunika hochgeschoben und die Hose geöffnet. Spöttisch betrachtete Fredegund sein pralles Glied. »Steck das weg«, sagte sie, »denk daran, dass dies ein Trauerhaus ist. Nimm die Gelegenheit wahr, dich auf deine Verantwortung als König und auf die als Rigunths Vater zu besinnen. Glaub nicht, ich lasse mich weiter von dir als Hure missbrauchen. Wenn du mich noch einmal haben willst, dann nur als deine Ehefrau mit allen Rechten.«

Ehe er sie festhalten konnte, schlüpfte sie hinaus. Seinen Zorn nahm sie nicht ernst. Wenn sie wollte, konnte sie ihn jederzeit besänftigen. Aber das hatte sie nicht vor. Noch nicht, denn erst sollte er schmerzlich die Abhängigkeit von ihr spüren. Auf sich selbst war sie zornig. Brunichilds Leid machte sie hilflos, denn solche Schicksalsschläge rissen oft andere mit ins Unglück. Dabei sollte sie zusehen, dass sich ihre eigene Lage änderte, ehe sich Chilperich auf einen Plan besann, der ihrem zuwiderlief.

Brunichild blieb nur so lange in Soissons, bis sie die Reise nach Reims wagen konnte. Es wurde eine traurige Heimkehr. Die Kunde vom Unglück war ihr vorausgeeilt, und so begegneten ihr die ersten Menschen an ihrem Hof mit Scheu und Unbehagen. Die missglückte Geburt war ein schlechtes Omen. Ihr Ruf als Königin, als Spenderin von Heil und Wohlstand, war beschädigt, das erkannte sie bald. Sie wusste, dass sie schrecklich aussah, aller Glanz, alle Hoheit waren verblasst. Vorerst wollte sie niemanden sehen und niemanden um sich haben. Aber Nanthild ließ sich nicht abweisen. Sie kam gleich nach der Ankunft zu ihr, ergriff ihre Hand und streichelte sie.

»Es tut mir so leid«, sagte sie schlicht.

Brunichild war überrascht. Unsicher sah sie die Hofdame an und begriff, dass Nanthild ihren Verlust wirklich verstand, auch alle Schuldgefühle, dieses wirre Knäuel, das ihren Geist so gefangen hielt, dass sie sich nur noch ungelenk bewegen konnte, eine Fremde im eigenen Körper. Nanthild hatte ihre Kinder verloren und war nun eine Frau ohne Zukunft, abgeschnitten vom Leben. Und diese knöcherne, verwelkte Frau strahlte auf einmal eine tröstliche Wärme aus.

In den folgenden Monaten lebte Brunichild sehr zurückgezogen. Sie blieb teilnahmslos, selbst der Gesang Alexanders vermochte sie nicht aufzuheitern, und deshalb erlaubte sie ihm, den Winter auf Wittiges' Gut zu verbringen. Aber sie hatte Aletha gebeten, bei ihr zu bleiben, und diese kam der Bitte widerspruchslos nach. Erst nach einigen Wochen, als sie allmählich ins Leben zurückfand, fiel ihr das merkwürdige Verhalten ihrer Hofdame auf. »Was ist mit deinem Sohn?«, fragte sie, als Aletha ihr morgens das Haar zu einer Krone zu flechten versuchte.

»Was soll mit ihm sein?«, nuschelte Aletha, den Mund voller Haarnadeln. Zweimal war sie kurz zu ihrem Kind gereist, aber nie länger als drei oder vier Tage fortgeblieben. Geschah das nur aus Sorge um ihre Herrin? Brunichild kamen Zweifel an dieser Ergebenheit, die etwas Unnatürliches hatte.

»Ich denke, er braucht dich«, gab sie verärgert zurück.

»Nein.« Aletha spuckte die Haarnadeln in die Hand. »Dein Haar liegt nicht. Es ist wie ... wie ... altes Stroh.«

Verdutzt äugte Brunichild in den polierten Bronzespiegel. In diesem Spiegel hatte ihre Haut immer einen warmen Honigton und ihr Haar einen Goldschimmer gezeigt. Nein, ihr Haar sah glanzlos wie Stroh aus. Sie riss Aletha den Kamm aus der Hand.

»Ich spreche von deinem Sohn, und du regst dich über mein Haar auf. Was soll das? Liebst du dein Kind so wenig?«

»Was ist mit dir selbst?« Alethas Gesicht erschien neben ihr im Spiegel. »Seit Wochen hast du an nichts mehr Interesse. Warum jetzt an meinem Sohn? Ihm geht es gut, er hat eine hervorragende Amme und einen liebevollen Vater.«

Brunichild spürte, wie ihre Augen feucht wurden. »Ist er liebevoll? Wie seltsam.«

Blitzartig überkamen Aletha Erinnerungen, verhuschte Bilder, die sie sofort wieder vergessen wollte. Sie durften ihr Leben nicht durcheinanderbringen. Kämpferisch richtete sie sich auf.

»Daran ist nichts seltsam. Er hat das Kind als das seine angenommen und verhält sich entsprechend. Das ist alles. Ich gebe es auf für heute. Mit deinen Haaren ist nichts anzufangen, und warum soll ich mir damit Mühe geben? Solange du in diesen Säcken herumläufst, ist ohnehin alles vergebens.«

Brunichild trug noch die gleichen Kleider wie in der Schwangerschaft, nur passten sie nicht mehr und schlotterten ihr am Körper. »Du wirst unverschämt«, sagte sie schneidend. »Das dulde ich nicht.«

»Ach ja? Aber ich soll deine Fragen, die voller Hintersinn sind, geduldig beantworten? Wieso?«

»Weil du ...« Brunichild hielt inne. »Wir streiten uns!«, rief sie überrascht.

»Ja, das tun wir.« Ungerührt nahm Aletha den Kamm an sich und drehte ihn in der Hand. »Es wird Zeit, dass dir jemand die Augen öffnet. Und hör auf zu jammern und dir selbst leidzutun.«

Ihre Blicke begegneten sich wieder im Spiegel. Es war ein Moment der Offenbarung.

»Bitte«, sagte Brunichild schwach, »streite weiter mit mir. Das tut so gut.«

Aletha kicherte. »Mein Zorn ist zwar verraucht, aber ich versuch's gern. Schmeiß diese Säcke weg, in die du dich hüllst, sie sind scheußlich. Und schmutzig, sie stinken richtig.«

Brunichild schüttelte den Kopf, als ob sie sich mühsam aus einem Albtraum befreien müsste. Langsam hob sie einen Arm, roch am Ärmel und schüttelte sich.

»Meinst du, ich kann noch einmal von vorn anfangen?«, fragte sie schüchtern.

»Das solltest du«, erwiderte Aletha lebhaft. »Es sind Gerüchte im Umlauf. Über dich und Sigibert, und heute habe ich den Namen deiner Schwester aufgeschnappt.«

Brunichild schrak zusammen. »Was hast du gehört?«, flüsterte sie, fürchtete sich aber vor der Antwort. Die lag ja auf der Hand. »Nein, nein, warte.« Sie schob den Hocker zurück und stand auf. »Hilf mir aus dem Gewand. Verbrenn es, verbrenn alles.« Auf einmal raste die Zeit, sie hatte große Eile, Versäumtes nachzuholen.

»Nicht alles. Da sind ja noch die Kleider, mit denen du hergekommen bist. Es sind schöne darunter, die dir jetzt wieder passen.«

»Ich möchte neue Kleider haben. Sie sollen verführerisch und einzigartig sein. Aus Seide, mit Juwelen und Perlen besetzt, glitzernd, schimmernd, duftend …«

»Juwelen«, wiederholte Aletha träumerisch. »Ich weiß, wo du ganz erlesene bekommst. Zufällig weiß ich eine Quelle.« Sie war nach Paris gereist, und es war ihr wieder gelungen, den Purpur zu verkaufen und wenigstens einige der Edelsteine. Aber für die grünen und blauen hatte sie kaum Abnehmer gefunden, alle wollten nur die roten, die Almandine, haben. Dabei hatten die anderen viel mehr Feuer. Die Saphire würden Brunichilds Augen wie Sterne leuchten lassen.

»Da sitzen wir hier und schwatzen über Kleider!«, seufzte Brunichild. »Dabei geht es doch um etwas anderes, viel Wichtigeres!«, fuhr sie mit einem brennenden Blick in den Spiegel fort.

»Kleider sind wichtig«, widersprach Aletha ernst. »Die Leute müssen sehen, dass du ihre Königin bist, eine vollkommene Königin. Woran sollen sie das erkennen, wenn sie weit hinten in der Empfangshalle stehen oder dich neben Sigibert abends beim Essen beobachten, wenn nicht an deiner Haltung und der Kostbarkeit deiner Kleider? Das eine muss dem anderen entsprechen.«

Aletha wusste, dass sie recht hatte. Juwelen besaßen eine Bedeutung, die weit über ihren materiellen Wert hinausging. Wittiges hatte Kontakt zu Händlern in Reims aufgenommen, die Teil eines großen Netzes waren, und mit ihrer Hilfe Geld nach Marseille geschickt. Und über das außerordentlich weit gespannte Netz der Händler, hatte er herausgefunden, reisten auch Nachrichten. Und eine dieser Nachrichten betraf Gailswintha, Brunichilds Schwester. Leider hatte Wittiges nur eine Andeutung gemacht und von einem Gerücht gesprochen, das aber bereits die Runde bei Hof machte. Sidonia wusste auch etwas – was genau, hatte Aletha nicht herausgefunden. Deshalb war sie froh, dass Brunichild sie nicht weiter ausfragte.

»Ich glaube«, sagte Brunichild langsam, »du wärst auch keine schlechte Königin. Du hast dich viel mehr in der Hand als ich. Bring mir sobald als möglich die Juwelen.«

Danach verdoppelten sie in stillem Einvernehmen die Anstrengungen um Brunichilds Äußeres und hatten leidlichen Erfolg. Brunichild merkte es sowohl an den Blicken der Höflinge als auch an Sigiberts Verhalten. In den letzten Wochen hatte sie sich ihm gegenüber gehen lassen und ganz ihrem Schmerz hingegeben. In der folgenden Nacht schlief sie mit ihm. Es war nicht das erste Mal seit der Fehlgeburt, aber diesmal war sie bei der Sache und besann sich auf die Künste, die sie einmal erlernt hatte. Zu Sigiberts Überraschung setzte sie sich rittlings auf ihn und hob die Arme über den Kopf – im sicheren Bewusstsein, dass ihre Brüste dadurch noch herausfordernder und verlockender wirkten. Sigibert griff sofort danach und knetete sie sanft, während er leise vor Wonne aufstöhnte. Alles weitere verlief so, wie sie es geplant hatte; nicht geplant war, dass die Leidenschaft auch sie in einen tiefen, erlösenden Strudel zog. Als er sich schließlich in sie ergoss, war das für sie wie eine Rückkehr ins Leben. Ja, sie war sicher, dass neues Leben in ihr keimte. Wohlig schmiegte sie sich in seinen Arm, eine Hand auf seiner breiten, schweißnassen Brust. Ein tiefer, seufzender Atemzug verriet ihr, dass Sigibert im Begriff war einzuschlafen.

»Schlaf noch nicht«, begann sie leise. »Was sind das für Gerüchte, die über meine Schwester im Umlauf sind?«

»Was?« Er schreckte auf.

»Meine Schwester, was ist mit ihr?«

Er grunzte abwehrend. »Morgen, lass uns morgen darüber reden.«

»Jetzt.« Sie kniff ihn in die Brust.

Sigibert seufzte. »Dieser Hof ist wie eine offene Kloake. Alles zieht sofort stinkend seine Kreise. Was hast du gehört?«

»Sag du es mir!« Würde er ihr eingestehen, dass er hinter

ihrem Rücken Verbindung zum Hof von Toledo aufgenommen hatte? Würde er Gailswintha zu seiner Nebenfrau machen, ohne sie, Brunichild, vorher zu fragen? Aber warum hätte er das tun sollen? Er kannte ja ihre Meinung. Wenn er sich jetzt herausredete, konnte sie nichts mehr gegen diesen Plan unternehmen. Sie würde machtlos zusehen müssen, wie Gailswintha ihren Platz einnahm.

Sigibert knurrte nur. Brunichild warf die Bettdecke von sich und machte Anstalten aufzustehen.

»Wohin willst du?«

»Ich habe das Gefühl, bei dir nicht mehr lange erwünscht zu sein. Deshalb gehe ich, bevor du mich hinauswirfst.«

Mit einem Griff zog er sie zurück und drückte sie in die Kissen. »Was für eine Teufelei ist das?«

»Ich habe dich etwas gefragt!«, schrie sie und biss ihm in die Hand.

Jetzt schrie auch er und packte sie noch fester. Um ihrer Herr zu werden, legte er sich mit seinem ganzen Gewicht auf sie. »Ich weiß nicht, was in dich gefahren ist. Bist du verrückt geworden?«, knurrte er.

»Ich habe dich nach Gailswintha gefragt. Sie ist meine Schwester – soll ich nicht erfahren, was du mit ihr vorhast?«

Pures Erstaunen breitete sich in Sigiberts Miene aus. Er schüttelte ungläubig den Kopf. »Ich?« Dann erhellte sich sein Gesicht unversehens. »Du bist eifersüchtig! Du bist tatsächlich eifersüchtig! Das ist gut! Jetzt brauche ich mir keine Sorgen mehr um dich und mich zu machen.« Er lachte laut.

Brunichild konnte sich nicht bewegen, sie konnte ihn weder treten noch kratzen, sie war ganz und gar hilflos in ihrem Zorn. Und dann zwängte er sich zwischen ihre Beine, anscheinend hatte ihm das Gerangel eingeheizt. Voller Wut musste sie es ertragen, dass er unverzüglich zur Sache kam. Erst nach einigen Stößen antwortete er.

»Wie es ausschaut, werde ich deine Schwester nicht heiraten. Ich gebe zu, dass ich es erwogen habe, aber Chilperich ist mir zuvorgekommen. Heißt es wenigstens. Noch sind es nur Gerüchte. Aber seine Unterhändler sind in Toledo aufgetaucht.«

»Chilperich!«, stieß Brunichild erstaunt hervor.

»Ja, Chilperich. Ich hätte es wissen oder ahnen müssen. Er macht mir alles nach, dieser ränkesüchtige, ewig neidische Tollkopf. Wenn das Gerücht stimmt, wirst du deine Schwester wiedersehen. Das wolltest du doch.«

Brunichild schlang die Arme um Sigibert, und eine grenzenlose Erleichterung durchflutete sie, die erst in haltlosem Gekicher und dann in Leidenschaft überging. Und darin trennte sie und ihr Gatte nichts mehr.

16 Aletha war für längere Zeit heimgekehrt. Brunichild selbst hatte sie mit der strengen Anweisung weggeschickt, sich um ihr Kind und ihren Mann zu kümmern. Sie hatte ihr ins Gewissen geredet, von neuem Feuer und Sendungsbewusstsein durchdrungen. Vorher aber hatte Aletha die Edelsteine an die königliche Kämmerei verkauft. Der Verkauf war über Gogo abgewickelt worden, und es war ein hübscher Gewinn dabei herausgekommen. Neben dem Geld brachte sie den Auftrag mit, mehr von den Kostbarkeiten zu besorgen, denn es gab jetzt einen erhöhten Bedarf daran bei Hof.

Wittiges war über diese Neuigkeiten recht erfreut. Aletha brachte aber auch die Aufforderung mit, sich umgehend in Reims einzufinden, weil Gogo und Sigibert ihn sprechen wollten. Das war weniger angenehm. Längst hielt sich Wittiges lieber auf seinem Gut als bei Hof auf, obwohl ihn das Leben dort durchaus noch reizte. In der Kampfkunst war er inzwischen so weit fortgeschritten, dass ihn Gogo zum Lehrer für den Nachwuchs, die *Nutriti*, bestellte. Das Unterrichten machte ihm sogar Spaß. Chramm, der kleine Bruder seines alten Feindes Ingomer, war einer seiner eifrigsten und liebenswürdigsten Schüler, aber auch einer der unbegabtesten. Dafür konnte er nichts, seine Behinderung machte ihn fast völlig untauglich.

Bevor Wittiges nach Reims aufbrach, erlebte er eine Überraschung. In der Nacht kam Aletha von sich aus zu ihm ins Bett. Er hatte sich noch nicht von seiner Überraschung erholt, da zog sie sich entschlossen das Hemd über den Kopf.

»Ich habe es dir versprochen, nach der Geburt. Seitdem sind einige Wochen vergangen, das weiß ich, aber ich halte mich an Vereinbarungen.«

Wittiges hatte seine Befriedigung bisher bei den jungen Frauen auf dem Gut gefunden, mit denen er seinen Sklavenbestand aufgestockt hatte. Aletha nicht als Bettgefährtin zu sehen, sondern nur als tüchtige Hausfrau und Kameradin, war ihm so in Fleisch und Blut übergegangen, dass er nun keinen Anfang fand, sich über die eingeübten Hemmungen hinwegzusetzen. Aletha schien verwirrt, als er sich nicht rührte.

»Bin ich dir nicht schön genug?«, fragte sie mit kindlicher Stimme.

Da regte er sich endlich, streckte die Hand aus und strich ihr leicht über die Brust. Sie fühlte sich gut und warm an. Es wurde dann kein großes Erlebnis, vor allem weil er sich zurückhielt, um sie nicht durch ungehemmte Leidenschaft zu verschrecken. Hinterher schmiegte sie sich vertrauensvoll und müde in seinen Arm, und sie schliefen zusammen ein. Endlich fühlte er sich richtig verheiratet.

Einen Tag später fand die Unterredung mit Sigibert statt, an der außer Gogo auch Brunichild teilnahm. Sie sah erholt aus, stellte er erleichtert fest, und eine wehe Zärtlichkeit überkam ihn. Seine einstige Geliebte ließ ihn immer noch nicht gleichgültig. Er hatte sich gefragt, wie es wohl gewesen wäre, wenn ihr Kind gelebt und ihm ähnlich gesehen hätte. Vielleicht waren sie an einer Katastrophe vorbeigeschlittert. Dafür war er dem Schicksal dankbar und umso eher für Sigiberts Aufforderung offen, nach Toledo zu reisen. Er sollte wieder einen Brief überbringen und dem Gerücht über Gailswinthas Heirat nachgehen. Es kam ihm sehr gelegen, im Auftrag und auf Kosten der Krone in den Süden zu reisen, hatte er doch ohnehin vor, neue Edelsteine und Purpur zu besorgen.

In Marseille angekommen, übernachtete er in Josephus' Haus und wurde wie ein Familienmitglied behandelt. Der alte Grieche war höchst zufrieden mit den Verkäufen und versprach, über seine Kollegen die gewünschten Edelsteine, aber auch Perlen zu besorgen. Den Purpur würde er wie bisher selbst beisteuern. Alles würde bereitliegen, wenn Wittiges von seiner Mission in Toledo zurückkehrte. Mit guten Wünschen bedacht, schiffte er sich ein. Sein Rang als königlicher Kurier erleichterte vieles, vor allem in Toledo. Für seine geheime Aufgabe erneuerte er seine Freundschaft mit Stallmeister Rado. Der behandelte ihn diesmal anders, denn Wittiges war in seiner Achtung offensichtlich gestiegen. Vielleicht trug auch der kurze Bart, den er sich hatte wachsen lassen, zu einem männlicheren Eindruck bei. Rado staunte nicht wenig, als Wittiges ihm von seinem Aufstieg zum Familienvater und Gutsbesitzer erzählte. Nach dieser Eröffnung war Rado gern dazu bereit, ihn mit dem Klatsch am Hof in Toledo vertraut zu machen und sich nach weiteren Neuigkeiten umzuhorchen. Seine Erkundigungen zerstreuten jeden Zweifel, dass Chilperichs Werbung um die Königstochter Gailswintha Erfolg haben würde. Jetzt, wo er keine andere Königin mehr an seiner Seite hatte, stand dem Abschluss dieses Bündnisses nichts mehr im Wege. Audovera hatte sich zum passenden Zeitpunkt von der Welt zurückgezogen.

Athanagild kränkelte nach wie vor, daher führte sein Bruder Leovigild die Verhandlungen. Einer der Söhne Athanagilds war einer Seuche erlegen, und der andere spielte am Hof so gut wie keine Rolle. Die Macht lag ganz in den Händen der jüngeren Brüder des alten Königs.

Auf Josephus' Wunsch blieb Wittiges länger als beabsichtigt in Marseille. Er lernte weitere Händler kennen, die ihn in ihre Häuser einluden und ihn genau wie Josephus als Freund und Bruder behandelten. Wieder gab es weinselige Gelage, gegenseitige Beteuerungen und heilige Eide. Wittiges war froh, als er aufbrechen konnte, und schwor sich, wenigstens zwei Wochen keinen Wein zu trinken, um sich gründlich auszunüchtern.

In Reims traf er sich sofort mit Sigibert, Gogo und Sigiberts Statthalter der *Civitas*, Herzog Lupus.

»Wie stehen wir zu Leovigild?«, fragte Gogo nachdenklich, als Wittiges seinen Bericht beendet hatte.

»Nicht so gut wie mit Athanagild«, antwortete Lupus. »Chilperich verfolgt mit dieser Heirat eine besondere Absicht. Aber welche?«

Diese Heirat lag allen wie ein Stein im Magen. Wittiges hatte sich auf der Rückreise selbst ein paar Gedanken darüber gemacht. Er nahm an, dass der zeitlich so gut passende Rückzug von Chilperichs Gemahlin vielleicht nicht ganz freiwillig erfolgt war.

»Es geht um die westgotischen Häfen der Septimania«, sagte Wittiges prompt. Er hatte die Gespräche mit den Händlern noch im Ohr, und plötzlich bekam alles für ihn einen Sinn. »Chilperich lauert darauf, einen Zugang zum Mittelmeer und zu den Handelsrouten in den Osten zu bekommen.« Er lächelte versonnen. Die Unterhaltungen mit Rado waren sehr aufschlussreich gewesen, aber er hatte auch auf eigene Faust Nachforschungen betrieben. Eines Nachts hatte er sich Zugang zur Kanzlei verschafft, ein gewagtes Unternehmen, das er für sich behalten wollte und bei dem er viel herausgefunden hatte. »Und falls Charibert noch vor der Hochzeit stirbt, wird Chilperich Gailswintha als Morgengabe einige Städte im Süden überschreiben. Wie geht es Charibert?«

»Langsam«, wiegelte Gogo ab, »Charibert lebt noch, wenn ich daran erinnern darf.«

»Das ist richtig, aber Chilperich wollte schon bei meiner Hochzeit in Metz mit mir über die Teilung des Erbes verhandeln, erinnerst du dich? Gailswintha bringt also Hafenstädte im Süden als Mitgift ein, und dazu will Chilperich noch einige aus Chariberts Erbe, um seinen Machtbereich abzurunden.« Sigibert wandte sich an Wittiges. »Welche Städte? Weißt du, um welche es geht?«

Es gab Städte, die wie Perlen an den großen Handelsrouten lagen, und jeder begehrte sie. Bordeaux war eine solche Stadt. Und von Bordeaux hatte Wittiges etwas in den Briefen gelesen. Aber noch gehörte Bordeaux Charibert.

»Zumindest um Bordeaux«, sagte er.

»Chilperich, dieser verdammte Fuchs«, schimpfte Sigibert. »Sollen wir auch ein Angebot auf Gailswintha abgeben, falls es noch nicht zu spät ist?«

»Meinst du das im Ernst?«, fragte Gogo spöttisch.

Sigibert zuckte leicht mit den Schultern. »Eher nicht. Es gibt Gründe, die dagegen sprechen«, sagte er leise. »Persönliche.«

Gogo ging nicht weiter darauf ein, aber Wittiges verstand, dass es um die Königin ging. Von Aletha wusste er von ihrer heftigen Abneigung gegen eine Zweitehe ihres Gatten.

»Fragt sich, was können wir sonst unternehmen?« Gogo ging auf und ab und rieb sich den Nasenrücken. »Lass uns mit Guntram in Verbindung zu treten. Er ist der Älteste, seine Meinung hat das größte Gewicht. Du solltest in Erfahrung bringen, wie er über eine mögliche Teilung von Chariberts Erbe denkt, und deine Wünsche anmelden. Vielleicht kannst du ihn auf deine Seite ziehen.«

»Es wäre jedenfalls einen Versuch wert«, erwiderte Sigibert.

Lupus goss Wein in einen Becher, reichte ihn Wittiges, schenkte sich selbst ein und prostete ihm zu. »Sollten wir nicht einen Segensspruch auf den jungen Mann aussprechen, der uns so vorbildlich wichtige Informationen verschafft hat?« Lupus zwinkerte. »Wie viele Leute hast du bestochen? Gogo soll dir die Auslagen erstatten.«

»Kein Bedarf«, sagte Wittiges überrascht, »ich bin in die Kanzlei eingebrochen und hab in den amtlichen Schreiben herumgestöbert. Die Kanzleibeamten der Burg von Toledo können sich offenbar nicht vorstellen, dass jemand ihre Geheimnisse ausspäht. Außerdem denken sie, niemand außer ihnen kann lesen.«

»Dann bist du nicht nur geschickt, sondern auch sparsam«, sagte Lupus anerkennend. »Wir haben einen wirklich umsichtigen Spion!«

In den nächsten Wochen und Monaten reiste Wittiges einige Male nach Paris, Soissons und Lyon, und ab und zu führten ihn seine Geschäfte nach Marseille. Nach Paris und Soissons begleitete ihn meistens Aletha, denn sie kannte sich viel mehr als er mit Juwelen, Stoffen und Farben aus, denn ihr Handel war der offizielle Grund für die Reisen. Er war sozusagen ihre Tarnung. Überall wurden sie von den Händlern freundlich empfangen, und es erstaunte Wittiges immer wieder, wie gut diese über Angelegenheiten unterrichtet waren, die als streng geheim galten. Da fiel ihm das Spionieren leicht. Auch Aletha verblüffte ihn, denn sie knüpfte an den Höfen von Paris und Soissons nützliche Verbindungen – sowohl zu den Edelfrauen als auch zu vielen Mägden –, die alle begeistert dem Austausch von Klatschgeschichten frönten. Nebenbei waren die Edeldamen begierig auf kostbare Steine.

Wittiges verdiente gutes Geld, und Gogo stattete ihn großzügig mit Reisemitteln und Sonderzuwendungen aus, aber das Geld war rasch wieder ausgegeben. Das Gut, das nun *Casa alba* hieß, verschlang entschieden mehr, als es einbrachte. Die erste Ernte war bescheiden ausgefallen, sie reichte nicht einmal für die Grundsteuer, und da gab es noch die alten Steuerlasten, die nach und nach beglichen wurden. Und als sich eine Gelegenheit bot, einige Felder und ein großes Stück Wald aus Edwins ehemaligem Besitz zu erwerben, griff Wittiges zu.

Im Frühsommer wurde Brunichild wieder schwanger. Kaum hatte die Nachricht die Runde gemacht, unterrichtete Chilperich seine Brüder offiziell über die Verlobung mit ihrer Schwester. Er lud die gesamte Familie zur Hochzeit im September ein, die aber, als der Termin näher rückte, um einige Wochen verschoben wurde.

Anfang Oktober brachte Wittiges in Erfahrung, dass sich Chariberts Gesundheitszustand rapide verschlechtert und Chilperich eine Gesandtschaft auf den Weg geschickt hatte, um seine Braut abzuholen.

»Aletha, hast du sie gesehen?« Brunichild war nicht zur Hochzeit gereist, Sigibert hatte es ihr eingedenk ihres letzten Besuchs in Soissons verboten, und sie hatte sich gefügt. Auch diese Schwangerschaft gestaltete sich mühsam. Ihr war fast immer übel, und sie fühlte sich dauerhaft matt. Deshalb hatte Sigibert die alljährliche Huldigungsreise durch die Provinzen so gut wie allein unternommen. Sie war ganz froh, dass er sie in ihrem unpässlichen Zustand so selten erlebte. Hoffentlich lohnte sich die Pein, und sie gebar endlich den ersehnten Sohn. Als Vertretung hatte sie Aletha in Wittiges' Begleitung zur Hochzeit geschickt. Wittiges war sie noch immer wegen des Fohlens gram, das Bella im Frühjahr geworfen hatte, ein lächerlich kleines und hässliches Stutfohlen, dass sie ihm nur zu gern überlassen hatte.

»Ist sie glücklich?«, fuhr Brunichild eindringlich fort. Ist sie glücklich mit dem Mann, in den ich einmal so rasend verliebt gewesen war?, fügte sie im Stillen hinzu. Ihre Leidenschaft für Chilperich war endgültig vorbei. »Also, wie war's auf der Hochzeit?« Brunichild legte die Hände auf den gerundeten Bauch. Noch etwa vier Monate! Wie sollte sie die bloß durchstehen?

»Es war sehr feierlich«, begann Aletha zögernd. Sie musste ihre Erinnerungen ordnen. So viele Eindrücke und Begegnungen waren auf sie eingestürmt, wichtige, unwichtige und solche, über die sie noch nachdenken wollte. Seit einigen Monaten äußerte sie seltener als vorher, was ihr gerade durch den Kopf schoss.

»Feierlich! Mein Gott! Natürlich war es feierlich, was denn sonst?«, stöhnte Brunichild unbeherrscht auf. Trotz der Kühle saßen sie im Garten, um die Schultern Tücher aus wunderbar weicher Wolle in leuchtendem Rot. Die Umschlagtücher stammten aus *Casa alba*. Aletha hatte sie weben lassen. Brunichilds

Tuch war das erste Geschenk gewesen, das Aletha ihr gemacht hatte.

»Es gab eine Zeremonie in der Kirche. Mit Fässern voller Weihrauch und vier Bischöfen. Mehr hatten am Altar nicht Platz. Gailswintha ist zum römischen Glauben übergetreten, noch vor der Hochzeit. Fredegund hat's mir erzählt.« Audoveras ehemalige Kammerfrau war Alethas wichtigste Nachrichtenquelle. Es gab da etwas Neues, das Fredegund selbst betraf. Sie waren an einem Nachmittag durch den wundervollen Garten mit den vielen schattigen Plätzen, ausgedehnten Wasserbecken und ein paar antiken Statuen spaziert. Sie hatten ein kleines Mädchen bei sich gehabt.

»Hast du mit Gailswintha selbst gesprochen? Hast du ihr erklärt, warum ich nicht kommen konnte?«, unterbrach Brunichild Alethas Erinnerungen.

»Ja!«

»Was hat sie gesagt?«

»Gleich, ich wollte dir erst noch von der Hochzeit erzählen«, fuhr Aletha rasch fort. »Ich habe noch nie so eine Pracht gesehen! Wir haben von goldenen Tellern gegessen. Der Saal war mit Marmor ausgekleidet, ein riesiger Saal, der aber nicht alle Gäste fassen konnte. Chilperich, heißt es, hat jedem seiner Edlen Strafe angedroht, wenn er nicht zur Hochzeit erscheint! Die Familie war natürlich vollzählig anwesend.« Aletha streifte Brunichild mit einem Blick. »Nun ja, fast vollzählig. Charibert ließ sich entschuldigen, aber mit ihm rechnete keiner. Wie lange es mit ihm wohl noch dauert?«

»Würdest du bitte auf das Wesentliche kommen?«, fragte Brunichild mit mühsamer Beherrschung.

Was war das Wesentliche?, grübelte Aletha. Dass Gailswintha aussah, als müsste sie unter ihrem Gewand ersticken? Es war aus schwerem Goldbrokat gefertigt und überreich mit Juwelen besetzt. Dazu trug die Braut ein Kopfband, das sich vor lauter Edelsteinen in die Stirn grub. Alles in allem musste diese Ausstattung mehr wiegen als eine Kriegerrüstung. Aber Gailswintha hielt sich so gerade, als spürte sie das Gewicht nicht.

»Ist sie glücklich?«, wiederholte Brunichild ungeduldig. »Du warst eine ganze Woche lang dort. Hast du das Reden verlernt?«

»Ich kann dir nicht sagen, ob sie glücklich ist.« O doch, das kannst du, wies sich Aletha in Gedanken selbst zurecht. »Sie wirkte wie entrückt. Ich glaube, das Fest hat sie überwältigt. Der ganze Prunk galt ja ihr. Du hättest die Herzöge und Grafen aus Chilperichs Gefolge sehen sollen. Einer nach dem anderen knieten diese mächtigen Männer vor deiner kleinen Schwester nieder, um den Huldigungseid zu leisten.«

»Leovigild hat ihr achtzehn Wagen voller Schätze mitgegeben, ich hatte nur sechzehn«, murmelte Brunichild und knetete die Enden des Wollschals. »Das hat mir Sigibert erzählt, und er weiß es von Wittiges.« Sie hielt inne, weil ihr etwas einfiel. »Was waren das für goldene Teller? Hast du sie dir angesehen?«

»Der, von dem ich aß, gehörte zu deiner Brautausstattung. Das kleine Muster auf der Rückseite, mit der der Goldschmied alle deine Teller markiert hat, war gut zu erkennen.«

»Schön zu wissen, dass meine Teller jetzt zum Hausstand meiner Schwester gehören«, sagte Brunichild grimmig. Damit hatte sie den endgültigen Beweis, dass es Chilperich, dieser Hund, bei dem Überfall auf ihrer Reise nach Metz nicht nur auf sie, sondern auch auf ihren Schatz abgesehen hatte. »Gibt es sonst noch etwas?«

»Nur das übliche Geschwätz. Die schönste Braut, die man je gesehen hat, und die vornehmste, da kommt selbst das Kaiserhaus in Byzanz nicht mit und so weiter … Überhaupt wurden ständig Vergleiche mit Byzanz gezogen.«

»Chilperich als Kaiser des Westens? Sigibert hält ihn für größenwahnsinnig«, warf Brunichild ein. »Was noch? Lass dir nicht alles aus der Nase ziehen.«

Kommt darauf an, was du meinst, dachte Aletha. »Ich hab nur einmal mit deiner Schwester gesprochen, abends, da war sie schon sehr müde. Sie lässt dich herzlich grüßen und bedauert, dass alles anders kam, als sie sich das vorgestellt hat.« Aletha sah in den Garten hinaus. »Sie dachte, sie heiratet Sigibert. Erst auf der Reise hierher hat man ihr die Wahrheit gesagt. Sie wollte nicht von zu Hause weg, sie hat furchtbar gejammert, als sie Abschied nehmen musste. Ihr einziger Trost war, dass du sie hier erwartest. Sie sagt, du hast ihr einen Brief geschrieben, aus dem sie den Mut schöpfte, sich auf die Heirat einzulassen. Eigentlich wollte sie gar nicht heiraten.«

Es war eine ganze Weile still. Brunichild dachte an den Brief und die Wendungen, die ihr nun schwülstig und schwärmerisch vorkamen und die anscheinend zu einem verhängnisvollen Missverständnis geführt hatten. Venantius verdankte sie diesen maßlos übertriebenen Stil. Ihr ganzer aufwallender Ärger richtete sich gegen den Dichter, diesen Schleimer und Einschmeichler. Es wurde Zeit, dass er verschwand, bevor er weiteres Unheil anrichtete. Arme Gailswintha, die noch nie zwischen Schein und Wirklichkeit unterscheiden konnte. »Hat sie was über die Hochzeitsnacht gesagt?«

Aletha dachte gerade wieder an ihre Begegnung mit Fredegund im Garten. Die Kleine war bis zum Wasserbecken gelaufen und drauf und dran, über den niedrigen Rand zu klettern. Fredegund achtete nicht auf das Kind, und das Becken war tief.

»Willst du deine Tochter nicht von dort wegholen?«, hatte Aletha gefragt. »Das ist doch dein Kind?« Es war eine rhetorische Frage, denn das flammend rote Haar sprach für sich. Wo hatte Fredegund die Kleine bisher versteckt?

In diesem Moment betrat Chilperich den Garten. Mit raschen Schritten eilte er zum Becken. Anscheinend hatte er die Gefahr erkannt, in der das Kind schwebte.

»Ja, kümmere dich um deine Tochter«, rief ihm Fredegund zu und wandte sich mit einem maliziösen Lächeln wieder an Aletha. »Ich geh doch besser selbst. Sie ist so wenig an ihn gewöhnt.«

Das Kind schrie, als Chilperich es hochhob. Fredegund ging ihnen gemächlich entgegen und teilte Aletha mit einem Winken über die Schulter mit, dass sie keine Zeit mehr für Geplauder hatte. Aletha hatte die Zusammenhänge rasch durchschaut, zumal sie in den letzten Monaten allerhand über das gezielte Verbreiten von Neuigkeiten und das Aufdecken von Geheimnissen gelernt hatte. Das hier war eine höchst brisante Angelegenheit, und sie war ihr sozusagen auf dem Tablett serviert worden. Das machte die Sache verdächtig. Keine Bitte um Geheimhaltung, keine Verlegenheit. Fredegund legte es also darauf an, dass ihr Geheimnis bekannt wurde.

Chilperich war wütend, sein Blick schweifte zu Aletha, während er drohend auf Fredegund einredete, die ihn zu beschwichtigen suchte. Dazwischen plärrte die Kleine. Aletha verließ eilig den Garten. Um Fredegunds dunkle Absichten zu durchkreuzen, hatte sie nicht einmal Wittiges von der Geschichte erzählt. Sie würde auch Brunichild nichts sagen, vor allem ihr nicht. Es würde sie viel zu sehr aufregen.

»Jetzt tu nicht so verschämt.« Brunichilds Stimme holte sie in die Gegenwart zurück.

»Glaubst du im Ernst, sie hat mit mir über die Hochzeitsnacht gesprochen? Wenn du Näheres wissen willst, schreib ihr«, entgegnete Aletha.

»Das werde ich auch tun. Und ich werde Sidonia aushorchen. Sie hat weniger Hemmungen als du, mich mit Klatsch und Tratsch zu versorgen. Selbst wenn sie Gailswintha nicht zur Hochzeitsnacht befragt hat, weiß sie, wie sie verlaufen ist. Verstehst du meine Sorge denn nicht? Gailswintha ist ein solches Schaf!«

»Aber Chilperich ist bestimmt kein Wolf. Sie hat die Nacht lebend überstanden«, sagte Aletha ironisch und forderte Brunichild auf, mit ihr ins Haus zu kommen. Es wurde zu kühl, um draußen zu sitzen.

17 Wittiges genoss das Nichtstun. Er hockte am Weidezaun, kaute auf einem Grashalm herum und beobachtete Bellas Fohlen, das mit übermütigen Bocksprüngen über die Wiese jagte. Es war unbestreitbar hässlich, aber voll mitreißender Lebenslust. Jeder liebte es. Kinder tollten auf der Wiese mit dem Fohlen um die Wette, darunter Viola mit ihren Spielgefährten aus der Villa.

Es war Spätnachmittag, eine Stunde vor der Abenddämmerung, die nun, Mitte November, früh einsetzte. Zeit, die Kinder nach Hause zu schicken und das Fohlen von der Weide zu holen. Zufrieden und träge zögerte er noch. Es hatte eine mittelmäßige Ernte gegeben, aber er brauchte nicht zu befürchten, seine Leute nicht anständig über den Winter zu bekommen. Gerade, als er aufstehen wollte, näherten sich Aletha und zwei Sklavinnen mit Körben.

»Stellt sie ab und ruft die Kinder von der Weide«, trug Aletha den Mädchen auf. »Nehmt sie mit zum Abendessen.«

Neugierig betrachtete Wittiges die Körbe, deren Inhalt mit Tüchern abgedeckt war, hübschen Tüchern, wie sie jetzt überall in *Casa alba* auftauchten. Diese waren aus Leinen gefertigt und hatten ein eingewebtes rosafarbenes Streifenmuster am Rand.

Auf der Weide erhob sich Geschrei, das aber rasch verebbte, als die Kinderschar mit den Sklavenmädchen verschwand. Aletha breitete eine Decke am Rand der Wiese aus.

»Pontus und Alexander kommen auch. Schau, da sind sie«, Aletha deutete auf den Weg zum Haus. »Wir essen hier. Es ist so lau draußen, fast wie im Sommer.«

Es stimmte. Das Wetter hatte anscheinend vergessen, dass der Winter bevorstand, und noch einmal den Sommer aufleben lassen, eine unverhoffte Gnade. Die Hochzeit in Soissons lag nun drei Wochen zurück, und Wittiges hatte mit Gogo vereinbart, sich zurückziehen zu dürfen, um sein Haus winterfest zu machen. Ein Dach leckte, und er wollte auch noch einiges an den Stallungen instand setzen. Er konnte nicht alle Arbeit Pontus und Alexander überlassen und bei Hof den feinen Herrn spielen.

Pontus ließ sich neben ihm auf die Decke fallen. »Haben wir das nötig, wie die Vagabunden auf der Wiese zu speisen?«, neckte er. »Gefällt dir dein Esszimmer nicht mehr, Aletha?« Ein Esszimmer mit leuchtenden Fresken an den Wänden, einem Springbrunnen an einer Schmalseite und Goldmosaik auf dem Fußboden.

»Dummkopf«, schalt Aletha gutmütig und reichte ihm Brot und einen Tonbecher für den Wein. Es wurde eine behagliche Runde. Das einfache Essen, das größtenteils von den eigenen Feldern und vom eigenen Vieh stammte, schmeckte ausgezeichnet. Lohn harter Arbeit.

»Wer kommt denn da? Bloß kein Besuch, bei dem man sich anständig benehmen muss«, seufzte Alexander scherzhaft, als sie ihre Mahlzeit fast beendet hatten, und spähte den Weg entlang.

Das Licht hatte abgenommen, und die Schatten waren lang geworden. Obstbäume, die noch die letzten Blätter festhielten, säumten den Weg. Unter diesen Bäumen näherte sich zögernd, aber stetig ein beleibter alter Mann in Reisekleidung. Sein Blick wanderte von einem zum anderen und blieb dann auf Aletha ruhen. Als der Alte sie erreicht hatte, beugte er das Knie und verneigte sich tief.

»Prinzessin!«, sagte er feierlich. Genauso ernst und getragen begrüßte er Alexander. »Mein Prinz! Ich bin erfreut, euch beide so wohlauf anzutreffen. Man hat mir im Haus gesagt, wo ich euch finde.«

Aletha schlug prustend die Hand vor den Mund, wurde schlagartig ernst und fand die Sprache wieder. »Cniva!«

Wittiges brauchte einen Moment, um den ungebetenen Gast

zu erkennen. Cniva? Langsam dämmerte es ihm. Der Hofmeister des Frauenhauses in der königlichen Residenz von Toledo. Der Obereunuch. Was wollte er hier? Und ... wie hatte er Aletha und Alexander angesprochen?

»Ja, ich bin es. Ich habe eine weite Reise auf mich genommen, um euch beide zu finden.«

»Dann solltest du einen Schluck trinken«, schlug Pontus vor und hielt ihm seinen Becher hin. »Nimm nur, ich bin übrigens Pontus. Freut mich, dich kennenzulernen, Cniva.« Irgendwie brach Pontus' Stimme den Bann.

»Was soll das heißen, mein Prinz?«, rief Alexander verdutzt. »Verwechselst du mich mit jemandem?«

»Nein, mein Prinz!«

»Ich bin immer noch Alexander, ein ehemaliger Sklave, und nicht dein Prinz«, sagte Alexander mit einiger Schärfe und stand auf.

»Und ich sage dir, du bist Prinz Aletheus aus dem königlichen Haus von Burgund. Hier kann ich es laut und deutlich aussprechen«, entgegnete Cniva voller Würde. »Erinnere dich: Es steht in dem Brief, den ich dir mitgab.«

»Nein«, sagte Alexander und schüttelte entschieden den Kopf. »Nein und nochmals nein. Cniva, du hast den Verstand verloren ... und ich deinen Brief, bevor ich ihn lesen konnte.«

Cniva wankte. »Du hast den Brief nicht mehr? Dann weißt du ja nicht Bescheid! Und Prinzessin Aletha? Weiß sie, dass sie deine ...«, rief Cniva aus.

»Aletha ist meine Frau«, mischte sich Wittiges ein. »Und hör auf, sie Prinzessin zu nennen.«

»Ich nenne sie, wie es ihr gebührt«, widersprach Cniva entschieden. »Aber ich danke dir, dass du dich um sie gekümmert hast. Ich hatte es dir aufgetragen, erinnerst du dich? Nur dass du sie gleich *heiratest* ...«, fügte er missbilligend hinzu.

»Hätte ich dich um Erlaubnis fragen müssen?«, gab Wittiges schroff zurück und erhob sich. »Und jetzt klär uns auf, wieso du Alexander und Aletha als Prinz und Prinzessin anredest, bevor uns der Geduldsfaden reißt.« Er war hier der Herr, und er würde nicht dulden, dass dieser Mann, der in Toledo so machtvoll und hier nur fehl am Platz wirkte, Unruhe stiftete.

Alexander stolperte ein paar Schritte auf Aletha zu. »Sie ist meine Schwester, nicht wahr?«, wandte er sich an Cniva.

»Natürlich.«

»Wirklich? Darauf muss ich einen trinken«, meldete sich Pontus und nahm Cniva den Becher ab. »Du gestattest?« Er stürzte den Rest des Weins hinunter und ergriff den Tonkrug, um nachzufüllen. »Und dann erzählst du am besten von Anfang an, damit wir verstehen, worum es geht.«

»Darf ich mich setzen?«, bat Cniva erschöpft. »Ich bin sehr müde.«

Wittiges machte eine einladende Handbewegung und bot Cniva ein gebratenes Hühnerbein an, aber lieber hätte er ihm einen Stein an den Kopf geworfen. In ihm braute sich unversehens etwas zusammen, das er noch nicht benennen konnte. Cniva war nicht der Mann, den er in Erinnerung hatte, so sehr war der Hofmeister von Toledo gealtert. Wie Säcke hingen die ehemals fetten Wangen herab, der feiste Körper hatte seine Spannkraft verloren. Natürlich hatten sein Auftauchen und sein Verhalten Aletha und Alexander gegenüber Wittiges' Neugier geweckt, aber mehr noch eine deutliche Ahnung von Unheil.

»Nein danke, erst muss ich reden. Es ist eine lange Geschichte«, erklärte Cniva und setzte sich umständlich zurecht.

»Nur zu«, forderte ihn Wittiges auf.

»Ich muss bei mir anfangen. Ich war General des letzten Königs der Burgunder. Im Jahr 532 wurden wir bei Autun von den Franken vernichtend geschlagen, und ich gehörte zu denen, die bis zuletzt kämpften. Ich wurde gefangen genommen und als Strafe für meinen Widerstand entmannt. Lasst uns darüber nicht weiter reden.« Er schwieg kurz, fasste sich wieder und fuhr fort: »Von der königlichen Familie blieben nur zwei Kinder übrig, die fünf und zwei Jahre alt waren und zu Geiseln erklärt wurden. Ich konnte sie jedoch befreien und floh mit ihnen nach Toledo. Dort wurden wir Geiseln des westgotischen Königs. Das war damals noch nicht Athanagild, sondern Agila, aber das ist nicht weiter von Bedeutung. Die Kinder wurden zu einem Pfand, das der König in dem ewigen Konflikt mit den Franken hätte einsetzen können. Für diesen Zweck wurden sie in Bereitschaft gehalten, und so ging es ihnen gut. Sie wurden auf dem Land erzogen, wo ich sie von Zeit zu Zeit besuchen durfte. Es waren keine Geschwister, sondern Vetter und Cousine. Als sie alt genug waren, erklärten sie sich heimlich zu Mann und

Frau. Ihre Wächter kamen erst dahinter, als die erste Schwangerschaft nicht mehr zu übersehen war. Das Kind bist du, mein Prinz. Um das Jahr 550 begann Athanagilds Krieg gegen König Agila, der damit endete, dass Agila von seinen eigenen Gefolgsleuten ermordet wurde. Es war eine wirre Zeit, bis der neue König Fuß fassen konnte. Schon vorher hatte sich niemand mehr so recht für die kleine Familie interessiert, das war ihr Glück. Dann kamst du zur Welt, Prinzessin Aletha. Aber eure Mutter starb bei deiner Geburt. Im Jahr 557, als Athanagild seit zwei Jahren an der Macht war, versuchte euer Vater, mit euch beiden nach Burgund zu fliehen. Aber er wurde gefasst und sofort getötet. Er hatte mich in seine Pläne nicht eingeweiht. Vielleicht glaubte er, ich sei durch mein Leben am Hof von Toledo schon zu sehr verweichlicht. Es war mir gelungen, mir eine angesehene Stellung zu schaffen, aber immer nur mit dem Ziel, über euch zu wachen. Erinnerst du dich an diese Flucht, mein Prinz?«

Alexander hatte starr und unbewegt zugehört, sein ganzer Körper hatte sich verkrampft. »Kaum«, antwortete er mit brüchiger Stimme. »Es gab danach diese Operation, ihr wisst, was ich meine. Alles davor entschwand meinem Gedächtnis, ich hatte nur noch undeutlichste Erinnerungen an alles Frühere. Auch die Erinnerung an eine kleine Schwester.« Er stöhnte und griff sich mit beiden Händen an den Kopf.

»Nach der Flucht wurde deine Schwester aufs Land zurückgebracht, während du, Alexander, an den Hof von Toledo kamst.«

»Wie alt war ich?«, fragte Aletha mit kindlicher Stimme.

»Bei der Trennung von deinem Bruder warst du vier Jahre alt«, antwortete Cniva.

Aletha nickte. »Ich wusste immer, dass da jemand war. Manchmal träumte ich von ihm, aber diese Träume wurden immer schwächer und hörten irgendwann auf. Erst als …«

Unvermittelt streckte Alexander die Hand aus und zog Aletha auf die Füße. Ohne eine Erklärung gingen die beiden davon. Wittiges machte Anstalten, ihnen nachzueilen.

»Lass sie«, sagte Pontus, »sie wollen für sich sein. Und wir sollten ins Haus gehen, es wird kühl – selbst für mich, der ich die Natur eines Ochsen habe.«

Wortlos sammelten sie die Reste des Essens in die Körbe,

und dann machten sie sich auf den Weg zur Villa. Cniva, dessen Gesicht vor innerer und äußerer Erschöpfung grau geworden war, begleitete sie ungefragt.

Die Geschwister kamen erst nach drei Stunden ins Haus zurück. Wittiges bemerkte sofort, dass beide geweint hatten und tief erschüttert waren. Ein Gespräch wollte nicht mehr aufkommen. Für Cniva und die drei Knechte, die ihn zur *Casa alba* begleitet hatten, wurden Nachtquartiere bereitet, das Haus war ja groß genug.

Cniva sprach nicht von Abreise, und Wittiges war zu höflich dem alten Mann gegenüber, um nach ein paar Tagen seinerseits davon anzufangen. Sein ungebetener Gast brauchte Erholung, es wäre unmenschlich gewesen, ihn fortzuschicken. Nach und nach kam heraus, dass er mit dem Brauttross gereist war und erst nach Überquerung der Pyrenäen einen anderen Weg eingeschlagen hatte. Gailswinthas Reise hatte über Land geführt. Cniva hatte sich nach Lyon durchgeschlagen, der alten burgundischen Hauptstadt, und von dort nordwärts gewandt. Die Hochzeit hatte er verpasst, aber anscheinend auch kein großes Interesse daran gehabt. In *Casa alba* fühlte er sich wohl, und Wittiges kam langsam der Verdacht, dass er beabsichtigte, sich bei ihm einzunisten.

Die Knechte waren seine eigenen Leute, und schon am zweiten Tag teilte Pontus sie zur Arbeit ein, weil sie sonst nur herumgelungert hätten. Da es kräftige Männer waren, hatte er keinerlei Einwendungen gegen einen längeren Aufenthalt der Gäste. Wittiges schon eher.

Aletha und Alexander zogen sich oft mit ihrem einstigen Hofmeister zu vertraulichen Gesprächen zurück. Wittiges begriff, dass seine Frau und ihr Bruder Zeit brauchten, um mit Cnivas Enthüllungen über ihre Herkunft und ihre Vergangenheit zurechtzukommen. Und deshalb konnte er auch nichts gegen die schleichende Entfremdung tun, die sich langsam abzeichnete.

Besondere Sorge machte er sich um Felix, denn Cniva bekundete für seinen Geschmack zu viel Interesse an ihm. Der Junge lernte gerade laufen. Er war ein hübsches, reizendes Kind. Viola war neben der Amme zu seiner Hüterin bestellt worden und nahm diese Aufgabe mit kindlichem Eifer wahr. Es war üblich, dass sie jeden Abend mit dem Kleinen dazukam, wenn die Familie nach dem Abendessen über den vergangenen Tag plauderte und die anstehenden Arbeiten für den nächsten besprach. Das Speisezimmer lag zum Innenhof, in dem vier Pomeranzenbäume wuchsen, die den ganzen Winter über blühten und dufteten.

Eines Abends erzählte Cniva wieder einmal von Burgund. Er hatte in Lyon alte Bekanntschaften erneuert und herausgefunden, dass es einige adlige Burgunder gab, die genug von der fränkischen Herrschaft hatten und sich mehr und mehr auf die alten Zeiten besannen. Der kleine Felix spielte auf einer Decke mit Holzklötzen, die einer der alten Sklaven für ihn gefertigt hatte. Es war fast an der Zeit, ihn zu Bett zu bringen.

Plötzlich wies Cniva auf den Jungen. »Er ist das Kind von Königen«, sagte er bedeutungsschwer.

Wittiges überlief es kalt. Anscheinend war Cniva jetzt so weit, seine geheimen Pläne zu offenbaren.

»Nein!«, rief Aletha und sprang auf. Sie lief zu Felix, nahm ihn hoch und drückte ihn an sich. »Die Vergangenheit, die dich nicht loslässt, hat für uns keine Bedeutung. Merk dir dies: Du wirst keine Pläne aushecken, in denen mein Sohn eine Rolle spielt. Stör hier nicht unseren Frieden. Wir haben hart darum gekämpft und mussten genug Unglück ertragen«, erklärte sie heftig.

Felix wand sich in ihren Armen. Sie küsste und streichelte ihn, um ihn zu beruhigen, aber es half nichts. Schließlich stellte sie ihn auf die Füße und hielt ihn an den Händen fest.

Wittiges hatte gespannt und erstaunt zugeschaut. Bisher hatte Aletha nie jene zärtliche Hingabe Felix gegenüber gezeigt, die er empfand. Ja, er hätte ein leibliches Kind nicht mehr lieben können als dieses. Meist vergaß er, dass er nicht der Erzeuger war. Doch nun bekamen Cnivas forschende Blicke eine besondere Bedeutung. Der Alte kannte den leiblichen Vater und sah eine Ähnlichkeit, die Wittiges verborgen blieb.

»Du missbrauchst das Gastrecht!«, schrie Aletha.

Wittiges war stolz auf sie, zugleich gerührt und erleichtert. Er stand auf, ging zu Mutter und Kind und legte den Arm um Aletha. »Du hast es gehört, Cniva. Wenn du Ränke schmiedest, die auch unseren Sohn betreffen, musst du unser Haus verlassen. Also überleg dir, was du sagst.« Am liebsten hätte er ihm noch in der Nacht die Tür gewiesen.

Cniva war beschämt. Eine Entschuldigung murmelnd, verließ er mit schlurfenden Schritten den Raum, ein Mann, der sich wieder einmal geschlagen geben musste.

»Hoffentlich reist er nun endlich ab, dieser Wichtigtuer«, sagte Wittiges kalt.

»Er will nicht nach Toledo zurück, und in Lyon hat er keine Familie mehr. Tatsächlich hat er, wie er mir gestand, bei Leovigild seinen Abschied genommen, aber man wollte ihn wohl auch loswerden. Er war zu eng mit Athanagild verbunden. Er ist allein«, erklärte Alexander, »und bat mich heute, für immer bei uns bleiben zu dürfen.«

»Mit den Knechten?«, warf Pontus hoffnungsvoll ein.

»Pontus!«, wies ihn Wittiges zurecht.

»Ich darf doch wohl noch fragen. Drei kräftige Männer! Wo wir so knapp an Leuten sind. Aber das kümmert dich nicht, der Herr hat ja die meiste Zeit am Hof zu tun oder ist auf Reisen. Wie lange bleibst du übrigens diesmal bei uns?«, stichelte Pontus.

Wittiges war entschlossen, Cniva loszuwerden. Wenn er nicht freiwillig ging, wollte er ihn aus dem Haus weisen, Gastfreundschaft hin oder her. Aber das Problem löste sich von selbst. Cniva erkannte, dass er nicht länger willkommen war, ließ am nächsten Morgen das Gepäck zusammentragen und die Pferde satteln. Der Abschied fiel ihm schwer, und er bat mit bewegenden Worten um Entschuldigung für die Unruhe, die sein Besuch ausgelöst hatte.

Drei Stunden später kam einer der Knechte zur Villa zurückgehetzt und berichtete, Cniva habe einen Schwächeanfall erlitten und sei nicht bei Besinnung. Wittiges blieb nichts anderes übrig, als ihn auf einem Ochsenkarren holen zu lassen. Mit unguten Gefühlen ließ er den Kranken in sein altes Zimmer bringen und bestimmte die alte Barchild zur Pflegerin.

Pontus war weniger besorgt. Ihn freute die Rückkehr der Knechte.

Ende November gelangte die Nachricht von Chariberts Tod nach Reims. Sigibert empfing den Boten, einen höheren Hofbeamten, persönlich und entließ ihn erst, nachdem er ihn zusammen mit Gogo und Lupus eingehend befragt hatte. Charibert hatte keine Verfügung über sein Erbe hinterlassen, und damit war Sigibert erst einmal einer geheimen Sorge enthoben. Charibert hätte nämlich durchaus einen der Söhne Chilperichs als Erben adoptieren können.

Zwei Wochen später fand das Begräbnis statt, und zu diesem Ereignis reiste auch Guntram nach Paris. So konnten die Verhandlungen über die Erbteilung sofort beginnen. Die Einigung war mühsam, kompliziert, dauerte einige Monate und befriedigte niemanden. Chariberts Herrschaftsgebiete, seine Kernprovinz in den alten fränkischen Landen mit dem Hauptsitz Paris sowie Aquitanien und die Gascogne, wurden jeweils in drei Teile aufgespalten, von denen jeder Bruder einen Teil erhielt. Die *Civitas* von Paris sollte gemeinsam regiert werden oder, anders ausgedrückt: Keiner der drei sollte sich dort dauerhaft festsetzen. Chilperich erhielt Bordeaux, maulte aber, weil er auch Tours haben wollte und ihm insgesamt sein Erbe wieder einmal zu klein erschien. Trotzdem wurden die Verträge aufgesetzt und die Urkunden schließlich unterzeichnet.

Brunichild war in Reims geblieben und hatte Wittiges gebeten, während der Verhandlungen einen Abstecher nach Soissons zu unternehmen, um sich nach dem Wohlergehen von Gailswintha zu erkundigen. Das hatte er auch getan, sogar mehrmals, und ihm war dabei immer unwohler geworden. Was sollte er Brunichild berichten? Wie ließ sich die traurige Wahrheit am besten verheimlichen?

18

Brunichild las einen Brief. Sigibert beobachtete sie voller Sorge, denn er hasste diese Schreiben, deren Inhalt er kannte, ohne sie gelesen zu haben. Sie waren immer gleich, eine endlose Litanei von Klagen. Allerdings verschafften sie ihm die Genugtuung, richtig gehandelt zu haben, als er den Plan, Gailswintha zu heiraten, fallen gelassen hatte. Den Ärger, den sich sein Bruder Chilperich mit dieser überspannten Frau eingehandelt hatte, gönnte er ihm von Herzen. Ein Ausgleich für die Schlappe, die Sigibert mit Bordeaux hatte einstecken müssen. Der Verzicht auf Bordeaux war schmerzlich, aber er hatte sowohl Tours als auch Poitiers erhalten, beides Schlüsselstädte für die Route in den Süden, nach Aquitanien. Wenn Chilperich eine stabile Verbindung zu seinen südlichen Provinzen aufbauen wollte, war er auf das Wohlwollen seines Bruders angewiesen. Und Tours genoss ein Ansehen wie sonst nur das altehrwürdige Paris. Wer

Tours besaß, besaß auch die Verfügungsgewalt über die Grabstätte des heiligen Martin. Eine bessere Legitimation als christlicher Herrscher gab es kaum. Sigibert lächelte, so sehr amüsierte ihn der Gedanke an Chilperichs Neid. Als Sohn der Nebenfrau des alten Königs war und blieb er ein Fürst zweiter Klasse.

»Das ist nicht lustig.« Brunichild starrte ihn mit weit aufgerissenen Augen an. Ihr Gesicht war aufgedunsen und fleckig wie bei der letzten Schwangerschaft. So kurz vor der Niederkunft hatten sich alle am Hof miteinander verschworen, die Königin in jeder Hinsicht zu schonen und bei guter Laune zu halten. Bloß keine schlechten Nachrichten! Daher verfluchte Sigibert im Stillen diese Schwägerin mit ihrem Gejammer. »Es geht ihr schlecht, ich habe Angst um Gailswintha, und du grinst!«, fuhr Brunichild empört fort und ließ die Hand mit dem Brief sinken.

Sigibert hätte ihr das Schreiben gern abgenommen und in Fetzen gerissen. »Deine Schwester ist ein verwöhntes Kind, das ist alles. Sie ist ...«, er machte eine Pause, »schlecht erzogen und nicht so klug wie du.« So klug, sich im Bett wie eine Hure aufzuführen und sich immer neue lustvolle Spielchen auszudenken, die ihn auf Touren brachten, dachte Sigibert voller Behagen und Sehnsucht. Seit Wochen hatte er sie aus Rücksicht auf die Schwangerschaft nicht mehr angerührt. Schon beim Gedanken daran merkte er, wie ihm warm wurde. Sie hielten sich in einem der Empfangszimmer auf, wo Botschafter, Kuriere und der eine und andere Spion, was oft dasselbe war, vorsprachen. Wittiges stand vor der Tür und hatte jemanden dabei, der unbedingt Brunichild zu sehen wünschte. Einen Mann aus Toledo. Sigibert hatte noch keine Gelegenheit gehabt, seine Frau auf den Besucher vorzubereiten. Wittiges hatte allerdings behauptet, der alte Mann sei nicht wichtig, nur eine nette Erinnerung an die Kindheit.

»Ich habe auch so einiges gehört. Gailswintha benimmt sich täglich merkwürdiger. Sie isst kaum etwas, betet den halben Tag und kasteit sich, wo sie nur kann«, mischte sich Sidonia wichtigtuerisch ein. »Alle sind entsetzt über sie, selbst der König ...«

»Mein Bruder liebt und verehrt seine Gemahlin«, fuhr Sigibert dazwischen. In den Verhandlungspausen war sein Bruder es nicht müde geworden, von ihr zu schwärmen. Immer wieder hatte er mit rührender Zärtlichkeit von ihr gesprochen, und Sigibert zweifelte nicht an seiner Aufrichtigkeit. Was also fiel diesem dummen Stück ein, sich ständig zu beklagen? Niemand, am allerwenigsten der verliebte Gatte, wollte ihr übel. Woher, fragte er sich, kannte Sidonia all diese unerfreulichen Einzelheiten? »Frag Wittiges, er war doch bei ihr. Er wartet draußen, willst du ihn empfangen?«

»Bitte, lass ihn eintreten.« Brunichild gab der Kammerfrau einen Wink. Den Brief hielt sie immer noch im Schoß.

Sigibert überlegte, wie er ihn unauffällig an sich bringen und verschwinden lassen konnte, bevor Brunichild ihn zu Ende gelesen hatte. Wittiges hatte ihn bereits vor dem Unheil gewarnt, das sich in Soissons zusammenbraute. Von seiner letzten Reise war er mit einem ganzen Bündel schlechter Nachrichten zurückgekehrt. Und eine der Neuigkeiten bereitete Sigibert ganz besondere Sorgen.

Hinter Wittiges trat ein fetter alter Mann herein, der die eisgrauen Haare so kurz geschoren wie ein Sklave trug. Der Fremde ging unsicher und machte einen schwachen, hinfälligen Eindruck, als hätte er unlängst eine schwere Krankheit überstanden.

»Cniva?«, fragte Brunichild ungläubig.

Schwerfällig ließ sich der Alte auf ein Knie nieder. »Ja, ich bin es, Königin, und entbiete dir meinen Gruß.«

Den Blick unverwandt auf den Mann gerichtet, stemmte sich Brunichild aus dem Stuhl hoch, hielt aber weiterhin den Brief fest. »Wie kommst du hierher? Und seit wann bist du da?« Sie wandte sich an Sigibert. »Cniva ist der Hofmeister des Frauenhauses am Hof von Toledo.«

Cniva schüttelte den Kopf. »Ich *war* es. Zuletzt unter Leovigild. Dein Vater ist tot, Königin. Hat dir das niemand mitgeteilt?«

Sigibert fing Brunichild auf, deren Knie nachgaben. Behutsam half er ihr wieder auf den Stuhl, während er wütend den Besucher anfunkelte. »Hättest du es ihr nicht schonender beibringen können? Du siehst doch, in welchem Zustand sie ist.«

Demütig senkte der Mann den Kopf. »Es tut mir leid. Ich dachte, die Nachricht hätte euch längst erreicht. Athanagild verstarb im letzten Herbst.«

Für einen Moment war Brunichilds Blick nach innen gekehrt, dann richtete er sich wieder auf den Besucher, während ihr eine Träne langsam die Wange hinabrann. »Ich weiß, wir hätten damit rechnen müssen, er war schon lange krank. Wie starb er?«, fragte sie leidlich gefasst.

»Er starb im Frieden mit sich selbst«, antwortete Cniva bedächtig. »Sein Ende war leicht und ohne große Qualen.«

Ein wenig stieg der Mann in Sigiberts Achtung. Zufällig wusste er von Wittiges, dass Cniva gelogen hatte. Athanagild hatte unvorstellbare Schmerzen gelitten und zuletzt nur noch getobt. Ein Ende in furchtbarer Verzweiflung. Es war Sigiberts eigener Fehler, dass Brunichild zu diesem ungünstigen Zeitpunkt vom Tod des Vaters erfuhr. Hätte er Wittiges vorher auf die nötige Geheimhaltung hingewiesen und dieser Cniva entsprechend instruiert, wäre dieser Patzer vermieden worden.

»Ich danke dir«, sagte Brunichild aufrichtig und faltete die Hände über dem Brief, »für das Gute in der schlechten Nachricht. Ich werde für meinen Vater beten. Aber jetzt sag mir, wie du hergekommen bist. Was ist der Anlass deines Besuchs?«

Cniva wurde unsicher. »Es ist Wittiges' Wunsch, aber auch meiner, dir meine Aufwartung zu machen. Ich habe deine Schwester auf der Reise zu ihrer Hochzeit begleitet, aber ich bin schon in Toledo zu dem Entschluss gekommen …« Er stockte und sein Blick richtete sich auf Sigibert. »Ich würde gern hierbleiben«, fuhr er mit gedämpfter Stimme fort.

»Cniva bittet darum, sich in Austrasien niederlassen zu dürfen«, schaltete sich Wittiges ein. »Ich bin bereit, ihn bei mir aufzunehmen. Aber vorher gibt es noch etwas zu klären, was Alexander betrifft«, fuhr er mit harter Stimme fort. »Bitte, Cniva, sag du es selbst der Königin.«

Brunichilds Hände lösten sich, und das zerknitterte Papier auf ihrem Schoß geriet in Bewegung. Sigibert hoffte inständig, dass es hinunterfiel.

Der alte Hofmeister wand sich ein wenig. »Es geht um Alexanders Freilassung. In Toledo händigte ich ihm persönlich die Urkunde über seine Freilassung aus, aber wie ich hörte, ging sie auf der Reise hierher verloren. Ich kann einen Eid darauf leisten, dass Alexander kein Sklave mehr ist.«

Sigibert nickte ernst, und in diesem Augenblick trudelte der Brief zu Boden. »Lasst uns die Angelegenheit sofort erledigen. Dann kannst du beruhigt auf Wittiges' Gut zurückkehren und dort leben.« Geschickt trat er das Papier unter Brunichilds Stuhl, während er Cniva zu sich heranwinkte. »Ich danke dir, dass du den beschwerlichen Weg nach Reims auf dich genommen hast, um der Gerechtigkeit zu dienen«, fuhr er warm fort, legte Brunichild die Hand auf die Schulter und beugte sich leicht zu ihr herab. »Ich weiß, dir liegt etwas an dem Musiker. Aber auch als Freier kann er für uns singen und die Langeweile am Abend vertreiben.«

»Selbstverständlich«, sagte Brunichild und seufzte enttäuscht auf.

Dem Eid stand nun nichts mehr im Weg. Sigibert ließ einen Amtsschreiber kommen, der eine Urkunde über die Freilassung ausfertigte und in Sigiberts Namen besiegelte.

»Und nun«, sagte Brunichild, nachdem der Schreiber gegangen war, »erzähl mir von Gailswintha, ich hab sie noch nicht gesehen, seit sie in den Norden gekommen ist. Es ... es scheint ihr nicht gut zu gehen.« Ihre Stimme zitterte, und mit einer raschen Kopfbewegung wandte sie sich an ihre Hofdame. »Sidonia, sei so gut und heb den Brief auf.«

Sofort bückte sich Sidonia und angelte den Brief unter dem Stuhl hervor. Sigibert hätte sie vor Wut treten können.

»Nein«, wandte er ein, »was willst du mit dem Brief? Hier stehen zwei Zeugen, die dir Auskunft über deine Schwester geben können.«

»Gewiss, aber erst später«, beschied ihn Brunichild. »Sidonia, lies den Brief vor. Danach will ich hören, was Wittiges und Cniva über die Unzufriedenheit meiner Schwester mit ihrem neuen Leben zu berichten haben. Es kann doch nicht so viel anders sein als meins.«

Sidonia las stockend, aber deutlich. Der Wortlaut war nicht misszuverstehen.

»Nicht Fredegund!«, flüsterte Brunichild, als sie fertig war. »Nicht ausgerechnet sie. Wie kann sie mir das antun! Wie kann ich mich so in ihr getäuscht haben? Ich hielt sie für eine Freundin. Und nun stellt sich heraus, sie ist ...« Sie rang nach Luft und presste eine Hand auf die Brust.

... Chilperichs Geliebte, und das seit Jahren, ergänzte Sigibert im Stillen. Er hatte die Wahrheit schon vor einiger Zeit selbst herausgefunden, aber nie darüber gesprochen, die Angelegenheit nicht einmal für besonders wichtig gehalten, selbst nicht, als Wittiges damit als bedeutsame Neuigkeit herausrückte. Diese Frau gefiel ihm nicht. Sie war zu frech, zu unabhängig und zu aufreizend. Eine Falle, in die nur Dumme tappten, Dummköpfe wie sein Bruder, dessen Schwanz den Verstand beherrschte.

»Mein Bruder kann sie nicht sofort hinauswerfen, verstehst du das denn nicht? Deine Schwester ist zu ungeduldig.«

Gailswintha drohte damit – eigentlich war es eine verlockende Vorstellung –, ihren Gatten samt ihres nicht unbeträchtlichen Vermögens zu verlassen und nach Toledo zurückzukehren.

»Er betrügt sie!«, schrie Brunichild. »Dabei hat er sie gerade erst geheiratet! Und schon zieht er ihr die Geliebte vor! Du hast es doch gehört. Er ist gleich wieder zu ihr ins Bett gekrochen. Wahrscheinlich lachen die beiden über meine Schwester.«

Immer heftiger steigerte sich Brunichild in einen maßlosen Zorn hinein. Cniva versuchte, sie zu beschwichtigen, und spielte dafür die Macht, die er früher über sie gehabt hatte, noch einmal aus. Für diese Anmaßung hätte er Prügel verdient, aber in diesem Fall war Sigibert eher dankbar.

Und dann geschah das Unfassbare. Brunichild krümmte sich auf einmal und schrie vor Schmerz. Sie spreizte die Beine, und Feuchtigkeit tropfte zu Boden. Wie ein kopfloses Huhn flatterte Sidonia um ihren Stuhl herum. Cniva packte die Frau und versetzte ihr eine schallende Ohrfeige. »Dummes Weib! Hol die Hebamme!« Er wandte sich an Sigibert. »Wo ist das Zimmer deiner Gemahlin? Es gibt keinen Grund zur Aufregung, noch nicht. Sie sollte nur auf ihr Zimmer gebracht und …«

»Halt die Türen auf«, befahl Sigibert Wittiges und hob seine stöhnende Frau vom Stuhl. »Und du kommst mit«, wies er Cniva an. »Du scheinst brauchbar zu sein.«

Im Handumdrehen entwickelte Cniva die nötige Autorität, um Gaffer und Wachen auseinanderzuscheuchen und den Weg frei zu machen. Was in Panik begonnen hatte, entwickelte sich zu einem geordneten Rückzug. Sigibert beruhigte sich ein wenig. Er ließ Cniva, der sich mit allem, was das Wohl von Frauen betraf, anscheinend bestens auskannte, ohne Bedenken bei Brunichild und zog sich mit Wittiges in einen Raum zurück, wo sie ungestört reden konnten. Auch der eilig herbeigerufene Lupus nahm an der Unterredung teil.

»Können wir dem Gerücht trauen?«, fragte Sigibert.

Es war März, der Abschluss der Erbschaftsverhandlungen lag zwei Wochen zurück, während deren sich Sigibert mit seinen Ratgebern täglich zusammengesetzt hatte. Es galt zu bestimmen, wo in den hinzugekommenen Provinzen neue Statthalter eingesetzt werden sollten, und herauszufinden, was an Steuern zu erwarten war. Einige der Grafen und Herzöge aus Chariberts ehemaligen Gebieten hatten sich bei Sigibert vorgestellt, andere warteten ab oder hofften darauf, dass sie vergessen wurden und ihre *Civitates* in Zukunft nach Belieben verwalten konnten. Diese Neuordnungen waren eigentlich vorrangig, für Familienquerelen blieb da wenig Zeit. Mit seiner Frage hatte Sigibert sich auch nicht nach dem neuesten Stand von Chilperichs Ehekrise erkundigt. Die kümmerte ihn persönlich kaum, das Thema hatten sie rasch abgehandelt.

»Ich weiß es nicht«, Wittiges zuckte die Schultern. »Ein Händler in Soissons warnte mich, weiter nach Westen zu reisen. Ich hatte vor, mich in Rouen nach Wolle umzusehen. Aber ich dachte, das Gerücht ist so wichtig, dass du es gleich erfahren musst. Also bin ich umgekehrt.« Wittiges sprach nicht gern über seine Geschäfte. Es war Alethas Einfall gewesen, Wolle aufzukaufen und zu verarbeiten. Einen Teil des Purpurs nutzte sie inzwischen selbst, um die Stoffe damit zu veredeln. Ihre hübschen Wollstoffe fanden immer mehr Abnehmer außerhalb von *Casa alba* und brachten guten Gewinn ein. Noch war Wittiges von diesem neuen Geschäftszweig nicht restlos überzeugt. Es störte ihn, dass Wolle nicht so unaufwendig wie ein Säckchen mit Edelsteinen oder ein Päckchen mit Purpur zu transportieren war. Deshalb wollte er in Erfahrung bringen, ob es Händler in Rouen gab, die ihm die Wolle liefern würden. Der Händler in Soissons, der ihn vor der Reise gewarnt hatte, hatte behauptet, Chilperich ließe in seinen neuen Gebieten um Amiens und Rouen den Heerbann aufrufen.

»Warum sollte Chilperich die Männer zu den Waffen rufen – und warum so weit im Westen?«, fragte Lupus.

»Liegt das nicht auf der Hand? Damit wir hier nicht so rasch davon erfahren. Chilperich plant etwas. Schon nach der letzten Erbteilung hat er Krieg gegen mich geführt. Erinnert euch daran«, warf Sigibert ein.

Wittiges lebte seinerzeit zwar noch in Spanien, aber inzwischen wusste er natürlich von diesen Kriegen und Chilperichs damaliger Unzufriedenheit mit der Erbteilung.

»Also, was jetzt?«, fragte Lupus. »Sollten wir ein Heer aufstellen? Auf ein Gerücht hin?«

Draußen waren Schritte zu hören, die vor der Tür innehielten. Der Wachhabende raunzte jemanden an, dann flog die Tür auf. Cniva trat ein.

»Ja?«, bellte Sigibert, sichtlich unwillig.

Cniva verneigte sich gemessen. »Ich habe die Ehre, dir die Geburt einer gesunden Tochter zu verkünden.«

Sigiberts Gesichtszüge verkrampften sich, er presste die Lippen aufeinander und wandte sich halb ab, aber alle erkannten seine Enttäuschung nur zu deutlich.

»Und die Königin?«, zischte er.

»Ihre Frauen kümmern sich um sie, es besteht kein Grund zur Besorgnis«, antwortete Cniva fest. »Gestatte mir, dir als Erster zu dem freudigen Ereignis zu gratulieren.«

Sigiberts grimmiger Ausdruck sprach für sich. Eine Tochter statt des ersehnten Sohnes, das war wie ein Fluch. »Ich danke dir«, erwiderte er barsch.

Wittiges und Lupus beeilten sich, ebenfalls ihre Glückwünsche auszusprechen. Aber Sigibert winkte ungeduldig ab. »Ich danke euch sehr«, sagte er etwas förmlicher, »eine gesunde Tochter ist ein Segen, ein Geschenk des Himmels, für das ich Gott preisen werde.«

Wittiges bezweifelte das im Stillen, gleichzeitig beneidete er Sigibert um die Tochter. Er wäre froh über ein eigenes Kind gewesen, gleich welchen Geschlechts.

Als Sigibert Brunichild aufs Bett gelegt hatte und einen Moment abgelenkt gewesen war, hatte sich Wittiges ihr rasch genähert. Brunichilds Angst vor der bevorstehenden Geburt hatte ihn nicht gleichgültig gelassen. Sanft strich er ihr über das schweißnasse Haar. »Es geht alles gut«, flüsterte er ihr zu, »hab keine Furcht.« Ihre Blicke trafen sich, ringsum versank alles, und die alte Vertrautheit schlug sie beide in ihren Bann. Fahrig tastete Brunichild nach seiner Hand, heftig erwiderte er den Druck. Er wäre so gern geblieben.

»Ungeachtet dieser Freudenbotschaft bleiben uns die alten Schwierigkeiten erhalten. Wittiges, du gehst diesem Gerücht nach. Reise, wenn es sein muss, bis Rouen und schau dich überall um«, fuhr Sigibert fort. »Am besten nimmst du diesen Scheinmönch mit, diesen …«

»Pontus?«, fiel ihm Wittiges ins Wort.

»Ja«, sagte Sigibert, »es könnte gefährlich werden, und du hast mir erzählt, dass er kämpfen kann. Als Mönch getarnt, wirkt er harmlos, desto geeigneter ist er als Reisegefährte.«

»Pontus ist mein Gutsverwalter, ich weiß nicht, ob …«, wandte Wittiges ein.

»Dafür bin ich jetzt da«, unterbrach ihn Cniva. »Du kannst in Ruhe reisen, und ich kümmere mich um alles.«

»Da siehst du es«, rief Sigibert mit einem Funkeln im Blick. »Schon ist alles bestens geregelt. Ein Mann wie Cniva, der schließlich lange Jahre am Hof von Toledo gedient hat, wird mit deinen Leuten spielend fertig.«

Dem wusste Wittiges nichts entgegenzusetzen. Dass er die Reise antreten musste, stand außer Frage, aber er hätte Pontus gern zu Hause gelassen. Gerade weil er Cnivas Einmischung in seine Angelegenheiten fürchtete. Er hatte ein Abkommen mit ihm getroffen. Der Besuch bei Hof und Cnivas Eintreten für Alexanders Freiheit waren Wittiges Bedingungen gewesen, dass er dem Alten auf unbestimmte Zeit das Gastrecht gewährte. Aletha und Alexander waren beide für Cniva eingetreten. Anscheinend hatten sie vergessen, wie er sie in Toledo herumkommandiert hatte, und hier auf *Casa alba* würde er es zumindest versuchen.

Als er am nächsten Tag mit Cniva heimkehrte, herrschte große Freude, denn er brachte die Urkunde mit, die Alexander die Freiheit garantierte. Am Abend veranstaltete er deshalb ein kleines Fest. In der Nacht gab sich Aletha ihm williger und anschmiegsamer als gewöhnlich hin. Fast eingeschlafen, merkte er, dass sie vorsichtig aus dem Bett glitt. Die Baderäume lagen nicht weit entfernt vom Schlafzimmer, und so hörte er Wassergeplätscher und andere leise Geräusche. Dabei stellte er sich vor, wie sie sich seinen Samen aus dem Körper wusch. Dieses Davonstehlen ereignete sich nicht zum ersten Mal. Offenbar wollte sie nicht erneut schwanger werden. Felix sollte sein Sohn und Erbe bleiben. Merkwürdig, da sie das Kind doch nicht liebte. Aber vielleicht tat sie nur so, vielleicht war alles Teil einer Intrige, in die bestimmt auch Alexander verstrickt war. Sie und er und

Cniva. Ein verschworenes Dreigespann, das ihn zum Narren in seinem eigenen Haus machte.

Er wartete im Dunkeln, bis sie zurückkam. Schlaftrunken murmelnd zog er sie an sich, und ehe sie merkte, was er vorhatte, nahm er sie noch einmal. Jetzt war er hellwach. Wild entschlossen stieß er tief und heftig in sie hinein und ergoss sich mit einem lauten Stöhnen. Erst als er sich nicht mehr in ihr halten konnte, glitt er heraus, hielt sie fest und streichelte sie sanft und beharrlich, bis ihm ihre Atemzüge verrieten, dass sie als Erste den Kampf ums Wachbleiben verloren hatte. Diesmal musste sie auf das Waschen verzichten.

Am nächsten Morgen brachen Wittiges und Pontus früh auf. Die Reise führte sie über Beauvais und Amiens nach Rouen. Auf dem Weg zurück umrundeten sie Paris und ritten kreuz und quer von einer Stadt zur anderen. Übrig blieb am Ende nur Soissons, und Pontus warnte davor, sich dort sehen zu lassen, wo Wittiges als Sigiberts Gefolgsmann nur allzu bekannt war. Denn sie wussten nun, dass der Frieden zwischen den fränkischen Königreichen nicht mehr lange halten konnte. Chilperich zog in aller Heimlichkeit und gerade darum so verdächtig überall die waffenfähigen Männer zusammen.

Trotz Pontus' Bedenken gegen den Abstecher nach Soissons sprach Wittiges im Palast vor. Pontus hatte er bei den Pferden im Stallhof zurückgelassen. Aber nicht Gailswintha, nach der er gefragt hatte, empfing ihn, sondern Fredegund.

»Du kannst sie nicht sehen«, erklärte sie knapp. Ihre Haltung verriet innere Anspannung. »Sicher will Brunichild wissen, wie es ihr geht. Sag ihr, nicht gut.«

Wittiges war nicht das erste Mal hier, um in Brunichilds Auftrag Grüße an die Schwester auszurichten und nach ihrem Wohlergehen zu fragen. Nie hatte er Gailswintha bisher allein gesprochen, meist waren Kammerfrauen zugegen gewesen, manchmal sogar Chilperich.

»Was hat sie diesmal?«, fragte Wittiges nüchtern. »Ist sie krank?«

»Krank!«, rief Fredegund aus. »Wie kommst du darauf?«

»Vielleicht ist krank nicht das richtige Wort. Sie schrieb Brunichild, dass sie das Land verlassen will. Sie hat genug von Chilperich«, erklärte Wittiges herausfordernd.

»Das hat sie geschrieben?«, fuhr Fredegund auf. »Diese … diese Schlange! Sie mag Chilperich nicht, sie erträgt es nicht, wenn er sie im Bett …« Sie schaute ihn von der Seite an. »Was soll er mit einer solchen Frau? Sag es mir!«

»Er hat ja dich«, warf Wittiges leichthin ein. Kaum zu glauben, dass er früher selbst auf sie hereingefallen war. Auch jetzt noch erschien sie ihm verführerisch, obwohl sie blass aussah und irgendwie gehetzt wirkte.

»Ach, hat Aletha es dir erzählt?« Sie kicherte kokett. »Weiß es Brunichild?«

Er zuckte gleichmütig die Schultern. »Was spielt das schon für eine Rolle. Gailswintha ist Chilperichs Königin, die er liebt und verehrt.« Während der Verhandlungen hatte Chilperich auf einem der Gastmähler ein Liebesgedicht auf seine Gattin vorgetragen. Aus dem Stegreif gab Wittiges eine Zeile zum Besten, die er noch ungefähr im Gedächtnis hatte. Chilperich hatte die Reinheit seiner Gemahlin besungen und Gailswintha mit einer kostbaren seltenen Blume verglichen.

»Das Gesäusel glaubst du?«, fragte Fredegund spöttisch. Dann huschte ein Schimmer von Verschlagenheit über ihr fahles Gesicht. »Nun, du hast recht. Er liebt sie.«

»Sicherlich. Er muss dich wegschicken, damit Gailswintha ihren Frieden findet. Lieber heute als morgen«, sagte Wittiges berechnend.

Die dünne Schicht der Selbstbeherrschung brach, und Fredegund schrie ihn an: »Das wird er nie tun! Sieh mich an. Ich bin keine trockene, unfruchtbare Frau wie diese scheinheilige, weinerliche Katze.« Mit einer unmissverständlichen Geste schob sie den Bauch vor. Die Wölbung war unverkennbar.

»Ach, Fredegund!« Scheinbar mitleidig legte er den Arm um sie und tätschelte ihren Leib. »Selbst wenn's ein Junge wird, was bringt dir das? Wer bist du schon?«

Sie stieß ihn heftig von sich. »Ich will dir sagen, wer ich bin: Mein Vater war König Brunulf von Cambrai. Ein König, hörst du! Ich bin von adligem Blut.«

Das waren viele. An den Höfen wimmelte es von Kindern adligen Bluts, deren Mütter weder adlig noch mit den Vätern verheiratet waren.

»Wie schön für dich. Und deine Mutter?«, murmelte er.

»Meine Mutter Chrodechild war eine Ostgotin.«

»Kriegsbeute«, mutmaßte Wittiges und wusste sofort, dass er recht hatte. Kein ungewöhnliches Schicksal. In den Kriegen der Franken gegen die Ostgoten, die nun schon eine Weile zurücklagen, waren viele Frauen und Kinder als Sklaven verschleppt worden.

»Und wenn schon«, beharrte Fredegund. »Mein Blut ist so gut wie das dieser Eisprinzessin. Das Haus Cambrai ist alt und edel. Und ich lasse mich nicht verdrängen.«

Das glaubte ihr Wittiges ohne Weiteres. Er verlangte noch einmal, bei Gailswintha vorgelassen zu werden, aber Fredegund lehnte strikt ab. Unverrichteter Dinge musste er gehen. Das hieß, er tat so, als verließe er den Palast. In Wirklichkeit drang er über einen der vielen Nebeneingänge wieder ein. Er wusste ungefähr, wo sich Gailswinthas Räume befanden. Draußen auf dem Flur standen keine Wächter, in diesem Teil des Palastes war es seltsam leer. Grabesstille herrschte.

Als Wittiges die junge Königin entdeckt hatte, begriff er nicht sofort, was geschehen war. Im Gemach herrschte Unordnung, Stühle waren umgeworfen worden, der Vorhang an einem der beiden Fenster heruntergerissen. Eindeutig Kampfspuren.

Gailswintha sah so klein und schmächtig wie ein Kind aus. Mit weit geöffneten Augen lag sie quer über dem Bett.

Beklommen trat Wittiges an die regungslose Gestalt heran. Was für ein erbärmliches Ende! Das Obergewand war auf der Brust zerrissen, die Würgemale am Hals blau unterlaufen. Ein Ausdruck schieren Entsetzens lag auf dem Gesicht. Wittiges unterdrückte den Impuls, das Gesicht zu bedecken. Die Tote ließ ihn vor Furcht zu Eis erstarren, einen Augenblick konnte er sich nicht mehr bewegen. Da hörte er Schritte, die sich von draußen rasch der Tür näherten. Jemand drückte den Riegel herunter, die Tür öffnete sich knarrend.

Im letzten Augenblick drückte sich Wittiges hinter den zweiten, noch hängenden Fenstervorhang an die Wand und lauschte auf die Schritte, die anscheinend vor dem Bett haltmachten.

»Was habe ich bloß getan?«, stöhnte Chilperich voller Verzweiflung. »Aber sie hat mich in den Wahnsinn getrieben. Sie hat mich rasend gemacht mit ihrem Gezänk und ihrer Dummheit, und da konnte ich nicht anders. Und du hast es ja gewollt.«

»Ich?«, kreischte Fredegund und dämpfte sofort die Stimme. »So bestimmt nicht. Ich hätte mich mit ihr abgefunden, aber diese Gans hat nichts begriffen. Und dann hab ich dir vorgeschlagen, dass du dich ihrer entledigst, ohne den Schatz herausgeben zu müssen.«

»Ich habe sie mit meinen eigenen Händen erwürgt! Wie konnte ich das tun? Ich habe sie doch geliebt. Sie hat mich so bezaubert mit ihrer Schönheit und Vornehmheit.« Chilperich schluchzte. »Sie war ein Juwel, ein ...«

»Willst du, dass alle Welt erfährt, was du getan hast?«, fragte Fredegund kalt.

Aus einem knarzenden Geräusch schloss Wittiges, dass sich Chilperich aufs Bett gesetzt hatte. »Wie soll ich das verhindern?«

»Steh auf. Hilf mir, fass mit an!«, befahl Fredegund.

Wittiges hörte Geräusche, die er nicht deuten konnte, und schob den Kopf mit äußerster Vorsicht hinter den Falten des Vorhangs hervor. Fredegund und Chilperich hatten den Leichnam hochgehoben und näherten sich damit den Fenstern. Wittiges wurde himmelangst. Die Entdeckung war unausweichlich.

»Und nun?« Chilperich schien sich ganz auf den Einfallsreichtum seiner Komplizin zu verlassen.

»Wir werfen sie durchs Fenster hinaus. Jeder weiß, wie unglücklich sie war. Sie hat es ja überall herumerzählt. Warum sollte sie sich in ihrer Verzweiflung nicht aus dem Fenster gestürzt haben?«

Chilperich keuchte, ob vor Anstrengung oder vor Entsetzen, wusste Wittiges nicht zu deuten. Es war nahezu unvermeidlich, dass sie ihn bemerkten, wenn sie mit ihrer Last ans Fenster kamen. Zwei Schritte noch, Wittiges hielt den Atem an.

»Nein, nicht hier«, ließ sich Chilperich vernehmen. »Wir werfen sie im Nebenzimmer hinaus, dort unten befindet sich ein Graben voller Geröll und Gestrüpp. Wenn sie dort gefunden wird, sieht es so aus, als habe sie sich den Hals gebrochen.«

Die Schritte und das Keuchen entfernten sich.

Wittiges schlich mit weichen Knien hinaus auf den Flur und konnte es kaum fassen, dass er so knapp einer Entdeckung entgangen war.

Im Stallhof saß Pontus wartend an der Tränke.

»Sind die Pferde noch gesattelt?«, rief Wittiges schon von Weitem.

»Hast du es eilig?«, fragte Pontus und stand gemächlich auf.

»Brandeilig. Und wenn dir die Unversehrtheit deiner Haut

lieb ist, fragst du jetzt nicht weiter. Ich fühle mich erst wohler, wenn Soissons hinter uns liegt und uns keiner von Chilperichs Männern verfolgt.«

»Hast du den Teufel gesehen? Du wirkst so besorgt.«

Die Pferde standen bereit, stellte Wittiges erleichtert fest, schwang sich in den Sattel und schnalzte ungeduldig mit der Zunge, um Bauto anzutreiben. »Der Palast ist eine Mördergrube. Und ja, ich hab in die Hölle geschaut.« Schaudernd erinnerte er sich an seine Leidenschaft für Fredegund, diese Teufelin in Menschengestalt.

Gerade als sie den Stallhof verließen, ritt jemand von einer anderen Seite hinein. Als wäre er erschreckt worden, riss der Mann an der Kandare, sodass das Pferd stieg und nicht mehr viel vom Reiter zu sehen war. Während Wittiges hinauspreschte, dachte er kurz über die Gestalt nach. Es hätte Priscus sein können, aber sicher war er sich nicht. Was hätte *Comes* Priscus auch am Hof von Soissons zu suchen gehabt? Vielleicht hatte Sigibert ihn mit einem Auftrag hergeschickt – noch waren ja nicht alle diplomatischen Verbindungen abgebrochen. Aber gewöhnlich hatte Sigibert für solche Missionen andere Männer. Wittiges vergaß die Beinahebegegnung, bis er sich in einem entscheidenden Moment daran erinnern sollte.

Kapitel 4

Die Bruderkriege 568–577 n. Chr.

1 Brunichild ertappte sich bei der Frage, wie es für sie gewesen wäre, wenn Gailswintha mit Chilperich eine glückliche Ehe geführt hätte. Wäre das zu ertragen gewesen? Die Frage stürzte sie in einen Zwiespalt der Gefühle und legte sich wie ein Schatten auf ihre Seele. Die Schreckensnachricht vom Tod ihrer Schwester hatte sie vor einigen Wochen erreicht. Laut einem offiziellen Bericht war Gailswintha Opfer eines Unfalls geworden, laut einem sehr hartnäckigen und nicht auszurottenden Gerücht hatte sie aus schierer Verzweiflung Selbstmord begangen. Die Geschichte vom Unfall war eine Erfindung, mit der Chilperich seine Verwandtschaft und vor allem Brunichild als die Hauptleidtragende beruhigen wollte, vermuteten viele. Er hatte ein Schreiben verfasst und per Boten geschickt, in welchem er seine tiefe Trauer über den furchtbaren Verlust zum Ausdruck brachte und – das war der größte Hohn! – sich der Nachlässigkeit und mangelnden Fürsorge bezichtigte, weil er den schrecklichen Unfall nicht hatte verhindern können. Den Sturz durch ein morsches Fenstergitter in einen tiefen, mit Geröll angefüllten Graben.

Brunichild wollte die Wahrheit wissen, nicht eher würde sie Ruhe finden. Eine Woche nach dem Brief traf eine Nachricht ein, die sie fast ebenso verstörte: Chilperich hatte Fredegund geheiratet. Einen Tag nach Gailswinthas Beisetzung, sozusagen am frischen Grab, hatte er sie zu seiner Königin erhoben.

Die Hure war Königin geworden! Jede wortreiche Wendung Chilperichs über Trauer und Verlust erwies sich damit als faustdicke Lüge.

Hatte sie Chilperichs Werbung um Gailswintha noch als verstecktes Kompliment verstanden, als Zeichen, dass er in der Schwester ihr Ebenbild sah, so war die Hochzeit mit Fredegund ein Schlag ins Gesicht. Eine Demütigung. Nicht hinnehmbar, unverzeihlich. Der Wunsch nach Rache, nach Vergeltung, nach

Bestrafung des betrügerischen Paars verfolgte sie bis in die Träume hinein.

Nur wenn sie ihre kleine Tochter in den Armen hielt, die nach Sigiberts Mutter auf den Namen Ingund getauft worden war, ließ für kurze Zeit die Qual in ihrem Innern nach. Das lebendige Kind vermochte die Erinnerung an das tot geborene zu verdrängen, und Brunichild war dankbar für diesen Gunstbeweis des Himmels. Sigibert hatte seine Enttäuschung halbwegs überwunden und mit der Hoffnung auf weitere Kinder Gefallen an der Tochter gefunden. Nur sah er sie kaum.

Er war an der Spitze einer rasch aufgestellten Kriegerschar von Reims aus in Chilperichs Hoheitsgebiet eingefallen, hatte einige seiner ertragreichsten Krongüter erobert und Soissons eingekreist.

Mit einem so baldigen Angriff hatte Chilperich nicht gerechnet. Seine Truppen standen inzwischen vor Tours. Damit war der Frieden vorbei, und alle mühsam ausgehandelten Verträge über die Erbteilung galten nichts mehr. Sigibert hatte Wittiges nach Lyon geschickt, um Guntram zu benachrichtigen, und hoffte auf dessen Unterstützung im Kampf gegen Chilperich. Ganz klar hatte dieser die Verträge als Erster gebrochen. Sigibert setzte sich durch seinen Einmarsch in Neustrien nur zur Wehr.

In Abwesenheit des Königs empfing Gogo die Boten jetzt oft allein, und meistens gesellte sich Brunichild dazu, um die Nachrichten aus erster Hand zu erfahren. Deshalb begab sie sich sofort ins Empfangszimmer, sobald ihr ein Diener Wittiges' Rückkehr aus dem Süden mitgeteilt hatte.

Gogo war noch nicht da, und so wollte sie die Gelegenheit nutzen, um Wittiges auszufragen. Es gab noch so viel, was sie in Erfahrung bringen musste. Zum Beispiel, wie lange schon das Verhältnis zwischen Chilperich und Fredegund bestand. Erst kürzlich hatte sie Aletha die Einzelheiten ihrer letzten Begegnung mit Fredegund, deren Tochter und der Entlarvung Chilperichs als Vater des kleinen Bastards entlockt.

Wittiges war von der Reise erschöpft, sah aber sehr gut aus. Seine Gestalt war stattlicher geworden, er hatte das Auftreten eines erwachsenen Mannes im Vollbesitz seiner Kräfte. Eine besondere Aura umgab ihn, und junge wie alte Hofdamen umschwärmten ihn, sobald er erschien. Kaum war er eingetreten, nahm seine Miene einen wachsamen Ausdruck an. Sicher hatte er nicht damit gerechnet, sie allein anzutreffen. Das belustigte sie und lenkte sie kurzfristig von der Frage ab, wie sie jetzt das Gespräch am schnellsten auf Gailswintha lenken konnte.

»Kommst du geradewegs aus Lyon?«, fragte sie unverfänglich. Zwei Diener traten mit Erfrischungen ein. Geistesabwesend nahm Wittiges ein angefeuchtetes Tuch und wischte sich das Gesicht damit ab. Als er die Arme sinken ließ, eilte Gogo herein und winkte die Diener mit einer herrischen Geste hinaus.

»Was sagt Guntram?«, erkundigte sich Gogo ohne große Vorrede.

»Er ist besorgt«, erwiderte Wittiges ironisch.

Gogo lachte rau. »Kann ich mir denken. Aber auf wessen Seite wird er sich schlagen? Ist er bereit, Chilperich vor Tours in den Rücken zu fallen? Er hat seine Truppen schneller dort als wir. Er braucht doch nur von Saintes nach Norden vorzustoßen, dann hat er ihn am Kragen.«

»Nur ist er nicht in Saintes, sondern in Lyon. Um von dort aus zu operieren, müsste er erst einmal durch Limoges, und das gehört Chilperich. Das ist ja das Verhängnis. Das ganze Land ist ein lausiger Flickenteppich«, stöhnte Wittiges.

»Wie wahr«, pflichtete ihm Gogo bei. »Aber das ist hier nicht der springende Punkt. Er könnte den Heerbann in Saintes ausrufen lassen und von einem seiner *Patricii* gegen Chilperich ins Feld schicken. Gibt es von Guntram nichts weiter zu erhoffen als die vage Bekundung, dass er besorgt ist?«

Wittiges grinste angespannt. »Nun ja. Er hat mich ausgefragt und alles über unsere Truppenstärke wissen wollen. Ich habe ihm weisgemacht, dass wir Soissons praktisch in der Hand halten. Das stimmt ja auch. Wo hält sich Chilperich auf?«

»Wittiges! Warum beantwortest du nicht die Frage, die dir Gogo gestellt hat? Wie steht es mit Guntrams Unterstützung?«, fuhr Brunichild dazwischen.

»Gleich!« Wittiges hob beschwichtigend die Hand. »Können wir die Ratte in ihrem Bau festsetzen?«

»Nein, er ist uns entwischt und nach Beauvais ausgewichen«, antwortete Gogo.

»Jammerschade. Schade auch, dass er nicht selbst vor Tours steht, sondern nur seine Heerführer. Guntram will verhandeln und den Krieg beenden, ehe er richtig losbricht, und Chilperich davon überzeugen, dass er gegen Sigibert nicht gewinnen kann.«

»Überzeugend ist nur eine unmissverständliche Drohung durch ein Heer bewaffneter Krieger. Warum begreift Guntram das nicht?«, wetterte Gogo. »Du reitest morgen zu Sigibert. Unterrichte ihn von deiner Unterredung mit Guntram, und ich schicke jemanden nach Köln. Wir brauchen Verstärkung.«

Wittiges nickte. »Das einzige Argument, das Chilperich überzeugen könnte, ist eine Übermacht auf unserer Seite. Wenn du erlaubst, reite ich vorher nach Hause und sehe nach dem Rechten. Ich kann von meinen Gut aus nach Soissons weiterreisen.«

»Einverstanden. Ich war seit Monaten nicht mehr auf meinem Gut, obwohl es nur zwei Stunden von hier entfernt liegt.« Gogo trat an einen Tisch, auf dem Schreibgerät und Pergament bereitlagen, und vertiefte sich in ein Sendschreiben. Wittiges verbeugte sich erst vor dem Herzog, dann vor Brunichild und wollte das Zimmer verlassen, aber sie kam ihm nach.

»Warte. Ich begleite dich. Ich brauche etwas frische Luft und will dir noch einiges auftragen, was du Sigibert ausrichten sollst.«

Draußen im Vorzimmer wartete Sidonia mit einer zweiten Kammerfrau. Brunichild war es gleichgültig, was die beiden dachten, wenn sie mit Wittiges allein den Palast verließ. In Kriegszeiten, fand sie, herrschten andere Regeln, außerdem verhandelte sie oft genug mit Gogo ohne Zeugen hinter verschlossenen Türen. Sie war die Königin, sie hatte das Recht, die Regeln zu bestimmen, und schickte die beiden Frauen, die sich ihr anschließen wollten, fort. Nur zwei Wächtern gestattete sie, ihr in gebührendem Abstand zu folgen.

Der Palast war im Sommer wesentlich angenehmer als im Winter. Überall hingen luftige Vorhänge aus hellen, heiteren Stoffen, der Boden mit seinem Mosaik glänzte, weil Brunichild größten Wert auf Sauberkeit legte. Jede Woche wurden in allen Räumen Räucherpfannen geschwenkt, die wohltuende Düfte verbreiteten, und die Böden gründlich gekehrt. Mit Alethas Unterstützung hatte sie Wandbehänge in Auftrag gegeben, die nicht nur die Räume schmückten, sondern im Winter auch wärmten. Viele der Zimmerfluchten waren kaum heizbar, und so viele Eisenöfchen konnten gar nicht aufgestellt werden, um die Temperaturen in den riesigen Empfangssälen einigermaßen erträglich zu halten.

Wittiges wunderte sich bestimmt, dass sie bis in den Stall mitkam.

»Du willst nicht etwa mit mir ausreiten oder?«, fragte er verunsichert und achtete darauf, ihr nicht zu nahe zu kommen.

Erstaunte Blicke folgten ihnen. Brunichild schritt langsam und gemessen einher und tat so, als bemerke sie das Aufsehen nicht. »Nein, nach Vergnügen steht mir nicht der Sinn. Ich wünschte nur, es wäre nicht alles so trist und kummervoll.«

Von den Dächern pfiffen die Spatzen, Schwalben schossen im Tiefflug zu ihren Nestern unter den Traufen. Die Mauern leuchteten, dabei schien nicht einmal die Sonne. Aber der Sommer mit seiner lauen Luft war überall spürbar. Brunichild fand es geradezu unerträglich, in einem Kerker aus Trauer und Wut gefangen zu sein und die schöne Jahreszeit wie aus weiter Ferne an sich vorüberziehen zu lassen. Sehnsüchtig sog sie die frische Luft ein.

In den Ställen war es ruhig, denn die meisten Pferde waren auf den Kriegszug mitgenommen worden. Der vordere Stallhof war eine stattliche Anlage in Form eines weiten, kunstvoll gepflasterten Gevierts mit einem Brunnenbecken in der Mitte, umgeben von Marmorbänken und Ställen mit schattigen Laubengängen. Ein wenig erinnerte dieser Hof an die Pracht von Toledo.

»Wie wird dieser Krieg ausgehen?«, fragte Brunichild. Sie traten in den Schatten eines Laubengangs und von dort durch eine weit geöffnete Tür in den Stall. Die Wachleute blieben unschlüssig draußen, und da sie keinen Befehl erhielten, wagten sie nicht, ihnen zu folgen. Endlich war Brunichild mit Wittiges allein.

Bella stand wieder einmal neben Bauto, der leise zur Begrüßung wieherte und seinem Herrn sein weiches Maul entgegenstreckte. Wittiges tätschelte es und strich Bella über den Hals. Jede Geste verriet die große Vertrautheit mit den beiden Pferden.

»Du hast gehört, was ich vorhin sagte. Letztlich kommt es auf Guntram an. Aber der ist ein Zauderer. Vermutlich will er erst einmal sehen, auf welche Seite das Brot fällt.«

»Aber ich dachte, ihm liegt der Frieden so sehr am Herzen.« Bella begann an Brunichilds Haar zu knabbern.

»Das stimmt schon. Zufällig weiß ich aber auch, dass er Sigibert gern Arles abjagen würde.«

»Davon hast du vorhin nichts erwähnt.« Brunichild befreite ihr Haar und klopfte der Stute sanft auf die Flanke, während sie über den nächsten Schritt nachdachte. Sie musste Wittiges in Bedrängnis bringen. Wie ging sie am geschicktesten vor? »Bella steht zu viel im Stall. Sie wird dick. Sie …« Langsam wandte sie sich Wittiges zu, blankes Entsetzen im Blick. »O nein, nicht schon wieder!«

»Was?« Wittiges wich ein Stück zurück.

Brunichild rückte nach. »Frag nicht so dumm. Du hast es wieder getan!«

Unsicherheit flackerte in seinem Blick auf, das musste sie ausnutzen.

»Du hast zugelassen, dass dein schafsnasiger Gaul sie wieder deckt«, rief sie anklagend.

Sein Erschrecken verriet ihr genug. Aber ebenso rasch fasste er sich. »Na und! Die Pferde lieben sich nun mal«, erklärte er herausfordernd. »Wenigstens sie sollten sich lieben dürfen«, setzte er leise hinzu. Leidenschaft flammte in seinen Augen auf und verriet, wie sehr er sie begehrte.

»Und jetzt hoffst du, dass ich dir auch dieses Fohlen schenke?« Brunichild konnte nicht verhindern, dass ihre Mundwinkel zuckten. Lachend rückte sie ihm näher, und er merkte es nicht einmal, bis er mit dem Rücken an Bella gelehnt dastand. »Und jetzt sag mir«, forderte sie, urplötzlich ernst werdend, »wie meine Schwester gestorben ist.«

Wittiges erschrak. Er konnte nicht ausweichen. Dazu stand sie zu dicht vor ihm, ihre Körper berührten sich, ihre Hand legte sich besitzergreifend auf seine Brust, während sie mit bebender Stimme auf ihn einredete.

»Du musst es mir sagen. Bei allen Heiligen, ich habe ein Recht auf die Wahrheit. Ich kann so nicht weiterleben. Jede Nacht martern mich Albträume. Was habe ich verbrochen, dass ihr alle schweigt oder mir Lügen auftischt? Die Ungewissheit ist die Hölle. Ich habe überall herumgehorcht, und ich weiß, du warst dort, als es geschah. Du kennst die Wahrheit. Sag sie mir.«

Er roch ihren süßen Atem. Und in ihrem Blick entdeckte er eine Qual, die seiner eigenen glich, auch wenn sich die Ursachen unterschieden.

»Wenn dir das Geringste an mir liegt, sagst du mir rückhaltlos, was du weißt.«

Er ergriff sie am Arm, drängte sie zurück. »Also gut. Vielleicht ist es besser, wenn du Bescheid weißt.« So nüchtern wie möglich berichtete er ihr von seinem grausigen Erlebnis in Soissons. Brunichild schluchzte laut auf, als er die Würgemale an Gailswinthas Hals erwähnte. Aber als sie erfuhr, dass Fredegund und Chilperich den Leichnam zum Fenster hinausgeworfen hatten, hörte sie auf zu weinen. Als sie wieder zu sprechen begann, waren ihre Augen trocken.

»Also ist Chilperich der Mörder meiner Schwester und Fredegund seine Komplizin, wenn nicht gar die Anstifterin zu dieser Tat«, raunte sie. Mit halb gesenkten Lidern bewegte sie den Kopf leicht hin und her, als spürte sie Wittiges' Worten noch nach.

Wittiges schluckte. »Was willst du mit diesem Wissen anfangen?«

Ihr Blick schweifte über ihn hinweg in den dämmerigen beinahe leeren Stall. »Anfangen? Erst einmal hast du mir meinen Frieden wiedergegeben. Damit hört die Trauer nicht auf, aber ich weiß nun, wo ich stehe«, sagte sie versonnen.

Ihm wurde angst. »Tu nichts Unüberlegtes.« Er packte ihre Handgelenke. »Hörst du?«, sagte er eindringlich. Nahm sie ihn überhaupt noch wahr? Sie wirkte seltsam entrückt.

Eine große Zärtlichkeit für diesen Mann überkam Brunichild, aber es war nur ein flüchtiges Gefühl, ansonsten breitete sich Kälte in ihr aus. »Ich will nur Gerechtigkeit. Es gibt Gesetze und Richter, und ich will ein unanfechtbares Urteil.«

»Bist du sicher? Ist das alles?«, fragte Wittiges ebenso verwundert wie zweifelnd.

»Ja«, erklärte Brunichild mit einem geisterhaften Lächeln, »ich will Chilperich mit der Härte des Gesetzes treffen. Glaub mir, das Gesetz kann eine hervorragende Waffe sein, um Rache auszuüben, ebenso gut wie ein Schwert.« Bella wandte den Kopf und schnoberte in ihre Richtung. »Und was das neue Fohlen betrifft: Du kannst es haben, wenn es so weit ist. Aber es muss Bellas letztes von deinem Hengst sein, sonst lasse ich ihn töten.« Ihre Stimme klang kalt und unversöhnlich.

Brunichild wandte sich zur Tür. »Was ich noch vergessen habe: Du wirst beschwören müssen, was du in Soissons gesehen und gehört hast.«

Wittiges nickte benommen und blieb wie betäubt zurück, als sie den Stall verließ. Eine Weile regte er sich nicht, dabei hatte er es doch so eilig gehabt, nach Hause zu kommen. Wochenlang war er unterwegs gewesen, und wenn er nun zu Sigibert geschickt wurde, musste er im Krieg mitkämpfen und würde vielleicht fallen. Deshalb wollte er zuvor seine Familie sehen, Aletha, Felix und die anderen, und seine Angelegenheiten für den Fall seines Todes regeln.

Mit großer Anstrengung riss er sich aus seiner Erstarrung und führte Bauto am Zügel aus dem Stall und über den Hof. An den ersten Hof schloss sich ein weiterer an, der mit diesem durch einen langen Durchgang verbunden war. Von dorther kamen ihm zwei Reiter entgegen, aber erst als sie abstiegen und ihm den Ausgang versperrten, wurde er aufmerksam.

»Ach, du bist es, Wittiges«, rief Ingomer launig, »und ich hielt dich für einen der Drückeberger, die sich zu Hause hinter den Hecken verkriechen, statt zu kämpfen.«

»Nein, so etwas käme Wittiges nie in den Sinn, aber er hat trotzdem keine Zeit für den Krieg. Wenn er gerade keine Briefe befördert, ist er auf der Jagd nach Kostbarkeiten«, mischte sich Falco ein. »Der Königin könnten sonst die Juwelen ausgehen.«

Wittiges stöhnte auf. Er hatte nicht die geringste Lust, sich mit den beiden Tollköpfen auseinanderzusetzen, und ihr dummes Gerede scherte ihn nicht. Sie waren nicht wichtig genug, um ihm mit ihren Sticheleien einzuheizen.

»Ihr habt ja so recht. Lasst ihr mich jetzt vorbei? Bitte!«, fügte er ironisch hinzu.

Sigibert hatte die beiden vor einem Jahr in die Ostprovinzen geschickt, nachdem sie bei Hof einen Streit zu viel angezettelt hatten. Hier waren sie fortan unerwünscht. Die Posten an der Lippe oder der Oder, wo sich Fuchs und Gans gute Nacht sagten, waren die weitaus unbeliebtesten. Wer dorthin als *Comes* oder gar nur als *Referendarius* beordert wurde, wusste nur zu gut, dass er nichts mehr zu melden hatte und es schon besonderer Heldentaten bedurfte, um wieder zu Ansehen zu gelangen.

»Er bittet! Wie freundlich von dem hohen Herrn«, flötete Ingomer. Er hatte sich an Wittiges Seite herangeschoben, Falco versperrte mit seinem Pferd weiterhin den Durchgang zum nächsten Hof. Bauto schnaubte unruhig, als spürte er die Gefahr, die seinem Herrn drohte. Wittiges fragte sich, ob die beiden einen offenen Angriff wagen würden. Falls die Sache herauskäme, waren sie als *Antrustiones* endgültig erledigt. Aber wahrscheinlich dachten sie nicht darüber nach. Sie gehörten zu der Sorte Männer, die ihrer Händelsucht bei jeder Gelegenheit die Zügel schießen ließen. Opfer waren am Hof allzu leicht zu finden.

»Sollen wir uns davon erweichen lassen? Fällt mir schwer, fällt mir wahrhaftig schwer. Denn er stinkt ja so! Er stinkt vor Geld, dieser Pfeffersack«, giftete Falco. »Dem sollten wir abhelfen. Nur wie?«

Das war es also, stellte Wittiges bestürzt fest. Neben allen anderen schlechten Eigenschaften wurden die beiden vom Neid auf seine wirtschaftlichen Erfolge zerfressen. Sie konnten nicht wissen, dass er immer noch gegen eine Flut von Steuerschulden und anderen Verbindlichkeiten ankämpfte, die ihm die Instandsetzung des Gutes auferlegte.

Er las die Mordlust in den Augen der beiden. Sie würden ihn nicht ziehen lassen. Da wollte er sie lieber so herausfordern, dass sie sich zu einem Fehler hinreißen ließen. »Wäre euch mit einem Almosen geholfen?«, fragte er höflich. »Es tut mir leid, wenn ich keine Kenntnis davon hatte, dass euch der Dienst bei den Barbaren bedürftig gemacht hat.« Seine Hand glitt zum Schwert, aber da spürte er eine Dolchspitze in der Seite. Ingomer war ihm zuvorgekommen.

»Danke für das Angebot, wir nehmen uns, was wir brauchen, da kannst du sicher sein«, knurrte Ingomer. »Lass es mich erledigen«, wandte er sich an Falco, der inzwischen sein Schwert gezogen hatte.

Wittiges spürte, wie ihm die Klinge in die Seite eindrang, und versuchte, dem Stoß die Richtung und die Wucht zu nehmen, indem er sich gegen Bauto warf. Der Hengst wieherte und wich trippelnd zurück.

»Wittiges, Wittiges!« Eine helle Knabenstimme schallte aus dem Durchgang. Andere Stimmen nahmen den Ruf auf, und dann preschte eine Gruppe Jungen heran. Wittiges sah ihnen mit verschwimmendem Blick entgegen. Gesegnete Kinder! Ganz vorn ritt Chramm, Ingomers kleiner Bruder.

Hastig trat Ingomer von Wittiges zurück, aus dem Augenwinkel sah dieser eine blutige Klinge rasch und verstohlen verschwinden. »Was heißt hier ›Wittiges‹? Willst du mich nicht begrüßen?«, rief Ingomer seinem verdutzten Bruder zu.

Aufatmend lehnte sich Wittiges gegen Bautos Flanke, merkte aber sofort, dass ihm jeder Atemzug Schmerzen bereitete. Irgendwann einmal würde er Chramm für seine Anhänglichkeit danken, die ihm gerade das Leben gerettet hatte. In der Vergangenheit hatte er nicht allzu oft Gelegenheit gehabt, sich um Sigiberts Zöglinge zu kümmern, aber wenn er Zeit hatte, war er dieser Verpflichtung gern und sogar mit Freude nachgekommen. Vielleicht hingen die Bürschchen deshalb so an ihm. Jetzt waren zwei oder drei abgestiegen, drängten sich an Falco vorbei und kamen zutraulich näher. Sie sollten nicht merken, was gerade geschehen war, deshalb nestelte Wittiges an der Stelle herum, an der der Dolch eingedrungen war. Ganz deutlich spürte er, dass er Blut verlor. Als er mühsam den Kopf hob, sah er weitere Reiter aus dem Durchgang kommen, allen voran Sigibert.

Alle verneigten sich, aber Sigibert beachtete weder die Männer noch die Kinder. Sein Blick richtete sich sofort auf Wittiges. »Gut, dass ich dich noch antreffe. Falls du dich gerade auf den Weg zu mir machen wolltest, kannst du dir den Ritt nach Soissons sparen. Komm mit ins Haus.«

Ingomer, Falco und die Jungen machten dem König Platz. Als Wittiges sich umwandte, um Sigibert zu folgen, stöhnte er unwillkürlich und griff sich unbeholfen an die Seite.

Sigibert drehte sich im Sattel zu ihm herum. »Was hast du da?«

Vorsichtig äugte Wittiges an sich hinab. Seine grüne Tunika wies einen feuchten Fleck auf, der sich stetig vergrößerte. »Es ist nichts, mein König.«

»Du bist verletzt!«, schrie Chramm aufgeregt.

»Ich hab eine Schramme, das ist alles«, fuhr Wittiges ungewollt grob den Jungen an. »Und jetzt sieh zu, dass du mit den anderen zum Unterricht kommst. Wird's bald?«

Chramm senkte eingeschüchtert den Kopf und humpelte an ihm vorbei.

»Falco, Ingomer! Habt ihr eine Botschaft erhalten, dass ihr herkommen sollt?« Mit finsterer Miene geruhte Sigibert jetzt, Notiz von den beiden zu nehmen.

»Wir hörten vom Krieg, da dachten wir, du brauchst uns«, sagte Ingomer forsch.

»Dass ihr denken könnt, hab ich nicht gewusst«, sagte Sigibert kühl. Einer aus seiner Begleitung lachte, und Ingomer lief rot an. »Wir sprechen uns noch. Heute Abend. Und morgen reitet ihr in eure Provinzen zurück. Verstanden?« Die beiden nickten mit vor Wut verkniffenen Gesichtern.

Sigibert wartete, bis Wittiges aufgestiegen war und zu ihm aufgeholt hatte. »Was ist das für eine Geschichte?« Er deutete auf den Fleck.

Wittiges' Hand, die den Zügel hielt, war blutig. Trotzdem antwortete er scheinbar unbeteiligt: »Wie ich schon sagte: nichts Wichtiges.«

»Wie du willst«, entgegnete Sigibert knapp.

Im Stallhof, den Wittiges gerade erst verlassen hatte, wurden die Pferde den herbeieilenden Knechten übergeben. Wittiges holte sich aus seinem Gepäck einen leichten Umhang, unter dem er den Fleck zu verbergen gedachte, und suchte noch kurz die Bäder auf. Dort fand er einen Sklaven, der ihm die Wunde verband, ohne lästige Fragen zu stellen. Als er den festen Leinenstreifen um den Brustkorb spürte, fühlte er sich schon besser.

Aufatmend begab er sich in das Empfangszimmer, wo Gogo, Lupus und noch einige aus dem Rat bereits versammelt waren. Kurz darauf trat Sigibert ein, der, wie Wittiges erfuhr, nur für wenige Tage den Kriegsschauplatz verlassen hatte, um die neuesten Nachrichten zu erfahren.

Wittiges musste wiederholen, was er bereits über seinen Besuch bei Guntram berichtet hatte, und die Debatte über dessen Einstellung zum Bruderzwist begann von Neuem. Gerade als Wittiges darum bitten wollte, entlassen zu werden, kündete ein Diener an, dass Brunichild die Versammelten zu sprechen wünsche.

Ein schwarzer Umhang bedeckte ihren Kopf, und ein darübergelegter hauchzarter Schleier verbarg ihr Gesicht. Jede Unterhaltung verstummte angesichts dieser Gestalt, die so fremd wirkte, als käme sie aus einer anderen Welt. Hinter ihr traten drei Kammerfrauen ein, auch sie schwarz gekleidet.

»Brunichild!« Sigibert eilte auf sie zu. »Was hat das zu bedeuten? Was ist geschehen?« Aus seiner Stimme sprach gleichermaßen Ratlosigkeit wie Sorge. »Ist Ingund …?«

»Es geht ihr gut«, erklärte Brunichild ruhig und hob den Schleier.

Einige der versammelten Männer stöhnten vor Entsetzen.

Asche bedeckte die Wangen der Königin, ihre Augen waren schwarz umrandet, sodass sie riesengroß wirkten. Die Augenbrauen waren abrasiert. Und nun schob sie auch noch den Umhang vom Kopf zurück, und alle sahen, dass sie sich kahl geschoren hatte.

Für eine Weile herrschte tiefste Stille. Niemand wagte sich zu bewegen oder zu räuspern. Wittiges fror auf einmal, und ihm schwante, dass er bei diesem Auftritt eine wichtige Rolle spielte.

Sigibert ging mit ausgestreckten Armen auf seine Gattin zu, aber sie wich vor ihm zurück. »Bitte«, sagte sie und hob eine Hand, »bitte, hör mich an, hört mich alle an. Heute habe ich die Wahrheit über den Tod meiner Schwester erfahren. Gailswintha. Es ist mir wichtig, ihren Namen vor euch allen laut auszusprechen, bevor sie in Vergessenheit gerät. Und ich nenne auch ohne Scheu ihren Mörder: Chilperich. Ihr eigener Gemahl.« Sie sprach ruhig, scheinbar ohne jedes Gefühl. Umso stärker erschütterte ihre Anklage die Gemüter der Anwesenden. »Er hat sie erwürgt und ihre Leiche wie eine Strohpuppe aus dem Fenster geworfen. Ich erfuhr es von dem Mann, der dies alles bezeugen kann, weil er dort war …«

Wittiges hörte nicht mehr genau hin, als sie ihre Anklage gegen Fredegund vorbrachte, zu sehr beschlichen ihn Unbehagen und das Gefühl, in eine Falle getappt zu sein. Als Brunichild endlich verstummte, wandte sich der König an ihn, die Brauen gerunzelt, die Augen vor Ärger zusammengekniffen.

»Ich dachte, diese Einzelheiten blieben unter uns.«

»Aber ich hatte ein Recht, sie zu erfahren«, mischte sich Brunichild harsch ein. »Ich habe ihn gezwungen, mir alles zu berichten. Warum hast du mir diese ungeheuerliche Tat verschwiegen? Das begreife ich nicht.« Jetzt klagte sie ihn an.

Sigibert wurde sichtlich unwohl. Noch immer schlug der Anblick dieser Frau alle in Bann. Etwas unbezwingbar Schicksalträchtiges ging von ihr aus. Es war kaum zu glauben, wie jung sie noch war. In diesem Augenblick hatte sie kein Alter.

»Meine Liebe, wir wollten dich schonen. Nichts anderes hatten wir im Sinn, als dich davor zu bewahren, in Schwermut zu versinken. Es ist nicht so lange her, seit es dir wieder gut geht.«

Ein gespenstisches Lächeln huschte über ihre Züge, aber der Blick blieb kalt.

Ihr Rachefeldzug hatte begonnen, ahnte Wittiges, dem es viel lieber gewesen wäre, wenn sie aufgebraust wäre. Diese eiskalte Ruhe entsetzte ihn.

»Mir wird wieder wohl sein, wenn ich Gerechtigkeit erlangt habe. Ich fordere Gerechtigkeit für meine Schwester.« Unmerklich war ihre Stimme weicher geworden.

Sigibert schien daraus eine gewisse Hoffnung zu schöpfen, seine Frau besänftigen zu können. »Ich führe Krieg gegen Chilperich, du wirst deine Rache bekommen, glaub es mir. Ich habe meinen Bruder schon einmal in die Knie gezwungen, und es wird mir abermals gelingen.«

Brunichild schüttelte den Kopf. Einer der Räte, es war Priscus, stellte ihr einen Armlehnstuhl hin, aber sie lehnte es ab, sich zu setzen. Solange sie stand, mussten auch alle anderen stehen, das hielt die Spannung aufrecht. »Daran zweifle ich nicht, aber das hat mit Gerechtigkeit, wie ich sie verstehe, nichts zu tun.«

»Was dann?«, fragte Sigibert ratlos.

»Ich will, dass du dich an Guntram als den Ältesten der Familie wendest. Er soll der Richter sein. Er muss alles erfahren und soll einen Richterspruch fällen, dem sich Chilperich unterwirft.«

Wittiges begriff erst nach und nach, was Brunichild forderte. Auch Sigibert merkte, worauf sie aus war. Dafür sprachen sein Zögern und langsames Zurückschrecken. »Du weißt, was das bedeutet?«, fragte er schließlich heiser.

»Ich denke doch«, antwortete Brunichild ruhig. »Und bis dieser Schiedsspruch vorliegt, werde ich zum Zeichen der Trauer und der ungesühnten Schuld Schwarz tragen. Das bin ich meiner Schwester schuldig.«

Chilperich sollte als heimtückischer Meuchelmörder angeprangert und seine Tat öffentlich gemacht werden. Das würde das Ansehen des Frankenkönigtums beschädigen. Es würde auch Sigibert und Guntram treffen. Es traf alle. Das war die bittere Wahrheit. Brunichild nahm das in Kauf. Sie würde nicht nachgeben, das war so offensichtlich, wie ihr Auftreten eindrucksvoll war. Und Sigibert gab klein bei. Er nickte.

»Dann soll es so geschehen. Wittiges, du reist nach Lyon zurück und übergibst Guntram die entsprechenden Schreiben und handelst als unser Bevollmächtigter.« Sigiberts Augen bohrten sich in die von Wittiges. Der König barst schier vor Zorn, durfte ihm aber keine freie Bahn lassen. Er gab, das wurde Wittiges schmerzlich klar, ihm die Schuld an der unheiligen Entwicklung der Ereignisse.

Brunichild ließ sich von ihren Damen hinausgeleiten. Gleich darauf löste Sigibert die Versammlung auf. Wittiges hielt er mit einer Geste zurück, als dieser noch vor Gogo und Lupus den Raum verlassen wollte. Jetzt waren sie nur noch zu zweit. Wittiges schwante Ungutes.

»Du hast es ihr also erzählt?«, stieß Sigibert barsch hervor.

War dem König nie der Verdacht gekommen, dass er, Wittiges, ein besonderes Verhältnis zu Brunichild hatte? Dass er mehr als Hochachtung für sie empfand? Um sich nicht zu verraten, antwortete er in einem förmlichen Ton, den Sigibert ganz und gar nicht schätzte. »Ich konnte ihr die Auskunft nicht verweigern. Sie ist meine Königin.«

»Und meine.« Sigibert legte ihm die Hand auf die Schulter. »Wenn Guntram Anklage gegen Chilperich erhebt und ihn verurteilt, zwingen wir den Bastard in die Knie. Dann kann er froh sein, noch einen kleinen Teil seines Erbes behalten zu dürfen.« Er grinste schief. »Allmählich finde ich Gefallen an dieser Anklage.«

Wittiges erinnerte sich, dass Sigibert einige der einträglichsten Güter in der Umgebung von Soissons aus Chilperichs persönlichem Besitz mit Beschlag belegt hatte. Vielleicht hoffte er, sie endgültig behalten zu können. Sigibert würde ihm, Wittiges, also nicht an die Gurgel gehen, wohl war ihm dennoch nicht.

2 Gegen Abend machte sich Wittiges trotz der späten Stunde auf den Heimweg. In Reims hielt ihn nichts mehr. Sigibert und Gogo hatten ihm gestattet, einige Tage auf seinem Gut zu verbringen, bevor er zu Guntram reiste. Diese kostbaren Tage wollte er ausnutzen und fieberte geradezu der Heimkehr entgegen.

Reims war zwar Königssitz, aber eher eine Kleinstadt. Paris hatte wesentlich mehr Einwohner, und die Gebäude hier konnten sich mit jenen dort kaum messen. Allerdings entfaltete sich in Reims eine zunehmende Bautätigkeit. Immer mehr Edle, die im Umland Güter besaßen, wollten auch über ein Stadthaus verfügen, und so schwanden die Flächen innerhalb der Stadtmauer, auf denen Schafe weideten oder Gärten angelegt waren, und die

Viertel wuchsen zusammen. Irgendwann wollte sich auch Wittiges hier ein Haus leisten. Wenn es aber so schleppend mit seiner Wirtschaft voranging wie bisher, käme er höchstens in zehn oder fünfzehn Jahren zu einem Haus in der Stadt, und er könnte sich nicht mehr leisten als einen geduckten, eingeschossigen Fachwerkbau, der unter seinem Strohdach Platz für zwei Schlafkammern und einen Stall bot. Die schönsten Häuser gehörten einer Handvoll reich gewordener Kaufleute, die Sigiberts Hof mit Nachschub an allem Lebensnotwendigen versorgten. Mit ihnen konnte sich Wittiges längst nicht messen.

Das Gewimmel auf den Straßen hatte merklich abgenommen. Er achtete auch nicht sonderlich auf die Leute, und gerade deshalb war er sich keineswegs sicher, dass der Mann, den er auf der anderen Seite einer Wiese erspähte, Priscus und sein Begleiter Ingomer war, beide zu Pferd, beide eilig. Wittiges ritt weiter und tat seine Wahrnehmung als Irrtum ab. Ingomer war sicher gerade bei Sigibert, der ihn abkanzelte, bevor er ihn umgehend in die Provinz zurückschickte.

Hinter Reims holte er ein kleines Fuhrwerk ein, das von einem Maultier gezogen wurde, begleitet von zwei Sklaven. Zu seinem Erstaunen gehörten sie zu seinem Gut. Als sie ihn erkannten, grüßten sie ihn ehrerbietig, und er ritt im Schritt eine Weile neben ihnen her und fragte, was sie in der Stadt zu tun gehabt hatten. Wie er erfuhr, hatten sie Gemüse und Obst auf dem Markt verkauft. Obst und Gemüse von seinem Land! Es erfüllte ihn mit Stolz, als sie ihm die eingenommenen Münzen aushändigten. Dieses Geld freute ihn weit mehr als all jenes, das ihm der Purpur- und Edelsteinhandel einbrachte. Dieses hier erschien ihm ehrlicher verdient. Voller Dankbarkeit schenkte er den beiden Sklaven je eine Münze und ritt endlich in scharfem Trab weiter. Mein Gut bringt etwas ein!, jubelte er im Stillen. Jetzt erst wusste er es richtig zu schätzen.

Als er in den Stallhof einritt, fand er ihn leer. Auch das Haus schien verlassen. Beunruhigt ließ er Bauto gesattelt und führte ihn lediglich zum Brunnen, bevor er weiterhastete. Erst als er laut rief und in die Hände klatschte, kam ein Mädchen herbeigerannt. »Wo sind denn die anderen?«, fragte er.

»Die Kinder suchen«, antwortete die Magd.

»Welche Kinder?« Er hielt das Mädchen, das weiterlaufen wollte, am Ärmel fest. Es blieb stehen, die Augen vor Schreck geweitet. »Felix«, stammelte es, »Felix und Viola. Sie sind seit heute Nachmittag verschwunden.«

Jetzt erschrak er ebenfalls. »Felix und Viola?«, wiederholte er töricht. »Wo ist die Herrin?«

»Sie wollte ins Dorf. Ich muss ihr nach.« Das Mädchen hatte einen Umhang über dem Arm und eine Fackel in der Hand.

»Gib mir die Fackel und den Umhang. Wer beteiligt sich an der Suche?« Die waffenfähigen Männer hatten Sigibert in den Feldzug begleitet. Nur die zum Kämpfen zu Alten, die Kranken und die Knaben unter dreizehn waren daheimgeblieben. Wer war überhaupt noch da außer den Sklaven?

»Eigentlich alle.« Das Mädchen begann zu weinen. »Die Leute in den zwei Dörfern sind verständigt. Pontus ist zu Theodos Hof hinübergeritten, um zu fragen, ob wir von dort Hilfe erhalten. Cniva ist unten im Schmiededorf, um auch die Letzten für die Suche zusammenzurufen.« Der Blick des Mädchens schweifte zum Himmel. Es wurde dunkel.

»Warte hier auf die beiden Sklaven, die mit dem Karren vom Markt kommen, schick sie hinter mir her, und gib ihnen alle Fackeln mit, die du auftreiben kannst. Ich reite ins Dorf und suche Pontus, Alexander und Cniva.«

Wittiges machte kehrt und rannte in den Stallhof zurück. Und dort stürzte ihm Aletha entgegen.

»Ich weiß Bescheid«, sagte er knapp, »und mache mich ebenfalls auf die Suche. Aber vorher beantworte mir eine Frage: Wie konnten die beiden verschwinden?«

»Wir wissen es nicht«, stieß Aletha hervor. »Viola war immer so zuverlässig. Wenn sie auf Felix achtgab, brauchten wir uns nie Sorgen zu machen. Einmal allerdings sind sie auf dem Weg ins Dorf hinunter von einer der Sklavinnen abgefangen worden. Danach habe ich Viola streng verboten, sich mit Felix weiter als einen Steinwurf vom Haus zu entfernen. Wittiges, ich habe solche Angst! Felix ist doch noch so klein.« Sie warf sich in seine Arme.

»Ich finde ihn, und wenn ich die ganze Nacht suchen muss. Habt ihr im Haus nachgesehen? Im Keller und in den Gebäudeteilen, die wir nicht benutzen? In Scheunen, Ställen, Grubenhäusern?« Die Grubenhäuser, die halb in die Erde eingelassen waren und meist noch ein Kellergeschoss unter dem Holzfußboden hatten, boten ideale Verstecke für ein phantasiebegabtes und abenteuerlustiges Kind. Aber war Felix für solche Spiele nicht noch zu klein? Er war flink auf den Füßen, und sein Bewegungsdrang kannte kaum Grenzen. Und er war von unersättlicher Neugier erfüllt, das wusste Wittiges.

»Überall, Wittiges, mehrmals, wir haben das Haus noch nie so gründlich durchstöbert wie heute«, sagte Aletha verzweifelt.

Forschend blickte er sie an und erkannte etwas, was ihr selbst nicht bewusst war: Sie liebte ihr Kind! Auf einmal war ihm trotz der furchtbaren Sorge leicht zumute. Er küsste sie auf die blasse Wange. »Wenn ich ihn finde, musst du mir etwas versprechen«, murmelte er.

»Ich verspreche dir alles, was du willst«, sagte sie inbrünstig.

»Du wirst mir endlich sagen, wer sein Vater ist.«

Es war, als hätte er sie geohrfeigt. Sie taumelte zurück. Ihr Mund öffnete sich, sie wurde noch bleicher als zuvor, und ihr Atem ging heftig. Wittiges wusste, dass seine Forderung einer näheren Erklärung bedurfte, sonst täte sich wieder ein tiefer Graben zwischen ihnen auf. Fast bereute er seine Worte, aber im tiefsten Innern wusste er, dass er die Forderung nicht zurücknehmen wollte. Irgendwann musste sie doch einmal reden und sich offenbaren. Sonst fänden sie nie zu der Verbundenheit, nach der er sich sehnte – und sie sicher auch.

Mit wenigen Schritten hatte er Bauto erreicht und schwang sich in den Sattel. Gehorsam fiel der Hengst in Galopp.

In der Mitte des Dorfes hatte sich eine große Gruppe von Menschen um Cniva geschart, und die Bewohner des Nachbardorfs eilten gerade von Alexander angeführt herbei, Frauen, Kinder und ein alter Mann.

»Wittiges!« Alexander winkte und trieb sein Maultier an.

Rufe wurden laut. Die Leute erkannten den Gutsherrn und liefen auf Wittiges zu. Wie er bemerkte, hatten viele Fackeln und lange Stöcke dabei. Sie haben sich auf die Suche bei Nacht eingerichtet, erkannte er. Die Gesichter waren ernst, aber dennoch schienen die Dörfler froh, ihn bei sich zu wissen. Cniva, der wohl gerade dabei war, sie für die Suche einzuteilen, stand auf einmal allein da. Wittiges drängte sich zu ihm durch.

»Gut, dass du da bist.« Cniva klopfte Bauto den Hals. »Wir können jedes Paar Augen mehr gebrauchen.« Er wandte sich zu den anderen um. »Stellt das Schwatzen ein, und hört alle her!

Wir haben keine Zeit zu verlieren.« Dem konnte Wittiges nur beipflichten, aber Cniva hatte noch nicht begriffen, dass er nicht länger das Kommando führte.

Wittiges war nicht abgesessen. Er hob einen Arm, und augenblicklich trat Ruhe ein. Abschätzend musterte er seine Mannschaft. Seine Hoffnung richtete sich auf die jungen männlichen Sklaven, die am ehesten in der Lage waren, eine anstrengende nächtliche Suche durchzustehen. Aber er hütete sich, irgendjemanden fortzuschicken.

»Danke, Cniva.« Er nickte dem ehemaligen Hofmeister knapp zu. »Danke, dass du alle zusammengeholt hast.« Einen Moment wirkte Cniva verärgert, aber dann fügte er sich Wittiges Autorität.

Wittiges wollte gerade fortfahren, da näherten sich weitere Landleute, angeführt von Pontus und Theodo. Der Nachbar war mit Sigibert in den Krieg gezogen, daher war Wittiges sehr überrascht, ihn nun zu sehen. Allerdings trug Theodo einen Arm in der Schlinge, anscheinend hatte ihn eine Verletzung gezwungen, den Kampf an Sigiberts Seite vorerst aufzugeben.

»Ist es schlimm?« Wittiges verschwendete keine Zeit mit einer langen Begrüßung. Pontus hatte er nur knapp zugenickt.

»Das hier?« Theodo hob kurz den Arm mit der Schlinge. »Reden wir nicht darüber. Meine Beine sind in Ordnung und meine Augen auch.«

Wittiges war heilfroh über die Unterstützung, denn Theodo hatte offenbar sein gesamtes Gesinde mitgebracht.

Rasch waren die Helfer in Gruppen aufgeteilt und hatten abgesprochen, wie sie sich während der Suche mittels Pfiffen untereinander verständigen würden. Danach leerte sich der Platz in der Dorfmitte. Zum Glück schien der Mond, und die Fackeln erwiesen sich als unnötig.

Pontus schloss sich Wittiges an und unterrichtete ihn über die bisherige Suche. Genau wie Wittiges hatten er, Cniva und Alexander von Anfang an bezweifelt, dass Felix auf seinen eigenen Beinen weit käme, und Viola konnte ihn allenfalls eine kurze Strecke getragen haben. Das Mädchen war nun sieben, aber immer noch zart.

»Theodo hat mir erzählt, dass er vorige Woche eine kleine Bande von Bagauden im Wald aufgescheucht hat«, erklärte Pontus leise.

»Und?« Wittiges überlief ein eiskalter Schauder.

»Er und seine Sklaven haben drei von ihnen niedergemacht, die anderen sind entkommen.«

»Wo war das?«

»Im Wald oberhalb der Mühle.«

Wittiges wurde die Kehle eng vor Angst. Nur mit Anstrengung konnte er das Gespräch fortsetzen. »Bis zur Mühle kann Viola mit dem Kleinen niemals gelaufen sein.«

»Nein.«

Sie verfielen in Schweigen. Aber jeder wusste, was der andere dachte. Es war eine unvermeidliche Folge des Krieges, dass die Bagauden, die es überall im Land gab, sofort kühner wurden und die Dörfer in der Hoffnung auf leichte Beute überfielen. Theodo hatte das Glück, genügend Sklaven zu besitzen, die nicht zum Kriegsdienst verpflichtet waren und sein Anwesen schützten. Die überlebenden Briganten hielten sich möglicherweise noch in der Gegend auf und hatten Viola und Felix in ihre Gewalt gebracht. Daran wollte Wittiges nicht denken und tat es doch unaufhörlich, während von der Dorfmitte sowie von der Villa aus die Sucher in kleinen Gruppen in die umliegenden Wälder ausschwärmten. Pontus und Wittiges standen fünf Jungen und zwei Frauen zur Seite. Nach zwei Stunden schickte Wittiges die Frauen zurück. Eine hatte sich den Knöchel verstaucht, die andere musste sie auf dem Weg ins Dorf stützen. Längst hatte Wittiges die Sinnlosigkeit der nächtlichen Suche erkannt, aber keiner der Jungen murrte, und er selbst war entschlossen, bis Sonnenaufgang und länger durchzuhalten. Es war Pontus, der ihn einige Stunden später darauf aufmerksam machte, dass die Jungen völlig erschöpft waren.

»Sie können nicht mehr. Lass sie gehen«, forderte er.

Der jüngste war höchstens neun Jahre alt, ein schmächtiges Kerlchen. Wittiges bückte sich, um ihm ins Gesicht zu sehen. Es war von Dornen zerkratzt, tränenverschmiert und grau vor Müdigkeit. Langsam richtete sich Wittiges wieder auf, ihm war elend zumute. »Ihr geht nach Hause, hört ihr? Findet ihr den Weg?«

In der Ferne heulte ein Wolf. Ein zweiter antwortete, es klang entschieden näher.

»Wir haben die Wölfe aufgescheucht«, murmelte Pontus mit belegter Stimme.

»Nein, die sind nachts immer unterwegs. Ich frage mich …« Voller Mitleid betrachtete Wittiges die Kinder. »Pontus, du führst sie zurück, damit ihnen nichts zustößt.« Er und Pontus waren bewaffnet, die Jungen hatten dagegen nur Stöcke und höchstens ein Messer dabei.

»Wir kommen schon zurecht«, versicherte der Älteste tapfer. Er war Karls zweiter Sohn Otho. Ein besonnener, starker Zwölfjähriger. Wittiges zögerte kurz, er verzichtete ungern auf Pontus, aber dann erinnerte er sich an Arnes Schicksal. Karls zweitem Sohn durfte nichts passieren.

»Das glaube ich dir. Aber mir ist wohler, wenn Pontus bei euch ist.« Wittiges legte dem Jungen die Hand auf die Schulter. »Ihr alle habt mehr getan, als von euch erwartet wurde. Ich bin euch sehr dankbar.«

»Aber wir haben sie nicht gefunden«, schluchzte der jüngste der Kinderschar. »Viola ist …« Er stockte.

»Sie ist – was?«, fragte Wittiges sanft. Wieder heulte ein Wolf. Und dann pfiff jemand. Die Tonfolge verriet, dass eine Gruppe die Suche aufgab und ins Dorf zurückkehrte. Danach ertönten aus verschiedenen Richtungen weitere Pfeifsignale. Alle Sucher gaben auf. Alle gleichzeitig.

»Aber Viola ist meine Freundin«, sagte der Kleine weinend. »Und vielleicht bin ich daran schuld, dass sie verschwunden ist.«

Wittiges schüttelte den Jungen. »Was sagst du da?«

»Vielleicht …«

Pontus schob Wittiges beiseite und zog den Jungen zu sich heran. »Lass mich ihn befragen«, sagte er beherrscht. »Also, was willst du uns erzählen?«, fragte er mit ruhiger, tiefer Stimme.

»Ich hab … ich hab mit Viola über die Höhle geredet, aber …«

»Welche Höhle?«, fuhr Wittiges dazwischen.

»Die Eremitenhöhle?«, mischte sich Otho ein. »Meinst du die Eremitenhöhle im Wald über der Villa?«

Wittiges hatte noch nie von einer Höhle im Wald, geschweige denn von einer Eremitenhöhle gehört. Der Wald war schiere Wildnis. Solche tiefen, undurchdringlichen Wälder wie in dieser Gegend gab es in ganz Spanien nicht, und er verabscheute sie. Der Wald war eine fremde Welt, eine *alte* Welt, in der die Götter der Vorzeit hausten.

»Seid still!«, rief er und wandte sich wieder dem Kind zu.

»Also, jetzt sprich! Welche Höhle meinst du, und was hat Viola damit zu tun?«

»Vielleicht hat sie die Höhle gesucht. Die alte Barchild hat uns gestern von ihr erzählt. Dort hauste vor vielen Jahren ein Eremit, aber er ist schon lange tot. Barchild wollte uns die Höhle nicht zeigen, sie sagte, da gibt es nichts mehr zu sehen. Viola glaubte ihr nicht und wollte unbedingt dorthin. Aber ich hatte keine Zeit, mit ihr nach der Höhle zu suchen. Ich musste nach Hause. Wäre ich doch bloß mit ihr gegangen.«

Pontus ließ das Kind los. »Weiß jemand von euch, wo wir die Höhle finden?«

»Was soll uns das nützen, wenn Viola nicht wusste, wo diese Höhle liegt«, warf Wittiges gequält ein.

»Barchild meinte, oberhalb der Quelle«, meldete sich der Kleine wieder.

»Also gut. Ich gehe zur Quelle und von dort weiter, aber ihr kehrt nach Hause zurück«, bestimmte Wittiges. Doch keiner wollte davon etwas wissen. Es war, als hätten alle neue Kraft geschöpft.

Sie nahmen den kürzesten Weg zur Quelle, aber der war mühsam, denn sie mussten ihn sich durch dichtes Unterholz voll dornigem Gestrüpp regelrecht erkämpfen. Wittiges und Pontus achteten darauf, dass die Gruppe eng zusammenblieb und keiner der Jungen verloren ging. Wenn sich Wittiges Zeit zum Überlegen gelassen hätte, hätte er sich eingestehen müssen, dass die Hoffnung, die Kinder lebend zu finden, nur noch sehr gering war. Vor seinem inneren Auge sah er schon, wie sich ein Wolf auf Felix stürzte und ihn zerfleischte. Und gerade in diesem Augenblick bewegte sich vor ihnen das Gesträuch, und es war nicht der Wind, der in die Äste fuhr. Sie hörten Tritte. Das Stampfen eines schweren Körpers.

Wittiges gab den anderen ein Zeichen, still stehen zu bleiben, und zog so leise wie möglich das Schwert. Das Messer hielt er ohnehin in der Hand, stets auf einen Angriff aus dem Hinterhalt gefasst. Aus dem Dunkel schob sich eine gewaltige Masse heran, ein Schnauben drang ihnen an die Ohren. Durch die Baumkronen fiel gerade so viel Mondlicht, dass Wittiges riesige Hörner erkennen konnte. Ein Auerochse. Der unbestrittene König der Wälder. Der massige Kopf schwenkte unruhig hin und her, wahrscheinlich versuchte das Tier, die Witterung der

Menschen aufzunehmen. Sobald nur einer sich bewegte, würde aus dem Tier eine Bestie. Der Auerochse würde sie überrennen.

Wieder heulte ein Wolf, es klang bedrohlich nah, viel zu nah. Die Lichter des Auerochsen glühten auf, dann brach er durchs Unterholz davon, höchstens drei, vier Armlängen von Wittiges entfernt.

»Wie weit ist es wohl noch bis zur Quelle?«, fragte er.

Ein Kind weinte, es war ein zartes, wehes Schluchzen voller Hoffnungslosigkeit.

»Still!«, zischte Wittiges.

Das Weinen hörte aber nicht auf. Und es kam aus dem Gestrüpp vor ihnen.

»Viola?« Das war die Stimme des Jungen, der sich ihr Freund genannt hatte.

Das Weinen brach ab.

»Viola? Wo bist du?«

Und da setzte das Weinen wieder ein. Wittiges raunte Pontus und den Jungen zu, zurückzubleiben. Er ging auf die Knie und tastete sich wie blind voran. Aber war das überhaupt ein Kind, das da jammerte? Manchmal hörte sich das Greinen von Katzen ähnlich an. Gut möglich, dass er sich wegen eines ranzenden Katers durch dieses widerwärtige Gestrüpp zwängte. »Viola, ich bin gleich da.«

Kein Laut, der ihm die Richtung wies.

Wittiges war kein Hasenfuß, aber nun überlief ihn die Angst. Es war unheimlich in diesem schier undurchdringlichen Dunkel, und es wurde immer mühsamer, sich auch nur eine Handbreit vorwärtszukämpfen. Von allen Seiten zerrten dornige Ranken an ihm. »Ist Felix bei dir?«

Keine Antwort, kein Rascheln – nichts. Es war sinnlos, dass er weitersuchte. Die Erkenntnis, aufgeben zu müssen, hielt ihn am Boden fest. Gern hätte er sich hier und jetzt seinem ungeheuren Schmerz hingegeben, aber da waren ja noch die anderen.

Er versuchte sich umzuwenden, und dabei streifte seine Hand Stoff. Stoff! Er tastete weiter. Ein zusammengekrümmter kleiner Körper. Zu groß für ein kleines Kind wie Felix. Es musste Viola sein. Immerhin das Mädchen hatte er gefunden!

Warum sagte es nichts? Er rüttelte es sacht, aber es gab keinen Laut von sich. Der zarte Körper fühlte sich wie erstarrt an.

»Pontus?«, rief Wittiges gedämpft. »Ich brauche dich hier.«

Gleich darauf hörte er Geräusche, die ihm verrieten, dass sich sein Freund durch das Gestrüpp kämpfte, und anscheinend kamen die Jungen hinterher. Sie schlugen eine Schneise. Als sie Wittiges erreicht hatten, konnte er endlich das Kind hochheben. Es war schwerer als erwartet. Mit dem starren Bündel auf den Armen stolperte er vorwärts, Pontus stützte und führte ihn bis zu einer kleinen Lichtung. Hier legte Wittiges seine Last ab. Es war Viola! Wittiges kniete sich neben sie und bog behutsam ihre Glieder auseinander. Zusammengerollt lag da noch ein zweites Kind. Felix.

Pontus zog Viola auf die Füße, packte sie am Kinn und bewegte ihr Gesichtchen hin und her. »Sie lebt, ganz ohne Frage«, grummelte er.

Wittiges hatte Felix die Hand unter die Tunika geschoben, aber noch bevor er den Herzschlag erspürte, regte sich der Kleine. Seine Beinchen zuckten. »Und er auch.«

Gedämpfter Jubel brach unter den Jungen aus.

Pontus hob Viola auf, Wittiges trug Felix, und dann machten sich alle auf den Heimweg. Erst kurz vor dem Dorf fiel Otho das verabredete Pfeifsignal ein, er pfiff, und die anderen fielen in das Pfeifen ein. Als sie das Dorf erreichten und sich der Mitte näherten, erwarteten sie alle, die sich an der Suche beteiligt hatten. Niemand war zu Bett gegangen. Alexander und Cniva eilten ihnen entgegen, Alexander umarmte Wittiges stürmisch und weckte damit Felix auf. Er begann zu schreien.

»Nun, das ist dir aber gelungen«, brummte Wittiges und lachte befreit auf.

»Sie leben, sie leben!« Das ganze Dorf tanzte im Mondlicht, eine übermütige Stimmung machte sich breit.

Theodo schlug jedermann auf die Schulter und dröhnte: »Ich hab's gewusst! Ein Kind, das Felix heißt, kann nicht verloren gehen.« Bald machte ein Weinschlauch die Runde, Bier wurde ausgeschenkt. Selbst der älteste und hinfälligste Dorfbewohner, ein siebzigjähriger Großvater, der für die Suche zu schwach gewesen war, wollte mit allen anstoßen. Wittiges konnte die Gesellschaft nur auflösen, indem er allen ein Fest versprach, und langsam trollte sich einer nach dem anderen. Viele torkelten müde, aber laut singend ihrem Bett entgegen.

Wittiges machte sich mit seinen Leuten auf den Heimweg, die Müdigkeit spürten jetzt alle bis auf die Knochen. Oben an der

Villa kam ihnen Aletha mit Barchild entgegen und schloss sich ihnen an. Pontus hatte Viola den ganzen Weg über getragen und setzte sie nun vor ihrer Großmutter ab. Die Kleine hatte sich bis dahin völlig still verhalten. Barchild legte ihr die Hand in den Nacken.

»Schlägst du mich jetzt tot?«, fragte Viola wispernd ihre Großmutter.

»Nein«, antwortete Wittiges rasch, »das wird sie nicht tun.«

Viola drehte sich halb zu ihm um. »Dann tust du es? Das ist mir auch lieber, du schaffst das sicher mit einem Schlag.«

»Warum soll ich dich totschlagen?«

Viola wies auf die Alte. »Sie hat es gesagt. Sie schlägt mich tot, wenn Felix etwas passiert.« Es klang trostlos und völlig schicksalsergeben. Wittiges spürte nur noch die Erschöpfung und den Wunsch, sich zurückzuziehen. Er war der Kleinen böse, und er würde sie bestrafen – aber nicht heute.

»Was ist überhaupt passiert? Wie seid ihr in den Wald geraten?«, fragte er streng.

Viola wich seinem Blick aus. »Felix ist mir weggelaufen, ich bin ihm nach, hab ihn aber nicht gleich gefunden. Und dann waren wir so weit weg, und ich konnte ihn nicht mehr tragen.«

Wittiges hatte wieder das Bild vor Augen, wie sie den Kleinen mit ihrem Körper geschützt hatte, dieses Bild durfte er nicht vergessen. Aber natürlich log das Mädchen, oder es sagte zumindest nur die halbe Wahrheit.

»Und die Höhle? Wolltest du Felix die Höhle zeigen?«

Schuldbewusst fuhr Viola zusammen.

»Ich hab ihnen verboten, in den Wald zu gehen. Warum kann die Göre nicht hören? Ich schlage sie grün und blau«, stieß Barchild grimmig hervor, »selbst wenn sie dabei draufgeht. Wäre nicht schade um sie.«

»Du rührst sie nicht an«, mischte sich Aletha entschieden ein. »Ich verhänge die Strafe und niemand sonst. Viola, du wirst eine Woche lang das Haus nicht verlassen, nicht einmal für eine Stunde! Und du wirst mir bei den Weberinnen zur Hand gehen und den ganzen Tag Wolle entwirren. Es wird höchste Zeit, dass du etwas Rechtes lernst. Nimm sie mit, Barchild, und legt euch endlich schlafen.«

Über Barchilds Gesicht huschte ein Anflug von Befriedigung, während sie die Kleine wegführte. Nach ein paar Schritten stahl sich Violas Hand in die der Alten. Barchild, davon war Wittiges nicht zum ersten Mal überzeugt, würde ihrer Enkelin, egal was diese ausgefressen hatte, kein Haar krümmen. Sie hatte nur eine leere Drohung ausgestoßen, und darüber war er von Herzen froh.

Für diesen Tag hatte er genug Aufregung gehabt. Aber bevor er sich mit Aletha zurückziehen konnte, hielt ihn Pontus auf. »Meinst du nicht, du solltest Gott für Felix' Rettung danken?«

»Gewiss«, nuschelte Wittiges abwehrend. »Bloß nicht gleich.«

»Was auch kein Fehler wäre«, polterte Pontus unerwartet heftig. »Ich dachte aber an etwas anderes.«

Wittiges fühlte ein überwältigendes Bedürfnis, seinem Freund einen Kinnhaken zu versetzen, damit er Ruhe gab. Stattdessen murmelte er mit angestrengter Höflichkeit: »Sag's mir in ein paar Stunden, dann bin ich ganz Ohr.« Auch Pontus hatte die ganze Nacht für die Suche geopfert. Draußen wich die Dunkelheit fahlem Licht, ein Hahn krähte unternehmungslustig. Der Tag brach an.

»Nein, jetzt! Ich hab schon länger darüber nachgedacht, und ich finde, nun bietet sich die richtige Gelegenheit, die Sache zur Sprache zu bringen. Du hast hier in diesem Gemäuer mehr Platz, als du jemals benötigen wirst. Warum nicht einen Raum als Kapelle herrichten?«

Wittiges stöhnte auf. »Eine Kapelle, die du als Priester betreust? Schlag's dir aus dem Kopf. Der Bischof erteilt uns nie die Genehmigung, eine Kapelle mit einem geweihten Altar einzurichten.« Er war sich nicht einmal sicher, ob Pontus nicht ein arianischer Mönch oder Priester war, danach hatte er ihn nie gefragt. Er selbst war Arianer und dachte nicht daran, das Bekenntnis zu wechseln. Und überhaupt hatte er gerade jetzt nicht das geringste Bedürfnis, über den Glauben nachzudenken.

»Ein Andachtsraum wäre aber schön«, meldete sich Aletha. Sie hielt den schlafenden Felix in den Armen. »Einen Andachtsraum kann uns niemand verwehren, und wir richten ihn so ein, wie es uns gefällt. Pontus, wir reden morgen darüber.«

Morgen hieß eigentlich heute. Pontus gab sich schließlich zufrieden und trollte sich. Wittiges dirigierte Aletha geschickt zu seinem Schlafzimmer, und sie wehrte sich nicht dagegen.

»Ich möchte Felix bei mir behalten«, sagte sie nur. Wittiges war das recht, zu tief saß noch der Schreck, seinen Sohn beinahe verloren zu haben. Wenig später lag der Kleine schlummernd zwischen ihnen im Bett. Es wurde still im Haus. Wittiges merkte, wie bleischwer ihm die Glieder wurden, der Schlaf meldete sich.

»Soll ich es dir jetzt sagen?«, flüsterte Aletha. Sie lag auf der anderen Seite des Bettes und starrte im Zwielicht an die Decke.

»Was?«

»Wer Felix' Vater ist.«

Einen winzigen Moment zögerte Wittiges mit der Antwort. Während er sich auf einen Ellbogen stemmte, dachte er daran, dass nach einer solchen Eröffnung an Schlaf nicht mehr zu denken war, selbst wenn ihn die Müdigkeit beinahe umbrachte. So fest und ruhig, wie er konnte, sagte er: »Bitte, erzähl es mir.«

Aletha begann zögernd und stockend. Weder unterbrach er sie, noch störte er sie mit einer Zwischenbemerkung, und so erzählte sie in einfachen, nichts beschönigenden noch dramatisierenden Worten von dem furchtbaren Unrecht, das ihr in Toledo widerfahren war. Jetzt verstand er ihre Verstörung, ihre Abwehr gegenüber jeder Annäherung und die Ablehnung ihres Kindes, das sie erst nach langer Zeit lieben gelernt hatte. So vieles wurde nun klar. Und dafür war er dankbar. Dankbar auch für ihre Offenheit.

»Wirst du ihn weiterhin als deinen Sohn anerkennen?«, fragte Aletha nach einer bangen Pause, als alles andere gesagt war.

»Was?«, fuhr Wittiges auf. Felix regte sich und schmatzte im Schlaf. Wittiges strich über die dunklen, seidigen Löckchen, die sich auf dem kleinen Kopf ringelten.

»Wirst du ihn noch ...«, wiederholte Aletha.

»Nichts ändert sich, es sei denn, du willst es.«

Jetzt fuhr Aletha auf. »Ich will, dass er als unser Kind in Frieden aufwächst. Niemand soll daran etwas ändern.«

Wittiges betrachtete das Gesichtchen des Kleinen. »Er ist der wahre Erbe zweier Königshäuser, Aletha, vergiss das nicht. Athanagilds zweiter Sohn in Toledo ist auch tot, ich hab's auf meiner letzten Reise in Marseille erfahren. Und wir wissen von Cniva, dass es in Burgund Adlige gibt, die Felix als Thronerben von Burgund ausrufen könnten.«

»Hör auf damit«, zischte Aletha, »hör sofort damit auf!«

»Weiß Cniva von Athanagild und dir?«, fuhr Wittiges beharrlich fort.

Aletha gab einen erstickten Laut von sich, halb Ausdruck der

Überraschung, halb der Empörung. »Er hat mich zu ihm geschickt.«

Wittiges wusste, dass sie dieses Nachbohren als demütigend und verletzend empfinden musste und er Gefahr lief, ihre langsam gewachsene Zuneigung und ihr Vertrauen zu verspielen. »Aber wusste er, was der König mit dir vorhatte?«

»Er hat mich nie darauf angesprochen, aber wie sollte er es nicht wissen? Er wusste immer alles, was am Hof vor sich ging. Ich war sicher nicht das erste Mädchen, das Athanagild mit ins Bett nahm. Warum hörst du nicht endlich auf?«, stieß sie leidenschaftlich hervor.

Wittiges langte hinüber, sodass er sie berühren konnte. Sie hielt sich ganz steif. »Weil ich Felix schützen will. Und dazu muss ich die Gefahren abschätzen können, die auf ihn lauern. Verstehst du? Verzeih mir, ich wollte dich mit meinen Fragen nicht beleidigen und auch altes Leid nicht unnötig aufrühren. Es tut mir leid, Aletha, es tut mir wirklich leid.« Er streichelte sie. »Wir müssen wachsam sein. Weder den Westgoten noch den Burgundern soll Felix in die Hände fallen. Er ist mein Sohn, unser Sohn, und das soll er bleiben. Wir drei sind eine Familie, und jeden, der sich zwischen uns stellt, bringe ich um.« Auch Cniva, sollte er jemals auf seine alten Ambitionen zurückkommen, fügte er in Gedanken hinzu.

Aletha rückte so nah, dass er sie und Felix umarmen konnte, und dann schlief er endlich ein.

3 Den Rest des Jahres und bis in den Herbst des nächsten musste Wittiges viele Wochen in Lyon verbringen, während die Anklage gegen Chilperich vorbereitet wurde. Chilperich bestritt nachdrücklich jede Schuld an Gailswinthas Tod und ließ das Zeugnis nicht gelten, das Wittiges wiederholt vor dem einberufenen Richtergremium ablegte und mit Eiden bekräftigte. Der Krieg zwischen den Brüdern trat unterdessen auf der Stelle. Sigibert belagerte weiterhin Soissons und war auch in die *Civitas* von Paris eingedrungen, was Guntram ihm übel nahm, schließlich galten Paris und seine Umgebung als Gemeinschaftsbesitz. Er sandte geharnischte Briefe nach Reims oder in die Feldlager bei Soissons oder Paris, und obwohl es kaum eine Freude war, solche Briefe zu überbringen, war Wittiges jedes Mal froh, wenn

er der Bote sein durfte. Denn für ein paar kostbare Tage konnte er heimkehren. Nach über einem Jahr kam er sich bei diesen Gelegenheiten kaum noch als Hausherr, sondern eher wie ein geehrter Gast vor. Der Gutsbetrieb lief ohne ihn fast zu gut für seinen Seelenfrieden. Felix lernte sprechen, und er war nicht dabei. Eine gute Ernte wurde eingebracht und ein Dankfest gefeiert, und er war nicht dabei. Leute vom Gut heirateten, und er konnte ihnen nicht seinen Segen erteilen. Das tat stattdessen Pontus als sein Bevollmächtigter.

Sigibert dachte nicht daran, ihn von seinen unangenehmen Pflichten zu entbinden, im Gegenteil, sie weiteten sich sogar aus. Er schickte ihn durch die feindlichen Linien nach Poitiers, wo er eine Unterredung mit Radegunde hatte, der sehr geschätzten Stiefmutter der königlichen Brüder, die sie wie eine lebende Heilige verehrten. Vor allem Sigibert liebte sie und hoffte auf ihre Unterstützung. Sie griff auch mit ihren Mitteln in den Streit ein und ermahnte Chilperich, sich dem Urteil Guntrams zu unterwerfen. In Poitiers traf Wittiges auf Venantius, der schon vor einiger Zeit die Reise in den Süden angetreten hatte. Zunächst hatte der Dichter das Grab des heiligen Martin in Tours besucht, um damit ein altes Gelübde zu erfüllen, und danach hatte er die Bekanntschaft Radegundes gemacht, für deren Kloster er seitdem als Schreiber tätig war.

Venantius freute sich über das Wiedersehen mit Wittiges, und dieser war entzückt, als er dahinterkam, wie gut der Dichter und jetzige Klosterschreiber über Chilperichs Kriegerhorden unterrichtet war. Sie zogen plündernd durch die Umgebung der Städte und verwüsteten das Land, eine schlecht disziplinierte Truppe, die am eigentlichen Krieg kein Interesse hatte. Sigibert würde dankbar für diese Nachrichten sein.

»Hauptsächlich erkenn ich dich am Bart«, rief Pontus grinsend. »Ansonsten kommst du jedes Mal anders daher. Mal zerlumpt wie ein Bettler, mal prächtig wie ein Herzog. Aber diesen Bart hast du schon eine Weile.«

Wieder einmal durfte Wittiges sich eine Atempause in *Casa alba* gönnen. Er reiste inzwischen mit zwei Leibwächtern, nachdem er mit knapper Not einem Anschlag entkommen war, und bediente sich gelegentlich der einen oder anderen Verkleidung. Die Attentäter, darüber gab es keinen Zweifel, waren von Chilperich mit dem Auftrag geschickt worden, den wichtigsten Zeugen in dem Prozess gegen ihn zu beseitigen. Deshalb war es für Wittiges lebensnotwendig, seine Gegner immer wieder mit neuen Finten zu täuschen. Kurz vor Reims hatte er seine Begleiter verabschiedet und ihnen erlaubt, ihre Familien in der Umgebung der Königsstadt aufzusuchen. Die beiden waren junge Burschen aus Sigiberts Gefolge. Diesmal war seine Aufmachung eher unauffällig, weder besonders schäbig noch aufwendig. Den leichten Mantel hatte Aletha gefertigt, und Pontus hatte ihn schon aus einer gewissen Entfernung erkannt: den Mantel, das Pferd und Wittiges selbst. Pontus hatte Edwins ehemalige Besitzung aufgesucht, um dort nach dem Rechten zu sehen, und war kurz vor dem Gut zufällig auf Wittiges gestoßen.

»Dann muss ich ihn abrasieren. Wenn du mich am Bart erkennst, erkennen mich auch andere daran«, gab Wittiges launig zurück und strich sich über das behaarte Kinn.

»Sei froh, dass *wir* dich hier noch auf Anhieb erkennen«, brummte Pontus und fügte hinzu: »Gott sei gelobt, dass du da bist! Und er möge diesen unseligen Krieg beenden, damit hier endlich wieder friedliche Verhältnisse herrschen.«

Wittiges ahnte Schwierigkeiten. Kaum war er daheim, wurde er mit Streitfällen und kleineren Auseinandersetzungen konfrontiert, und es vergingen viel zu viele Stunden damit, in all diesen Angelegenheiten Urteile zu fällen oder eine Stellungnahme abzugeben. Oft genug waren längst Regelungen getroffen worden, die er nur zu bestätigen hatte. Aber dennoch musste er sich die ganzen üblen Geschichten anhören.

»Falls du auf etwas Bestimmtes anspielst, hat das bis nachher Zeit?«, fragte Wittiges seufzend. »Ich möchte erst sehen, ob mir Felix über den Kopf gewachsen ist, und mich mit einem heißen Bad und einem Becher Wein stärken.«

»Kommt drauf an, wie lange du diesmal bleibst«, wandte Pontus ein. »Bist du morgen noch da?«

»Was ist das für ein Fohlen?« Wittiges ging über die Stichelei hinweg und deutete auf ein Pferdchen, das übermütig auf der Weide herumtollte.

»Brachte vor vier Wochen jemand vom königlichen Hof in Reims und hat behauptet, du wüsstest Bescheid«, antwortete Pontus. »Was sollen wir bloß mit dem Tier anfangen? Es hat nur Flöhe im Hintern.«

»Hengst oder Stute?«, fragte Wittiges träumerisch.

»Hengst«, brummte Pontus.

Wittiges begann zu strahlen. Bellas zweites Fohlen! Brunichild hatte Wort gehalten und ihm das Tier geschickt, und während er es noch beobachtete, begann sich eine Idee in seinem Kopf zu regen. Das andere Fohlen, die Stute, sah zwar immer noch hässlich aus, hatte sich aber ansonsten gut entwickelt, und Wittiges konnte bereits erahnen, dass sich die ungünstigen Proportionen zurechtwachsen würden. Das Ergebnis dieses zufälligen Zuchtexperiments würde sie vielleicht noch alle überraschen. Und nun hatte er zwei von dieser einmaligen Sorte. Erfreut lachte Wittiges in sich hinein.

Seine Heiterkeit schien Pontus zu stören. »Ich weiß nicht, was es da zu grinsen gibt. Komm heim und leih mir für zwei Stunden dein Ohr. Dann hast du nichts mehr zu lachen.«

Die Aussprache musste bis nach dem Abendessen warten. Da hatte Wittiges schon einen ausgedehnten Rundgang hinter sich. Er war hocherfreut über eindeutige Fortschritte und insgeheim traurig, dass diese ganz ohne sein Zutun erzielt worden waren. Er merkte aber auch, dass sich unter seinen Leuten eine gewisse Unruhe ausgebreitet hatte.

Wittiges verspürte wenig Lust, sich gleich am ersten Abend Pontus' Klagen anzuhören. Aber sein Freund und jetziger Verwalter bestand darauf. Wittiges nahm Felix mit, und sie setzten sich in den kleinen Innenhof, der der engeren Familie vorbehalten war. Dies war eigentlich Alethas Reich, wo sie mit ihren Frauen Webmuster entwarf, Kleider nähen ließ und wo die Kinder der Villa von ihr und Cniva Unterricht erhielten.

Felix war nun knapp drei Jahre alt. Wie von jeder Reise hatte Wittiges ihm auch diesmal ein Geschenk mitgebracht, ein Pferdchen mit vier Rädern unter den Hufen, damit es sich ziehen ließ. Bis auf die hölzernen Radachsen bestand das Spielzeug aus Ton. Felix stand zwischen Wittiges Knien und lehnte sich mit dem Rücken an ihn, während er entzückt das Pferd untersuchte. Wittiges genoss es, den Kleinen bei sich zu haben und diesen unverkennbaren Kindergeruch einzuatmen, den Duft nach Milch und junger Haut.

»Hat sich Pontus schon über Cniva beklagt?« Aletha schlüpfte in den Hof, eine Kunkel in der Hand, und ließ sich im Schatten des überstehenden Daches neben Wittiges auf einem

Hocker nieder. Es war Spätherbst, aber noch warm. Um die Pfeiler, die das Dach trugen, wanden sich Weinranken, die sich feuerrot verfärbt hatten. Zwischen den Blättern hingen reife dunkelblaue Trauben.

Pontus schnaubte ärgerlich. »Hast du vor, dich einzumischen?«, funkelte er Aletha an.

»Natürlich«, erwiderte Aletha seelenruhig und ließ die Kunkel kreisen. Aus einem Beutel, den sie über der Schulter trug, zupfte sie mit gleichmäßigen Bewegungen gebleichte Wolle. »Wenn du Wittiges allein sprechen willst, solltet ihr euch einen anderen Platz suchen.«

»Aber drüben stört uns Alexander«, nörgelte Pontus. In der Villa hatte sich eine nützliche Arbeitsteilung eingespielt. Während sich Pontus um die Felder, den Wald und den Viehbestand kümmerte, waren die Geschwister für das Haus zuständig. Das hieß, Aletha kümmerte sich, unterstützt von Cniva, um den Haushalt, und Alexander weiterhin um die Gebäude und gelegentlich um die Gartenanlagen. Es gab drinnen wie draußen immer noch Bereiche, die der Instandsetzung harrten. Kürzlich erst war der Andachtsraum fertig geworden. Wittiges hatte ihn bereits begutachtet und Alexander seine Anerkennung bekundet. Er enthielt ein schlichtes Holzkreuz mit der Gestalt des Pantokrators an der Stirnwand und davor einen Altar aus einem Steinblock. Das Fußbodenmosaik vor dem Altar zeigte einen Fisch in einem runden Medaillon und die Malereien an den Wänden eine Gartenszenerie mit einem Apfelbaum, Rosensträuchern, Weinstöcken und fliegenden Vögeln. Ursprünglich hatte dieser Raum als kleines Speisezimmer gedient, aber die Dekorationen ließen sich mit einiger Phantasie in christliche Symbolik umdeuten. Noch hatte Wittiges keine Beziehung zu dieser Andachtsstätte.

Neuerdings versuchte Alexander dem größten Innenhof seine alte Gestalt wiederzugeben, indem er die hässlichen Pfeiler, die einige der ursprünglichen Marmorsäulen ersetzt hatten, abbrechen und neue Säulen aufstellen ließ. Wittiges wollte lieber nicht wissen, was diese Marmorsäulen, gefertigt nach dem Muster der alten, kosteten.

»Das hört sich nicht gerade nach überwältigender Eintracht an«, bemerkte er. »Was ist los bei euch?«

»Cniva versucht, uns nach seiner Pfeife tanzen zu lassen.

Weißt du, er kehrt immer stärker den General heraus, der er vor Urzeiten mal gewesen ist«, schimpfte Pontus. »Kannst du ihm nicht verbieten, sich Sklaven zu nehmen und für seine Hirngespinste einzusetzen? Ich brauche die Männer auf den Feldern.«

Felix hob sein Pferdchen in die Höhe. »Es ist kaputt«, stellte er anklagend fest.

»Was?« Abwesend fuhr Wittiges über den Lockenkopf seines Sohnes. »Was sagst du über Cniva? Wozu braucht er die Leute?«

»Kaputt!«, schrie Felix aufgebracht.

Ein Rad, bemerkte Wittiges beiläufig, war tatsächlich gebrochen. Das musste auf der Reise passiert sein. Bevor er das Kind beschwichtigen und einen Ersatz für das defekte Rad in Aussicht stellen konnte, warf Felix das Pferdchen in hohem Bogen auf den Boden, sodass es auf der Pflasterung zerschellte. Nun war es ganz kaputt. Felix brüllte und wand sich in Wittiges' Armen vor kindlichem Zorn.

»Was fang ich denn jetzt mit ihm an?«, rief Wittiges entsetzt.

Aletha fuhr fort, die Kunkel in Bewegung zu halten, und machte keinerlei Anstalten, sich um das brüllende Kind zu kümmern. Sie warf nur einen kühlen Blick auf ihren Sprössling und rief nach Viola, die auch sofort herbeieilte. Noch immer war sie die Hüterin des Kleinen. Wittiges hatte sie im letzten Jahr so selten gesehen, dass ihm erst jetzt auffiel, wie sehr sie gewachsen war. Artig begrüßte sie ihren Herrn, bevor sie sich energisch des schreienden Kleinen bemächtigte. Bevor sie mit ihm verschwand, warf sie Wittiges über die Schulter zurück ein verschmitztes Lächeln zu. Wenigstens eine, die das Leben trotz aller Schwierigkeiten immer noch leichtnahm. Irgendwie fühlte er sich auf einmal wohler.

»Bitte von vorn. Was für Schwierigkeiten macht euch Cniva? Wir können ihn immer noch wegschicken.«

»Nein!«, warf Aletha rasch ein. »Du weißt, dass ich das nicht will. Und Alexander ebenso wenig.«

»Darf ich endlich etwas sagen?«, polterte Pontus unhöflich.

»Nur zu«, forderte ihn Wittiges auf und nahm sich vor, sich durch nichts erschüttern zu lassen. Sollten die hier sehen, wie sie miteinander auskamen. Er selbst konnte ihnen dabei in der einen Woche, die er bleiben würde, kaum helfen. Hier zankte man sich um Kleinigkeiten, während er als *Antrustio* des

Königs immer wieder seinen Hals riskierte in einer zähen Auseinandersetzung, die ihrer aller Schicksal bestimmen konnte.

»Er will die Villa zu einer Festung ausbauen.«

»Was du nicht sagst.« Wittiges pflückte eine der reifen Trauben und begann sie genussvoll Beere für Beere zu essen.

»Hast du überhaupt kein Interesse mehr an dem, was auf deinem Gut vorgeht?«, wetterte Pontus. Dermaßen aus der Ruhe zu geraten, war gar nicht seine Art.

Wittiges stützte den Ellbogen auf die Armlehne seines Stuhls und barg den Kopf in der Hand. Er war hundemüde von einem langen Ritt.

»Wer schreit denn hier so?«, fragte Alexander und trat in den Hof, über und über von feinem Staub bedeckt.

»Holt doch auch noch Cniva«, murmelte Wittiges träge. »Dann könnt ihr euch streiten, und ich geh schlafen. Wo steckt er überhaupt?«

»Hinter den Ställen. Er drillt die Männer.« Alexander deutete lässig die Richtung an, die er meinte. »Hat er es dir gesagt?«

»Hör zu, Wittiges«, mischte sich Aletha eindringlich ein. »Cniva rechnet damit, dass der Krieg früher oder später auch uns nicht verschont. Schließlich sind unsere Dörfer vor einigen Jahren bereits überfallen worden. Und deshalb will Cniva die Villa befestigen und die Männer im Kampf ausbilden. Ist das falsch? Während du mit dem König in den Kampf ziehst, sind wir hier, Frauen, Alte, Kinder und Sklaven, wehrlos.«

Wittiges ließ die Hand mit dem Rest der Traube zwischen den Knien baumeln. Der Krieg. Die Drohung, die über dem ganzen Land hing. Die ihm den Magen zusammenkrampfte, wenn er unterwegs war und nicht wusste, wie es zu Hause stand.

»Ach was!«, schnaufte Pontus. »Wie kann man nur ständig die Hosen voll haben und damit das ganze Haus tyrannisieren! Jeden Abend schindet Cniva die Männer bis zum Umfallen, und am nächsten Morgen sind sie für die Feldarbeit kaum zu gebrauchen. Sag, was dir lieber ist, Wittiges: bestellte Felder und die Hoffnung auf eine Ernte im nächsten Jahr, gut versorgtes Vieh und Feuerholz für den Winter oder eine eigene Kampftruppe aus lauter Sklaven? Wie willst du die im nächsten Jahr ernähren? Und dann noch die alte Mauer ums Haus. Wir sollen sie wieder aufbauen! Und zusätzlich eine dichte Dornenhecke davor pflanzen.«

Die Mauer gehörte zur alten Befestigung der Villa, war aber an vielen Stellen eingestürzt und als Steinbruch genutzt worden. Diese Mauer wollte Cniva also wieder instand setzen. Der alte Mann war noch einmal mit Wittiges zu Sigibert gereist und hatte ihm seine Dienste als Feldherr angeboten, aber der König hatte ihn ungerührt nach Hause geschickt. Er hatte genug junge Heerführer und war nicht auf einen Eunuchen angewiesen, der jahrzehntelang einem Frauenhaus vorgestanden und vermutlich seit langer Zeit keine Waffe mehr in der Hand gehalten hatte. Cniva war tief gedemütigt zur Villa zurückgeritten. Anscheinend suchte er nun nach einem Ausgleich für die Kränkung, den er im Drill der wehrlosen Sklaven zu finden hoffte. Einmal mehr verwünschte Wittiges den Tag, an dem der Alte bei ihm aufgetaucht war.

»Wie stehen denn die Verhandlungen in Lyon?«, warf Alexander ein. »Wann bequemt sich Guntram endlich, gegen Chilperich ein Urteil zu sprechen? Und weißt du schon, wie es lauten wird?«

»Ja, das wüsste ich auch gern«, sagte Pontus. »Das wüssten wir alle gern. Dann sieht Cniva vielleicht ein, welchen Unfug er mit den Leuten treibt.«

»Wie es aussieht, will Guntram ein Wergeld als Sühne für Gailswinthas Tod festsetzen. Vorausgesetzt, Brunichild nimmt das Wergeld an. Damit wäre der Krieg vorbei. Aus diesem Grund werde ich sie in Reims aufsuchen.«

»Ich begleite dich«, erklärte Aletha. »Sie ist schwanger, und ich fürchte, es geht ihr wieder schlecht. Ich könnte ihr auch zureden, sich mit Guntrams Urteil zufrieden zu geben. Sie selbst hat dieses Urteil gewollt. Ihre Schwester bekommt sie nicht zurück, aber wenigstens bleibt der Mord nicht gänzlich ungesühnt.« Sie sah Wittiges an. »Sie leidet noch immer unter Gailswinthas gewaltsamem Tod. Ständig macht sie sich Vorwürfe und redet sich ein, an der Ermordung mitschuldig zu sein. Vielleicht sind die Rachegelüste deshalb zur Besessenheit geworden.«

Solange sich Brunichild in Reims aufhielt, reiste Aletha einmal im Monat für einige Tage zu ihr. Daher kannte sie ihre Gemütsverfassung recht gut. Sie sprachen oft genug über Gailswinthas Tod, und einiges, was nicht gesagt wurde, erriet Aletha. Sie hatte schon in Lyon gemerkt, welch fatale Vorliebe Brunichild für Chilperich entwickelt hatte, und ahnte, dass dieses Gefühl eine Rolle für den jetzigen Hass spielte. Nur wer geliebt hatte, konnte so tief hassen. Sigibert hasste seinen Bruder ebenfalls, aber nicht mit der gleichen Inbrunst wie seine Gemahlin. Für Hass hatte Aletha großes Verständnis. Ihr Hass auf Athanagild hielt auch über dessen Tod hinaus an. Immer, wenn Felix sie bei einem seiner kindlichen Wutausbrüche an seinen Erzeuger erinnerte, überschwemmte sie der Hass wie Galle und richtete sich auch gegen das Kind. In solchen Momenten konnte sie ihn nicht anfassen. Daher hatte sie Viola gerufen und ihren Sohn nicht selbst beruhigt.

Wittiges' Hoffnung auf eine unbeschwerte Zeit daheim sollte sich auch in den folgenden Tagen nicht erfüllen. Nachdem er sich Klagen der Dörfler angehört, unbedeutende Streitfälle geschlichtet, die Felder umritten und das Vieh begutachtet hatte, entstand eine betrübliche Leere in seinem Innern. Niemand brauchte ihn, niemand suchte seine Gesellschaft. Er hätte ein wenig auf die Jagd gehen oder Bellas älteres Fohlen einreiten können, aber das wären einsame Beschäftigungen gewesen, und dafür war er nicht nach Hause gekommen. Pontus hatte viel zu tun, das lag an der Jahreszeit, denn der Winter stand bevor. Natürlich hätte Wittiges helfen können, aber da er nicht darum gebeten wurde, hielt er sich verstimmt zurück.

Aletha war mit ihren Stoffen beschäftigt. Diese Tätigkeit hatte sich ausgeweitet. Die Wolle kam jetzt regelmäßig aus der Normandie, denn den Schafen dort wuchs ein besonders dichtes, aber feines Fell, und Aletha hatte inzwischen fünf Sklavinnen im Weben ausgebildet. Wittiges war ehrlich überrascht über das, was sie mit ihren Helferinnen zustande brachte. Es waren wundervolle Stoffe aus weicher, fließender Wolle in satten Farben und mit für den fränkischen Geschmack dezenten Mustern, und Aletha gestand ihm, dass sie einige dieser Stoffe an Hofleute verkaufte. Es war noch nicht viel, aber die Nachfrage stieg. Nervös fragte sie ihn, ob er etwas gegen diesen Handel einzuwenden hätte, aber er winkte lachend ab. Woher denn? Sie konnten jede Einnahme gebrauchen.

An einem Tag ritt er zu seinem Nachbarn Theodo und nahm Felix mit. Der Kleine spielte mit Theodos jüngster, spätgeborener Tochter, und sie sahen den Kindern zu, während sie sich langsam mit frisch gebrautem Bier einen herrlichen Rausch antranken.

»Aus ihnen könnte ein hübsches Paar werden«, sagte Theodo und wies feixend auf die Kinder, die sich gerade daran machten, eine Holzpuppe zu zerlegen.

Wittiges wurde schlagartig nüchtern. Felix und Theodos Tochter? Der Sohn eines *Antrustios* und ein Bauernmädel?

»Sie kriegt genug *Solidi* für den Hausstand mit«, lockte Theodo mit schwerer Stimme.

Es war unsinnig, überhaupt darauf einzugehen. »Aber kein Land, nicht wahr?« Töchter konnten kein Land erben.

Theodo lachte dröhnend. »Land! Was willst du mit Land? Du hast jetzt schon mehr als jeder in der Gegend, den König ausgenommen.« Das stimmte. Wittiges hatte jede Gelegenheit genutzt, seinen Besitz zu vergrößern. Erst vor zwei Monaten hatte Sigibert zugestimmt, dass er den Rest von Edwins Gut erwarb. Aber für den Kauf hatte er noch eine Menge Geld aufzubringen. Er wusste selbst nicht, warum ihm so viel an der Vergrößerung seines Besitzes lag. Vielleicht hielt er sich auf diese Weise unangenehme Nachbarn vom Leib. Die wenigstens waren so umgänglich wie Theodo. Jedes Mal, wenn er an der Stelle vorüberkam, an der Karls Sohn Arne getötet worden war, überlief es ihn kalt. Und es erging nicht nur ihm so. Im Schmiededorf erzählte man sich, Arnes Geist spuke dort herum.

»Mein Land kriegst du jedenfalls nicht«, erklärte Theodo bündig.

»Nein«, sagte Wittiges besonnen, »ich will's gar nicht. Du bist mir wichtiger.«

»Ja«, bekräftigte Theodo, »hoffen wir, dass wir noch lange Nachbarn bleiben und keiner von uns vorzeitig gehen muss.«

Theodo spielte auf den Krieg an. Die Winterpause, in der die Kämpfe ruhten, hatte gerade eingesetzt, und er war erst vor wenigen Tagen nach Hause gekommen. Wittiges hatte er bereits eingehend nach dem Stand der Verhandlungen in Lyon befragt und erwähnt, dass er im Frühjahr seine beiden ältesten Söhne mit in den Krieg nehmen musste. Sie waren alt genug dazu.

»Wenn der Krieg nicht bald ein Ende nimmt, geht das Land wieder vor die Hunde«, sagte Theodo bedrückt. Um nicht gänzlich in trübe Stimmung zu versinken, goss er ihnen Bier nach, und sie becherten kräftig weiter.

Es war schon spät, als Wittiges Felix auf den Arm nahm und sich mit einigen Schwierigkeiten in Bautos Sattel schwang. Bei schwindendem Licht ritten sie heimwärts. Als Bauto in den Stallhof strebte, schnalzte Wittiges mit der Zunge und lenkte den Hengst um den Stall herum. Ungewohnte Geräusche waren in sein benebeltes Hirn gedrungen.

Auf der Weide hinter den Ställen bewegten sich schattenhafte Gestalten. Angestrengt kniff Wittiges die Augen zusammen, um die Einzelheiten besser zu erkennen, dann begriff er, was vorging. Cniva trainierte seine kleine Armee. Sie bestand aus acht Männern und einem Winzling. Cnivas drei Knechte gehörten dazu, sowie fünf erwachsene Sklaven. Einen Tag nach seiner Ankunft hatte Wittiges den alten Hofmeister wegen dieses Unterrichts ins Gebet genommen, und sie hatten sich darauf geeinigt, dass die Teilnahme an den Kampfübungen freiwillig war. In ihrer Freizeit durften die Sklaven tun, was sie wollten, solange sie das Gut nicht verließen. Einigermaßen erstaunlich war, dass alle über echte Waffen verfügten. Wittiges wusste noch nicht, ob ihm das gefiel. Woher hatten sie die Schwerter? Eine Weile blieb er auf Bautos Rücken am Rand des Kampffelds sitzen und beobachtete nur. Wer war bloß dieser Zwerg, der gerade auf einen der Männer eindrosch? Er trug lange Hosen, eine kurze Tunika und ein Tuch um den Kopf.

»Du mogelst«, schrie der Zwerg jetzt, »du kämpfst nicht richtig!«

Die Stimme drang durch alle Benebelung von Wittiges' Hirn und löste einen beträchtlichen Aufruhr aus. »Viola!«, rief er. »Hör sofort auf damit! Wer hat dir das erlaubt?«

Viola wich geschickt einem Hieb aus und wirbelte zu ihm herum. »Du!«

»Was?« Wittiges saß ab, den schlafenden Felix an sich gedrückt. »Was hab ich?«, wiederholte er drohend, wenn auch mit gedämpfter Stimme.

»Du hast allen Sklaven erlaubt, nach Feierabend an den Übungen teilzunehmen. Jetzt hab ich Feierabend«, erklärte Viola kampflustig. Sie führte ein scharfes kleines Schwert, und Wittiges ahnte, woher es stammte.

»Meine Erlaubnis galt nur für die Sklaven, nicht die Sklavinnen! Frauen und Mädchen gehören ins Haus«, sagte er streng, obwohl ihn der Anblick des Kampfhühnchens zum Lachen reizte. »Steck bloß dieses Ding weg, bevor du jemanden damit verletzt. Cniva!«

Der Alte kam langsam heran. Sofort stellte sich Viola schützend vor ihn und starrte ihren Herrn mit erhobenem Kinn an. »Du hast nichts von Sklaven und Sklavinnen gesagt«, zischte sie. »Er hat keine Schuld, er hält sich genau an deine Worte.«

Cniva legte ihr beschwichtigend die Hand auf die Schulter. »Schon gut. Er ist dein Herr«, sagte er verhalten. »Du musst ihm gehorchen. Es tut mir leid, aber sie hat mich so lange bestürmt, bis ich nachgegeben habe. Und sie hat sogar Talent für den Schwertkampf.« Viola schlang den freien Arm um ihn.

»Ich übe heimlich, wenn er mich nicht mehr lässt.«

Felix war jetzt wach und zappelte. Behutsam stellte ihn Wittiges auf die Füße. Sofort lief er zu Viola und schmiegte sich an sie. Und da ging Wittiges auf, was Cniva vorhatte, und schwankte zwischen Bewunderung und Empörung. Der alte General machte aus Viola eine Kriegerin, die in der Lage war, Felix jederzeit zu beschützen. Niemand würde vermuten, dass ein kleines Mädchen wie sie mit Waffen umzugehen verstand. Cnivas Einfall war geradezu genial – oder doch nicht? Am meisten störte Wittiges, nichts davon gewusst zu haben. Das machte ihn ungehalten, wenn nicht gar misstrauisch.

»Bitte, bestraf sie nicht«, bat Cniva, »sie ist ein gutes Mädchen. Ein bisschen vorlaut, das stimmt, aber sonst …« In der Stimme klang gerade genug Zärtlichkeit auf, dass Wittiges seinen Irrtum einsah. Viola, die kleine Streunerin, mochte den alten Mann. Cniva war einsam. Ein alter Mann, in der Fremde gestrandet, fast am Ende seines Lebens. Und nur dieses Kind brachte ihm ein wenig menschliche Wärme entgegen. Trotzdem …

»Viola, gib mir dieses Schwert und bring Felix ins Haus. Sofort. Und es ist ein für alle Mal Schluss mit den Übungen. Verstanden?«

Die kleine Kröte gab sich noch nicht geschlagen. Zwar händigte sie ihm das Schwert aus und nahm Felix an die Hand, aber sie trollte sich nicht sofort.

»Darf wenigstens Otho an den Übungen teilnehmen?«, fragte sie aufsässig. »Wenn ich schon darauf verzichten muss?«

Cniva räusperte sich verlegen. »Die Jungen aus den Dörfern

haben mich schon mehrmals gefragt, ob ich auch sie unterrichte.«

Es war Aufgabe der Väter, aus ihren Söhnen Krieger zu machen, und in diese Verhältnisse wollte Wittiges nicht eingreifen. »Du hast hoffentlich nein gesagt«, beschied er ihn ungnädig. »Ich will über die Angelegenheit nichts mehr hören.« Er packte Bautos Zügel und wandte sich an Viola. »Aber mit dir bin ich noch nicht fertig. Du kommst mit.«

Im Haus übergab er die Kinder Aletha und erklärte ihr, wo er Viola aufgelesen hatte. Kurz darauf hörte er das Mädchen schreien, anscheinend erhielt es Schläge. Verdient hatte es die Bestrafung allemal.

Am nächsten Tag stattete er der Schmiede einen Besuch ab. Karl sah ihn kommen und schob rasch etwas in einen Lumpenhaufen, der mitten in der Werkstatt lag. Wittiges begrüßte den Schmied mit einem Nicken, trat an den Haufen heran und zog ein Schwert mit einer einfachen, aber soliden Klinge hervor.

»Wer bestellt die Waffen für meine Sklaven, und wer bezahlt dich dafür?«, fragte er ruhig.

»Cniva.« Karl versuchte es gar nicht erst mit Ausflüchten.

Die Antwort überraschte Wittiges nicht. Er ließ sich auf einem Schemel nieder. »Karl, was geht hier vor?«

Der Schmied wurde nun doch verlegen. »Er bezahlt gut, und da er mich nicht zur Geheimhaltung verpflichtet hat, dachte ich, mit den Aufträgen sei alles in Ordnung. Stimmt das nicht?«

Wittiges antwortete nicht auf die Frage. »Würde es dir gefallen, wenn Cniva deinen Sohn Otho in seinen Kampfunterricht aufnähme?«

»Ich hätte nichts dagegen einzuwenden.« Karl wurde lebhafter. »Der alte General versteht etwas vom Kämpfen, mehr als ich jedenfalls. Ich bin ja bloß Schmied. Würdest du es ihm erlauben? Und was ist mit den anderen Jungen aus dem Dorf?«

Wittiges strich sich über den Bart. Im Winter gab es nicht allzu viel zu tun. Da zogen sich die Menschen in ihre Häuser zurück, verbretterten die Fenster gegen die Kälte und hofften, dass ihnen die Vorräte nicht ausgingen. Eine trübe Zeit.

»Ich gebe dir Bescheid. Was ich noch wissen will: Waren in meiner Abwesenheit Fremde in der Gegend?«

Karl musste überlegen. »Nicht oft. Ein-, zweimal vielleicht. Aber ich war ja selbst die meiste Zeit fort.« Er trat zur Tür und rief nach Otho. »Waren in den letzten Monaten Fremde in der Gegend?«, fragte er ihn, sobald der Junge herbeigestürzt war.

Otho nickte scheu.

»Woher kamen sie?«, fragte Wittiges ruhig.

»Weiß nicht.« Otho blickte zu Boden. »Aber einer hat mich nach dem Weg zum Gut gefragt. Er sprach seltsam. Nicht so wie wir.«

»Danke, Otho. Halt Augen und Ohren weiter offen. Ich will wissen, was in meiner Abwesenheit hier vorgeht.«

Später sprach Wittiges sowohl mit Pontus als auch mit Alexander. Beide hatten die Fremden nicht bemerkt. Dann überlegte er lange, ob er Cniva zur Rede stellen sollte, verzichtete aber vorerst darauf. Immerhin bat er Aletha, Felix niemals mit Cniva allein zu lassen und immer dafür zu sorgen, dass sich verlässliche Leute in seiner Nähe aufhielten. Es war ihm noch nicht ganz klar, was Cniva im Schilde führte, aber die unbestimmte Ahnung einer furchtbaren Gefahr wurde immer deutlicher. Vorerst untersagte er sämtliche Kampfübungen und sammelte die Schwerter ein. Er übergab sie Pontus, der sie in sichere Verwahrung nehmen sollte.

4 Aletha hatte Wittiges nach Reims begleitet, und sie hatte ihren Sohn mitgenommen. Brunichild freute sich, ihn endlich zu Gesicht zu bekommen. Er war ein für sein Alter groß gewachsenes Kind mit neugierigen Augen, einem reizvollen schmalen Gesichtchen und dichtem dunklem Lockenhaar. Der Kleine zeigte keinerlei Scheu oder Angst in der fremden Umgebung. Ein behütetes Kind. Dagegen wirkte das Mädchen, seine Dienerin und Hüterin, äußerst wachsam. Sie hatte etwas Keckes und Unabhängiges im Blick, das ihr ansonsten schüchternes Auftreten Lügen strafte. Die Kleine gefiel Brunichild. Viola, ein hübscher Name.

»Wenn mein Sohn so kräftig und gesund wird wie deiner, will ich zufrieden sein. Einen süßen Kleinen hast du da, Aletha«, sagte Brunichild und lächelte ehrlich entzückt. »Am besten stecken wir die beiden zu Ingund in die Kinderstube, dort sind sie gut aufgehoben«, fuhr sie fort, und Aletha nickte. »Hast du mir neue Stoffe mitgebracht? Zur Zeit brauche ich sie nicht, aber irgendwann werde ich nicht mehr Schwarz tragen.«

Sie hatte ihr Versprechen wahr gemacht. Schwarz stand ihr nicht, und jetzt, wo ihr Gesicht wieder fleckig und aufgedunsen war, noch weniger. Aber es hatte eine Zeit gegeben, da hatte sie mit ihren kurzen Haaren, die ihr das Aussehen eines Jungen verliehen hatten, und dem strengen asketischen Schwarz Sigiberts erotisches Interesse, das ein bisschen abzuflauen drohte, aufs Neue erregt. Jetzt ließ er sie im Bett in Ruhe, aber das kümmerte sie nicht. In drei Monaten würde hoffentlich mit der Geburt eines Thronfolgers ihr heißester Wunsch in Erfüllung gehen. Mit einem Sohn sollte ihre Herrschaft in Austrasien für alle Zeit gesichert und die Gefahr gebannt sein, dass sich Sigibert eine Nebenfrau nahm. Das war immer noch möglich, allen anders lautenden Beteuerungen zum Trotz.

Wittiges hatte sie unter gesenkten Lidern beobachtet, während sie mit Aletha sprach. »Wir haben Stoffe dabei«, sagte er nun. »Sie werden dir gefallen, und wenn der Frühling kommt, wirst du sie tragen.« Wärme sprach aus seiner Stimme, er lächelte sie zögernd, fast schon mitleidig an, und daran erkannte sie, wie elend sie aussah.

»Bis dahin dauert es noch lange. Wolltest du nicht zu Sigibert? Er und die anderen warten schon auf dich. Also lass dich nicht aufhalten«, sagte sie schroff.

Elegant verneigte sich Wittiges vor ihr und ging. Er hatte Briefe mitgebracht, die er in der Kanzlei abzugeben gedachte, bevor er an einer Zusammenkunft des Kronrats teilnahm. Er hoffte, auch Priscus anzutreffen, denn er hatte einen Brief des *Comes* von Marseille für ihn, den er in Lyon zur Weiterbeförderung übernommen hatte. Auf dem Weg zur Kanzlei fiel ihm ein, dass er das Schreiben an Priscus auch in dessen Unterkunft im Palast bringen konnte. Das Zimmer war leer, und es sah so aus, als habe Priscus nur rasch sein Gepäck abgestellt, bevor er zum König geeilt war. Auf einer Steinbank unterhalb des Fensters bildeten Kleidungsstücke einen unordentlichen Haufen. Eine derartige Nachlässigkeit hätte sich Wittiges mit seinen Sachen nie erlaubt. Aletha hätte ihn gerügt, wenn er mit guter Kleidung so umgegangen wäre. Ein offener Reisesack lag auf dem Bett, sein Inhalt war zum Teil herausgefallen und eine Schriftrolle fast unter das Bett geraten. Wittiges bückte sich, um sie aufzuheben.

Als er die Rolle auf den Tisch legen wollte, fiel ihm das Siegel auf. Dieses Siegel kannte er, und es war offenbar bereits vor geraumer Zeit erbrochen worden. Ohne lange zu überlegen, rollte er das Schreiben auseinander und überflog den Inhalt. Ein fast vier Jahre altes amtliches Schreiben. Wittiges hörte nicht, wie sich hinter ihm die Tür öffnete. Erst als sich Schritte näherten, wurde er aufmerksam, aber da war es bereits zu spät. Jemand bohrte ihm einen Dolch in die Seite. Und sagte keinen Ton. Wittiges riss den Kopf herum.

»Priscus!«, stieß er hervor. »Hast du mich erschreckt! Was ist, willst du mich erstechen?«

»Ich hielt dich für einen Dieb«, sagte Priscus langsam. »Was hast du da?«

Sobald Wittiges die Dolchspitze nicht mehr spürte, wich er zur Seite aus. »Etwas wirklich Seltsames. Ein Schriftstück, das ich vor Jahren verloren habe. Oder besser ein Freund von mir. Du kennst ihn: den Musiker Alexander. Es ist …« Wittiges hatte während seiner Jahre als Spion gelernt, sich auch in brenzligen Situationen nicht anmerken zu lassen, was in ihm vorging. So gab er sich völlig arglos.

»Ach das da.« Priscus zog ihm seelenruhig das Schreiben aus den Fingern. »Es ist nicht mehr von Nutzen, nicht wahr? Er hat seine Freiheit bekommen. Und was willst du hier?« Priscus' Blick spiegelte nichts als mildes Erstaunen.

Wittiges grinste schief und holte den Brief heraus. »Den wollte ich nicht länger mit mir herumschleppen. Ein Brief des *Comes* von Marseille an dich. Vermutlich ist der Mann mit irgendwas unzufrieden. Wahrscheinlich haben Sigiberts Steuereintreiber zu viel von ihm verlangt. Aber sag mir doch, wie kommst du an eine Urkunde, die vor beinahe vier Jahren in Toledo für Alexander ausgefertigt wurde? Wir, Alexander und ich, haben verzweifelt danach gesucht.«

Meine Sachen sind damals durchsucht worden, dachte Wittiges – etwa in deinem Auftrag?

Ratlos schüttelte Priscus den Kopf. »Ehrlich gesagt, ich weiß es nicht. Es ist ungefähr eine Woche her, da habe ich das Schriftstück unter meinen Sachen entdeckt. Du weißt, ich bin fast so viel unterwegs wie du und kaum jemals zu Hause. Es steckte in einem alten Reisesack, weiß der Himmel, wie es dorthin gekommen ist. Sieht fast wie ein übler Streich aus, nicht wahr? Ich habe das Schreiben mitgebracht, um es in der Kanzlei abzugeben und darum zu bitten, dass man es an den Mann weiterleitet, den es betrifft. Nimmst du es mit? Ich brauch's nun wirklich nicht.«

Zögernd nahm Wittiges die Urkunde an sich. »Hast du etwas von Ingomer und Falco gehört?« Wie kam er bloß auf die beiden? Weil Priscus von einem Streich gesprochen hatte?

Ein wenig fahrig wirkte Priscus nun doch. »Nein. Sollte ich das? Aber ich habe eine andere Neuigkeit für dich. Du kannst mir gratulieren: Ich habe geheiratet.«

»Ich dachte, du bist längst verheiratet.«

»Bin ich auch«, Priscus grinste. »Können wir gehen? Oder suchst du hier noch etwas?«

»Bestimmt nicht.« Wittiges strebte zur Tür. »Und wer ist die Glückliche, die du zu deiner Nebenfrau gemacht hast?«

Priscus hielt ihm die Tür auf. »Sidonia, eine von Brunichilds Kammerfrauen.«

»Oh!« Mehr fiel Wittiges dazu nicht ein. Aus irgendeinem Grund mochte er die Frau nicht. Er war ihr einige Male begegnet, aber zu kurz, um sich wirklich ein Urteil zu erlauben. Was hatte ihn an ihr gestört? Vielleicht ihre Art, eine Vertrautheit vorzutäuschen, die nicht bestand. Ja, das war es. Die Frau war aufdringlich in ihrer unbestreitbaren Freundlichkeit. Jetzt hatte sie sich also Priscus geangelt. »Herzlichen Glückwunsch«, sagte er etwas spät. Er ließ Priscus zur Ratsversammlung vorausgehen und eilte zur Kanzlei, um die Sendschreiben loszuwerden. Auf dem Weg zur Ratsversammlung fiel ihm eine Frage ein, die er Priscus noch hatte stellen wollen: die nach dem zweiten Schreiben, das vor vier Jahren verloren gegangen war, dem Brief, in dem Cniva Alexanders Herkunft erklärte. Vielleicht das wichtigere Schreiben.

Im Frühjahr 570 gebar Brunichild einen Sohn, der den alten Königsnamen Childebert erhielt, und im gleichen Monat fällte Guntram seinen Schiedsspruch: Er verfügte, dass Brunichild die Morgengabe ihrer Schwester, fünf Städte im Süden, darunter Bordeaux, als Wergeld erhalten sollte. Mit Guntrams Schiedsspruch stand fest, dass Chilperich ein Mörder war, gleichgültig, ob er auch weiterhin jede Mitschuld an Gailswinthas Tod leugnete.

Chilperich unterwarf sich dem Spruch, weil seine Streitmacht von Guntrams Truppen bei Tours bedrängt wurde und er keine großen Aussichten hatte, die Stellung gegen beide Brüder zu halten. Sigibert erklärte sich bereit, die Umgebung von Soissons und Paris zu räumen, sobald sich Chilperich aus der Umgebung von Tours zurückgezogen und die Städte aus der Morgengabe an seine Bevollmächtigten übergeben hatte.

Wittiges war froh über diese Entscheidung und den Frieden, den sie brachte. Endlich durfte er sich für einen langen Sommer nur seinen Gütern widmen. Er brachte Felix das Reiten bei, schlief so oft wie nur möglich mit Aletha, die aber dennoch nicht schwanger wurde, legte bessere Wege zwischen den Dörfern an und genoss die ländliche Ruhe. Bellas älteres Fohlen hatte sich zu einer ausdauernden, leicht lenkbaren Stute ausgewachsen und zeigte die erstaunliche Eigenschaft ihres Vaters: den Passgang oder Tölt. Wittiges war gespannt, wie sich der kleine Hengst entwickeln würde.

Die Ernte sollte die üppigste werden, die er bisher erzielt hatte, und so musste er zusätzliche Scheunen bauen oder die alten erweitern. Alexander richtete neue Räume her und sonderte sich immer mehr ab. Seit seiner Freilassung war er bei Hof nicht mehr als Sänger aufgetreten, das gehörte, wie er einmal knapp erklärte, zu seinem Sklavendasein, und das war nun vorbei. Wittiges vermutete, dass Alexander nicht wusste, was er nun mit sich und seinem Leben anfangen sollte. Das musste er selbst herausfinden, er konnte und wollte ihm dabei nicht helfen.

Im Sommer gab Wittiges ein großes Fest für alle Dörfler und den Nachbarn Theodo samt Gesinde und Familie. Er erlaubte sich sogar, Sigibert und Brunichild dazu einzuladen, rechnete aber nicht mit den beiden.

Am frühen Nachmittag näherte sich ein prächtiger Reisekarren, begleitet von einer großen Reiterschar *Casa alba*. Ein Dorfjunge, der geholfen hatte, Fässer mit Bier in den hinteren Garten zu rollen, wo für das Gesinde lange Tische unter den Obstbäumen aufgestellt worden waren, überbrachte Wittiges die Nachricht, dass sich Fremde dem Gut näherten. Wittiges kam gerade recht, um Sigibert und sein Gefolge zu begrüßen. Gogo, Lupus, alle waren gekommen. Angesichts seiner hohen Gäste wurden Wittiges die Knie ein wenig weich.

»Schön ist es hier.« Sigibert sah sich staunend um, dabei standen sie noch im Stallhof. »Ich habe dein Land gesehen. Prächtige Wiesen mit hohem Gras, gesundes Vieh, das Korn auf den

Äckern steht gut. Und überall Leute, die für dich arbeiten. Du bist ein glücklicher Mann, weißt du das?«

»Meine Leute erinnern mich täglich daran«, erwiderte Wittiges und sah Pontus mit fliegender Kutte in den Hof eilen. Der ehemalige Mönch verneigte sich, und als sich der Schlag des Karrens öffnete, gleich noch einmal.

Sidonia und die zweite Kammerfrau, die Unke Nanthild, die Wittiges noch weniger leiden mochte, stiegen aus und reichten Brunichild die Hände, um ihr aus dem Gefährt zu helfen. Sie trug ein hellgelbes, mit blauen und roten Blumen besticktes Seidengewand, das ihr Haar wie reines Gold leuchten ließ. Wiedergeboren in Freude und Heiterkeit, war sie wieder die goldene Königin. Ergriffen sank Wittiges vor ihr aufs Knie und trank sich an ihrem Anblick satt.

Es wurde ein wundervolles Fest, das bis in die Morgenstunden hinein dauerte. Liebend gern wäre Wittiges wenigstens kurz mit Brunichild allein gewesen, aber es ergab sich keine Gelegenheit dazu. Sigibert war ständig bei ihr, und so konnte er sie nur mit den Augen verschlingen und musste aufpassen, dass seine Vernarrtheit nicht auffiel. Einmal fing er einen forschenden Blick von Aletha auf, der ihn veranlasste, zu ihr zu schlendern.

»Ich hoffe, sie ist jetzt glücklich und zufrieden«, sagte er leichthin und wies nickend auf die Königin.

»Womit?«, fragte Aletha knapp.

»Mit dem, was sie erreicht hat. Sie hat einen gesunden Sohn, der hoffentlich die Kindheit überleben wird, und sie hat die Genugtuung, Chilperich für den Tod ihrer Schwester bestraft zu wissen.«

»Was weißt du schon!«, bemerkte Aletha ironisch.

»Anscheinend nicht genug. Dann klär mich doch auf. Ist sie mit dem Schiedsspruch nicht zufrieden?«

Brunichild nahm lächelnd einen Blumenkranz von einem der kleinen Mädchen des Guts entgegen, setzte ihn sich zur Freude aller Kinder auf den Kopf und drehte sich im Kreis. Ein hübsches Bild voll Friedlichkeit und Lebenslust.

»Nein. Sie will Chilperichs Kopf. Vorher wird sie keine Ruhe finden«, sagte Aletha leidenschaftslos.

»Das meinst du nicht im Ernst«, entgegnete Wittiges heftig.

»Du kennst sie nicht so wie ich. Sie hasst ihn bis in den Tod.«

Wittiges hätte gern widersprochen, aber im Grunde seines

Herzens wusste er auf einmal, dass Aletha recht hatte. Diese dunkle Seite in Brunichild hatte er immer erahnt. Sie war keine Frau, die verzieh oder vergaß.

»Wenn ihr doch nur jemand den Hass nehmen könnte«, sagte er inbrünstig.

Aletha musterte ihn aufmerksam. »Du vielleicht? Wer weiß, vielleicht hast du ja mehr Einfluss auf sie als Sigibert. Wundern würde es mich nicht.« Ihr Blick wurde forschender. »Du liebst sie doch, nicht wahr? Schon seit Toledo. Leugne es nicht. Ich weiß Bescheid über eure Stallliebe.«

Wittiges hörte Sigibert laut lachen und nahm das bunte Treiben ringsum nur noch wie durch einen grauen Schleier wahr. Die Bitterkeit in der Stimme seiner Frau erschreckte ihn. Warum rückte Aletha jetzt mit ihrem Wissen heraus? Und wie konnte er so dumm gewesen sein, anzunehmen, dass sein gefährliches Liebesverhältnis vor ihr verborgen geblieben war? Er erinnerte sich wieder an die kleine verhuschte Magd, die immer in Brunichilds Nähe gewesen war. Damals hatte er sie kaum wahrgenommen.

»Das war einmal«, hörte er sich sagen. »Das ist längst vorbei.«

»Nein, es ist nicht vorbei«, stellte Aletha richtig. »Meinst du, ich spüre es nicht? Ich bin für dich nur die Frau, die dir Brunichild aufgezwungen hat.«

»Nein, Aletha, bitte. Es hat sich doch längst alles zwischen uns geändert.« Er streckte die Hand nach ihr aus, aber sie wandte sich ab und ließ ihn stehen.

Für den Rest des Festes hielt sich Wittiges von Brunichild fern und war erleichtert, als die Hofgesellschaft gegen Morgen abreiste.

Zwei Wochen später schickte Sigibert Wittiges auf eine Erkundungsreise in den Süden, von der er mit der Nachricht zurückkehrte, dass Chilperich erneut den Heerbann aufgerufen hatte. Damit war klar, dass Chilperich seine fünf, an Brunichild abgetretenen Städte zurückerobern wollte. Der kurze Frieden war vorbei. In aller Eile rief auch Sigibert seine Krieger zusammen und sandte Wittiges als Eilboten zu Guntram. Aber Guntram forderte Sigibert auf, Arles an ihn abzutreten, nur dann würde er ihn im Kampf gegen Chilperich unterstützen.

Noch vor Wintereinbruch besetzte eine Streitmacht Chilperichs unter Führung seines Sohnes Chlodowech Tours und Poitiers und hauste fürchterlich unter der dortigen Bevölkerung. Lediglich die Kirchen und Klöster wurden verschont.

Sigibert gelang es, sich mit Guntram wegen Arles zu einigen und seine Unterstützung zu erlangen. Gemeinsam rückten sie gegen Chlodowech vor, trieben sein Heer bis Bordeaux, und dort, von zwei Seiten eingekesselt, lösten sich Chlodowechs Truppen auf. Chilperich selbst hatte sich aus den Kämpfen herausgehalten und sich in Paris verschanzt. Ein Jahr später herrschte eine Pestepidemie, die die Gebiete des südöstlichen Frankenreichs stark entvölkerte. Hauptsächlich wegen dieser Epidemie gab es keine neuen Kämpfe, die erst eineinhalb Jahre später wieder aufflammten. Diesmal schlug Chilperichs ältester Sohn Theudebert Sigiberts Truppen und besetzte Tours, Poitiers, Limoge und Cahors. Alle Verbindungen in den Süden waren damit abgeschnitten. Überall begannen Kleinkriege. Herzöge und Bischöfe riefen sich zu unabhängigen Herrschern ihrer Gebiete aus und bekämpften sich untereinander. Nirgendwo war man mehr sicher. Jedwede Ordnung löste sich auf.

Spätestens jetzt leistete Wittiges Cniva insgeheim Abbitte. Es war aber dann der alte Mann selbst, der ihn ansprach, als er endlich wieder einmal nach Hause kam.

»Hast du Zeit für mich?«, fragte er fast unterwürfig. Er war Wittiges in den Garten gefolgt. Noch immer erfüllte diesen die Gegenwart des Alten mit einer unbestimmten Abwehr und vor allem mit Misstrauen. »Ja, sicher«, antwortete er ein wenig barsch.

Cniva tat so, als merke er die versteckte Abfuhr nicht. »Mir ist durchaus bewusst, dass dich Sorgen plagen. Und ich möchte dir helfen, wenigstens die eine oder andere klein zu halten.«

»Und wie?« Wittiges wäre lieber allein gewesen.

»Lass mich die alten Kampfübungen wiederaufnehmen. Du brauchst hier jeden, der ein Schwert zu führen versteht, wenn du und deine Männer im Westen oder Süden mit Sigiberts Truppen unterwegs seid.«

Wittiges wollte etwas entgegnen, aber Cniva kam ihm zuvor und fuhr fort: »Ich habe deine Bedenken begriffen und verstehe, dass sie immer noch gelten. Deine Sklaven sollen nicht in der Lage sein, sich gegen dich zu erheben. Aber sieh es doch so: Das ganze Land ist in Aufruhr, und wenn du dein Hab und Gut und deine Familie verteidigen willst, musst du den Menschen hier vertrauen. Glaub mir, sie ziehen ein Sklavendasein auf einem gut geführten Landsitz einem Leben als Geächtete in den Wäldern allemal vor – denn darauf liefe ein Aufstand letztendlich hinaus. Du behandelst deine Leute anständig, und das vergessen sie dir nicht.«

»Bist du fertig?«, fragte Wittiges kurz angebunden. Cniva wirkte nun doch gekränkt. Er wandte sich ab, aber Wittiges legte ihm rasch die Hand auf den Arm und bedeutete ihm zu bleiben. »Ich wollte dich schon darum bitten, aber du bist mir zuvorgekommen. Kümmere dich darum, dass die Leute kämpfen lernen, nimm auch die Jungen aus den Dörfern dazu und«, er dachte flüchtig an Viola, »die Frauen und Mädchen, die sich dazu bereiterklären. Aber woher nehmen wir die restlichen Waffen? Ihr braucht mehr als die, die ich noch in Verwahrung habe. Wer soll die Waffen schmieden? Karl ist im Krieg.«

Karl stand mit den Truppen im Süden.

»Sein Sohn Otho. Nutzen wir die Zeit, bis auch er als Krieger verpflichtet wird. Auch einer meiner Knechte versteht etwas vom Schmieden. Pfeile und Bögen können wir ohne Hilfe eines Schmieds herstellen.« Cnivas Augen leuchteten. »Überlass alles mir.«

Seine Zuversicht erleichterte Wittiges nur wenig. Die Winterpause war diesmal kurz, und nicht alle Krieger kehrten währenddessen heim. Guntram hatte sich wieder mit Sigibert entzweit und war dafür ein Bündnis mit Chilperich eingegangen, sodass die Kämpfe tief im Süden weitergingen.

Im Frühjahr 575 wurde Wittiges weit in den Osten geschickt, um Sigiberts dortige Verbündete für den Kampf aufzubieten, vor allem die Sachsen, die als besonders grausam und schwer beherrschbar galten. Die Rückreise trat er mit tausend Kriegern an. In Andernach stieß Falco zu ihm und schloss sich ihm mit einer kleineren Heerschar an. Wittiges konnte ihn schlecht abweisen, war aber glücklich, dass sich Falco ihm gegenüber diesmal im Zaum hielt. In kürzester Zeit führte Wittiges seine wilde Horde über Trier nach Reims.

Als er in die Stadt einritt, fiel ihm die ungewöhnliche Stille auf, erst dann bemerkte er die Zerstörungen. Viele Häuser waren niedergebrannt. Zwischen schwelenden Balken und eingestürzten Wänden lagen Tote. Ein paar Einwohner machten sich in den Trümmern zu schaffen, um entweder die Toten zu bergen oder nach unversehrter Habe zu suchen. Stumm vor Grauen, die blanke Waffe in der Hand, ritt Wittiges mit einer kleinen Abordnung, zu der auch Falco gehörte, zum Palast. Der größere Teil der Streitmacht lagerte vor der Stadt. Dort waren sie auf keine Gegner gestoßen. Wer immer über Reims hergefallen war, hatte sich längst zurückgezogen oder war verjagt worden.

Vor dem Palast wurden sie von Wachen aufgehalten, aber Wittiges hatte sie bald davon überzeugt, dass er und seine Begleiter nicht zum Feind gehörten. Der König, erfuhr er, war seit wenigen Stunden in der Stadt, die erst einen Tag zuvor zurückerobert worden war. Gogo, Lupus und sein Bruder Magnulfus waren bei Sigibert, als Wittiges zusammen mit Falco die große Halle betrat.

»Wittiges, wie schön, dich wohlbehalten zu sehen. Wie viele Krieger bringst du mit?« Sigibert kam freudestrahlend auf ihn zu. »Falco.« Er nickte seinem ehemaligen Günstling knapp zu.

»Ich wette, für deine erfolgreiche Mission im Osten bekommst du wieder ein Landgut. Steck es dir in den Arsch«, zischte Falco Wittiges gehässig ins Ohr.

Mit dem Landgut könnte er recht haben, dachte Wittiges und ließ ihn stehen. Er begrüßte den König, der ihn herzlich umarmte. »Ich habe tausend sächsische Krieger mitgebracht, etwa zweihundert sind beritten. Sie lagern draußen vor der Stadt.«

»Großartig!« Sigibert rückte von ihm ab und blickte Falco an. »Du hast dir Zeit gelassen. Der Bote an dich ist schon vor Wochen aufgebrochen, und du kommst jetzt erst.«

Falco wollte etwas erwidern, aber Sigibert winkte ab. »Wir haben keine Zeit für langatmige Erklärungen. Jetzt geht es dieser Laus Chilperich an den Kragen. Wir zerquetschen ihn. Ich warte noch auf Ingomer und die Thüringer. Sobald sie eingetroffen sind, rücken wir gegen Paris vor.«

Wittiges war zu Gogo getreten. »Was ist geschehen?«, fragte er leise. »Wie konnte die Stadt eingenommen werden?«

»Chilperich hat noch immer Rückendeckung durch diesen Wendehals Guntram und ist hier eingefallen. Hör zu, was ich dir …« Gogo machte eine Pause, und sein Gesicht verzog sich schmerzlich. Sein blindes Auge tränte.

»Wie sieht es im Umland aus?«, fiel ihm Wittiges ins Wort.

»Langsam, lass mich ausreden. Theudebert ist gefallen, Tours und Poitiers sind wieder frei«, erklärte Gogo. »Als uns die Nachricht erreichte, dass sich Chilperichs übrige Truppen hierher gewandt hatten, zogen wir sofort nach Norden, aber wir kamen zu spät, um das Schlimmste zu verhindern. Es tut mir leid.«

Meine Familie, mein Land, dachte Wittiges. Schmerz überfiel ihn, ein furchtbarer Kummer und eine albtraumhafte Gewissheit. Wenn es schon hier in der Stadt so aussah, wie sollte dann sein Landgut der Zerstörung entgangen sein?

»Wir wissen nichts Genaues«, fuhr Gogo fort. »Sicherlich gestattet dir der König, nach Hause zu reiten. Wir brechen ja erst in einigen Tagen wieder auf.«

»Wo ist die Königin?« Plötzlich musste Wittiges an Brunichild denken.

»In Metz in Sicherheit, sie und die Kinder. Sie hat eine zweite Tochter geboren.«

Wittiges nickte benommen. Nun, wenigstens die Sorge um Brunichild konnte er vergessen. Aber immerfort sah er vor seinem inneren Auge Bilder der Zerstörung und Tote, deren Gesichter er zu erkennen suchte. Er hielt es kaum aus, bis Sigibert die Beratung beendete und er endlich heimreiten durfte.

5 Sowohl tagsüber als auch nachts hatte Cniva Wachen aufgestellt, die er in der ersten Zeit regelmäßig kontrollierte. Jeder, der nicht auf seinem Posten war oder den er schlafend antraf, wurde nicht nur ausgepeitscht, sondern für einen halben Tag an den Pranger gestellt, den er im Stallhof aufgestellt hatte. Aletha protestierte gegen diese, wie sie fand, unnötige Grausamkeit, bis Cniva sie darüber belehrte, dass alle Pflichtvergessenen die Verachtung der anderen spüren mussten, um zu begreifen, worum es hier ging: um ihrer aller Leben. Alexander hatte ohne weiteres dem alten Hofmeister und General das Regiment überlassen, aber sonst gab es auch niemand Geeigneten, denn Pontus war als voll wehrpflichtiger Mann mit Sigiberts Heer nach Süden gezogen.

Als Aletha an einem schwülen Julimorgen bei Tagesanbruch in den Garten ging, weil sie nicht mehr schlafen konnte, sprang ganz plötzlich hinter einem großen Rosenstrauch ein Fremder hervor und starrte sie an. Gleichzeitig hörte sie einen Warnruf. Einer der Jungen, der gerade Wache hatte, stand auf dem Dach der Villa und schrie.

Arglos lächelte Aletha den Mann an. Dann deutete sie quer über den Garten. »Der Stallhof ist dort hinten. Von dort erreichst du die Küche. Sag der Köchin, sie soll für alle ein ordentliches Frühstück zubereiten.« Scheinbar gelassen wandte sie sich um. Während sie zum Haus zurückging, verließ sie sich auf ihr Gehör. Der Mann kam hinter ihr her, aber er schien allein zu sein. Bevor er sie erreicht hatte, hielt Aletha den Dolch umklammert, den sie seit einigen Wochen stets bei sich trug.

Der Mann packte sie am Arm und riss sie zu sich herum. Aletha handelte wie in Trance. Sie stieß dem Mann von unten den Dolch in die Brust. Es war geradezu lächerlich einfach. Röchelnd brach der Fremde zusammen und verstummte, während der Blick starr wurde.

Erst jetzt überflutete Aletha die Angst. Kalter Schweiß brach aus, ein schreckliches Zittern überfiel sie, alle ihre Instinkte drängten sie zur Flucht. Dennoch beugte sie sich über den Toten und betrachtete ihn einen Moment mit konzentrierter Aufmerksamkeit. Er war ein Franke, so viel schien sicher. In seiner rechten Hand entdeckte sie einen Scramasax, sie war seinem Angriff also nur zuvorgekommen.

Wieder rief der Junge auf dem Dach, die Warnung wurde von anderen aufgenommen. Damit wurde klar, dass Cnivas schlimmste Befürchtung eingetreten war. Eine kalte Ruhe ergriff von Aletha Besitz. Mit einem Ruck zog sie den Dolch aus dem Körper des Toten und hetzte weiter zum Haus. Felix kam ihr entgegen, die Augen vor Schreck geweitet, hinter ihm Viola, noch im Hemd, nicht mal richtig angezogen, aber das Schwert in der Hand.

»Sie sind da!«, keuchte Viola.

»Ja! Du weißt, was zu tun ist. Nimm Felix mit.«

»Mutter!«, schrie Felix und stolperte auf sie zu. Viola holte ihn ein und nahm ihn an die Hand. Aletha sah, wie die beiden durch den Garten rannten und bei dem Toten innehielten. Felix bückte sich, und als er sich wieder aufrichtete, hielt er den Scramasax des Fremden in der Hand. Mit seinen acht Jahren konnte er dank Cnivas Unterricht mit einer Waffe umgehen, wenn auch längst nicht so gut wie Viola. Die Dreizehnjährige war mittlerweile eine geübte Schwertkämpferin.

Sklaven tauchten auf, Mägde und Knechte. Die Männer hatten ihre Waffen dabei. Die Schreie mussten jetzt alle Leute des Guts aufgeweckt haben. Wer aus dem Haus taumelte, blickte sich kurz um und strebte dann durch den Garten. Jetzt kam auch Cniva heraus, vollständig bekleidet und bewaffnet. Die Mauer um das Anwesen war nicht instand gesetzt worden und bildete kein Hindernis für die Angreifer. Von allen Seiten drangen sie in den Garten ein, Aletha hörte ihr Gebrüll, während sie sich an Cnivas Seite hielt.

»Lauf!«, schrie er auf einmal. Er wurde von der Seite angegriffen. Ohne sich nach ihm umzusehen, rannte Aletha weiter. Das hatte ihr Cniva immer wieder eingeschärft. Noch ahnte sie nicht, wie groß die Horde war, die die Villa überfiel. Sie jagte durch den Garten, während das Geschrei ringsum anschwoll.

Cniva hatte seinen Gegner niedergestochen und gab nun mit durchdringender Stimme Befehle. Die Villa zu verteidigen, hatte wenig Sinn. Es galt zu fliehen und am Leben zu bleiben. Aletha fasste eins der kleineren Kinder an der Hand und rannte weiter. Wie vorgesehen, bildeten die männlichen Sklaven eine Rückendeckung für die Frauen und die Kinder, die nun alle durch den Garten hasteten, kreuz und quer über die Wege und durch die Beete. Sie alle hatten ein Ziel vor Augen, fraglich war nur, ob sie es erreichten.

Aletha sah, wie einer der Sklaven niedergestreckt wurde. Als sie das Gartentor erreicht hatte, scheuchte sie die Frauen und Kinder hindurch. Die meisten hatten nicht kämpfen gelernt, sie und Viola gehörten zu den Ausnahmen.

»Jetzt du.« Alexander schob sie durch das Tor. Sie wollte ihn mitziehen, ihn nicht zurücklassen, aber er gab ihr einen Stoß, sodass sie vorwärtsstolperte.

Über die Wiese, unter dem Zaun hindurch. Dahinter stieg das Gelände an.

In fliegender Eile ließ Aletha immer wieder die Blicke schweifen. Wer war vor ihr, wer hinter ihr? Barchild quälte sich über den Zaun, ein Kind half ihr. Aletha rannte zurück, packte die beiden und zog sie mit sich, bis sich die Alte mit einem Ruck befreite.

Von der Seite tauchten fremde Reiter auf, sie mussten die Villa umrundet haben, oder sie kamen vom Dorf herauf. Noch lag der Waldrand ein ganzes Stück entfernt. Während Aletha weiterlief, pochte ihr Herz, und die Beine wurden immer schwerer. Die Angst kehrte zurück und trieb sie vorwärts, lähmte sie aber auch. Zwischendurch hielt sie wieder nach den anderen Ausschau. Wer war noch bei ihnen? Wen hatten die Feinde erwischt? Sie wusste es nicht. Schreie durchschnitten die Luft, das Wiehern der Rosse. Ein Pfeil bohrte sich neben ihr in den steinigen Weg, der hügelan führte. Ein Stück vor ihr entdeckte sie den dunklen Schopf von Felix, Viola hatte ihren Schützling immer noch bei sich. Aletha drehte sich um.

Alexander ragte ein Pfeil aus der Schulter, er stolperte, sie lief wieder hügelabwärts, ihm entgegen. Da ließ sie ein Schrei innehalten.

Einer der Reiter hatte Viola und Felix erreicht. Felix stach mit dem Scramasax auf das Pferd ein. Das Tier stieg, der Reiter flog aus dem Sattel, stand aber blitzschnell wieder auf. Viola stellte sich ihm mit der Waffe in der Hand entgegen. Die ersten Schläge parierte sie gekonnt und achtete darauf, dass sie Felix deckte. Dann aber preschte ein zweiter Reiter heran, beugte sich aus dem Sattel und holte zum Schlag aus.

Aletha schrie, sie hörte sich schreien, der Schrei hallte ihr furchtbar in den Ohren. In diesem Moment warf sich eine große Gestalt zwischen die Kinder und den Angreifer.

Barchild.

Im Schmiededorf traf Wittiges niemanden an. Zumindest keinen Lebenden. Er warf nur einen flüchtigen Blick auf die Toten, dann ritt er weiter. Die Abenddämmerung setzte gerade ein.

Auf den Weiden stand kein Vieh mehr. Die Ställe waren leer, eine Scheune abgebrannt.

Der Garten sah aus, als wäre eine Stierherde hindurchgestürmt. Überall Hufspuren. Das Haus war verwüstet, die Einrichtung zerschlagen, Vorhänge heruntergerissen, die Schatztruhe im Schlafzimmer aufgebrochen. Alles Wertvolle geraubt. Überall Sudeleien, hier und da Exkremente. Auf dem Boden in der Empfangshalle hatte sich eine Blutlache um einen Sklaven ausgebreitet. Der Kopf lag abgetrennt neben dem Körper.

Wittiges rief, er schrie – aber niemand antwortete ihm. In

den Sklavenunterkünften lag ein totes Kind, ein vielleicht sechs Jahre alter Junge, der wie eine zerbrochene Puppe wirkte, und einen furchtbaren Moment dachte Wittiges, es sei Felix. Danach setzten Denken und Fühlen aus. Wirr im Kopf streifte er durch die verlassenen Räume und den Garten. Er stieß auf Tote, an deren Namen er sich nicht erinnerte. Zwei Frauen, ein weiteres Kind, ein Mann.

Inmitten der Zerstörung zog sich eine undeutliche Spur durch den Garten und die hintere Pforte, und dieser Spur folgte er. Auf die Toten achtete er nicht mehr, hatte aber den Eindruck, dass auch Leute aus dem Schmiededorf darunter waren. Einige waren also bis hierher gekommen.

Kurz vor dem Waldrand, als er schon glaubte, die Toten hinter sich gelassen zu haben, stieß er auf ein weiteres Opfer des wahnwitzigen Überfalls. Auf einmal konnte er nicht mehr weiter.

Ein Schwerthieb hatte Barchild den Schädel bis zur Nase gespalten, und Wittiges musste genau hinsehen, um die Alte zu erkennen. Er ging in die Knie und begann zu schluchzen. Ein Gefühl schrecklicher Ohnmacht und Verlassenheit stieg in ihm auf. Wenn alle tot waren, wollte er nicht länger leben. Blind vor Tränen schlug er sich in den Wald. Hier verlor sich die Spur, aber er ging trotzdem weiter. Er suchte einen Ort, wo er sich verkriechen konnte. Wie ein Tier, das den Tod spürt.

Auf einmal war da ein Geräusch in der Luft. Sirrend fuhr ein Pfeil neben ihn in den Stamm einer Buche. Er sprang zurück. Und während er noch herauszufinden versuchte, woher der Pfeil gekommen war, traf ihn ein furchtbarer Schlag auf den Kopf, und er verlor das Bewusstsein.

»Er lebt, er regt sich«, flüsterte ein Stimmchen.

»Dann lasst mich zu ihm. Ich kümmere mich um ihn.« Woher kannte er diese andere Stimme? Eine angenehm kühle Hand legte sich auf seine Stirn. Er öffnete die Augen. Es war dunkel. Fast dunkel. Ein Lichtblitz zerstob vor seinen Augen, und er musste sie wieder schließen.

Hatte er gestöhnt?

»Schscht. Schon gut. Dir wird es gleich besser gehen.« Wieder die Hand, diesmal legte sie ihm einen kalten, feuchten Lappen auf die Stirn.

»Höher«, knurrte er. »Vorn tut's nicht weh.«

Ein gedämpftes Lachen antwortete, und entschlossen riss er die Augen wieder auf.

Jetzt sah er mehr. Jemand hielt eine Fackel, deren Schein auf ihn und seine Umgebung fiel. Menschen. Abgerissene Gestalten, blutverschmierte Gesichter, schmutzige Verbände. Aber da war Alexander, und dort hockten Cniva, Otho ... Wittiges meinte zu schweben. Er hatte die wirkliche Welt verlassen.

Als er den Kopf ein wenig in den Nacken legte, erfasste sein Blick Aletha. Sie war es, die seinen Kopf im Schoß hielt. Staunend sah er sie an. Eine Himmelsgestalt, kein Zweifel. Eine Himmelsgestalt mit einem Schmutzstreifen auf der Wange. Angetrocknetes Blut?

»Felix?«, fragte er und brachte nur ein Krächzen zustande.

»Ich bin hier, Vater, sie lassen mich ja nicht zu dir.« Eine kleine Gestalt drängte sich energisch zwischen den anderen hindurch, und dann hielt er seinen Sohn im Arm. Jetzt glaubte er wieder an die Wirklichkeit, denn Felix fühlte sich fest, warm und lebendig an. Kein Geist. Felix, unverletzt bis auf eine Schramme an der Stirn. Aber warum nur war es hier so düster wie in einem Grab?

»Viola?«

»Sie wird durchkommen«, antwortete Cniva. »Mach dir keine Sorgen.«

Die Hälfte der Sklaven war tot, drei Kinder darunter. Aus den Dörfern hatten sich einige Leute retten können, aber viele waren getötet worden. Wittiges erfuhr, wo er sich überhaupt befand. Darüber klärte ihn Alexander auf, während Aletha alle übrigen schlafen schickte. In dieser Nacht würden sie nicht zur Villa zurückkehren.

»Erinnerst du dich, wie wir Viola und Felix im Wald suchten? Sie wollten damals zu einer Höhle, in der vor vielen Jahren ein Eremit hauste. Als du Cniva die Kampfübungen untersagt hattest, war er ziemlich niedergeschlagen. Dann kam ihm der Gedanke, sich diese Höhle anzusehen, ich glaube, er suchte nach einer neuen Herausforderung. Seitdem war ich oft mit ihm zusammen hier, und so langsam haben wir diese Höhle als Fluchtburg ausgebaut. Man könnte ja nie wissen, hat Cniva immer wieder beteuert, ob wir so ein Versteck nicht einmal brauchten. Die Höhle liegt ideal, und der Weg zu ihr lässt sich hervorragend tarnen. Sie war unsere Rettung.«

»Wann war der Überfall?«, fragte Wittiges heiser.

»Vor drei Tagen«, mischte sich Cniva ein, er war leise näher gekommen. »Tut mir leid, trotz der Wachen haben wir den Überfall zu spät bemerkt. Wir haben vor, die Höhle morgen zu verlassen. Ich habe Späher ausgeschickt, die erkunden sollten, ob die Mörderbande abgezogen ist. Das scheint der Fall zu sein. Wir wissen nicht einmal, wer sie waren.«

»Chilperichs Horden«, erklärte Wittiges. »Sie sind weg. Sigibert hat sie zurückgeschlagen, die *Civitas* von Reims ist frei von ihnen, da könnt ihr beruhigt sein.« Er verschwieg, welche Zerstörung die Feinde hinterlassen hatten, aber wahrscheinlich hatten die Späher schon genug berichtet. »Wer hat mich niedergeschlagen?«

»Ich.« Otho schob sich ins Licht der Fackel. Schuldbewusst hielt er den Blick gesenkt. »Ich hab dich zu spät erkannt.«

»Er hat dich hierher gebracht«, mischte Cniva sich wieder ein. »Er und einer seiner Freunde.«

»Der den Pfeil auf mich abgeschossen hat.«

Ein zweiter Junge erschien im Lichtkreis. »Das war ich.«

Zwei betrübte, ängstliche Gesichter.

»Schon gut«, winkte Wittiges ab, »ich trag's euch nicht nach. Ich lebe ja noch.« Sein Kopf dröhnte gewaltig. Wo ihn der Schlag getroffen hatte, war ihm eine mächtige Beule gewachsen. Unter Anstrengung lächelte er Otho an. »Wie gut, dass du nur so zart zugeschlagen hast.«

Der Sohn des Schmieds war kaum noch ein Junge, sondern ein fast ausgewachsener Mann. Aber da er noch keinen Eid geleistet hatte, war er bisher nicht zum Kriegsdienst herangezogen worden. Und Wittiges war mehr als froh darüber. Längst war er die Machtkämpfe der königlichen Brüder leid. Und jetzt, da er die Verheerungen durch die Kriege selbst zu spüren bekam, noch mehr. Ohnehin war seine Handelstätigkeit seit zwei Jahren praktisch zum Erliegen gekommen, und die Einnahmen fehlten ihm. Wie er all die Schäden beseitigen und den Verlust an Menschen, Vieh, Ausrüstung ausgleichen sollte, wusste er beim besten Willen nicht. Trotzdem war er dem Schicksal zutiefst dankbar. Das Wichtigste, seine Familie, hatte er behalten. Aufseufzend ließ er sich zurücksinken.

Die Schmerzen bereiteten ihm eine ungemütliche Nacht. Dabei war die Höhle eine geradezu behagliche Unterkunft. Das wurde erst richtig deutlich, als der Morgen anbrach und so viel Tageslicht hereinfiel, dass er sich einen besseren Überblick verschaffen konnte. Cniva hatte Strohsäcke und Wolldecken herbeigeschafft, auf denen sich gut ruhen ließ. Etwa in der Mitte der Höhle unterhalb einer natürlichen Öffnung in der Decke, durch die der Rauch abziehen konnte, hatte er eine Feuerstelle eingerichtet, über der an einem dreibeinigen Eisengestell ein großer Kessel hing. Einige pralle Säcke verrieten, dass es Lebensmittelvorräte gab, und auf einem Felsvorsprung, nicht weit von seinem Ruheplatz entfernt, entdeckte Wittiges sogar Schreibzeug. Im Höhleneingang, wo nachts ein dunkler Vorhang gehangen hatte, der nun zurückgeschlagen war, lehnte Alexander und beobachtete Wittiges.

Wittiges stützte sich auf die Ellbogen und verzog sofort schmerzlich das Gesicht. Ihm schwindelte so, dass er die Augen schließen musste. Als er sie wieder öffnete, hockte Alexander neben ihm. »Geht's dir besser?«, fragte er besorgt.

»Bestimmt.« Wittiges drehte behutsam den Kopf hin und her und nickte schließlich vorsichtig. »Hübsch wohnlich ist es hier. Das hast du alles mit Cniva zusammen geschafft?« Sie sprachen leise, um die anderen nicht zu wecken. »Hast du die Zeit hier verbracht, wenn du wieder einmal verschwunden warst? Du hast mir nie verraten, was du vorhattest.«

»Ja. Hat dich das gekränkt?« Auf einmal konnten sie offen darüber sprechen, stellte Wittiges verwundert fest. Und ob es ihn gekränkt hatte! Oft genug hatte er sich abgewiesen und fast schon hintergangen gefühlt. »Mächtig sogar. Ich hatte gedacht, wir seien Freunde und reden über alles.«

»Tut mir leid, diese ganze Geheimniskrämerei«, sagte Alexander rasch. »Du hast Cnivas Verteidigungspläne schon einmal durchkreuzt, wir wollten deine Einmischung kein zweites Mal riskieren. Und was mich selbst betrifft: Ich brauchte Abstand, verstehst du? Es war nicht so leicht für mich, erst Sklave, dann freier Mann und schließlich auch noch Prinz zu sein«, erklärte er mit einem Anflug von Ironie. »Um ehrlich zu sein, weiß ich überhaupt nicht mehr, wer ich bin.«

Immer noch ein Eunuch, dachte Wittiges, und diesen Makel wirst du nie los.

»Ich würde mir nicht so viele Gedanken machen. Leb einfach, und ich kann nur hoffen, dass wir zum Leben überhaupt noch genug zusammenkriegen.«

»Da bin ich sicher. Karl ist übrigens gefallen. Sein Sohn Otho wird die Schmiede weiterführen, er ist jetzt für seine Geschwister verantwortlich. Für die Schwester und den Kleinen, der dir so ähnlich sieht. Wusstest du das?«

»Nein, das wusste ich nicht.« Karl, der erste Mann im Dorf, der ihm sein Vertrauen geschenkt hatte. Wittiges trauerte um ihn, denn Karl war ein großer Verlust, für ihn und für alle. Die Bemerkung über den jüngsten Sohn drang nur langsam in sein Hirn. Da war diese Sklavin gewesen, die er Karl geschenkt hatte, um seine Trauer um Arne zu lindern. Und diese Sklavin hatte ein Kind bekommen, das war ihm bekannt, der Rest nicht. Wusste Aletha, dass zwischen ihm und diesem Kind eine Ähnlichkeit bestand?

Alexander war geschmeidig aufgestanden und zurück an den Höhleneingang getreten, innerlich fern und fremd wie zuvor.

Wittiges' Versuche, auf die Beine zu kommen, misslangen immer wieder. Deshalb blieb er in der Höhle zurück, als die anderen aufbrachen. Auf einer behelfsmäßigen Bahre trugen sie Viola an ihm vorbei hinaus. Er hielt die Träger an.

»Was hat sie?«

Viola hatte die Augen geschlossen, sie war bleich und trug einen Verband um die Stirn. Ein Bein war anscheinend geschient, denn die Schiene ragte unter der Decke hervor, die man über sie gebreitet hatte.

»Das kommt alles wieder in Ordnung«, antwortete Cniva und trat an die Trage heran, »Viola ist zäh, sie gibt nicht auf.«

»Damit hast du meine Frage nicht beantwortet«, stieß Wittiges verärgert hervor.

»Sie hat eine stark blutende Kopfwunde, eine Verletzung am Bein und wenigstens drei gebrochene Rippen. Aber sie lebt, Wittiges, und die Wunden haben sich bisher nicht entzündet«, erklärte Aletha geduldig und kniete sich neben ihn. »Ich bleibe bei dir, bis es dir so gut geht, dass wir den anderen folgen können.«

Wittiges legte sich zurück und schlummerte noch einmal ein. Als er erwachte, spürte er Aletha neben sich, ihr Kopf ruhte an seiner Schulter, sie hatte einen Arm um ihn gelegt und eine Decke über sie beide gebreitet.

»Bist du wach?«, fragte sie leise.

»Ja, ich hoffe, wir können jetzt auch aufbrechen.«

Statt sich von ihm zu lösen, strich sie ihm sanft über die Brust. »Gleich.«

Ihre Hand wanderte abwärts, über seinen Bauch und noch tiefer. Wittiges fragte sich verwundert, was sie vorhatte, als er zusammenzuckte. Alethas Hand stahl sich unter seine Tunika, und ihre Streicheleien wurden eindeutiger und begannen ihn zu erregen. Sie nestelte an den Bändern, die seine Hose zusammenhielten. Verwirrt kam er ihr zur Hilfe. »Aletha, was …« Er verstummte lieber. Es war noch nie vorgekommen, dass Aletha den Wunsch zu erkennen gab, mit ihm zu schlafen. Nie war er den Verdacht ganz losgeworden, dass sie nur einer lästigen Pflicht nachkam. Was war auf einmal anders?

»Meinst du nicht, wir sollten …«

Sie legte ihm eine Hand auf den Mund. »Bitte«, sagte sie aufschluchzend, »lass mich spüren, dass wir leben.«

Schon allein wegen der Schmerzen blieb er vorsichtig und ließ sich Zeit. Ließ ihr Zeit. Es war wie eine Neuentdeckung. Sanft und beharrlich führte sie seine Hand über ihren Körper, ihre Brüste, den weichen Bauch, zwischen ihre Schenkel, rieb sich daran, rekelte sich, wand sich und begann lustvoll zu stöhnen. Behutsam drehte er sich so, dass er eine ihrer Brüste mit der Zunge umspielen, an ihr saugen, an ihr knabbern konnte, während ihm wieder schwindlig wurde, schwindlig auch vor Glück. Auf einmal war er ihr wirklich willkommen. Träge, als bewege er sich unter Wasser, glitt er zwischen ihre Beine. Sie warf den Kopf zurück und schrie, als er endlich in sie eindrang. Erschrocken hielt er inne, aber da krallten sich ihre Hände in seinen Rücken, sie schlang die Beine um seine Hüften, und er wusste, es war alles so, wie sie es haben wollte.

Er blieb vier Tage auf seinem Gut. In dieser Zeit beerdigten seine Leute die Toten oben am Waldrand, wo sich schon Arnes Grab befand. Sie bestatteten die Männer mit ihren Waffen, die Kinder mit Spielzeug und die Frauen mit einfachen Schmuckstücken, falls sie noch welche fanden, oder einer Kunkel. Nur Barchild wurde ein Pflock durchs Herz getrieben. Die Pfählung nahmen zwei Frauen aus den Dörfern vor, sie taten es voller Respekt, aber unnachgiebig. Sie hatten darauf beharrt, als Wittiges sie daran hindern wollte. Nur so, erfuhr er, würde die tote Hexe die Lebenden nicht als Wiedergängerin heimsuchen. Als die Gräber zugeschaufelt waren, rollten sie große Steinbrocken darüber, und zum Schluss hielten sie im Schatten der Gräber ein Totenmahl ab. Als Sühneopfer für die Seelen wurde ein Zicklein geschlachtet, dessen Blut auf die Steine tropfte und dessen Fleisch für das Mahl auf offenem Feuer gebraten wurde.

Vieles an diesen Zeremonien, den entsetzlichen Klagegesängen, den Beschwörungen kam Wittiges urzeitlich und barbarisch vor, aber er wusste, es war gut für den Seelenfrieden der Überlebenden. Zumindest für die Gemüter der Dorfbewohner. Er selbst fühlte sich wieder als Fremder. Ähnlich mochte es Aletha, Cniva und Alexander ergehen. Mehr als je zuvor vermisste Wittiges Pontus, von dem sie schon lange keine Nachricht mehr erhalten hatten. Pontus, da war er sich sicher, hätte die alte Welt mit der neuen, christlichen zu verbinden und zu versöhnen vermocht.

6 Ende August hatten Sigiberts wilde Sachsenhorden Paris erobert. Chilperichs Truppen waren geflohen, weil Guntram sich plötzlich aus dem Bündnis mit ihm gelöst und seine Verbände zurückbeordert hatte.

Wittiges wurde nach dem Sieg zum *Comes* ernannt und erhielt ein eigenes Heereskommando, sehr zum Ärger von Männern wie Falco und Ingomer, die weiter als unbedeutende Unterführer dienten. Aber auch Priscus hegte Bedenken. Er sprach sie zwar nicht offen aus, aber Wittiges war klar, dass er Wittiges' Beförderung als unangemessen erachtete, nachdem sein eigener Aufstieg so viel länger gedauert hatte. Wittiges selbst hatte nicht um das Amt ersucht, er kam eigentlich ohne solche Ehren und Verpflichtungen aus. Aber er tat alles, um seine Truppe zusammenzuhalten und seinen Beitrag bei Sigiberts weiterem Siegeszug zu leisten. Sie drangen bis zur Küste nach Rouen vor und gewannen Schlacht um Schlacht; in einem einzigen großen Siegesrausch unterwarfen sie das ganze Land. Chilperich war mit seiner Familie nach Tournai geflohen und hatte sich dort mit einem Restheer verschanzt. Es konnte nur eine Frage der Zeit sein, bis sie auch dieses aufgerieben hätten und Tournai fiele. Im Spätherbst kehrte Sigibert erst einmal im Triumph nach Paris zurück und wurde dort feierlich empfangen. Die Großen aus Chilperichs Reich sagten sich von ihrem bisherigen Herrn los, boten Sigibert den Treueid an und die Krone von Neustrien.

Die ganze Stadt jubelte ihm zu.

Es gab eine großartige Siegesfeier, auf dessen Höhepunkt die Huldigungseide geleistet wurden.

»Wird Guntram das hinnehmen?«, wandte sich Wittiges an Priscus. Sie standen am Rand eines großen Platzes und sahen der Zeremonie zu. Priscus wirkte angespannt.

»Ein König kann nicht einfach abgesetzt werden. Es gibt bindende Gesetze, die das verbieten. Sigibert sollte es sich gut überlegen, ob er diese Krone annimmt und sich damit außerhalb des Gesetzes stellt, das auch seine ererbte Krone schützt. Noch lebt der rechtmäßige König von Neustrien.«

»Aber sicher nicht mehr lange.« Herzog Lupus und sein Bruder Magnulfus traten zu ihnen. »Ich wette, in spätestens zwei Wochen ist Chilperich tot. Also macht euch keine unnötigen Gedanken über Nachfolgeregelungen. Wir löschen ihn und seine gesamte Brut aus.«

Wittiges sah sich nach Priscus um, weil er hören wollte, was er dazu zu sagen hatte, aber er war verschwunden.

»Da ist Brunichild. Sigibert hat sie nach Paris kommen lassen.« Magnulfus stieß ihn an. »Sie sieht großartig aus. Was ist diese Hure Fredegund schon gegen unsere Königin?«

Brunichild ließ sich auf die flache Empore hinaufhelfen, die in aller Eile für die Huldigungszeremonie errichtet worden war. Sie sah sehr stolz, sehr königlich aus. Nun wird sie bald erhalten, was sie so heiß begehrt, dachte Wittiges voller Unbehagen: Chilperichs Kopf.

Fredegund kam langsam wieder zu sich. Sie hatte geschlafen, sie war noch erschöpft von der Geburt. Das Kind hatte man ihr in den Arm gelegt. Ein hübscher Junge mit einem dichten Schopf heller Haare. Ein todgeweihtes Kind. Wie gern hätte sie es aufwachsen sehen.

»Wir müssen ihn heute noch taufen lassen«, murmelte sie und wiederholte das Gesagte lauter, um den Mann am Fenster auf sich aufmerksam zu machen.

Chilperich wandte sich vom Fenster ab, wo er blicklos in die Dunkelheit nach draußen gestarrt hatte. Langsam trat er ans Bett und ließ sich auf die Kante sinken. Auch er betrachtete das Kind, seinen jüngsten Sohn. »Taufen, ja«, murmelte er. »Auf welchen Namen?«

»Einen Königsnamen. Er soll nach deinem Vater Chlotar heißen«, schlug Fredegund mit einem Anflug ihres alten Kampfgeistes vor.

»Einverstanden.« Chilperich nickte ergeben. Er wusste, dass er geschlagen war, dass es keine Hoffnung auf Rettung gab. Ein mutiger Späher hatte ihm berichtet, was in Paris vor sich ging. Dass alles verloren war, dass niemand mehr auf ihn zählte, dass ihn alle verlassen hatten bis auf ein Häuflein Getreuer. Ein geschlagener König war kein König mehr. Das war ein altes Gesetz, nirgendwo schriftlich festgehalten, aber dennoch gültig. Das Königsgesetz schlechthin.

»Und dann schneidest du ihm die Kehle durch oder schlägst ihm den Schädel ein. Er wird nicht viel merken«, flüsterte Fredegund.

Chilperich zuckte zusammen. »Was sagst du da?«

Fredegund richtete sich halb auf und drückte das Kind an sich, das leise greinend nach ihrer Brust suchte. Bereitwillig öffnete sie ihr Hemd und legte den Kleinen an. Er trank selig. »Ich will nicht, dass er unseren Feinden in die Hände fällt und sie ihn zu Tode martern. Den Gedanken ertrage ich nicht. Deshalb musst du ihn töten. Morgen, nach der Taufe.«

Chilperich schlug die Hände vors Gesicht. »Das kann ich nicht.«

»Dann muss ich es selbst tun. Du lässt mir keine Wahl«, flüsterte Fredegund kaum hörbar, die Stimme versagte ihr vor Kummer. Es war so widersinnig, so teuflisch, auch nur daran zu denken, dieses unschuldige, neugeborene Kind zu töten. Zu töten, um es vor größeren Qualen zu bewahren. Ein Kind, das sie neun lange Monate in ihrem Leib getragen hatte. Zwei Söhne hatte sie durch tückische Kinderkrankheiten verloren. Sie wollte dieses Kind nicht hergeben, es zerriss ihr das Herz, auch nur daran denken zu müssen. »Hast du ein Messer da? Gib es mir. Ich muss es jetzt tun, sonst habe ich nicht mehr die Kraft dazu.«

Chilperich stand auf. »Nein, warte. Du hast gesagt, erst die Taufe.«

Sie sah zu ihm auf. »Dann wirst du ihn nach der Taufe töten?«

Chilperich nickte wie unter Zwang. »Ich lasse ihn nicht lebend in die Hände unserer Feinde fallen, das verspreche ich dir.« Er kniete am Bett nieder. »Ich schwöre es beim Blute Christi.«

Schwerfällig kam er auf die Füße und verließ das Zimmer. Die Burg von Tournai war ein unwirtliches Gemäuer, aber eine mächtige Palisade schützte sie. Chilperich suchte die Wachstube auf, wo sich einige seiner Gefolgsleute die Zeit vor ihrer nächsten Wache mit Würfelspielen verkürzten. Er rief einen der Männer zu sich.

Wenig später öffnete sich ein kleines Tor in der Umfriedung und entließ einen Reiter in die dunkle Nacht.

Sigibert hatte Paris verlassen, um die letzten Widerstandsnester in der Umgebung zu beseitigen. In einem Örtchen südlich von Paris machte er Station. Auch hier schlossen sich ihm neue Untertanen an und jubelten, sobald sie ihn kommen sahen. Als er den Hof erreicht hatte, der als Quartier dienen sollte, stieg er lachend vom Pferd.

Wittiges ritt ein Stück hinter ihm, etliche Leute drängten sich zwischen sie, es war kein Durchkommen. Zufällig bemerkte er Priscus und wunderte sich, wo dieser die ganze Zeit gesteckt hatte. Er hatte ihn mehrere Tage nicht gesehen. Woher kam er jetzt so plötzlich? Er machte jemandem ein Zeichen. Was für ein Zeichen? Wem? Wittiges spürte auf einmal eine furchtbare Anspannung. Etwas ging hier vor. Nicht alle jubelten, da waren Männer zwischen ihnen ...

Falco und Ingomer rannten auf Sigibert zu, der das Pferd noch am Zügel hielt. Es sah so aus, als wollten sie ihm das Ross abnehmen, aber dann blitzte etwas auf. Sigibert schrie, schwankte, krallte sich an Ingomer fest, und dann beobachtete Wittiges ganz genau die Bewegung des Arms. Das Zustechen.

Sigibert brach zusammen, Falco und Ingomer hoben die Dolche als Siegeszeichen hoch in die Luft. »Er ist tot! Wir haben den Thronräuber getötet!«, schrie Falco mit überschnappender Stimme.

Im Handumdrehen verwandelte der Hof sich in ein Schlachtfeld. Wittiges wusste nicht, gegen welchen Gegner er kämpfen sollte oder wer von den Männern nun auf wessen Seite stand.

Er versuchte, zu Sigibert vorzudringen, er wollte wenigstens einen der Meuchelmörder niedermachen. Gogo kam ihm zuvor und köpfte Falco mit einem einzigen gewaltigen Hieb. Wittiges ließ Bauto tänzeln, allmählich wurde der Raum knapp, und nun wurde er selbst angegriffen. Die Gefolgsleute von eben hatten wieder die Seite gewechselt. Als er sich umsah, erkannte er, wessen Befehl sie folgten.

Priscus. Priscus war auf einmal der Feind.

Wittiges rief seine Männer zu sich, diejenigen, auf die er sich noch verlassen konnte. Sie kämpften sich ihren Weg frei, aber kaum hatten sie den Hof verlassen, stellten sich ihnen neue Gegner in den Weg. Der Aufruhr nahm immer größere Ausmaße an.

Irgendwann ritt Gogo neben Wittiges. »Reite voraus nach Paris«, schrie Gogo, »rette die Königin!«

Jetzt hatte Wittiges wenigstens ein Ziel.

Brunichild war mit den Kindern in Paris geblieben, in dem Palast, den früher Charibert bewohnt hatte und dessen größter Teil noch aus der Römerzeit stammte. Die Gebäude lagen auf einer Insel mitten im Fluss und waren nur über eine schmale Brücke zu erreichen. Im Sommer stiegen Wolken von Mücken aus dem Wasser auf und machten das Wohnen auf der Insel unerträglich. Sigibert hatte davon gesprochen, seine Residenz nach Paris zu verlegen, das wollte sie ihm noch ausreden oder ihn zumindest dazu bringen, einen neuen Palast an einer günstigeren Stelle zu errichten. Von draußen drang Lärm herein, aber sie achtete nicht weiter darauf. Als es immer lauter wurde, trat sie vor die Tür. Es wurde ohnehin Zeit, nach Childebert suchen zu lassen, der sich vor einiger Zeit abenteuerlustig davongemacht hatte. Für ihn war alles neu und aufregend hier. Außerdem hasste es der Fünfjährige, mit seinen Schwestern spielen zu müssen. Brunichild blickte zurück ins Zimmer. Ingund beschäftigte sich mit Schreibübungen, und ihre kleine Schwester Chlodosinth lag auf einer Decke am Boden und spielte mit den Fingern. Die Amme döste in einem Lehnstuhl am Fenster.

Brunichild lebte noch ganz im Rausch der letzten Siege, und in der Vorfreude auf den nächsten. Den endgültigen Triumph. Sigibert wollte mit einem Teil seiner Streitmacht noch vor Wintereinbruch auf Tournai vorrücken. In der Nacht zuvor hatte Brunichild von Chilperich geträumt, von seinem Kopf, der auf einem Pfahl steckte, sie ansprach, an ihre Liebe erinnerte und ihr bittere Vorwürfe machte, weil sie ihn verraten hatte. Sie war schreiend aufgewacht.

Draußen erhob sich jetzt auch Geschrei, und es war nicht das übliche Getöse. Brunichild eilte den Flur entlang und erreichte eine Galerie, die über einer großen Empfangshalle lang. Ihr Blick irrte über kämpfende Krieger. Da hob einer der Männer den Kopf, starrte zu ihr hinauf und schrie: »Der König ist tot!«

»Mutter!« Childebert rannte die Treppe herauf auf sie zu. »Mutter!« Sie stürzte ihm entgegen und fing ihn auf. Zwei Frauen kamen ihm nach, Sidonia und Nanthild.

»Sigibert ist tot!«, schrie Nanthild. »Lauft!«

Wohin? Brunichild nahm ihren Sohn an die Hand, wollte mit ihm den Flur entlang zurück zu ihren Räumen fliehen, aber da hatte Sidonia sie erreicht. Mit einem Ruck riss sie das Kind an sich. Ein Messer blitzte in ihrer Hand auf. Brunichild konnte nichts tun. Warum hielt Sidonia ihrem Sohn ein Messer an die Kehle?

»Si….« Der Name blieb ihr im Hals stecken.

Auf einmal löste sich die Starre, in die Brunichild verfallen war, der winzige Moment der Schwäche war vorbei. Aber Nanthild war Sidonia bereits in den Arm gefallen und hatte damit das Messer auf sich selbst gelenkt. Brunichild sah, wie es ihr in die Brust drang.

Mit einem Schritt war sie bei Childebert und packte ihn. Sie hetzte mit ihm den Flur entlang, während schnelle Schritte die Treppe heraufkamen. Brunichild wagte nicht, zurückzuschauen und sich zu vergewissern, wer ihnen folgte. Sie hörte Sidonias kreischende Stimme, die die Männer anfeuerte und darauf hinwies, wer da vor ihnen floh. Da wusste sie genug. Dies war das Ende.

Sie erreichte das Zimmer, das sie eben erst verlassen hatte. Verwundert schaute Ingund auf. Brunichild schob den Riegel vor, lehnte sich einen Moment gegen die Tür, da schlug schon jemand von außen dagegen.

Die Amme schreckte verstört von ihrem Stuhl auf. »Komm, hilf mir. Wir müssen die Truhe vor die Tür schieben«, herrschte Brunichild sie an.

Unter einem der Fenster stand eine Kleidertruhe. Aber wozu sich die Mühe machen? Die Truhe würde die Männer draußen nicht sehr lange aufhalten. Der Riegel knirschte schon unter dem Ansturm. Die Kleine begann zu plärren, Ingund und Childebert drängten sich an Brunichild, sie umarmte die beiden. Die Amme starrte sie an, ohne etwas zu begreifen, dann stand sie schwerfällig auf.

»Diese Truhe hier?«, fragte sie zaghaft und trat ans Fenster.

»Ach lass, es hat keinen Sinn«, winkte Brunichild ab.

Die Amme blieb am Fenster stehen und blickte nach draußen. »Da ruft wer«, sagte sie dumpf.

»Vielleicht möchte jemand, dass wir uns alle aus dem Fenster stürzen«, spottete Brunichild aufgebracht.

Jetzt hörte sie ganz deutlich ihren Namen.

Wer rief sie da?

»Mama, die Tür«, schluchzte Ingund verängstigt. Die Tür erbebte unter den Schlägen.

»Königin!«, schrie die Amme beschwörend.

Brunichild rannte zum Fenster. Unten stand Wittiges.

Er winkte. »Spring!«, rief er.

Brunichild stieg auf die Truhe und spähte in die klaffende Tiefe. Hinter sich hörte sie ein Splittern von Holz und die Schreie der Kinder. Childebert drängte sich neben sie, krallte die Hände in ihr Gewand und beugte sich aus dem Fenster. Sie handelte, ohne nachzudenken, packte ihren Sohn, hob ihn durchs Fenster und ließ ihn fallen.

Hinter ihr brach die Tür entzwei.

Wittiges fing das Kind auf und ging mit ihm zu Boden. Der Kleine kam eher auf die Füße als er, er hatte sich wie eine Katze zusammengerollt und war unbeschadet gelandet. Dagegen hatte sich Wittiges den Fuß verrenkt. Er konnte nur noch hinken, aber das war nebensächlich. Nur kurz schaute er noch einmal hinauf, sah einen Bogenschützen anlegen, schnellte vor und riss das Kind aus der Schusslinie.

Sigiberts einzigen Sohn hatte Wittiges nur gelegentlich zu Gesicht bekommen, sie waren nicht vertraut miteinander. Aber der Kleine hatte die Gefahr begriffen und wehrte sich nicht, als er ihn zum Fluss hinabzog. Die Räume der Königin lagen auf der Rückseite des Palastes, zum Glück hatte er das gewusst. Er war durch den Fluss geschwommen, und auf diesem Weg musste er nun zurückkehren – mit dem Kind.

Am jenseitigen Ufer stand Bauto.

Im Wasser klammerte sich der Kleine an ihn, sodass er kaum schwimmen konnte und sich mit der Strömung treiben lassen musste. Es dauerte endlos lange, bis er das andere Ufer erreichte. Völlig erschöpft, das zitternde Kind im Arm, erklomm er die Böschung. Oben angekommen, preschte ihm ein Reitertrupp mit mehreren Bogenschützen entgegen. Außer seinem Messer hatte Wittiges keine Waffe dabei. Er pfiff, hörte Bauto wiehern und hoffte, dass der Hengst ihn vor den Gegnern erreichte.

Einer der Männer ganz vorn hob den Arm. Neben ihm senkte ein Bogenschütze die Waffe. Wittiges duckte sich und schirmte das Kind mit seinem Körper ab. Dann waren die Reiter heran, und Wittiges keuchte vor Erleichterung auf.

»Gib mir den Jungen«, sagte Gogo. »Wie gut, dass dein seltsames Pferd schon aus der Entfernung zu erkennen ist. Komm her, Childebert.« Wittiges reichte den Jungen hinauf. Gogo setzte ihn vor sich in den Sattel, der Kleine schmiegte sich vertrauensvoll an ihn, drehte sich aber so, dass er über den Fluss zum Palast sehen konnte. »Und Mutter?«

»Ich kehre um und finde heraus, was mit der Königin und den Mädchen geschehen ist«, sagte Wittiges rasch.

»Ich weiß nicht, ob das klug ist. Der Palast ist eingenommen«, warnte Gogo. »Dieser Anschlag war gut vorbereitet.«

»Herzog!« Einer der Männer deutete nach vorn. Dort führte die Brücke über den Fluss, und aus dieser Richtung tauchten Reiter auf.

Gogo wendete sein Pferd. »Viel Glück, Wittiges.«

Bauto schnaubte, aber Wittiges gab ihm einen Klaps aufs Hinterteil, der ihn in Bewegung setzte. Gehorsam folgte er Gogos Gruppe, während sich Wittiges geduckt zurück zum Ufer bewegte und ins Wasser eintauchte. Er kam unbeobachtet auf der anderen Seite an, bahnte sich seinen Weg durch das Ufergebüsch, schlich zum Palast und rief nach Brunichild, aber sie antwortete nicht. Leer wie tote Augen verrieten die Fenster nicht, ob es dort oben noch Leben gab.

Wittiges ging am Fuß der Palastmauern entlang und überlegte, wie er unerkannt in das Gebäude eindringen konnte. Um jeden Preis wollte er sich Gewissheit über Brunichilds Schicksal verschaffen. Er gelangte ungehindert in den Palasthof und wollte gerade in die Eingangshalle schlüpfen, da wurde er angehalten.

»Wie schön, dich hier zu sehen«, sagte Priscus liebenswürdig. »Von allen Gefolgsleuten Sigiberts warst du mir immer der liebste.« Ehe sichs Wittiges versah, wurde er von zwei Kriegern gepackt und gefesselt, und Priscus befahl, ihn in das Verlies unter dem Palast zu sperren.

Es musste ungefähr eine Woche vergangen sein – Wittiges konnte die Zeit nicht mehr genau bestimmen, da es in seinem Kerker ständig dunkel war –, als Priscus endlich seinen Gefangenen besuchte.

»Geht es dir gut?«, fragte er leutselig, als er mit einer Fackel in der Hand eintrat.

Wittiges hätte Priscus nie der Grausamkeit für fähig gehalten, aber es konnte kein anderer gewesen sein, der den Wärtern aufgetragen hatte, den Gefangenen täglich zu verprügeln. Es gab keinen Körperteil mehr, der nicht schmerzte. Fußketten schränkten seine Bewegung ein, dennoch hatte er seine verletzten Muskeln täglich zu Übungen gezwungen, die die Schmerzen fast bis ins Unerträgliche steigerten. Aber wenigstens hatte er so nicht die Herrschaft über seine Glieder verloren.

»Bestens«, knurrte Wittiges. Er saß an einer Innenwand, die nicht so rattenkalt wie die Außenwand war. »Und danke für die behagliche Unterkunft und die tägliche Unterhaltung. Ohne die wär's hier langweilig.«

Priscus nickte nur unbeeindruckt und ließ sich von einem Wärter einen Hocker bringen. Eine Weile starrte er seinen Gefangenen an, bis dieser die Augen schloss und zu schlafen vorgab. Wittiges, fand Priscus, war immer noch ein kalter Hund.

»Hast du schon einmal daran gedacht, auf meine Seite zu wechseln?«

Wittiges öffnete die Augen. Eins war beinahe zugeschwollen. »Ich bin kein Wendehals wie du«, bemerkte er.

»Ich bin auch keiner«, sagte Priscus schlicht.

»Was dann?«, fragte Wittiges ätzend.

»Ich stand stets nur auf einer Seite«, bekannte Priscus ruhig, »und glaub mir, das war oft nicht leicht.«

Nun zeigte sich Wittiges doch erstaunt. »Du warst schon immer ein Gefolgsmann Chilperichs? Schon in Toledo?«

Schmal lächelnd nickte Priscus.

Wittiges stöhnte auf. »Also doch! Du warst es, der meine

Sachen durchwühlt und die Schriftstücke, die Alexander betrafen, an sich genommen hat. Was hat es dir gebracht?«

»Du weißt doch, als Spion sammelt man so viel Wissenswertes wie möglich.« Priscus zuckte nachlässig die Schultern. »Nun ja, dieser Eunuch Alexander hatte für uns keine große Bedeutung, aber man kann ja nie wissen. Deine Frau Aletha allerdings ...«

Wittiges wäre ihm gern an den Hals gefahren, sah aber ein, dass ihn nur kühle Selbstbeherrschung weiterbrachte. »Ich war dumm, ich wollte nicht glauben, was auf der Hand lag. Spätestens seit ich diese Schriftrolle bei deinen Sachen fand, hätte ich die richtigen Schlüsse ziehen müssen.«

Priscus lachte entspannt. »Ja, du warst in deiner Königstreue ein bisschen einfältig. Du konntest dir nicht vorstellen, dass ...«

»Du hast Falco und Ingomer als Sigiberts Mörder gedungen«, fiel ihm Wittiges ins Wort.

»Auch das«, gab Priscus unumwunden zu, »das war nicht weiter schwierig. Es war das letzte Mittel, um Sigiberts Größenwahn aufzuhalten. Er ist selbst schuld an seinem Ende. Niemals hätte er sich als König von Austrien feiern lassen dürfen. Und falls es dich beruhigt, die Mörder sind beide tot. Ingomer hab ich selbst erledigt. Ich hatte nie viel für ihn übrig.«

»Herzlichen Dank, dass du mir das abgenommen hast.« Wittiges war speiübel geworden. Priscus sah sich also als Bewahrer von Recht und Ordnung. »Und dieser Überfall auf der Reise nach Metz? Diente der auch höheren Zielen?«

»Natürlich. Schade ...«

Diese Ratte, dachte Wittiges zornig und fiel ihm wieder ins Wort. »Und was hast du der Königin angetan?«

»Möchtest du das gern wissen?« Priscus beäugte ihn nachdenklich.

»Wenn du so gütig wärst, es mir zu verraten.« Wittiges wappnete sich auf den Schlag, der nun kommen musste.

»Wir haben sie in Rouen eingesperrt. Vielleicht weißt du's nicht, aber Chilperich hat eine Schwäche für sie. Deshalb wird ihr kein Haar gekrümmt. Ja, schade, dass wir sie damals bei dem Überfall nicht entführen konnten. Dann wäre manches ...«

»Und die Kinder?«

»Nun ja, der Junge ist uns entkommen, das ist bedauerlich. Ihn hätten wir natürlich nicht am Leben lassen können. Die

Töchter haben nicht den gleichen Wert wie der Sohn. Chilperich führt keinen Krieg gegen kleine Mädchen. Wir haben sie vorerst in Meaux untergebracht.«

»Schön, da bin ich beruhigt. Und was passiert nun mit mir?« Brunichild war am Leben, ein Glücksgefühl durchströmte Wittiges und verlieh ihm neue Kraft.

»Das entscheidet Chilperich. Vielleicht hat er Verwendung für dich. Überleg dir, was du sagst, wenn er herkommt, um über dich das Urteil zu fällen. Vielleicht nimmt er dir übel, dass du im Prozess um Königin Gailswinthas Tod gegen ihn ausgesagt hast. Dann steht es denkbar schlecht um dich. Überhaupt bist du ihm reichlich oft in die Quere gekommen.« Priscus erhob sich. »Brauchst du noch etwas?«

»Außer meiner Freiheit?«

Ohne Eile verließ Priscus den Kerker. Die Fackel nahm er mit, und so versank der Kerker wieder in Finsternis.

Irgendwann hatte Wittiges jedes Zeitgefühl verloren. Er wusste nicht, ob er Wochen oder Monate im Kerker zugebracht hatte oder schon ein Jahr. Seine Wärter schlugen ihn nicht mehr, seine Verletzungen heilten, seine Kräfte nahmen dennoch ab, da man ihm immer weniger zu essen brachte. Er verhungerte langsam und verbrachte die Tage inzwischen im Dämmerzustand. Irgendwann öffnete sich die Kerkertür, und drei Männer traten ein.

»Packt ihn, schnürt ihn zusammen und schmeißt ihn in den Fluss!«, befahl der eine.

Wittiges ließ ohne Gegenwehr alles mit sich geschehen. Als man ihn auf die Füße stellte, brach er zusammen, deshalb musste er getragen werden. Sicher wog er nicht mehr viel. Jedenfalls hatten die Männer keine Mühe, ihn zum Fluss zu schleppen. Sie holten ein bisschen Schwung und warfen ihn hinein. Das Wasser war so kalt, dass die Kälte wie ein Schock in seine Glieder drang, während Wittiges in die Tiefe sank. Dann aber zappelte und wand er sich wie ein Wurm, den die Strömung mitriss. Auf einmal waren seine Hände frei. Anscheinend hatten seine Kerkerwächter nicht viel Mühe darauf verwandt, ihn ordentlich zu binden. Auch die Fußfesseln saßen locker, er drehte sich einmal um die eigene Achse, dann war er sie los. Er schwebte im Wasser, seltsame Erscheinungen zogen vor seinen Augen vorbei, Traumgestalten, denen er freudig zu folgen gedachte, aber dann hielt ihn etwas mit einem Ruck fest und zog ihn in eine andere Richtung. Sein Kopf schnellte aus dem Wasser. Keuchend und japsend holte er Luft. Dann sank er wieder, aber nicht für lange. Die Leine, die sich an ihm festgehakt hatte, zerrte ihn ans Ufer.

»Na, das ist aber ein seltsamer Fisch«, schimpfte jemand und zog ihn höher. Wittiges blickte in ein Bauerngesicht. Über ihm strahlte die Sonne von einem wolkenlosen blauen Himmel. Geblendet musste er sofort die Augen wieder schließen. Aber die Wärme tat so gut. Er reckte sich ihr entgegen.

»Wer bist du? Wie kommst du in den Fluss?«, fragte sein Retter argwöhnisch.

Wittiges hatte eine ungefähre Vorstellung von seinem Äußeren und verstand das Misstrauen des Mannes vollauf. Seine Kleidung bestand nur noch aus Lumpen, er spürte den nassen, ungepflegten Bart und die langen Haare, die sich ihm um den Hals wanden. Langsam setzte er sich auf und schüttelte sich wie ein Hund.

»Ist das wichtig?«, nuschelte er. »Siehst du nicht, dass ich trockene Sachen brauche und etwas Warmes im Bauch?«

Unauffällig blinzelte er zum Fluss und zum jenseitigen Ufer. Die Strömung hatte ihn eine ganze Strecke fortgetrieben, und drüben stand keiner, der seine Rettung beobachtet hatte. Wahrscheinlich waren die Wächter davon ausgegangen, dass er sofort ertrunken war.

»Ich könnte dich zurück in den Fluss schmeißen«, brummte sein Retter ungnädig, »aber ich bin Christ. Also komm mit und erzähl mir deine Geschichte später. Ich nehme an, es sind sowieso nur Lügen. Wer in diesen Zeiten die Wahrheit sagt, ist von Gott verlassen.«

Der Mann war ein halbfreier kleiner Pächter und hatte wie viele andere unter Sigiberts Truppen gelitten, die in der Umgebung von Paris entsetzlich gehaust hatten. Seine Vorräte waren ihm geraubt worden, und deshalb hatte er versucht, ein paar Fische zu angeln. Einen hatte er tatsächlich schon aus dem Fluss geholt. Und dieser eine bescheidene Fisch stellte die Mahlzeit dar, die die Familie in großherziger Weise mit Wittiges teilte. Mehr konnten sie nicht für ihn tun, und bleiben durfte er auch nicht. So machte er sich am nächsten Tag in der Morgendämmerung auf unsicheren Füßen auf den langen Marsch zurück nach

Hause. Er brauchte zwei Wochen dazu. Unterwegs traf er immer wieder hilfreiche Menschen, die bereit waren, ihm ein Obdach und eine kleine Mahlzeit zu gewähren. So viel Unterstützung hatte er nicht erwartet, aber er lernte, dass das alte Gesetz der Gastfreundschaft noch nicht gänzlich in Vergessenheit geraten war. Kaum jemand wollte den Zorn der alten und der neuen Götter auf sich laden, indem er einen Bedürftigen, der an die Tür klopfte, nicht einließ. Einige Male gelangte er zu verlassenen Gehöften, die völlig verwüstet waren, wo er aber einen Schlafplatz und manchmal etwas zu essen fand.

Das letzte Stück Weg war das schwerste, obwohl er wieder halbwegs zu Kräften gekommen war. Aber seine Stiefel waren durchgelaufen und seine Fußsohlen voller blutiger Schnitte, sodass jeder Schritt zur Qual wurde. So erreichte er die Abzweigung, die von der Straße nach Paris zu seinen Dörfern und zu seinem Gut führte. Er wollte sich am Wegrand ein wenig ausruhen, als er hinter sich Hufschlag hörte. Vorsichtig zog er sich vom Wegrand zurück ins Unterholz. Weniger der Reiter als vielmehr das Pferd erregte seine Aufmerksamkeit. Er pfiff. Das Tier geriet aus dem Tritt. Er pfiff noch einmal, diesmal lauter. Der Hengst warf seinen Reiter ab.

»Verdammt!«, schimpfte der Mann, dem anscheinend nicht viel passiert war.

Wittiges robbte auf dem Bauch an den Wegrand zurück und richtete sich langsam auf. Das Pferd wieherte freudig und kam auf ihn zu, bis es ihn mit seinen weichen Nüstern beschnuppern konnte.

»Tja, Bauto«, sagte Wittiges langsam, »da staunst du, dass wir wieder zusammen sind.«

Grob wurde Wittiges auf die Füße gezogen und in eine Umarmung gequetscht.

»Du bist es, nicht wahr? Ich hab immer gesagt, eines Tages kehrst du zurück.«

Wittiges stemmte sich gegen die Umklammerung, konnte aber nicht viel ausrichten. »Pontus, lass los, bevor mir die Luft ausgeht. Bitte!«

Pontus hielt ihn von sich weg und starrte ihn an. »Du siehst aus, als wärst du dein eigenes Gespenst.«

»Da hättest du mich erst vor zwei Wochen sehen sollen. So lange bin ich schon unterwegs zu euch. Ich weiß nicht, wohin du gerade wolltest. Aber macht es dir etwas aus, mich aufsitzen zu lassen? Und erzähl mir, seit wann du zurück bist.«

Einträchtig legten sie den Weg nach *Casa alba* zurück, Wittiges reitend, Pontus zu Fuß. Wittiges wusste inzwischen, dass vier Monate seit seiner Gefangennahme vergangen waren. Pontus war seit einem Monat wieder zurück. Auch er war in Gefangenschaft geraten, hatte sich aber befreien können. Wittiges fragte nach Gogo und Brunichilds Sohn, und auch darüber konnte ihm Pontus Auskunft erteilen. Childebert war zum König erklärt worden, aber da er noch zu jung war, führte Gogo die Regierungsgeschäfte für ihn. Brunichild und ihre Töchter wurden immer noch gefangen gehalten, niemand wusste, wo sie sich befanden.

Wittiges lächelte, als er das hörte.

Aletha brach nicht in lauten Jubel aus, nur eine stille Freude erhellte ihr Gesicht, als sie sich in seine Arme schmiegte. Etwas an ihr war anders. Ihr Körper fühlte sich ungewohnt weich an, ihr Blick sandte ihm eine Botschaft, die er erst noch entschlüsseln musste. Am liebsten hätte er sich mit seiner Frau zurückgezogen, aber da waren ja noch die anderen, die begrüßt werden wollten. Felix umarmte ihn stürmisch und wollte gar nicht mehr von ihm lassen.

Viola hinkte ein wenig, war aber wohlauf. Nach und nach versammelten sich alle, die vom Gesinde noch übrig waren. Cniva kam mit seinem einzigen überlebenden Knecht und freute sich sichtlich. Er hatte sogar Tränen in den Augen. Später setzte sich Wittiges zu ihm.

»Ich glaube, ich habe mich nie richtig bei dir bedankt. Mit deiner Weitsicht hast du meine Familie gerettet. Und ich muss dir Abbitte leisten, weil ich nicht erkannt habe, wie recht du hattest. Du glaubst nicht, wie oft ich mich während meiner Gefangenschaft verflucht habe, weil ich dich damals daran hinderte, das Haus zu befestigen.«

Cniva legte ihm die Hand auf den Arm. »Du hast nur getan, was du für richtig gehalten hast. Ich kann dir keinen Vorwurf machen.« Cniva trug ihm nichts nach, weder sein Misstrauen noch seine verächtliche Haltung ihm gegenüber, und daran erkannte Wittiges, dass er in dem alten Mann stets einen Freund gehabt hatte, während er sich von Priscus' Freundlichkeit hatte täuschen lassen. Mit meiner Menschenkenntnis, dachte er reuevoll, ist es nicht weit her. »Könnte ich meine Dummheit nur wiedergutmachen! Aber dazu fehlen mir alle Mittel.« Er hatte sofort gesehen, dass kaum etwas von den Schäden, die Chilperichs Horden angerichtet hatten, beseitigt worden war. Aletha und die anderen hatten lediglich aufgeräumt. Es fehlte an vielem, und der nächste Winter konnte gut und gern in eine Katastrophe führen.

Tief in Gedanken versunken, sah er jemanden in den Hof hinken. Wittiges musste zweimal hinschauen, bis er den Jungen erkannte. Es war Chramm, Ingomers kleiner Bruder. »Was suchst du hier?«

Chramm sah zu Boden, und Pontus antwortete für ihn.

»Er kam eines Tages zu uns. Am Hof duldete man ihn nicht mehr, und er wusste nicht, wohin.«

»Verstehe.«

Der Bruder eines Königsmörders. Wahrscheinlich konnte er noch von Glück sagen, dass man ihn nicht umgebracht hatte. Wittiges war versucht, ihn sofort aus dem Haus zu weisen, schließlich war er selbst Zeuge gewesen, wie Ingomer König Sigibert erstochen hatte. Im Hof war es still geworden. Alle warteten darauf, dass er über das Schicksal dieses Jungen entschied. Er zögerte.

»Ich glaube, ich packe lieber meine Sachen zusammen und verschwinde. Ich möchte deine Leute nicht in Schwierigkeiten bringen. Ich hätte gar nicht herkommen dürfen«, sagte Chramm auf einmal spröde. Schwerfällig hinkte er zum Ausgang.

Wie alt war er jetzt? Wittiges rechnete. Vierzehn, fünfzehn? Jünger als er jedenfalls, als er von seinem Bruder verstoßen worden war. Die Erinnerung an die Verlassenheit von damals überkam ihn wieder, und dann erinnerte er sich daran, wie Chramm im rechten Augenblick aufgetaucht war und ihn dadurch unwissentlich vor dem tödlichen Angriff seines Bruders bewahrt hatte.

»Chramm?«

Der Junge blieb stehen.

»Würdest du gern hierbleiben?«

»Ob ich gern ...« In Chramms Augen standen Tränen, er blinzelte heftig.

»Würdest du mir einen Leudeseid schwören?«

Chramm kam zurückgehinkt und ließ sich auf ein Knie nieder. »Ich würde dir jeden Eid schwören und …«

»Ich bin sicher, du wirst ihn halten.« Wittiges hatte die Hände des Jungen ergriffen, legte sie zusammen und barg sie in seinen. Stammelnd leistete Chramm seinen Eid. Danach ließ ihn Wittiges aber noch nicht aufstehen.

»Und was tätest du hier am liebsten? Gibt es etwas, womit du dich besonders gern beschäftigst?«

Über Chramms Gesicht breitete sich ein seliges Lächeln aus. »Darf ich mich um die Pferde kümmern? Die Falben?«

So hießen die Nachkommen von Bauto und Bella. Es gab ein neues Fohlen, das erste der nächsten Generation, und es ließ sich vielversprechend an. Eine neue Pferderasse, die diesen besonderen Gang hatte, den Tölt.

»Aber ja, um diese und die anderen Pferde. Aus dir wird mein Stallmeister. – In einigen Jahren, wenn du dich bewährt hast.«

Pontus räusperte sich und stand auf. »Dann wäre auch das geklärt. Ich glaube, es wird Zeit, dass du dem Herrgott für deine Rettung und die deiner Lieben dankst, Wittiges. Komm mit, wir gehen in die Kapelle.«

Danach war Wittiges überhaupt nicht zumute. Sehnlichst wünschte er sich, ein Bad zu nehmen und ins Bett zu sinken – mit Aletha.

»Jetzt komm schon!«, verlangte Pontus unerbittlich. Mühsam kam Wittiges auf die Füße und schleppte sich hinter ihm her.

Die Kapelle, wie der Raum nun hieß, obwohl er nicht geweiht war, war von den Eindringlingen nicht angetastet worden. Hier hatte das Kreuz an der Wand ein Wunder gewirkt. Wittiges wollte vor dem Altar niederknien, aber Pontus winkte ihn zu sich heran und stemmte sich gegen den Altarstein. »Hilf mir!«, befahl er.

Der Stein knirschte ein bisschen.

Wittiges kam zögernd näher. »Was hast du vor?«

»Hilf mir, den Stein zu verrücken.«

»Wozu?«

»Tu's einfach!«, knurrte Pontus ärgerlich. Also stemmten sie sich gemeinsam gegen den Stein, und er gab tatsächlich nach. Eine Öffnung erschien im Boden. Pontus bückte sich und zog einen schmutzig braunen Beutel heraus, in dem es klimperte und klirrte. Bedächtig schnürte er ihn auf. Inzwischen ganz Aufmerksamkeit, sah ihm Wittiges zu. Und dann ergoss sich ein Geldregen in seine rasch zur Schale geformten Hände.

»Wie viel? Und woher hast du das?«, fragte Wittiges überwältigt.

»Eins nach dem anderen. Erst gib mir die *Solidi* zurück.« Sorgsam wurde der Beutel wieder verschnürt. »Beim letzten Zählen waren es dreihundert. Du hast mich doch zu deinem Verwalter bestellt. Ich denke, du weißt kaum, wie viel Geld du in den Jahren verdient hast, denn du hast es immer gleich wieder ausgegeben. Mir schien es ratsam, hier und da etwas abzuzweigen und für schlechte Zeiten aufzuheben. Und dieses Versteck hier ergab sich praktisch, als wir den Raum eingerichtet haben.«

Von draußen näherten sich Schritte. Ohne allzu große Eile legte Pontus den Beutel zurück, und sie rückten den Altar wieder über das Loch im Boden. Als Alexander den Kopf zur Tür hereinsteckte, knieten die beiden Männer mit gesenkten Köpfen nebeneinander und murmelten ein Gebet.

»Ich hab's dir doch gesagt«, meinte Aletha, »stör sie nicht.«

»Amen!«, sagte Pontus laut und erhob sich.

»Amen!«, sagte auch Wittiges. Alexander stürmte zu ihm, zog ihn auf die Füße und umarmte ihn. »Und herzlichen Glückwunsch, dass du wieder Vater wirst.« Alexander schlug ihm auf die Schulter.

»Danke«, erwiderte Wittiges trocken.

Zerknirscht sah Alexander zu seiner Schwester. »Sag bloß, du hast es ihm noch nicht mitgeteilt?«

»Ich hatte noch keine Gelegenheit dazu«, antwortete Aletha mit Würde.

»Wenn ihr uns bitte entschuldigen würdet?«, mischte sich Wittiges ein, trat neben sie und legte einen Arm um sie. »Ich möchte mit meiner Frau zusammen noch ein Gebet sprechen.« Sobald er mit ihr allein war, küsste er sie leidenschaftlich. Das war auch ein Dankgebet, und er konnte gar nicht mehr von ihr lassen. So viel hatte er ihr zu sagen, aber einerseits fehlten ihm die Worte und andererseits war dafür sicher später noch Zeit. Jetzt war es nur gut, sie im Arm zu halten und zu spüren, dass auch sie glücklich war.

»Dieses Kind«, begann er schließlich vorsichtig und berührte ihren Bauch.

»Was ist damit?«

»Willst du es überhaupt?«

Sie nickte ernsthaft. »Dieses und alle anderen, die noch kommen.«

Das reichte ihm als Antwort.

Es dauerte eineinhalb Jahre, bis der Plan, Brunichild zu befreien, weit genug gediehen war, um ihn auszuführen. Wittiges war einige Male als Händler unterwegs, und so gelang es ihm, die Festung von Rouen gründlich auszuspähen. In dieser Zeit hatte Chilperich alle seine alten Gebiete samt der *Civitas* von Paris fest in seine Hand gebracht, und niemand machte sie ihm streitig. In Reims hielt Gogo nur einen kleinen Hof für den Kindkönig, und seine größte Sorge galt der Sicherheit des Jungen. Wittiges war Vater einer Tochter geworden und darüber überglücklich. Jetzt war ein Bann gebrochen, und er war sicher, dass weitere Kinder kommen würden. Da sein Nachbar Theodo und seine Söhne nicht aus dem Krieg zurückgekehrt waren, übertrug Gogo im Namen des Königs seinen Hof auf ihn. Cniva bat ihn daraufhin, den Hof von ihm pachten zu dürfen. Außerdem wollte er Viola adoptieren. Längst hatte Wittiges dem Mädchen die Freiheit geschenkt. Er hätte sie gern bei sich behalten, gab sie aber doch in Cnivas Obhut und stimmte auch dem Pachtvertrag zu. Überraschend zog auch Alexander zu den beiden auf Theodos alten Hof.

Im Frühjahr 577 gelang es Wittiges mit ein paar Mitverschworenen, Brunichild zur Flucht aus Rouen zu verhelfen. Chilperich hatte sie tatsächlich am Leben gelassen und sie sogar in nicht allzu strenger Haft gehalten. Nur deshalb gelang die Flucht.

Die zwei Jahre hatten Brunichild verändert. Wittiges fuhr mit ihr in einem Boot die Küste entlang nach Norden, um ihre Spuren zu verwischen, während seine Helfer auf dem Landweg nach Reims zurückkehrten. Einige Tage war Wittiges mit ihr allein unterwegs, sie reisten als Ehepaar. Ihre Hauptsorge galt natürlich ihren Töchtern, aber Wittiges glaubte nicht, dass Chilperich die beiden noch behalten würde, wenn die Flucht der Mutter bekannt geworden war. Brunichild äußerte sich nicht weiter dazu. Sie gab sich so zurückhaltend, dass Wittiges nicht erahnen konnte, was in ihr vorging. Wahrscheinlich hatte sie den gewaltsamen Tod Sigiberts noch nicht verwunden und fragte sich, wie das Leben ohne ihn für sie weitergehen sollte. Auf jeden Fall wartete eine schwere Bürde auf sie. Er hätte sie gern getröstet, aber sie gab ihm keine Handhabe dazu. Erst als sie die *Civitas* von Reims erreicht hatten und es nicht mehr weit bis zur Stadt war, wurde sie gesprächiger.

»Was hast du vor, wenn du mich zu meinem Sohn gebracht hast?«, erkundigte sie sich.

Verwundert sah er sie an. Ihretwegen war er zwei Monate von zu Hause fort gewesen. »Mich in die Arbeit auf meinem Gut stürzen. Es ist Frühjahr, weißt du, was das für einen Landmann wie mich bedeutet?« Er sehnte sich heim, dachte aber dabei keineswegs nur an die Arbeit. Nachdem er etwas vollbracht hatte, was ihm zwei Jahre lang keine Ruhe gelassen hatte, nämlich Brunichild aus den Fängen ihres Erzfeinds zu befreien, wollte er die Jahre auf *Casa alba* genießen, seine Freunde Cniva und Alexander besuchen, mit Pontus Wein trinken und mit ihm über Gott und die Welt streiten. Aber vor allem wollte er seine Kinder aufwachsen sehen und mit Aletha eine glückliche Ehe führen. Er wusste jetzt genau, dass er zu ihr gehörte. Brunichild war, obwohl sie neben ihm ritt, nur ein ferner Stern am Himmel. »Und du? Wirst du dir mit Herzog Gogo die Regierung teilen?«

Brunichild lächelte ihn warm an. »Ja, und vor allem werde ich mich meinen Kindern widmen. Sie sollen in Sicherheit und Glück aufwachsen.« Und nebenbei, dachte sie, werde ich dafür sorgen, dass Chilperich für alles büßt, was er mir angetan hat. Ich will immer noch seinen Kopf.